未発選書19

主体と文体の歴史

亀井秀雄

ひつじ書房

まえがき

本書は、私にとっては、実質的に初めての論文集と言える。

今こう書いて、改めてまた本書の相談を受けた時の驚きと感動がよみがえってきた。

私には一〇冊ほどの著書がある。その中には同人誌に書いた中野重治論を中心に、二、三の文章を加えた、『中野重治論』（三一書房、一九七〇年）という著書もあるのだが、ただしこれは、若書きの習作的評論集と言うべきだろう。それ以外の著書は全て書き下ろしだった。文芸雑誌に連載したものもあるが、単行本として出版することを約束した連載であり、その意味では書き下ろしだったと言えるだろう。

その間、かなりの量の評論や論文を書いているのだが、論文集を出したいという執着はほとんどなかった。なぜだろうか。じつは自分でもよく分からない。

ある時期、私は、文芸雑誌の編集者から、完成したばかりの大作について、まず手始めに作品論を書いてみてもらう若手批評家と見られていたらしい。それは野間宏の『青年の環』であり、大西巨人の『神聖喜劇』であり、大岡昇平の『レイテ戦記』であり、編集者から「作品論を書いてみませんか」と電話がくる。もちろん私は誇らしい気持で引き受けたが、プレッシャーも大きかった。もし作品の読み所を捉えそこねるならば、評論家としての能力を疑われてしまう。それだけでなく、これら超大作の作者は当代一流の論客でもあり、ことと次第によっては作者自身と作品評価の是非を争うことになるかもしれない。

その意味で評論を書く喜びと怖さは、自分の存在理由を賭けて、鮮度の高い初物を捌いてみせることにあるわけだが、幸い私の『青年の環』論や、『神聖喜劇』論は、作者自身に納得してもらっただけでなく、その後の作品論の方向を決める役割を果たしたらしく、それぞれの作品論集に採録されている。ああ、自分の評論はそういう形で読まれ続けるのだな。そんなふうに私は納得していたのである。(なお、『レイテ戦記』論は連載の形にしてもらい、『個我の集合性――大岡昇平論――』(講談社、一九七七年)として出版された。)

私は早くから吉本隆明の言語観に疑問を抱き、『現代の表現思想』(講談社、一九七四年)では、かれが理論的な拠り所とした三浦つとむの言語論や、マルクスの言語観にまでさかのぼって検討してみた。その結果、吉本言語論の根本的な欠点と、時枝誠記や三浦つとむの言語論の水準の高さを確認することができたが、しかし結局それらの人たちの理論の有効性は言文一致運動以後の近代的な文体に限られるのではないか。そういう疑問が生まれ、『身体・この不思議なるものの文学』(れんが書房新社、一九八四年)では、江戸時代の仮名草子や上田秋成、曲亭馬琴などの作品を取り上げた。同様な問題意識は『感性の変革』(講談社、一九八三年)の前半にも現れていると思う。その後私は、まだ「文学」としての方向性も見えていなかった明治前期の言語テクストに関心を集中することにしたわけだが、この方向転換は、私には評論から研究への転換を意味し、大きな冒険だった。だが、これまた幸いなことに、かなりの数の論文が日本文学研究資料叢書などの研究論文集に採録されている。ひょっとしたら私のものが一番数多く論集に採られているのではないか。研究論文に関してもそんなふうに納得していたのである。

そのように過ごしていた私に、ひつじ書房の森脇尊志さんから論文集を出したいという打診があった。そうか、そういうこともあり得るのか、と新鮮な驚きを覚えつつ、論文のリストを拝見すると、幅広く私の書いたものに目を通して下さっている。愛知教育大学の西田谷洋さんが論文の選択や構成の相談に乗って下さった、という。西田谷さんの「認知物語論」は私にはむずかしすぎるのだが、あの緻密な論文を書く西田谷さんが私の書くものにずっと注目をしてくれていた。私はいい読者に恵まれているのだ。私は感動した。

とりわけ私が感激したのは、自分のホームページ（「亀井秀雄の発言」）に載せた文章にも目を配っていただいたことである。

私は『明治文学史』（岩波書店、平成一二年）を出して以来、学会から距離を取ってきた。直接市民に語りかけ、それを文章化して電子メディアに載せる発表方法に大きな可能性を見出したからである。私にはまだ外国の大学で研究発表や講演をする機会があり、日本においても、文学研究の学会以外の学会で話をさせてもらう機会もある。その原稿もまたホームページに載せることにしたわけだが、その中の幾つかが、今回は論文集の形で読んでもらえることになった。ホームページに発表したものが、論文集に収められるのは、文学研究の分野では多分これが初めてだろう。ひつじ書房の見識に敬意を表したい。

ただし、外国で行った講演や発表には、以前に論文で書いたことと内容的に重複している箇所もある。そういう箇所には手を加えた。また、それ以外の論文でも、言葉足らないところは補足説明をした。

そういう作業をしている間にも、私は幾つかの自己発見を経験し、その意味でも本書の校訂作業は楽しく、ありがたかった。

たとえば一枚のカードに傘の絵を描いたとしよう。要するにそれは「傘」という概念を絵にしたカードにすぎないわけだが、気象情報のチャートの中に置いてみると、「雨が降っている／降るだろう」という意味が生まれる。太陽の絵を描いたカードも、気象情報という文脈の中に置くならば、「晴れ」という意味を獲得する。そういうカードを幾つか集めると、気象情報カードという独自な意味を持つ集合体が形成されるわけだが、その関係を外して、一枚々々のカードに還元するならば、「雨」とか「晴れ」とかいう意味は消えてしまう。なぜだろうか。「傘」は雨を防ぐ用具の中の代表的なものだ。その点で「傘」は雨具の提喩《シネクドキ》であるわけだが、それが雨を代理表象する換喩《メトニミー》に転用された。そう説明することも可能だろう。だが、それだけではまだどこか足りない。気象情報という文脈と、独自な意味を持つ集合におけるカードの相関関係が、新たな意味を生むのである。

私は本書の中でもこの種の理論的考察を行っているが、本書の論文を読み直す過程で、「傘」マークの場合と似たような、新たな意味の産出があることに気がついた。第II部第1章「纂訳と文体」は、坪内逍遙の『小説神髄』における文体論を検討する予備的な考察として書いたものだが、その文脈から切り離し、本書の配列の中で読み直してみると、『経国美談』独自のインターテクスチュアリティや、「史実」のプロット化(emplotment)という歴史物語の方法に関する独特な試みの面が強く印象づけられる。私はそのことに気がついた。

しかも、「纂訳と文体」のこの特徴は、次の第2章「時間の物語」との関係で、明治期の政治小説の特徴を新たに照らし出している。そういう発見が私には楽しかったのである。

ところで私は、本書の中で、何回か「視向」という言葉を使っている。それはエドムント・フッサールの現象学における Intention に由来し、一般には「志向」という訳語が当てられている。私はあえて「視向」という訳語を当てたわけだが、なぜそうしたのか。最後にその点を説明しておきたい。

私は『現代の表現思想』の中で、一九世紀の初頭、フランスの聾唖学校の若い教師が、アヴェロンの野生児と呼ばれる少年を引き取って、何とか人間社会に復帰させようと努力した記録に注目して、言語習得の観点から分析をしてみた。その目的は吉本隆明の言語観に疑問を感じ、根本的に考え直すことにあったのだが、それだけではない。フッサールの現象学からメルロ＝ポンティの身体論に至る「志向性（Intentionalitäṫ）」の哲学と、三浦つとむのマルクス学が拓いた、労働の対象化と感性の生産の理論をどのように統合するか。それが私の関心事だった。

いま考えると、怖い物知らず、とんでもない大問題と取り組んだわけだが、その時私に重要な啓示を与えてくれたのが、フランスの哲学者、チャン・デュク・タオの『現象学と弁証法的唯物論』（竹内良知訳、合同出版、一九七一年）だった。チャン・デュク・タオはベトナム出身のマルクス主義者であるが、この独創的な仕事の中で、次のことを明らかにした。〈人間が意識の志向性を獲得するには、それに先立って、視覚や聴覚などの外部に開かれた感覚が、外界の事物を、まさに外的な対象として視覚的、聴覚的に措定できるようになるまでの、長い生物学的な発展の過程があった〉と。それは私には目からウロコが落ちるような啓示だった。もしこの観点に立つならば、〈意識の志向性とは、人間の感覚器官、特に視覚が外的対象をそれとして措定し得るようになった、その能力の次の段階の精神機能、つまり視覚的対象化の能力が内在化された心的機能なのだ〉と捉えることができるだろう。

そのような次第で、『現象学と弁証法的唯物論』を翻訳した竹内良知は、まだ「志向（性）」という訳語を用いていたが、私はむしろチャン・デュク・タオが意図したところを汲み取る形で「視向（性）」という用語を選んだわけである。

ただし、私の関心はあくまでも身体と言語との関係にあり、『現代の表現思想』の中で、幼児が鏡とたわむれながら、身体的な自己像を発見する過程をたどってみた。それと並行して、幼児が「私が」という一人称代名詞の主語表現を使うようになるまでの過程を分析して、「『私』とは自分の外に現れ、自分のなかに入ってきた像なのだ」という認識に達した。私はそういう形で、〈人間はどのようにして、三浦つとむが言う「観念的な自己分裂」という心的な機能を持ちうるようになったのか〉という難問を解いてみたのである。

私はさらに野生児に関する記録を分析して、次のように関心を進めていった。〈「言語」とは自然音の中から幾つかの有節音を抽出して、それを一定の順序に組み合わせた、その意味ではマテリアルな文化と言える。とするならば、人間が言語を習得するとは、有節音の組み合わせ方それ自体に関心を持ち、つまり有節音の組み合わせそれ自体を視向して、意識的に再現することができるようになる、ということになるだろう。若い聾唖学校の教師は、野生児が有節音それ自体を視向できるように、五つの母音と五本の指を対応させ、A(ア)の場合は親指、E(エ)は人差し指を挙げさせる方法によって成功した。その意味で、身体(指)の自己分節化と、母音の分節化とは相互媒介の関係にあると言える。では、そのことと感性とはどう関係するのだろうか〉。

本書にはそういう関心を直接に表現した論文は入れていないが、その関心はおのずから私を導いて、文学テクストのマテリアルな特徴に目を向けさせるようになった。文学テクストのマテリアルと言っても、「何を描いたか」という物語内容の素材や材料のことではない。強いて材料の意味に使うのならば、文学テクストの材料とは先行テクストになるわけだが、私が言うマテリアルはそれともやや違い、文字の配列や、振り仮名、記号、欄外注記など、文字通り物質的な視覚対象の全てを指す。それらのマテリアルは、内容中心主義的な読み方をする読者には意識されることなく、いわば無視されてしまうわけだが、それにもかかわらず、読者が表現性を知覚する仕方に一定の作用を及ぼしている。私の関心は、マテリアルのそのような表現性を復権させることにあり、それならばその表現性の知覚と感性はどのように関係するか。私の関心はそんなふうに進み、『感性の変革』の前半では、マテリアルの表現性も視野に入れた表現史を実験してみた。本書における第Ⅲ部「近代詩史の試み」も同様な意図に基づいており、さらにマテリアルの表現性が身体性を媒介として展開していくあり方にも関心を拡げてみたわけである。

以上のような意味で、私の出発点は『現代の表現思想』にあったわけだが、次の『個我の集合性——大岡昇平論——』では、文学を個人性の表現として見る方法の破却を宣言した。大岡昇平が『レイテ戦記』に引用した数多くの体験談や回想記は、形式的には個人的な体験を語っているだけのように見える。だが実際は、一緒に体験した他者の知覚や語りを取り込んだ表現となっている。私のインターテクスチュアリティの方法はこの発見から始まったのである。

面白いことに、『現代の表現思想』が出た直後から、泡を食ったように哲学者や評論家が「身体論」と銘打った本を書き始め、書店にあふれた。同じ頃、ジャック・ラカンの「鏡像論」が新しい人間観を拓いたものとしてもてはやされ、ポスト構造主義とインターテクスチュアリティの方法に、新しい文化学の期待が寄せられた。私自身の身体論や「鏡像論」や、インターテクスチュアリティの方法はこれまで挙げた先人の業績を読み込むことから生まれたもので、もともと出自が異なっている。ただ、当然のことながら私は先の動向に共感するところが多く、しかし納得出来ない点は遠慮なく批判した。だが、そういう私の立ち位置は分かりにくかったらしい。評論家や研究者から見当違いな評価を受けることが多かった。

幸い私は、本書によって、私の立ち位置を明らかにする機会に恵まれた。そういう点でも、本書の出版をひつじ書房に薦めて下さった西田谷洋さんと、編集部の森脇尊志さんに深く感謝している。

二〇一三年五月

目次

第III部　近代詩の構成

第IV部　文体と制度

第Ⅰ部 発話と主体

第1章　文学史の語り方

1　進化論的モデル

歴史と物語

今日は「文学史の語り方」というテーマでお話をさせていただきたいと思います。皆さんの中には、なぜ「文学史の方法」ではなくて、「語り方」なのか、そう疑問に思われた方もいらっしゃるかもしれません。ただ私としては、すでに出来上がっている「方法」を紹介するのではなく、むしろ物語と歴史との関係がかつてどのように論じられていたか。それを明らかにすることで、現在の「文学史」を考える糸口としたい。そう考えて「語り方」とさせていただきました。

その手がかりを、まず明治前期の代表的な知識人の一人、田口卯吉が書いた『日本開化小史』（丸屋善七他・一八七七年九月～一八八二年一〇月）の中に求めてみましょう。現在、この著作は日本で最初に書かれた近代的な歴史書と評価され、様々な創見に満ちた文学史を含んでいる。その意味でも極めて注目すべき著作なのですが、その中で田口卯吉はこのように興味深いことを言っていました。

つまり日本に漢字が伝わって以来、大和朝廷は『日本書紀』をはじめ、『続日本紀《しょくにほんぎ》』など、「史」と呼ばれる編年体（chronological order）の記録をたくさん残したが、しかしそれは朝廷が執り行なう祭祀や、不思議な自然現象や、不吉な前兆と思われる事件などを、ただ雑然と列挙しているだけで、一定の基準によって取捨選択が行われたとは思えない。言葉を換えれば、後の歴史家が歴史を書く際には、ある事件と別な事件との因果関係に注意を払うものだが、そういうことには全く関心がなかった。田口卯吉はそのようなことを指摘し、「唯々面前に顕はれたる事件を其侭に記載するに止まるのみ、而して其如何なる事情よりして起りし乎に至りてハ著者全く関係なきが如し」と言い切っていました。

そうしますと、田口卯吉が考える歴史は、事件と事件との関連を見出す能力なしには生れ得ないことになるわけです。彼の見るところ、その能力を養い、育てたのは、『竹取物語』（九世紀後半から一〇世紀初め頃）や『伊勢物語』（成立年代未詳）などの物語でした。

もちろん物語内容や構成は、この世にあり得ない荒唐無稽な出来事であったり、一人の貴族の生と死という大きな枠組みの中に興味深い挿話を配列しただけであったり、必ずしも現実の事件に目を向けさせるようなものではありません。しかしそうは言っても、ともかくこれらの物語に、事件と事件の関連を語り、一つのストーリー・ライン（story line）を辿ってゆく発想が現われてきた。田口卯吉はその点を重視して、それらが発達してやがて『源氏物語』（一一世紀前半）という大きな構想の物語を生み、更にその構想を借りる形で、『栄華物語』（正編は一一世紀前半、後編は一〇九二年の後間もなく完成）という歴史書が書かれた、と論じていました。

『栄華物語』は宇多天皇の代（八八七〜八九七）から堀河天皇の代（一〇八六〜一一〇七）までのおよそ二〇〇年間、朝廷を中心とする貴族社会に起った事件を語った物語です。各章のタイトルは「月の宴」「夕霧」「雲井」など、従来の物語の章立てに近く、内容もまた帝の遊宴や、大臣の栄華、妃の入内《じゅだい》などが中心で、田口卯吉の言葉を借りれば、「其間に和歌を交へ、女々しき状態を写せしものなり、されば其意を注ぎし所、決して国家有要の事件と称すべからず」という性質のものでした。ですから、現在の歴史学者や文学研究者はこれを「歴史物語」と呼んで、「物語」に分類し、歴史書とは見なしていません。

ところが田口卯吉はそういう特徴を認めつつも、「之れを何事も差別なく混合して記載したる六国史《りっこくし》（『日本書紀』から『三代実録』に至る六種の「史」）等の錯雑なるに比すれバ稍々選択の智を存すと云ふべし」という観点によって、これを歴史書と評価した。しかも日本で初めて書かれた歴史書と評価したわけです。

「歴史」の進化

このように田口卯吉は、物語の構想力なしに歴史記述は生れ得なかったという、いわば物語先行説を唱えたわけですが、その著書のタイトルに「開化」（civilization）という言葉を使い、いま引用した文章では「選択の智」という言い方をしていました。そのことから分かるように、彼は開化史観の持ち主でした。ただし〈開化史観〉というのは私が作った用語であって、なぜそういう用語を作ったかと言いますと、明治の前期、ヨーロッパから発展段階論的な進化史観が入って来て、大きな影響を与えたからです。福沢諭吉（『世界国尽』一八六九年）や内田正雄（『輿地誌略』一八七〇〜一八七七年）などの知識人がそれを受け継いで、〈人類の文明は野蛮（savage）から未開（semi-barbarous）、未開から半開（half-civilized）を経て文明開化（civilized）へと進んでゆく〉という考え方を説いていました。

ですから、この点から田口卯吉の著書の特徴を見るならば、彼はこの進化論をベースに、日本が開化に向うストーリー・ラインを作り、そのラインに即して事件を取捨選択して、原因と結果の連鎖に配列していった。そして今、そのやり方を「歴史の記述」それ自体の歴史に当てはめるならば、『六国史』はまだ「選択なき、雑然たる列挙」の未開状態であり、『栄華物語』に至って漸く「選択の智」が現われ、半開へ進む萌しを見せていたことになるでしょう。それに対して、文明開化の段階に達した歴史記述とは、彼自身の『日本開化小史』のように、〈人間の「智」を開き、文明を進めてゆく原理（principles）があるとすれば、それは何か〉という問いに答えることができる、一定の説明原理を用意し、それに拠って開化の諸相を描くことだったわけです。

では、彼の考える説明原理とは何であったか。それは「交易」と「想像力」です。この場合の「交易」は、〈共同体と共同体の間で行われる物資の交換と、それをめぐる様々な交渉や、人々の交流〉というほどの意味です。この「交易」が広く、活発であれば、それだけ人間の「智」は開けてゆく。それと共に、時間的、空間的に隔たった出来事を、因果関係の視点で関連させてみる能力も育ってゆく。彼が言う「想像力」はもちろんimaginationのことですが、そのimaginationの中にこの能力を含ませていました。

彼は『保元物語』（成立年代未詳）や『平家物語』（同前）などの軍記物語を挙げて、日本の歴史記述が『栄華物語』から更にもう一歩進んだと評価し、その理由をこんなふうに説明していました。

源頼朝が鎌倉に政庁を開いて以来、『吾妻鏡』（前半は一三世紀後期、後半は一四世紀初め頃）など、編年体の記録類が数多く書かれたが、しかしその記述は「全く関係なき事実をも、年月さへ同じければ之を一文の中に混記せり」という状態で、当時の政治や民衆の状況を知りたいと思っても、その手がかりさえ得られない。

ところが先のような軍記物語が出るに及んで、初めて「記事体」という、事実を描く文体によって、歴史を記述することが行なわれた。〈歴史書の歴史〉という観点から見るならば、これは「事柄に従ひて類別し之れを記載せしかば、数代の事件自から一読の下に瞭然たるを得たり、（中略）此体裁の一たび世に出でしより以後数百年間の史家、皆之れに拠りて以て当時の時情を記載し、後の世の人をして興廃存亡の理由を窺ふを得せしめたり」という画期的な出来事だったわけです。

それだけでなく、彼はこれらの物語が編年体の制約を解いて「人心を自由に発露させる」ようになった。

（個別史）のなかで最も重要なのは国家の歴史である」と言っていました。先ほど紹介した時代（periods）とエポック（epoch）の理論は、あくまでも国家の歴史を前提にしたものだったわけです。

2　生命体イメージ

誕生と死

さて、ここで改めて時代区分の問題に戻りますと、ヘップバーンによれば、時代は「それ自体の開始（beginning）と中間（middle）と終結（end）を持つ」ことになっていました。ただし、このような言葉で区分を示す歴史書は、少なくとも日本ではほとんど見られません。しかしこれを「前期」「中期」「後期」と置き換えてみれば、皆さんもそういう形で一つの時代を分節化した歴史書を手にした経験をお持ちのことと思います。

それと共に、この分節化が一種の有機体的、生命体的イメージを伴っていることに気づかれたかもしれません。特にこれは文化史や文学史に顕著に見られる傾向なのですが、「前期」はその時代を特徴づける文化（文学）が発生し、成長してゆく時期で、健康なエネルギーに満ちている。「中期」は成熟期で、完成度の高い作品が生まれ、そして「後期」は爛熟の頽廃をただよわせ、次第に衰退に向ってゆく。つまり発芽（誕生）、成長、開花（成熟）、爛熟、枯死（頽落）、というように植物、または人間の一生をモデルとしたような生命サイクルのイメージで語ってゆくわけです。

しかもこのイメージは、「開花（成熟）」と「爛熟」の間を境目として、健康（健全）と病的（不健全）、向上と衰退、明と暗、善と悪、美と醜などの価値判断を含意（connote）している。歴史学者はほとんど無自覚にこのイメージに依存しながら、現実的／逃避的、リアリズム／デカダン、状況批判的／状況追随的などの道徳的なメッセージを発しているわけです。

『日本文化史』の場合

今その一例として、家永三郎の『日本文化史』（岩波書店・一九五九年一二月）を見てみましょう。江戸時代はまだ商業ブルジョアジー的な段階でしかありませんでしたが、ともかく町人が経済的な力をつけて独自な文化を生むまでに成長し、文学の領域では「浮世草子」という新しいジャンルが現われた。彼は江戸時代の「前期」に当たる元禄時代（一六八八〜一七〇四年）の文学をこのように紹介して、その特徴を次のように説明していました。

浮世草子は、前代のお伽草子、およびその系統をひく仮名草子が、さらに転化をとげたものである。俳諧作者である井原西鶴が、鋭い写実的精神をもってとらえた町人生活の種々相を、軽妙な俳諧的手法で表現することにより、独得のジャンルとして文芸史の主流を形成するにいたった。（中略）町人の享楽・営利・蓄財等の実情を鋭く観察した初期の作品から、窮乏のどん底におちいった人々のやりくり生活やあきらめの心境を鏡のように照らし出した『世間胸算用』『西鶴置土産』等の晩年の作品にいたるまで、日本的リアリズムの一つの最高峰を示しているといえよう。

つまり、興隆期を迎えて自信を持ち始めた町人階層の批判的リアリズムが西鶴の浮世草子に体現されていた、というわけですが、それに対して江戸時代の「後期」に当たる文化文政時代（一八〇四〜一八三〇年）

については、こう語っています。

権力の他律的な圧迫で健全な文化が育成されるはずはなかったから、町人文化の爛熟と頽廃化を阻止できなかったのはもちろんのこと、権力に迎合するポーズだけをとったり、表面は政策に従って目だたないところに欲求のはけ口をもとめるといった、不健全な傾向を濃くする結果さえまねいたのであった。(中略)文芸では、西鶴を絶頂とする浮世草子が、類型化した気質物《かたぎもの》となって衰えた後に、読本・草双紙・洒落本・滑稽本・人情本などのさまざまの種類に分化した小説本が流行しはじめた。

読本は、歴史に題材をとった長編の読み物で、滝沢馬琴が二十八年をついやして書き上げた『南総里見八犬伝』のごときは、百六巻におよぶ無類の長編として名高い。しかし、人物が類型的な上に、封建道徳に迎合した「勧善懲悪」のイデオロギーを機械的にもちこんだため、いちじるしく不自然な作品となり、複雑な筋の展開のみに興味をつながせるだけの、魅力にとぼしいものとなっている。

ここで彼は「爛熟と頽廃」「不健全」「類型的」「不自然」など、否定的な評価の言葉を乱発しています。これは極めて主観的な印象批評、というよりはむしろそれ以前の、あの生命サイクルのイメージの強引な押しつけと言うべきでしょう。なぜなら元禄時代の作品、いや、西鶴個人の作品に限ってみても、健全/不健全、個性的/類型的、自然/不自然という二項対立を当てはめてみれば、十分すぎるほど十分に「不健全」で、「類型化」で、「不自然」だったからです。逆に言えば、西鶴の作品に「鋭い写実的精神」があると言えるかどうか、はなはだ疑わしい。それだけでなく、「写実」という特徴は、後期の洒落本や滑稽本などのほうにより強く現れています。

その意味で彼の記述は文学論としてはほとんど何の根拠もないものなのですが、ただし以上のような傾向は彼の日本文化史だけに限りません。『万葉集』を前期、中期、後期、更には晩期にまで別けて、その作風の変遷を政治状況と関連させながら説明した研究書や、平安時代の物語文学の歴史を前期、中期、後期に別けて記述した研究書は数限りなくありますが、それらを見ると、大半があの生命体のイメージを下敷きにしている。皆さんも一度はそういう研究書を手にした経験をお持ちだろうと思います。

家永三郎は古代王朝の「律令社会」の文化を論じた箇所で、「もし権力と富とが必ず高い芸術を作ると定まっているならば、何故に徳川幕府は日光東照宮のような愚劣なものしか作りえなかったのであろうか」と、これまた全くお門違いの日光東照宮批判を書き込んでいました。多分彼が言いたかったのは、〈民衆を収奪し、民衆を疎外した権力が作る芸術は愚劣なものでしかない〉ということだったのでしょう。

私がこの『日本文化史』を例に挙げたのは、かなり長い間、高等学校の生徒たちによく読まれた本だったからです。日本の学校には「読書感想文」という教育方法がありまして、夏休みに生徒が読むべき本を何冊か選んで、各地方自治体の教育委員会が「課題図書」として指定する。または学校の先生が「推薦図書」として指定する。そして休み明けに「読書感想文」を提出させ、その中から出来のよいものを選んで表彰をするわけです。その課題図書や推薦図書の高等学校の部に、この本が指定されることが多く、そのことを含めて割合に広く読まれる教養書でした。

なぜこの本が指定されたのか、その理由はよく分かりません。先ほどの引用からも推測できるように、家永三郎は民衆の立場を標榜する、反権力的な進歩主義的歴史家でした。そして彼の世代の反権力的進歩主義者は、おおむね思想的、心情的な根っこを一九二〇年代、三〇年代の日本的マルクス主義に持っていたのですが、この時期のマルクス主義者は同時代の資本主義国家を〈急速に没落、崩壊しつつある第三期、つまり末期状態〉と診断し、しきりに社会の爛熟や頽廃を論じていました。その影響が家永三郎たちの発想に残ったわけですが、そういうモラリストめかした、憂国的で警世的なもの言いが、リベラルな立場の、良質な進歩主義者の印象を生んだのではないかと思います。

しかし彼はしっかりとした文化史の方法を持っているわけでなく、安直にあの生命体イメージや、健康（健全）／病的（不健全）などの二項対立を用いている。その点では、彼とは対極的な、保守的で国家主義的な歴史学者と、本質的な違いはありませんでした。

有機的全体

では、なぜこういう傾向が生まれたのでしょうか。ここでもう一度ヘップバーンが、「時代（periods）」という概念について、〈エポック（epoch）によって画されたそれぞれの時代は、事件の特質（the nature of the events）によって明瞭な歴史的個性（a distinctive character）を備えている〉という意味のことを言い、そのように画された「時代」を「有機的な全体（organic whole）」と呼んでいた、そのことを思い出して下さい。ただ、現代の私は近代の歴史学の傾向が全てヘップバーンに由来すると考えているわけではありません。現代の歴史学者が自明のこととして、敢えてその理由を問おうとしない基本的な概念や方法を、ヘップバーンが几帳面に取り上げていた。それを参考にしながら、現代の歴史学者が半ば無意識に行っていることに照明を当ててみたいわけです。

そのことをお断りして、ヘップバーンの言葉にもどるならば、彼はまだ年代記的な記録の段階に止まる、未整理の雑多な事柄を「粗製で未消化な事実のかたまり（a rude, undigested mass）」、あるいは「異質なカテゴリーに属する事柄（heterogeneous matters）」と呼び、それと対比する形で、歴史における「時代」を「有機的な全体（organic whole）」と呼んでいました。

それを今、歴史／年代記という二項対立に整理してみますと、均質的（homogeneous）／異種混合的（heterogeneous）、秩序／乱雑、有機的（organic）／機械的（mechanical）という対比が浮かんでくる。そうしますと、歴史を語る（書く）とは、一定の視点によって雑駁な年表的素材を吟味し、異質なカテゴリーの出来事を取り除けて、物語の統一を与えることになるわけですが、この統一体に有機体としての生命が宿るか否か、それは語り手が「時代」の精神や個性を把握する認識力を備えているか否かにかかっている。そのように理論化できるだろうと思います。

大正期や昭和期に書かれた文学史を見ていますと、しばしば「時代精神」とか「時代思潮」とかいう言葉にぶつかります。〈時代を動かし、時代を特徴づける、その時代固有の精神（的傾向）〉という意味で使い、一般にこれはドイツの歴史哲学の"Zeit-geist"の訳語と見られています。しかし、英文学に親しんだ詩人・北村透谷は「明治文学管見」（『評論』第一〜四号　一八九三年四月八日、二二日、五月六日、二〇日）の中で、早くも「時代の精神は文学を蔽ふものなり」という言い方をしていました。

「時代」という言葉は現在ではごく当り前に使われているわけですが、この頃漸く一般に使われ始めた用語で、江戸時代から明治前期までの人たちが過去の「ある時期」をさす時は、「世」または「代」という言葉を使っていました。「時代」という言葉がなかったわけではありませんが、どちらかと言えば「時代物」とか「時代狂言」とかいうように、「時を経た」、「過去の」という意味の形容詞として使っていました。そんなわけで、先ほどは、田口卯吉が明確な時代区分の意識を持たなかったことを紹介しましたが、彼は各章のタイトルに「時代」という言葉を使うこともしていませんでした。

そういう時期、北村透谷は「時代の精神」という新鮮な響きの言葉を使って、文学史の根本原理を考察し、

うが多く、だからこの二つの時代の「文学」は決して同じではない。

そういう研究に照らして見るならば、家永三郎は江戸時代の読本や洒落本や滑稽本を江戸時代の「文学」に数えていましたが、江戸時代の人たちの価値観からみれば、それらは「文学」ではありませんでした。もし江戸時代の人が家永三郎の本を読む機会があったとすれば、「何だか訳のわからない、変わったことを言ってる人がいるよ」と珍しがって、家永三郎を見物に出かけたかもしれません。

その意味で文学の歴史的研究の材料は決して一定ではなく、時代によって異なってくる。その点は十分に心得ておく必要があるのですが、しかし見方を変えれば、それを文学と考えるか否かは別として、とにかく読本や洒落本や滑稽本という言語テクストが具体的、客観的に存在している。これは大変に重要なことだと思います。なぜなら、それらの言語テクストが客観的に存在すればこそ、なぜこの時代の人たちはこれほどたくさんの種類の言語テクストの中から、この範囲のものだけを「文学」に数え、それ以外の種類を「文学ではない」ものとして退けたのか、それを問う形で、その時代の文学観そのものを研究対象とすることができるからです。そして更に、そのように捉えたAという時代の「文学観」と、Bという時代の「文学観」、Cという時代の「文学観」を比較し、変化の理由を追及して、「文学観」の文学史を書くことが可能になるはずです。

権力性の問題

このことが実は、今日「文学史の語り方」というタイトルでお話したかったことの一つでありまして、それをもう少し補足して言いますと、それでは主にどんな人たちが「文学」の範囲を決めているのか、という問題が起こってくる。今そういう問題意識をもって現在の文芸ジャーナリズムの編集者や書き手、また大学の教師、特に文学部の教師の言説に注意を払ってみて下さい。そうしますと、その人たちの発言が「文学」の範囲を決める上で非常に強い影響力を持ち、ある意味では権威主義的に「文学観」を管理していることが分かる。そういう権威に裏づけられた影響力を、「言説研究」という学問では〈権力〉と呼んでいます。この権力がしばしば文化政治的なイデオロギーを発揮し、ですからそのことを含めて「文学観」を歴史的に研究することが必要なのではないか。私はそう考えています。

誤解はないと思いますが、だからと言って、私は文学や、文学に関する言説を否定的に見ているわけではありません。私が言いたいのはむしろその反対で、〈時代々々によって「文学」の範囲は異なるかもしれないが、その「文学」を含む様々な種類の言語テクストが文学史の研究材料であり、そうであればこそ、文学の歴史的研究は文学的言説の権力性やイデオロギー性に関する研究を、自己批評的に内包することができるのだ〉ということです。

そういう自己批評的な自己言及性を内臓することができるか否か。これは学問の質を決める重要な要素ではないでしょうか。

5　提喩（synecdoche）的レトリック

北村透谷の「徳川氏時代の平民的理想」

ただし私が先ほど言った「文学史の魅力」は、以上のこととはやや意味合いが異なります。これは「時代」を、均質的なものによって構成される、有機的な全体と考える考え方（ヘップバーン）や、固有の精神を宿すものと見る見方（北村透谷）と関係することですが、今このことを、その有機的な全体を構成する個々の存在の側から見てみましょう。そうすると、個々の存在は有機的な全体の一部分であるわけですから、当然何らかの形で、有機的全体の本質を分け持っていることになるはずです。

江戸時代後期の洒落本は、遊郭における「粋（いき／すい。chic; stylish; sophisticated）」という遊びの美学に殉じて身を滅ぼす人間を、肯定的に描いていました。滑稽本は軽率な人間の失敗を誇張的に描いて、読者の笑いを誘っていました。読本は権力を恐れずに自分の武侠（chivalry）を誇る、無謀な若者を英雄化していました。

いずれも特徴が異なりますが、北村透谷は「徳川氏時代の平民的理想」（『女学雑誌』・一八九二年七月）という文学史の中で、共通のモチーフを読み取っていました。江戸時代の民衆の中には平等を求める思想が底流していたが、武士階級の権力によって押さえ込まれて、一部の人たちは虚無感に囚われてデカダンな享楽に走り、また、他の一部の人たちは笑いによって虚無感を吹き飛ばそうとし、別な人たちは無目的に自分たちの勇気を競い合った。彼はそのように理解し、一種の不屈な反骨精神――非常に屈折した形ですが――を、そこに見出していました。

確かにこれは大変魅力的な読み方で、この読み方に従うならば、家永三郎が否定的にしか評価しなかった洒落本や滑稽本や、滝沢馬琴の読本も江戸時代の精神史の重要な一面を担っていたことになる。それだけでなく、全く異なる特徴のジャンルの間に内的な関連を見出す方法を示していたからです。

提喩と換喩

私のこのような紹介から、アメリカの歴史理論家、ヘイドン・ホワイト（Hayden White）の『メタヒストリー』（*Metahistory*. 1973）を思い出した方もいらっしゃるかもしれません。この本は「歴史の語り方」を考える上で、私には大変に啓発的な理論書だったのですが、その中でホワイトは歴史を物語化する方法の一つとして、ヨーロッパの修辞学で言う提喩（synecdoche）的な語り方を挙げ、それを“object-whole terms”という熟語を使って説明していました。

提喩とは、例えば「人はパンのためにのみ働くものにはあらず」という場合の「パン」のように、「パン」によって食物全体を意味させるレトリックのことです。その限りでは何の問題もないのですが、それでは、「あそこに帆が見える」のように、舟の一部分である「帆」によって「舟」全体を意味させるレトリックも提喩に入るのか、と言えば、そこに微妙だが重要な違いがある。それを説明するために彼は、“object-whole terms”という熟語を作ったわけです。

ただ、この言葉をどんな日本語に置き換えればいいか、私にはちょっとむずかしい。とりあえずここでは「個─全体関係」と訳しておくことにしますが、この熟語における「全体」とは、〈それを構成する個々のものが有機的に統合された全体〉の意味であり、ですから個々のものの単なる総和ではなくて、それを超えた統合体ということです。それに対する「個」は、有機的全体へと統合された個々のものの一つであり、この「個」と「全体」との関係は外在的でなくて、内在的な関係にある。内在的な関係であればこそ、この「個」は「全体」の本質を分け持ち、または本質を反映し、それ故に「全体」の表象となり得るわけです。

それに対して、「あそこに帆が見える」の「帆」は確かに舟の一部分ですが、舟と内在的な関係にあるわけではない。舵やマストや甲板などと同じく、あくまでも舟の一部分であり、互に外在的な関係にある。そういう関係をホワイトは“part-part relationship”（部分─部分関係）と呼び、この関係に基づくレトリックを換喩（metonym）と呼んでいました。

文学史の魅力

少し抽象的な理屈に入ってしまいました。ただ、このように整理してみると、これまで書かれた文化史や文学史はいずれも無意識的に提喩的、換喩的レトリックに依存していたことが分かります。

では、なぜ「無意識的に」と言えるのか。

いま文学史を個々の作品だけで――つまり時代背景に言及したり、作者の人生を参照したりすることなく――書くとしたら、一体どんな文学史が可能だろうか。そういう仮定を立ててみて下さい。そういう仮定を立て、実際に実験してみれば分かることですが、その文学史は限りなく編年体の年代記に近づいてしまう。なぜなら、時代背景や作者の伝記に言及しない文学史が可能だとすれば、それは、ある作品と別な作品との影響関係、あるいは批評関係を見出しえた場合だけですが、そういう事例はごく限られているからです。大半の作品はただばらばらに存在している。ばらばらに存在する作品をどう配列するか。結局は年表的に並べるしかないでしょうし、その年表からは「時代」の区切りも消えてしまうでしょう。

ただし、そういう文学史を書いてみようと試みた研究者は、少なくとも日本には一人もいませんでした。たぶん大半の研究者はそのような仮説を立ててみることさえ思いつかずに、ただ習慣的に「時代」に言及し、作者の伝記を参照しながら文学史を作ってきました。私が「無意識的に」と言ったのはこの意味なのですが、何故そんなふうにやって来ることができたのかと言えば、文学作品は何らかの形で現実を反映しており、その反映の仕方は作者の現実に対する姿勢と無関係ではない、という前提があったからにほかなりません。

そういう前提に依存して、家永三郎は提喩的レトリックと、換喩的レトリックをごちゃまぜに使い、北村透谷はもっぱら提喩的なレトリックを偏愛していたわけです。

そしてまた、先ほど私が「文学史の魅力」と言ったのも、以上のようなことを念頭に置いてのことであって、現在の日本の文学研究者は、まだ文学史と作家研究と作品研究とを区別する問題意識を持っていない。そういう状態のおかげで、極めて恣意的に「時代」を語り、伝記を参照しながら、自分好みの物語を作ることができるからです。

次にその例として、前田愛の『樋口一葉の世界』（平凡社・一九七九年）を挙げてみましょう。言うまでもなくこれは樋口一葉に関する作家研究なのですが、そう言えるのは第二部に入ってからで、第一部では明治中期の女性の書き手を五人取り上げていて、内容的には列伝体の文学史となっている。私が『樋口一葉の世界』を例に取り上げる理由は、そこにあるわけですが、ともあれ彼はその五人の中の一人、中島湘烟《しょうえん》の活動を次のように意味づけていました。

中島湘烟は京都の裕福な呉服商の家に生まれ、一八七九年、数え年一七歳の時に、京都府知事の推薦により、明治天皇の宮廷に、皇后の学問相手として仕えました。しかし一八八一年の秋に辞職してしまう。前田愛はその理由を、多くの女官たちの無知と迷信に見出し、山川菊栄の『女二代の記』（平凡社・一九七二年）という回想記の中の、「皇后が病身で子がないところから、誰が皇子を生むかが問題で、女官に子供ができても無事に生めないように、朋輩があらゆる妨害をくわえた」という証言に基づいて、中島湘烟はそのような陰湿な雰囲気に堪えられなかったのだろう、と推測しています。

彼女は辞職後、土佐（高知県）の自由党に近づき、坂崎紫瀾《しらん》や宮崎夢柳《むりゅう》などの有力な党員と交際を結び、一八八四年には自由党の新聞『自由燈《じゆうのともしび》』（一八八四年一月一四日〜一八八六年一月一三日）の客員となって女性の権利を主張する政治演説を行うなど、急激な変貌を遂げて行く。この変貌を、前田愛は「美しい十二単《じゅうにひとえ》に包まれた女官たちの不幸が、すべての女性の不幸に通じていることを自覚したときに、彼女の（男女）同権論は離陸しはじめ」た、と捉えています。そしてその後の彼女の経歴を、彼は「女権拡張の閨秀演説家から自由民権の活動家への成長」と呼んで、この「成長」を彼女に促したのは、「男性の圧政のもとにある女性の実態を語ること自体が、明治政府の圧政を余儀なくされている民衆の苦痛を語ることに結びついて行く」という「自覚」だった、と説明していました。

これもまた確かに魅力的な文学史的物語で、私たち読者は前田愛が描く湘烟のあざやかな転身に目を奪われ、彼が言う湘烟の「自覚」は果して彼女の作品に根拠を持っているのか、それとも前田愛の意味づけなのか、疑ってみることなど思いもよらない。まさにその通りだっただろうと納得させられてしまう。日本の文学研究におけるフェミニズム運動を加速させた記念碑的な著作として、この『樋口一葉の世界』は評価されていますが、理由のないことではありません。

樋口一葉についても、彼は一葉の『日記』を参考に彼女の生活を復元しながら、初期の稚拙な悲恋小説の「背後」に、「くろぐろとわだかまっている一葉の欝屈した想い」を読み取っていました。その「欝屈した想い」は、彼の説明によれば「零落した士族の娘が明治の上流社会にたいして抱く羨望と憧憬であり、ロマンティックな結婚の幻想」から生まれたものだったそうです。そして一葉の後期の作品がすぐれたものとなり得たのは、彼女がこの「錯綜した劣等感から解放され」、そのことによって「はじめて明治女性のもっとも深い嘆きの声を、作中人物の声とすることができた」からだ。前田愛はそう説明していました。

提喩的レトリックの落とし穴

しかしここまで見て来れば、前田愛の駆使する「個―全体関係」のレトリックが、どんなにこの物語を誇張に満ちたものにしてしまったか、あまりにも明らかでしょう。

彼は宮廷における「美しい十二単に包まれた女官たちの不幸」を、一挙に「すべての女性の不幸」にまで全体化してしまいましたが、中島湘烟の言動のどういう部分から「女官たちの不幸」に関する認識を読み取ることができるのか、また、仮にそれを読み取ることが可能だとしても、どういう理由でそれを「すべての女性の不幸」の自覚にまで普遍化することができるのか、説明をしていません。「男性の圧政のもとにある女性の実態を語ること自体が、明治政府の圧政を余儀なくされている民衆の苦痛を語ることに結びついて行く」についても同様でした。

そのうえ困ったことに、中島湘烟の『善悪の岐《ふたみち》』（一八八七年）という小説は、前田愛が言う「中島湘烟の自覚」と対応するような要素を全く持っていない。

これはイギリスのエドワード・リットン（Edward G. Bulwer-Lytton）の『ユジーン・アラム』（*Eugene Aram*. 1832）のストーリーを借りて、舞台を兵庫県の須磨に、時代を江戸時代末から明治初めに設定した翻案小説です。しかしそのどこを取ってみても、女権思想や、抑圧された女性たちの実態を訴える表現を読み取ることはできません。優れた学芸を身につけながら、社会での活動を厭い、田舎に隠れ住んでいる人物が、実は殺人犯だった。このドンデン返しは、当時の探偵小説ブームを意識した趣向と見るべきでしょう。その村にはもう一人、世俗の名誉や利益を捨てた高潔な隠士が住んでいて、二人の娘を持っていました。その姉娘は田舎に隠れ住んでいる、先ほどの人物を恋い慕い、妹娘はその人物を逮捕する若者を慕っている。その意味でこの姉妹の幸福と不幸は、相手の男によって決定されてしまうわけですが、姉も妹もあくまでも男性の意に適うことを婦徳と心得ていて、結末の悲劇に至ってもそのことは少しも変らない。読者を女権意識に導くような表現はどこにも見られませんでした。

多分そのためでしょう、前田愛は『善悪の岐』には言及せず、中島湘烟の生涯を物語に仕立てるほかはなかった。「美しい十二単に包まれた女官たちの不幸が、すべての女性の不幸に通じている」とか、「男性の圧政のもとにある女性の実態を語ること自体が、明治政府の圧政を余儀なくされている民衆の苦痛を語ることに結びついて行く」とかいう言葉は、あくまでも前田愛が作った中島湘烟物語の中の言葉でしかなかったわけです。

6　新たな試み

作品が語る自分の文学史

以上、私は「文学史の語り方」というテーマで、進化論的モデル、生命体イメージ、提喩的レトリックという三つの「語りの基本型」を挙げてみました。

いずれもそれなりに魅力的な語り方なのですが、私自身は『明治文学史』の中で全く使いませんでした。むしろ意図的にそういう語り方を拒んできました。その理由はそれぞれの箇所で述べておきましたが、もう一つ理由を挙げるならば、生命体イメージや「個―全体関係」のレトリックは全体主義の危険を孕んでいるからです。社会を有機的全体として理念化し、その本質として仮定した精神を、個々の人間に見出そうとする。または個々の作品にその精神の表象を求める。これは全体主義の手法に他ならないからです。この「社会」のところに、民族や国民を置いてみれば、私の危惧するところはお分かりいただけると思います。

そんなわけで私は、全く別なやり方を実験してみることにしました。それは、一つひとつの作品がどのような仕方で自分の読者を作ろうとし、どのような仕方で自分の文学史を語ろうとしていたかを描いてみることです。また、新しい活字印刷や速記術などのテクノロジーがどんな表現を可能としたか、それを表現の物質的な（material）レベルで微視的に検討し、テクスト生産の社会的システムという巨視的なレベルと照応させて、両面から「文学」的な表現が刷新されてゆくプロセスを描いてみることです。その間、「文学者」という自己意識がどのような言説によって社会の承認を得ようとしたかの問題や、自然景観という位相を通して、日本の国土がどのように有機的共同体として理念化されていったかの問題などを取り上げてみました。

いずれも試行錯誤的で、通常の文学史のように時間軸に沿った書き方にはなっていません。その試みが日本ではどう評価されているか。日本の近代文学の研究者からの反応は鈍く、黙殺された状態ですが、幸い研究者でない人たちからは「目からウロコが落ちるようだ」とか「文学史がこんなに面白いとは思わなかった」とかというように、好意的な反応が多く、おおむね好評だったと言えるかと思います。ですから、私は勝手ながら、「要するに日本の研究者は私の問題意識や方法を理解することができず、ついて来られなかったのだ」と決めていました。

ただ一つ残念だったのは、私は田山花袋の『田舎教師』（佐久良書房・一九〇九年一〇月）を、〈初めて自覚的に自分の文学史を語り始めた小説〉として取り上げたのですが、あまり長く書くと他の章との釣り合いが悪くなる、と変な遠慮（？）をして、尻切れトンボの形で終ってしまったことです。

そういう欠点があるにもかかわらず、高麗大学校の金春美教授が私の試みのほうを高く評価して、翻訳して下さった。これほど嬉しく、ありがたいことはありません。これを励みとして、『明治文学史』の終ったところから次の文学史を新たに始めたい。そういう構想で、現在は新たな仕事に取りかかっています。

甦るナショナル・ヒストリー・モデルとの関係で

それはどういう内容の仕事か。予定していた時間を少し過ぎてしまいましたが、もう一つだけ加えさせて下さい。数年前、イギリスのケンブリッジ大学が新しい視点と方法に基づく『日本文学史』を企画し、二〇〇三年一〇月、執筆予定者がアメリカのイェール大学に集まりましたが、編集者から、集まるに先立って共通に読んでおきたい論文や単行本の指示があり、論文のほうはコピーが送られて来ました。その中には私の文学史論もあり、その他、デイビッド・パーキンス（David Perkins）の『文学史は可能か?』（*Is Literary History Possible?*. The Johns Hopkins University Press, 1992）や、リンダ・ハッチオン（Linda Hutcheon）とマリオ・バルデス（Mario Valdes）が編集した論文集『文学史を考え直す』（*Rethinking Literary History*. Oxford University Press, 2002）などがありました。

もちろんここでその全貌を紹介することはできませんが、リンダ・ハッチオンが『文学史を考え直す』の巻頭論文で大変に興味深く、重要なことを言っています。

それはどういうことかと言いますと、一九八〇年代から九〇年代にかけて、英語圏では文学史に関する懐疑と批判が起ってきた。なぜなら、各国の歴史学者が書く歴史というのは、結局のところ、国民国家のIdentity Politics——日本語に直訳すれば「自己同一性政策」となりますが、この「自己同一性」意識の根底には nationality（国民感情や国民意識）の存在が予定されていたと言えるでしょう——の一環だった。文学史もそういう歴史を枠組みとする、つまりナショナル・ヒストリー（国民国家の歴史）をモデルとした「物語」以外のものではなかったからです。

先ほど私は文学史を語る「三つの基本型」を挙げましたが、リンダ・ハッチオンの見方からすれば、いずれもナショナル・ヒストリーをモデルとする「物語」でしかない。私自身にもその点への批判があり、だからこそ『明治文学史』では、その「三つの基本型」を退けたわけです。

ただし、私がリンダ・ハッチオンを紹介したのは、その点を言いたかったからではありません。重要なのは、むしろその次に彼女が言っていたことであって、彼女によれば、二〇世紀の末から今世紀にかけて再びナショナル・ヒストリーをモデルとする文学史が現われてきた。しかも、女性や同性愛者やアフリカン・アメリカン（いわゆる黒人）など、マイノリティの立場に疎外され、抑圧されてきた人たちの文学を、その人たちの立場から語ろうとする文学史の中で、ナショナル・ヒストリーを枠組みとするやり方が起ってきた。その枠組みを前提とすればこそ、疎外され、抑圧された状況からの解放を目的とする文学と、その文学史がリアリティを持ってくる。そういう意味における、目的論的な（teleological）歴史観が復活してきた。彼女はそう指摘しています。

考えてみれば、これは大変に逆説的なことであって、そもそもナショナル・ヒストリーというのは、支配的なマジョリティによるマジョリティのための歴史だった。ですから、それによってマイノリティの立場に追いやられた人たちは、一方ではIdentity Politicsを裏返しのモデルとした形で自分のidentityを確認せざるをえず、他方、そういうidentity観を梃子にしてマイノリティの状況からの解放を訴える。ただ、そうしようとすればするだけ、その動機自体がナショナル・ヒストリーを前提とせざるをえない。もっときつい言い方をすれば、マイノリティからの人間的復権を主張しようとすればするほど、ナショナル・ヒストリーを再生産し続けることになってしまうわけです。

では、この逆説的な悪循環をどう克服することができるか。もちろんそう簡単に解決方法が見つかるはずもありません。ただ、私個人としてはその目処が立たないわけではなく、ケンブリッジ大学の『日本文学史』の「二〇世紀前半の文学」を引き受けながら、実験的な書き方をしてみました。先ほど私は『明治文学史』が終ったところから新たに始めたいと言いましたが、それがこの実験と関係することは、言うまでもありません。

最後は自分の仕事の宣伝になってしまいました。長い時間おつき合いいただき、ありがとうございました。

第2章　言語と表現のはざま

与えられた「言語と表現のはざま」というテーマには、幾つかの視点が考えられるが、ここではフェルディナン・ド・ソシュールの言う言語《ラング》と、時枝誠記や三浦つとむや吉本隆明が拓いてきた「表現としての言語」という考えとを対照させながら、そのはざまに見えてくる問題を検討してみたい。ただ、その両者をいきなり対照させるのではなく、一種の媒介として英語圏におけるマルクス主義的批評家の批判に目を配っておくならば、時枝誠記や三浦つとむの表現論の水準からみて、英語圏のマルクス主義的批評家は二つの点で致命的な欠陥をかかえているように思われる。

その一つは、フェルディナン・ド・ソシュールが言う言語《ラング》とはじつは言語規範であって、人間はこの規範を媒介にその認識を外化するのであるが、この表現過程をかれらが把めていないという問題である。ソシュールの言語学を理論的なモデルとする記号論や構造主義の理論を読んで、まず誰もが感ずる常識（套）的な疑問は、しかし私たちが言語外対象に言及する場合の認識と表現の問題がここには組み込まれていないではないか、という点であろう。マルクス主義的批評家たちもこの疑問から批判を始めるのであるが、結局かれら自身も言語規範と表現との区別を理論化できていないため、ソシュールが慎重に取り除けた言及対象の問題をその言語《ラング》観に押しつける形でみずから混乱に陥り、ソシュール的な流れを批判的に克服できないでいるのである。

もう一つは、かれらが矛盾を、敵対的な矛盾（incompatible contradiction）と非敵対的な矛盾（compatible contradiction）とに別けてみる認識を欠いている、という問題である。言語規範は感性的（物質的）な音声や文字と、超感性的（非物質的）な概念との組み合せという、言わば矛盾した二つの面から成り立っている。これは人間が精神的な交通を行なうために作り出した非敵対的な矛盾であって、その意味でこの種の矛盾は、それを作ること自体が、例えば精神的交通を行うという課題の解決であるような矛盾だと言うことができる。

ところが矛盾というものを全て敵対的な、つまり克服し解決しなければならない矛盾としてしか理解できないとすれば、当然右のような言語《ラング》規範は矛盾の概念から、あるいは弁証法のカテゴリーから取り除けてしまうほかはない。ソシュールの言語《ラング》はもちろん言語規範とおなじなのだが、しかしこれを矛盾の一種とみる見方がないならば、かれの聴覚映像《アコスティック・イメージ》と概念《コンセプト》、意味するもの《シニフィアン》と意味されるもの《シニフィエ》という二項対立的な言語《ラング》のとらえ方は、けっして綜合《ジンテーゼ》には至らない、弁証法とは別個な新しい論理とみることになってしまう。しかもソシュール自身は、言語《ラング》を実在の対象とみるのでなく、むしろその二項対立的な観点から作り出した、言わば学問的（言語学的）な構成物とみることを主張している。観点が対象を作る。たしかにこれはただ単に言語《ラング》だけでなく、人間社会におけるさまざまな非敵対的矛盾としてのシステムの解明には極めて有効な方法であるが、そうであればあるだけあの一面的な矛盾論しか念頭にないマルクス主義者は、それを弁証法の危機と受け取る以外はない。だがその限られた理解で弁証法の復権を試みたとしてもとうてい成功の見込みはなく、他方、構造主義者たちがソシュール的な二項対立観を現代社会の敵対的な矛盾にまで押し拡げ、克服の必要を蔽い隠してしまう傾向は明らかに見て取られる。そこで結局マルクス主義者はその傾向を状況論的に批判するほかはなく、要するにソシュールの言語学をモデルとする記号論や構造主義とは現代の独占資本主義体制を擁護するイデオロギーにすぎない、というつまらない攻撃を行う以外に方法がみつからないのである。

とはいえ、かれがジェイムソンの欠点をよく克服できていたというわけではない。かれもまたソシュール的な言語《ラング》と、認識の表現との理論的な関係には関心がなかったからである。むしろかれは、ジェイムソンがことばの言及対象をものそれ自体とカント的な観念で言い換えていたことにこだわってゆく。ものそれ自体などというのは、それ自体が一種の観念的仮構なのではないか。何ごとかが私たちの認識対象となりうるのは、すでにそれに先立ってなされた他の人たちのさまざまな言説（あるいはそれが私たちに内在化された知覚的・視向的なモチーフや枠組み）によって潜在的に構成されていたからにほかならない。かれはそういう発想を念頭におきながらミシェル・フーコーやデリダを批判し、私たちが対象を外部と内部に分ける仕方の解明に向ってゆき、ジェイムソン的な関心からは遠ざかってしまった。その解明が文学の外部と内部を作り出す枠《フレーム》の問題に向けられ、読むことの政治学へと進んでゆくプロセスそのものはたしかに刺戟的ではあるが、しかしそれならばことばの外部と内部（もしそういう二分法がことばにありうるとして）を作る枠《フレーム》とは何か、というような問題にはもどって来ないのである。

ただし初めにもことわっておいたように、時枝誠記や三浦つとむの優位性を確認するのが本論の目的ではない。私のねらいはむしろその反対であって、アメリカやイギリスのマルクス主義的批評家の以上のような欠点――それはまたソシュール以降の記号論や構造主義の欠陥の反映でもあり、フランスやドイツのマルクス主義者もおなじ問題を抱えているはずであるが――にも拘らず、それらの理論の全体は言語や人間、歴史などについてきわめて重要な観念変更の問題を提起している。それらに照らしてみた時、私たちの表現論は今なおどの程度有効であろうか。どの点で根本的な変更を強いられてくるか。そのことを私はここで検討してみたいのである。

だがその観念変更の運動はあまりにも大きく、いま私はその全体を展望して表現論を照合させてゆくだけの余裕を持たない。さしあたり可能なのは二つ三つそのための予備的な検討だけでしかないのだが、まず時枝誠記を取りあげるならば、かれはしばしば「主体」ということばを用いている。が、それは必ずしも戦後の主体性論における「主体」観のようなものでなく、むしろ日本語の表現構造に基づくものであった。かれは『国語学原論』で、自分の文法論は近世の国学者鈴木朖の学説に啓発されたものだとことわって、次のような鈴木朖の「三種の詞」と「てにをは」の説明を紹介している。「三種の詞」とは名詞動詞形容詞などのいわゆる自立語のことであり、「てにをは」とは助詞助動詞の謂である。

○三種の詞	○てにをは
一　さす所あり	さす所なし
二　詞なり	声なり
三　物事をさし顕して詞となり	其の詞につける心の声なり
四　詞は玉の如く	緒の如し
五　詞は器物の如く	それを使ひ動かす手の如し
六　詞はてにをはならでは働かず	詞ならではつく所なし

念のために説明しておくならば、四は鈴木朖が本居宣長に倣って一つの文を数珠に譬えた比喩であり、名詞などの自立語を水晶の珠に見立て、「てにをは」はその珠を貫く糸のようなものだと考えた。統辞論的な認識とみてさしつかえないだろう。五はさらにそれを道具と人間の関係でとらえ直してみた比喩で、表現的所作の主体としての人間＝「てにをは」というとらえ方が読み取られる。しかもそれは、三で分かるように、

自立語が指示対象を持つのに対して、そういう対象を持たない「心の声」だというのである。

時枝誠記はこのような指示対象の有無を、概念化過程の有無と考えた。概念化過程を経ない「てにをは」こそが主体的な立場の表現にほかならないというわけである。

例えば私たちが眼前の花をみて、対象（花）とその属性（美しい）という二つの概念でとらえた場合、主語と述語（花が美しい）、または形容詞と名詞（美しい花）の組み合せで表現する（その対象を概念の関係として構成する）。あるいはまたさらにもう一つの概念的把握（咲く）を附加して、花が美しく咲いているとか、美しい花が咲いているとかいうように言い表わす。このような場合の助詞「が」は主体の認識作用を現わすのか、それとも概念と概念との関係（普通それは対象の客観的なあり方に規定されると考えられている）を表示するものか、判断はきわめてむずかしいところであるが、かれは後者を含意しつつしかし前者のように主体的立場の現われと見たのである。また助動詞について言えば、対象の情態（花・美しい・咲く）を過去完了、過去、現在、未来というように（話し手との）時間的な関係で表現したり、伝聞（〜だそうだ）や推定（〜らしい）という距離的な関係や、願望（〜してほしい、〜したい）などの要求を現わしたりする。このような時空間的なスタンドポイントのとり方もまた主体的表現ととらえたのである。

その観点でソシュールの言語《ラング》観をみれば——時枝誠記はまだ三浦つとむのような言語規範論を持たなかった——単語（品詞）論としてはそれが大きな欠点を持つものに見えたのは至極当然のことであろう。ソシュールの言語《ラング》観では概念《コンセプト》を持たぬ「てにをは」は説明できないからである。もう一つ両者の決定的な相違は、時枝誠記にはネガティヴィズムの観念がなかったことである。ソシュールにおける聴覚映像としてのハナは、アナやハマやハネではない音声単位のハナ、という具合に、言わば類似の聴覚映像とのネガティヴな関係（差異化）によってしか規定できないわけであるが、そういう観点を欠いた時枝誠記にとって、あることばの単語的なまとまりの知覚は主体的な語意識による把握として説明するほかはなかった。例えば「うさぎうま」は形式的にはうさぎとうまの複合語であるが、普通私たちはこれを「ロバ」という意味の一単語と了解する。その根拠はそれを話したり聞いたりする人の語意識に求めるしかないわけである。あるいはまた白墨ということばは「白」と「墨（黒を含意する）」という矛盾した語の組み合せであるが、その言及対象たるチョークという筆記用具の概念化として、誰もが矛盾したことばとは考えずに「白墨」を使っている。だからこそ色違いのチョークを言い表わす時、赤い白墨とか黄色の白墨とかいう具合に更に矛盾を重ねても、一向に混乱しないでいられるのである。

そんなわけで時枝誠記が言う主体的立場とは、自立語に関しても、その言及対象の概念化や語意識として貫ぬかれていることになる。それは同一対象の多様な言表化という点からも支持できる。ある図形をみて三角形と呼ぶか、三線によって囲まれた図形と言い表わすかは、一面では対象から規定されると共に、他の面では主体の概念化の仕方（三線や囲むなどへの概念的分解とその関係化＝再構成）によって決定されるのである。それだけではない。先ほどの「うさぎうま」や白墨の例からも分かるように、かれの分析によれば、しばしば自立語における複合語的な聴覚映像には矛盾が含まれているのであるが、それに対応する概念が矛盾を統一する。換言すればそういう聴覚映像と概念の関係もまた矛盾やずれを含みつつ統一されている、ということになる。その意味でかれとソシュールの相違は、前者にネガティヴィズムの観点がなく、後者には矛盾論が欠けていたと見ることができるだろう。

ロバと呼ばずに、うさぎみたいな耳を持つ馬に似た動物と言う。いまこの言い方を延言法と呼ぶとすれば、うさぎうまはその縮言法と言えよう。この二つの表現法を意図的に駆使することから、修辞《レトリック》とか文学的表現と呼ばれる言表が生れる。というより、あることがら（の単一な概念）を対象とその属性（つまり主語と述語）とに構成すること自体が、すでに一種の延言法なのである。働き者の息子に死なれた老人が「私は杖を失った」とか「家の大黒柱が倒れた」とかと言い現わしたとしよう。それならこの「杖」や「大黒柱」に息子の概念が含まれていたことになるのか、と時枝誠記はソシュール的な言語《ラング》学を批判した。なぜなら、ソシュールによれば、複数の国語を比較してみれば分るように、一つの言語《ラング》における聴覚映像と概念との結びつきは単なる恣意にすぎないわけだが、ある国語のなかに生きている人間にとってこの結びつきはけっして恣意的なものでなく、言わば勝手な改変を許さぬ約定だからである。しかもソシュールの紹介者、小林英夫によれば、発話行為《パロール》におけることばの意味とは、「さて潜在的なもの（話し手の頭のなかに蓄へられた言語《ラング》）はその数に於いて有限であるが、その質に於いて無限である。例へば町を指すべき語として私は町といふ語一つしか知らないが、如何なる町を指すかは予め決定されてゐない。私がいま貴方に向つて町へ行つて下さいと言つた瞬間に、町の意味は決定されて来る。無限者が限定されるのである」と説明していたからである。言語《ラング》は具体的な言及対象と関係づけられた時に意味を持つ。もしそうならば、「杖」とか「大黒柱」とかいう言語《ラング》が息子を指すのに用いられたのは、用い方の間違いか、あるいはそれらの言語《ラング》に息子という概念が含まれていたか、そのいずれかでなければならないが、あの老人のことばはけっしてそういうものではない。時枝誠記はそう批判した。してみるならば、かれは、言及対象の概念化に絶えずずれが伴うことを認めていたことになるであろう。あの老人における息子の概念化には、家族（または自分）との関係意識が累加されて、「かけがえのない支え」という概念にずらされてゆき、「大黒柱」または「杖」という延言―縮言法として現わされたのであった。このずれは、相手の馬鹿なところを見て「お利口さん」とか「人がいい」とかいうように、反対の概念をあらわすことばへの転換さえも惹き起しうるのである。

そうしてみると、先に紹介した鈴木朖の「三種の詞」と「てにをは」の区別は、別な解釈を許すものとなってくる。対象の概念化には右のようなずれが伴うだけでなく、概念の関係を表示する助詞や、言及されることがらに対する話し手の時空間的な関係意識（時制や距離感、及び要求）としての助動詞が附加されるわけで、それが「心の声なり」の意味であろう。そういう表現行為による対象の概念的な操作が、「詞は器物の如く、（てにをはは）それを使ひ動かす手の如し」と言い現されていたのだとみることができるのである。

このように考えてみれば、次の吉本隆明の『心的現象論序説』の二つの文章は、そのずれそのもののモチーフを記述したものだと言えるだろう。すでに私はその箇所を『身体・表現のはじまり』で取り上げたことがあるのだが、ここでは引用文中の「かれ」とか〈わたし〉とは何かという点から検討してみたい。

> 表現としての言語は、**心的な現象**としてみれば、ただ〈概念〉のこちら側にむかってのみ自己表現をとげようとする傾向にある。それが外化されて話されるとか書かれるとかは第二次的なもので、ただ〈他者〉からは緘黙しているとみられる状態のなかで、ひとつの〈概念〉が構成されれば充たされるという傾向をはらんでいる。言葉にならない言葉を、ある瞬間にわたしたちが感じたとすれば、これは心的にただ〈概念〉にむかって言語がその本性をなしとげようとしているからである。
>
> また〈他者〉との対話のなかで、なにか云おうという心的な状態が兆しながら、その瞬間を逃したとき、云うことは空しいと感じて緘黙をまもったとしたら、かれはただの〈概念〉にむかって自己表現をとげたままたちとまったのである。その理由は多種多様でありうるが、ただ結果的に確実なのは、かれがこのとき規範としての言語にまったく服しなかったということである。なぜならば、話したり書いたりすることは、いずれにせよ規範としての言語を受容することだからである。

眼のまえにひとつの灰皿がおかれている。それは煙草の灰を落し、吸いがらを捨てる目的に叶うようにつくられた容器である。機能としていえば、どんな容器も可燃性でないかぎりはこの目的にかなう。しかし特にその目的にかなう意図でつくられた容器を灰皿と呼んでいる。この容器を〈灰皿〉と呼ぶのはなぜであろうか。なぜ〈灰皿〉ではなく〈お碗〉と呼ばないのだろうか。その理由はほかのどんな根拠からでもなく、規範的に〈灰皿〉と呼び慣わされているからである。だから勝手な造語によってそれを別名で呼んでも不都合な根拠はほんとうは存在しない。そうすれば他人に通じないで不便であろうとか、他の容器と混同するおそれがあるとかいう根拠は、ほんの見かけ倒しのことにしかすぎない。

いま、この過程を心的な現象として追ってみる。〈わたし〉が、煙草の灰をおとし、吸いがらを入れる容器を〈灰皿〉と呼ぶとき、〈わたし〉の心的領域にはある約定にしたがったという感じが喚起される。この感じは、〈わたし〉が眼のまえに灰皿をみていることとは関係がない。いいかえれば、一般的にいって知覚とその対象とは関係がない。（ゴチック体は原文。傍点は亀井）

心的な現象としての〈概念〉は必ずしも聴覚映像としてのハイザラとは合致しようとしない、むしろ時には合致を拒もうとさえするのだ。ただこれだけを言うために、吉本隆明はこれほど沢山のことばを費やしたわけだが、その間かれは規範から逸脱したようなことばは一つも使っていない。それではこの記述のなかで規範としての〈灰皿〉にこだわっている「かれ」とか〈わたし〉とかは一体誰なのであろうか。

ごくあたりまえの常識人ならば、こういうこだわりそれ自体をおかしいと感ずるだろう。なぜなら、もし眼前の灰皿をハイザラと呼ばないならば「他人に通じないで不便であろうとか、他の容器と混同するおそれがあるとか」と考えるのが常識人というものだからである。吉本隆明はそういう人間を対話の相手に想定し、おそらく多くの読者をそこに位置づけて、そんな理由は「ほんの見かけ倒しのことにしかすぎない」と転倒してみせたのである。前半の記述における〈他者〉はそういう人間を顕在化させたものだと見ることができる。

ここで半ば〈他者〉化された私たち読者は、あのこだわりをおかしいと感じた感じ方が自分自身にはね返ってくるのを感ずる。なぜなら、私たちはしばしば自分のなかに孕まれた概念が規範的な言語《ラング》を探し出せないことに焦立ったり不安を覚えたりしてしまうのであるが、それはじつは「ほんの見かけ倒しのことにしかすぎない」規範を求めていただけのことではないか、と新しい不安を誘い出されてしまうためである。おかしいこと（異常）によるあたりまえなこと（正常）の相対化。ことばの拠り所というものの、根源的な欠如。やや大げさに言えば、私たちはそういう動揺を喚起されつつ、それと同時に半ば「かれ」や〈わたし〉の側に立って自分の「心的な現象」を内観し始める。つまり吉本隆明が緘黙の、ディスコミュニケーションの関係として設定した〈他者〉と「かれ」（または〈わたし〉）とが、かえって私たちの内部では新たな対話を開始するのである。

この内的な対話でどちらが相手を説伏できるかは、さしあたりここでは問題ではない。むしろいま問題なのは、この時私たちは吉本隆明と「かれ」（または〈わたし〉）との間に立たされてしまうことである。一般的に言えばこの「かれ」は、記述の客観性の必要から吉本隆明が自分を三人称化したものとみることができる。次の〈わたし〉は、吉本隆明が規範に従うことにこだわりながら、しかし眼前の灰皿を一まず常識的に〈灰皿〉と呼んだことに準じて、おなじく吉本自身を〈わたし〉と表記したのであろう。一応はそう考えることができるのだが、しかしいささかも規範から逸脱せずに書きつづけている吉本隆明と、規範にこだわり〈他者〉と緘黙のまま向い合っている「かれ」や〈わたし〉とは必ずしも合致しない。

正常な記述のなかに仕掛けられた、異常による正常の相対化。吉本隆明のねらいはそこにあったと言えるのだが、いまその内的な対話をくり返しながら改めてこの仕掛けに眼を向けてみるならば、その吉本隆明は私たちや「かれ」（または〈わたし〉）とは別な次元に立ち、あるいは別な位相を持っていることが見えてくる。ここで語っているのは誰なのか。あの吉本隆明なのか、それとも「かれ」や〈わたし〉なのか。

先ほど言及した小林英夫ふうに考えるならば、言語《ラング》とはある時代、一つの社会に住む人たちの頭の中にほぼ共通に蓄えられている心的実在体であるが、そのなかの一人が目の前の容器を「灰皿」と呼んだ時、当該の容器の「灰皿」という意味が決定される。換言すれば、「灰皿」という言語《ラング》が外化され、客体化されるわけである。別な見方をすれば、その発話者は誰でもよい任意の存在であり、その容器も任意の存在でしかないわけだが、「灰皿」という言語《ラング》はその任意性を超えた心的な実在体であって、それが任意な人の口を借りて、ある容器の「灰皿」という意味を生んでゆくことになるだろう。その意味では、言語《ラング》とは個別の発話者を超えた、真の語る主体となるわけだが、しかし先に引用した二つの文章で吉本が疑問視しているのはまさにそういう規範としての言語《ラング》の根拠なのであって、この場合の書く主体は時に「かれ」や〈わたし〉と同一視される形で規範への違和を語り、時には「かれ」や〈わたし〉を自分の一部として取り込みながら規範を駆使するところの、言わば循環装置そのものと言わなければならない。だから吉本隆明とはそういう循環装置の固有名詞化なのである。

そして近代の小説もまたおおむねこの循環装置として産み出されたものだと言えるであろう。

さてそれでは、改めて話したり書いたりする主体と「私」という一人称の代名詞とはどんな関係にあるのであろうか。

時枝誠記はこんなふうに説明している。

主体は言語に於ける話手であつて、言語的表現行為の行為者である。（中略）屢々文法上の主格が言語の主体の如く考へられるが、主格は、言語に表現せられる素材間の関係の論理的規定に基くものであつて、言語の行為者である主体とは全く別物である。（中略）成る程、「私は読んだ」といふ表現に於いて、この表現をしたものは、「私」であるから、この第一人称は、この言語の主体を表してゐる様に考へられる。しかしながら、猶よく考へて見るに、「私」といふのは、主体そのものでなくして、主体の客体化され、素材化されたものであつて、主体自らの表現ではない。

三浦つとむは『日本語はどういう言語か』でさらに明快に説明している。

一人称の表現の場合、見たところ対象となっている自分と話し手は同一の人間です。しかし**何かを対象としてとらえるということは、対象から独立してその対象に立ち向っている人間が存在しているる**ということなのです。対象とそれに立ち向っている人間とが同一の人間であることはできません。**一人称の場合には現実に同一の人間であるように見えても、実は観念的な自己分裂によって観念的な話し手が生れ、この分裂した自分と対象となっている自分との関係が一人称として表現される**のです。（ゴチック体は原文）

要するに話したり書いたりする主体と、文章中に主語として現われる「私」とは理論的に区別すべきであって、前者が自分自身を客体化（時枝の言う素材化）した時に後者が現われるというわけである。

文法的説明としてはまずこれ以上のことは望めそうにないが、しかしいま私が「ワタシは昨日……」と話し始めた場合このワタシ（聴覚映像）にはどんな概念が伴っているだろうかと考え始めると、いささか問題がやっかいになる。

代名詞とは他のことばの代りであるから、代名詞それ自体の概念はほとんど空虚なものでしかない。これは至極あたりまえのことで、一人称の代名詞もその例外ではないと言える。だが、「私」が自分の固有名詞の代りだという考えは、どこか人をとまどわせるものがある。私は場面によっては「私、亀井秀雄は……」と発言することもないわけではないが、亀井秀雄は他人との関係でとらえられた自分自身であるとしても、それと並置された「私」はおそらく固有名詞の単なる代りではない。[2] むしろそれは発言者たる自分をその場に現出させる一つの仕方であろう。

とはいえ、「私」という代名詞の概念それ自体は依然として空虚なものでしかありえない。いまこの原稿を書きつつある場面にもどってみるならば、私は自分の容貌や身体つきを念頭に置いて（言及対象として）「私は……」と書いてきたわけではなかった。私は自分についてそれなりに色々な思い入れを持ち、現にこの原稿を書きつつさまざまな思念や感情の群がりを感じてはいるのだが、じっさいに客体化された（記述のなかに現出する）「私」からはその大部分が捨象されてしまっている。あるいはその反対に、書きつつある自分を中立化《ニュートラリゼイション》し、思い入れや思念を書かれた「私」に注ぎ込むやり方もないわけでなく、わが国の近代小説、とくに自然主義以降の小説はその方法で成り立っているように見えるし、吉本隆明の先ほどの文章もその一環と見られるのであるが、しかししょせんそれはそう見えるだけのことであって、本当のところは私のこれまでの書き方とそれほど異ってはいないであろう。

そんなわけで、この一人称代名詞ほど意味するものと意味されるものの関係がややこしく、ずれの大きなことばはないのである。ワタシによって意味されるものはひどく空っぽであるか、そうでないならばあまりにも大きすぎる。それは、ワタシの概念がソシュールふうなやり方では規定できないためでもあるだろう。ワタシ（聴覚映像）それ自体の規定ならば、ソシュールのやり方に倣って、タワシでもなければワラジでもなくハダシでもないものとしてのワタシとして規定することができる。しかし「私」ということばで客体化された私自身は、豚でもなければ犬でも猫でもないとネガティヴィズムで規定してみたとしても、サルトルが指摘したようにいささかも私自身を本質規定したことにならない。もしそれをやるならば、人間存在のカテゴリーのなかで私は女でもなければ若者でもないし政治家でも運転手でもない、という具合に性や年令、職業などの隣接関係に基づいてネガティヴに規定してみるほかはない。私だって牛や馬じゃありませんよ、と労働者が雇い主に抗議したとすれば、もちろんあのカテゴリーから疎外されてしまった人間の自己規定として有効である。それに対して雇い主のほうは、私は神でもなければ悪魔でもないと返事するかもしれない。

してみるならば、「私」という人称代名詞はその都度新たにネガティヴな隣接関係を設定しては自己の本質規定を試みる要求から発せられたものだ、ととらえてみることもできるであろう。先ほどの例において、書く主体としての吉本隆明は規範に関してネガティヴな隣接関係を読者との間に設定し、さらにそれを〈他者〉と「かれ」（または〈わたし〉）の関係に転換させてみたのである。

「私」における意味するものと意味されるものとの大きなずれ。ワタシの概念が空虚だからこそ、人々はその言及対象たる自分自身の思念や感情で埋めようとする。その意味でこの「私」は、他のことばと対象の関係が外在的であるのに対して、自分自身と一種の内在的あるいは内面的な関係を結んでいる。時枝誠記や三浦つとむが言うように、じっさいに話したり書かれたりする「私」はその主体自身の客体化というプロセスを想定して理論化するほかはないのだが、しかしその客体化たる自己像には自分への思い入れがつきまとっている以上、内在的関係を免れることはできない。「私」を現出させる表現が主観的とみられてきた理由もそこにあっただろう。

そしてこれは幼児のことばの習得過程を改めて検討しなければならないのだが、ある時期まで幼児は家族が自分を呼ぶ固有名詞（愛称）をそのまま自分について使い、三歳になるころからワタシとかボクとかいう一人称代名詞を使い始める。ただしこの時期はほとんどワタシノ、ボクノという具合に所有格表現であって、主格（主語）表現はもう少しおくれて始まるのであるが、ともあれその頃から自己表現の仕方に質的な変化がみられるのである。言わばワタシなりボクなりの積極的な自己充塡がみられるわけで、その意味ではこのことばが主体を喚起し、自分の欲望の主張ならぬ自己表現の欲求を作り出すのだと言ってさしつかえないだろう。そういう主体への欲求は、家族という文字通りの隣接関係におけるネガティヴィズムの形で現われてくるのである。

もし「私」を現出させた表現にも客観性が言いうるとするならば、それは「私」に充塡したい主体の欲求が一ぺんに流出することを抑制し、意識的に操作して、設定された隣接関係のなかに「私」を置くことができたからにほかならない。私たちはそれを自己主張の生長とか自己表現の成熟とかと呼んでいる。この生長および成熟の過程で、私たちは主体の思い入れや思念の大半を捨象して「私」を純化したり、あるいはその主体を中立化して捨象した多くのものを「私」に託したりする方法を学んできた。だが、それは結局新たに主体と「私」のずれを生み、さらに再生産してゆくことにほかならず、こうして表現の欲求を作り出し続けてしまうのである。

注

（1）この批判は、フレデリック・ジェイムソンの次の著書『政治的無意識』（*The Political Unconscious.* 1981）をみれば、大幅な修正が必要となるだろう。

（2）もともとこの混乱は、三人称的な亀井秀雄という固有名詞を一人称の「私」で置き換えることに起因する。

第3章　散文のレトリック

――『言語にとって美とはなにか』の読み変えにより

　私たちは時おり小説のなかで「かれは犬みたいにあえいでいた」とか、「あいつは誰それに尻尾を振っている」とかいう表現に出合う。あるいはまた「あいつはイヌだ」とか、「その集落には犬の影さえみえなかった」とかいう表現もみかける。

　小説のなかで出合う、と今ことわったのは、多分実際にこんな表現を使うのは一生のうちで一度あるかないかぐらいであるためだが、しかし私たちはそれらが日常的に使われうる種類のことばであることは知っている。つまり日常的なことばに較べて特に異質な修辞だとは受け取っていないわけである。

　ただしここでのねらいは日常言語と小説言語との差異を検討してみることではない。いやそれもあるにはあるのだが、さしあたりの目的は右のような修辞を言語の指示機能の発展段階の側から考察してみることである。そこでまず第一に考えられるのは、共同体の全員が眼前の対象だけを、例えばかれらと共にいる犬を現に見ながらイヌと呼んでいる段階であろう。換言すればかれらの眼前に実在しない対象はまだ指示できないような状況にほかならない。第二はたとえかれらの周辺にいま犬が見当らないとしても、その不在の対象を視向してイヌと発語できる段階であるが、別な見方をすれば現実の知覚対象ならぬイノチ（息《いき》の生命《いのち》）とか、ヒ（太陽《ひ》の一めぐりする日《ひ》）とかいうように、知覚対象のイメージを引きずりつつもそれからやや離脱した観念を視向できる状況である。

　そして第三は現実の犬が知覚対象であるか否かにかかわりなく、かれらの多くが犬一般ともいうべき概念を操作できるようになり、だからその犬一般の主要な属性を選択してほとんど提喩に近いところまで抽出しながら、それを犬以外のものの比喩に転用しうるまでに至った段階である。たとえば「あの人はここへ逃げ込んで犬みたいにあえいでいる（犬のあえぎをしている）」という具合に。犬だけがあえぐわけではなく、また、犬の第一義的な属性があえぎだというわけでもないが、少なくとも犬の主要な特徴の一つとしてあえぎが選択されるとともに、他の動物のあえぎをも包括する言わばあえぎ一般の代表的表象として抽出されるに至った。そう見ることができるであろう。それに対して「かれは尻尾を振っている（卑屈な態度で媚び甘えている）」や、「あいつは犬だ（秘密を嗅ぎまわっている）」などは、ただ単に犬の主要な属性に基づくだけの表現のようにみえる。だが、じつはそのイメージを捨象してもなお可能な抽象的な性格や性質の概念的把握があり、それを媒介にしてその属性が犬の提喩に変えられ、あるいは人間を批評する隠喩に転用されたのである。他方「その集落には犬の影さえみなかった」の場合は、犬が人間に最も身近な動物であり、たいていの部落には犬がうろついているものだという認識から、犬が人間の生活の換喩に用いられた。換喩は近接関係にある二つの事物の一方をもって他方または両者を含む全体をあらわす修辞法であるため、一見プリミティヴなレトリックのようであるが、しかしその近接関係を作った社会的文化的制度《システム》の認識を踏まえないでは生まれえない、その意味では提喩に劣らず抽象化度の高い修辞である。ともあれこれらの表現を第四段階と呼ぶことにする。

すでに気づかれたと思うが、以上は吉本隆明の『言語にとって美とはなにか』の「発生の機構」に倣った分析である。吉本隆明自身はこのような形で修辞法に関心を示しはしなかった。その意味で右はあえて私がその理論を読みかえてみたものだったわけだが、理由はそのなかに近代の散文の本質に迫る最もよい方法が可能性として潜んでいると考えたからにほかならない。そんなわけで以下の疑問もまた私が勝手に吉本理論をデフォルメして発してみたものである。さてそれでは、先ほど挙げた例文における指示性はどうとらえることができるであろうか。

周知のごとく吉本隆明は理論的な手続きとして、「表現としての言語」を、指示表出と自己表出とを分けて考察していたが、具体的な言表においては両者を不可分のものとみなしていた。ある言表の「意味」として辿りうる指示表出性には、かならずその表現主体の自己表出性が伴っている。換言すれば後者の一種心的なポテンシャリティに捉されて前者が実現されるのだ、とかれは考え、だからこそ「発生の機構」のような表出水準の発展段階を構想してみたのである。構造言語学からみれば、そんな「自己表出」は「科学的観点が対象を作り出す」という意味での分析対象ですらなく、しょせんは近代主義的な自発性の神話が生んだ架空の観念にすぎないと批判することは容易であろう。それにかれが挙げた各段階の言表類型は要するに私たちの社会のいずれかで見出される共時的なそれ以外ではないのであって、そこに読み取れる「水準」の違いを時間化して史的発展段階に配置するやり方は、ヘーゲル的な発想の無批判な踏襲でしかない。そういう批判もポスト構造主義からは可能なはずで、結局かれは「自己表出」という「過剰なるもの」の絶対化に陥ってしまっていたことになるであろう。

だが私はこれらの批判がありうることを十分に承知の上で、なおかつ『言語にとって美とはなにか』の可能性の側に立って先ほどの疑問にこだわっておきたい。「かれは犬みたいにあえいでいた」とか、「その集落には犬の影さえみえなかった」とかいう表現の指示性をどうとらえればいいのであろうか。

もしこの指示性が対象化された事物への言及にかぎられるとするならば、「かれはあえいでいた」となり、「その集落には人の住んでいる気配はまるで感じられなかった」と言わなければならない。虚構の世界の事物でも事情はおなじである。そして吉本ふうにとらえるならば、かれの激しい息づかいを「あえぐ」と表現したこと自体のなかにすでに自己表出が籠められてあり、「犬みたいに」という比喩はさらにそれを強度に励起して表出した表現だったことになるわけだが、むしろいま注意すべきは、先の言表があたかも指示性だけを貫ぬいた「描写」のように読めてしまうことであろう。つまり「犬みたいに」や「尻尾を振る」や「犬の影さえみえない」などの直喩や隠喩が、それを書いたり読んだりする人たちの間で安定した共同性（共通了解性）を担っている場合、その共同性を指示した「描写」として現われてくるのである。これを平準化された喩と呼ぶことにする。だからそれを逆にみれば、たとえ自然主義的な描写意識に貫ぬかれたような指示性の強い表現であろうとも、その平準性が欠けていると思われた時は次のように一種過剰な言表が附加されてくることになる。

湖は今鏡《いまかゞみ》のやうに澄んで、午後《ひるすぎ》の鮮かな日影《ひかげ》が其の半面を照らして居た。空気の加減か、それとも水の深浅《しんせん》の加減か、濃い碧《みどり》と深い藍とがくつきりと線を引くやうに限られてあつて、白堊《しろかべ》や赤い煉瓦を点《てん》綴《てつ》した対岸は、丁度《ちょうど》明るい水彩畫のやうな色彩を見せた。

これは田山花袋の『髪』の一節であるが、「鏡《かゞみ》のやうに」という直喩に自己表出性を感ずる読者はおそらく一人もいないだろう。さざ波一つない澄んだ湖面を「鏡のやうに」と呼ぶのは、平準化された比喩だからにほかならない。その指示性をも含む、これは「描写」的な表現なのである。では、その次の「明るい水彩畫のやうな」の場合はどうとらえられるであろうか。それを分析するためには、まずこの一文の対象指示性を、「その湖面は濃い碧《みどり》と深い藍とでくつきりと限られ、対岸には白堊《しろかべ》や赤い煉瓦が点綴してゐた」と整理してみればよいだろう。この白堊《しろかべ》や赤い煉瓦が西洋ふうな建物の提喩であることは言うまでもなく、同時にそれらを点綴させた対岸が別荘地であることの換喩となっている。だがそれとても読者に喩的な機能を喚起するよりは、むしろ対象指示的な描写の印象しか与えないにちがいない。それを確認した上で改めて「空気の加減か、それとも水の深浅《しんせん》の加減か」という疑問形に眼を向けてみれば、一見対象認識＝指示的表現に迷っているかのようなこの言表にこそ、修辞的意図が強く託されていたことが分かる。というのは、対象の色調を空気や光線の作用に関係づけてとらえる観点は、印象派の方法から学んだものだからであり、ここでは疑問の形をとりつつその観点を読者に喚起して、「明るい水彩画のやうに」という文化的な文脈のなかにこの風景を取り込んでみせたのであった。これは風景描写に加えられた文化的枠組みの露呈化と言えるが、おそらくその表現主体のなかでは、この枠組みは一般の読者の間ではまだ平準化されていないという認識があり、しかしおなじ文学者仲間では平準化が進みつつあるという意識が働いて、このように過剰な言表を附加していたのである。

してみるならば吉本隆明の指示表出と自己表出は、平準化の歴史性とそれに対する表現主体の意識的なかかわり方として読み変えることが可能であろう。これをロシア・フォルマリストが言う異化作用になぞらえてみることもできるが、それよりもはるかに広い適応範囲をもつ。なぜならこのかかわり方には新たな平準性を作り出そうとする意図も含まれ、いわゆる客観描写を標傍した自然主義のごとく、同時代の修辞過剰な美文調への反作用として、かえって指示性を強めてゆく場合もあるからである。次は『田舎教師』の一節であるが、この引用の少し前に、主人公の清三が「一葉舟の詩人」島崎藤村に倣って「平原の雲の研究」という観察記録を試みたことが語られていた。読者が『千曲川のスケッチ』を想い浮べて読むだろうことを前提とした表現とみてさしつかえない。

路は長かつた。川の上に簇《むらが》る雲の姿の変る度に、水脈の緩かに曲る度に、川の感じが常に変つた。夕日は次第に低く、水の色は段々納戸色《なんどいろ》になり、空気は身に沁み渡るやうに濃い深い影を帯びて来た。清三は自己の影の長く草の上に曳くのを見ながら時々自から顧みたり、自から罵つたりした。（中略）青陽楼と言ふのが中田《なかだ》では一番大きな家だ。其処には綺麗な女が居るといふことも知つて居た。足を留めさせる力も大きかつたが、それよりも足を進めさせる力の方が一層強かつた。心と心とが戦ひ、情と意とが争ひ、理想と欲望とが絡み合ふ間にも、体はある大きな力に引摺られるやうに先へ〳〵と進んだ。

渡良瀬川の利根川に合するあたりは、ひろ〴〵としてまことに坂東太郎の名に負かぬほど大河の趣を為して居た。夕日はもう全く沈んで、対岸の土手に微に其の余光が残つてゐるばかり、先程の雲の名残と見えるちぎれ雲は縁を赤く染めて其の上に覚束なく浮いて居た。白帆が懶《もの》うさゝうに深い碧の上を滑つて行く。

透綾《すきや》の羽織に白地の絣を着て、安い麦稈の帽子を冠つた清三の姿は、キリ〴〵スが鳴いたり鈴蟲が好い声を立てたり阜斯《ばつた》が飛び立つたりする土手の草路を急いで歩いて行つた、人通りのない夕暮近い空気に、広い溶々とした大河を前景にして、その痩削《やせぎす》な姿は浮き出すやうに見える。土手と川との間のいつも水をかぶる平地には小豆や豆やもろこしが豊かに繁つた。ふとある一種の響が川にとゞろきわたつて聞えたと思ふと、前の長い長い栗橋の鉄橋を汽車が白い烟《けむり》を立てゝ通つて行くのが見えた。


清三が観察し描出した風景のなかにかれ自身を登場させてみた表現、と言えるだろう。夕日が徐々に山の端へ近づき、川面の碧が次第に濃くなってゆき、言わば時々刻々に移り変わってゆく自然の色彩を克明に写生する試みは、徳冨蘆花の『自然と人生』で始まり、藤村がその美文調を脱した形でさらにリアライズしようとしたのであるが、描く視点はまだ一箇所に固定したままだったため、その自然の中に生きようとする視向性によって知覚される自然の奥行き、を描き出すまでには至らなかった。花袋はそういう風景画的な写生文の流れをこの場面の枠組みとし、しかもそれを前景化しながら、そのなかに清三の行動を導入することで単なる遠近法ならぬ、生きられた空間としての立体感を作り出したわけで、そこが新しかったのである。

将来の展望を失った清三はデスペレートな感情に駆られて中田の遊廓へと赴く。はじめはその清三の知覚に即した形で自然がとらえられているが、渡良瀬川と利根川の合流点を過ぎたあたりから視点は一転してかれの姿を対象化し、「広い溶々とした大河」の遠方に「その瘦削《やせぎす》な姿」を浮び上らせる。当初は読者の前にクローズアップされていた「理想と欲望の絡み合ひ」という葛藤は、こうして急速に点景化され、自然のなかに溶け込んで一種の解消点に達したことを暗示している。栗橋の鉄橋を渡る汽車はもう後もどり出来ない決心の象徴だったと言えるだろう。

しかし花袋がこのような表現によって蘆花や藤村の自然描写を異化しようとしたとは思われない。清三が「一葉舟の詩人」に倣って雲の研究に取りかかったところからここに至るまで、先行のテクストを批判した表現は見られないからである。むしろその流派《スクール》を完成させたい意図のほうが強かった。そのことは、みずからこれを「平面描写」と、その表現実質にあまりそぐわない呼び方をしたことからだけでなく、「渡良瀬川と利根川の合するあたりは、……大河の趣を為して居た」と、「土手と川との間のいつも水をかぶる平地には……豊かに繁つてゐた」という二つの文章からも判断できる。前者はこの水量豊かな大河に初めて接した清三の感嘆を踏まえた表現と言えるが、後者の場合は、清三にとっては初めて通る未知な土地の状況だったにもかかわらず、語り手の側から「いつも水をかぶる平地」と既知の事実として描かれていた。このような既知表現は語り手が長年この土地になじんできたか否かにはかかわらない。そうではなくて、大河を擁した平野の光景、その河川敷の農耕状況については日本の読者にほぼ共通のイメージがあること、そういう意味での「既知」の事実を前提とし、言わばその平準的なイメージに向けて、清三の感性を媒介とした描写を収束させる。そうすることによって新たに拓いた表現の平準化をはかっていたのである。

ところで吉本隆明は言語の価値を論ずるに当って、次のような倉橋由美子の『貝のなか』の文章を取り上げていた。

　この他人たちをかんじると、わたしの表皮は旱魃の土地よりも堅くこわばり、多くのひびわれのあいだからわたしの存在は流れでてゆく。わたしは稀薄になり、ふかいめまいにおそわれた。

かれはこの傍点を打った箇所に、〈象の背中よりも〉〈足の裏よりも〉〈木像のきめよりも〉などの「同一の意味の含みでつかわれるさまざまな表現」を入れ換えてみた上で、この〈旱魃の土地よりも〉は「文脈のなかで多数の意味のふくみを代表している」のであるから、無修辞（この比喩を取り去った）の場合よりも価値があるのだと結論づけた。

だがこれはまことに舌足らずな説明でしかない。その価値を言うには、「旱魃の土地よりも」が〈象の背中よりも〉以下の「同一の意味の含みでつかわれるさまざまな表現」を代表しているからでなくて、それらと較べてより優れている理由を明さなければならないはずだからである。それにこの説明では、無修辞の「この他人たちをかんじると、わたしの表皮は堅くこわばり」に較べて、〈木像のきめよりも〉の比喩があったほうがまだしも価値があるというおかしな結論に達してしまいかねないだろう。

ただしこれは必ずしも吉本隆明の責任ではない。要するに吉本は、ソシュールが『言語学原論』（小林英夫訳、のち『一般言語学講義』と改題）で、「価値は必ず次のものから成る。／1、その価値の決定を要するものと交換しうる性質の相似ざるもの。／2、その価値が当面の問題たるものと比較しうる幾つかの相似たるもの。／ある価値が存在するためには、以上二つの要因が必要である」と論じていた、その2における比較の手続きを、具体的な比喩表現を使って試みたにすぎないのである。ソシュール自身はこの2の場合を、例えば千円札を百円硬貨十個と較べたり、アメリカドルと比較するようなことだ、と説明していた。

これはむしろテレビの天気予報における傘マークなどで説明したほうがもっと分かりやすいだろう。このマークがその辺に置いてあるだけではただ単に傘の略図にすぎないが、天気予報という文脈のなかで北海道の地図の一定の位置におかれた時、このマークは「雨」という観念と交換され、明日の札幌は雨だという意味作用を生ずるのである。だがそれだけではまだ価値は生れない。その位置におかれた傘マークが、相似たるものたる太陽マークや雲マークと比較される、つまり取り換えうるものであることによって価値が生れる。そうソシュールは考えたのである。そしてこの地図上の一定の位置が、統辞論的にみた場合の構文上の語の位置に相当する。イヌという発音は犬という概念と一対の語でしかないが、「あいつはイヌだ」という構文のなかではじめて密偵《スパイ》という観念と交換できるものとなり、このイヌの代りに置き換えうる他の語と比較されて価値が生れるというわけである。

マルクスの交換価値論において、同一種類の商品の授受、たとえば米一斗と別な米一斗との取り換えは交換のカテゴリーのなかに入らない。あくまでも別な種類の、米一斗と靴一足との取り換えが交換システムのなかで行なわれてこそ双方に交換価値が生ずるのである。ソシュールはこの交換概念を踏まえつつ、もう一つ価値の条件として米一斗と米十升との比較という観点を導入したことになる。意味のない条件のようだが、ソシュールの言う言語とは差異性として、ネガティヴにしか規定されないものであればこそ比較が可能だ、と思ったのであろう。米や靴は明らかにポジティヴな存在物であるが、一つの言語はあれでもなければそれでもないところのこれ、というネガティヴな手続を経て対象化するほかはない。その意味では互いに否定し合う関係項の一つ以外ではないわけで、とするならば問題は、それぞれが別な差異システムの一項でしかない語と語を「相似たるもの」と認識することは可能なのか。換言すればそういう比較がなぜ出来るのか。本当のところ何を比較することになるのかということになるであろう。

「旱魃の土地」「象の背中」「足の裏」「木像のきめ」などのことばは、それぞれ別な差異システムに属している。これらを「相似たるもの」と比較しうるためには、一たんそれらを「表面が無機質に乾いてざらざらしているもの」という概念に抽象しなければならない。そしてこの抽象化を可能にし、「相似たるもの」であることを保証しているのは、言うまでもなくその一文の統辞論的構造である。だが、それだからと言ってそれぞれのことばには価値があると結論づけるだけでは何も言わないに等しい。その「わたし」が周囲の人間を「他人たち」と疎遠な関係意識で表現し、自分の自意識過剰なこだわりを「わたしの顔」と言わずに、「わたしの表皮は」と生理的な外面性にアクセントを置いた。だからこそ「旱魃の土地よりも堅くこわばり」という農村共同体的な心性に訴える比喩がそれなりのリアリティを持ち、旱魃の危機感と、不毛な亀裂と化した耕地のイメージから「多くのひびわれのあいだからわたしの存在が流れでていく」という隠喩が生起したのである。そういう表現生起の運動のなかで「象の背中」以下はけっして「旱魃の土地」と等価ではありえない。「表面が無機質に乾いてざらざらしているもの」という抽象化された共通概念だけではこのような表現生起（語選択の連動性）のポテンシャリティとリアリティは説明できないからである。吉本隆明の方法は当然このとらえ方へ進んでゆく。見方を変えるならばこのようなレベルで価値を論じうるのは、その統辞論的な構造が、もともと差異システムのなかのネガティヴな関係項にすぎない語をポジティヴな対象に変えていたからにほかならない。そのことをかれは結果的に明かしてしまっていたのである。

かれの方法的な難点は無修辞の表現をポジティヴにとらえることを知らなかったことである。「わたしの表皮は堅くこわばり……」。かれはこのように比喩を取り除けた文章を想定して、「人間の皮膚が旱魃の土地と意味のうえで、むすびつかない以上、文章のしめす概念的な意味としては、まったくおなじ」と言い、しかしその文章の価値がちがうのは〈旱魃の土地よりも〉が「文脈のなかで多数の意味のふくみを代表している」からだ、と判断した。だが無修辞も修辞の一つなのだと考えれば、比喩のないことがどんな比喩よりも価値を発揮する場合もあることが容易に分かるであろう。つまりこの「無」は「旱魃の土地」以下の「有」を比較させる媒介項であるとともに、それ自体も「有」と比較されるべき関係項の一つなのである。

いまこの観点を商品経済に転ずれば、交換の原初的な形態は、ある集落の人間が収穫物を村境に置いてくると、別な集落の人が違う収穫物を持ってきて見合うだけの量と取り代えてゆく、というやり方だったらしい。だがこのやりとりのなかに、一つの集落の人間がただ自分たちの消費の余剰物を持ってゆくのでなく、自分たちの消費欲を抑制してでもその収穫物を相手の収穫物ととり代えたいというネガティヴな契機が含まれなければ、すなわちその収穫物をネガティヴな欲望疎外態として対象化しなかったとすれば、そのやりとりをポジティヴな交換行為としてとらえることは始まらなかったにちがいない。二つの集落の相異なる収穫物という差異性は、それぞれの人間集団における収穫物のネガティヴな対象化によって交換価値の基盤となるのであり、第三第四の集落との間にもネットワークを拡げてゆく交換システムの形成因たりうるのである。そしてこのネガティヴィズムを人格化したのが商人であって、かれ自身の収穫または生産物は「無」であることによってこそよくその機能を果しうるのであるが、資本制社会にあってはさらにもう一つ、当人にとってその収穫・生産物が全く「無」でしかない労働者が出現した。自分の労働力を売るしかない点で自分が自身にとってネガティヴとなり、労働の対象物もまた自身にとってはネガティヴでしかない。そういう立場の労働者を、言わば積極的《ポジティヴ》な事項とすることによって現代社会は成り立っているのである。かつてソシュールに眼のくらんだもとマルクス学徒が、価値を生むのは労働ではなくて差異なのだと低脳なことを語っていたが、かれはソシュールにおけるネガティヴとポジティヴの弁証法さえも理解できなかったのであろう。ソシュールの言語学は、このような「無」の関係項化の時代の言語学なのである。

そこで再びこの観点を言語に転ずれば、私たちのことばが有節音であるという事実にまずこのネガティヴな契機が認められる。私たちのことばは動物的な叫び声とは異なり、一定の音調にコントロールされた音声を瞬時に区切りながら別な音声に転調させてゆくわけだが、その分節化の過程にネガティヴな中断の作用が働きつづけているからである。ばかりでなく、この発語はその人に個有な声の質とはかかわりない共通の音韻の組み合わせである面と、発語者が附加したイントネーションの面とに二重化されるが、両者は時にネガティヴに作用し合いながらも相補的にコミュミケーション上の効果を高めてゆく。

だがそれ以上にいま注意しなければならないのは、ことばは対他的であることによって対自化されるというメカニズムを持つ。このため発語とともに、あるいはそれに先立って、内言的な「私―私コミュニケーション」の〈ことば〉が強く意識化されてくるわけだが、実際にはそれが発話される場の条件からネガティヴな作用をうけて、直接的な表出を妨げられ、対他的に調整されたことばを発語せざるをえない。同時にこの作用は、それを聞きつつある相手の内に喚起される「私―私」的な〈ことば〉にもネガティヴに働く。私たちはコミュニケーションの場においてこの二重の否定性に直面しつつそれをのり超えるべく発話を試み、それが新たな喩の創出となる場合もあるのだが、自分の側の否定性を誇大視する余り相手が直面している否定性を忘失して、対自的なことばのみを膨張させたり、コミュニケーションそのものをネガティヴにとらえて沈黙に閉じこもってしまう場合もある。吉本隆明が「意味がわからない」と言わざるをえないほど自己表出性の励起した例としてあげた表現は、この否定性誇大視の場合であろう。そういう自己表出性の表現を「より価値のある」ものと持ち上げるか否かは趣味の問題にすぎないが、少くとも言語表現におけるネガティヴな契機の意識化に向かっていたことは確かであり、それにまた、コミュニケーションの否定である沈黙をも「無言語」の表現としてとらえるのでなければ、言語表現の諸相は見えて来ないのである。

一つの商品は他の商品との交換システムのなかで、価格という（しばしば見せかけの）等価交換の表示によってみずからを表現する。その意味で価格は商品の言語とも言えるが、商品は生産者に対してネガティヴであるばかりでなく、生産物の使用価値を捨象してしまう形でしか語れないという、もう一つのネガティヴな作用を負っている。だからこの交換システムにおいては、そういう二重の否定性を負った商品こそが言語なのだと言うことができよう。マルクスふうに言えば商品とはそれが語る商品語そのものであり、同時にまた商品語を語る主体でもある。それは価格という表現から読み取られる以上のものを語っている。ことばも同様である。それは概念としての意味を辿って読み取られる以上のことを語ってしまう。ただしそれはけっして構造主義者が言うように、システム自体が語っているだけで、語る主体としての人間は不在なのだということではない。かれらが拠りどころとするソシュールは、ことば＝表現としての言語《ラング》から普通は読み取れない、規範としての言語《ラング》を読み取った。ソシュールはそのように読み取った読む主体だったはずであり、とするならばそれに対応する語り書く主体も存在するのである。それはことばから読み取られる主体でもあるが、しかしまた言語《ラング》のシステムのなかに取り込まれているが故に発語の瞬間ごとにそのシステムからネガティヴな自己疎外の作用を受けてしまい、しかも、なおかつそれをのり超えようとした主体でもある。

かつて小林秀雄は『様々なる意匠』で、マルクス主義文学者のことばが、ジャーナリズム内の商品語としては、かれらが自覚している以上のことを語っている事実を指摘した。伊藤整はいわゆるチャタレイ裁判をきっかけに自分が〈イトウセイ〉という商品に化してしまった事態に気づき、この商品語を逆用して裁判とジャーナリズムとのたたかいを遂行した。最近柄谷行人の書くものはかれの自覚をはるかに超えたたくさんの無惨な事実を語る商品語と化してしまっているが、これは小林秀雄や伊藤整の読みを理論化する努力を評論家や研究者が欠いているためだけでなく、日本的モダニズムの一変種たるジャーナリズム内ポストモダンがそういう読みの視点を蔽ってしまっているためでもあろう。

かつて後世に大きな影響を与えた作品に描かれた自然は、それと対応する心情の指標《インデックス》であった。後世の人間にとってそれは心情及びその作品を共示《コノート》する隠喩だったわけである。そういう自然を喚起することばを組み合わせることは、もちろん単なる自然描写を超えてたくさんのことを語る方法にほかならなかった。

だがこのように喩化した自然表現が、ほとんど自動的に連鎖してゆくほどマナリズム化してしまう。あるいはまた、「かれは犬みたいにあえいでいた」や「あいつは尻尾をふっている」などのように平準化してしまう。そのような時、文学者はさらに過激で過剰な喩の創出に向うか、またはその反対に喩そのものを一切否定し、共示性《コノテーション》をできるだけ消去してことばの概念を限定しながら言及対象の明示性を強める方向に動いてゆく。写生文から自然主義に至る近代散文の運動は明らかに後者のモチーフによるものであった。それはたくさんのことを語りすぎまいとする運動であったが、そういうものとして対象指示以上のことを語っていたのである。

もう一度『田舎教師』にもどってみよう。

夕日はもう全く沈んで、対岸の土手に微かに其の余光が残つてゐるばかり、先程の雲の名残と見えるちぎれ雲は縁を赤く染めて其上に覚束なく浮いて居た。白帆が懶うさうに深い碧の上を滑つて行く。

十日ばかりの月が向う岸の森の上に出て、渡船場の船縁にキラキラと美しく砕けて居た。肌に冷かな風がをり〳〵吹いて通つて、柔かな櫓がギー〳〵聞える。岸に並べた二階屋の屋根がくつきりと黒く月の中に出て居る。（傍点は亀井）

前者は先ほど引用した場面から再び採ったものであり、後者はその場面に続く文章であるが、直ぐに気がつくレトリックは「白帆」という帆掛け船の換喩と、夕日に映えた赤い雲・白帆・大河の碧という色彩のコントラストであろう。次に気がつくのは傍点を打った三つの形容であって、もし純客観を目指すならばこれらは主観の表出として排除されねばならず、逆に印象の強調という点からみればあまりにもありきたりで平板なものでしかない。

このことから分かるように、この時代の自然主義者は過敏すぎるほど主観と客観との区別にこだわっていたが、細部の具体例をみれば雲が覚束なく浮んでいたり、船がものうそうに滑って行ったり、これは果たして対象的事実なのか、それとも主観的な印象の表出なのかを反省的に分析する意識を持たなかった。そのいずれでもないこの曖昧な領域についてはきわめて恣意的だったのである。とするならば、花袋の言う「客観」とは以上の分析だけではとらえられない、もっと別な「主観」との対照における「客観」だったことを、これらの表現が語っていたことになる。

熱海《あたみ》は東京《とうきやう》に比《ひ》して温《あたゝか》きこと十余度《じふよど》なれば、今日《けふ》漸《やうや》く一月《いちぐわつ》の半《なかば》を過《す》ぎぬるに、梅林《ばいりん》の花《はな》は二千本《にせんぼん》の梢《こずゑ》に咲乱《さきみだ》れて、日《ひ》に映《うつろ》へる光《ひかり》は玲瓏《れいろう》として人《ひと》の面《おもて》を照《てら》し、路《みち》を埋《うづ》むる幾斗《いくと》の清香《せいかう》は凝《こ》りて掬《むす》ぶに堪《た》へたり。梅《うめ》の外《ほか》には一木無《いちぼくな》く、処々《ところ〴〵》の乱石《らんせき》の低《ひく》く横《よこた》はるのみにて、地《ち》は坦《たひらか》に氈《せん》を鋪《し》きたるやうの芝生《しばふ》の園《その》の中《うち》を、玉《たま》の砕《くだ》けて迸《ほとばし》り、練《ねりぎぬ》の裂《さ》けて翻《ひるがへ》る如《ごと》き早瀬《はやせ》の流《ながれ》ありて横《よこ》さまに貫《つらぬ》けり。

打霞《うちかす》みたる空《そら》ながら、月《つき》の色《いろ》の匂滴《にほひこぼ》るゝやうにして、微白《ほのじろ》き海《うみ》は縹渺《へう〴〵》として限《かぎり》を知《し》らず、譬《たと》へば無邪気《むじやき》なる夢《ゆめ》を敷《し》ける似《に》たり。寄《よ》せては返《かへ》す波《なみ》の音《おと》も眠《ねむ》げに怠《おこた》りて、吹来《ふきく》る風《かぜ》は人《ひと》を酔《よ》はしめんとす。

いずれも尾崎紅葉の『金色夜叉』の熱海の場面からの引用であるが、形容が『田舎教師』と較べて凝っているだけでなく、「幾斗《いくと》の清香《せいかう》」や「芝生《しばふ》の園《その》」や「打霞《うちかす》みたる空《そら》」に関する修辞などは印象明瞭でかつ個性的でさえあったと言えるだろう。その十年ほど前、石橋忍月が『露子姫』で、花の香を運んでくる微風を、「おまけに樹々の花の間《ま》を経過《すご》して来《きた》と見《みえ》て空気は総《すべ》て香《か》にしみてゐる造化配慮《ざうくわはいりよ》の細《こまや》かさ、出来る事なら此空気を壜詰《びんづめ》にして霜風凛烈《さうふうりんれつ》の霜枯時《しもかれどき》に売出したなら、夏の氷水《こほりみづ》より遥《はる》か利潤があるだらうとは飛《とん》だ機商《きしやう》の目《もく》算《さん》」と形容していた。この場合は、「梅が香」や「桜の薫り」などのことばにまつわる伝統的なコノテーションを断ち切ろうとして、かえってその分だけ饒舌になってしまった表現と言えるのだが、紅葉はそういう見立ての面白さに浮かれた表現を抑制して「幾斗《いくと》の清香《せいかう》は凝《こ》りて掬《むす》ぶに堪《た》へたり」と簡潔に、言わば気体を液化してみせる斬新な表現に凝らしていった。明治における先行テクストの修辞の刷新は、そのように進んできたのである。ただいずれもその修辞はまず一たん対象を審美的なカテゴリーのなかに移し入れ、その上で思い入れ過剰な身振りを語っていたわけだが、そのカテゴリー化を排し、思い入れを抑止することが花袋の言う「客観」であった。ちぎれ雲が覚束なく浮んでいるのは対象的知覚なのか、それとも心象の投映だったのかというような反省は、もともと起こりようがなかったのである。

ところが花袋たちの発想は主観／客観という観念論的な二項対立の形で次の世代に受け継がれ、マルクス主義文学運動時代にも克服されなかった。というよりはかえって強化されてしまった。それだけでなく、昭和三〇年代までの近代文学研究はもっぱら自然主義文学とマルクス主義文学を主要な研究対象としてきたわけだが、この時期に出発した研究者たちもその二項対立的発想に呪縛されたため、かれらが言う実証的研究の客観的事実とはしばしば恣意的なものでしかなかった。客観的事実とは、この二項対立の枠組みのなかでとらえた観念的な事実でしかないことに反省が向けられなかったのである。このためかれらは、表現実質に即しながら主観／客観という二分法それ自体を克服しようとする研究に接した時、ただ自分たちの方法を正統化するための見ぐるしい権力主義的な言動に走るほかなかったのだが、そういう体質は現在でも残っている。というのは、現在記号論的な方法に拠る若い研究者は、自分たちの資料観（「事実」を構成する）を新たに作り出す努力を怠り、その点では前世代と癒着してしまっているからで、かれらが多数派としての自己正統化衝動に駆られる状況が来ればたちまちおなじ体質を甦えらせることになるであろう。

だがそれはともかく、既にふれたように花袋における「あるがままの自然」とは、審美的なカテゴリーとネガティヴにかかわりつつ言わばそれとの差異化として構成されたものであった。先ほどの場面の景物を、「秋の夕日」と「雲」と「ゆく川の流れ」と「叢の虫」と「月」と「それを映す水」と、という具合に列挙してみれば、これは伝統的な秋の夕暮の情趣を語る典型的な道具立ての情景だったことが分かるが、少なくともそういうパラダイムへの還元を思いつかせない程度にはこのネガティヴィズムは成功しているのである。だからこれを逆に言えば、そういう潜在的なパラダイムを共通の尺度としてその描写の価値をポジティヴに語っていたことになる。同時にそれはパラダイムそれ自体の変換をも含んでいて、それを示すのが月の中に

「くっきりと黒く」そびえる二階家の屋根という、色彩のネガティヴな無化であった。

その場面で花袋の表現意識が最も強く働いたのは、夕日とその雲への反映、月とそれが船べりの水に映じてきらめく光の描写であろう。このように、発光体とその反射物によって空間の奥行きを作り出し、その間に赤、白、碧と分節化した色彩を配分した上で、黒という色彩の無化によって光線を吸収してしまう。だからこそ一そうそれまでの色彩豊かな映像《イメージ》が印象ぶかく残像化されるのである。これは『髪』の引用の時に指摘した印象派よりも一つ前の時代の、カラリストの手法だったと言うことができ、その意味では花袋自身が意識したあるがままの自然の「平面描写」を裏切る絵画的情景を作ってしまったわけであるが、ともあれこの場合もまた以上のようにたくさんのことを語っているのである。

このように顕在化してくる表現の機構を、散文それ自体のレトリックと呼ぶことにしたい。そうしてみればあるがままのテクストなどというものはないことが分かる。ちょうどあるがままの自然の「描写」などないように、である。それは語り書く主体があるネガティヴな契機をもって表現を開始する、まさにその時かれの意図とからみ合いつつ、それを超えたことを語ってしまう散文のレトリックであり、そういうものとしての時代性を負っている。それは吉本隆明が言う自己表出性の励起という点からは説明できない。その表現は指示性の展開として現われてくるが、ネガティヴな契機を繰り込む強度によって、直接的な「指示表出」以前の指示性の重層的な構造を喚び覚ます。そういうことばの機構に根拠をもつレトリックなのである。

第4章 言説〈空間〉論再考

文学史の問題を言説〈空間〉という観念に関わらせて把え返す、というのが今回私の選んだテーマですが、まず取り上げてみたいのは、次のような手続きの問題です。

つまり、これはもう現在では常識化した手続きと言えるでしょうが、文学史をどう記述するか、という時、最初に私たちが心掛けるのは、これこれの時代の言語テクストの中でどのようなジャンルのものが〈文学〉として枠づけられているか、を明らかにするやり方です。換言すれば、〈文学〉テクストというのは、それと同時代の非〈文学〉テクストと見なされたものとの対照によってしか把えられない、という立場に立つことです。これは〈文学〉に内在する固有の本質をあたかも自明の前提にする立場と対立するわけですが、ともあれこの立場からすれば、その〈文学〉／非〈文学〉という二項対立は各時代によって異なることになる。ある時代に〈文学〉とされていたジャンルが別な時代には非〈文学〉のほうに繰り入れられている、またその逆のケースも見られる、ということになって、文学史とはそういう枠組みの劇的な転換の様相を記述する学問であるわけです。

私もその手続きは文学研究に不可欠だと考えています。しかし同時に、ではその〈文学〉という枠組み自体がいつ、どのように作られたかという問題にも目を向けざるをえません。〈文学〉という観念が近代のものであるとすれば、そんな観念のなかった時代の言語テクストに〈文学〉／非〈文学〉といった二項対立を見出だそうとすること自体、後世の枠組みを押し付けることになってしまいます。そうしますと、例えば中世の言語テクストにおける〈文学〉の枠組みは近代と異なるなどと、したり気に言挙げしてみたところで、それも無意味なことになりかねません。

それに、これはいま指摘したことの言い換えでもあるのですが、そもそも〈枠組み〉とは一体何でしょうか。

絵画や映画にはたしかに枠、frame があります。眼鏡にもフレームがあります。こうしたものを比喩に借りて、多種多様な形式・様式の言語テクストを区分けする仕方を枠組みと呼んでいるわけですが、実はそういう区分けをした途端、いやもっと正確にはその区分けを枠組みと呼んだ途端に、そこに〈内〉と〈外〉という二項対立の観念が忍びこんでしまう。この区分は仮説的でしかないにもかかわらず、それを実体化してしまう。そこに落とし穴がある、と私には思われます。

それというのも、絵画のフレームはそれに囲まれたスペースとその外側とをそれぞれ異質な空間として知覚させる作用を及ぼすわけですが、この作用を受けて私たちはその内側のものを等質なモティーフで説明しようとしてしまうからです。一定の枠の内側を〈絵画〉として認知すると共に、その中のあらゆる細部を〈絵画〉性、絵画的効果、あるいは画家の自己表現といった関心でしか見られなくなってしまうことです。いわゆる文学テクストの場合、装丁やタイトル、作者名、出版社、それが置かれている本棚などが、このフレームの働きをすると言えますが、むしろこれは絵画の場合ではミュージアムなどの建物や、レジデンスの客間に相当すると見るべきかもしれません。そのテクストの目次が指示するページの一行目と各章の終わりのページの余白や、「あとがき」あるいは奥付の手前の余白などが、より直接的なフレームの働きをしている、と言えます。

というのは、例えば漱石の『吾輩は猫である』を別な時代、別な出版社から再出版する場合、その直接的なフレームの内側の文字に関しては助詞一つ、句読点一つも変更がないように再現されますが、装丁やテクストのサイズなどは自由に変えられるからです。もし装丁やサイズだけに注意を向けるならば、『吾輩は猫である』の初版本と文庫本とをおなじテクストとしてアイデンティファイすることは困難でしょう。ただし、普通私たちはその点からテクストの同一性とは何かといった問題を取り上げることもなく、あの直接的なフレームの内側の同一性によって初版本と文庫本とを同一テクストとしてアイデンティファイする、こうして本文中心主義、内容中心主義というべき読み方を作り、もっぱらそのレベルでの文学性、表現性を分析して来ました。

では、このようなフレームそのものはいったい内側に属するのか、それとも外側に属するのか。内側の構成や構図に決定的にかかわる点で、——映画における縦横のサイズのバランスや、詩における行と余白との関係を思い起こして下さい——それは「内」の一部と言えますが、絵画のフレームの装飾性や、言語テクストの装丁を考えれば分かるように、それは外側の文化的なコンテクストとかかわって、メタコミュニケーションの機能を果たしています。このようなフレームの独特な性質に注目して、欧米圏では一九七〇年代からframeに関する研究、つまりframologyとも言うべき学問が起こって来て、絵画のフレームについては、その内容構成的、constructiveな働きと共に、deconstructiveな作用の発見もなされているようです。

私の理解するところでは、その理由は、いま述べたようにフレームは「内」に対して構成的に作用し、「外」の文化的コンテクストにそれを位置づける、という二重の機能を持つわけですが、まさにこの二重性の故に「内」と「外」とを齟齬させ、矛盾させることが出来るからにほかなりません。例えば田山花袋の『田舎教師』の、その物語内容はあたかも現実と地続きの貧しい生活世界が語られています。ところが、初版本は極めて凝った装丁の、大型の函入り本で、その贅沢さは明らかに物語内容と食い違っていました。フレームはその外側の現実を「内」のフィクショナルな世界から排除する機能を持つ。言葉を代えれば、その排除によって「外側」との関係がネガティヴであることを示すと共に、「内側」の時空間がそれとは別な、自立した世界であることを主張する働きを持ち、『田舎教師』のフレームは明らかにその働きを強調する作り方になっていました。しかし内部の物語はそのネガティヴな機能に対してさらにネガティヴであるようなやり方で、いわばフレームの裏をかいて、外側の現実との関係が地続きであることを示してみせていると言えるでしょう。

そんなふうに考えて行きますと、自分たちが言うフレームとは何かについて、言わばフレームを論ずる際の枠組み自体を検討しなければならないという、やっかいな問題にはまりこんでしまいかねません。特に初めに指摘した、ある時代における〈文学〉/非〈文学〉という二分法は、絵画における装飾的な額縁のように、物質的なフレームとして知覚できるものと言うよりは、むしろ私たちの観念的な制度として対象化するほかはないわけで、いっそう取り扱いがむずかしいことになります。

その点について、ここでは島崎藤村の『破戒』を例にとって一つの手続きを実験してみたいと思います。『破戒』の言説という時、まず読者に浮かぶのは猪子蓮太郎の社会的差別や偏見に対するプロテストと、それに触発された丑松の人間的平等への希求でしょう。これまでの読み方はこの言説を中心にストーリーを整理してゆく傾向にありましたが、それ以外にも丑松の父親が語る、被差別部落の成り立ち、歴史とそのランクづけの言説があり、丑松の友人、銀之助の擬似科学的な人種論があります。丑松は「人種の偏執」を嘆きつつも、実はおなじ言説を共有している。それは、「種族」というような観念が彼の意識に付着し、その知覚までも支配していたことから分かります。その外、校長や郡視学の教育に関する言説があり、蓮華寺の住職が説く、人間の悟りや迷いからの解脱についての法話があり、小学校の教師を罷になった敬之進の生活苦の言説があります。登場人物の発話を全て言説として取り上げる方法もありますが、それはあまりに繁雑すぎますので、主要なものに絞ればおよそ以上のものが挙げられるでしょう。
念のためにそのメディア、または言説の流通する空間との関係を整理してみますと、猪子蓮太郎のプロテストは出版・書物というメディアを通して行なわれ、彼についての世評は新聞というメディアと、新聞縦覧所というような場を媒介に形成され、銀之助の人種論はたぶん彼らが学んだ師範学校のような高等教育をメディアとし、校長や郡視学の教育論は主に校長室という空間で交わされ、住職の法話はもちろんお寺、そして敬之進の嘆きは居酒屋という空間で展開されるわけです。

ただし、もちろんこれらの言説は横並び対等な関係にあるわけでなく、その間に社会的な力関係がある。そして言説論的研究の主眼の一つはこの力関係を分析することにあるわけで、そうして見ますと、いま挙げたメディア及び空間はその力関係の表象になっていて、しかも一種のフレームとして機能していることがお分かりだろうと思います。

このことを確認して、次に私が踏んで置きたい手続きは、以上のような言説を物語の枠からいったん外して、さらに言説をその発話者から切り離して、当時の言説空間のフォーメーションの中に置いて見ることです。すると、例えば丑松の父親の被差別部落に関する言説は、その歴史主義的な装いによって、新聞というメディアや、人種論的な言説と容易に結びつき得る、少なくとも人種論的な言説の裏側に付着し、補完関係を作りやすいものだった、ということが見えて来ます。あの父親の言説は物語のなかで、校長の教育論や住職の法話などとは異なり、対応する空間を持ち得ていない、それも理由のないことではありません。また、おなじような手続きによって住職の法話を取り出してみますと、それは特定の宗派を離れた、精神修養論的な言説として修養雑誌などのメディアに載りうる型を備えています。たぶんそれは明治の廃仏毀釈後の仏教改革の動きや、仏教系の高等教育の学校の設立運動と連動していました。その力はかなり大きかったでしょう。が、受け手が十分制度的に組織化されていなかったことと、そのテーマの社会的有効性の点で、師範学校から小学校に至るシステムのなかで流通する教育論的言説には及ばなかったと思われます。それらに較べて政治的言説はずっと力が強く、逆に居酒屋で嘆かれるような生活苦の言説にはなんの力もありませんでした。

もちろん当時の日本には以上のほかに多種多様な言説が流通していました。しかもそれらは必ずしも有限個のものとして数え上げられるはずはなく、文字どおり多種多様性として無限個の言説があったというほかありませんが、ともあれ『破戒』はそれらのなかから以上のような言説を選んで物語を構成したわけで、では、そのような言説の関係をどう組み替えていたか。次に、改めて内部関係をとらえ直してみたいと思います。この手続きによって、はじめて私たちはその言説の発話者、つまり主体がどのように選ばれ、位置づけられていたかを問題にできます。

その組み替えの点で、一番見やすい例は、お寺の住職の法話で、彼は養女のお志保にけしからぬ行為に及ぼうとし、奥さんに手をついて詫びるという、権威失墜のプロセスを通して、彼の言説そのものの力を無効にされてしまいました。このお志保はもと敬之進の娘で、住職の横恋慕のことがあってから敬之進のもとに戻っていたわけですが、彼女が丑松に無垢な信頼を無条件に寄せることで、丑松の行為に救いの印象を与える。それとともに、他方では敬之進の愚痴っぽい言説に、住職以上に人間的な真実という権威を与えます。その意味でお志保は重要な役割を果たしていたと言えるでしょう。

それに対して、被差別部落の発生に関する疑似歴史的な言説の発話者を丑松の父親に設定したことと、政治的な言説の世界に蓮太郎的な立場からのプロテストを導入したことは、それ自体、新たに言説空間のフォーメーションを再編成する試みだったと言えそうです。しかもその思想性において、両者は対立し、対話的な関係にあります。ただ、両者の言説が対話的に絡み合うことなく、二人は時期を隔てて死んでしまい、いずれも丑松の敬愛する人物であったために、彼のなかで絶対化され、意識を拘束してしまう。理想的に言えば、丑松のなかでこの二つの言説が葛藤しはじめるならば、銀之助の人種論的な言説に対しても別なスタンスをとることが出来たでしょうし、別な二人の人物の選択により重い言説性を見出すことも出来たでしょう。別な二人とは、蓮太郎の政敵の高柳に娘を嫁入らせた被差別部落の六左衛門という金持ちと、丑松にテキサス行きを勧めた金持ちの大日向とです。この二人の選択のそれぞれのモティーフに思いが及ばなかったところに、丑松の思想的な貧しさがあります。

そういう弱点はあるのですが、しかしこの物語は蓮太郎が『懺悔録』という著書によって自分の言説主体たる根拠を明らかにする時点から始まる、つまりそれ以前はむしろ社会の下層民の立場に立ってプロテストを行なう社会運動家だったらしいのですが、『懺悔録』によって言説主体の根拠を明かすような新たな言説ジャンルを拓いた、そこのところが重要なわけです。(1)

ところで、言説論的な研究の主要なテーマの一つは、言説行為に潜む力関係、権力関係を顕在化させることにあったわけですが、その権力関係の把え方には三つのレベルがあります。一つはある種の言説が制度的な力関係を媒介に権威化され、他の言説に抑圧的に働く場合です。二つには、たとえ制度的な権力を直接的には借りないとしても、ある言説ジャンルの発言主体たりうるためには一定水準の知識、識字(literacy)、言説規範、パラダイム、文体、主題の選び方などの習得が必要になりますが、そうした能力を身につけることと自体、いわば linguistic capital、言語資本を獲得することですから、そういう capital に手の届かない人達に対して権力関係を構成してしまうということです。そして三つには、そのような知識、識字の習得とは関係ないような日常の場面でも、言説自体が発話者と聞き手と分節化し、同時に power-relation を与えてしまう、という場合です。

日本における言説論的研究は主に一つ目に集中し、制度的な力関係の最終的な決定因を国民国家に置く傾向が見られます。しかも困ったことに、そうした研究を成り立たせている、二つ目の問題に反省が及ばない鈍感さのために、馬鹿の一つ覚えみたいな結論を繰り返しながら、自分自身は超越的な立場にのうのうと収まっている。おなじような問題は、最近の文学研究や文学史のパラダイムについても見られます。たとえば、形式の反復、ヴァリアント、シリーズ化、その切断、逸脱による批評関係、レトロスペクティヴな過去の様式の復活など。このような用語そのものを使っていなくとも、方法的な概念は以上のようにカテゴリー化できる論文が多く書かれていて、たぶんその書き手はこれらがニュートラルな研究概念だとは信じていないでしょうけれども、しかしその歴史性を自覚し、引き受けて使っているかどうか、は疑わしい。いまのように列挙してみれば分かるように、これらはまさに後期資本主義の商品やイメージ生産、またファッション生産の生産様式に対応するものであって、その点に無自覚のまま繰り返すことは、ただ現代の生産様式概念を別な時代に押しつける、超越主義の危険がある。そうした論文こそがこの生産様式を追認し、観念的に再生産しているのだ、と言えばこれもまた一種公式主義的な批判になってしまいますが、少なくともその点の自覚だけは持っていて欲しいと思っています。

そういう危惧を一つ目の研究に感ずるのですが、ただしかし、二つ目、三つ目の視点も、実はそれだけでは一定パターンの結論にはまり込むだけで、出口がありません。というのは、以上のような言説の力関係を揺るがし、言説の社会的なフォーメーションを組み替える力を、言説そのもののなかに見出だす方法、認識がない、というより問題意識がないからです。いや、まったくないわけではない。文学テクストの研究の場合、ロシア・フォルマリスムの異化理論や、バフチンのカーニヴァレスクの理論を援用して、制度化された言説を無効にしてしまうような表現を見出だすことはできますし、既に何人かの人が手掛けてきました。

しかしそれだけでは『破戒』のようなテクストの言説史的な意味を見出すことは出来ません。その弱点を克服する一つの方法として、私は、その言説が社会的な言説の権力関係から自立し、フォーメーションの組み替えを引き起こすために、どのような内在的な条件を整えようとしていたか、を見る観点を使いたいと思います。『破戒』の出版された時代、その自立のための内在的な条件としては言説の論理性と道義性とが必須のものと考えられていたようです。漱石の『野分』は、大学という権力関係を内包した権威主義から離れて、いかに論理性と道義性のみによる言説とその主体の自立が可能か、あるいは不可能か、を実験したテクストと言えるでしょう。そういう主体の可能性を我が身一身で実験してみようとした存在に、内村鑑三が挙げられます。『破戒』における猪子蓮太郎の設定は、そうした実験の一環として理解できます。

ただし、これら実在の、あるいは虚構の人物はやはり一定の言語資本の獲得なしには可能ではありません。その観点から見て『破戒』のもう一つ重要な点は、敬之進のような人物を取り込んだことでしょう。彼は、自分の日ごろの行状から見てどのような論理性も道義性も持ち得ないという、言わば言説の根拠を全的に掘りくずしてしまう地点から発話を始めていくわけで、こうした人物の再登場は戦後の椎名麟三を待たなければなりませんでした。彼の発話はどのような言語規範あるいは準則に照らして見ても逸脱的で、とりとめなく、矛盾しているのですが、いったん発話主体の側に立ってみると、道義性を失った地点から倫理のありようを問うている切実さが伝わってくる。もしそういう見方をすれば、彼の発話こそポリフォニックであり、子供の楽隊に混じって行進して行くところなど、カニーヴァル的だと言えるのですが、重要なのはその点だけにあるのではない。先に私は蓮太郎について、言説主体の根拠を明らかにする言説ジャンルを拓いた人物と指摘しておきましたが、それに対して敬之進という対極的な言説を設定したところに、『破戒』の意義があると私は考えています。

念のために断っておけば、私は、論理性と道義性とだけが言説自立の条件だと考えているわけではありません。論理性と道義性が求められたこと自体、一定の社会条件の表象と見なければなりませんし、論理性とはなにか、道義性とはなにかについての観念も決して普遍的ではなく、歴史性を帯びています。ですから、もし『破戒』の道義性が普遍性を持つもののように現れて来るとすれば、私たちがまだそれを十分に実現できていない証拠にほかなりません。そこに歴史が現れてきます。いささかフレドリック・ジェイムスンふうな言い方になりますが、私たちが歴史の重みに対面するのは、まだなにが実現できていないかという、その negativity、否定性の系譜を通してであるほかはないからです。また、その未解決の課題を主にどの言説主体から受け取っているのか、蓮太郎か、丑松か、それとも高柳と縁結びしようとした六左衛門親娘か、さらにどのような言説が新たに未解決のものとして立ち現れてくるのか、——私の場合それは銀之助の人種論的な言説なのですが——そういったことを通して読む主体としての自分のポジションや歴史性を見出すことになるわけです[2]。

以上、私は『破戒』を例に言説論的な方法を実験してみましたが、フレームの問題にはまだ触れていませんでした。じつはこれは割合簡単な問題で、いまジャンルという概念を使って、さまざまなジャンルの言語テクストについて、例えば「愛の言説」があるか否かという点で把えてみれば、その言説を含むものを「文学」テクストとする、といったフレームが見えて来ます。

先ほども指摘しましたが、どの時代にも無限個と言っていいほど多種多様な言説ジャンルがあります。「社会」は決して言説に先立って「在る」わけではなく、ある言説がそれに先行する、ないしは同時代に流通する言説を取り込み、その、取り込まれた言説も他の言説を取り込み、……という無限の連鎖の拡がりとして

「社会」がある、と言うべきでしょう。ただ自然科学のテクストの場合、ほとんど同一ジャンルの言説しか対象としないのに較べて、社会科学、特に歴史学の場合は必ずしも同一ジャンルには属さない言説を資料として取り込んで物語を作ってゆく。とは言え、歴史学のナラトロジーはごく単純なものでしかなく、ある時代のマスター・ナラティヴに従うか、あるいはそれに代わるマスター・ナラティヴを提案するかの、いずれかでしかない。例えば日本の「近代」について、以前は西洋化の動向と封建残存勢力との葛藤というナラティヴが使われ、最近は国民国家の形成というナラティヴが好まれているようです。私がこの国民国家論的な歴史のナラティヴにあきたりないのは、いま述べたような無限の拡がりにあらかじめ地政学的な界域を設け、そのなかに有限個の言説が、しかも国民国家の形成を最終決定因とする力関係によって配置されているという、そういう平板な語り口しか見られないためです(3)。

それに対して小説は、『破戒』の例でも分かるように、一見無関係な言説を組み合わせることが出来ます。漱石の『吾輩は猫である』などは、どれだけ多様な言説を揶揄的、批評的に取り込むことが出来るかを実験したテクストだと言えるでしょう。それ以前の日本の「近代」小説における言説取り込みのキャパシティは意外に小さく、単調でした。その点で『猫』における苦沙弥先生の書斎という言説聚合の「場」の設定は画期的だったと言えます。『破戒』はそれほど野放図ではありませんでしたが、小説というジャンル以外の、どのようなテクストでも不可能なほど現実社会では掛け離れた、異質な諸言説を取り込み、力関係を組み替えつつ再編成していったわけで、それを一見無理なく行わせた統辞論的な形態が、丑松とお志保との恋物語という「愛の言説」だったわけです(4)。

ただ、今日はなるべくジャンルという用語を使うのを私は避けてきました。というのは、ジャンルという言葉はとかく文学ジャンルに限定して受け取られかねない虞れがあるからですし、そうでなくとも、ジャンルを問題にすると、それを成り立たせるカノン（準則。観点、パースペクティヴ、語りの構造、時空間のカテゴリーなど）のほうに関心が向いてしまいがちなためです。そうではなくて、文学ジャンルを含む複数の言説ジャンルに取り上げられるようなトピックス——例えば人種論とか被差別部落論とか学校教育論など——に焦点を合わせて、それぞれのジャンルに取り込まれた場合のジャンル別の偏差を明らかにする、あるいはそうしたトピックスに関する言説の混在としてテクストを把えること。これは文学ジャンルを超えた、その時代の言説状況を取り込み、再編成的に統合して、その言説状況に投げ返し、再統合を促す運動の面からテクストを把えることを意味します。

なぜなら、取り込まれた言説は、そのテクストの作り手にとっては「社会」の動向の換喩的な表象にほかならない、と見ることができからです。再編成したテクストを投げ返すとは、「社会」の動向に対してその書き手が試みた、後追い的または先取り的な投企として把えることです。このように見ることで私は、新たに文学テクストの「社会」や歴史性を明かすことが可能であり、また必要なことだと考えています。

注

（1）『破戒』においては猪子蓮太郎の言説がそのまま引用されることはなく、丑松の解釈を通して読者に伝えられています。その点で彼の「言説」を丑松や校長や住職の言説の同列に置いたり、彼の「主体」性を論ずることに問題がないわけではありません。ただしこの物語が、実質的には、彼が自己の言説主体の社会的根拠を明かしたテクストへの言及から始まっていて、そのモチーフが以後の登場人物に対する批評的視点を提供していること、その意味は大きいと判断します。

言説論的な研究の重要な成果の一つは、個体（individual）と主体（subject）との違いを明らかにしたことですが、特に一定水準のリテラシイを必要とする言説ジャンルの発言主体たりうるためには、何らかの葛藤を経なければなりません。

本論でも指摘したように、その個体が特定の言説ジャンルの主体たるためには、リテラシイの他、パラダイムや文体、主題の選び方などを習得しなければならないわけですが、それを習得すれば既存の言説ジャンルの「主体」たちによって参入を認知されるわけではない。私たちの文学研究というジャンルでも分かるように、言わば市場原理によって、ある種の抵抗を受けざるを得ません。特に彼または彼女が従来にない問題意識や方法を主張する新しい主体であろうとする時、葛藤は不可避なものとなります。藤村はそういうタイプの主体の出現に言及することから物語を始め、そして彼自身この物語で新しい物語主体たろうとして、ある程度成功したこと、その重要さを確認して置きたいと思います。

（2）このような読みが一定の水準を示しているとすれば、言語資本をそれだけ私が獲得している証拠で、そうでない人たちに対してある種の権力を持っていることは否定できません。ただ、言語資本の望ましいあり方は、物語内のさまざまな脇役的な人物に移行して、その主体のポジションから物語世界を把え返したり、自分と言語資本の異なる人の側に移行して読み返したりする、そういうキャパシティに質的な転換を図ることでしょう。そこから自分の読みの相対化と、他人の読みの了解に基づく批評が始まります。言語資本の大小と、どれだけ多様な発話主体・読む主体に移行できるかというキャパシティとは相関関係にあり、それが小さければ主体の選択の幅も小さく、より大きければ選択の幅も大きくなることは、最近の言説研究で指摘されています。そのような言語資本のポテンシャルを自覚せずに、ただその大きさを特権化する時、権力主義に陥ってしまうわけで、それを回避、克服するには右のような方法を身につける他はない。そう私は考えています。

（3）国民国家論的な研究のなかには、どのような言説によって「国家」という界域が観念的に作られたか、についても言及した論文があり、もちろん私は評価しています。とは言え、最近のカルチュラル・スタディの人達がよく言う「発明された伝統」（invented tradition）という言葉を借りて言えば、国民国家なるものもそれを論ずる人の「発明」でしかないのではないか。この疑問は拭い切れません。

（4）『破戒』それ自体の言説性とは何かについては、私は触れませんでした。これは『破戒』のなかに丑松の言説がない、少なくとも一まとまりの言説として取り出し得るような発言が見られないことと関係します。逆説的に聞こえるかもしれませんが、そこにこのテクスト自体の言説性があると言えるでしょう。

いま校長や住職と較べて見ますと、校長は新しい教育法を持った世代の出現に脅かされ、思い屈していました。しかし彼は、そういう自分の生存条件を内面化することから言説を産み出すことをせずに、自己保身的に郡視学や町の有力者の意見に同調して、自分の不安を権力主義のなかに隠してしまいます。住職の法話は、彼の生存条件の内面化とは何のかかわりも見られません。彼らとは反対に、蓮太郎は自分の生存条件の内面化そのものを言説化した人物として語られ、丑松の尊敬もそこに寄せられているわけですが、じつは丑松自身の発話だけを取り出してみますと、ごくありきたりなことしか言っていません。ただ校長たちと異なるところは、自分の生存条件の内面化に誠実であろうとしながら、言説化の方向やきっかけをまだつかむことが出来ない。そのために寡黙たらざるを得ないのですが、その寡黙に代わって、語り手が彼の迷いを内的な独白の形で語ることになります。つまり如何にして言説の主体は可能か、そこに焦点を合わせ、内的な独白を顕在化する方法を主張したところに、『破戒』の文学テクストとしての言説性があったと言えます。

（付記）平成八年一一月三〇日、日本近代文学会の一一月例会で、本論に基づいて私は口頭発表した。発表の際には時間の都合で何箇所か省略せざるをえなかったが、ここでは用意して行った原稿そのままを採録してもらうことにした。会場での幾つかの質問に対して意を尽くした答えが出来なかったため、その補足を兼ねた補論を、「註」の形で述べさせてもらった。

第5章　メビュウスの帯の逆説
——酒井直樹『過去の声』

酒井直樹が一〇年ほど前、*Voices of the Past*（1991）をアメリカで出した時、朱熹や伊藤仁斎、荻生徂徠、賀茂真淵、本居宣長、「絵入り狂言本」、香川景樹、時枝誠記、三浦つとむなどに関して一定の知識を備えている（と彼が予想できた）読者は、さほど多くなかっただろう。さらにその一〇年ほど前、その基になる博士論文を書いた頃は、一読して分かってもらえそうな人の顔が見えてしまうほど、ごく限られていたのではないか、と思われる。

その意味での「孤独な」状況で書く場合、一つ考えられる方法は、江戸期の文学史や思想史などの通史的な解説を行ない、引用文を注釈的に解読しながら、論証を進めてゆくことである。だが、彼はその方法を採らなかった。通史という形で実体化された「歴史」を解体してしまうことに、彼のねらいがあったからである。彼はその代わりに、M・フーコーやJ・ラカン、J・デリダ、J・クリステヴァ、F・ソシュール、E・バンヴェニスト、M・バフチン、V・N・ヴォロシノフ、L・W・ヴィトゲンシュタイン、M・メルロ＝ポンティなど、二〇世紀・欧米圏の人文科学に強烈なインパクトを与えた人たちの言語学や論理学、テクスト論、身体論によって朱熹以下の著作を読みかえながら、英語圏の読者に理解可能な視点と理論を作り出そうとした。

これは大変な力技であるが、ここで言う「読みかえ」とは、まず大状況論的な歴史的現実と、朱熹以下の著作をナイーヴに対応させる読み方を止め、それらを言説やテクストととらえ直すことである。歴史家が偏愛する大状況論によって描かれた「歴史的現実」を実体化して、それと著作とを対応させるやり方は、ついに反映論や還元論を出ることはできない。彼はその種の実証主義を拒み、むしろ「歴史」とは言説的構成物ではないか、と考えた。言説とジャンルはどう違うのか、これは微妙な問題なのだが、当面それを脇に除けて言えば、それぞれの知識・身分・職業集団が持つ言説ジャンルには一定の規則がある。それは該当の言説を構成する話題の選び方や、主題の設定、パラダイム、文体または言葉づかいなどであって、それを踏まえなければ、その集団によって、意味ある発話とは認知されない。「歴史」とか「言語」とか「文学」とかは、そういう言説規則によって主題化され、一連の用語で描かれた想像的理念なのである。

このことを一つ押えて、この著書を、議論の方向性に従って整理するならば、三つの相が現われてくる。中国宋代の朱熹（朱子）を否定的に論じた相と、仁斎を肯定的に評価する相と、徂徠以下を批判的に論じた相と、である。以下、その順序で紹介したいと思うが、まず朱熹に関して言えば、彼は朱熹の理学を、近代の国民国家のイデオロギーと相似なるものと見ている。

朱熹は、この世の全ての「物」は天の「理」を受けていると考えた。彼が言う「物」は動植物や物体などの全てを含むが、人間が中心化されていたことは言うまでもない。ただし、「理」そのものに形質はなく、形質素とも言うべき「気」と合して「物」を構成する。その「気」に精粗・清濁があり、それに準じて人間や動植物や物体の違いが生じ、また人間のなかでも賢愚の差が生ずるのである。別な言い方をすれば、「心」は「性」と「情」とを統《す》べているわけだが、「性」とは仁義礼智という、天から受けた「理」を総称したものであって、だから「心」の本体に不善があるはずがない。では、なぜ人は不善に走ることがあるのか。人には四つの「性」の働きとして、惻隠・羞悪・辞遜・是非の「善なる情」がある。だが、外の「物」に惑わされたり、私利・私欲に駆られたりして、不善に陥ってしまうのである。

この考えから導かれる実践は次のようになるだろう。人は「物」それぞれの「理」を見極めることで、「物」の外観に欺かれやすい私利・私欲を克服し、常に仁義礼智の「性」を清明に保つように努める。それだけでなく、それを天地に拡充するように心がけなければならぬ、と。

もし朱熹が言うように、人は誰でも天の「理」を受けていると仮定するならば、他者を理解し、他者の立場に自分を置いて見ることは、「理論」的には極めて容易だろう。酒井直樹の言葉を借りるならば、「（朱熹の）宋理学において、「心」はあらゆる人間に内在し、「心」という観点からみればあらゆる人間は別人と交換可能」ということになる。これを認識論的に言い換えれば、「つまり、認識される領野で他者は現前するが、この領野の存在は主観としての「私」の存在と一致する。「あなた」を認識することは客観としての「あなた」を私の領野で限定することである」。両者のこのような「相互依存性」が可能であるためには、「「あなた」と「私」が二つの項として、つまり同じ一般性を有するが異なる特殊性が述語される二つの主語として、現前するような第三の視点が存在しなければならない」。酒井によれば、朱熹の「理」は「一般性」に相当し、「第三の視点」は、「間主観性の領野としての超越論的自我」と言い換えることができる。

ある意味でこれは極めて包括性が高く、安定した世界＝人間観と言えるのだが、なぜ酒井にとっては批判されねばならないのか。人間は互いに理解可能であり、「交換可能」であると主張することは、均質的な成員による共同体を想定し、その結果、他者の了解不可能性という問題を取り除けてしまうからにほかならない。他者の他者性が、あるはずがない／あってはならないものとして、否認されてしまうのである。この均質志向社会《ホモソシャル》が、人間は互いに理解可能であるはずだ／理解可能でなければならないと、当為の言葉で語られる時、それは、他者性の徴《しるし》を捺された「異質な」存在を排除する、権力主義的なイデオロギーに転化してしまうだろう。

分かるように、酒井直樹は、徳川幕府の官学とも言うべき朱子学が均質志向社会《ホモソシャル》のイデオロギーだったことを批判し、それと共に、言説というものがその自己完結的な規則性によって権力化してしまう危険を指摘した。しかも特徴的なことは、朱熹に言及する時、以下のような現代批判が繰り返されていることである。「宋理学によると、「心」において、人は自らの内面を調べ、他人と非対称的地位を占めることを、とりわけ、他人を見下す地位を避ける方策を模索する。（中略）しかし、特定の人物に内面化されている想像上の全体性から、「心」が自由になることはない。だから、このような「心」の考え方は、全体主義的であるとの非難から免除されるどころか、今日のヒューマニズムがそうであるように、全体像を密かに再導入するものなのだ。公平で偏向のない普遍的で全体的な視点から語っているという想定のもとで、人は最も偏向して不公平な特殊性を暴力的に正当化することになるだろう」（一三五頁）。「近代の国民国家の倫理ほどではないにしても、彼ら（宋理学者）の倫理は、この意味で均質的共同体のためのものであった」（一三七頁）。「普遍性の時空的なトポスへの還元不可能性が遍在性と置き換えられてしまうという事態は、伊藤仁斎が見抜いていたように、理学において非常に顕著であった。そしてそれは今日の人間主義的普遍主義のなかにも見出すことができる」（三七二頁）。

ところで、朱熹は学問の要に「敬」を置いたが、伊藤仁斎はこれを批判して「誠」を置いた。酒井直樹はここに、仁斎が朱熹の予定調和論的な世界像をうち破りえた重要なきっかけを見ている。朱熹が言う「敬」は「慎み」や「節度」の意味に近く、「正二其衣冠一。尊二其瞻視一。潜レ心以居」と、まず容儀を正して、自己を修めることであった。しかし仁斎によれば、「敬」とは何らの具体的な対象にかかわる際の、かかわり方を言う動詞であった。「按ずるに古《いにしえ》の経書《けいしょ》、あるいは天を敬《けい》すと説き、（中略）あるいは人《ひと》を敬すと説き、あるいは事《こと》を敬すと説く」（『語孟字義』）と。だから、もしこの対象を抜きに、ただ自分の容儀を整えるだけに集中するならば、「専《もっぱら》敬を持する者は、特に矜持を事として、外面斉整なり。故に之を見るときは、則儼然たる儒者なり」(『童子問』)と、もったいぶった儒者が出来上がってしまう。ばかりでなく、「其の内を察するときは、則誠意或は給せず、己を守ること甚《はなはだ》堅く、人を責ること甚深く、種種の病痛故《もと》より在り」(同前)と、誠意を欠いた、リゴリズムに陥ってしまうだろう。

では、仁斎が言う「誠」とは何か。彼は「誠《せい》は、実《じつ》なり。一毫《いちごう》の虚仮《きょか》無く、一毫の偽飾《ぎしょく》無き、まさに是れ誠」と定義する。「いわゆる「これを誠《まこと》にする」と「忠信を主《しゅ》とする」と、意甚だ相近し。しかれども功夫《くふう》おのずから同じからず。「忠信を主とする」は、ただ是れおのれの心を尽くし、朴実《ぼくじつ》に行ない去《さ》る。「これを誠にする」とは、理に当《あた》るとしからざるとを択んで、その理に当る者を取って固《かた》くこれを執《と》るの謂《い》い」にほかならない(『語孟字義』)。つまり「誠」は一点の虚偽もなくおのれの心を尽くすことなのであるが、同時に理非の判断が伴う。その点で、判断を伴わず、ただ「朴実に行なう」忠信とは異なるのである。

このような論議を踏まえて、酒井直樹は仁斎の「誠」がもたらした転換を次のように捉えている。「敬は、第一義的には、語り手と聞き手の主体の社会的立場、あるいはこの場合は身分、に関する規則によって決定される徳である。これらの規則は出会いの単独性や、抽象化を逃れるもの――人が個人や個別の出来事に対処する現実状況の個物性――を超越する。対照的に、誠は行為の実働化に、ある具体的状況において出会った個人との応対のなかでの行為の実行に人を導くだろう」(八三頁)。

彼が理解する朱熹の「敬」はむしろ仁斎が言う「礼」に近く、彼が説く仁斎の「誠」は、むしろ「忠義」に近い。私にはそう思われるが、ともあれ、彼によれば、仁斎は右のような「誠」を説くことによって、目に見え、耳に聞こえ、触知でき、つまり感覚で捉えられる物に満ちた世界を主題化した。それは、「これまで言語表現行為から排除されてきた感覚性、知覚性、そして感情性が肯定的に分節化される、新たな言説の領野」の開示にほかならず、この領野において「情」が中心化されることになった。仁斎がもたらした重要な転換はそれだけではない。具体的な状況のなかで出合う個人は、「けっして互換性を措定できない（大文字の）他者」（一五三頁）であり、その出合いは「偶発性」に満ちている。この「共役《ママ》（共約？）基盤」など予定できない他者に、自分を開いてゆくこと。それは「保証のない信頼、根拠のない信頼」を賭けることだが、酒井によれば、それこそが仁斎が説く「愛」なのであり、その「愛」の実践のなかで「他者との均質志向社会《ホモソシャル》的な共犯関係の希求が拒絶され」、「破棄」（同前）されるのである。

彼はこのような領野、具体的な出合いの場を、テクストと呼ぶ。テクストを「書かれたもの」と狭く限定する場合、先行テクストとの応答関係に基づく引用の織物と理解されるわけだが、彼はその上で、もう一つ、「書かれたもの」の物質性に注意を促した。インクの色や活字の書体、紙の質、装丁などは、「本文」の意味には関与しないと思われ、だから「読む」過程では意識に上らず、意識から遠ざけられてしまう。だが、実際はテクスト生産のシステムにかかわり、テクスト内容を現実と別次元におく枠《フレーム》の働きをし、ジャンル的特徴を知覚させて「期待の地平」を作り出し、時には「読む」行為の身体的な規制をもたらし、そして漢文の返り点やヲコト点の例で分かるように、その物質的な記号の有無は、「読み」の音声化や理解の方法と制度的にかかわっているのである。酒井直樹がテクストの異質性《ヘテロジエニテイ》を強調するのは、引用の織物としてだけでなく、この物質性に眼を向けさせたかったからにほかならない。

このような問題意識を会話に向けるならば、それは会話の「場」への関心となるだろう。

この世にある言語は全て、必ず誰かが話したり、書いたりしたものだ。これは時枝誠記や三浦つとむや吉本隆明の基本的な視点であるが、しかし、一たん発言された言葉、特に「文」として書記された言葉は、その場所や人から相対的に自立して、いわば一人歩きしてゆく。酒井直樹が言うように、「発話の内容が議論の対象であるかぎり、誰が言ったか、どこでいつ発話されたかなど知る必要はないし、そうすることは不可能」（九五頁）だからである。もっと言えば、「誰でもどこでも同じ発話を反復できる」（同前）という反復可能性が、言語の基本条件だからである。ある意味で、朱熹は、例えば『論語』の言葉を自律化させ、観念的な分析と解釈を重ねて壮大な哲学体系を作り出したが、その結果、発話の場から決定的に遠ざかってしまったと言えるだろう。しかし『論語』の言葉は、孔子が何時、どんな状況で、誰に言った発話なのか、具体的な場に即して受け取らねばならない。この立場を自覚的に取ったのは荻生徂徠であるが、発話の場を重視する方向を作ったのは仁斎だった。

この発話の場に立ってみれば、テクストの物質性に相当する、異質性《ヘテロジエニテイ》の諸相が現われてくる。その現出の契機を担うのが身体である。なぜなら、仁斎が言う「実」とは、酒井直樹によれば「身体が状況において行為する際の現実感覚そのものを指して」（一二一頁）からである。この身体という「物質性がなくては、行為はけっして社会性、他者への開放性を獲得できない」（一二一頁）おり、この身体は「行為が他の社会制度や他の人びとも刻み込まれている一般的テクストにおける刻印でなければ、行為を社会的行為にするのに不可欠な外部性を獲得できないだろう」（一五一頁。傍点は原文）。とはいえ、身体を、私たちが通常マナーと呼んでいる、しぐさの規範を受肉した有機体と見るだけでは、また、行為を、自他に刻み込まれた「一般的テクスト」の外化として、ただ個的な位相でとらえるだけでは、まだ行為の意味を明らかにしたことにはならない。「行為の意味は他者の行為との関係で明らかになる。行為の意味は恣意的に決定されているわけではないが、多くの異なる解釈に開かれているため、常に多声的である」（一五二頁）。酒井直樹が「場」と行為のテクスト性を強調したのは、この理由からであった。

以上の簡単な紹介でも分かるように、彼は丸山真男の『日本政治思想史研究』を下図として、『過去の声』

を構成している。丸山が実現されるべき「近代」を素描しながら、「近代意識の成長」として辿ったところを、ポスト・モダンの立場から否定的に描き変えたのである。その要が仁斎だった。丸山は仁斎にあまり筆を費やさず、酒井の博士論文も同様だったが、その後仁斎の発見・再評価があったのだろう、現在の『過去の声』では大幅に加筆されている。ただ、身体論や subject の問題など、あまりにも多くの理論的な考察を仁斎に託しすぎたため、過剰な意味づけをカヴァーしようと、「彼（仁斎）は……密かに論じている」（八六頁）、「伊藤が暗示するように」（八八頁）、「この変化が暗に語っていることが」（一二五頁）など、危うい措辞が眼につく。なぜ「密かに」「暗に語っている」と読めるのか、もう少し引用の裏づけが必要だっただろう。

　さて、徂徠は『論語徴』の題言で、自分の方法を次のように宣言した。「口に矢《はな》つと筆に渉《と》ると、間《へだて》有り。『論語』は聖人《せいじん》の言にして門人の辞なり。之を聖人の文と謂ふ者は、惑へり。門人の一時　意を以て之を録し、以て忽忘《こつぼう》に備ふる耳《のみ》。あに之を後世に伝ふるに意有らん哉《や》。かつ烏《いづく》んぞ其の録せし時の意を識らん乎《や》。（中略）孔子はその位《くらゐ》を得ず、その道を天下に行《おこな》はず、匹夫《ひつぷ》を以てその身を終れり。ゆゑに其の言ふところ行ふところは、是《かく》の若《ごと》きに止《とど》まれり」。これは、『論語』を孔子の「文」として拳々服膺していた儒学者にとって、ほとんど冒瀆的に聞こえたであろう。だが『論語』は、徂徠によれば、高い志を抱きながら、無位無官の匹夫として生涯を終えた人物が、その折々に語った「言」を、門人が書きとめた語録であり、それ以上ではなかった。門人が後世に伝えるために筆録したとも思われず、そもそも門人の意図など分からない。とすれば、意図を探るような読み方は無用だろう。この豪胆な覚悟をもって徂徠は、孔子の「言」を録した文字がその時代にどんな意味で使われていたかを、克明に再現してゆく。折々の「言」は日常の言葉（常語や俗言）だったはずであり、当然のことながら、その時代の発音で音読されなければならない。簡単に言えば、これが徂徠の古文辞学の理念だった。

本居宣長がそれに類する方法を駆使して『古事記伝』を完成したことは、よく知られている。「情」と日常の言葉に価値を見出した点でも、彼と徂徠は共通する。ただ、彼の目標は、漢字を「借りて」筆録された『古事記』から、漢字が入ってくる以前の古代語音を回復することだった。そのために彼は、徂徠と違って、まず漢字の字義に頼って解釈するような読み方そのものを否定する。彼によれば、そのような方法、というよりは修練によって古代語音を会得するならば、まだ外来の観念や制度に煩わされることのなかった時代、やまと民族がその固有語をもって語り合い、交感し合っている世界が開かれてくるはずである。

小林秀雄はそのように描かれた世界、というよりは、そういう世界像を描かずにはいられなかった強靭な批評意識と、見事に描きえた学問的想像力に蠱惑された文学者だった。彼は文芸批評の仕事を、ジャーナリズム批評から始めた。ジャーナリズムは書き手の言葉を商品化し、多様な解釈を招き寄せる「文」として一人歩きさせ、現象的には豊かな社会関係を与えてくれる。だが、書き手に即して見れば、それこそが言語の自己疎外の現代的な形態にほかならない。彼は商品として流通しているマルクス主義者の言説を、マルクスの言葉を借りて「不死の死」と呼んだ。なぜなら、その種の言説は、見せかけの普遍性を獲得している点では「不死」であり、「自分に一番身近な感性的環境についての意識」(『ドイツ・イデオロギー』)に直接する言葉や、日常の言葉と生きた交渉を失っている点で、「死」と言うほかはないからである。

そこで彼は次のような戦略を取った。つまり、自分が住む社会の本当の姿は、マルクス主義のような、社会科学の概念で分析しても見えてこない。むしろ一見ラジカルな社会批判の言葉が、ラジカルな外見の故に商品化されやすいジャーナリズム構造と、そういう文章を売り得る/売るしかない自分の生活過程とをしっかりと見据えよ、と。

「言語」に関するこのような問題意識から出発した小林にとって、信頼に値するのは、日常の、「確かな」言葉で思考し、行動する（と彼が考えた）生活者であり、彼の文学批評の重要な方法の一つは、そういう人たちの生活感情に即して作品評を行なうことだった。やがて日本は戦争に突入したが、小林によれば、生活者はこの「非常時」に際して「国民」としてのまとまりを見せ、「黙って事変（戦争）に処して」いる。彼はその動向を全的に肯定する「覚悟」を語った。そして敗戦後は、もはや「国民」を語らず、同時代の文学にも興味を失って、徂徠や宣長へ関心を深めてゆくわけだが、この過程は彼にとって、まさに必然の足取りだったと言えよう。

しかし酒井直樹は小林のような感情移入的な読みを拒否する。感情移入的な同一化が視向するのは、無媒介な、つまり直接的で全的な対象の理解であるが、結局それは「交換可能」で「相互依存」的な均質志向社会《ホモソシャル》を理想化することになりかねないからである。これを拒否する彼の基本的な戦略は、非親和的に対象と向かい合うことであった。この非親和化が「抑圧」「隠蔽」「排除」などの、ネガティヴな評言を頻出させるわけだが、ともあれその態度をもって、徂徠や宣長が自分を古典の世界に親和させるために採った、音声中心主義的な方法に対してみれば、それが朱熹的なイデオロギーへの逆戻りであることは明らかだろう。宣長が描いた古代人の親和的な空間も、その点では変わらない。酒井直樹の見るところ、国民国家を創出する政略の一環として、「日本語」を制度化した近代の言説も同様だった。ただ徂徠や宣長と近代の言説との違いは、徂徠や宣長は自分が描く理想的な均質志向社会《ホモソシャル》との空間的・時間的な「距離」を自覚していたことである。この「距離」のおかげで、彼らは「文化的国民主義へと完全に退化することはなかった」。しかし、と続けて酒井は言う、「この距離と（宣長が抱いたような）日本語の喪失への感覚が消去されると、日本人の統一性と「内部」が、既存の言語と共同体に、媒介なしで同一視されることになる。もちろん、この同一視が達成したのは、思考不能なものの場を排除し、文化的諸制度を標準化し、言語を均質化することであった」（四八二頁）。「日本語」は一見「日常の言葉による生きた交渉」を保証するかに見えながら、制度的な、あるいは「他」なるものとの交渉のレベルでは、「死」を孕んでいると、彼はそう告発したのである。

仁斎や徂徠や宣長は、日常の実践を書きあらわす日常の言葉を持たず、漢文や擬古文という、日常とは懸け離れた語彙と文体を用いるしかなかった。いや、「用いるしかなかった」と言うのは、現在の私たちにそう見えるだけであって、彼らが属する知的・学問的な小集団の言説規則からすれば、それらの語彙や文体は「親しい」ものだった。その意味で、その語彙や文体は、彼らにとって、小林が言う意味での「不死の死」だったわけではない。彼らが「日常の言葉」への関心を説いたのは、あくまでも中国の古典語や日本の古代語を、その時代の常語や俗言として直観的に了解する方便としてであった。日常の言葉（常語や俗言）の組織的な研究に着手することなど思ってもみなかったのである。

その点で、彼らが言う「日常の言葉」は古典（代）語を主題化する過程で言及された、一つの観念にすぎない。その言及の仕方は、前島密の「口舌にすれは談話となり筆書にすれは文章となり口談筆記の両般の趣を異にせさる様には仕度事に存奉候」（「漢字御廃止之議」慶応二年）という主題化に始まる、近代の日本語改良論や言文一致論とも異なっていた。徂徠や宣長によって、観念として見出した「日常の言葉」と、その重要性を説く言説の語彙や文体との乖離そのものが、「主題」化されることはなかった。その「乖離」は、中国の古典時代や日本の古代との「距離」の問題に置き換え、そうすることで解消できる／すべき問題だったのである。

Voices of the Past はその「乖離」が内包する問題を顕在化し、読み解く試みだったと言える。*Voices of the Past* 以前に、このような形で「乖離」に眼を向けた研究はなかった。

酒井直樹は、*Voices of the Past* が想定するアメリカの読者と、主題的に取り上げた朱熹以下の対象との間に大きな「乖離」があることを、十分に自覚していただろう。それは英語と日本語とに対する彼自身の、一種ねじれた「乖離」を改めて顕在化させ、さらに英語圏と日本語圏の読者に対する朱熹以下の著作の言語的な「乖離」を主題化させたはずである。私の理解によれば、彼が博士論文に着手した頃、初めに挙げたフーコー以下の理論は、まだアメリカではそれほど市民権を得ていなかった。その点の「乖離」とも取り組まねばならなかったはずで、それらの理論を定着させるために多くの筆を費やしながら、おそらく彼は、仁斎や徂徠の著作から概念の変更、あるいは精密化を迫られていた。ここでは、その一端として、テクスト観や「場」と身体の理論しか紹介できなかったが、彼がそこまで到達できたのは、あの二重、三重に入り組んだ「乖離」に敢然と立ち向かった力技の成果にほかならない。

ただ、*Voices of the Past* が出版された一九九一年の時点では、フーコー以下の受容も理解も進んでいたと思われる。日本でもその時期、受容と理解が進み、「異化」「織物《テクスタイル》」「音声中心主義」「間主観性」「間テクスト性」「言遂行的」「外部」「非対称性」「非共役（約）性」などのキーワードは、「抑圧」「排除」「隠蔽」などと共に、思想史や文学の論文に、ごく当たり前に見られるようになった。現在では、そういうパラダイムの言説域に帰属する集団が出現し、もはやどんな意味でも「他者」性を持ち得ないほど、常態化している。だが、果たしてそれは『過去の声』が出版される好条件だろうか。そんな疑問が湧いてくるのは、*Voices of the Past* が日本語に変えられる、まさにそのことによって、日本語圏の読者の眼には、いわばメビュウスの帯が普通のベルトに変わってしまうように、あのねじれた「乖離」がテクストの表面から消えてしまうことになるからである。

この罠にはまらず、あの「乖離」を喚び起こすためには、次のような問いを立てて読み込むことが必要だろう。酒井直樹が言う「国民国家」と「日本語」もまた、彼の言説によって主題化された、半ば想像的な構成物ではないのか。この明快な主題化は、現在「日本」と総称されている島々の人たちが使っていた／使っている言葉の具体相を捨象することで得られたものではないか。その捨象は、「言語」についての言説、「日本語」という言説的構成物に関する言説には避けがたい手続きだとすれば、その捨象されたものがこの言説の「外部」と化してしまうのではないか。

第6章　三浦つとむの拡がり

1　二つの課題

二つの思い

現在、日本語の表現構造について最も先端的で、ラディカルな研究をなさっている、「言語・認識・表現」研究会の第九回年次研究会にお招きいただき、話をする機会を与えられましたことを、感謝しています。

ご紹介いただきましたように、私は市立小樽文学館という小さな文学館の館長をしていますが、二〇〇〇年の四月まで、北海道大学の文学部で教えていました。その前の年、岩波書店から『「小説」論――『小説神髄』と近代――』（一九九九年）を出してもらい、更に定年退職の年に、『明治文学史』（二〇〇〇年）という本を出してもらい、願ってもない良い形で研究者生活の締めくくりができました。これ以上何かを求めたら、それは欲張りというものだ、と納得し、満足して、きれいさっぱりと学者稼業から足を洗うことにしたわけです。

その気持ちに嘘、偽りはありませんが、しかし思いを残したことがなかったわけではない。残念ながらこの仕事は、ついに自分の手に余ってしまったな、と諦めたことが二つありました。

文学理論のキーワードをめぐって

その一つは、一九六〇年代や七〇年代の日本の文学研究、文学理論のキーワードを、外国の研究者に分りやすく解説する仕事です。何故そんなことを思い立ったのか、と言いますと、シアトルのワシントン州立大学で教えている若い研究者から、〈日本の研究論文を読んでいると、同じ用語でありながら、一九七〇年代の論文と、一九八〇年代以後の論文とでは、概念もニュアンスも微妙に異なっているように思う。また、一九七〇年代にはその時代の独特な用語があるが、その概念がよく分らない。それらの点を、時代の文脈に即して解説した本がないだろうか〉という相談を受けたからです。

たしかにそう言われてみると、例えば「主体」という極めてポピュラーな言葉を一つ取り上げてみても、あまりにもポピュラーであるために、かえって、時代やグループによって意味が異なっている。戦後間もなく荒正人や小田切秀雄が「主体性論争」で使った意味と、同じ時期、日本共産党系の哲学者が近代主義批判の一環として「主体」という言葉を使った意味とは、問題の立て方からして異なっていました。また、時枝誠記や三浦つとむが「主体的」という場合の意味は、そのいずれとも異なる。それだけでなく、ヨーロッパのポスト構造主義によって問い直されたSubjectの概念や、それを踏まえて日本の近代の思想史を再検討しようとしている人たちの「主体」概念も、発想の出所が違う。うまくかみ合った議論になっていないようです。アメリカの若い研究者が日本の論文を読んで混乱してしまったのも無理ありません。

以上は長い時間にまたがって意味変化した用語の例ですが、逆に特定の時代を特徴づける用語の例としては、例えば吉本隆明の「自己表出」と「指示表出」があげられます。一時期の文学研究者や評論家がまるで取り憑かれたように乱発していましたが、現在ではもう誰も使っていません。もう少し遡れば伊藤整の「逃亡奴隷」と「仮面紳士」の例がある。彼はこの用語を巧みに使って、日本の近代文学とヨーロッパの近代文学との違いを説明し、当時の文学史家にとっては不可欠の用語でしたが、現在ではもう死語に属するでしょう。これらの言葉はアメリカの研究者だけでなく、日本の若い研究者とっても分りにくく、リアリティを感じることはできなくなっているのではないか。

私はこんなふうに、先の相談を、同情的に受取ったわけですが、それは数年前（一九九五～九六年）、コーネル大学で大学院の講義を持ち、用語の説明に苦労した経験があったからです。『明治文学史』は、この時の講義をまとめたもので、その一章を割いて、私は吉本の概念を説明しています。事実そういう講義をしたからですが、『明治文学史』では更にもう少し肉づけをしておきました。先のような相談が頭にあったからにほかなりません。

三浦つとむの紹介

もう一つ、私がやりたいと思っていたのは、三浦つとむの理論を英語圏の人たちに紹介することでした。その理由はこれまでの話でもある程度お分かりいただけると思いますが、これも回想記ふうに語らせていただきますと、私は一九七〇年の前後に、三浦つとむの『日本語はどういう言語か』（講談社、一九五六年）や、『認識と言語の理論』の第一部と第二部（いずれも勁草書房、一九六七年）などを、傍線を引いたり、書き込みをしたりしながら勉強をし、『レーニンから疑え』（芳賀書店、一九六四年）を読んで、すごい人だなあと感嘆して、一九七三年の七月、日本文学協会の『日本文学』に「三浦つとむ論」を書きました。文学研究の雑誌に「三浦つとむ論」が載った、あれが最初の文章だったと思いますが、考えてみればその後誰も書いていない。少なくとも私の記憶する限り、「三浦つとむ論」を書いた文学研究者は私以外にはいないのじゃないか。そんなふうに思います。

三浦つとむは私にとってはそういう存在でしたから、外国からの留学生を指導するようになって、当然のことながら『日本語はどういう言語か』を推薦しました。最初の留学生は西ドイツから来た人で、彼にすでにドイツの大学で日本語・日本文学の教師になることがほぼ内定しており、その準備として日本語に磨きをかけるために送られてきた。ですから、能力が高く、帰国後は円地文子や宮沢賢治の翻訳書を出し、数年前、漱石の『吾輩は猫である』を翻訳して、ドイツの翻訳文学賞を受賞しています。

ともあれ、そういう人に私は『日本語はどういう言語か』を薦めたわけで、二週間ほど経ってから「如何でしたか」と聞いてみたところ、彼は「あれは日本語という言語を学問的に説明していない。言語学の学術書とは言えない」と、顔を赤くして言い募りはじめた。先生が薦めた本を批判する、その緊張のために興奮してしまったのかもしれません。つまり彼はヨーロッパの言語学、特にソシュールふうな言語学を前提にして、三浦つとむの本から日本語の説明や分析を知ろうとしたわけですが、期待外れだったことに憤慨したわけです。

ああそうだったのか、というわけで、私は、あれこそが日本語という言語についての、日本における言語学なんだと説明する。もちろん彼はなかなか納得しない。彼はヨーロッパの言語学の概念や方法を普遍的なものと信じ、それによってまず日本語の音韻・音節の特徴が記述されるはずだと思い込んでいる。ですから、〈日本語を分析し、その特徴を説明するためには、ソシュール的な言語学とは別な概念と方法とがある。しかもその言語学は、ソシュールの概念や方法に対する批判や問い直しを含んでいるのだ〉なんてことは思いもよらぬことだったのでしょう。私は機会を見つけては、この問題を話題に取り上げるようにし、ようやく彼もある程度納得できたようです。

ミュンヘン大学での経験

以上は今から二五年ほど前の話ですが、それから数年後の一九八七年、今度は私がミュンヘン大学の客員教授としてドイツへ出かけました。私は英語もからっきし駄目なのですが、ドイツ語はやったことがなく、片言の会話もできません。それにもかかわらずミュンヘン大学が私を呼んだのは、ネイティヴの教授の、現代の日本文学に関する講義を聞きたい、という希望が学生の間に強かったおかげです。たしかに行ってみると、年配の教授は日本語会話を苦手にしている。若い頃、京都大学に留学した教授が、西田幾太郎や田辺元の哲学を講じ、近代文学の講義も一つあるのですが、それは『滝口入道』の高山樗牛に関するものでした。これでは現代の日本（文学）に関心がある大学院生が不満を抱くのも無理はありません。私は講談社から出ていた「われらの文学」という戦後作家の全集を持ってゆき、椎名麟三の『深夜の酒宴』など、幾つかの短編を選んで、戦後文学史を兼ねた文学演習をし、全集を寄附してきました。

他方、日本語教育のほうはどうだったかと言いますと、その頃の西ドイツは、日本の大学の文学部を卒業した日本人で、一定期間ドイツに住み、会話に不自由しないならば、日本語教師として採用するという方針を取っていました。日本の経済的な成長に伴って、日本語を学びたい人が急速に増えている。そのことに対する応急措置だったと思いますが、一口に文学部の卒業生と言っても、日本語について体系的な勉強をした人たちばかりではない。おまけに、ドイツ人向けに作った独日・日独の辞典がありませんから、院生や学生は日本の学生用に作られた三省堂のコンサイスを使っている。その説明を理解するのがまた一苦労。というありさまで、かなりフラストレーションが溜まっている感じでした。

そういう時期、これまたよくある話ですが、なかには日本の卑猥な言葉や、乱暴な言い方を子供に教えて面白がっている日本人教師もあり、心ある日本語教師の顰蹙を買っている。日本語教育と熱心に取り組んでいる、そういう教師から、何かいい参考書がないだろうかと相談を受けた時、私は三浦つとむの『日本語はどういう言語か』を薦めてきました。もちろん私自身も、ミュンヘン大学の学部学生に対する授業では、たまたま北大のドイツ文学講座の助手が研究留学に来ていましたので、彼に手伝ってもらいながら、『日本語はどういう言語か』をベースに教えてきました。

ただし、念のためにことわっておきますと、ドイツ全体の日本語・日本文学の学習、研究が以上のような状態だったというわけではありません。私をミュンヘン大学に呼ぶ計画を立てたのは、ヴォルフガング・シャモニー教授だったのですが、私が北大から出張許可を取るのを手間取っている間に、シャモニー教授はハイデルベルグ大学に引っこ抜かれてしまった。日本の近代文学に詳しい、しかも日本語も達者なシャモニー先生が急にいなくなって、院生たちの間に不満が拡がっている。そういうところに私が入っていったわけで、結果的にネガティヴな面を見聞きすることが多かったのだと思います。

2 「観念的な自己分裂」の問題

英語版『感性の変革』の序文について

さて、だいぶ前置きが長くなりましたが、以上のような経験があり、ソシュール以後の言語学が根を張っているヨーロッパやアメリカで、三浦つとむの言語論や、時枝誠記の日本語研究が理解され、受け入れられるのは、容易なことではない。そのことは私なりによく分っていました。分っていればこそ、ヨーロッパやアメリカの言語学と理論的に対話が可能な形で、三浦つとむや時枝誠記の言語論をきちんと紹介しておきたい、と願っていたわけです。

そのためには、ただ三浦つとむや時枝誠記のものを英語に直すだけでなく、戦略的には、その国における言語学の現在的な関心と理論水準を理解していなければならない。いずれの面でも私の能力に余ることで、手も足も出ない状態でした。

ただ、運がよいことに、アメリカの若い研究者が亀井プロジェクトというチームを作って、私の『感性の変革』（講談社、一九八三年）の翻訳をやってくれる企画が持ち上がり、これは一九九五年のことなのですが、「それならば、英語圏の読者のために『感性の変革』の背景を説明する序文を、新たに書き加えたいのだが」と相談したところ、「それは自分たちにとってもありがたいことだ」という返事でした。そこで一九九六年の春、日本に帰ってさっそく「英語版のための序文」（"Author's Preface to the English Translation"／Translated by Michael Bourdaghs）を書き、三浦つとむや時枝誠記の考え方の基本を紹介することができました。

酒井直樹『過去の声』の場合

ただし、英語圏で三浦つとむを紹介したのは、私が最初ではありません。すでに一九九一年、酒井直樹さんが *Voices of the Past* (Cornell University Press, 1991) のなかで、三浦つとむの理論に言及していました。この本は、一昨年、川田潤さん他、五人の人たちの手で共同翻訳され、『過去の声』（以文社、二〇〇二年）として出版されています。

皆さん、ご存じの方も多いと思いますが、酒井直樹さんは、日本でポスト・モダンや、ポスト・コロニアルの立場で研究をしている若い人たちだけでなく、アメリカで同様な関心から日本研究に従事している研究者にも大きな影響力を持っている。その人の三浦論は、ですから、英語圏における三浦理解にかなり強い方向性を与えるものと見られるわけですが、それと共に、ソシュール以後の言語学の世界で三浦がどのように受取られ、評価されるか。その傾向を知る手がかりをつかむためにも、次に彼の三浦論を検討してみたいと思います。

『過去の声』から

酒井さんは三浦つとむの理論をこんなふうにとらえていました。

『日本語はどういう言語か』において三浦つとむは絵画的表現と言語的表現との差異について論じている。三浦によれば、絵画的表現では、対象の描写は不可避的に主体の視座の表現を伴う。対象を描写し、同一性を認識し、確定することができるのは、特定の観察者の位置からそれが見られているからである。どこからも見られない対象というものはまったく不可能である。現象学者のように、絵画的表現においても事物の知覚一般についてと同じように、視座あるいは射映の条件を三浦は認めているのである。したがって三浦は、言語的表現とは対照的に、絵画的表現を感性的な面における対象の模写として捉えている。これによって、絵画や映画のような表現は、「作者の感覚器官の位置、感性的なとらえかたにしばられる」ということが含意される。

したがって、絵画的表現では、主体的表現と客体的表現とはすでに総合されたものとして常に共存している。対象の絵画的表現は、まず第一に、主体の態度や位置の表現である。しかし、三浦はまた絵画的呈示によって示される視点や主体の態度は、観察者の位置や態度とただちに同一なものとみなすことはできないと指摘している。むしろ、主体の想像上の位置が絵画的呈示において保存されているのだ。

他方、このような主体的なものと客体的なものとの直接的な総合は、言語表現には存在しない。時枝誠記の言語過程説に言及しながら、三浦は、言語的表現の性質について定義し、次のように記している。「言語の重要な特徴の一つは、対象の感性的なありかたと表現形式の感性的なありかたとが直接の関係を持っていないという点です」。もっと後のほうで、彼は次のように論じている。

言語が対象の感性的な面からの制約をのがれたということは、一方では表現のための社会的な約束を必要とする結果を、また他方では〔言語において〕**客体的表現と主体的表現を分離させる結果をうみだした**わけで、ここに言語の本質的な特徴を求めなければなりません。表現の二重性は、絵画や映画の場合では客体的表現と主体的表現の統一として存在しましたが、言語ではこれが分離したかわりに、今度は言語的表現と非言語的表現というかたちの二重性がうまれている点がちがっています。

これは、まさに、多様な呈示の形式をその構造によって分類しようとする企てである。他の著作で三浦は、言語的表現の性格を表現における二重性に帰している。（ゴチック体は三浦つとむ。傍線は亀井）

だいぶ長い引用になり、しかも酒井さんの文章のなかに三浦つとむの文章が引用されていて、やや分かりにくいところがあったかもしれません。念のために補足的な説明を加えますと、ご存じのように、三浦つとむは、人間の表現行為の本質を、「観念的な自己分裂」、あるいは「観念的な自己の二重化」という考え方によって解き明かそうとしてきました。例えば私たちが目の前の風景を絵に描く場合、その絵はただ単に表現対象の風景を写しているだけでない。画家自身の姿が絵のなかに見えるわけはありませんが、少なくともその絵の構図から、画家がどんな位置に立ち、どんな距離から描いたか、おおよそ見当をつけることができる。その意味で絵画は、描く人の視点や位置を反映しており、三浦つとむはその点をとらえて、絵画には鏡としての性格があることを指摘したわけです。

そのかぎりでは、酒井直樹の「三浦によれば、絵画的表現では、対象の描写は不可避的に主体の視座の表現を伴う」、「したがって、絵画的表現では、主体的表現と客体的表現とはすでに総合されたものとして常に共存している」という理解は、決して間違いではありません。

次に三浦つとむは、私たちが鏡に自分の姿を映してみる場合を取り上げ、こんなふうに分析していました。〈一面では、私たちは自分の姿を、自分の目で見ているわけだが、その反面／それと同時に、私たちは頭のなかで、これから出会う人たちの視線を想像しながら、髪を整えたり、着てゆく物を選んだりする。つまり私たちは、観念的に他者の立場へ移行して、そこから自分を捉え返す意識を備えているのだ〉。そして三浦は、観念的に他者の視点へ移行する意識の働きを、「観念的な自己分裂」とか「観念的な自己の二重化」とかと呼んだわけです。

言語表現においても、「私は昨日、花見に行った」と言う場合、この「私」は、その言葉を口にした生身の語り手が自分を指した、一人称の代名詞と見ることができるわけですが、しかしこの「私」と、生身の語り手は直接的に同一であるわけではない。生身の語り手が、他者の視点を媒介しながら育てた、自己対象化の意識によって、「昨日」の自分を記憶（観念）のなかで客体化し、それを「私」と呼んだ。「観念的な自己分裂」という意識の能動的な働きが、ここにも見られるわけです。

これは単純な発話文の場合ですが、生身の作者が想像的に産み出した物語世界、例えば夏目漱石の『吾輩は猫である』の場合、作者自身とは異なる、別な視点人物や語り手（この場合は猫）を通して、その世界を描くことができる。ここに三浦つとむの理論の要があり、ですから酒井直樹の次のような解釈も、まんざら見当はずれというわけではありません。

それから三浦は、発話行為はそれゆえに直接的で感性的な知覚と概念化の分離を生み出す行為であると主張している。そこから、語る主体に関しては、発話行為は主体の二重化であるということになる。三浦が「言語的な表現における自我の分裂」と呼ぶ事態は、まさに、彼のこの洞察に関わっているのである。だから、言語的な媒体を通じて対象を表現することは、世界にすでに存在している主体以外の主体を措定することである。このように生み出される主体はもはや射映の拘束に支配されることはない。この文脈においてモーリス・メルロ＝ポンティはかつて次のように述べていた。「言語は世界内存在ではない」と。つまり、言語的表現において措定される主体は、知覚の世界の内部にその場所をもたないのである。言い換えれば、言語化を通じて、人は無名の他者になり、どこでもない場所と同時にあらゆる場所に存在することになる。つまり、人は普遍化されるのである。仮に非言語表現的なテクストが世界における主体の位置によって特徴づけられるのであるならば、言語表現的なテクストは、確かに主体の視座における拘束からの自由によって規定されるだろう。つまり、言語は他者の領域であり、発話行為は、人がいまだに分裂を経験していないがゆえに主体に変容していない状態から、主体が分裂することによって世界との直接的な関係を喪失するような領域への移行のことなのだ。これこそが三浦の議論だ。

おそらく私は三浦のアプローチのなかに、私がエミール・バンヴェニストの思想のなかに見出したのにも似た根本的な問題を指摘できるだろう。感覚的表現と言語的表現との間の、すなわち、みえるものと分節化されたものとの間の差異を強調することによって、三浦はあたかも視覚的なものが知覚の原初的な経験と直接結びつくことができるかのように、言語的表現の媒介のされた性質とは対照的に、視覚的な表現に直接性を帰しがちである。三浦は、実に、「観念的な自己」と対立させて「主体的な自己」を措定しているのである。三浦は、マルクスの読解を通じて社会形成における「鏡像段階」の重要性について認識しているにもかかわらず、「主体的な自己」を無条件で措定してしまっているように思われる。

観念的な自己分裂に使われる物質的な鏡は、何もガラスの鏡に限られるわけではない。すでにマルクスは物質的な鏡のひとつとして、「他の人間という鏡」の存在することを指摘している。「人間は、鏡をもって生れてくるのでもなく、また我は我なりというフィヒテ的哲学者として生れてくるのでもないから、人間はまず、他の人間という鏡に自分を映してみる。人間たるペーテルは、自分と同等なものとしての人間たるパウルに連関することによって、初めて、人間としての自分自身に連関する。だがそれによって、ペーテルにとっては、パウル全体がまた、そのパウル然たる肉体のままで、人間種族の現象形態として意義を持つのである」（マルクス『資本論』第一章注18）

これはマルクスのフィヒテ的観念論に対する批判でもある。さきに述べたように、フィヒテの「我」は実は観念的な自己であって、はじめからこの「我」が存在しているもののように主張している。これに対してマルクスは、この観念的な自己は生まれつき存在しているものではなく、現実的な自己が、「他の人間という鏡」を見ることによって分裂形成されるのだと指摘するのである。

したがって、三浦の主体の観念は、「シュタイ」が実体化し主体化する際に生じる多くの疑問に対して盲目的である。この盲目性は、実際にバンヴェニストによって（すでに述べたように、バンヴェニストの「言説」や「人格」の観念においてもっとも顕著に現われている）だけでなく、これについては、後の章で時枝の国語学についての議論を通じて示すつもりであるが、時枝誠記によっても共有されている。バンヴェニストも時枝も三浦も、それぞれ異なったやり方においてではあるが、皆シュタイを発話行為の主体へと還元してしまっているのである。しかも、特に三浦の著作の場合には、自己の鏡像と語る行為者とは明確に区別されているにもかかわらず、シュタイは発話行為の主体へと還元されてしまっているのだ。

（二七五－二七七頁。傍線は亀井）

またしても複雑な構造の文章の長い引用になってしまいましたが、酒井直樹は三浦つとむの「観念的な自己分裂」という考え方を、「そこから、語る主体に関しては、発話行為は主体の二重化であるということになる」ととらえており、その限りでは妥当な理解の仕方だと言えるでしょう。続けて酒井直樹は、「だから、言語的な媒体を通じて対象を表現することは、世界にすでに存在している主体以外の主体を措定することである。このように生み出される主体はもはや射映の拘束に支配されることはない」、「つまり、言語的表現において措定される主体は、知覚の世界の内部にその場所をもたないのである」と言っていますが、たしかに三浦つとむの理論にはこのような解釈を許す点がないでもありません。

不思議な逸脱

ところが酒井直樹は、そこから、「つまり、言語的表現において措定される主体は、知覚の世界の内部にその場所をもたないのである。言い換えれば、言語化を通じて、人は無名の他者になり、どこでもない場所と同時にあらゆる場所に存在することになる。つまり、人は普遍化されるのである」という結論を引き出してきました。あるいは、「言語は他者の領域であり、発話行為は、人がいまだに分裂を経験していないがゆえに主体に変容していない状態から、主体が分裂することによって世界との直接的な関係を喪失するような領域への移行のことなのだ」という独断に走っていました。

これは三浦理論から逸脱した、過剰解釈と言わなければならないでしょう。

なぜなら、『吾輩は猫である』の猫は、苦沙弥先生や彼の知人から「猫」と呼ばれ、猫自身もみずから「猫」と自認している語り手であって、これは「無名の他者」であることとは別個な事柄だからです。この猫の自尊心や批評能力は漱石自身の一面を誇張したものかもしれませんが、別な面からみれば、それ以外のさまざまな漱石の能力や属性は捨象され、あるいは限定されている。酒井直樹のように、それを「普遍化」と呼ぶことには無理があります。

もちろん物語のなかには、ある種の超越者を設定し、その視点からユニヴァーサルな世界を描いた作品がないわけではありません。ただしこれもまた、先のような捨象と限定を通して行われることであり、必ずしもそれは作品世界が普遍的であることを意味しません。

逸脱の理由

ただ、このように整理してみますと、彼が逸脱した、軽率な解釈に走ってしまった理由も見えてくるようです。

三浦つとむは、私たちが言語であらわし得るのは、対象の種類としての側面なのだ、と考えました。〈私たちの周囲には実にさまざまな大きさや形態の犬がいて、そのなかの一匹を念頭に置いて、または目の前に見ながら、「イヌ」と呼ぶ場合、この音声は「犬」という種類としての側面に対応しているのであって、その犬に固有な特徴をあらわしているわけではない〉というわけです。

酒井直樹は、先ほど紹介したのとは別な箇所で、三浦つとむの「対象には以上のようにさまざまなありかたがある。そして感性的なありかたの中の差異を捨象したり、感性的なあり方それ自体を捨象したり、あるいは超感性的な存在をとらえたり、そのとらえかたには差異があるけれども、「一般化」するなり「普遍相」をとらえるなりして、あらゆる対象を言語表現で扱うことができる」という言葉を引用していました。

この言葉は以上の点を説明したものであって、三浦は「種類としての側面をあらわす」ことを、概念化と呼びました。これが、三浦つとむの「一般化する」とか、「普遍相をとらえる」とかいう言葉の意味にほかなりません。

ついでに言えば、この「種類としての側面」に対応する「イヌ」という音声や、「犬」という文字も、その種類としての側面が対応している。人にはそれぞれ声の質があって、甲高い声だったり、ざらざら声だったり、細かったり、野太かったり、優しかったり、千差万別なのですが、そういう個別的・感性的な差異は捨象されてしまう。そして、そのいずれにも共通する「イヌ」という音声上の種類が、対象の「種類としての側面」である概念に対応しているわけです。

「犬」という文字も同様であって、鉛筆を使って細字で書こうが、筆字で太く書こうが、カラーペンで書こうが、ネオンサインのように光を放っていようが、「犬」という文字の約束さえ守っていれば、該当する動物の種類としての側面と対応させることができる。しかし、〈「犬」と「太」とでは、単に「丶」の位置に違いがあるにすぎない。鉛筆書きの「犬」と、ネオンサインで形作った「犬」との感性的な違いに較べれば、「犬」と「太」の違いは遥かに小さい〉。そういう理由で、二つの文字の差異を無視してしまったとすれば、それに対応する概念、あるいは事物に混乱が起ってしまう。

この場合重要なのは、「犬」と「太」の文字としての種類の違いであって、鉛筆書きとネオンサインとの感性的な違いは、「犬」という文字の概念に影響を与えるわけではありません。

以上はいまさら縷々説明するまでもない、三浦理論のイロハなのですが、酒井直樹は「一般化」とか「普遍相」とかいう用語の字面に引きずられてしまったのでしょう。「言い換えれば、言語化を通じて、人は無名の他者になり、どこでもない場所と同時にあらゆる場所に存在することになる。つまり、人は普遍化されるのである」などと、三浦理論から見れば、全く訳のわからない言葉を口走ってしまったわけです。

柄谷行人の場合

もっとも、こういう一知半解な早とちりは酒井直樹にかぎらないらしく、先日、川島正平さんの『言語過程説の研究』（リーベル出版、一九九九年一〇月）を拝見していましたら、柄谷行人の「日本精神分析（４）」（『批評空間』第一期第八号）の、こんな言葉が引用されていました。

時枝によれば、「私」というような一人称は、主体の客体化であって主体ではない。いうまでもなく、この場合、主体は内的言語でもない。エミール・バンヴェニストはこういっている。《人間が自らを主体として構成するのは、言葉において、言葉によってである》《「わたし」とは「わたし」と言うもののことである》（『一般言語学の諸問題』）。西洋においては、こうした認識自体が衝撃的であったが、一人称が相手との関係によって変わるような日本語に即して考えた時枝にとって、これは当然である。しかし、そこから、時枝は、主体の否定に向かうのではない。言語的に表現されないとしても、主体はある。いいかえれば、主体は心的にも実体的にも存在しないが、在る。実は、ここが時枝の難解なところであって、時枝を唯物論的に批判して継承したつもりの三浦つとむは、時枝のいう主体を、思考主体に引き戻している（『日本語はどういう言語か』参照）。時枝自身は、「観念的自己分裂」（三浦つとむ）のような旧来の哲学を斥けていたのだ。

川島さんは、この言葉を引用して、「柄谷行人は、時枝の『原論』さえ正確に読みこなしていない。時枝は、柄谷のいうのとは逆に、《主体》は《心的》(観念的)にも《実体的》(現実的)にも存在していると想定していたのである。(『原論』四〇－四三頁)」と批判していました。

実際その通りで、エミール・バンヴェニストなどに手を出すと、どうしてこんな可笑しげなことを口走るようになるのか。

ある人が「私は昨日、花見に行った」と言った場合の、「私」と、発話者自身との関係を、三浦つとむがどうとらえていたかは、既に説明しました。『日本語はどういう言語か』をざっと一読しただけでも、彼がその考えを、時枝誠記の次のような理論から引き出してきたことは直ちに明らかなはずです。

画家が自画像を描く場合、描かれた自己の像は、描く処の主体そのものではなくして、主体の客体化され、素材化されたもので、その時の主体は、自画像を描く画家自身であるといふことになるのである。言語の場合に於いても同様で、『私が読んだ』といつた時の『私』は、主体そのものではなく、主体の客体化されたものであり、『私が読んだ』といふ表現をなすものが主体となるのである。

柄谷行人はこういう個所を踏まえて、「言語的に表現されないとしても、主体はある。いいかえれば、主体は心的にも実体的にも存在しないが、在る。実は、ここが時枝の難解なところであって」と判断したらしいのですが、そのつながりがよく分からない。「難解な」のは柄谷の頭のほうだ、と言うほかはありません。

三浦つとむの時制論

もう一度「私は昨日、花見に行った」とか、「桜が満開だった」とかいう例文にもどって、今度は三浦の時制論で分析してみましょう。私がこの言葉を発する時、「桜が満開だっ」までの表現は、〈生身の私から観念的に分裂した「私」が、回想された世界に移行して、満開に咲き誇る桜の情景を眼前に、つまり「現在」としての関係で見ている〉ことを示している。その上で、生身の私は「た」という過去の助動詞によって、それまで描かれた事柄が既に過去に属することを示し、そうすることによって発話している現在にもどる。いわば、一たん回想世界に観念的に分裂・移行した「私」が、現在発話している生身の私に回収されるわけです。

「明日、桜は見ごろだろう」という表現の場合も、同様な「私」の動きが見られます。つまり「見ごろだろ」までの表現において、一たん「私」は明日の情景として思い描いた、想像の世界に移ってゆくわけですが、最後に「う」という推量の助動詞で結ぶことによって、その全体が、発話している現在から見れば未来に属することを示す。そんなふうに三浦つとむは、独自な時制論を展開してゆきました。

では、「桜が美しい」というような、まさに今現在の情景を語っている文の場合、「た」や「う」に相当するものは何か。そう問うてみれば分かるように、語られている事柄が現在に属することを標示する助動詞は、日本語にはありません。しかし標示する言葉がないということは、現在の観念がないことを意味するわけではない。むしろ無標示であること自体が、現在を示す標識となっている。三浦つとむの理論を辿ってゆけば、当然そういう結論になり、この考え方から彼は時枝誠記が言う「零記号」の意味を再評価したことになるはずです。

酒井直樹と柄谷行人の奇怪な「自己」

このように順序立てて説明されると、酒井直樹も柄谷行人も「そんなことは分かりきったことで、その箇所を読み落としてしまったわけではない」と反発するかもしれません。

しかし、「言語化を通じて、人は無名の他者になり、どこでもない場所と同時にあらゆる場所に存在することになる。つまり、人は普遍化されるのである」という酒井の言葉や、「言語的に表現されないとしても、主体はある。いいかえれば、主体は心的にも実体的にも存在しないが、在る」という柄谷の言葉を見ると、何だか危なっかしい。

二人の言うところを額面どおりに受け取るならば、発話をしたとたんに、生身の主体はその実体性を失って、どこかに雲散霧消してしまう。他方、想像世界に移行した「観念的（に分裂した）自己」は、そのまま過去や未来をさまよい続けて、現実にもどることができない。そんなイメージを与えられてしまうからです。

3　翻訳の問題

『過去の声』の加筆部分から

酒井直樹の『過去の声』の英語版、*Voices of the Past* は、シカゴ大学の学位論文に加筆してコーネル大学から出版したものです。思いがけない事情で私は両方を読む機会に恵まれたわけですが、両者を読み較べてみると、三浦つとむに関する部分は必ずしも理解が深化していない。残念ながら、かえって逸脱がはなはだしくなってしまったようです。

先ほど私が引用した酒井直樹の長い文章、あの文章の傍線は私が引いたものですが、その傍線の部分が出版に際して加筆された箇所だったわけです。その箇所をもう一度ご覧下さい。

もうお気づきのことと思いますが、三浦つとむの論理に即して理解するかぎり、「三浦は、実に、「観念的な自己」と対立させて「主体的な自己」を措定しているのである」という酒井直樹の指摘は、誤読だと言うほかはありません。三浦つとむは、「現実的な自己の立場」と「観念的な自己の立場」の違いを論じてはいますが、その「違い」を「対立」と見ているわけではない。ばかりでなく、そもそも三浦は「主体的な自己」などという言葉を使っていないからです。

おそらく酒井直樹は、三浦つとむの文意を曲げる結果になったとしても、三浦の「主体」概念を貶めたい動機を持っていたのでしょう。

いま言及した酒井の文章の、「三浦は、実に、「観念的な自己」と対立させて「主体的な自己」を措定しているのである。三浦は、マルクスの読解を通じて社会形成における「鏡像段階」の重要性について認識しているにもかかわらず、「主体的な自己」を無条件で措定してしまっているように思われる」の原文は、次のようになっていました。

He posits, in fact, a real ego (shutai teki na jiko) as opposed to the ideational ego (kannen teki na jiko). In spite of his insight into the importance of the "mirror stage" in social formation, which he draws from his reading of Marx, he seems to posit the real ego without any qualification.

お分かりのように、酒井は、三浦がいう「現実的な自己」をいったん"real ego"と訳しておきながら、わざわざ"shutai teki na jiko"（主体的な自己）と言い換えていた。しかも、自分が監修した *Voices of the Past* の日本語訳においては、川田潤たちの訳者に、“shutai teki na jiko”（主体的な自己）のほうを選ばせたわけです。

酒井直樹の三浦訳

これはかなり意図的な用語の操作だったのではないか。三浦つとむがフィヒテを批判した文章と、それを英語に直しながら引用した酒井直樹の訳文とを並べてみれば、そう考えざるをえません。

さきに述べたように、フィヒテの「我」は実は観念的な自己であって、はじめからこの「我」が存在しているもののように主張している。これに対してマルクスは、この観念的な自己は生まれつき存在しているものではなく、現実的な自己が、「他の人間という鏡」を見ることによって分裂形成されるのだと指摘するのである。

（三浦つとむ）

As I have mentioned, Fichte's "ego" is, in fact, an ideational self, [*Kannen teki na jiko*], but Fichte insists that such "ego" exists from the outset. In contrast, Marx argues that the ideational self does not exist with birth, but through the encounter with "the mirror called other men," the real self [genjitsu teki na jiko] is split to generate the ideational self.

（酒井直樹の英訳）

先ほどは酒井直樹の英語の論文が日本語に翻訳される過程で起った、用語のすり替えを見てきました。今度は酒井直樹が英語の論文のなかで、三浦つとむを英語訳しながら引用した箇所を見ているわけですが、彼は、ここでは、三浦が言う「現実的な自己」を、"the real self [genjitsu teki na jiko]"と英語化しています。つまり「現実的な自己」を"real self"と訳して、それを"genjitsu teki na jiko"とローマ字化し、さらに"shutai teki na jiko"と言い換えることによって、「現実的な自己」を「主体的な自己」に置き換えていったわけです。

「観念的な自己」とフィヒテ的「我」

これは酒井直樹が、三浦の「主体」概念を、「三浦の主体の観念は、「シュタイ」が実体化し主体化する際に生じる多くの疑問に対して盲目的である」と貶める、あざとい用語操作だった。そう考えるしかありませんが、ひょっとしたら彼は、三浦自身の理論における「観念的な自己分裂」と、三浦がフィヒテの哲学における「我」を批判する際に用いた「観念的な自己」とを、言葉の類似に引きずられて、同一視してしまったのかもしれません。

もちろん三浦がフィヒテ批判で用いた「観念的な自己」は、彼の理論と無関係ではない。三浦によれば、フィヒテの哲学における「我」は、観念的な自己分裂によって、観念界（または想像世界）に移された「観念的な自己」のはずですが、フィヒテはその関係を逆転させて、あたかも「我」のほうが先行しているかのごとく、先験化してしまった。その点を三浦は、「フィヒテの「我」は実は観念的な自己であって、はじめからこの「我」が存在しているもののように主張している」と批判したわけです。

また、酒井が参考文献に挙げていた、『認識と言語の理論』第一部（勁草書房、一九六七年七月）でも、三浦は次のように言っていました。

唯物論の立場からすれば、まず現実的な自己が存在してそれから観念的に自己が分裂していく。ところが観念論者は分裂の結果をとらえて現実的な自己と観念的な自己をいっしょくたに扱ったり、さらにはまず観念的な自己が存在しそれから現実的な自己がつくり出されるかのように解釈している。ここに彼らのいう「我」（Ich）なるものが論じられた。

分かるように、三浦がフィヒテ的な「我」を批判して「観念的な自己」と呼ぶ場合は、「観念論者が言うところの先験化された自己」の意味であり、三浦自身の認識・表現論における「観念的な自己」とは、全く無関係ではありませんが、区別して扱わねばならないでしょう。

先に引用した箇所において、酒井直樹は“ego”と“self”とをあまり区別せずに使っているようですが、これも以上のことと関連するかもしれません。

4　LACE（「言語・認識・表現」研究会）との出会い

心強い動き

じつを言えば、私は酒井さんのコーネル大学版 *Voices of the Past* をきちんと読んでいませんでした。その前の学位論文を読ませてもらい、教えられるところ、啓発されるところが多い。早くこれが本になればいいなと願っていて、ですから、もちろん出版を知った時は大変に喜び、しかし内容的にはそう大きく変わっていないはずだと、まあ安心しきっていたわけです。

ところが二〇〇二年、その日本語訳が出て、岩波書店の『思想』から書評を頼まれ、彼が使った文献とつき合わせながら読んでゆくと、どうも腑に落ちない点が幾つもある。まてよ、前にこんなことを書いていたかなと、学位論文のコピーまで持ち出し、照らし合わせて、以上のようなことに気がつき、驚いてしまった。私は彼に親しい感情を持っていただけに、一種言いようのない不快感を覚えさせられてしまった。

そんなわけで、『感性の変革』の英語版に序文を書いた時、私の頭にあった *Voice of the Past* は、コーネル大学版ではなくて、学位論文のほうでした。もしコーネル大学版を丁寧に読んでいれば、私の序文の書き方は変わっていたかもしれない。そう思って、あの時の怠慢を悔いています。

しかしその反面、今年（二〇〇四年）に入って、最近、大変に心強い動きがあることに気がつきました。それは皆さんのLACE（言語・認識・表現）研究会のお仕事を知ったことです。

そのきっかけは、考えてみると、実に幸運な偶然によることであって、インターネットのgoogleで情報探しをやっている時、ふと思い立って「言語過程説／三浦つとむ」というキーワードを入れてみたところ、川島正平さんのホームページに行き当ったわけです。そこに掲載されている「時枝誠記と『国語』の時代」という論文を読んで、ああ現在はこういう若い研究者が出ているんだと感心して、メールを送り、さっそく『言語過程説の研究』を買い求めました。

その後、川島さんからお返事があり、皆さんの研究会を教えていただいたり、佐良木昌さんをご紹介いただいたりして、研究会の論文集を読ませてもらい、もう私などにはとてもついて行けない高い水準で、三浦つとむの理論の検討と批判的発展が図られている。目からウロコが落ちる思いで、とても心強く思いました。

運の悪いすれ違い

川島さんのお仕事は、もちろんどの部分も大変に新鮮だったのですが、特に私は、「概念の二重化」と呼びうる三浦の考え方と、「像」に関する理論を取りあげた箇所から強いインパクトを与えられました。

私は一九七〇年代半ば頃まで評論を書いていましたが、その後は明治前期の文学、それも二葉亭四迷の『浮雲』などのいわゆる近代文学が生れる前の、まだ文学としても方向性が見えてこない時期の言語表現に関心を移してしまいました。三浦つとむへの関心は、自分ではずっと保っていたつもりなのですが、集中の仕方が変わっていたのかもしれません。私の三浦理解のなかには、「概念の二重化」は入っていませんでした。

川島さんは、三浦つとむの『言語過程説の展開』を中心に、理論的な検討とその発展を試みているように見受けられます。その著書を含む三浦つとむ選集が、勁草書房から出たのと同じ年（一九八三年）、私の『感性の変革』が出たわけですが、「概念の二重化」や「像」の理論が、もし一九七〇年代の後半ころから三浦つとむの主要な理論的関心となったとすれば、運悪く私はすれ違いの形で、明治前期の表現研究にのめり込んでしまったことになる。

そして、そんなふうに軌道がずれて行った間に、皆さんの研究会が結成され、論文集『LACE』の刊行が始まり、頂戴した論文集の第一号を見ると、一九九六年に刊行されています。他方、私のほうは、同じ年の二月、コーネル大学から帰って、大学改革の仕事に忙殺されながら、何とか時間をやりくりして『感性の変革』英訳の序文を書く。そんなわけで、恥ずかしい話ですが、私は皆さんのお仕事も川島さんの研究も知らずに来てしまったわけです。

LACEへの期待

しかし、負け惜しみの屁理屈に聞えるかもしれませんが、かえってそれが幸いしたと言えなくもありません。

酒井直樹が言及するまで、おそらく英語圏で三浦つとむの名前を知っている人はほとんどいなかった。もしいたとしても、極々少数だったと思います。ですから、大半の人は三浦つとむを一行も読んだことがない。そういう読者を相手に、酒井直樹は、三浦つとむの理論の骨格をほとんど紹介もせずに、否定的な評価を先行させた。それを読んだ人のほとんどが、おそらく「なんだ、三浦つとむって大したことないんだ」という印象を受けてしまったはずで、そういう酒井直樹の言及の仕方はフェアじゃない。私は翻訳された『過去の声』を読んで、その点が不快だったのですが、しかし酒井の評価から三浦つとむを救い出すチャンスは、もう私には与えられないだろう。そう諦めかけていたところ、思いがけないきっかけで皆さんのお仕事を知ったわけですから、それだけに感動は一そう大きく、救われる思いでした。ああ、この人たちによって三浦つとむは間違いなく継承、発展させられてゆくな、と。

ところが、さらに思いがけなく、今日皆さんに話をする機会を与えられました。ただ、私は、川島さんのご本や、皆さんの論文を拝見して、改めて三浦つとむの読み直しを始めた状態なので、とてもお役に立つような話ができるわけではない。もし多少でも役に立つことが言えるとすれば、自分の経験を通して知った、欧米における三浦つとむの紹介のされ方だろう。そう考えて、押しかけ応援団のオジさんみたいな気持ちで、出て参りました。その意味では、酒井直樹の『過去の声』は格好の参考資料と言えるでしょう。彼が時枝誠記や三浦つとむをとらえた手口は、欧米の言語哲学や言説論から学んだもので、その傾向と理論水準を知っておくことは、今後皆さんが三浦学を外国に向けて発信するに際して、戦略上、貴重な手がかりとなるはずだからです。

そんなわけで、初めは「三浦つとむの可能性」というタイトルを考えたのですが、「可能性」のほうは皆さんにお願いして、「三浦つとむの拡がり」と改めました。

5　欧米の言語論に即して

そこで改めて酒井直樹の論理、あるいは彼が拠り所とした欧米の言語論に即して、なぜ彼があああいう形で時枝誠記や三浦つとむを扱うことになったのか、を検討してみたいと思います。彼はエミール・バンヴェニストに批判的に言及する文脈のなかで、こんなことを言っていました。

発話文への視点

どんな発話でも、ある場所ある時間において生産されるはずであるが、一度生産された発話は相対的な自律性を獲得し、その起源から独立する。誰が最初に発話したか知っているかどうかということとは無関係に、人はその発話が何を意味しているか理解できるのでなければならない。発話の内容が議論の対象であるかぎり、誰が言ったかどこでいつ発話されたかなど知る必要はないし、そうすることはまったく不可能でもある。「原則的に」誰でもどこでも同じ発話を反復できる。発話が反復不可能だとしたら、それは同じ発話とは認められない。というのも、発話の同一性はその反復可能性を必ず含んでいるからだ。

酒井直樹はこのような視点から、発話された文形態とその発話内容とを合わせて、「被発話態」と呼び、その形式的な反復可能性（repeatability）をもって「文」の自立的な条件としたわけですが、時枝誠記はこういう視点を持っていませんでした。時枝誠記が研究対象とした言語とは、必ずある具体的な場面で、誰かが、誰かに語った（書いた）言葉でなければならなかったからです。

他方、三浦つとむは、酒井が言う「反復」的現象に関心を示してはいましたが、ただし三浦の理論によれば、「反復」されるのは言語規範であって、個々の発話はそれを媒介に行われるわけです。またそれとは別に、三浦つとむは、書記されたある発話文を、ネオンサインで複製したり、絵画的な絵文字でカラフルに再現したりする場合に注目していました。ただし、この複製や再現は、初めの発話文の内容と関連はしているけれども、しかしそれとは相対的に独立した、新たな感性的表現の創造として、三浦はとらえていたわけです。

対照的な言語観

こうして見ると、時枝誠記や三浦つとむとは対照的な言語観を、酒井直樹が持ち出していたことがよく分かります。なぜなら、彼の見るところ、「被発話態から、主体、状況、そして意図すべてが一つの会話の生起に統合されている原発話態を復原することは不可能」だからです。別な言い方をすれば、むしろ誰が何時、どこで、誰に言ったのか、その具体的な条件を捨象しうるという、「被発話態の匿名性」、この「被発話態の匿名性こそが発話の可能性そのもの」であるからです。

それをもう少し敷衍して言えば、人は誰でも「私は昨日、花見に行った」と言うことが出来る。その意味では、「私は昨日、花見に行った」という文における「私」は誰でもよく、だから誰でもない。

今ここで話をしている私、つまり亀井が「私は昨日、花見に行った」と言ったとするならば、亀井はこの「私」に自分を、暫定的に、同定しているわけですけれども、別な人が同じ文を取りあげて、「私は昨日、花見に行った」と反復するならば、その「私」は暫定的にその人に同定される。換言すれば、この「私」は匿名なのですが、生身の発話者である亀井が、匿名の「私は昨日花見に行った」を発話する時、亀井はその

「私」の位置を占め、そうすることによって始めて「私」となる。つまり自己を措定したことになる。

何だか持って廻ったような理屈に聞えるかもしれませんが、ここは酒井直樹の理論の急所なので、もう一度彼の言うところを聞いてみましょう。

覚えておかなければならないのは、人は言語によって／おいて自己措定するということである。バンヴェニストが主張するように、言語のみが自我という概念を発することができる。彼は「『我』とは彼が「我」と言うところの者だ（Est ego qui dit ego）」と言っている。さらにバンヴェニストによれば、「私」と言うことによって個人は他者との相互依存関係に参入するが、原則としてこの他者は誰でもかまわない。（中略）「私」ということばが何らかの意味をもつのは「他者」と対立関係にあるときのみなので、この「私」は事実上「他者」によって可能になっていると考えるべきであろう。「私」と言うとき、すでに人は「他者」の領域に転位しているのであり、発話行為において措定された主体性は原「自我」との無媒介的関係を喪失しているのである。

この引用の後半に類することは、時枝誠記や三浦つとむの理論から引き出せることで、特に目新しい意見ではありません。ただ、時枝や三浦は、発話者の自己対象化を通して「私」が言表されると考えたわけですが、バンヴェニストはその順序を逆転させて、むしろ「私」を含む発話文が「我」に先行するととらえた。酒井直樹はそれを踏まえて、先のような見方を引き出してきたわけです。

唯我論的な言語観

しかし、繰り返しになりますが、三浦つとむはフィヒテ的に「我」を先験化したり、実体論的にとらえていたわけではありません。私たちはそれぞれ自分自身に関する内的な像を持ち、少なくとも自己意識的には自立的な意識活動を行っているわけですが、しかし内的な自己像とか、自己意識とかいうものが生まれつき備わっているわけではない。自分の身近な感性的環境における他者を一種の鏡として作られてきたものだ。三浦つとむはそう考えていました。

ただ彼は、日本語表現の過程的な構造を科学的に解明するに当って、理論的な必要上、発話者には既に自己意識が形成されていることを前提としました。「観念的な自己分裂」という概念は、もちろんこの前提と切り離せない関係にあり、彼はこの「分裂」を人間精神の能動的な運動としてとらえていたわけです。もしポストモダンやポスト構造主義的な言い回しが趣味ならば、こう言い換えることもできないわけではありません。〈人は何事かを発話する度に、その言語構造から観念的な自己分裂を強いられ、それにもかかわらず、強いられていることには無自覚なまま、観念的な自己分裂を再生産し続けているのだ〉と。

三浦つとむを積極的に評価する気のない酒井直樹も、こう言い換えてみれば、あるいは共感を覚えるかもしれません。なぜなら、酒井直樹によれば、「発話行為と被発話態の間には救済不能で修復不能な亀裂がある」のだそうですが、それにもかかわらず、同じく彼によれば、「この亀裂、この二律背反を通じて、人間は言語において世界を分節化する」からです。

ただし酒井直樹の言葉は比喩以外ではない。このことは、私たちの発話経験を振り返ってみれば直ちに明らかでしょう。

なぜなら、もし私が何事かを言う度に、「救済不能で修復不能な亀裂」を作ってしまうならば、とっくの昔に私の精神は「亀裂」だらけでボロボロになり、この世に生き長らえているはずがないからです。たしかに私が言おうとしたことと、実際に口にしたこととの間には、しばしば取り返しがつかないギャップが生れたりする。これは誰でも経験することでしょうが、それが亀裂になってしまうか、修復ができるかは、聞き手の理解の仕方や、応答の仕方によることであって、応答を通じて聞き手との信頼関係が築かれるならば、発話行為と被発話態とのギャップなどいくらでも修復できる。ばかりでなく、当初に意図していた以上のところにまで互いの理解が進み、考えが深まってゆく。

ところがその反対に、どうしても理解してもらえず、信頼関係の構築に失敗して、お互いの間に「亀裂」が顕在化してしまう場合があり、その時こそ私たちは「亀裂」の問題に直面するのではないでしょうか。

そう考えてみますと、酒井直樹の理論からは以上のような意味における「聞き手」の像が捨象されてしまっている。彼はしょっちゅう「他者」という言葉を出してくるのですが、彼の「他者」は根源的に了解不可能な、その意味で一種超越化された観念的存在でしかない。たぶんそのためでしょう、彼の「自我」や「自己」の観念は唯我論的な抽象性を免れていないようです。

スターリン言語論の場合

それと共に、もう一つ私には、彼の考え方がいわゆるスターリン言語学とよく似ていることも気になるところでした。これもまた皆さんよくご存知のように、スターリンは言語を、トラクターやその他の生産用具と同じく、非上部構造的なものととらえ、その理由をこんなふうに説明しました。

言語はなんらか一つの階級によってでなく、社会全体によって、社会のすべての階級によって、いく百世代の努力によってつくられたのである。言語はなんらか一つの階級のではなく、全社会の、社会のすべての階級の要求をみたすためにつくられたのである。まさにこのゆえにこそ言語は社会にとって単一な、そして社会の全成員にとって共通な、全国民語としてつくられているのである。

言語がこの全国民的立場を離れれば、言語が社会のなんらかの一社会的グループのみを選び支持して他の社会的グループを犠牲にする立場にたてば、言語はたちまちその格をおとし、言語は社会における人間の交通手段たることをやめ、言語はなんらかの一社会的グループの通語《ジャルゴン》と化し、退化してみずからを消滅の運命におとしいれるであろう。この点において言語は上部構造とは原則的に異なっているが、しかし生産用具、たとえば機械とは異るところがない。機械は言語と同様に諸階級にたいして無差別であり、資本主義体制にも社会主義体制にも一様に仕えることができるのである。

（一九五〇年、「言語学におけるマルクス主義について」。以上の引用はソヴェト研究者協会訳に拠る）

つまりスターリンは、言語の非上部構造性を説明するに際して、「全国民」という観念をあたかも実体であるかのごとくに前提としていた。さらにこの観念を補強するために、「単一な国民語」という観念まで案出していたわけです。

時枝誠記の批判

時枝誠記はそういう論法に疑問を覚えたのでしょう、〈スターリンの理屈は、全ての絵画は線と色で成り立っている、という理由で、絵画の本質は線と色彩だと決めてしまう論法に似ている。なるほど一定の抽象化のレベルでとらえるならば、確かにそう言えないこともない。だが、実際には、一人の画家が線と色を使って、何らかの形象をカンヴァスに描くという、具体的な表現行為のレベルでとらえるべきではないか〉。そういう意味の批判を下しました。さらに次のようにも批判していました。

言語は、たといス氏（スターリン氏）が単一説を主張しても、歴史的事実として、そこに差異が現れ、対立が生じるのは、如何ともし難い。もしそれを階級といふならば、言語の階級性は言語の必然であって、これを否定して単一説を主張するのは、希望と事実とを混同した一種の観念論にすぎない。

言語が社会成員の個々を離れて、社会の共通用具として存在するといふことは、極めて比喩的に、或は特別の条件を附して承認出来ることであって、実際は、社会成員の個々の主体的活動としてのみ成立することが出来るものである。

（「スターリン『言語におけるマルクス主義』に関して」。『中央公論』、一九五〇年一〇月号）

要するに時枝誠記の見るところ、言語は「社会成員の個々の主体的活動としてのみ成立する」のであり、そうである以上、私たちが接する具体的な言語は、その言語表現を行った個々の人間の主体的な条件を反映しないはずがない。その社会が階級的に分化し、対立しているとすれば、当然、個々の人間も階級的な立場を負っており、それは言語に反映しているはずだ。これが時枝誠記の批判的立場であり、三浦つとむはそれを支持しながら、スターリンは「語彙」と「言語」の区別もできていない、と批判を進めていったわけです。その批判は表現論や弁証法の問題にまで及んでいました（「なぜ表現論が確立しないか」。『文学』一九五一年二月号)。

黙殺された時枝と三浦のスターリン批判

現在でこそ私たちはスターリンに対する批判を、何の気がねもなく口にすることができます。が、それは一九五六年のスターリン批判以後のことであって、彼の「言語学」が紹介された頃のスターリンは、日本のマルクス主義者の間で絶対的な権威を持っていた。それだけでなく、いわゆる進歩主義的な学者やジャーナリストのなかにも多くの信奉者を持っていました。

そういう状況のなかで、時枝誠記と三浦つとむが根本的な疑問と批判を提出したわけですから、これは世界的な拡がりのなかで見ても、戦後思想史の最も劇的な事件の一つに数えなければならない。そう私は思っているのですが、不思議なことに時枝誠記や三浦つとむをそういう視点から論じた研究はほとんどみられない。故意に黙殺しているとしか考えられないのですが、そんな事情もあって、酒井直樹は「スターリン言語学」問題の情報を得ていなかったのかもしれません(1)。

なぜなら、彼が言う既成の被発話態、つまり匿名の発話文は、誰もが任意に取りあげて使うことができる用具のようなものとして記述され、スターリンの言語道具説と同様に、「個々の主体的活動」が見落とされてしまっていたからです。

「『わたし』とは『わたし』というもののこと」?

私はこれまで、話の便宜上、「私は昨日、花見に行った」という例文を用いていましたが、実際にはこれはかなり抽象的な「文」と言うべきで、現実の会話において、自分のことを「私」と呼ぶことにためらいを覚える人は沢山います。酒井直樹はバンヴェニストの理論を敷衍しながら、「代名詞が埋め込まれている発話の意味作用に関して言えば、これらの代名詞は完全に空虚であってかまわない。被発話態に関するかぎり、「私」や「あなた」は「彼／彼女」であってかまわないのだ」と言っていました。抽象的な構文論としてはもちろんそう言えるのですが、現実の会話においては相手のことを「あなた」と呼ぶことになじまない人も多い。私の知っている明治、大正生まれの、特に女性のなかには、「彼」「彼女」のような代名詞を使うことになじむことができず、多分生涯そんな呼び方などしたことのない人もいました。

つまりその人たちの人称システムは、時枝誠記が言うところの階級性やジェンダー的な条件を反映してしまっている。ですから、そういう人にとって、この条件を捨象した、「「わたし」とは「わたし」と言うもののことである」などというバンヴェニストの公式は、単なる悪い冗談にすぎない。「「おいら」とは「おいら」と言うもののことである」と言うしかない人が、「「僕」とは「僕」と言うもののことである」などと反復しなければならないとしたら、「ギョオテとは俺のことかとゲーテ言い」みたいな混乱に陥らないともかぎりません。

2ちゃんねると『電車男』の新しさ

それともあれ、私たちが何事かを言う時、バンヴェニストや酒井直樹のような観察的立場から見れば、たしかに既成の被発話態を反復しているだけにすぎません。しかし「個々の主体的活動」に即してみれば、その反復には快感や安心やためらいや違和感が伴う。快感や安心が伴う場合は、抵抗なく反復を行うことができますが、ためらいや違和感の場合、反復への葛藤が生れてくる。これは誰しも経験していることでしょう。

その点にソ連時代の言語学者・バフチンが注目して、〈単に他人の言葉を鸚鵡返しに反復しているとしか見えない発話であっても、そこには新たに皮肉やからかいや嫌悪のニュアンスが付与される〉という意味のことを指摘しました。これは、ある集まりで、「さあ、皆さん、静かにして」という誰かの発話を、別な人が声色までそっくり真似て反復した場合を考えてみれば、すぐに納得できるはずです。

その意味で、〈あらゆる発話は既に誰かが言った言葉の反復でしかない〉というのも一つの真実ですが、それは一定の抽象を施して初めて言えることでしかない。〈形式的にはそっくり同じ発話と見える文であっても、意味作用まで同じ文は一つもない〉ということも、もう一つの、しかも具体的な真実です。

現在いろんな意味で話題になっている、インターネットの2ちゃんねるという掲示板。あれは匿名性と反復の問題に新たな材料を提供する、私には大変に興味深いジャンルなのですが、バフチンも驚くほどの多様で、豊かな「反復」表現を見せている。

その洗練された表現を知りたければ、『電車男』を是非お読みください。これは一つの2ちゃんねるのスレッドのなかで、匿名の書き手たちの「恋」の言説が、妙に生々しい現実感のあるラブストーリーを構成してゆく、そのプロセスを編集した、非常に面白いテクストです。

もちろん匿名ですから、2ちゃんねるの書き手たちは、常識的な／型通りの発話文から逸脱することを楽しんだり、悪用したりしてもいるわけですが、しかし反面、むしろ匿名であればこそ、型通りの発話文に収まり切らない感情のゆらぎや、通常の言説に対するこだわりや反発が、かえって率直に露呈している。その意味でも2ちゃんねるは、言語表現の創造的な科学を目指す人が見過ごしてはならない、貴重な表現動向＝ジャンルだと言えます。

三浦つとむの「概念の二重化」

そして、そのこだわりによる表現創出に科学的な照明を当てる理論を拓いたのが、三浦つとむの「概念の二重化」という考えでした。彼はこのことについて、次のように言っています。

ソシュールは思想を「無定形のかたまり」にしてしまったから、この学派の学者の発想では音声言語で表現されている概念も、langue の一面である非個性的な概念が思想と結合することによって具体化され個性的になったものと解釈されている。だが実際には言語規範の概念と、現実の世界から思想として形成された概念と、概念が二種類存在しているのであって、言語で表現される概念は前者のそれではなく後者のそれなのである。前者の概念は、後者の概念を表現するための言語規範を選択し聴覚表象を決定する契機として役立つだけであって、前者の概念が具体化されるわけでもなく表現されるわけでもない。概念が超感性的であることは、この二種の区別と連関を理解することを妨げて来た。言語規範の概念は、ソシュールもいうように聴覚表象と最初から不可分に連結されている。連結されなければ規範が成立しない。これに対して、表現のとき対象の認識として成立した概念は、概念が成立した後に聴覚表象が連結され、現実の音声の種類の側面にこの概念が固定されて表現が完了するのである。

(『言語学と記号学』。勁草書房、一九七七年七月。傍点は原文のママ。傍線は亀井)

私は川島さんの著書によって、こういう考え方の、特に傍線を引いた箇所の重要さを教えられたわけですが、では、ここで三浦つとむはどういうことを言っていたのか。

川島さんはそれを説明するために、時枝誠記のお嬢さんのエピソードを挙げていました。私もその例を借りますと、時枝誠記のお嬢さん（当時小学校四年生）は、友達を評して「あの子はオッチョコチョイだ」と言っていたそうです。

「オッチョコチョイ」といふ語をどういふ意味に使つてゐるのかと思つて、それとなく尋ねてみると、どうも「乱暴者」を意味してゐるやうに受取られた。私は、「オッチョコチョイ」の意味を説明しようかとも思つたが、到底、私の手には負へないと思つたし、いづれは、自分自身で修正して行くことであらうと思つて、そのまゝにしてしまつた。

（時枝誠記『国語学原論　続編』）

つまりこの女の子は、ある友達について、どうやら「乱暴者」とでも言うべき心象を抱いたらしい。三浦つとむふうに言えば、それは「現実の世界から思想として形成された概念」だったわけです。ところが彼女はそれを言いあらわすのに、「落ち着きがない」とか、「軽はずみな」とかいう概念の「オッチョコチョイ」という言語規範を使った。

それを聞き手が額面どおりに受取るならば、この女の子は友達について「落ち着きがなく、軽はずみな人」と認識し、それを「オッチョコチョイ」という音声であらわしたことになる。ただし、父親の時枝誠記の聞き方によれば、どうも「ランボウモノ」という音声と結びついた「乱暴者」の概念で認識すべき事柄だったらしい。ですから、もし父親がこの「言語規範の概念」によって修正を求めたとすれば、女の子は驚き、戸惑い、ようやく自分の言い方の「間違い」に気がつく。そういう心的な葛藤を経て、「正しい」言語規範による言表に改めてゆくことになるでしょう。

もっとも、この場合、父親は、娘がやがて気がつき、修正してゆくだろうと成り行きにまかせることにしたわけですが、仮に父親の期待通りに進んだとしても、娘のほうはある時点で、自分の経験的な概念と言語規範の概念とのギャップに関する葛藤を経験するにちがいありません。

ただ、ここで見落としてならないことは、たとえあの女の子が友達について「あの人は乱暴者だ」と正しく言えるようになったとしても、決してその発話を言語規範の機械的な反復ととらえるべきではない。あくまでもそれは、その女の子が「現実の世界から思想として形成された概念」を表現したものと見なければならない、ということです。

〈喩〉創造の理論

これが三浦つとむの言う「概念の二重化」であって、当然そこには葛藤が含意されていました。それだけでなく、その葛藤を通して「現実の世界から思想として形成された概念」をより喚起的に表現する〈喩〉を創造したり、既存の言語規範に一回限りの概念を与えたり、さまざまな表現上の創意が凝らされる。そういうところにまで理論的な関心を拡げてゆく可能性を、三浦つとむの「概念の二重化」は見せていました。

これは別なところ（『明治文学史』）でも取りあげたことですが、日本にソシュールの言語学を紹介した、言語学者の小林英夫は、ソシュールが言う言語（ラング）を「潜在的なもの」と言い換えた上で、語の「意味」についてこんな説明をしていました。

さて潜在的なるものはその数に於いて有限であるが、その質に於いて無限である。例へば町を指すべき語として私は町といふ語一つしか知らないが、如何なる町を指すかは予め決定されてゐない。私がいま貴方に向つて町へ行つて下さいと言つた瞬間に、町の意味は決定されて来る。無限者が限定されるのである。

（『文法の原理』一九三四年）

つまり、私たちは共通に「町」という言語（ラング）を頭のなかに貯え、その概念を承知しているわけですが、誰がどういう町を指すかは千差万別で、限定されていない。また、誰かがそれを使わない段階では、無限定なまま「潜在的なもの」の状態に止まっているわけですが、私があなたに「あの町へ行こう」と誘うならば、その時、この「町」という語がどこの町を指すか、限定され、意味が決定される。これが小林英夫の意味論でした。

こうしてみると、彼の考えがスターリンに近く、またバンヴェニスト＝酒井直樹に近いことがお分かりでしょう。スターリンは言語を、個々の主体的な活動から切り離し得る生産用具のようなものと考え、だからこそ言語は社会の誰にでも等しく奉仕できるのだ、と主張しました。ソシュールと小林英夫は、「言語（ラング）は言語活動の社会的部分であり、個人を外にした部分である」と考え、それを誰かが個人的に利用したとき、対象との関連で限定された「意味」が生じるのだ、ととらえました。バンヴェニスト＝酒井直樹は、個々の具体的な発話の場面から切り離されて、いわば誰からも等距離にあり、だから誰によっても反復的に利用できること、それを発話文の条件と考えていました。

ところが時枝誠記は、小林英夫の先のような考えに対して、長男息子に死なれた老人が「私は杖を失った」、あるいは「家の大黒柱が倒れた」と言った場合を挙げて、次のように反論しました。〈もし語の意味が小林の言うようなものならば、この老人の「杖」や「大黒柱」には、あらかじめ「息子」とか「働き手」とかいう概念が含まれていて――つまり潜在的な状態にあり――、それが老人の発話によって限定され、決定されたと考えなければならない。だが、言語（ラング）としての「杖」や「大黒柱」にはそのような概念は含まれていない。それにもかかわらず、老人があのように使うことが出来た理由を、小林英夫やソシュールの理論では説明できないではないか〉、と。

この批判は小林英夫には迷惑だったかもしれません。なぜなら、ソシュール的な言語学からみれば、時枝誠記の求める説明は修辞学の領域に属することで、言語学の範疇には属さないことだからです。

しかし時枝誠記にとって、言語学はそれに答えうるだけの言語観を用意していなければならない。それでは、あの老人の比喩はどういうプロセスで可能となったのか。三浦つとむの「概念の二重化」は、そういう課題にも答え得る理論的可能性を秘めていたわけです。

6　主体／シュタイ／Subject

酒井直樹の「シュタイ」

およそ以上がスターリンを批判した、時枝誠記の「個々の主体的活動」という考え方や、それを発展させた三浦つとむの表現論なのですが、それでは酒井直樹が、以上の理論における「主体」概念をどう批判し、どういう方向に自分の理解を展開していこうとしていたのか。最後にその点を確かめておきたいと思います。

先に引用した文章のなかで、彼は「したがって、三浦の主体の観念は、「シュタイ」が実体化し主体化する際に生じる多くの疑問に対して盲目的である」と決めつけていました。

彼はこのように、「主体」(subject) と「シュタイ」(shutai) を区別して使っているのですが、彼が言う「シュタイ」(shutai) とは何か。

そこのところを、彼の手続きに従って紹介しますと、私たちが「私はここにいる」(I am here.) とか、「この薔薇は紅い」(The rose is red.) とかと発話した場合、発話した人自身と、被発話態の「私」とは相対的に区別されなければならない。つまり発話した人自身は被発話態の外に在る。このことは、三浦つとむの「観念的な自己分裂」の理論に従う人も、あるいは酒井直樹が拠り所としたバンヴェニストの理論に従う人も、等しく承認できることだろうと思います。

酒井直樹はその点を指して、「被発話態の主体の外部に現われるこの特定の「私」」と呼んだわけですが、重要なのは、さらに続けて、「この特定の「私」こそが再現-表象されなければならない「私」なのだ」と強調していたことです。

それでは、どうすれば、「この特定の「私」」を「再現-表象」することが可能となるのでしょうか。そこで酒井直樹は、いま挙げたような発話文に、発話した人自身を繰り込んだ言表を仮定して、「「私はここにいる」と私は言う」(I say, "I am here.")、「この薔薇は紅いと私は考える」(I think the rose is red.) という言い方を考えてみました。

「と私は言う」(I say)、「と私は考える」(I think) という言い方を加えることによって、被発話態と、「被発話態の主体の外部に現われるこの特定の「私」」とが、同時に「再現-表象」されるはずだ、というわけです。

ただしこれは、問題を一つ先に延ばしたにすぎません。酒井直樹が言いたかったのも、じつはその点であって、なぜなら、「と私は言う」(I say) とか、「と私は考える」(I think) とかいう言表を加えた途端に、それを附加した言表主体は再びこの「被発話態の外部に」在ることになってしまうからです。それを更に被発話態の内部に取り込もうとすれば、「「私はここにいる」と私は言う、と私は言う」、「この薔薇は紅いと私は考える、と私は考える」という具合に重ねてゆくほかはない。

これは言葉のいたちごっこのようなもので、どこまで「と私は言う」「と私は考える」と加えていっても、その都度、言表主体は外部へ出てしまう。このように、どこまで追っても、ついに「再現‐表象」が不可能なもの、酒井直樹ふうに言えば、「この逃れ去る存在、この非存在（意味作用における捕縛を逃れるので、これは存在ではない）」。それが彼の言う「シュタイ」です。

その意味で、酒井直樹が言う「シュタイ」は発話行為に伴う、または発話文から派生してくるものとして、理論的に仮定された観念（非存在）と見るべきでしょう。

「シュタイ」の混迷

私自身は酒井直樹のような理論的仮定が必ずしも嫌いじゃありません。現実的には不可能な、非存在への推論を重ねて、自分の固定観念に揺さぶりをかけてみる。そんな思考トレーニングを、むしろ好んでやってきました。

しかし理論的仮定はあくまでも理論的な仮定であって、理論的仮定として措定された観念（非存在）は実体ではない。その点のけじめを、酒井直樹は欠いていたのでしょう。先ほども目を通した文章のなかで、彼は、あたかも観念的な措定対象を実体化し得るかのように、「したがって、三浦の主体の観念は、「シュタイ」が実体化し主体化する際に生じる多くの疑問に対して盲目的である」（"Hence, Miura' s notion of *shutai* is blind to many questions that necessarily arise when the *shutai* is substantialized and subjectified."）という言い方をしていました。

しかし、そもそも三浦つとむには、酒井が言うような「シュタイ」の観念などなかった。それは酒井直樹も認めていたはずです。とするならば、「「シュタイ」が実体化し主体化する」（the *shutai* is substantialized and subjectified.）という考え方は、三浦の理論を要約したものではなく、酒井自身の理論をあらわしたものと受取るほかはない。

そういう理解に立って先の言葉を読み直すならば、ここで酒井は「シュタイ」を、主体に先立って存在し、主体として実体化されうる、何ものかと見なしていた。この何ものかは、彼の「発話行為を完遂する発話作因（シュタイ）」（"the agent of enunciation (shutai), who executes the enunciation"）という言葉を借りて、「発話作因」と呼んでもいいのですが、ともかく、ある何かが発話を誘引するものとして作動し、発話を通じて／と共に、主体へと実体化される。そういうプロセスを彼はイメージしていたはずです。

ところが、彼はまた別なところで、「「私」と言うとき、すでに人は「他者」の領域に転位しているのであり、発話行為において措定された主体性は原「自我」との無媒介的関係を喪失しているのである」（"Already, when one says "I," one is shifted to the field of the "other," and the subjectivity posited in the enunciation has lost its immediate rapport with the originary "ego.""）と語り、この「喪失」を「疎外」（alienation）と言い換えていました。

この「原「自我」」（the originary "ego"）と、「シュタイ」あるいは「発話作因」とどう関係するのか、じつはよく分からないのですが、ともあれ、こうして見ると、酒井直樹の「人」は、いまだ疎外を知らぬ、原「自我」を持って生れてくるようです。ひょっとすると、それはフィヒテ的な「我」にかなり近いものだったのかもしれません。

しかし、他方、再び彼は、発話行為の「逃走的―分離的な性格」を強調し、「この逃走的な性格は、捕捉されたものから何者かが必ず逃れ去り分離してしまうこととして定式可能かもしれない。ただし、この定式は、分離の以前に原初的十全性が存在していたとか、バンヴェニストならある種の調和的全体あるいは同一性と言いそうなものが逃走の前にあったと言っているのではない」と断っていました。
とするならば、発話行為による疎外を未だ知らぬ、あの原「自我」とは、「原初的十全性」とか、「調和的全体」とかいう形でイメージすべきでなく、そもそも発話（逃走）以前に存在するわけのものでもない。そういう訳の分からない観念だ、と言うほかはないようです。

ヴィトゲンシュタインの援用

訳の分からなさは、それだけではありません。もともと彼が「シュタイ」の追っかけを始めたのは、カントの「あらゆる陳述には「私は考える」が伴っている」という考えに倣いながら、その限界を超えてみせるためでした。

彼の見るところ、カントの認識論的主観は「私は考える」を発話しない、言葉として言明しないかぎりにおいてしか維持できない。そのように確認した上で、彼は敢えて「私は考える」を加える。そうすることによって、カント的な認識論的主観と、自分が言う主体の根本的な違いを顕在化させてみたわけです。

彼はこのように、次々と「私は考える」を加えてみせた理由を説明し、そこで改めて、無限に逃れ去る存在であるところ「シュタイ」を、超越論的主体と呼び、以下のように強調していました。超越論的主体とは「捕縛不可能なもの」であり、それ故に「それは「私」である必要はなく、ただXであればよい。これは超越論的主体が一つの主体と呼ばれる必要がまったくないということでもある」（*"It need not be "I"; it is simply X.* This is to say that the transcendental subject need not be called a subject at all."（傍点は原文））。

この言い方は、一時期ポスト構造主義者がよく口にした「匿名の語る主体」を思い出させますが、酒井直樹が先のようなことを強調したのは、「私には主体（the subject）とシュタイ (the shutai) との間に必然的な関係があるはずだという理由がまったく見出せない」からなのだそうです。

なんだ、そういうことだったのか。だったら、初めっから「シュタイ」なんていい加減な概念を持ち出す必要もなかったじゃないか。理由が見つからないと、自分でも断らざるを得ない、そんな理屈を振り回して、バンヴェニストや時枝誠記を、ないものねだり的に批判し、「三浦の主体の観念は、「シュタイ」が実体化し主体化する際に生じる多くの疑問に対して盲目的である」などと決めつける。いい度胸してるなあ。

何だか、スカされた感じで、興ざめしてしまったわけですが、その反面、彼がヴィトゲンシュタインの『論理哲学論考』から次の言葉を引用していた理由が飲み込めるように思いました。

> 世界のなかのどこに、形而上学的主体が見つかるのであろうか。
> 君は答えるだろう。ここで問題は、目と視野との関係に酷似している、と。しかしながら、ほかならぬ目を、そのとき君は、じつは見てはいないのである。
> そして、視野のなかにある何ものといえども、それはある目によって見られているというような推論を、君に許してもいないのである。（五・六三三。傍点は原文）

たしかにこの理屈をもってすれば、三浦つとむの鏡像論の揚げ足を取ることなど、至極簡単なことだったでしょう。〈あなたは、描かれた風景のなかには、それを描いた人の目の位置が反映されていると言うが、風景というこの視野のうちにある何ものといえども、それはある目によって見られているのだという推論を、あなたに許していないのですよ〉と。

あるいは、こう問いかけることもできるでしょう。〈あなたは「鏡に映った自分の姿を、自分の目で見ると同時に、他者の目でも見る」などと言っているが、それ以前の問題として、あなたの目がその像を見ているのだという確かな保障、そこに映っている像があなただと言い得る根拠が、本当にあるのですか〉と。

酒井直樹はこんなふうに皮肉な目を三浦に向けていたわけですが、それだけでなく、先の引用文の直前でヴィトゲンシュタインは次のようなことを言っていました。彼は引用を省いてしまいましたが、当然それは彼の頭にあったはずです。

　思考し表象する主体なるものは存在しない。
　「わたくしの見出した世界について」という表題のもとに、わたくしが一冊の書物を著したとしよう。
……この書物の中で話題にすることができぬ唯一のもの、それが主体である。（五・三六一）

おそらく酒井直樹はこのような言葉からヒントを得て、三浦が言わなかった「主体的な自己」なる観念を三浦に押しつけながら、それを批判してみせた。そう読み取って差し支えない、と私は思います。

詰めの甘さ

ただしもう一度言えば、私はヴィトゲンシュタインのような思考法が必ずしも嫌いではありません。評論を書き始めた若い頃、私は、〈意識とは、常に何ものかについての意識であるが、それでは直接に「みずからについての意識」である意識は可能だろうか〉。〈もし可能だとして、それは言語化できるだろうか〉。〈意識はみずからの出現（目覚め）と消失（眠り）の瞬間を意識することができるだろうか〉というような問題を立ててみたりしていました。

あるいは〈目は視力であるが、それでは目が直接に自分を見ることができるだろうか。もしできるとして、この目が見るのは外界の像だろうか、それとも見るメカニズム自体だろうか〉というような、いわば解答不可能なことを真剣に考えていました。

自己糾問的に、そう問い詰めてみれば直に分かることですが、直接性の原則に固執するかぎり、視力も意識も言語もその存在の根拠を明かすことはできません。この世に支点を見出すことは不可能なのです。

ただ、そういう思考実験をしてきた人間の目から見ると、酒井直樹は、「私には主体（the subject）とシュタイ(the shutai)との間に必然的な関係があるはずだという理由がまったく見出せない」と心情告白的な言い方をして、「主体（the subject）とシュタイ(the shutai)との間に必然的な関係などない」と言い切っていない。その点、まだ詰めが甘いと言わざるをえません。

またヴィトゲンシュタインについて言えば、先の引用は、「独我論　「形而上学的主観」」という章（節？）から酒井直樹は採って来たのですが、どういう理由でか、彼はこの章（節？）のタイトルは伏せてしまったわけです。だが、それはともかく、ヴィトゲンシュタインは独我論の真理性を論ずるに当って、「きみ」という仮定の対話者を設定し、その対話者に反論するという、弁証法を用いていました。このパラドックスに、彼がどの程度自覚的だったか。酒井直樹がそれに気がついていたかどうか。よく分かりません。

ただ一つ確かなのは、このパラドックスを踏まえて、彼らは「世界」と「主体」の記述を再考しなければならないはずだ、ということです。

7　三浦学に向けて

時枝誠記の「詞―辞」論と主体

私は初めに、「主体」という用語一つを取っても、時期やグループによって意味合いやニュアンスが異なり、外国の研究者を戸惑わせていることを言いました。以上のような酒井直樹の「主体」論や、「シュタイ」と超越論的主体をめぐる論議もその具体例のように見えるかもしれません。

しかしこの場合、混乱しているのは酒井直樹のほうであって、時枝誠記や三浦つとむはいささかも混乱していません。彼らの理論から酒井直樹的な「シュタイ」の問題が起るはずがない。なぜなら、彼らの理解によれば、一つの発話文のなかには必ず主体的な表現が繰り込まれているからです。

時枝誠記はそれを、「詞」と「辞」という日本語文の構造における「辞」に見出し、三浦つとむは、時枝の「辞」に相当する「主体的表現」に見出しました。

「私は昨日、花見に行った」という発話文における「私」は、主体の自己対象化による概念化を経てあらわれた「詞」、または「客体的表現」であって、発話主体と直接に一致するわけではない。これは時枝誠記も三浦つとむも等しく認めるところですが、しかし他方、この発話文における「私は」の「は」、「花見に」の「に」、「行った」の「た」という助詞や助動詞によって主体の表現が行われている。

これが彼らの理論であり、そうである以上、発話主体の主体性は既に被発話態のなかに繰り込まれている。その被発話態の外に、生身の発話主体が存在すること、これは時枝誠記にとっても、三浦つとむにとっても自明のことでした。被発話態に見出し得る主体的表現（＝「辞」）とは、被発話態の外に在る発話主体の視点や立場の反映にほかならないからです。

そんなわけで、時枝や三浦は、外に在る発話主体の再現—表象こそが言語表現の第一義的なモティーフだなどとは考えていませんでした。彼らは、「と私は言う」(I say) とか、「と私は考える」(I think) とかいう言葉を追加しながら、「逃れ去る存在」を追っかける必要も理由も持っていなかったわけです。

噛み合わない批判

その意味で、もともと酒井直樹の理論と、時枝や三浦の理論とは噛み合うはずがなかった。そう見るべきなのですが、それにもかかわらず酒井直樹は、時枝誠記の言う「入れ子型構造」が、「と私は言う」(I say) や「と私は考える」(I think) の追加構造と似ている点に目をつけて、時枝には「シュタイ」を見出す契機がなかったわけではないことを示唆していました。そうすることによって三浦の理論的後退を暗示し、「特に三浦の著作の場合には、……シュタイは発話行為の主体へと還元されてしまっているのだ」と批判を進めてゆく。いわば自分の側の理論的な混乱を棚に上げて、あたかも三浦つとむは方法的な厳密さを欠き、理論的にはナイーヴな段階に低迷しているかのように、高飛車に決めつけてみせたわけです。

そう言えば、柄谷行人も、時枝と三浦の間に一線を引いて、「時枝を唯物論的に批判して継承したつもりの三浦つとむは、時枝のいう主体を、思考主体に引き戻している (『日本語はどういう言語か』参照)。時枝自身は、「観念的自己分裂」(三浦つとむ) のような旧来の哲学を斥けていたのだ」と断定していました。酒井直樹からアイデアを頂戴したのかもしれません。

「日本語研究」へのイデオロギー的警戒

三浦つとむを英語圏に紹介するには、こういう知的状況を念頭に置いた翻訳の戦略が必要となってきます。

酒井直樹自身も認めているように、時枝誠記の国語学や、三浦つとむの日本語研究は、日本語という個別言語の表現構造を科学的に解明し、それを通して、ヨーロッパ育ちの一般言語学の概念や方法を問い直す視向を持っていました。しかしこれまでの紹介でお分かりのように、酒井の取りあげ方は、日本語研究を通して見出された「言語の学」としての理論的な達成や可能性を評価しようとするものではありません。彼の意図するところは、近代の国語としての「日本語の発明」(“the invention of the Japanese language”)を政治的、イデオロギー的に批判、いや、否認することにあり、ですから、時枝や三浦のように、日本語という研究対象を措定すること自体に否定的だったからです。

彼は時枝誠記の「入れ子型構造」に言及した後、こんな疑問を語っていました。

> とはいえ、時枝がどのような理由から、ことさら日本語の特徴の根本に詞―辞構造を認めえたのかはまったく不明である。時枝自身は言語の、あるいはラングの統一性という実証主義的概念を厳しく批判していたのだから、実は、彼の議論は、詞―辞構造が日本語という国語の日本語的性格の所以であるという主張を無効にするはずではないのか。

たしかに時枝誠記は、ソシュールがラングを「心的実在体」と呼んで、実体化してしまったことには批判的でした。また時枝誠記は、スターリンの「全国民語」という言語観が、強権的な全体主義の発想を孕んでいることに警戒の念を示していました。それは言語学者として極めて正当な態度だと私は思います。

それだけでなく、時枝誠記は日本語と国語の区別を説いていました。ところが酒井はそのことを承知していたにもかかわらず、「日本語という国語」を研究対象として措定するのはおかしいとか、「詞―辞構造」という特徴を「国語の日本語的性格」と見なすべきではないのではないかとかいう批判に進んでいった。そのほうが、私には遥かにおかしく感じられる。

たぶん彼は、日本語の言語学的特徴を解明する研究が、言語決定論的な国民性イデオロギーを生んでしまう／補強してしまうことを、過剰反応的に警戒していた。言語決定論的な国民性イデオロギーとは、酒井直樹の言葉を借りるならば、「私たちの思考は私たちの国民語への帰属によって先行決定されていると主張する」ような議論です。

その種の議論はしばしば、「私たちがある特定の仕方で思考し知覚することを可能にしているある種の文化的あるいは言語的主体」の発明（invention）と押しつけにまで進んでしまう。酒井直樹はそれを警戒したのでしょう。

そう考えてみると、彼が「特定の言語」（particular language）の研究の検討を避け、「言語一般」（language in general）の論理学的な論議、というよりはむしろ、形而上学的な論議に執着した理由が見えてくる。また、そう考えてみれば、彼が時枝誠記以上に、三浦つとむに批判的だった理由もよく分かる。三浦つとむのほうが時枝誠記よりも遥かに精密に、日本語の言語学的特徴の解明に成功しているからです。

三浦つとむはその日本語研究を通して、「私たちの思考は私たちの国民語への帰属によって先行決定されている」などと主張したことはありません。「私たちがある特定の仕方で思考し知覚することを可能にしているある種の文化的あるいは言語的主体」などという観念を構想したこともありませんでした。

むしろ欧米の、言語学かぶれした知識人のほうが、その種の主張や観念を作って、世界に言いふらして廻り、日本にもその種の知識人が生れた。三浦つとむの日本語研究は、その虚妄性を発いてしまう批判的インパクトを秘めているのですが、酒井直樹の目に事態は逆に映っていたようです。

ばならないということです。

三浦学の構築を

もう一度言えば、三浦つとむを欧米圏に紹介することは、こういうイデオロギー的なバリアを破らなければならないということです。

今日は主に「主体」概念を中心に問題点を描いてみましたが、酒井直樹のこだわりのなかに鏡像論が含まれていたように、ラカンの鏡像論に始まる人間論にまで視野を拡げた上で、三浦つとむの言語論を核に、鏡像論や欲望論、意志論、規範論など、多方面にわたる論考を総合し、肉づけして、独自な人間学して思想的に仕上げてゆく。そういう戦略的な方法を採らないと、これまで紹介したように、一見ワケ知り顔のタカ括りによって、安く値踏みされ、矮小化されてしまいかねない。そういう懸念があるからです。

私は単なる身びいきでそう言っているわけではありません。二〇世紀の後半、欧米で生まれ、現在では知的害悪としか呼びようがない状態に変質、劣化してしまった、ポストモダンやポスト構造主義やポストコロニアルの「思想」。三浦つとむは、それらと総合的に相渉り、拮抗し、克服できる、貴重な論考を残した、数少ない思想家です。その全体像をより広い世界で理解されるような事業に、できれば私も加わって、その片端でも担ってゆきたい。そう願って今日の集まりに参加させてもらいました。

注

（1）　数年前、田中克彦が『「スターリン言語学」精読』（岩波現代文庫、二〇〇〇年一月）を出したが、理論的には、時枝誠記や三浦つとむから遥かに後退している。時枝誠記のスターリン批判にも言及し、「鋭く、すぐれている」と一応評価するポーズを見せているが、それを深化させることには関心を示さない。時枝の経歴に問題がありそうな口ぶりで、「自らもそれにかかわっていた日本の言語政策が、いかに場あたり的で一人よがりの、浅薄で貧弱なものであったかに、時枝は深く思いをいたしていたことであろう」と、悪推量の解釈にすり替えていた。亀井孝が田中に向かって、しばしば、「時枝さんがもう少し長く生きておられたらキミと論争させたかったなあ、残念だ」と語った、という。何のつもりでこんな挿話を持ち出してきたのか、よく分からない。亀井孝の言葉を何か勘違いして聞いていたのではないか。おまけに田中は、三浦つとむには一言半句もふれていない。

第II部　時間と文体

第1章　纂訳と文体

序　特異なテクスト

龍渓矢野文雄纂訳補述の『齊武名士経国美談』は、テクスト生産やインターテクスチュアリティの問題を考える上で、豊富な材料を提供してくれる。が、それだけでなく、読書行為論や「内包された読者」の問題、さらには歴史のプロット化の問題についても、貴重な視点を与えてくれる。それは「纂訳」という独特な書き方にかかわってくることであるが、まず三つの注目すべき特徴の紹介から始めたい。

一つは纂訳補述と銘打っていたこと自体にかかわるが、かれは前篇（明治一六、一八八三年）では具朗社（George Grote）以下八人の古代ギリシャ史、後篇（明治一七年）ではさらにセノホン（Xenophon）とプリユーターチ（Plutarch）の著述も参照して、齋武《セーベ》（Thebes）興隆の歴史を記述し、しかも本文においてはその典拠を一いち明記していたことである。ある著述の全部または部分をほぼ原文に即して日本語に移し変えるという意味での、これは翻訳ではない。しかしまたこれら十種類の古代ギリシャ史を文献とみて、自分なりに入手した別な資料によって比較検討批判をしながらより科学的に正確なセーベ史を目指したわけでもない。英語で書かれたそれらのギリシャ史から「事実」を摘出し再構成したものを日本語で記述したが故に、纂訳とことわったのである。ばかりでなく、それらからだけでは見えて来ない事件の経過をかれは想像をもって補い、これを補述と呼んだ。この二面はそれぞれ前篇の凡例で言うところの「正史」と「小説体」とに対応する。「此書ハ希臘ノ正史ニ著明ナル実事ヲ諸書ヨリ纂訳シテ組立テルモノニシテ其ノ大体骨子ハ全ク正史ナリ」「書中ノ事柄ハ遠キ古代ノ事柄ニシテ諸書ヲ捜索スルモ断続シテ詳ナラサル所アリ因テ之ヲ補述シ人情滑稽ヲ加テ小説体ト為スニ至レリ」と。

その点ではかれもまた、曲亭馬琴から坪内逍遙を経て現代の小説家にまで及ぶ正史実録と小説稗史、あるいは歴史と小説の問題に直面していたわけだが、いま特に注目したいのは、断続する「事実」を補う想像力をけっして文学的創造の根拠として意味づけるようなことはしなかったことである。まして歴史と小説との関係を事実と真実との対立にすり変え、その真実の裏づけを作者の「内面」に求めるような現代文学者の固疾に、かれはまだ冒されていなかった。これはかれが自分を第一義的に文学者としては規定していなかったことと関係する。かれ自身の自覚のなかでは、このような著作は政治家の余技以上ではなかった。「世人動モスレハ輙チ曰フ、稗史小説モ亦タ世道ニ補ヒアリト。蓋シ過言ノミ。若シ夫レ真理正道ヲ説ク者、世間自ラ其書アリ何ソ稗史小説ヲ仮ルヲ用ヰン。唯身自ラ遭ヒ易カラサルノ別天地ヲ作為シ、巻ヲ開クノ人ヲシテ苦楽ノ夢境ニ遊ハシムルモノ、是レ則チ稗史小説ノ本色ノミ。」(『経国美談』前篇自序。句読点は亀井)。この言葉を『経国美談』全篇にかかわらせてみればさまざまな含みが生れてくるはずだが、少くともこのように言い切った時、かれは、馬琴や為永春水のように勧善懲悪で自分の読み物を正当化しなければならぬ戯作者意識や、近現代の作家のごとくアプリオリな美学概念や想像力理論で小説の自立を根拠づける芸術家意識などには囚われない位置に立っていた。自由民権運動の啓蒙的な補助手段としてさえも意味づけていなかったのである。これほど解放された意識で小説をとらえた発言は前例もなければ後例もない。だからこそかれは、自分独自の視点とか歴史認識とかいう、オリジナリティやプライオリティの色気にわずらわされずに、その記述がどんな先行テクストに負っているかを明記し、またその反面、その想像力の源泉を自分の「内面」に強請したりすることなく、「人情滑稽」を主眼とした近世以来の「小説体」に求めることが出来た。その結果作家の創造力と作品の自立という近代主義的な「作品」観からはみ出し、これを打ちこわして新たなテクスト論へと私たちを誘う文章を残しえたのである。

ところがこのテクストの奇妙な、そしてこれが第二の特徴と言えるのだが、必ずしも右のような発想をすんなりと受け容れたわけではない読者をそのなかに内包していたことである。

> 龍渓矢野君嚮著二一書一、名曰二経国美談一。自序云稗史小説猶二音楽画図一、此著亦然矣、固不レ過レ為二遊戯之具一、人或日稗史小説亦有レ補二於世道一、是過言耳。余跋レ之云、此書於レ君固講文之余戯、然其有レ補二於世教人心一、与二泰西諸大家小説一何譲焉。（中略）雖レ然経国者人生之大業、非レ冠二尋常遊戯書之字一也。一部史談既名レ以二経国一、則可レ知書中所レ叙非二尋常小説家之言一。（中略）此書雖レ謂二遊戯之具一、其所レ説無レ非二経倫之資一、況其結構雄傑謂三凌‐駕泰西諸大家二或無レ不レ可。（返り点と句読点は亀井）

これは藤田鳴鶴が後篇に寄せた跋文の一部分で、あえて長く引用したのは岩波文庫における小林智賀平の訓読に疑問があるためであって、かれは「講文之余戯、然其」と訓むべきところを、「講文三余。戯然其」と訓んでいる。そのため全体の訓みがおかしくなってしまったわけだが、ともあれ右のように『経国美談』を政治小説の流れのなかでとらえるのが一般的であった。鳴鶴はおそらく丹羽純一郎訳の『欧州奇事花柳春話』や服部撫松纂述の『泰西活劇春窓綺話』などを念頭に置きながら、構想が大きく、ヨーロッパの政体や世相風俗、人情を巨細に描き出した点で、泰西諸大家の小説と較べていささかも引けを取るものではないと評価したのである。しかもこの鳴鶴の他、栗本鋤雲と成嶋柳北の三人が、本文の各回の末尾に短評を加えていた（後篇では依田学海が成嶋柳北に代っている）。龍渓が成稿を印刷にまわす前に、かれらの批評を乞うたのであろう。序文や跋文を寄せることは当時はむしろ一般的だったが、このように各回ごとに尾評が附されるのはわが国のテクストでは珍しい。これによって私たちは当代の読み巧者とも言うべき代表的な文人ジャーナリストの小説観を窺うことが出来るわけだが、それとともにもう一つ注意すべきは、一般の読者に働きかけたそのテクスト的機能である。読者は各回ごとに読みの持続性を中断され、テクストに内包された、同時代の代表的な読者のコメントに直面して、自分の読みの反省を強いられる。これは物語の享受にとって苦痛な足踏みとも言えるが、そのコメントとの対話を通してお互いの読みを相対化し、新しい読みを発見する楽しみを持つことも出来る。このようにしてより深層の意味を見出したとき、かれらのコメントは一方では物語の外側から加えられた批評でありながら別な面では物語内容の一部分としても機能することになる。そういう共同作業的な読みの生産を促している点でもこれはきわめて特異なテクストだったのである。

そして第三の特徴は、これも第一の特徴にかかわることであるが、その文体についても十分に意識的だった点を挙げることが出来る。かれの文体観は「文は人なり」という格言に象徴されるような個性的人格観によるものではなかった。「今ヤ我邦ノ文体ニ四種アリ、曰ク漢文体ナリ、曰ク和文体ナリ、曰ク欧文直訳体ナリ、曰ク俗語俚言体ナリ、而テ是ノ四種ノ者各長短ナキ能ハス、概シテ之ヲ論スレハ、悲壮典雅ノ場合ニ宜シキ者ハ漢文体ナリ、優柔温和ノ場合ニ宜シキ者ハ和文体ナリ、緻密精確ノ場合ニ宜シキ者ハ欧文直訳体ナリ、滑稽曲折ノ場合ニ宜シキ者ハ俗語俚言体ナリ」（後篇自序）。かれは同時代の文体混乱状況をむしろ新しい文体の創出の条件ととらえ返し、叙述の対象や内容に適合した文体を併用しながら、しかもそれらの異質性を感じさせずに統括できるような「時文」（時流にかなった文章）を作り出そうとしたのである。大まかに言えば、それは英語の古代ギリシャ史を纂訳する場合の漢文体や欧文直訳体と、想像で補述する場合の読本や滑稽本の文体との使い別けであり、服部撫松の『春窓綺話』のような、漢文書き下し文に和文体の傍訓《ふりがな》をからませた文章の次の段階の表現実験だったと言える。ばかりでなく、その纂訳の場合は翻訳でもなければ自分固有の判断認識の表現でもなかった。両者の中間的な文章だった点でも注目されねばならない。時代はすでに言文一致論が世論と化しつつあったのだが、かれはほとんど関心を示さなかった。

「然レ𪜈一種ノ器械ヲ専用スルハ四種ノ器械ヲ兼用スルノ利ニ若カサルハ世上普通ノ道理ナレハ行文ノ間粗ニ入リ精ニ入リ微ヲ究メ妙ヲ尽スノ便ハ四体兼用ノ時文ニ超ユベキ者ナキヤ明白ナリ。刀鋸斧鑿ヲ兼用セス唯一器械ヲ以テ巧ニ什具ヲ制スル者アラハ人皆其妙技ヲ賞セン。然レ𪜈此レ唯其ノ能クシ難キヲ能クスルノ芸能ヲ賞スルニ過キサルノミ」。これは先ほどの四種類のうち一種類の文体のみに固執する者を批判した言葉であるが、言文一致体のみで森羅万象を言い表わそうとするような主張に対しても同様な見方をしたことであろう。

　この判断は口述筆記と無関係ではなかったと思われる。ただこの問題はすでに別稿[1]で検討したことなので、重複を避ける形でふれておけば、前篇のような普通の口述筆記にせよ、後篇のごとく当時注目され始めた速記術を実験してみた場合にせよ、客観的には話しことばをそのまま文字に移したように見える。だが、これを龍渓に即して反省してみるならば、その語りはあらかじめかれの頭の中で文章として整えられていたものだったはずである。その文章はけっして一様ではない。当時の文体はジャンルごとに別れており、その意味での多様な言説空間を視向しながら、頭のなかで「文」を整えていたにちがいなく、この視向性を整理してみれば先ほどのような四種類の文体となる。その意味で四種類の混用とは四つの言説空間への働きかけ、あるいは四つの言説空間の統合の試みにほかならなかった。それが龍渓の考えるポピュラリティの条件だったのであろう。この立場からみればいわゆる言文一致体とは、すでに内的に視向された文章を前提とする点でむしろ「言」を「文」に従わせるものでしかなく、しかもそれだけに固執することは多様な言説空間を均質化し、かえってその奥行きと拡がりを見えなくさせてしまいかねない。じじつ言文一致体が一般化して以来、日本の小説は急速に他者の言説への洞察力と構想力とを失ってしまったのである。

1　纂訳の方法

龍渓が記述の根拠を示す仕方は、例えば次のごとくであった。

此ノ老執事ハ更ニ言葉ヲ改メテ言ヒケルハ

私事ハ御先代彼方倶《ヒポクレテス》君ノ御時ヨリ愛顧ヲ蒙リ、久シク御当家ニ御奉公致セシカ（中略）郎君ハ何事モ御先代ヨリハ遙カニ優リ給フ如ク申セトモ、唯御家計ノ一事ニ於テハ幾分カ劣リ給フ如ク存スル事モ尠カラス。其ノ子細ハ郎君ノ余リ慈善ニ過キ給ヒ、他人ニ施捨スル事ノ多キヨリ、御家計ニ差響キヲ生スル程ニハアラ子《（ネ）》トモ《ニ》、御先代ニ比較スレハ早ヤ余程ノ財産ヲ減ラシ給ヘリ。願クハ此ノ后ハ少シク尊慮ヲ止メラレンコトヲ（ニノ一節ハ須氏ノ希臘史）又国中ノ名門大族ヨリ御家ト《ニ》縁組ヲ願フ者少ナカラ子《（ネ）》トモ、未タ是マテ一モ御承引ナク独身ニテ過キ給フハ、誠ニ心細ク存スルナリ（後略）

ト若《ワカ》キ主人ニ忠告スルハ老《オヒ》ノ常トソ知ラレケル。主人ハ面《オモテ》ヲ和ケ之ヲ慰喩シテ云ケルハ

如何ニモ施捨ノ為メニ幾分ノ家産ヲ減セシナルヘシ。然レ𪜈余ハ家産ヲ濫費スル者ニ非ス、唯癈疾孤寡《ホ》ノ如キ自ラ衣食スル能ハサル者ヲ賑恤セルノミト覚ユルナリ。余等ノ如キ肢体強健ナル者ハ財産モ然マテ其ノ身ニ急ナラサレハ、賑恤ノ為ニ少シク之ヲ減セシトテ然マテ憂ルヿハナシ。又斯ル事ニ施捨スルハ地下ノ祖先モヨモヤ不埒ナリトハ思ヒ玉ハサルヘシ。然リ乍ラ汝ノ言モ捨テ難《ホ》ケレハ、以後ハ施捨ヲ慎ムヘシ決シテ憂フルヿ勿レ（以上巴氏ノ答辞ハ志氏ノ希臘史）。又婚娶ノ事ハ些カ思フ子細

アレハ猶ホ暫シノ猶予ヲ頼ミ入ルナリ

ト只管《ヒタスラ》此ノ老執事ヲ慰メケル（前篇第三回。句読点は亀井。以下同じ）

この物語の第一回は、紀元前三九四年頃に時代を設定して、齊武《セーベ》の一老教師が阿善《アゼン》の危機を救った格徳王《コドリユス》と士良武《スラスブリユス》という二人の賢王義士の事蹟を語って聞かせ、巴比陀《ペロピダス》と威波能《イパミノンダス》と瑪留《メルコー》という少年の三人三様の感奮の仕方を描いた章であるが、この三人がのちに齊武の民政と国権を回復する中心的な人物となる点で、これは全篇の序章と言うべきであろう。第二回はそれからおよそ一二年後の紀元前三八二年のギリシャ列国の形勢を説明し、そして第三回は同年の八月一二日、セーベの親斯波多《プロスパルタン》派の総統官、令温知《レオンチアデス》がスパルタの将軍法美《ホービダス》の率いる軍勢をセーベ城内に手引きし、占領させてクーデターを起した経緯を描いたのであるが、右に引用したのは、クーデターを知る直前のペロピダスと老執事との会話の箇所であり、それによってかれの人となりを紹介したわけである。

ペロピダスが貨殖の道には無頓着な、高潔な士であったことは、『プルターク英雄伝』（*Plutarch's Lives*）に紹介されている。ただし前篇を書いた時点では龍渓はまだ『英雄伝』の英訳本を入手していなかったらしく、前篇の引用書目としてあげたのは次の八種類のギリシャ史であった。

一　具朗杜（George. Grote）氏著希臘史／右千八百六十九年出版　十二冊
一　慈児礼（John. Gillies）氏著希臘史／右千八百二十年出版　八冊
一　志耳和児（Connop. Thirlwall）氏著希臘史／右千八百三十五年出版　八冊
一　格具（George. W. Cox）氏希臘及ヒ羅馬ノ古代／右原書日耳曼千八百七十六年出版　一冊

一　須密（William. Smith）氏希臘史／右千八百七十年出版　一冊
一　防是新（Bojesen）氏著希臘史／右千八百七十一年出版　一冊
一　遇杜律（Goodrich）氏著希臘史／右千八百七十七年出版　一冊
一　知杜礼（Tytlers）氏著万国史／右千八百六十六年出版　一冊

つまり先の引用における（　）内の須氏ノ希臘史はW. Smith の *A History of Greece* を指し、志氏ノ希臘史はC. Thirlwall の *A History of Greece* を指し、そして本文の左側に附したニやホの記号の箇所が、これらの著書から採った記述であることを示しているのである。

それ故右の引用からだけでも推測できると思うが、あの会話場面そのものは龍渓の創作であり、スミスのギリシャ史に老執事は出て来ない。ペロピダスの無頓着を諫めたのは友人たちであって、しかもクーデターの災禍を避けてアゼンに亡命中のことであった。老執事はペロピダス家の将来を案じて結婚をすすめたことになっているが、サールウォールのギリシャ史によればすでにかれは高貴な家の娘と結婚していたのである。このような全体的な虚構のなかに二人の記述がどのようにデフォルメされて採り入れられたか、念のため英文のほうも引用してみたい。

Pelopidas took the lead in the plans now formed for the liberation of his country, and was the heart and soul of the enterprise. Rebuked by his friends on account of his carelessness, he replied that money was certainly useful to such as were lame and blind. (W. Smith)

Pelopidas was of noble birth, inherited an ample fortune, and enlarged his connections by an honourable marriage. He was wholly possessed with an ardent desire of action and glory, conscious of abilities equal to the loftiness of his aims, and valued the advantages of his rank and wealth only as they might be subservient to a generous ambition, in which his own elevation was not distinguished from his country's greatness. (C. Thirlwall)

分かるように、ペロピダスの、金銭は身体に障害を持つ人たちにこそ必要なのだという意味の言葉は、スミスのギリシャ史のほうに見られるのであり、また内容的に対応する表現もこの言葉だけであった。サールウォールの説明によれば、ペロピダスは無私な大志の実現に役立たせうるかぎりでのみ、自家の門地と富に重きを置いたにすぎない。国家の興隆を別にして自身の昇進栄誉を望むようなことはなかったのだが、龍渓によってそれは「又斯ル事ニ施捨スルハ地下ノ祖先モヨモヤ不埒ナリトハ思ヒ玉ハサルヘシ」という言葉に変えられている。これは何段階かの解釈を経た意訳と言うべきであろう。

だが見方を変えれば、このようにその人格を象徴する逸話《アネークドーテ》のなかの科白《ことば》は、かならずしも強い場面的拘束力をその歴史家（または作者）に持たないのである。この逸話は『プルターク英雄伝』の「ペロピダス伝」に淵源を持っていたと思われるが、ここではまずかれの人柄を紹介するために、公共への奉仕に没頭して財産が損なわれるのを顧みなかったと説明され、友人との問答は、John Longhorne と William Longhorne による英訳本 *Plutarch's Lives*（1869）によれば、

And when his friends admonished him, that *money which he neglected was a very necessary thing; It is necessary indeed,* said he, *for Nicodemus there,* pointing to a man that was both lame and blind.

となっていた。スミスはそれをアゼン亡命中の会話とし、G. Grote の *A History of Geece* の場合は、ペロピダスの果敢な戦死を述べたところで、「かれはセーベ沈滞の時期に同国人を勇気づけた第一の人物であり、愛国者としての叡知と友人としての無私寛容を以てイパミノンダスが自己に卓越した地位に就くべく尽力を惜しまなかった」と、言わば碑文《エピタフ》的な讃辞のなかに吸収している。較べてみれば龍渓のほうがかえって原話に近い描き方をしていたと言えるだろう。つまりこういう人格上の核概念《コア・アイデア》をどんな時点で明かすかはプロットの問題なのであって、龍渓はそれを報恩物語の伏線としていた。ペロピダスはセーベからの亡命の途中でスパルタ兵の矢に射られ、橋上からパルネス川の激流に落ちてしまうのだが、気絶して流されてゆくところを老漁夫の網にかかって救われる。この老漁夫がペロピダスを見知っていたのは、かつて夫婦ともに病床に苦しみ、その上長男に先立たれていよいよ貧窮に迫まられた時、「如何ニシテカ知リ給ヒケン君ノ御家ヨリ若干ノ恵賜ヲ被リケレバ……今日マデ斯ク存命《（ナガラ）》ヘテ」という経緯があったからであり、こののち老夫婦の次男安重《アンジユウス》がペロピダスの従者となり、一たんは老夫婦のもとに帰るのだが、セーベの獄中に囚われていたイパミノンダス救出の密計を遂行することになるのである。これがあの核概念の虚構的な展開であることは言うまでもない。

それに対して場面的拘束を免れえない科白《ことば》というものがある。比留利《ヒルリダス》の家の酒宴に招かれた、親スパルタ派の重鎮の一人阿留知《アルチアス》のもとへ、ペロピダスたちの暗殺計画を探索した密書がとどき、さてはペロピダスたちの民政回復の宿望は水泡に帰してしまうのかという緊迫した場面となるのだが、すでに酩酊したアルチアスは「大切ノ書状ハ明日ノ事ナリ（"business to-morrow"）（阿留知ノ辞ハ倶氏ノ希臘史）」と言ってふところに収めてしまった。この科白はグロートのギリシャ史では“Serious matters for to-morrow”となっており、正しくは「遇氏ノ希臘史」(S. G. Goodrich, *A Pictorial History of Greece*) とすべきであったが、ともあれこの科白は永らくギリシャの諺《プロバーブ》となったということで、“Serious matters to-morrow” (W. Smith) とか、“Let business wait until to-morrow” (C. Thirlwall) とかというように微妙な違いを見せながら、いずれも同一の場面に使われていた。民政と国権を回復したペロピダスは、神武軍 (Sacred band) というセーベ最強の軍隊を率いて各地で武勲を立てたが、スパルタの大軍と遭遇した時、一人の兵士が「今日コソハ、我々敵ノ手中ニ陥レリ (“We are fallen into our enemy’s hand” 弗氏)」と叫んだのに対して、即座に「敵コソ、我々ノ手中ニ墜チザルヤ (“and why not they into our’s ?” 弗氏)」と切り返して、部下の戦意を振い立たせた。これは後篇第八回のエピソードであるが、龍渓は後篇に着手する以前には『プルターク英雄伝』の英訳本を入手しており、弗氏とは Plutarch (龍渓の訓みはプリューターチ) の略記であった。この有名な科白もまた同一の場面とともに各種のギリシャ史に採られている。野戦を得意とするスパルタ軍がはじめて、しかもより劣勢なペロピダス軍と正面衝突して敗れたという点で、スパルタの権威失墜とセーベの興隆とを象徴する科白だからである。

このように一口に逸話と言っても場面的拘束から相対的に自由なものもあれば、場面そのものと切り離せない場合もある。後者はおのずから事件の時間的な継起に従って配列せざるをえないのだが、前者は任意の時点を選ぶことができ、その意味での可変項と言うことができるのである。『英雄伝』のペロピダスの科白における‘lame and blind’はニコデマスという特定の人物を指した形容だったにもかかわらず、一九世紀のギリシャ史家はニコデマスを捨象して身体障害者一般に変えてしまい、龍渓はさらに「癈疾孤寡ノ如キ自ラ衣食スル能ハサル者」にまで拡張して、挿話配列の位置を変えていったのであった。

いま歴史叙述の方法を事件配列のレベルでとらえるならば、龍渓の参照したギリシャ史家たちは大むね時間的な前後関係に従っていた。前後関係を変えるのは焦点が二つ以上あった場合であって、例えばセーベの国権回復後の軍備の拡充とスパルタ軍との会戦を記述した後に、焦点をスパルタに移してペロピダスたちからセーベ城を追放された占領軍の指揮官が帰国後どのように処罰されたかに言及し、スパルタがさらに大軍をセーベに向けて発進させた経緯を語るというやり方だった。G・ジュネット[2]のいわゆる〈単記法〉がその基本だったと言えよう。場面的拘束の強い挿話もこの基本に従わざるをえず、相対的に自由な挿話といえども一たんその配列のなかに置かれてしまえば、外見上は〈単記法〉内の一挿話でしかありえないのである。だがジュネットのように一つのテクストを固定的にとらえた上で、物語内容たる事件の時間的順序と、物語言説のレベルにおける順序の入れ替えのパターンを〈先説法〉や〈後説法〉に分類するのではなく、以上のごとく先行テクストの配列法の変更という面からとらえ直してみるならば、この可変項たる、相対的に自由な挿話こそが物語性の主要なファクターであることが分かるだろう。貨殖に無頓着で身体の不自由な貧しい人に施し物をするのが常だったという〈括復法〉的なくり返しの習慣が、まさにその時友人から非難されるという一回性の出来事に圧縮要約されて性格の強調に機能するとともに、〈単起法〉的な事件継起に特別な時間の厚みを与える。だが、それだけではない。この可変項を零《ゼロ》にしたり、あるいは幾つかのヴァリエーションを作って何回か〈単記法〉の事件配列のなかに挿入したりする場合を想定してみれば分かるように、その挿入の位置とヴァリエーションの回数によって叙述法《ナラティヴ》の性質が全く変わってしまうのである。龍渓の参照したギリシャ史は、ペロピダスの家政無頓着とともに、かれとイパミノンダスの友情に言及することが多く、『英雄伝』はその理由を、かつて二人がスパルタのアゲシポリス王の指揮するマンティニアの戦闘に加わった時、重傷を負ったペロピダスをイパミノンダスが身を挺して救ったからだと説明した。グロートは二人が神武軍の指揮官となった経緯にふれた記述に註を附して、しかし紀元前四〇四年のアゼン占領以後、セーベ軍がスパルタ軍と協力した戦争の事実はないではないか、とその説明に疑問を提している。それも重要な問題だが、私がこの友情もまた可変項の一つだとみる理由はそれと次元が異る。ペロピダスから親スパルタ派暗殺の計画に誘われたイパミノンダスは、暗殺という手段はその目的にふさわしくなく、無関係な市民を巻き込んで流血を強いる怖れがあるという理由で参加をことわってしまうのだが、一たんペロピダスが決行するや、言わば私兵軍を組織して協力に馳せ参じた。友情の記述をこの時点に持ってくることも可能だったという意味で、それを可変項的な挿話とみるのである。もしこの可変項を零にしてしまったならば、のちにヒーリー王アレクサンドルに囚われたペロピダスの救出に向ったイパミノンダスの行為は、全くちがった意味を帯びることになるであろう。

ところで龍渓は後篇の凡例で先行テクストの踏まえ方に二つのパターンがあったことを明かしていた。一つは「正史ヲ以テ大綱ト為シ其ノ細目ヲ補述スル」場合であり、二つには「細目ヲ正史ニ取リ其ノ大綱ヲ補述スル」場合であって、先ほどの老執事とペロピダスの会話は第二の例だと言えよう。第一の例はしかしここでは引用を省略する。歴史上の事件をクロニクルに従って記述し、「奸党政府ヲ覆セシ全節ハ具氏慈氏ノ希臘史」(前篇第四回)とことわっているようなところがそれに当り、特に検討すべき点はないからである。

ただそれとは別に指摘しておきたいのは、龍渓ははじめから民主制を主張する反スパルタ派を正党、寡頭政治を標榜する親スパルタ派を奸党と決めてしまったことである。このアプリオリな規定は、ホービダスの率いるスパルタ軍がなぜセーベ城外に野営することになったのかをほとんど説明していないことと相俟って、「奸党」のクーデターがあたかも事前の策謀によるものであったかのごとき印象を与える。近世読本的な勧善懲悪の構図があらかじめあてはめられていたのである。それならばこれはかれが参照したギリシャ史に全く根拠がなかったのかと言えば、かならずしもそうではない。

That the Lacedæmonians should at the same time condemn Phœbidas and retain the Kadmeia—has been noted as a gross contradiction. Nevertheless we ought no to forget, that had they evacuated the Kadmeia, the party of Leontiadês at Thebes, which had compromised itself for Sparta as well as for its own aggrandisement, would have been irretrievably sacrificed. The like excuse, if excuse it be, cannot be urged in respect to their treatment of Ismenias; whom they put upon his trial at Thebes, before a court consisting of three Lacedæmonian commissioners, and one from each allied city. ………But there is something peculiarly revolting in the prostitution of judicial solemnity and Pan-Hellenic pretence, which the Lacedæmonians here committed. They could have no possible right to try Ismenias as a criminal at all, ………

これはグロートが反スパルタ派の重鎮イスメニアスの裁判にふれた箇所であるが、スパルタ政府がセーベ城を占領したホービダスを処罰したにもかかわらず、そのまま軍隊をセーベに居据わらせてしまった矛盾をまず指摘する。その上で、たとえスパルタ軍がセーベを明け渡したとしてもそれを手引きした親スパルタ派のレオンチアデスの行為は許しがたいとし、さらにイスメニアスの裁判がスパルタとその同盟都市の法官たちの前で行なわれたことを非難したのである。これはもちろん他国の司法権を犯す行為だからで、スパルタにセーベの総統官を裁く権限はない。それ自体は正当な道義観からの非難と言えるが、しかしスパルタの犯した司法の尊厳の堕落と、汎ギリシャ的な立場による裁判という見せかけには何か特別に不快感を催させるものがある、という激しい口調は、更にある過剰な情動を感じさせる。あたかもセーベという現世で演じられた、天上的な善と陰府の悪との葛藤を見ぬいたかのごとき口ぶりである。そればかりでなく、レオンチアデス一味は二度と甦りえぬようにカデミーの神に生贄として捧げられねばならぬ、と言わんばかりの非難は、のちにペロピダスたちがレオンチアデス一味を暗殺する凶行を正当化する機能を果していたのであった。

アメリカの一九世紀の修辞学者、A・D・ヘップバーンは『英語修辞法便覧』(*Manual of English Rhetoric*, 1875)の中で、「歴史家は人間的感情、とりわけ善の賞賛と悪の非難という道徳的感情を備えていなければならない」という意味のことを語っていた。その言葉が示すように、一九世紀半ばの歴史家に期待されていたのは不正に対する怒りと、善や高貴さへの共感という「健全な」道徳的感情であり、それはかならずしも偏見のない認識ということとは矛盾しなかった[3]。そういう感情を欠いた、いわゆる「客観的」な叙述は科学《サイエンス》のものでこそあれ、けっして歴史というナラティヴのものではなかったのである。右のグロートの表現はそれ以上に過剰なものを感じさせるが、当時としてはむしろ歴史記述の必要条件に従ったまでのことと考えられていたはずで、龍渓にとっても受け容れやすかったのであろう。そういう善悪葛藤の図式が見えればこそ勧善懲悪的な構図を使った政治小説へと作り変えることができたのである。

龍渓にとって「正史」とはそういう道義的評価を含むものであったらしい。見方を変えれば、その道義的評価を正党奸党の対立図式に変えることもまた纂訳のなかの「翻訳」的な解釈の一つだったということになるわけだが、纂訳という点ではさらにもう少し微妙な問題を孕んでいる箇所がある。龍渓自身は特にその典拠を明示していないにせよ、古代ギリシャの建築や風俗、女性の地位などの紹介は当然文献を参照してのことであろう。ただここで言う微妙な箇所とは龍渓が作った虚構の人物、その意味では補述に属する登場人物の場合であっても、ある程度そのモデルが推定できる人間についての表現である。その代表例と言えるのは、後篇に登場する平邪《ヘージアス》という人物であった。

かれはアゼンの南部サラミー島の貧しい家に生れ、学才を以て小学校の教師となったが、性格は勁烈剛毅、弁論に長じ、しかし「若シ其レヲシテ民福ヲ増スニ意アラシメハ誠ニ一廉ノ人物ナルベキニ、惜ヒカナ此人ハ人民ノ患害ヲ除クノ心ヨリ寧ロ一身ノ功名ヲ謀ルノ志熾ニシテ、又政治上ノ仕組ヲ発明スルニハ特ニ鋭敏ノ才アレ𪜈其ノ目的トスル所ハ現在社会ニ存スルノ患害ヲ除クニアラスシテ唯自家ノ胸中ニ美麗ナル社会ノ雛形ヲ想造シ、其ノ一時ニ行ハレ難キニモ拘ラス此ノ美麗ナル雛形ノ如ク現在ノ社会ヲ改造更革セント欲スルニ在リ」。こういう観念主義のためにアゼンを追放されるのだが、のちスパルタの亜世刺王《アゼシラウス》の後援を得て祖国にもどり、「乱ヲ好ム細民」の耳に入りやすい極端な平民主義を唱えて「乱党」を組織し、ついにアゼンの独裁者となってしまうのである。

この物語の時代にヘージアスのような人物がアゼンに活躍したという歴史記述はみられないが、それより三〇年ほど前、アルキビアデスなるしたたかな政治家が出現した。アゼンの民主派と寡頭制派との葛藤に乗じて亡命先から帰り覇権を握った経歴は、ヘージアスのそれと共通する。かれは名門富裕の家に生れ、才能に恵まれてソクラテスに愛されたが、門閥と家産を自己一身の虚栄にしか用いようとせず、ソクラテスもその驕慢を矯めることはできなかった。サールウォールはこんなふうにかれの性格と、結局はかれが影響を受けることになったソフィストたち——ソクラテスの対立者とサールウォールはとらえていた——の思想を以下のように描いている。

The love of pleasure was always strong in him, but never predominant; even in his earlier years it seems to have been subordinate to the desire of notoriety and applause, which gradually ripened into a more manly ambition. But his vanity was coupled with an overweening pride, which displayed itself in a contemptuous disregard for the rights and feelings of others; and often broke through all restraints both of justice and prudence.

They offered their instructions to all who, possessing a sufficient capacity, regarded the pursuit of fame, wealth, and power as the great business of life; and undertook to furnish them with the means of acquiring that ascendancy over the minds of men, which is readily yielded to superior wisdom and virtue, by the simple force of words. As according to their view there was no real difference between truth and falsehood, right and wrong, the proper learning of a statesman consisted in the arts of argument and persuasion by which he might sway the opinions of others on every subject at his pleasure; and these were the arts which they practised and taught.

せっかく衆に抜出た才能に恵まれていたにもかかわらず、おのれの虚栄と野心のためには他人の権利や感情を無視してしまう傲慢さと、弁舌一つで民心を動かしうるという自負の点で、ヘージアスとアルキビアデスは同一のタイプであった。これまでの研究は、龍渓が、自己の観念的な雛型《モデル》を社会に押しつけようとする人間の危険を描いたことを、フランス大革命のイメージを借りて同時代の自由党左派の逸脱を警告しようとしたもの、と解釈してきた。たしかに一理も二理もある見方ではあるが、ヘージアスのような煽動家《デマゴーグ》の問題はやはりギリシャ史から学んできたとみるのが妥当だろう。ただヘージアスとアルキビアデスとの生い立ちはおよそ対蹠的であって、後者はむしろペロピダスと共通するが、門地と家産に対する心がまえの点ではこの両者が対照的だったことも龍渓は念頭に置いていたと思われる。ペロピダスの盟友イパミノンダスはピタゴラス派の哲学者リシスに学んだが、龍渓は獄中のソクラテスになぞらえていた。名門に生れた人間の徳をペロピダスに与え、ソクラテスの哲理をイパミノンダスに託し、アルキビアデスをその二人とは対照的なヘージアスに変えていったと判断できるのである。

ただしアルキビアデスは当時の極端な民主主義的熱狂によって若くして将軍となり、スパルタと戦って敗れ、のちにその敵国に亡命するのだが、煽動家としての風貌はさほどあざやかではない。その亡命期間の一時期、アゼンではアンチホンという人物が、寡頭制派の策謀と定見のない民衆を巧みに利用して権力を握った。――『経国美談』にも安知本《アンチホン》なる人物が登場するが、これは別人物でもちろん役割も異なる――ヘージアスはかつて「共議政ヲ主張シ代議政ヲ非難シ（中略）旧来ノ五百名会ヲ廃シ全ク人民各自ノ共議政ト更メ」ようとしたが、政争に敗れて亡命したのちはやや慎重となり、帰国後は「臨会スル村邑ノ総人民ニハ必ズ国庫ヨリ公費ヲ以テ日当ヲ与フベキ」ことや、「政論場ニ多数ヲ占ルノ意望ハ則チ之ヲ法律ト見做スモ可ナリ」というラジカルな直接民主主義を主張して民衆の心をつかんだ。グロートは亡命先から帰国したときのアルキビアデスの姿と、アンチホンの権力操作をこんなふうに描いている。

Relieved, substantially though not in strict form, from the penalties of exile, Alkibiadês was thus launched in a new career. After having first played the game of Athens against Sparta, next that of Sparta against Athens, thirdly that of Tissaphernês against both—he now professed to take up again the promotion of Athens interests. In reality, however, he was, and had always been, playing his own game, or obeying his own self-interest, ambition, or antipathy.

Antiphon, about to employ this anti-popular force in one systematic scheme and for the accomplishment of a predetermined purpose, keeps still within the same ostensible constitutional limits. He raises no open mutiny; he maintains inviolate the cardinal point of Athenian political morality—respect to the decision of the senate and political assembly, as well as to constitutional maxims. But he knows well that the value of these meetings, as political securities, depends upon entire freedom of speech; and that if that freedom be suppressed, the assembly itself becomes a nullity—or rather an instrument of positive imposture and mischief. Accordingly he causes all the popular orators to be successively assassinated, so that no man dares to open his mouth on that side; while on the other hand, the anti-popular speakers are all loud and confident, cheering one another on, and seeming to represent all the feeling of the persons present. By thus silencing each individual leader, and intimidating every opponent from standing forward as spokesman, he extorts the formal sanction of the assembly and the senate to measures which the large majority of the citizens detest. That majority however are bound by their own constitutional forms. ……… Antiphon thus finds means to employ the constitutional sentiment of Athens as a means of killing the constitution; the mere empty form, after its vital and protective efficacy has been abstracted, remains simply as a cheat to paralyse individual patriotism.

私利私欲と野心のために国と国とを戦わせながら、一度追放されるや、反感と怨恨を抱いて帰ってきた男、一方ではテロリズムの恐怖政治を布きながら、他方では有名無実化した元老院や議会を利用して多数意見による裁可という合法的手続きを装って、党派的利益をのみ拡充しようとする危険な「平民主義者」、そういうネガティヴな視点から龍渓はヘージアスの像を組み立てていったのである。この男がペロピダスの恋人令南《レヲナ》を殺してしまう。いや正しくは、ヘージアスに煽動された「乱党」が、スパルタ軍接近の危機に直面し、セーベとの同盟を説く純正党の阿慈頓《アリストジートン》を殺害し、さらに血に飢えて純正党の李志《リシス》の屋敷を襲い、その娘のレヲナまでも犠牲にしてしまったのである。すでにふれたごとく歴史上のペロピダスには妻子がいたのだが、龍渓は独身に設定し、アゼン亡命中に身を寄せたリシスの家の娘と互いに想い合う関係に「補述」していった。そのレヲナをヘージアスの徒党に殺させるという形で、ペロピダスとヘージアスとの対照性を敵対関係にまで強めていったのだと見ることができる。この時代より一〇〇年ほど前、ヒッピアスとヒッパルカスという兄弟がアゼンを治めていたが、ヒッパルカスがハーモジュウスの妹を傷つけたため、かれと友人のアリストジートンはヒッパルカスを殺してしまった。残ったヒッピアスは悪しき専制君主《タイラント》と化し、弟殺しの秘密を探るためレヲナという女性を拷問にかけるが、レヲナは舌を嚙んで自害する。ここから龍渓はレヲナという名前を借りてきたのであろう。

こうしてみると纂訳と補述との境界はひどく曖昧だったことになるが、ヘージアスの場合こそ纂訳の纂訳たる所以をよく現わしていたと見ることも出来る。一種類のテクストをほぼ逐語訳的に別な国の言葉に移し替えることだけを翻訳とする固定観念を棄ててみれば、龍渓の纂訳は、何種類かのテクストから切り取った章句《ピース》を適宜に混配して日本語に改めるやり方としてとらえ直すこともできるが、これもまた翻訳の一つだったと言えよう。私たちの外国文化の受容の仕方としては、むしろこのほうがより一般的でさえある。そしてそれぞれの章句《ピース》の扱い方には直訳もあれば意訳もあり、けっして一様ではないのである。

ただし龍渓がこの混配を自分のテクスト内に明示できたのは、歴史的事件を言説内容とし、個々の出来事の前後関係が言わば客観的に決まっていたからにほかならない。当然のことながらここでは、ペロピダスたちの民政回復をスパルタ軍のセーベ占領以前に語ることはできても、前者の出来事が後者よりも先に起ったと時間的な順序までも変えてしまうことはできない。換言すれば〈先説法〉や〈後説法〉の前提として事実レベルでの順序を想定し、龍渓はそれを踏まえながら個々の出来事に関する章句《ピース》の混配を自在に行なっていたわけである。この見方からすればヘージアスの場合もその一ヴァリエーションだったことになる。ホービダスのスパルタ軍がレオンチアデスの手引きでセーベ城内に入った出来事を、かれは少くとも三種類以上のギリシャ史の章句《ピース》を編集して再構成したのだが、ヘージアスの場合は、アゼンの市民がスパルタの脅迫に屈し、ペロピダスたちを後援した二人の将軍を処刑した（ただし一人は処刑以前に逃亡）という「事実」を核として、それより半世紀近く前のアルキビアデスやアンチホンに関する章句《ピース》を配合したのである。これもまた纂訳に数えてさしつかえないであろう。

　同時にそれはまたペロピダスの家政無頓着と同様、いやそれ以上にこの物語のなかの可変項的な機能を担っていた。アゼンの民主制の不安定な体質と煽動家《デマゴーグ》の出現は切り離せない現象だが、いつどこで誰にそれを演じさせるか。かならずしもそれはセーベの民政回復直後、スパルタがアゼンに大軍を差し向けて反セーベ同盟への参加を強制した時点である必要はない。レオンチアデスたちは権力掌握後、ペロピダスたちを亡きものにしようと刺客をアゼンに潜入させ、亡命派の重鎮の一人安度具《アンドロクリダス》を殺したが、それとオーバーラップさせてもよかったのである。あるいはヘージアスを仮構して一挙に「乱党」による無政府状況を爆発させるのでなく、ライトモチーフのように小事件をくり返し織り込んでゆくことも出来たであろう。その反対にそういう時代背景的な記述を一切行なわないこと（零項《ゼロ》化）も可能であり、いずれにせよこの可変項をどう扱うかによって基本的な事項の関係と意味づけは微妙に変わってくるのである。

とするならば、次に検討しなければならないのはヘイドン・ホワイト(4)のいわゆるプロット化と言語的情報処理法則《リンギスティック・プロトコール》との問題であるが、これは次の文体の問題とともに考えてみたい。

2　補述と文体

龍渓は歴史と小説とを、事実と虚構、真実と虚偽というように二項対立化させる発想を持たなかったように思われる。これは参照したギリシャ史の記述をまったく「事実」として疑わなかった態度と矛盾しなかった。どのギリシャ史もペロピダスが家政に無頓着だったと書いてある以上、それは「事実」でなければならなかった。そういう伝承のオリジナルを探し出し、オリジナル自体が含んでいたかもしれない美化や誇張を疑いつつ「真相」を追及するという「科学」的な懐疑主義とは無縁だったのである。

しかしこれを素朴とか未熟とかと言うのは早計だろう。坪内逍遙は『小説神髄』で、「近《ちか》きころ矢野文雄《やのふみを》大《う》人《し》の簒訳《さんやく》せられし経国美談《けいこくびだん》といへる書《ふみ》ハ智《ち》と徳性《とくせい》と情緒《じやうちよ》とを三俊傑《さんしゆんけつ》に擬《ぎ》したるなりとある博識《ものしり》が評《ひやう》されたり此事《このこと》はたして然《しか》らんにハあまり面白《おもしろ》きことゝハ思《おも》はず何《なん》となれバ彼《か》の以《ゐ》パミノンダス辺《べ》ロピダスの輩《やから》ハ現《げん》に正史中《せいしちう》の人間《にんげん》にて仮設《かせつ》の人物《じんぶつ》にあらざれバなり」と批判した。多分この「博識《ものしり》の評《ひやう》」は後にふれる藤田鳴鶴の尾評を指し、もしそうならば逍遙はほとんど故意に矮小化したことになるのだが、それはともあれいま注意したいのは、逍遙が正史中の人物の描き方に小説とは違う基準を設けようとした点である。虚構の人物にすら道徳の鋳型をはめることに反対した逍遙のことだとて、これは当然の判断と言えるが、こと歴史に実在した人物に関しては、先天法（または演繹法、予め用意した性格概念で作中人物の言動を作り出す方法）で描いてゆくことさえも批判したのである。ところが龍渓にとってそういう区別は考慮の外であった。敢為のペロピダスと智謀に長けたイパミノンダスはたしかにかれの参照したギリシャ史においてセーベ回復と対スパルタ戦との主役《リーデングアクター》であったが、これに血気の木強漢メルローを配する。このメルローはペロピダスの暗殺決行に参加したMellonという人物をモデルにしたと思われるが、Mellonは名前が出て来る程度でその性格を読み取れるほどくわしくは記述されていない。(5) 龍渓のメルローはその名前だけを借りた虚構の人物と言うべきだろう。馬琴の『八犬伝』は『水滸伝』の豪傑百八人から百人を差し引いて人物類型をより明確にしたキャラクターシステムだったが、龍渓はさらに果断、思慮、単純という三類型にまで煮つめつつMellonの役割を大きくしてゆき、にもかかわらずそれによって正史の事実性が損なわれてしまうとは考えていなかった。これは歴史の言説と小説のナラティヴの類縁性を認めていた証拠であり、しかもそれを縫い目なし《シームレス》の形に隠蔽するのでなく、一方では典拠を明示し、他方ではキャラクターシステムを露呈させながら縫合の手口をも読み取らせようとしていたのであった。

　その点でかれがきわめて意識的な方法家だったことは、次のように、自分が依拠している物語《ナラティヴ》のパラダイムを対象化できていたことからも分かる。アゼンに亡命中のペロピダスとメルローはリシスの家に身を寄せていたが、娘のレヲナは当時の風習に従って「喪祭ノ如キ大礼ノ時ニ非サレハ女子ハ男子ト共ニ交ルヿナク平常ハ唯家内ノ婦人房ニ屏居シ極メテ親交ノ人《リ》ニ非ラサレハ男子ト談話スル事稀ナリ」（リノ一節ハ格氏ノ希臘史）。だがその年も暮れて、次の春がめぐってきた。

　両人ハ空シク歳月ノ過クルヲ憾ム中ニモ次第ニ此家ノ男女ト親好ヲ生シ、今ハ主人ト両人カ晩餐ノ席へ此家ノ女子令南ヲモ共ニ列セシムルヿアリ。又時トシテハ其父ノ命ニ従ツテ令南ハ両人ノ為メニ音曲ヲ奏スルヿモアリケリ。今傍ラヨリ之ヲ見レハ巴比陀ハ優美ナル俊秀ノ名士ナリ。令南ハ容姿端正ナル絶世ノ佳人ナレハ、恰モ是レ一対ノ伉儷、得難キノ匹偶ニテ相思ノ情縁ハ定メテ両人ノ間ニ生スヘキカ如ク思ハルレトモ、巴比陀ハ其ノ一心唯本国回復ノ一事ニ在テ未タ他事ヲ思フニ暇アラス。又令南ハ懐春ノ年紀ナルモ家訓甚タ厳正ナルカ故ニ毫モ想恋ノ情ナシ。今若シ二人ノ有様ヲ評スレハ自動ノ活機ヲ具ヘタル男女一対ノ偶像ニ異ナラス。仮令ヒ其レヲシテ恰好ノ伉儷ナラシムルモ肝腎ナル相思ノ情ナキヲ如何セン（第七回、傍点は亀井）

「今傍ラヨリ之ヲ見レハ」以下は、近世の読本や人情本を念頭に置いた表現とみてさしつかえない。というのは、これほど絵にかいたような才子と佳人の出合いがあった以上、近世の物語においてはかならず互いに一目惚れ、親の眼を盗んで密会を重ねたり、あるいは想いを深く胸中に秘めて晴れて結ばれる日のために身を慎んだり、いずれにせよ直ちに相思相愛の仲に陥るべき場面だからである。その意味で「今傍ラヨリ之ヲ見」るとは、そういう近世的な恋物語の典型的な場面として対象化してみれば、という批評的視点の提示であった。ことさら近世的物語の常套的な場面を作っておきながら、しかしペロピダスは祖国回復にのみ心を奪われ、レヲナは家の訓えが厳しくて異性への関心を抱くことなぞ思いもよらず、「肝腎ナル相思ノ情ナキヲ如何セン」と、いわば読者の「期待の地平」をはぐらかしてみせたのである。

　だからと言って、しかし龍渓は「期待の地平」たる恋物語の約束を全く否定してしまうつもりはなかった。レヲナは父親がペロピダスの人格識見をしきりに賞賛するのを聞くにつけても「崇敬ノ心ハ遂ニ漸々ト愛慕ノ情ニ」変わってゆく。ペロピダスはレヲナの機転で刺客の難を危うくまぬがれたお礼を言おうとして、「熟〻ト令南ノ容貌風采ヲ見ルニ、春花秋月モ其妍麗ヲ羞ツヘキ絶世ノ佳人ニシテ、今マテハ然程ニモ思ハザリシ其人ノ何故ニ斯ク今日ニ限リ我ガ心腸ヲ断タシムルヤ、必竟ハ其人ノ厚意ヲ感スルノ余リ斯クハ愛着ノ心ヲ生シタルカト、此ニ初メテ愛慕ノ情ヲソ発シケル」と、ようやく一人の好ましい異性としてレヲナを意識するようになったのである。このような恋情の意識化の時間の導入が、近世的な一目惚れのパターンに対する批判だったことは言うまでもないが、いずれにせよ相愛の仲にまで進ませたことでは「期待の地平」を裏切っていなかった。厚意への感謝が愛情に変わる心理的なプロセス自体は、今日からみてとくに目新しいところはない。夏目漱石以降はもう少し凝った意匠を纏い、何らかの抑圧が働いて自分の意識に隠されていた恋情が、離別や思いがけぬ再会などのクリティカルな瞬間にはっきりと自覚される展開となり、それ以来二人はこの「真実な」感情に忠実たらんとして世俗の常識と葛藤をかもして生きてゆくことになる。戦後文学に至って、その恋情の根源が時には近親相姦的な願望の転移されたものとして、一そう深刻に「深層」心理化されてきたわけだが、見方を変えれば、要するに精神的傷痕《トラウマ》と自己同一性《アイデンティティ》の回復という近代的な主体性神話《サブジェクト・イデオロギー》を蔽うための恋愛パラダイムが出来上ったにすぎない。戦後の文学研究、とりわけ評伝的研究はそういうパラダイムに深く冒されており、その眼でみれば龍渓が作った「意識化の時間」による恋愛心理のプロットはあまりにも素朴で表層的でしかなかったことになるだろう。だがいま注意しておきたいのは、先のような仕方で近世以来の類型に安住している同時代の実録小説や政治小説の恋愛パラダイムと自分の流儀とを差異化したこと、しかもその「意識化の時間」の導入によって出来事の配列レベルで前提とされる「客観的」な時間を相対化しえた点である。

以上は龍渓の補述における方法的自覚の一例であるが、才子佳人のストーリーを追う文体のほうはかならずしも読本や人情本を異化する方向でなく、むしろそれらに近づけていった。刺客事件で身に危険の追ったのを知ったペロピダスとメルローは、リシスの別荘に隠れ住むことにする。

乃チ主人ハ此夜送別ノ宴ヲ設ケ其席ニハ愛女令南ヲモ侍セシメテ。四人互ニ歓ビヲ尽シケリ。令南ハ昨夜ノ注意ニ因テ今日《ケフ》シモ親シク巴氏ト相語ルヲ喜フノ間《マ》モナク今又其ノ為メニ其人ト遠ク相別ル、ノ悲ミヲ嘆《カコ》チケル。彼ノ刺客ノ為メニ二人カ相思フテ相離ル、ノ有様ハ、恰モ是レ黒風浪ヲ翻シテ文鱗ヲ打散シ、赤燄林ニ騰テ采翮ヲ驚分ス（第九回）

これは読本的な和文脈と漢文書き下し文との混合と言うべきで、前半はレヲナの心情に即し、「彼ノ刺客」以下は語り手がこの場合全体を対象的に評した表現、という使い分けが見られる。前者の傾向は次のごとく、ペロピダスがいよいよセーベに出立する送別の場面においてさらに顕著であった。

家女令南ハ去年《コゾ》ノ秋ニ尽キヌ名残リヲ惜ミモ敢ヘス、一タヒ別レヲ告ケシヨリ思ヒハ転タ真澄鏡《マスカヾミ》、晴レヌ案シニ打過クル月日モ已ニ一年《ヒトヽセ》余リ、三里ノ路ハ遠カラヌモ、家ノ訓ヘノ厳正《カタ》ケレバ、相見ル由《ヨシ》ノナキノミカ空行《ソラユ》ク雁ノ便リサヘ絶エテ久シキ其人ニ今相逢フノ喜ヒハ、世ニ譬フヘキ物ナキモ、其喜ヒニ引換ヘテ又モ別レノ酒宴トハ情縁薄キ我カ身カナト、平生ノ端正ナル風姿、悧懺ナル言語動作モ何トナク唯茫然ト見エニケル。又巴比陀モ今此人ニ相逢フニ及テハ断腸ノ思ヒアルナルヘシ。故ニ巴比陀ト令南ト二人カ暗ニ別ヲ惜ムノ情ハ、彼ノ主人李志カ名士ノ遠ク別ル、ヲ惜ミ、又瑪留カ其恩人ニ別レヲ惜ムノ情趣トハ甚タ異ナル所アラン。斯クテ主客歓ヲ尽スノ後、両人ハ暇ヲ告ケテ遂ニ此家《コノヤ》ヲ立出ケリ（第十六回）

レヲナの心中表現たる「一タヒ別レヲ告ケシヨリ」から「情縁薄キ我身カナ」までは全くの七五調であり、

この箇所の片かなを平がなに改めてみれば読本の一節として十分に通用する。「思ヒハ転タ真澄鏡《マスカヾミ》」というような掛詞はもちろん漢文書き下し文にはありえず、第九回で「家訓モ甚タ厳正ナルカ故ニ」と音読みされていた表現が、ここでは「家ノ訓ヘノ厳正《カタ》ケレバ」と訓読みのふりがなを附して和文化されている。前回の視点からとらえるならば、語り手の漢文書き下し文が、レヲナの心中において、和文に「翻訳」されていたわけである。それならばこの場合和文脈との同一化だけをねらっていたのかと言えば、かならずしもそうではない。「平生ノ端正ナル……唯茫然ト見エニケル」と語り手の視点にもどってからは、ペロピダスとレヲナの「二人カ暗ニ別ヲ惜ムノ情」という共軛的な感情と、リシスやメルローのそのような感情的葛藤のない惜別の情との落差に眼を向けている。このように各人物が暗黙のうちに辿る感情的位相の違いを同一場面で描き別ける発想は読本や人情本にはみられない。龍渓はこの落差を指摘することで、旧来の心情表現を意図的に模倣、再現しつつそれとの差異化をはかっていたと言えるのである。

このように表現の面でも各種文体の章句《ピース》を混合していたわけだが、前篇を書き終えた時点でのかれの自覚は以下のごとくだった。

> 今ヤ我邦ノ文体ニ一定ノ体裁ナキカ故ニ著者ハ此書ヲ草スルニ当テ随意自由ニ諸種ノ文体ヲ用ヰ（ママ）タリ。然レ𪜈戯レニ従来ノ小説体ノ語気ヲ学ヒシ処多ケレハ読者之ヲ察セヨ。例ヘハ「斯ル田舎ノ片山里ニ」トアルヲ「斯ル、デンシヤ、ノ、ヘンサンリ、ニ」ト読マレテハ迷惑ナリ。「斯ル、ヰナカ、ノ、カタヤマザト、ニ」ト読ムヘシ。又「独リ此家ヲ立去リケリ」トアルヲ「独リ、コノイヘ、ヲ立去リケリ」ト読ムヘカラス。「独リコノヤ、ヲ立去リケリ」ト読ムヘシ。総テ大和詞様ニ読メハ間違ヒナク句調ヨシ。此書ノ文体ハ誰氏ノ文体ニモアラス、著者体ノ文章ト評セラル、モ可ナリ（前篇「凡例」。圏点は原文）

この「著者体ノ文章」の生成については別稿⑥で検討したのでここでは省略するが、一つ注意しておくと、「斯ル田舎ノ片山里ニ」が「斯ルデンシヤノヘンサンリニ」と読まれる心配などは、現代の眼からは無用な懸念に思われるかもしれない。ところが当時は、近世後期以来の儒学生が漢文を暗記する学習の便法として、漢字を全て音読みする「棒読み」の習慣が残っていた。それが外見上は漢文書き下し文の『経国美談』の読み方にまで適用されてしまうことをかれは懸念したのであろう。大和詞ふうな訓読みの強調はそういう学習伝統からの異化の試みでもあったのである。

だがそれはとにかく、その「斯ル田舎ノ片山里」なる表現を用いた箇所でかれは長歌までも試みている。ペロピダスは一人旅に病んで、祖国回復の前途にも悲観的になってしまっていた。

昨日《キノフ》ニ比ラヘテ今日《ケフ》ハ又最《イ》ト、苦痛ヲ増シタルハ我身モ天ヨリ棄テラレタルカト独リ臥床ニ嘆《カコ》チツ、窓ヨリ外面《ソトモ》ヲ打チ眺ムレハ月ノ光リハ朦《オボロ》ケニ見エテハ隠レ、隠レテハ又現ハル、有様ハ有為《ウヰ》転変ノ世ノ中ニ能クモ相似タル景色《ケシキ》カナト尚ホモ悲歎ヲ増シケル折シモ、遙カノ彼処《カナタ》ニ琴ノ音《ネ》シテ歌ノ声サヘ聞ユレハ、巴氏ハ耳ヲ欹テツ、斯ル田舎《ヰナカ》ノ片《カタ》山里ニ優シキ調《シラ》ベヲ聞クモノカナ、如何ナル人ノ手スサミニテ斯ル妙音ヲ奏スルヤト憂キカ中ニモ病苦ヲ慰メ、暫時《シバシ》彼ノ音《ネ》ヲ打聞ク中ニ、琴声次第ニ近ツキシカ、此家《コノヤ》ノ窓下ニ立止リ又一曲ヲ奏シツ、

歌　見渡《ミワタ》セハ　野ノ末　山ノ端《ハテ》マデモ　花ナキ里ソナカリケル　今ヲ盛リニ咲キ揃フ　色香愛《メデ》タキ其花
モ　過キ越シ方《カタ》ヲ尋ヌレハ　憂キコトノミゾ多カリキ　霜降《フ》ル朝ニハ葉ヲ隕《ヲト》シ　雪降《フ》ル夜ニハ枝ヲ
折リ　枯レシトマデニ眺メラレ　集《ツド》リ会フ憂キコトノ　積《ツモ》リ積リシ其中《ナカ》ヲ　耐《コラ》ヘ忍ヒシ甲斐アリテ
長閑《ノドケ》キ春ニ巡リ逢ヒ　斯ク咲キ出ルソ愛《メデ》タケレ　世ノ為《タメ》ニトテ誓ヒテシ　其ノ身ノ上ニ喜《ヨロコビ》ノ　花ノ

蕾《ツボミ》ハ憂キ事ト　知リナハ何カ憾ムヘキ　春ノ花コソ例《タメシ》ナレ　春ノ花コソ愛《メデ》タケレ（第十一回）

じつはこれはかつてペロピダスが作った『春ノ花』という「短歌」で、以前はなればなれになった従者礼温《レオン》が歌っていたのであった。龍渓がなぜ「短歌」と呼んだのかは分からないが、明治一六年にこういう長歌形式から新体詩へ移る過渡的な歌が実験されていた点でも、これは注目すべき表現であろう。ことさら「大和詞様ノ句調」の一例として「斯ル田舎《ヰナカ》ノ」の箇所を挙げたのは、この歌にも読者の注意を促したい意図があったためと思われる。歌の出来栄えはともあれ、撫松纂述の『春窓綺話』が英語原作の歌謡《ソング》を漢詩化したのと対照的な形式を選んだこと自体に龍渓のモチーフがあったはずであり、厳冬の苦節と早春の開花とを対比させた寓意性は末広鉄腸の『雪中梅』に受け継がれてゆくのである。

龍渓はヨーロッパにおける吟遊詩人の知識と、日本の旅芸人の門附けのイメージを摺合してこの場面を作ったのであろう。この歌が長歌と新体詩との折衷的な形式となったのは、おそらくそのためであった。場面としては馬琴『八犬伝』の第五輯、犬山道節の乳母音音《おとね》が一人行く末を案じていると馬子の小室節が聞えてくるところと似ていなくもない。もともと戸外で吟誦する習慣の乏しい日本では、小室信介の『自由艶舌女文章』のごとく、都々逸のような座敷唄の伝播が民権運動を組織化してゆくイメージしか生めなかったのであるが、この場合は吟遊詩人の歌が人と人とのめぐり合いを作った点で新しく、しかもレオンの口を通してペロピダスの歌がかれ自身に帰ってくるというプロットとなっていた。この再帰のプロットは、自身の感情を自己了解する「意識化の時間」と同じタイプの話法として機能していたのである。

このように龍渓は漢文書き下し文を出来るかぎり和文化しようとし、その過程で時には一種の「翻訳」さえ試みていたのだが、それとは別方向の文体実験もなかったわけではない。後篇に着手する前、かれはセノホンとプリュータルチ[ク]を入手していた。多分そのことと関係すると思うが、後篇「自序」で改めてくわしく文体の問題を論じ、本論の「序」で紹介したように、同時代の共時的な文体状況を漢文体、和文体、歐文直訳体、俗語俚言体に別けて考察した。その全部の紹介は省略するが、歐文直訳体について、龍渓はその特徴を「其ノ語気時トシテ梗渋ナルガ為ニ或ハ文勢ヲ損スルヿナキニアラス。然レ𪜈極精極微ノ状況ヲ写シ至大至細ノ形容ヲ示スニ於テハ、他ノ三体ノ有セサル一種ノ妙味ヲ含蓄セリ。（中略）又社会年ヲ累ヌルニ従ヒ人事益々繁密ニ赴クカ故ニ、往代旧時ノ文体ヲ以テ現世ノ新事物ヲ叙記センヿハ甚タ覚束ナキ者ナリ。故ニ歐米ノ進歩セル繁密ノ世事ヲ叙記シテ毫モ遺脱ナカラシムル歐米ノ語法文体ヲ移シ来テ、之ヲ我カ時文ニ用ルハ非常ノ便宜ヲ感スルコト尠ナカラス」と論じた。事いよいよ繁ければ言もまたいよいよ繁し、という言語増加の現象に着目して表現刷新を唱えたのは荻生徂徠であるが、かれはそれと「歐米ノ進歩」とを短絡させて、「歐米ノ語法文体」を模した歐文直訳体の優位を主張したのである。その意味で和文化の試みがポピュラリティ獲得の条件だったのに対して、歐文直訳体はよりヨーロッパ的知識を持つ読書階級向けの文体だったと言える。ただし『経国美談』は近代の「人事益々繁密ニ赴」いた世態風俗を描いたわけでないから、この時かれが主に意識していたのは「極精極微ノ状況ヲ写シ至大至細ノ形容ヲ示ス」という面での有効性のほうであっただろう。この「形容」は対象の比喩修飾ではなく、姿かたちの意味であることは言うまでもない。前篇で参照したギリシャ史が出来事間の脈絡を重視してただ珠数のようにつないでゆくだけだったのに較べて、セノホンやプリュータルチは状況の具体的な再現に力を入れていた。歐文直訳体の評価はそういうテクストの入手と無関係ではなかったと考えられる。

　その点の検討に都合がよいのはレウクトラの戦いの場面であるが、引用が長大になる怖れがあり、ここではテジラ[ギ]の戦いのほうを取りあげることにする。スパルタ軍がセーベの同盟国タナグラに侵攻したのを聞き、ペロピダスは神武軍を中核とするセーベ軍を率いて出撃した。John Langhorne と、William Langhorne とが英訳した。*Pultarch's Lives*（1869）は、両軍の遭遇戦をこんなふうに描いていた。

He kept a strict eye upon the city of Orchomenus, which had adopted the Spartan interest, and received two companies of foot for its defence, and watched for an opportunity to make himself master of it. Being informed that the garrison were gone upon an expedition into Locris, he hoped to take the town with ease, now it was destitute of soldiers, and therefore hastened thither with the *sacred band*, and a small party of horse. But finding, when he was near the town, that other troops were coming from Sparta to supply the place of those that were marched out, he led his forces back again by Tegyræ, along the sides of the mountains, which was the only way he could pass: for all the flat country was overflowed by the river Melas, which, from its very source, spreading itself into marshes, and navigable pieces of water, made the lower roads impracticable.

……………………

The Thebans then retreating from Orchomenus towards Tegyræ, the Lacedæmonians who were returning from Locris met them on the road. As soon as they were perceived to be passing the straits, one ran and told Pelopidas, *We are fallen into the enemy's hands. And, why not they,* said he, *into ours?* At the same time he ordered the cavalry to advance from the rear to the front, that they might be ready for attack: and the infantry, who were but three hundred, he drew up in a close body, hoping that wherever they charged, they would break through the enemy, though superior in numbers.

The Spartans had two battalions. Ephoras says, their battalion consisted of five hundred men, but Callisthenes makes it seven hundred, and Polybius and others, nine hundred. Their *Polemarchs,* Gorgoleon and Theopompus, pushed boldly on against the Thebans. The shock began in the quarter where the generals fought in person on both sides, and was very violent and furious. The Spartan commanders, who attacked Pelopidas, were among the first that were slain; and all that were near them being either killed or put to flight, the whole army was so terrified, that they opened a lane for the Thebans, through which they might have passed safely, and continued their route if they had pleased. But Pelopidas disdaining to make his escape so, charged those who yet stood their ground, and made such havoc among them, that they fled in great confusion. The pursuit was not continued very far, for the Thebans were afraid of the Orchomenians who were near the place of battle, and of the forces just arrived from Lacedæmon. They were satisfied with beating them in fair combat, and making their retreat through a dispersed and defeated army.

『経国美談』ではセーベ軍が進軍中に道に迷い、霧が晴れてみるとスパルタ軍に前後挾まれているのに気がついたことになっているが、これによれば増援のスパルタ軍との接触を避けて退却中のところ思いがけず相手と遭遇してしまったのである。退却中であればこそ、ただ前方に敵を認めただけで驚愕し、思わず一人の兵士が「我々は敵の手中に陥た」と叫ばずにいられなかったのであろう。ペロピダスはとっさに言葉を切り返して士気を奮い立たせ、果敢な戦闘で敵の指揮官二人を斃したところ、スパルタ軍はさっと路を明ける。これは退路を開いて相手の鋭気を逸らすためだが、もしセーベ軍がそれに応じて退却をはじめれば当然士気は弛むはずで、スパルタ軍はそれに乗じて追尾戦に移ることもできる。ペロピダスはそれを見抜いて兵を返しさらに手をゆるめず攻撃を続けたのである。

プリュータ―チの特徴はこういう戦闘の機微《あや》が具体的に読み取れるような記述をしていたことであって、前篇で参照したギリシャ史にはそれがなく、最もくわしいグロートのものは記述量自体はプリュータ―チとほぼ同量なのだが、ただ遭遇の経緯と戦闘結果がのっぺらぼうに述べられているだけであった。後篇に至ってにわかに列国の政治的駆け引きと戦争の記述が増えたのは、そういう機微を豊かに含んだ記録を手に入れることができたからであろう。しかも龍渓はさらにそれに触発されたかのごとき具体的なイメージを附加していた。

> 抑モ此ノ渓野ハ帝慈《テジラ》ト名ル地ニシテ、斯将呉後礼《ゴルゴレオン》ハ已ニ昨日多那呉《タナグラ》ヲ陥レ別将番蘇陀《パンソイデス》ヲシテ雅、齊ノ援兵ニ備ル為メ此ノ帝慈ノ野ニ陣セシメタルナリ。神武軍ハ殆ント敵兵ノ中央ニ陥リシ有様ナレバ霎時樹林ノ傍ニ駐屯セシ中、早クモ敵ノ斥候其ノ前後ニ徘徊セシカ、忽チ夫レト悟リシニヤ前面ナル斯軍ノ一団ハ三百ノ神武軍ニ向ヒ徐々トシテ進行ノ運動ヲ始メタリ、此ノ地ハ左右ニ山脈連リ騎馬ノ通行自在ナラネハ、神武軍ノ一団カ山ヲ超テ遁ル、ニハ其ノ馬ヲ捨テサルヘカラス。退テ走ランカ、徒歩スレハ敵兵ニ追ヒ及ハレン。進ンテ戦ハンカ、敵兵ノ捕虜トナラン。進退茲ニ谷リシ失望ノ余リニヤ巴氏ノ傍ニ在リシ一兵士ハ思ハス
>
> 今日コソハ我々敵ノ手中ニ陥レリ（“We are fallen into our enemy's hand” 弗氏）ト嘆セシニ巴氏ハ之ヲ顧テ声ヲ励ケマシ
>
> 敵コノ我々ノ手中ニ墜チサルヤ（“and why not they into our's ?” 弗氏）

ト云ヒ終テ整列ノ令ヲ下タシ、馬ノ頭ヲ立直シテ三百ノ孤軍ヲ円陣ニ形チツクリ、直ニ進軍ヲ令シタリ。此方ヲ指シテ押寄スル敵軍ニ向テ前進シ、其距離百余歩ニ迫リシトキ、攻撃ノ一令ト与ニ神武軍三百余騎馬ヲ踊ラセ劒ヲ揮ヒ恰モ疾雹ノ如ク殺奔セリ。兼テ精撰セシ勇鋭ノ壮士ト肥健ノ良馬トヲ以テ組立タル一団ナレハ、今其ノ疾駆シテ敵兵ヲ突クニ当テハ、鉄蹄地ニ着カス人馬与ニ空ニ躍ルカ如ク見ヘタリシ。斯軍ハ敵兵ヲ寡兵ト侮リシニヤ、整然タル戦隊ヲモ結ハス不規律ニ前進セシカ、今ヤ三百ノ神武軍ハ其ノ中央ヲ目掛ケテ勢ヒ猛ク衝突シ、遂ニ之ヲ押シ破リシハ、恰モ堅舟カ波浪ノ間ヲ進ムカ如ク見ヘタリシ（第八回）

先に引用した英文に対応する表現はさらに続くのだが、ここに引いただけからも分かるように、これもまたけっして逐語訳的な翻訳ではなかった。対応するところを見ても、ペロピダスは騎兵を前衛とし、それに後続する歩兵部隊に密集隊形（close body）を取らせたのだが、龍渓は騎兵に円形陣を組ませている。両軍の激突はスパルタの二将がみずから陣頭指揮に当った部署で始まったのだが、龍渓の騎馬隊は戦列整わぬ敵軍の中央突破を敢行したのである。それに加えてスパルタ軍の斥候の動きや、両軍が間合いを詰めてゆく運動を補述して場面の具体性をより高めようとしている。ここでは引用を省略するが、前篇においてペロピダスがスパルタ兵の矢に射られた場面や、かれとレオンチアデスとの闘争の表現はほとんど読本の口調そのままであった。それに較べて右の箇所は掛詞や七五詞などの「句調」を抑制し、事に即して叙述する散文化の傾向を進めていたのである。

もともと近世の読本の作者にとって、戦闘とは歌舞伎の立ちまわりを大がかりにしたものとイメージされていたらしく、またそれがポピュラリティを獲得する必須の条件と考えられていたのであろう、その表現は立ちまわりのテンポを言語化したものという気味合いがないでもなかった。それとは別様な戦闘表現を試みる時龍渓は『平家物語』や『太平記』を参考にし、あるいはそれらを『日本外史』ふうに翻訳した漢文的な修辞とも言うべき「恰モ疾電ノ如ク」、「鉄蹄地ニ着カス人馬与ニ空ニ躍ルカ如ク」、「恰モ堅峆カ波浪ノ間ヲ進ムカ如ク」などの比喩を用いたのであった。これらは「極精極微ノ状況ヲ写ス」面ではやや難点があるが、かれとしては「文勢ヲ損スル」ことのないための配慮だったのかもしれない。

ただしかれはそれらの形容にわずらわしいほど「如ク見ヘタリシ」といった動詞表現を加え――そのため文章作法としては稚拙な印象さえ与えかねなかったのだが――対象自体の運動とその見え方とを区別していた。これはペロピダスとレヲナの同席の様子を「今傍ラヨリ之ヲ見レバ」と対象化した批評意識とおなじとは言えないが、見る意識を顕在化させた点では変りない。換言すればかれは即対象的な歐文直訳体と戦記物語的な修辞、あるいは事態の極精極微《デテールス》と概括的な形容《フィギュラティヴ》との狭間《はざま》に立ち、狭間それ自体を意識化していたのである。

ちなみにこの見え方の意識をもう少し拡げて、対象の模写的《ミメティック》な表現とその解釈《インタプリテイション》との区別としてとらえてみるならば、かれは前篇の初めからしばしばそれを意識した書き方をしてきた。例えばペロピダスの屋敷と室内の家具調度を叙述して「此家ノ主人カ猶ホ年若クシテ其ノ心ヲ外事ニ専ニシ、未タ一家ノ細事ニ深ク其ノ意ヲ留メサルヲ知ルニ足レリ」と解釈し、その体軀の特徴を紹介して「文武ノ教育ニ飽クマテ其身ヲ慣ラセシハ……之ヲ知ルニ足レリ」と判断する。レオンチアデスとスパルタ軍のクーデターを知ったペロピダスたちは弓矢を執って走ったが、メルローだけは楯と槍を執って弓矢は持たなかった。「蓋シ同人ハ力飽マテ強ケレトモ性来不器用ニテ弓矢ニ長セサレハナリ」。横暴な村長たちを打ちこらしめて意気揚々としていたのは「蓋シ今奸党ヲ除クノ大功ヲ立テント欲スルニ当リ……手始メ良シト思フナルヘシ」。時にはこういうコメント自体が滑稽な効果を生んでしまうこともあった。レヲナの侍女はメルローの毀鐘《われがね》のような大声に驚いて逃げ出したが、「定メテ此ノ女ノ鼓膜ニハ多少ノ損処ヲ生セシナルヘシ」。

いまこれらの場面から右のようなコメントを除いてみるならば、いわゆる客観的な叙述のみが残る。つまり主人の人となりの解釈は読者の読みにまかせて、ただ室内の家具調度のみを描く、言わば述べて語らずの表現となるのである。その後の近代小説はこの方向へ進み、対象の「客観的」な描写に価値を置いて、見え方やコメントを言説面から消去し、抑圧していった。その点でもかれの書き方は過渡的だったと言えるのだが、むしろこの場合は、「客観的」な描写とはローマン・ヤーコブソン(7)が言う意味での換喩的なレトリック効果にほかならず、読者の解釈の方向づけを背後に秘めているわけだが、その機密を顕在化させる表現だったとみるべきであろう。

ここで再びテジラの戦いにもどるならば、セーベ軍の勝利はセーベに喜びと自信、スパルタに屈辱を与えた。そのいずれにも偏しない立場から「歴史的意義」を論ずるならば、野戦を得意としたスパルタ軍をより少数のセーベ軍が密集戦法を用いて敗ったことで、スパルタの脅威がうすれ、列国の力関係に重要な影響を与えたことになる。一九世紀の歴史家は言うまでもなくこの視点に立っていたが、龍渓はセーベの側に立ってその「壮武ナル名誉」を称揚し、プリューターチは軍事的観点から、「このセーベ軍の勝利は全ギリシャ人に若者が卑劣を恥じ、正義の確信をもって決断し、危険よりも恥辱を怖れる時いかに勇敢な戦闘を行なうるかを教えた」と評価していた。こういう評価の違いは当然戦闘の記述に影響を及ぼす。歴史的意義を説く歴史家にとって戦闘の機微《あや》は言及に値しなかった。プリューターチはペロピダスの巧妙な指揮とセーベ軍の果敢さに焦点を合わせたわけだが、龍渓はそのテクストを自分の評価から読み替えた形で、スパルタ軍の不用意な油断を「敵ヲ寡兵ト侮リシニヤ整然タル戦隊モ結ハス不規律ニ前進セシカ」と補っている。こういう附加を認識とみるか、想像と呼ぶかは微妙なところであろう。

かれは他の参照文献を踏まえた箇所では、本文の左側に細かくニとかホとかの符号をつけて、例えば「（ニノ一節ハ須氏ノ希臘史）」と典拠を示していた。ところが先に引用した部分を含むテジラ戦の記述についてはその段落の終りに「（以上二節弗氏）」と註記するのみであった。そのかぎりではスパルタ軍の不規律に関する言及はプリューターチの記録に基づく「正史」の一部分であった。少くともかれの意識では老執事やレヲナなどを登場させた想像の部分とは区別された、「正史」中の事実についての言及だったらしいのである。記録にない事柄には禁欲的であらねばならない現代の歴史学の立場から言えば明らかにこれは龍渓の勇み足であるが、かれの文体論に即してみれば「極精極微ノ状況ヲ写ス」欧文直訳体の必然的な帰結だったと思われる。いまその箇所からかれの附加したところを取り除けてみれば、

今其ノ疾駆シテ敵兵ヲ突クニ当テハ鉄蹄地ニ着カス、人馬与ニ空ニ躍ルカ如ク（見ヘタリン）、其ノ中央ヲ目掛ケテ勢ヒ猛ク衝突シ、遂ニ之ヲ押シ破リシハ恰モ堅嵓カ波浪ノ間ヲ進ムカ如（ク見ヘタリ）シ

となる。ついでに（　）で括った「見ヘタリ（シ）」という特徴的な言葉を抜いてみれば、そのまま軍記物語の一部分としても通用するだろう。つまりこのような伝統的な和漢混淆文を、より具体的な「事実」に即した欧文直訳体へ質的に転換させる方法として、省略してみたような表現が附加されていたとも言えるわけで、その根拠をかれはプリューターチのテクストに置いていたのである。

その点で認識か想像かの問題は、文体的要請とからめてとらえる必要がある。読本的な和文体への要請がレヲナの場合のごとく想像的補述（虚構）を招来したのに対して、欧文直訳体の要請が先行テクストの記述

に欠けていた「事実」の認識を捉したのだと言えよう。この文体的要請と内容との関係はもちろん逆もまた真でありうる。

ヘイドン・ホワイト(8)によれば歴史記述は先行テクストの読み替えによって行なわれる。新資料の導入とは、別な論理と方法とで出来事をプロット化した歴史記述から、新たな視点でデータを採り入れることにほかならない。かれはその読み替えの過程に生ずる認識や想像の作用を否定しなかった。というより、むしろその作用を不可避的な事態と見て、それが出来事のプロット化を支配する仕方を構造言語学の方法を借りて類型化し、改めて歴史記述の「客観性」の問題を問うたのである。

かれは一九世紀の歴史記述のプロット類型としてロマンス、喜劇《コメディ》、悲劇《トラジディ》、諷刺《サタイア》の四つを挙げている。ただし、歴史家がこの点についていつも自覚的だったとはかぎらない。なぜなら、一方でそれは世界観にかかわるが、他方ではある出来事を自分の歴史学の領域における「事実」として前自覚的に措定してしまう、その半ば無意識的な知覚のメカニズムにかかわっているからである。この「事実」知覚のメカニズムのなかで作用するシステムを、かれは言語学的様態《リンギスティック・モード》または言語的情報処理法則《リンギスティック・プロトコール》と呼び、隠喩《メタファー》、換喩《メトニミー》、提喩《シネクドキ》、イロニーという四つの修辞学的な概念で説明している。龍渓の挙げた漢文体、和文体、歐文直訳体、俗語俚言体の機能と、かれの使い方とをそういうシステムになぞらえてみることが出来るだろう。

ただし実際にその言語的情報処理システムがどのように作動して「事実」を選択し、歴史的事実として措定してしまうのか、かれはかならずしも説得力ある形で具体的に例証しているわけではない。かれはローマン・ヤーコブソンやレヴィ・ストロースが隠喩と換喩とによって、人間の意識や、社会制度の下部構造的な言語的システムを明かそうとした、その如何にも構造主義者くさい二項対立観を批判して、一八世紀の修辞論を再評価しつつ提喩とイロニーの作用をも加えようとした。だが結局それは、プロットの四類型の前提として想定された仮説以上のものではなかったと言うべきであろう。換言すればこのプロット四類型と修辞学的四項図式との照応関係は、ホワイト自身が言うところの提喩的なマクロコスム―ミクロコスム関係の理論的要請によって作られた仮説であり、マクロコスムたるプロット四類型の選択がしばしば前自覚的である、という理由で、さらにその下部構造的な無意識の根拠としてミクロの言語的情報処理システムを挿入したのである。もう一つ見方を変えれば、かれは何が起ったかをとらえる「事実」調査のレベルと、なぜ起ったか、どんなふうに展開し、何如なる結果をもたらしたかを説明する話法《ナラティヴ》のレベルとを区別したにもかかわらず、両者を貫ぬく法則を言語学的モデルに求めて、それを意識下のメカニズムと見なした。もしそれを理論的に安定させたいならば、出来事それ自体の関係のなかにそのシステムの作用を見出すほかはない。だがそれは認識のシステムを「客観的」世界の反映とみる実証主義に後もどりすることでしかなく、あくまでも言語的システムと「客観的」現実世界とを非還元的関係としてとらえる構造言語学にとって、そしてまた歴史記述という言説レベルの独自な位相やそのイデオロギー的機能を明かそうとするホワイトにとっても、それはとうてい容認しがたいことであった。ばかりでなく、もし「客観的」現実の反映とするならば、隠喩や換喩や提喩に対するメタ比喩的関係にあるイロニーの作用も現実に見出されねばならないわけだが、それもまたとうてい認めがたいこととなってしまう。結局これは、言語外の出来事たる「歴史的事件」を前提とせざるをえない歴史記述に関して、あえて構造言語学の方法を採ろうとする場合に不可避的なジレンマなのであって、ホワイト自身も自覚していたと思うが、そのジレンマの根源たる非還元的な関係を弁証法的緊張関係と受け取めて知的エネルギーに変えてゆくほかはないのである。

だがそれはそれとして、ホワイトのプロット化に関する問題意識は、龍渓が挙げた四つの文体の機能に新しい照明を当ててくれる。いわゆる漢文体は事件を劇化し、各自の価値観によっておのれ一個の志を貫ぬく人間を描き別けて、悲劇的《トラジック》なプロットを作り出す。読本体は善悪二元論の構図のなかで因果律の運命にあやつられながら遂にそれを克服して自己同一性《アイデンティティ》を回復する、奇伝的《ロマン》なプロットを促す。歐文直訳体は事件を事物のレベルで巨細に描いて現実感を与え、換喩的な部分《パート》—部分《パート》関係でとらえた人と人、事件と事件との間に働く外在的な力学的法則《メカニズム》を瞥見させつつサティリカルな展開に向ってゆく。俗語俚言体は以上の三つのなかに挿入されてイロニカルな機能を発揮し、それが支配的な場合は現世肯定の祝祭的な結末の喜劇的《コミック》なプロットとなるわけである。

　ただし龍渓はそのいずれか一つの文体に固執することをしなかった。共時的に並存するそれらの文体から歐文直訳体のみを選び、あるいは当時世論と化しつつあった言文一致体を選んで、それ以外のものを通時化して過去に押しやるような、啓蒙主義的な発想を拒んでいたのである。それについてのかれ自身の理由は既に紹介したが、別な箇所で「余カ是書ノ前篇ヲ起稿スルヤ四体ヲ兼用スルニ決意シ、其中ニテ専ラ俗語俚言体ノ一種ナル日本旧来ノ稗史体ヲ用ヰンコトヲ勉メタリ」（後篇自序）とことわっているところを見れば、かならずしも稗史体の読本と俗語俚言体の人情本や洒落本との区別を明確に意識していなかったようにも思われる。たしかに読本的な文体を用いつつ人情本的な場面に近づけたり、滑稽本や洒落本の口調を混えたりした箇所もみられるのだが、しかしそのなかでペロピダスとレヲナの出合いのごとく人情本的な場面を読本的な文体で批評的に対象化し、漢文体的な表現を、レヲナの心情表現のなかでは、読本体に「翻訳」するなど、相互の相対化を自覚的に行なっていた。しかも場面的には才子と佳人とが最終的には結ばれて周囲の葛藤も目出たくおさまる、俗語俚言体の人情本的なプロットを予想させるものでありながら、言わばそれと相対化し合う文体の干渉を受けて漢文体的な悲劇的な結果となり、さらにそれが読本体の伝奇的なプロットに繰り込まれてゆく。私が龍渓の「四体兼用」に注目するのもそういうからみ合いがセットされていたからにほかならない。ヘイドン・ホワイトにとってこのような兼用のあり方は、歴史叙述の問題だけでなく、ナラティヴ一般の問題としてももちろん予想外のことであったであろう。

テジラの戦闘場面において龍渓はセーベ軍の隊形を描くとともに、スパルタ軍の態勢をも言わば文体的に認識してしまったわけだが、これはプリューターチの叙述の部分《パート》―部分《パート》関係への転換、組み替えだったと言える。その上で戦闘の帰趨をとらえるならば、セーベにおける神武軍という目的意識の強烈な防衛軍の編成とその訓練の高さ、スパルタ軍の常勝意識に傲った集中力の欠如という背景が浮び上る。さらにはセーベ市民の国権回復による高揚感に対する、スパルタにおける国内矛盾（セーベを占領したホービダスの処罰とスパルタ軍の居据りに象徴されるような、世論とアゼシラウス王との乖離）という政治的背景が見えてくる。じじつ龍渓は先に引用した戦闘場面ではなかったが、そういう背景に何箇所かで言及していた。このような背景は、両軍の遭遇から戦闘、勝敗に至る一連の出来事の時間的な経過とおなじ流れのなかにあり、言わばその大過去に位置するように思われる。その点からみれば両軍ともにその背景を背負って戦い、勝敗の決定因もそこに求められねばならないだろう。だが記述レベルからみるならば、その背景の時間と戦闘の時間とは同一の流れの延長線上にあるというより、むしろ垂直に交わっているのであり、戦闘の経過と結果をその起点とし、記述者の認識に従って中過去の背景から大過去の背景がたぐり寄せられてくる。その意味で歴史的背景の時間とは記述者の認識運動が作り出し、しかもより近い時点の背景のほうが先に言及されていく点で逆流する時間とさえ言えるであろう。少くともそれは戦闘とともに顕現してその帰趨を規定する、共時的な、歴史的条件としての時間なのである。さらに背景をたぐり寄せてマルクス主義で言う下部構造、つまり生産力と生産諸関係にまで及んでみれば、そのことがよく分かる。神武軍の選抜方式や部隊編成、イパミノンダスがレウクトラの戦いで用いた画期的な密集隊形式や戦闘方法などは、そこから説明できないわけではない。以上のようなことを踏まえて、多分ヘイドン・ホワイトは力学的因果論《メカニスティック・セオリー》（関係のなかに働く外在的な作用因《エイジェント》の法則をとらえようとする還元主義）を、換喩という言語的情報処理システムとのアナロジーで見ていたのであった。

　そうしてみると龍渓は歐文直訳体という換喩的な文体に促されてスパルタ軍の戦闘形態にまで言及し、だが素早く一転して「恰モ堅嵒カ波浪ノ間ヲ進ムカ如ク」と軍記物語的な直喩の修辞に切り替え、隠喩的にして有機体論《オーガニック・セオリー》的な歴史話法《ナラティヴ》のほうに近づいていったわけである。有機体論とはマクロコスム—ミクロコスムという提喩的なパラダイムを含み、全体化という最終的なゴールを目指す歴史の運動、という歴史観を指す。それを隠喩と結びつけるのは矛盾のようだが、「堅嵒カ波浪ノ間ヲ進ム」というセーベ軍進撃の隠喩は、波浪が巌に打ち当り逆巻いて流れるという表現の主体と客体との転倒、つまり意図的な誤用《ミスユース》であり、これを媒介として「堅嵒」が戦闘全体を主導するセーベ軍の隠喩に転化されていたと見ることができる。そういう「堅嵒」に、寡頭専制に打ち克つ民主制の理念が託されていたのである。

　このような転換を、性急に読本体による歐文直訳体の批判的対象化と呼ぶことは避けねばならない。だが、纂訳と補述とのかかわりを単純に事実と想像との関係として平板化してしまえない、文体レベルでのからみ合いの一例とすることはできよう。『経国美談』の発端と結末という大枠は決まっていたとしても、そのなかではこのような文体の転換によってプロットの方向性は絶えずゆれ動き、増幅していたのである。ただしその実情をみるには、もう一つ馬琴が言う小説七則の側からも検討してみる必要がある。

3　内包された読者からの仕掛け

ところで『経国美談』のもう一つの特徴は、各回の末尾に読者の批評を載せたことである。前篇は栗本鋤雲と成嶋柳北と藤田鳴鶴の三人であったが、柳北が不幸にして亡くなったため、後篇では依田学海に代った。いずれも当時の著名なジャーナリストであり、これだけ尾評の書き手を揃いえたことは『経国美談』の権威を高める上で大いに役立ったことであろう。近世の読本ではしばしば各輯の末尾に「看官《みるひと》よろしく推したまへ」などという読み巧者への呼びかけがみられたが、この四人はその読み巧者を具体化したものと言える。その尾評は当然多くの読者に影響を与えたはずだが、それではかれらの読み方はどのようなものであったか。

これまで述べたことと関係する箇所を例とするならば、前篇の第三回、ペロピダスが老執事から家政無頓着の苦言を聞かされているところへ、メルローたちが駆け込んできてクーデターの急変を告げ、アゼンに亡命する途中スパルタ兵の矢に射たれて急流に転落してしまったわけだが、その尾評は次の如くであった。


鋤雲云。流離顚沛中。加以二失偶一。天何待二志士一亡情。

柳北云。悲惨之状。写得逼レ真。

鳴鶴云。先写二家屋庭園之趣一。使四人知三其為二名門右族一。次写二主人風采一。而後及二賓客一。叙事秩然。而猶求レ備則当レ叙二家中器具之布置一。写下去当時縉紳所二使用一物上則覚二殊妙一。

又云。借二家宰之言一。述二巴氏素行一。又示下其無中匹偶上。照二応第五回（漁夫救死一節）第八回一。(9)（令南愛慕一節）

又云。巴、威二人対話間。有下窘窮生二百計一之父母一句上。此為二後節禍機暴発之過脉一。

又云。巻中第一英雄。忽仆二於敵箭一。使下人激中発憐二正士一憤二姦徒一之情上。然不レ記三飛箭中二巴氏一而単写二

馬騰陥レ水之状一。可レ見天下不三漫生二英雄一亦不三漫殺二英雄一。筆力縦横。

この回にかぎらず柳北の尾評がとおり一ぺんだったのは、すでに体調がすぐれなかったためかもしれない。それに対して鳴鶴の評はきわめて詳細であり、まず龍渓が家屋や調度を詳述した意図を指摘し、次には老執事の言葉が、第五回で老漁夫にペロピダスが救われ、第七回でレヲナと才子佳人の出合いをする伏線だったことを明かしたのである。次にイパミノンダスの「窘窮ハ百計ヲ産ムノ父母ナレハ」云々が後に続発する「禍機暴発」のライトモチーフを示している、と指摘した。これは意味づけ過剰であるとしても、さらに続けてペロピダスが矢に射たれた場面を――「主ハ誰レトモ白羽ノ一箭、巴比陀ニ向ッテ飛フヨト見エシカ、一声高ク嘶キツヽ、乗タル馬ハ主モロトモ、橋ノ下ナル逆巻ク水ヘ、真倒マニ落入テ、死生モ知レスナリニケリ」と――馬に焦点を移した描き方をしたのは、作者に深い用意があったからにほかならないと分析している。ペロピダスは無傷だったおかげで気絶したまま流れているところを老漁夫に救われて蘇生できた、ということの伏線として鳴鶴はこの描写をとらえたのである。「嗚呼経倫ノ大才ヲ懐テ智勇一世ヲ蓋フノ英雄モ唯一条ノ流失ノ為メニ底ノ水屑《ミクヅ》ト消失セシハ憐レ敢果《ハカ》ナキ有様ナリ」という一節をみれば、その分析もやや意味づけ過剰とせざるをえないのだが、ただ少くとも馬に焦点を移した一種の間接描写に注意を向けていたことで、かれの分析の緻密さが分かるであろう。

だがそれ以上にここで注目したいのは、かれが老執事の言葉などの伏線的機能を「照応」と呼んでいた点である。これは老執事の言う「慈善」が老漁夫の救助を引き出したというだけでなく、一方の老人の「他人

ニ施捨スル事ノ多キヨリ」云々という苦言と、他方の老人の「君ノ御家ヨリトテ若干ノ恵賜ヲ被リケレハ」という感謝が対比されていたことをも意味する。またペロピダスが未だ配偶者を得ないのを歎いた老執事の「何卒早ク御婚娶アリテ」という願望と、第七回の「肝腎ナル相思ノ情ナキヲ如何セン」という期待はずれとが対比されていたのである。このような小説作法について、馬琴が『八犬伝』の第九輯中帙附言で次のように説明していた。

所云伏線《いはゆるふくせん》は、後《のち》に必出《かならずいだ》すべき趣向《しゆこう》あるを、数回以前《すくわいいぜん》に、些墨打《ちよとすみうち》をして置《お》く事《こと》なり。又襯染《またしんせん》は下染《したぞめ》にて、此間《このあいだ》にいふしこみの事なり。この後《のち》の大関目《だいくわんもく》の、妙趣向《みやうしゆこう》を出《いで》さんとて、数回前《すくわいまへ》より、その事《こと》の、起本来《きほんらい》歴《れき》をしこみ措《おく》なり。（中略）又照応《またせうおう》は、照対《せうたい》ともいふ。譬《たとへ》ば律詩《りつし》に対句《ついく》ある如《ごと》く、彼《かれ》と此《これ》と相照《あひてら》らして、趣向《しゆこう》に対《つい》を取《と》るをいふ。かゝれば照対《せうたい》は、重複《ちやうふく》に似《に》たれども、必是同《かならずこれおな》じからず。重複《ちやうふく》は、作者謬《さくしやあやまち》て、前《まへ》の趣向《しゆこう》に似《に》たる事《こと》を、後《のち》に至《いたり》て復出《またいだ》すをいふ。又照対《またせうたい》は、故意《わざと》前《まへ》の趣向《しゆこう》に対《つい》を取《とり》て彼《かれ》と此《これ》とを照《てら》らすなり。

この見方からすれば老執事の言葉は伏線であるとともに数回後の場面と照対することになるわけだが、鳴鶴は後者に重点を置いてそのプロット的機能に注目したのである。鳴鶴がこのようなとらえ方を直接に馬琴から学んだか否かはにわかに判断はできない[10]。ただ後篇の第九回、イパミノンダスの家に貞納《テイノ》と裕綺《ゴウキス》という二人の若い娘が身を寄せるのだが、次のような尾評をみてもかれと馬琴が共通する小説作法論をもっていたことは明らかであろう。

鳴鶴云。巴、威二人。作者意中常欲二遙々相対一。故其叙事亦常彷彿相準。前篇為二巴氏一立レ伝。後篇為二威氏一立レ伝。故前篇第三回。写三巴氏家園与二其風采一。後篇此回。却写三威氏家園与二其風采一。前日才子寓二於佳人家一。今日佳人寓二於才子家一。前篇有下巴氏唱二義於雅典一謀二恢復一大議論上。後篇有下威氏争二礼於斯波多一抗二斯王一大議論上。皆是相準而対立。読者不レ可レ不レ知。

又云。此回所レ叙。有レ情有レ景。而蔵二許多脚色一在二其中一。写二出一少年一則為下他日狙二撃斯王一伏線上。写二出二佳人一則為下後年配二名士一伏線上。写二出米世《メッセナ》一則為下威氏立功伏線上。可レ見作者不二漫下一レ筆。

つまりもともとペロピダスとイパミノンダスとをすぐれて照対的な人物として描き分けようとしたのであるから、その方針に従って、前篇ではペロピダスの屋敷と人となりを紹介したのに対して後篇ではイパミノンダスのそれを描き、また前篇でペロピダスがレヲナの家に身を寄せたのに対してここではイパミノンダスの家に二人の佳人が寄寓することになったのだ、とかれは見たのである。もし後篇においてもイパノミンダスが佳人の家に身を寄せたとすれば、これは同一趣向の重複として避けなければならない。こういう判断が右の照応の分析に含まれていたとみてさしつかえないだろう。前篇でペロピダスがアゼン（前篇では阿善、後篇では雅典と表記された）においてセーベ奪還の雄弁をふるったが、後篇では全ギリシャの和平会議においてイパミノンダスがスパルタの亜《ア》（阿）是刺王《ゼシラウス》の横暴に一人敢然と抗言した。これは後篇第十四回のことなのであるが、これも馬琴ふうに言えば「その物《もの》は同《おな》じけれども、その事《こと》は同《おな》じからず」という点で照応の原則にかなっているのである。総じて鳴鶴はそういう小説作法論に準拠して分析を行なっていたのであった。

このような小説作法論はヨーロッパの小説観とはきわめて異質であり、馬琴が『八犬伝』を書いた一九世紀前半の時点においては、そもそもこれだけ整備された小説構成の方法はまだヨーロッパでは出現していなかったと思われる。馬琴が言う伏線や襯染は後に出来《しゅったい》する大きな出来事の墨打ちまたは仕込みという点で、時間的な前後関係を含意するから、これは主にストーリーにかかわる概念と言うべきだろう。それに対して照応と反対とは――馬琴は両者の違いを「その物《もの》は同《おな》じけれども、その事《こと》は同《おな》じからず」と、「その人《ひと》は同《おな》じけれも、その事《こと》は同《おな》じからず」と説明した――ストーリーともプロットとも次元の異なる、むしろ共時的概念であった。犬塚信乃が自分を捕縛にきた犬飼現八と芳流閣上で闘うことと、かれが犬山道節とともに現八を捕えようと千住河の舟中で争うのとは、屋上と舟底、逮捕する者と抗う者との関係が「反対」になるわけだが、これは時間を捨象してはじめて見えてくる照応なり反対なりの構造である。換言すれば作者のなかでは一方を構想した時に他方も同時に構想されていなければならぬ共時的な場面であり、ただそれぞれをストーリーラインのどの箇所に配置するかによって一見時間的な前後関係が生じ、プロット化されるだけなのである。

しかしはたして龍渓がそういう作法に従っていたかどうかは、これは別な問題であろう。それに龍渓が準拠した「正史」においていつも照応や反対に好都合な出来事が起ってくれるわけでない以上、ヘイドン・ホワイトが言う歴史叙述のプロットの問題とこれとはおのずから区別されなければならない。その点の検討は別な機会にゆずるとして、ともあれ鳴鶴は右のような分析の尾評を加えていたのであり、さし当り注意しておきたいのは一般の読者とそういう尾評とのかかわりについてである。というのは、その尾評と接する度に読者は物語内容を辿る興味を中断させられ、共感と反撥とのいずれにせよ、尾評と対話しつつ自分の読み方の反省を強いられてしまうからにほかならない。

その点でこれは極めて独特なテクストなのであって、尾評のおかげでより深い読みが可能となる反面、鳴鶴のような小説構造観を暗黙のうちに受け容れさせられることにもなりかねないだろう。ばかりでなく、伏線的機能を示唆するコメントによって「期待の地平」が方向づけられるとともに、はじめての読者でさえ既に半ば再読者の位置に立たされてしまうのである。一とおり読み終えたのちに尾評の是非を確かめるという、他のテクストでは得られない興味はありうるのだが、自分なりに見出したコードを再調整しながら仕掛けと智恵くらべする「自由」あるいは「快楽」が狭められてしまう。あらかじめ与えられた尾評のコードとの対話や調整に関心が縛られてしまうからである。その意味でかれらの尾評は物語内容に対するコメントでありながら、じつは同時に物語内容の一部として機能している。物語内部の仕掛けならぬ、テクストのレベルにおける仕掛けなのであった。

このような馬琴的小説構造の教育的意図は、後篇で柳北に代った依田学海の尾評にも見られる。が、ここでは省略し、前篇の三人が物語の結びでどのような総括を行なっていたかを最後に検討しておきたい（後篇の総括はごく簡略なものでしかなかった）。次はスパルタと結托した奸党を追放し、民政を回復して大団円を迎えた結末の尾評である。


鋤雲云。日月再明後。又起二一団愁雲一。信乎。人生常在二憂患之中一。

又云。通篇文章。擒縦自在。頗得下孔明征二服南蛮王孟獲一之法上。所レ憾造語時有下生梗兵(矢)二円熟一者上耳。

柳北云。読二此書一者。宜レ注二眼于作者精神潜匿之処一。否則至竟与二矮人観一レ場一般。

鳴鶴云。写二出諸名士善レ後之策一。極精極密。然這回作者最用レ力処。唯在二巴氏辞レ撰譲レ職之語一。僅々数
行文字。深寓二箴戒一。世人須二服膺一。

又云。全篇結構之精密。筆力之縦横。固不レ待レ論。若夫不レ枉二正史一。統貫以二実蹟一呈二這奇観一。実是傑

作。是書不レ伍二尋常小説一者。則在レ此。是書妙味亦在レ此。然更知二作者苦心則却大一也。又云。作者以二智力良心発情三者一。組二成是書一。巴氏則是智力。威氏是良心。瑪留是発情。仮二三人之挙動一。写二出三者相頼相制之状一。瑪留常服二従巴氏一。是発情為二智力所一レ制者。第五回。第十二回。瑪留与二巴氏一相離。則是発情独専二其力一者。故或困二於政論一。或被二縲絏一。又其人時有二奇言奇行一。是発情之時隠見者也。又第十一回。巴氏単身決レ死。是智力時晦惑者也。又第十五回。威氏送レ書諫二巴氏一。是良心制二智力一者也。其他三人之挙動。莫レ非レ表二三者一。是通篇之大主眼。読者玩二索之一。

龍渓が「歐文直訳体ハ其語気時トシテ梗渋ナルカ為ニ或ハ文勢ヲ損スルヿナキニアラス」（後篇自序）とことわったのは、鋤雲のこの批評があったためかもしれない。鋤雲は鳴鶴のごとく構成面にはほとんど注意を払わず、各回で登場人物の言動を『三国志』や『水滸伝』の人物になぞらえ、あるいは安積艮斎の石田三成評を引き合いに出したりして、好意的な印象批評を附していたのであるが、それだけに「造語ノ時ニ生梗、円熟ヲ兵（失）フ者アリ」という総評は龍渓の耳に痛かったのであろう。多分その文体評価の基準はいわゆる漢文体にあったと思われるが、たしかにその点からみれば、英語の翻訳に強いられた耳なれぬ熟語が多く、漢文的な語調を失った表現も散見するのである。

ところが鳴鶴はその表現をむしろ「極精極密」と評価したのであって、龍渓の「然レ𪜈極精極微ノ状況ヲ写シ」云々（後篇自序）は明らかにそれを反映している。後篇で歐文直訳体への視向をより強めていたのも、こういう評価に支えられたからであろう。その意味では龍渓自身もまたかれらの尾評につき動かされ、対話を重ねつつ文体への問題意識を深めていったのである。先に検討したテジラ戦の表現がそういう両面からの要請に応えるモチーフを持っていたとすれば、その文体もまたかれだけのものではなかったということになる。
ただし鳴鶴の総評はむしろペロピダスとイパミノンダスとメルローの三人の関係のほうに向けられていた。龍渓が正史を枉《ま》げずに（この理解には問題があるが）事実を語ってなお尋常の小説を超えた伝奇《ロマン》たりえた、その理由を三人の描き方に求めたのであろう。先に紹介した逍遙の批判はこの総評を念頭に置き、鳴鶴がペロピダスの智力、イパミノンダスの良心、メルローの発情と整理したのを、智と徳性と情緒と言い換えたものと思われるが、かれはそのような理念を以て正史中の人物を律することに疑問を提したのである。だが鳴鶴からみれば、それこそが尋常の小説を超える伝奇たりえた必須の条件にほかならなかった。その点でこれは、馬琴的小説観と逍遙のそれとの喰い違いだったと言えなくもない。『経国美談』における三人のヒーローは、仁義八行を体現した八犬士の縮少再生産とも見なしうるからである。ただし馬琴は仁の体現者たる犬江親兵衛をリーダー格としたが、他の七犬士は同格に扱っていた。ところが鳴鶴は発情は智力に従わねばならず、智力は良心に制せられると、良心・智力・発情というヒェラルキーを見出し、それが三人の「挙動」だけでなくプロットの面にも生かされていると読み取ったのである。馬琴の仁義八行にはメルロー的な「発情」が欠けていることと並んで、これが『経国美談』の『八犬伝』と異る所以として、鳴鶴にはその新しさが知覚されたのであろう。

だがこれはかならずしもイパミノンダスを主人公と見ることを意味しない。というより、近代文学的な主人公の概念をかれは持たず、この点に関しても馬琴の、「主客《しゆかく》は、此間《このあひだ》の能楽《のうがく》にいふシテ・ワキの如《ごと》し。その書《しよ》に一部《いちぶ》の主客《しゆかく》あり、又一回毎《またいつくわいごと》に主客《しゆかく》ありて、主《しゆ》も亦客《またかく》になることあり、客《かく》も亦主《またしゆ》にならざることを得《え》ず」という観念に近かったと思われる。後篇第十三回の尾評に「此回。以二阿善一置二主位一。以二齋武一置二賓位一。」という言葉があり、主賓という用語自体は馬琴がヒントを得たと言われる毛声山の『読三国志法』とおなじだが、概念は馬琴により近いからである。それによれば能楽のシテとワキのごとく、主客とは客あっての主という、一対の、切り離せない関係にあり、しかも場面によってこの関係は交換しうるものであった。前篇を通じての主役《リーディング・アクター》がペロピダスであることは一読して明らかだが、ある場面でメルローなりレヲナなりに焦点を合わせて集中的に筆を費すならば、かれらがその時の主役となりペロピダスは傍に退く。このような主客の相互転換という相対化の視点があればこそ鳴鶴は近代的な主人公観とは別な基準で、前篇においてはほとんど活躍することのなかったイパミノンダスを以てペロピダスを相対化しえたのである。「是発情為二智力所一レ制者……是良心制二智力一者也」とは、時にペロピダスがメルローの主となり、時にはイパミノンダスの客となるということはほかならない。

このような主客観が照応や反対などの構成論と深く結びついていたことは言うまでもないであろう。「又《また》反対《はんたい》は、その人《ひと》は同《おな》じけれども、その事《こと》は同《おな》じからず」とは、主客が入れ代る場合をも意味する。しかも漢詩における対句的な法則に従ってある場面と照対するもう一つの場面を作らねばならないとすれば、主要な登場人物もまたそれに準じて主客のいずれをも演じ別けねばならない。そういう場面ごとの役割を超えてペロピダスをペロピダスたらしめ、イパミノンダスをイパミノンダスたらしめる理念を龍渓は与えていた。鳴鶴はそのように読み取って、「是通篇之大主眼」と評したのである。

龍渓がはじめからこのような構成論を意識していたかどうかは分からない。だが読本体を視向していた以上、鳴鶴のような批評はけっして意に反するものではなかったであろうし、後篇においては意図的にそれに従ったと思われる。ことさら前篇と照対させるために作った場面、と判断できる箇所が随所にみられるからである。例えば前篇におけるペロピダスとレヲナの恋はついに成就しなかったのだが、後篇ではイパミノダスの家に寄遇したゴウキスと結婚する。ペロピダスの出陣に際してその妻が「御身ヲ危ヲクシ玉フナ」と案じたのに対して、「何故ニ一軍ヲ危クシ玉フナト戒メザルヤ」（"Private men, my wife, should be advised to look to themselves, generals to save others"）とペロピダスが答えたエピソードが、『プルターク英雄伝』に紹介されており、龍渓としてもこの場面を描くに当って妻を配しておく必要があったわけだが、わざわざ侍女が女主人の結婚を懸念する会話までも描き込んだのは、前篇との照応を配慮したからであろう。

また前篇では獄中に囚われたイパミノンダスをペロピダスの従者アンヂュウスが救出するわけだが、後篇ではヒーリー王アレクサンドルに捕われたペロピダスを、イパミノンダスが兵を率いて救出に向った。鳴鶴はわが意を得たりとばかりに、「巴氏繋獄一節。与㆓前篇威氏幽囚一節㆒遙相対映」と評した。こうしてみると鳴鶴たちの尾評は一般の読者に対してだけでなく、龍渓に対してもまた小説作法上の教育的効果を及ぼしていたのである。

ただその間にも「見エタリシ」とか「見エニケリ」とかと一いち細かく見え方を言表化せずにいられない龍渓独特の表現特徴は少しずつ増えている。それを表現史的にとらえるならば、馬琴における「主」は、その場面の主導的《アクティヴ》な役割を演ずる人物であるとともに表現の焦点でもあった。が、その両面を区別し、表現の焦点たる人物とその場面の主役とをずらし、しかも焦点的な人物のほうを一貫してどの場面にも登場させるならば、かれを視点人物として定立したことになるだろう。日本の近代小説はその方向に進んでゆき、そこに視点人物のアイデンティティとしての性格《キャラクター》イメージが生れることになった。龍渓がその流れに加わるのは『浮城物語』からであるが、右のような見え方の言表化はそういうずらしの萌芽だったと言える。ペロピダスとレヲナの再会を描いて、傍のメルローに「夫婦ノ様ナラン」と大声で呟かせ（後篇第一回）、「乱民」に殺されたレヲナの死骸と対面したペロピダスの姿を、傍の衆士官の眼を借りて「身ハ一軍ニ将トシテ衆士官ノ前ニ在レハ眼瞼一滴ノ涙ヲ溢レシメス唯其ノ黙シテ愀然タル哀容ハ特ニ傷マシク見ヘルナルヘシ」（後篇第三回）と描き出した。このような傍役的人物への視点の仮託は、ペロピダスとレヲナという「主客」に焦点が向けられていることの意識的な強調であるが、そういう視点操作の自覚もなしに主役の言動に言葉を費していた同時代の表現から一歩抜け出していた徴候《しるし》であり、逍遥の『当世書生気質』における視点の強調を準備する表現だった。主役ならぬ焦点人物の出現の萌芽なのである。

このことを確認してもう一度先のエピソードにもどるならば、ペロピダスの出陣に際しての妻との会話はもちろん場面的な拘束が大きい。出陣以外の場合に用いることはむずかしいだろう。だが場面それ自体を動かすことは可能であって、場合によってはセーベ回復の暗殺計画に出発する際のレヲナとの会話とすることさえ出来よう。その意味では場面それ自体が可変項なのであり、他方イパミノンダスのペロピダス救出行は時期を動かすことができないという点で不可変項であった。つまり馬琴的な構成論というフィルターにかけてみれば、照応や反対などのために操作しうる範列的かつ共時的な可変項と、伏線や襯染という通時的系列にある不可変項とに分離できる。ヘイドン・ホワイトが言う歴史上の出来事《イベント》とは主に後者を指していたのであって、だからこそかれはその出来事の選択や焦点の置き方、あるいは叙述のレベルにおける順序の入れ替えというプロット化を問題にしなければならなかったのである。換言すればホワイトの言う出来事それ自体が既にある種のフィルターを通して選択された「事実」だったということにほかならない。

もしこのように分離された可変項のエピソードのみを集めてみれば逸話集が生れる。それを評伝伝記の形で通時的に配列した場合、不可変項の「事実」はその人物の時代的背景として範列化され、その意味で共時化される。その逆に不可変項の通時的な配列（またはそのプロット化）によって「歴史」を叙述する場合、そこに登場した人物の可変項的なエピソードは共時化され、かれの回想や内面性として喚び出されることになるだろう。その意味で可変項と不可変項とのいずれに主眼を置くかによって共時性と通時性とは交換されうるのであり、前者を主とすれば評伝、後者を主とすれば歴史小説、そして後者のなかで前者の比重を出来るかぎり零項化していった形で「客観的」な歴史が書かれる。そのような形で、日本における歴史ナラティヴのジャンルが分化してきたのである。

結　読者の反噬

逍遙は『小説神髄』で二度『経国美談』に言及した。一度は既にふれたように正史中の人物の理念化に関するこだわりであり、もう一度は上巻の「小説《せうせつ》の種類《しゆるい》」で「政事小説《せいじせうせつ》ハ専《もつぱ》ら政事界《せいじかい》の現況《ありさま》を写《うつ》しいだして暗《あん》に党議《たうぎ》を張《は》らまくする政事家《せいじか》の手《て》になれる者多《ものおほ》し「美《び》イコンスヒヰルド」候《こう》の春鶯囀《しゆんおうてん》矢野文雄大人《やのふみをうし》の簒訳《さんやく》せられし経国美談《けいこくびだん》など其例《そのれい》なり」と言及したのであるが、再版から『経国美談』の名は消してしまった。かいなでの政事（治）小説とは類を異にする作品だという判断が生じたためであろうが、それならばどんな種類に入れるべきか、迷ってしまったらしいのである。

ただいずれにせよ取るに足らぬ作品として黙殺しようとしたのでないことは、下巻の構成自体が雄弁に語っている。その文体論は龍渓のそれから示唆された点があったと見ることができるが、「脚色《しくみ》の法則《ほふそく》」でまず馬琴の小説七則の全面的な検討と批判に取り組んだのも、鳴鶴的な読みの背後にある構成論を撃っておく必要を感じたためと思われる。『八犬伝』への関心は早くからあったようだが、小説七則の批判が緊急の課題として意識されるに至った直接的なきっかけは『経国美談』だったと考えられるのである。かれは脈絡通徹を重視する立場で伏線と襯染とは評価し、だが照応や反対などは巧みを求めすぎる寄り道として斥けた。これはもちろん主人公観にもかかわってくる。かれが脈絡通徹を小説構成の基本条件とみた理由は、また稿を改めて探ってみなければならないが、強いて馬琴との違いを主張する仕方のなかに『経国美談』からの圧力を想像することができる。その名前を『小説神髄』から消そうとしたのはそういうこだわりを裏返した行為と見るほかはないであろう。

その反面かれは「正史」という言葉をそのまま受け継いでいる。ある王朝の史官が、その前代の（つまりかれの王朝が奪《と》って代った）王朝の権力内部の記録を整理し興亡の経緯を明かしたもの、それを正史の原義とするならば、龍渓の『経国美談』中の「歴史」はむしろ頼山陽に倣って「外史」と呼ばなければならない。にもかかわらず龍渓が材料としたギリシャ史を「正史」と呼んだのは、セーベの興隆を支えた民主制こそ正統的な権力のあり方だと考えたためかもしれないが、逍遙はさらにその概念を拡げて歴史（記述）一般の意味に使っていた。その上でかれは正史と小説との関係を、龍渓の纂訳と補述の関係とは別様にとらえて、正史の裏面あるいは正史中の人物の内面を強調した。龍渓の補述を承知した上でなおかつ『経国美談』全体を「正史」的世界と受け容れた読者層を想定してみるならば、逍遙がそれとの差異化として裏面や内面を強調した理由がよく分かるのである。

その意味で逍遙は『経国美談』の読者の一人であり、しかもきわめて例外的な読者だった。かれはあの尾評に代表されるような仕掛けには眼を向けず、多分そのおかげでその小説に関する教育装置からは免れえた読者だったからである。この点にかぎりかれは自由な、解放された立場を取りえた読者であった。ばかりでなく、この立場から『経国美談』というテクストが喚起する小説論上の諸問題を多角的、全面的に再検討しようとした読者でもあった。『小説神髄』の全体の意図がそうであったとはもちろん断言できないが、こと下巻に関するかぎりそれは『経国美談』を暗黙の批判対象とした小説作法論であり、別様な読者教育の試みだったとみてさしつかえないのである。

それはまた評論が鳴鶴的な実作批評から離脱する、いや離脱しようとして「自律」化してしまった評論の、日本的な経緯を物語るテクストの誕生でもあった。

注

(1)「間作者性と間読者性および文体の問題」（北大国文学会編集『国語国文研究』第八九号、平成三年七月刊）。
(2) 花輪光・和泉涼一訳『物語のディスクール――方法論の試み――』（昭和六〇年九月、風の薔薇社刊）。
(3) Connop Thirlwall *A History of Greece* においては、道徳的評価と客観性との関係が次のように意識されていた。

　But though we would not neglect the moral and religious side of the subject, there are some others which it will be fit to notice, and which Xenophon appears studiously to have kept out of sight.

これはスパルタ軍のセーベ占領について、スパルタの傭兵だったこともあるセノホンが、スパルタ側の立場で弁護的に書いていたのに対して、道義的視点から批判し、さらにセノホンが慎重に避けていた事実に注意を促そうとした箇所である。
(4) Hayden White *Tropics of Discourse* (The John Hopkins University Press, 1978)。
(5) セノホンの『ギリシャ事件史』（*Xenophon "The Affairs of Greece."* translated by William Smith. 1876, William P. Nimmo）はスパルタ側の感情を考慮したためか、ペロピダスの名前は出さず、代りに Mello の役割をクローズアップしている。これは他のギリシャ史における Mellon と同一人物と思われるが、龍渓の描いたメルローとはキャラクターが異なる。
(6)（1）とおなじ。
(7) 田村すゞ子他訳『一般言語学』（昭和四八年三月、みすず書房刊）。
(8) Hayden White *Metahistory* (The John Hopkins University Press, 1973)。
(9) この「第八回」は鳴鶴の勘ちがい。正しくは第七回。
(10) 馬琴がヒントを得た毛声山の『読三国志法』に眼を通していたことも考えられるが、用語・概念ともに馬琴のほうに近い。

第2章　時間の物語

歴史とはある集団の人々が共有する過去のことだ、と普通は考えられている。いや、むしろそれは共有された過去という観念を作り出す表象の産物と見なすべきだ。そういう考えが最近起こってきた。

この考えがそれなりに有効なのは、歴史的事実という観念に疑問を投げかけ、その事実を構成する思考法それ自体を問題にしえたことであろう。

その観点によれば、日本列島と呼ばれる地域に住む民族の歴史、すなわち日本歴史とは、この人達に「日本という国家」、「日本人という国民」を自明な枠組みと思い込ませる表象にほかならない。「私たち日本人は太平洋戦争という過去を持っている」。この言表は一見自明の事実を述べているようだが、ちょっとスタンスを変えれば、その観念性はただちに明らかだろう。なぜなら太平洋戦争を戦ったのは日本人だけではない。それに、日本人のなかでも太平洋戦争を経験した人の数は、現在はおそらく三分の一にも満たないからである。にもかかわらず、現在もなお日本人に重い負債として太平洋戦争が意識されているとすれば、それは、今もなお続く国家間の関係を反映した歴史語りの枠組みと方法によって、記録や遺物の解釈が方向づけられているためである。換言すれば、このような解釈と切り離された、裸の事実というものはあり得ない。だから、一定の枠組みと方法とで「史料」化された記録から構成される歴史というものは、「国家」や「国民」を再生産するための表象にほかならないことになる。いま仮に国家や国民といった枠組みが全く消え去った状況を想定してみるならば、その記録はほかの種類の記録との関係で「史料」的な意味を変え、あるいは物語の一ファクターに変わってしまうだろう。

それでは、歴史とは、右のような表象の操作によるバーチャルリアリティ的な「過去」にすぎないのであろうか。

ところでいま私は、最近の歴史学における歴史＝表象論を自分なりに理論的に押し進め、その上で疑問を呈してみているわけだが、その理由は、まだ人々が共通の過去など持たない、つまり先のような意味での歴史を持たなかった時期の状態をどのように捉えるか、その方法を問うてみたかったからである。

それは遠い時代のことではない。私が念頭においているのは明治初年代、一〇年代前半のことであるが、この時期のテクストを読んでみても日本人に共通の過去、つまり日本の歴史を前提にしたり、それを作り出そうとした言説はほとんど見られないのである。

その前の時代の読書人にとって「共通の過去」があったとすれば、それはそれぞれの藩の藩祖以来の伝承であろう。だが、かならずしも地域と密接なかかわりがあったわけでなく、国替えがあれば、藩主ぐるみ伝承を抱えて新たな領地に移っていった。しかもこの伝承は藩単位を超えるものではなかった。まして民百姓からみればそんな伝承はしょせん他人のものでしかなく、かれら自身は別な伝承を持ち、無縁に生きていた。藩単位を超えた伝承にあえて自分たちをアイデンティファイするのは、読書人にとってもおおきな観念的飛躍を必要としたであろうが、その際『三国志』を選ぶか『日本書紀』を選ぶか、一義的に決定するのは困難だったにちがいない。地域性から見れば『日本書紀』になりそうだが、かれらの制度、道徳、情念は『三国志』の国のそれを規範としていたからである。

そうした状況のなかで、国学は『古事記』を聖典化することで日本人共通の過去を「復興」しようとしたわけだが、いわば圧倒的な漢心《からごころ》の浸透を前提として、それとは異質な精神領域をわずかに拓いてみせたにすぎない。『古事記』の古代神話が制度、道徳、情念を決定するまでに幅広く共有されるには至らなかった。他方、頼山陽の『日本外史』や水戸学がある程度読書人の間に普及して、神州意識を形成し、攘夷運動のエネルギーとなったが、かれらの戊辰戦争は藩単位で経験されるほかなかった。そのため結局、かれらに共通の過去もその単位を超えるものではなかった。

それをよく示しているのは、明治一八年から刊行されはじめた柴四朗の『佳人之奇遇』であろう。主人公東海散士は戊辰戦争に敗れた会津藩の士族であり、自ら味わった亡国の「民」の苦汁を通して、世界各地における被征服・抑圧民族との連帯を図る。同時代の植民地と民族支配の問題をグローバルに捉えた、スケールの大きな物語であるが、散士が憂える日本の運命はつねに会津のそれと混同され、置き換えられてしまう。しかもその意識から会津の民百姓の運命は捨象されてしまっていたのである。

明治前期の言論人にとってイギリスのマグナカルタや、フランスの革命、アメリカの独立戦争は、他国の出来事であると共に、自分たちも共有すべき輝かしい文明国の「過去」であった。これは江戸期の読書人が『三国志』の国の出来事を共有していた伝統の、その裏返しと見ることができ、明治前期の啓蒙書や教科書に紹介された偉人の事業や有徳な人物のエピソードも、日本のものよりはむしろヨーロッパやアメリカのものが多い。『佳人之奇遇』はそうした精神傾向のなかで構想され、しかも同時代の言論人が見落としていた、ヨーロッパの列強支配の陰の部分にアイデンティファイすべく書かれていたのである。

明治に入っても頼山陽の『日本外史』は版を重ねていたが、新しい制度で教育を受けた青年にまで影響を及ぼした形跡は見られない。明治一〇年から田口卯吉の『日本開化小史』が刊行されたが、ここに明かされた日本の制度史や文化史と排他的に自分たちをアイデンティファイすべきだ、という発想では書かれていなかった。意外に思われるかもしれないが、新しい教育制度で育った青年に共通体験されていたテクストは、じつは馬琴の『南總里見八犬伝』であった。坪内逍遥が『八犬伝』を批判したことはよく知られている。だがその逍遥を含めて、この世代の人達が『八犬伝』を言説の共通基盤としていたことは、さりげなく駆使した修辞や、ものごとの見立て方から読み取ることができる。言説のダイアローグをスムーズに、あるいは劇的に行おうとする時、しばしばかれらはこれを用いた。あえて言えばこの物語にちりばめられた昔の出来事が、かれらの共有する「過去」だったのである。いま読んでみても、これほど世の人の有為転変を総合的、立体的に描いた物語は他にはない。

このような時期に、もし初めに述べた意味における歴史の構想の始まりを求めるとすれば、それは「史書」的な著述ではなく、いわゆる政治小説のなかの、たとえば末広鉄腸の『雪中梅』（明治一九年）のような未来記小説を挙げるべきであろう。

この物語の発端は、明治一七三年三月三日、国会開設祝賀会の日に設定されている。日本の国会の開設は明治二三年であるから、それから一五〇年後に物語が始まるわけで、その箇所には、世界都市にまで発展した東京を俯瞰した挿絵が添えてある。遠景には工場の煙突が林立して、もうもうと煙を吐き、現在ならば間違いなく公害問題で政府が攻撃されるところであるが、この時代の観念からすれば、工場から盛んに立ち昇る石炭の煙は国力発展の象徴だった。たまたまその頃、上野の鶯谷に崖崩れがあって古い石碑が発見され、国会開設に力あったという人物の名前が刻んである。それをきっかけに、国会開設当時の歴史が皆の関心を呼び、上野の図書館を調べたところ、「雪中梅」と題する書物が見つかった。「其《そ》の文章《ぶんしやう》も中々面白《なかなかおもしろ》くソシテ談話《だんわ》の模様《もやう》をありの儘《まゝ》に書《かい》たものだから能《よ》く人情《にんじやう》を写《うつ》し明治《めいぢ》廿三年前《ねんぜん》の政事《せいじ》社会《しやくわい》を眼前《がんぜん》に見《み》る様《やう》」に、来たるべき国会の主導権をめぐる政争が描かれている。

こんなふうにこの物語は、「雪中梅」という書物が発見された経緯を明かすことから始まり、語り手はいったん一五〇年もの遠い未来に移って、そこから明治二三年ころの「過去」を振り返るわけだが、しかしその物語内容は、現実に末広鉄腸が『雪中梅』を発表した明治一九年から見れば、三、四年先の「未来」の出来事だった。その意味でこれは「顧みられた未来」の物語だったのである。

明治を一七三年も続けさせた点は、元号という制度に対する鉄腸のイロニーと見られなくもない。東京が世界都市たるには国会開設後一五〇年もの時間を要する、と見たところに、かれの、日本とヨーロッパの「文明」格差に関するリアリズムがあったのかもしれない。いずれにせよ一つはっきりしているのは、かれがこのような物語時間の操作によって、国会開設という未来の出来事を日本人共有の「過去」たらしめようとしていた点である。「雪中梅」なる書物の発見という設定によって、日本人が忘れていた（しかし現実にはまだ実現していない）「過去」を掘り起こしてみせる。それは小説というジャンルのまったく新しい使い方であり、当人たちが意識しているか否かは別として、その後の国史語りや民衆史語りの歴史家にしばしば利用され、その意味では歴史語りの方法の始まりであった。

このような作話術（narratology）の発明は、もちろん現実の国会開設運動と無関係ではない。よく知られているように明治一四年の一〇月、一〇年後の明治二三年に国会を開設する旨の詔勅が公布された。多くの歴史家はこの詔勅を、官有物払い下げ事件などによる政府批判をかわすための、権力側の対抗策だったと捉えている。私もこの解釈は当たらずと言えども遠からずだと思うが、いま注目したいのはその点ではない。私が注意を促したいのは、この詔勅によって人々は議会制以外の共同体の選択肢を失い、にもかかわらず、それを問題にする意識さえ明瞭に持たなかったことである。

もし明治初年代の日本人に共通のセンスがあったとすれば、それは多分、どうやらこのたびの御一新はこれまでの大名の改易やお国替えとは違うらしい、という知覚だけであっただろう。おおきな戦《いくさ》があったが、それによって領地を増やした藩はなかったし、改易、取りつぶしに近い処置を受けた藩はごく僅かだった。

藩は県に変わり、藩主は知事という名に変わっただけのように思われる。それなのに士族の多くが家禄を失い、お抱えだった自分たちの仕事がなくなった。旧幕時代は毎年検見が行われ、その年の農作物の出来具合に応じて年貢高に手心が加えられたが、今は決まった額の税金を収めなければならない。こうした状況のなかで百姓、町人、職人はそれぞれ自分たちの生きやすい世の中を望み、旧士族の大半は藩時代の記憶を抱えながら生き延びる算段をし、攘夷や王政復古の運動にコミットした者たちは、新政府が開国に転じてしまったことに、「裏切られた革命」の怨恨をかみしめていた。この人達の思い描く共同体は多種多様であり得たはずだが、そこに新政府は一〇年後の国会開設というプログラムを提示し、共同体に関するそれ以外の選択肢を非現実化してしまったのである。これ以降、現実的な選択肢は、一〇年後の政権を目指してどんな政党を結成するか、名乗り出た政党のどれを選ぶか、という問題に限定されることになる。

『雪中梅』のいう歴史とは、まさにそのようなプログラムのなかの歴史だった。

歴史の概念を本論の初めに挙げたような意味ではなく、アクシデンタルな出来事の連鎖という意味に解するならば、地震や洪水、飢饉、戦争、大火などの災害を節目として世の中がどう変わったかを捉えるのが歴史だった。明治一〇年代ころまでの多くの人の「歴史」の知覚はそのようなものだったと思われる。換言すればそれは、季節の循環のもとに営まれる日常を反復可能性《リピータビリティ》と捉え、その反復《リピート》のリズムを壊してしまう出来事に歴史の節目を意味する名前を与えて、過去を分節化し、記憶するようなやり方である。当然そのように知覚される歴史は、地域的《ローカル》なものとならざるを得ない。このような歴史センスに対して、人為的に時間を区切った目標に向けて準備を進めさせる「選択肢のない」政治プログラムや、その枠内で争われた党派勢力の消長のほうを歴史と呼ぶ、いわば新種の歴史観が取って替わることになったのである。国会や議会制という制度は地域性を超えた、日本全体にかかわるものと表現され、かつ受け取られる。その意味で右のような歴史観の交替は、制度の全体化《トータリアニズム》という運動を歴史の中心と見、それを歴史語りの主題とすることの始まりだったと言えよう。

変ったのはそれだけではない。変化のテンポもまた変ったのである。

政府が設定した国会開設というプロットを基盤とした物語に、須藤南翠の『緑蓑談』（明治一九年）と『新粧之佳人』（同前）という未来記小説がある。『緑蓑談』の発端は皇紀二五三九年の四月に設定されていて、実際の物語は一〇年後の二五四九年から始まるが、これは明治二三年、つまり作品発表の年から四年後の近未来に当たる。その描き方について、かれは序文で「有の儘の事を有りの儘より一歩を進めて人情の表発せざる神秘に写し出さんことに想像力を働かして、（中略）世の中の真理ハ此の位にまで進むならん、人情といふものハ此の点にまで達するならん、此処《こゝ》の感情ハ斯くあるべし、此処《こゝ》の道理ハ斯く変化するならんといふ極端を推究して、（中略）想像推考の間に真個の感情を写さんとするに在るなり」と説明した。これは『雪中梅』に序文を寄せた、二宮孤松の「小説の上乗なるものに至りてハ能く世人を感化し想像を以て造り出せる世界に向ふて進めしむるの益あり」という意見と呼応する考えだったと言える。つまり未来記小説の意図は、現実の観察に基づいて数年後の社会や人情を想像し、そこから改めて現実を批判的に捉え返して、読者を啓発し導くことにある、というわけである。

方法的に言えばこれは、近未来の到達点に向けた想像を媒介として、社会現象を時間的な相で捉えることにほかならない。実際の表現は、ありふれた通念で風俗や人情を捉えていたにすぎず、その後のいわゆる写実小説が中立《ニュートラル》な観察立場を仮構して「客観」的に描こうとしたリアリズムとは質が異なる。だが少なくとも理念的には、坪内逍遥の「模擬」論に新しい展開を与えようとする試みだったと言える。よく知られているように、逍遥は『小説神髄』（明治一八年）で、「小説《せうせつ》ハ常《つね》に模擬《もぎ》を以《もつ》て其全体《そのぜんたい》の根拠《こんきょ》となし人情《にんじやう》を模擬《もぎ》し世《せい》態《たい》を模擬《もぎ》しひたすら模擬《もぎ》する所《ところ》のものをば真《しん》に逼《せま》らしめむと力《つと》むるものたり」という模擬論《ミメシス》を主張した。この模擬論は「小説《せうせつ》ハもと世態《せいたい》をバ写《うつ》しいだせるものにしあれバ読者《よむひと》にして活眼《くわつがん》ありなバ書中《しよちう》に叙《じよ》したる所《ところ》によりて反省《はんせい》をすべきが当然《たうぜん》なり」という、反映《リフレクション》＝反省論と一対の観念であった。ここから小説は人生の批評だという主張が生まれてきたのであるが、末広鉄腸や須藤南翠はこのリフレクション理論と連動しながら、逍遥の模擬論がスタティックだったのに対して、近未来からの眼という批評的視点を導入したのである。

南翠の『新粧之佳人』がいつの時期に設定されていたか、その年月日は明瞭に語られていなかったが、すでに議会政治が始まり、保守改進の二大政党による政権抗争が繰り広げられるなかで、女性がどのような地位を占めるに至ったかを描いている。エチオピアの亡命者、アイルランドからの移住者、中国からの労働者など、多くの移民を受け入れて国際化した未来の日本社会を構想している点は、柴四朗の『佳人之奇遇』に触発されたものであろう。先にも触れたように、『佳人之奇遇』はアメリカのフィラデルフィアで世界各地の抑圧された民族の亡命者が出会い、祖国回復の運動を開始するという、いわば同時代の世界史を書こうとした物語と言えるが、『新粧之佳人』における日本の国際社会化は、それに刺激された構想だったと見ることができるからである。インパクトの点では『佳人之奇遇』にはるかに及ばないが、「著者が耳にのみ聞き得たる事柄を二種《ふたぐさ》まで取合せて傍ら将来婦人の智徳が那の点にまで進歩すべきや何やうなる変化あるべきやといふ問題を設けて」（南翠の自序）実験的に社会の趨勢（social current）を描いてみたところに、かれの自負があったと見るべきであろう。

見方を変えれば、このようなリフレクション機能や予測機能をもって小説の存在理由とすることは、小説を監視装置《モニター》化することにほかならない。

監視という言葉は管理を連想させ、文学の概念になじまないように見えるだろうが、日本以外の文学史を見ても、小説がマスメディアとの関係を強め、自身もマスメディア化すると共に、社会のモニターという機能を主張するようになる。現実のリフレクションや社会の批評という意味づけは、そのモニター機能をソフィストケイトした表現なのである。日本の場合、すでに江戸のタウン情報誌とも言うべき刷りものが出ていたが、まだ規模は小さく、リフレクション機能もほとんど持たなかった。受け手の側も、自分たちにとっての江戸をどうするかといった関心は持っていなかったのであろう。明治に入り、花柳界のゴシップや市井の事件を伝える小新聞と、大所高所から文明世界の趨勢と日本の方針を論じる大新聞が現われる。やがて両者を折衷する形で中新聞が、社会問題化すべき出来事を集中的に取り上げて世人の関心を喚起し、こうして自ら作った「輿論」を背景に政府へ苦言を呈し、改良策を提言するようになった。明治の小説がそういうマスメディアから派生し、ジャンルとして自立した後もそこを主要な発表舞台とし、いわば母体が持つ機能を方法化する形で存在理由を獲得しようとしたのである。

さらに言えば、マスメディアや小説のこのような機能が社会という観念を作り出した。そのモニター機能で世の中の問題を捉え、そのリフレクション機能が問題を解決し世の中を改良する方向を指し示す。そのような意識で世の中を捉えるところから、「自分たちの社会」という観念が生まれたのである。この観念を共有したのは読書人や言論人に限られ、多くの人にとって世の中は相変わらず「世間」を出なかったが、少なくともマスメディアのレベルではこの観念が優勢となり、明治一〇年代から二〇年代にかけて徐々に拡がっていった。その意味で近代とは、上のような機能によって社会の修正・改良が可能だという観念によって合意され、自己改良のシステムを内蔵した鏡社会（self-reflective society）の時代だと言うことができよう。未来記小説はそういうシステムの一環であり、またそういうシステムを社会に内蔵させるために生まれた物語ジャンルだったのである。

自律的な変化のシステムを内蔵した社会。その変化のテンポはシステムの作動の仕方如何《いかん》にかかっていたが、いずれにせよそのテンポによって「時間」が顕在化し、歴史学はその変化を追い、顕在化した「時間」の目盛に従って整理する仕事になった。それ以前の人達はそんなシステムを内蔵した社会など知らなかった。時間は日常の習俗・習慣のなかに埋もれていたし、世の中は自然現象にも似たアクシデンタルな事件によってしか変らないはずであった。もし世の移り変わりが知覚されるとすれば、それは衣装や髪型の流行廃《はやりすた》りや、神信心の人出などを通してであったが、それを知覚したのは僅かに町方に住む商人や職人たちだけであって、しかもそれは世の中の機構は変らないことが前提であった。それに対して未来記小説の作者たちは、政府が設定した変化のプログラムに則り、国会開設までの時間制限にせきたてられたようなテンポで風俗や人心を改良しようとする、新しい形の物語を提供したのである。

しかしこの時期の政治小説がすべてそのような形で書かれていたわけではない。以上のような動向全体への批評と読み取り得る作品もあり、その代表は小室信介の『自由艶舌女文章』(明治一七年)である。少しくどくなるが、この後の論にかかわることなので、簡単に内容を紹介しておきたい。

この物語で扇のかなめのような役割を負った人物は、荏土《えど》銀橋の芸者、小民《こたみ》と言い、一四歳であづま屋という芸者置屋の抱えとなり、現在は一七歳だが、二三歳まで年季は明けない。だが、抱え主の主母《おふくろ》おかんという老婆の要求があまりにもあくどいため、あづま屋を逃げ出し、隅田川のほとりに住むお信という女隠士に助けられる。

当時戯作を読みなれた読者ならば、この設定を見て、すぐにその寓意を理解しただろう。念のために説明すれば、あづま屋は東の国、日本を、小民は日本の人民を暗示する。彼女が一七歳なのは、この物語の発表されたのが明治一七年だったからで、だから小民が芸者置屋に売られた一四歳は、詔勅の公布された明治一四年を指し、自由な身になる二三歳は国会開設の明治二三年に当たる。小民を拘束するあづま屋の主母おかんはお官、すなわち官僚または藩閥政府を意味する。つまり日本の人民は二三年の国会開設を約束されているけれど、民権を獲得したわけでなく、現在も依然として藩閥政府の官僚の圧政に苦しんでいる、というのが、この設定の寓意だったわけである。

このように日本の人民の状況を芸者にたとえるやり方は、政治小説の始まりと言われる戸田欽堂の『情海波瀾』（明治一三年）で用いられ、政治小説の常套だったが、もちろんこれは芸者の境遇が自由を奪われた人間の譬えに使いやすかったからである。江戸時代の習わしでは芸者の年季は一〇年と決められ、しかも芸者の年齢の上限は二八歳までとされていた。小民は通例より若く、一三、四歳で売られたことになるが、ともあれ戸田欽堂たちはこの年季関係を詔勅と人民との関係に見立てたのである。

こうしてみると、この物語は政府のプログラムを逆手にとったストーリーと見られそうだが、しかし以上はあくまでも読み手が見つけ出す隠し味のようなものであって、語り手は表向きそういう現実的背景とは関係ない、架空の物語を語っていたにすぎない。架空性の点で特に徹底しているのは、小民が住む土地は明らかに東京であるにもかかわらず、語り手はエドと呼び続け、しかも「江戸」ではなく、「荏土」という文字を当てた。それ以外の地名については実名を用いていることから判断すれば、かれは「東京」の存在しない物語空間を作ろうとしていたのである。これは『雪中梅』や『新粧之佳人』が東京を世界都市化していたのと著しい対照をなす。

その点をもう少し具体的に説明すれば、物語の場面はやがて「荏土」を離れ、小民を助けたお信の身の上話しに移ってゆくが、お信の語るところによれば、父は人見権平といい、大塩平八郎の従兄弟で、河内の国、金剛山の麓に住み、大塩の蜂起に加わった。父の死後、彼女は姉のおたかと京都に出て、おたかは妹小路公朝という公家に仕えるが、公朝は何者かに暗殺されてしまう。お信のほうは大和の浪人、桜山二郎と結婚するが、二郎は長州の志士とまじわり、元治元年の蛤御門の変に敗れた後は長州に移って奇兵隊に参加する。こうして夫と別れわかれになったお信は荘士に出ようとして、途中、浅間山の女山賊、笛吹きのお力と肝胆相照らす仲となり、さらに上州の高崎では、水戸の豪農、藤田兵二の娘、お金と智次という姉妹と意気投合する。

分かるように、小室信介は明らかに馬琴の『南總里見八犬伝』のキャラクター・システムを借りている。馬琴は儒教の八つの徳を八人の剣士に擬人化し、それ以外の人物については名詮自性、つまり名は本性を表わすという命名法を用いた。このキャラクター・システムは為永春水の『貞操婦女八賢誌《ていそうおんなはちけんし》』という八犬伝の女性版に受け継がれたが、信介は八人を四人に整理し、信義（お信）、武力（お力）、財力（お金）、智恵（智次）の協力が必要であることを寓意したのであろう。人見権平すなわち「人権」の申し子とも言うべきお信は、他の三人の協力を得て小民（人民）をおかん（官僚支配）から助け、自由な身にしてやる。その小民が夢に見るまで恋いこがれた若者は、古井由次郎と言い、自分の育ちを「われは西国の出生にて幼少より片山里に人と為り」と語るが、これは土佐民権家が好んで歌った俚謡「我里ハ。西経《せいけい》六度かたいなか。深山《みやま》の中じや。あるけれど。自由都府《とふ》とも云はれたる」（『土陽雑誌』第十一号、明治一〇年一二月）を踏まえた表現だったと思われる。もしそうならば、土佐民権家こそが人民に自由の夢を与えたのである。

こうした作話術の点ではかれは江戸期の方法に依存していたことになるが、先に紹介した作中人物の親子・夫婦関係を読み解いてゆくと、江戸期物語の方法を利用しながら明治の歴史語りを批判していたことが見えてくる。

たとえばお信の父、人見権平は「人権」を暗示するわけだが、かれが住んでいた河内の金剛山は南北朝時代、勤皇で知られた楠正成の要塞だった。かれは天保八年、大塩平八郎が幕府の政治を批判して起こした蜂起に参加する。またお信の夫、大和の浪人、桜山二郎という設定は、吉野地方を連想させる地名と名前であるが、この吉野は楠一族の拠点だっただけでなく、王政復古の先駆けとなろうとした浪士の集団、天誅組が文久三年八月に挙兵した土地でもあった。お信の姉、おたかが仕えたという妹小路公朝が、文久三年の五月に暗殺された尊皇攘夷の公家、姉小路公知をモデルとしていたことは明らかであろう。しかもお金、智次の父、水戸の藤田兵二は、元治元年筑波山で挙兵した水戸天狗党の指導者、藤田小四郎を思い起こさせる設定となっていた。天狗党は京都に上ろうとして、途中、高崎藩と戦ったが、これを踏まえて、高崎でお信と智次が格闘し、のち仲直りして意気投合するという展開を作ったのであろう。

このように物語の細部から連想される事件を辿ってみると、お信は幕末に起こった地方的な暴発事件を繋いでゆく役割を果たしていたことが分かる。いま私は「地方的な暴発事件」という言い方をしたが、現在の歴史学の視点から見れば天誅組の挙兵以下の事件を明治維新に関連させて捉えることはさほど難しくない。というより、むしろそれが常識であろう。だが、事件の当事者がお互いの関連を自覚していたとは思われない。大和の山中で挙兵した吉村虎太郎と、常陸の筑波山で挙兵した藤田小四郎とが、互いの行動を知っていたとは考えられないし、まして挙兵の「歴史的意義」などという認識を共有し、相呼応して決起したなどということはありえない。かれらは地方的な騒乱以上の規模にはなりえない武力暴発を惹き起こし、将来の展望を持ちえないまま孤独な死を死んでいった。これらを関係づけ、意味を見出し、かれらのモティーフを蘇らせるには一定の思想と想像力が必要であって、この物語の場合お信がその役割を担い、その思想的な原点に大塩平八郎が置かれていたわけである。

この物語が発表された時期、すでに蛤御門の変や高杉晋作の奇兵隊の活動は明治維新の「正史」に取り入れられていたであろう。新政府の中心を占めていたのは、薩摩や長州の出身者で、かれらの事蹟にかかわる事件には「歴史」的な意味づけが早くから行われたはずだからである。それに較べて天誅組や天狗党の挙兵は評価と位置づけのむずかしい事件だった。政府の中心を占めた維新の功労者の立場から見れば、それらは情勢判断を誤った、無謀な暴発でしかなかったのではないか。攘夷や王政復古という名分の点では共通するところがあったとしても、政略にかかわる戦術観が異なっていたからである。新政府の手による明治維新史の公刊は明治も後半に入ってからであるが、その基礎作業として、明治二五年から史談会による聞き取りが始まる。明治維新前後の事件の生き残りの人を招いて、当時の事情を聞き出そうという試みであって、その記録を見ると、当初の主要な関心は薩長連合の成立の経緯にあったらしい。この連合は倒幕運動の重要な転換点となったわけで、当然早くから関心を引き、坂本龍馬の果たした役割が大きく評価されるきっかけとなったわけである。そういう傾向のなかで、意外にも、既に第五回に大塩平八郎の蜂起が取り上げられている。その理由はよく分からないが、ただ関心の向けどころは事件の経過のほうにあり、かれの思想に維新の原点を見出すというふうではなかった。

当時の「正史」作りの状況をこのように再現してみると、『自由艶舌女文章』の批評性はさらに明らかだろう。この物語のなかで事件の日にちが特定されていたのは大塩平八郎の蜂起と、妹小路公朝じつは姉小路公知の暗殺事件と、蛤御門の変だけで、明治維新にも触れなければ、戊辰戦争にも触れていない。土地のイメージは大和や水戸にまで拡がってゆくが、事件の場所として特定された地方は大阪と京都だけだった。描かれた風俗は明らかに明治の東京の風俗だったが、東京という地名は避けて、江戸時代以前のエドに宛てられた漢字を用いていた。政府の「正史」作りにおいて必ず中心的トポスとして選ばれるだろう東京と、そのトポスにおける制度変化や政権交替を軸に編集されるだろうクロニクルとをあえて無視し、それとは異なるトポス・クロノロジーの事件史を語ってみせたのである。この物語が与えるイメージのなかではまだ新しい時代は来ていなかったし、未来を約束できるような政治制度も整っていなかった。出来事を一本の時間軸に沿って順序立てる歴史の方法を故意に崩し、お信の空間移動の間に起こったアクシデンタルな組合わせ、という形で並べてみせたのである。これが発表されたのは加波山事件や秩父事件など、新たな蜂起・挙兵事件が起こった時期だった。この物語はそれらの事件を起こした人々への、小室信介のメッセージだったとも言えるが、その帰趨の予測でもあっただろう。

私がこの物語に注目する、もう一つの理由は、先ほど紹介した未来記小説に対する批評にもなりえている点である。未来記小説の時間構造や歴史意識はけっきょく現実の政治のプロットを離れることはできず、むしろそれをより高度に構造化し、補強する結果になった。末広鉄腸や須藤南翠は、国会が東京に置かれるだろうことを少しも疑わず、『雪中梅』の挿絵や『新粧之佳人』の冒頭の描写によれば、東京は日本の近代化、西洋化の中心地であり、いずれはアジアで唯一の世界都市になるべきところだった。小室信介の作話術はそういう物語の基本構造を脱構築してしまう批評性を内包していたのである。

ただし最後にことわっておけば、以上のことはあくまで私の読み取りであって、作者があからさまに主張していたわけではない。もし私たちが、大和と桜山二郎の組合わせから天誅組を喚起されず、水戸と藤田兵二が天狗党の指標であることに思い当たらず、あづま屋の小民といったネーミングから政治小説独特のコードを直観できなかったとするならば、この物語はほとんど何の批評性も見せないだろう。そこには馬琴的なキャラクター・システムを単純化した、あまり上手でないヴァリエーションがあるだけである。過去は寓意化され、テクストのなかに隠されている。これも過去を共有する一つの方法と言えるが、取り上げた事件の一つひとつはパズルの部分《ピース》のようなもので、しかもパズル全体の構図はまだでき上がっていないし、欠けた部分《ピース》も多い、というよりは、構図自体が判じ物化《パズル》されているのである。

以上のように、明治一〇年代には複数の歴史の作り方、過去の共有の仕方が並存していた。ただしそれは、のちの昭和時代におけるような歴史観の対立とは異なる。昭和時代、特に戦後における歴史観は、いずれも基本的には、政府のプログラムと未来記小説の書き手とが補完し合って作ったトポス・クロノロジー観のなかにあり、ただその枠内で政治過程をどう評価するかを争ったにすぎない。相争う歴史家のいずれも、自分の歴史学が反映《リフレクション》＝反省機能と監視機能《モニタリング》に存在理由をもつことだけは疑わなかった。反権力の立場を選ぶ歴史家も、そのトポス・クロノロジーのなかの遠近法を用いていることに変りはない。そうした機能を欠き、遠近法を持たない歴史語りは、かれらにとっては自分の歴史語りと並存する、異質な方法のものというよりは、むしろ前時代の、未熟な歴史記述でしかなかった。進歩史観を批判する歴史家も、歴史学の進歩は信じていたのである。

歴史家にとってのこの進歩の指標は、未来記小説のような物語性をどれだけ斥け、実証性を高めたかということであろう。だが、未来からの視線を否定した結果、後世の立場からする結果論、結果から原因を構成する因果論の実証主義が取って替わることになったが、その実証性があのトポス・クロノロジーに保証され、そのなかで発揮される限り――なぜなら、あのトポス・クロノロジーがこの実証主義を生んだのだから――、その記述はバーチャルリアリティ化するほかはない。そのことに気づかず、並存する他の歴史語りを未熟で非科学的なものと斥け、いわば「選択肢のない」歴史学であろうとする、まさにそのことによってますますバーチャルリアリティにはまってしまう。歴史とは表象だとする指摘は意味あることだが、その理由は、表象を生産し、操作するのは国民国家だけでなく、歴史学も重要な一役を買っていて、歴史学なるものも表象以外ではないことを明かしてくれるからにほかならない。

第III部　近代詩の構成

第1章　近代詩草創期における構成の問題

——近代詩史の試み㈠

　現在の眼から見て詩として評価できるかどうか、という問題は暫く措く。あるいはまた翻訳がその原詩の内容やニュアンスをどれだけ適切な日本語に移し得ていたかを検討して、翻訳の巧拙や翻訳者における外国文学の理解の深浅を問うというやり方も、ここでは採らない。こういう方針で明治初期の西洋的な詩の翻訳や創作を見てゆくとき、当時の人たちにとっておそらく最も意識化しにくかったのは構成の問題だったと言うことができる。

　なぜ私はいまそのような方針を選ぼうとするのか。これまでの研究のほとんどが作品（翻訳と創作のいずれをも含む）の巧拙や理解の深浅に関心を集中し、たしかに多くのすぐれた成果を挙げてきたが、そこでもまた構成の問題が見落されてしまっているからにほかならない。作品の巧拙や理解の深浅の検討は、おのずからその研究者の関心を、当時の日本人が異質な文化と出合った精神的な劇の解明へと導いてゆく。もちろんそれもまた重要な研究テーマにちがいないが、しかし一たんそのようなやり方を抑制してみないと、表現レベルにおける、いわば文学それ自体の劇が見えて来ないのである。

　たとえば外山正一は『新体詩抄』（明一五・八）の序文で、わが国の短詩型文学、つまり「三十一文字や川柳」などは「其内にある思想とても又極めて簡短なるもの」であり「少しく連続したる思想、内にありて、鳴らんとするときハ固より斯く簡短なる鳴方にて満足するものにあらず」と貶斥していたが、さて自分自身を振り返ってみるならば、「連続したる思想、内にある訳にもあらず心地よき音調を以て能く鳴ることの出来るものにもあらねども」と自嘲せざるをえなかった。それにもかかわらずかれは、矢田部良吉訳の「グレー氏墳上感懐の詩」に次いで長い、「社会学の原理に題す」という創作を発表している。新しい学問の思想を啓蒙的に敷衍することで「連続したる思想」を代用しようとした作品と言うべきで、その思想の平板さがそのまま文学観の単純さを露呈してしまったような、まことに退屈な詩でしかない。だからこれを批判するのは容易なのであるが、その時つい忘れてしまうのは、作者自身にも「連続したる思想、内にありて、鳴らんとする」モチーフを見出しえなかったにもかかわらずこのような詩をかれが作れてしまったのは何故であろうか、という疑問である。

その数年前、植木枝盛は『民権自由論』(明一二・四)の附録として「民権田舎歌」を発表した。外山正一自身はどの程度自覚していたかは分からないが、「社会学の原理に題す」はこの詩の作り方にそっくり従っていたと言うことができる。

なぜなら、そのいずれもが以下のように構成されていたからである。(イ)この世はきわめて大事な真理が潜在している。(ロ)それはごく身近かな事象によって確かめられる。(ハ)人間はそれを認識し、あるいは実現するために努力を重ねてきたし、われわれもそれを受け継がねばならぬ。(ニ)その努力を怠るとき、大きな不幸が社会に生れる。(ホ)だからわれわれは大いに努めなければならない。——もっとも、このような構成は政治的論文のそれであって、かならずしも詩的な表現を選ばねばならぬ必然性はない。そういう意味の批判は、当時すでに池袋清風が「新体詩批評」(『国民之友』第三九号、四二号、四六号。明二二・一～四)で下していた。だが、たとえ植木枝盛の意図が政治的論文の平明な書き替えにしかなかったとしても、少くともこのような作り方が試みられないかぎり、暁烏山人編の民権都々逸「よしや武士」(明一〇)のような、都々逸をただ列挙しただけの形態を超えて、詩的構成へと踏み出すことはできなかったのである。

そして私が、植木枝盛と外山正一の思想的立場の相違にもかかわらず、後者の作品が前者の作品の作り方を踏襲していただろうと判断した一番の理由は、いずれも構成(ロ)の位置に次のような俗曲的表現が見られるためであった。

おまへ見んかへ籠の鳥
羽があつても飛ぶことならぬ
おまへ見んかへ網の魚
鰭《ひれ》があつても游《およ》がれぬ
おまへ観《み》んかへ繋《つない》だ馬を
蹄《ひづめ》があつても走《わし（ママ）》られん
人に才あり力もあれど
自由の権利がない時は
さらば人間《にんげ（ママ）》と云ふものは
無用の長物益《ゑき》がなゐ《（ママ）》
自由で生きてこそよけれ
自由が無ければ死んだも同じ
おまへ見んかへあの塩を
塩といふたらからいが塩じや
からくなければ沙《すな》である

砂糖と云ふのは甘いが砂糖
甘くなければ土じやぞへ
（民権田舎歌）

桔梗かるかや女郎花　梅や桜や萩牡丹
牡丹に縁の唐獅（ママ）や　菜の葉に止まる蝶てふや
木の間囀る鶯や　門辺にあさる知更鳥《こまどり》や
雲居に名のる杜鵑　同じ友をバ呼子鳥
友を慕ひて奥山に　紅葉ふみわけ啼く鹿や
訳も分らで貝の音に　追ハれてあゆむ牛羊
羊に近き猿ハまだ　愚なことよ万物の
霊とも云へる人とても　今の体も脳力も
元を質せば一様に　一代増に少しづゝ
積みかさなれる結果ぞと
（社会学の原理に題す）

前後の表現とは明らかに異質な、これらのくだけた口調の表現が挿入されねばならなかった理由は、「民権田舎歌」の場合、自由が人間にとって不可欠である所以を、作者にもなじみの深い都々逸の発想やリズムを借りて分かりやすく擬《もど》くためであっただろう。ところが「社会学の……」の右のような表現にはそういう機能が認められない。その意味でもこの表現は「民権田舎歌」の構成の踏襲と見るしかないのであるが、それでは全く機能性がなかったかと言えば、かならずしもそうではなかった。この作品を散文のように続け書きしてみるならば、この表現だけはそれにうまくなじまない、つまり詩的な行分けの形式を必然とする唯一の箇所だったのである。

そうしてみると、右の二つの表現に共通するより根源的な機能は、これらの思想啓蒙的な言説に詩的な標識を与えることにあったわけで、外山正一はその機能の面をさらに強化すべく、『枕草子』（桔梗かるかや女郎花）や『古今集』（奥山に紅葉ふみわけ……）などの古典に由来する雅言をリズミカルに（非散文的に）組み合わせたのだということになるであろう。

以上は分かりやすい一例である。そして多分このような説明からもある程度理解してもらえたと思うが、私の本論における目論見は、当時の人たちが西洋的な詩を作ろうとした作品のなかで露呈してしまった詩的表現の諸制度をとらえてみることにある。その遠距離目標は、私たちがある表現を詩として認知したり評価したりする際の先入観を歴史的な視点から発き出すことであるが、さしあたりここでは当時の人たちが最も対象化しにくかったらしい構成的意識を明らかにしながら、詩語の作り出し方や韻律、押韻、リフレインの機能の発見の仕方などを追跡してみたいと思う。そんなわけで私がここで西洋的な詩と言うとき、明治初年代の讃美歌の翻訳や創作、明治一〇年代の自由民権歌や小学唱歌などの新体の詩（あるいは歌詞）も含んでいる。

次は矢田部良吉の「シャール、ドレアン氏春の詩」（『新体詩抄』）である。右のような問題意識がある以上、私はさっそく小学唱歌や讃美歌などにまで遡るべきであろう。が、これまで検討してきた「社会学の原理に題す」は意図を説明するのに分かりやすい一例ではあったが、『新体詩抄』のなかではやや特殊な作品であり、次の作品のほうがもっと普遍的な問題を含んでいる。それを検討することによって小学唱歌などに遡及すべき理由がさらにはっきりするであろう。

シャール・ドレアン氏春の詩

春の景色のゝどけさを　いかで好まぬ人あらん
冬ハ物事さびしきも　春ハ心のをのづから
とけて楽しみ限りなし　雪もみぞれもふる雨も
人をなやますことぞなき　のどけき春の来《く》る時ハ

北風強く吹く冬ハ　野辺にハ深雪《みゆき》木ハつらゝ
雨もこほりていと寒く　障子ふすまを建廻ハし
炉火《いろりび》近く団居《まどゐ》して　ねぐらの鳥にことならず
されど嵐も雪も歇む　のどけき春の来る時ハ

曇りがちなる冬の空　日影もうすく昼くらし
されど春にもなりぬれバ　喜バしくも雲ハれて
光りのどけき天を見る　いぶせく降りし雪霜ハ
跡も残らず消えうせぬ　のどけき春の来る時ハ

その原詩はこうであった。

SPRING
FROM THE FRENCH OF CHARLES D'ORLEANS

Gentle Spring!—in sunshine clad,
　Well dost thou thy power display!
For Winter maketh the light heart sad,
　And thou,—thou makest the sad heart gay.
He sees thee, and calls to his gloomy train,
The sleet, and the snow, and the wind, and the rain ;
And they shrink away, and they flee in fear,
　When thy merry step draws near.

Winter giveth the fields and the tree, so old,
　Their beards of icicles and snow ;
And the rain, it raineth so fast and cold,
　We must cower over the embers low ;
And, snugly housed from the wind and weather,

Mope like birds that are changing feather.
But the storm retires, and the sky grows clear,
　When thy merry step draws near.

Winter maketh the sun in the gloomy sky
　Wrap him round with a mantle of cloud ;
But, Heaven be praised, thy step is nigh ;
　Thou tearest away the mournful shroud,
And the earth looks bright, and Winter surly,
Who has toiled for naught both late and early,
Is banished afar by the new-born year,
　When thy merry step draws near.

原詩とは言っても、フランスのシャルル・ドルレアンの作品をロングフェローが英語に訳したものであるが、この英詩と矢田部の翻訳を較べてみると、原詩の三聯二四行の形式をうまく三聯二四句の日本語に移している（ただし原詩の脚韻は生かしていない）。もっとも、原詩の一行を七五調の一句に移すわけであるから、翻訳はおのずから要旨訳（直訳と意訳の中間の）とも呼ぶべき訳し方とならざるをえなかった。が、ある意味ではその形式上の制約がむしろ有効に作用して、第一聯の And thou,—thou makest the sad heart gay と And they shrink away, and they flee in fear とをうまく綜合した「春ハ心のをのづから　とけて楽しみ限りなし」という翻訳を生んでいる。第二聯のWe must cower over the embers low; And, snugly housed from the wind and weatherが「障子ふすまを建廻ハし　炉火《いろりび》近く団居《まどゐ》して」となっているのは、もちろん風土の相違を考慮した敷衍的翻訳であろう。

細部の点ではかならずしも悪くない翻訳と言えるが、ただ訳者には全体的な構成についての関心はほとんどなかったらしい。というのは、原詩の場合は「春」と「冬」との戦いという潜在的な構図に基づいて、二人称的に擬人化された「春」が三人称的な「冬」にうち克つさまがまず概括的に提示される。そして第二聯では主として「冬」が地上のものにいかに圧迫的であるかを訴え、第三聯に至ってその喪服めいた暗うつな雲を「春」が引き裂き、射し込んできた陽光に地上の全てが明るく活気づくことになるのであるが、Heaven be praisedという神への頌句をそのなかに挿入することで内容上の完結感を与えているわけである。ところが矢田部の翻訳では、その擬人法的発想が棄てられ、「春の景色のゝどけさを　いかで好まぬ人あらん」という原詩にない表現を初めに置くことで、ただ季節の交替を歌っただけの詩に変質してしまい、神への頌句を含むBut, Heaven be praised, thy step is nigh; Thou tearest away the mournful shroudは、「喜バしくも雲ハれて　光りのどけき天を見る」という信仰性抜きの平板な春景色の表現に変えられてしまった。そのため、第三聯以後も冬から春への季節の転換を叙して「のどけき春の来る時ハ」というリフレインをつけ加えるならば、さらに第四聯、第五聯と続けてゆくことが可能な——換言すれば構成上の完結性に乏しい——詩となってしまったのである。

別な見方をすれば、この時の矢田部には春を待つ状況を葛藤的にとらえる発想が内在化されていなかったということである。春が訪れる足音をありがたく聞くという時点のとらえ方が明瞭でなかったのである。かれはこんな創作詩を『新体詩抄』に発表していた。

春夏秋冬

春ハ物事よろこばし　吹く風とても暖かし
庭の桜や桃のはな　よに美しく見ゆるかな
野辺の雲雀ハいと高く　雲井はるかに舞ひて鳴く

夏ハ木草の葉も茂り　百日紅も咲きにけり
夕暮かけて飛ぶ蟲は　集まり来たる軒のきハ
人ハ我家を立出でゝ　なほ涼むらんさよふけて

秋ハ尾花にをみなへし　桔梗の花も開くべし
晴れて雲なき青空に　照らす月影明かに
されど何処も同じこと　寂しく見ゆる家の外

冬ハ雪霜いと深く　冷ゆる手足を暖く
なさん為とて炉火《いろりび》に　近《と》く団居《まどゐ》をする時に
風ハ吹き入る戸のあはい　外の方見れバ銀世界

佐々木満子（「『新体詩抄』の訳詩について」『学苑』三〇四号）はシャルル・ドルレアンの詩に影響されて

作った作品と推定しているが、いかにもありそうなことで、冬の部分は先ほどの訳詩の第二聯とほとんどおなじ表現を用いている。

ただし今私が指摘したいのはもっと全体的な相違点であって、矢田部はこのとき四季のいずれに対しても等距離の立場で詠んでいた。しかもこの四季の循環を主体的な位相からとらえる構成の方法を選ばず——あるいは選ぶことを知らないで——だから春夏秋冬という外在的な枠組みに従うことしか出来なかったのである。「シャール、ドレアン氏春の詩」が先ほど指摘したごとく構成のルースな訳詩になってしまったのも、訳者自身の構成意識がこのように希薄だったからにほかならない。

そしてこの問題を『新体詩抄』全体に及ぼしてみるならば、この詩集には物語詩と呼ぶべき作品が数多く収められているが、その翻訳詩と創作詩の間にも同じ相違が見られる。つまり翻訳詩の多くは、ある事件の一時点を選択して、その状況に投げ込まれた人間の位置から事件の発端以来の過去を回想し、現在の状況の苛酷さを訴え、あるいは未来の破局を予想しつつ覚悟を語る、という構成法を採っていた。だからこそ劇的な緊迫感が喚起されるのであるが、創作詩の場合は事件の発端から始めて、順次事件の経過を追ってゆき、事件の終結とともに詩を完結させるという平板な構成だった。事件の時間的な展開そのものに構成を従わせるという方法しか持ちえなかったのである。竹内節編集の『新体詩歌』第一集（明一五・一〇）~第五集（明一六・八、推定）に採られた創作詩の場合もこの傾向は変わらない。せいぜい『平家物語』や『太平記』の有名な一場面を選択して、状況内の人間（歴史的人物）の心情を表白させる、という方法によって翻訳詩の構成に似せてゆく程度のことしか出来なかったわけである。

こういう傾向に大きな転換を与えたのは山田美妙編の『新体詞選』（明一九・八）であり、その萌芽は八門奇者の「刺客を詠ずる詩」（『新体詩歌』第二集、明一五・一二）に認められる。が、もうしばらく『新体詩抄』の時期にとどまるならば、この詩集と前後して、日本人の季節感を規範化しようとする新体の詩が盛んに作られていた。言うまでもなく文部省音楽取調掛編纂の『小学唱歌集』である。その初編（明一四・一一）から第三編（明一七・三）までに収められた、全九一編の作品の大半が季節感を詠んだものであり、その多くは春と秋の対照、あるいは四季の並列による構成だった。万葉以来の春秋優劣論的な発想や、『古今集』の部立てにおける美意識の伝統に従っただけだ、と簡単に説明できそうであるが、しかしそれらから構成法までが借りられたわけではない。当時イギリスに居た末松謙澄が、音楽取調所報告の抜萃を入手し、「歌楽論」（明一七・九〜一八・二）を『東京日日新聞』に寄稿した。そのなかに、「琴歌三味線歌ニテモ京ノ四季、霧の雨、春雨ナドノ類ハ無論唱歌タレドモ常盤津清元ナドノ流儀ノ普通唱歌ニ属スベキ歟ト考フルニ民寿万歳、四季三葉草、梅ノ春ノ類ハ唱歌ノ部タルヿ疑ヒナケレドモ」云々という一節がある。かれが言う「普通唱歌」とは、エピツク（物語）やヅラマチツク（芝居）などの詩形式に対するリーリツク（普通唱歌）のことであったが、この箇所は小学唱歌の意図をよく言い当てていたと言えるだろう。語彙や構成法の点から見て、長唄の『若緑』や『琴線和歌の糸』などの歌謡を二番形式、あるいは三番、四番形式に構成し直したと推定できる作品が、小学唱歌には多いのである。

磯田光一（『鹿鳴館の系譜』）は第十九「蝶ゝ《てふく》」（初編、明一四・一一）のなかの「さくらの花の、さかゆる御代《みよ》に／とまれよあそべ、あそべよとまれ」という箇所を取りあげて、国粋主義的イデオロギーとはおそらく無縁に発想されたものだ、と指摘した。たしかにそう見るべきであって、当時の唱歌における「御代」や「君」は「民寿万歳」系の言葉と見られるものが多いのである。この時代の、第二十三「君が代」（初編）はこんなふうであった。一番「君が代は。ちよにやちよに。さゞれいしの。巌《いはほ》となりて。こけのむすまで。うごきなく。常盤《ときは》かきはに。かぎりもあらじ」、二番「きみがよは。千尋《ちひろ》の底《そこ》の。さゞれいしの。鵜《う》のゐる磯《いそ》と。あらはるゝまで。かぎりなき。みよの栄《さかえ》を。ほぎたてまつる」。

しかしこのような唱歌が、「君」を天皇に特定しない、単なることほぎ歌として発想されたとしても、小学唱歌の編纂者がほとんどマニヤックな執拗さで季節感の作品を作りつづけたことには、一定のイデオロギーを認めざるをえない。それは日本人の季節感の規範を作り、自然（およびその美意識）を管理することである。それだけではない。古今以来の和歌の伝統や民間歌謡において、自然を詠むことはほとんどそのまま恋を暗喩させることであった。小学唱歌はそういう暗喩性を捨象していわば純粋に季節感だけを歌おうとしたわけであるが、それは情念の喚起力を失ってしまうことにほかならなかった。暗喩性を奪われた雅言の羅列は、かえって自然美の印象を稀薄にしてしまったのである。

小学唱歌の自然詠は、以下のように新しい意味（比喩性）を求めていった。「おきよおきよ。ねぐらのすゞめ／朝日《あさひ》のひかりの。さしこぬさきに／ねぐらをいでゝ。こずゑにとまり／あそべよすゞめ。うたへよすゞめ」（第十七「蝶《てふ》ゝ」の二番）。「ことしもいつか。なかばは過《す》ぎて／秋風さむく。身にぞしむ／すゞむし松蟲《むし》。はたおる蟲さへ／ながき夜すがら。なくねをきけば／われらもおいの。いたらぬさきに。学《まなび》の道に。いそしまむ」（第三十六「年たつけさ」の三番。第二編、明一六・三）。「山ぎはしらみて。雀《すゞめ》はなきぬ。はや疾《と》くおきいで／書《ふみ》よめわが子。書《ふみ》よめ吾子《わがこ》／ふみよむひまには／花鳥をめでよ」（第八十九「花鳥《はなとり》」の一番。第三編、明一七・三）。あるいはまた「あき萩《はぎ》。をばな。はなさきみだれ／もとも。末も。露《つゆ》みちにけり」（第十二「花さく春」の二番。初編）。「雨露に。おほみやハ。あれはてにけり／みめぐみに。民草《たみくさ》ハ。うるほひにけり／かくてこそ。今の世も。かまどのけぶり／み空《そら》にも。あまるまで。たちみちぬらめ」（第二十九「雨露《あめつゆ》」の二番。初編）。「野辺のくさ木も。雨露《あめつゆ》の／めぐみにそだつ。さまみれば／仁《じん》てふものは。よのなかの／ひとのこゝろの。命なり」（第三十二「五常の雨」の一番。初編）。「さかゆく御代に。うまれしも。おもへば神の。めぐみなり。いざや児等《こら》。神の恵を。ゆめなわすれそ。ゆめなわすれそ」（第四十五「栄行《さかゆ》く御代」の一番。第二編）。「やよ御民。萱《かや》をかり。わが家《や》をふきて。君が代は／雨露《あめつゆ》しのぎ。世をわたれ」（第五十「やよ御民《みたみ》」の二番。第三編）。「祝へ吾君を。恵《めぐみ》の重波《しきなみ》。やしまにあふれ。普《あまね》きはる風。草木もなびく／いはへ〳〵。国《くに》の為《ため》。わが君を」（第八十八「祝《いは》へ吾君《わがきみ》を」の一番。第三編）。

秋の虫の音を聞いて、老いが来る前によく学んでおけという教訓性を引き出す発想は、イソップ物語からヒントを得たものであろう。

「蝶《てふ》〳〵」の蝶やすずめには、おそらく自然と融け合って嬉戯する子供の姿が暗喩されていたはずであるが、このような教訓性を媒介として、「花鳥《はなとり》」のすずめは早起き（＝勉強）の比喩に変わる。「ふみよむひまには／花鳥をめでよ」という具合に、自然との交感は勉強の余暇の行為にまで貶しめられてしまったのである。それは「花鳥」という題名のイロニカルな否定であっただけでなく、小学唱歌そのものの当初のモチーフをもひっくり返す結果となってしまったわけであるが、これを時間意識の面からみるならば、季節の移り変りという循環する時間意識が、ある方向へ直線的に伸びてゆく時間意識に取って代わられていった。つまり、過ぎてしまえば取り戻しようのない時間（の観念）が人間を追い立て始めたのである。その時間の方向性は、時代理念的には文明開化への進歩であり、個人的には立身出世であった。

春の初花秋の月　夏のみどり葉冬の雪
渾て此世の物事に　心をとむる時あらバ
わが学芸を省みて　過る月日を思ふべし

池のみぎハの春草の　みじかき夢も覚ぬまに
軒端に茂るきりの葉ハ　吹く秋風にさそはれて
此年も半バ過ぬるを　ふみ読む人ハしらずやハ

年の月日ハ長けれど　難波入江の村あしの
ひとよの如く思はれて　わが身の上のはづかしさ
蛍や雪の光りにて　ふみハ読めども業ならず

矢田部良吉の「勧学の歌」(『新体詩抄』)の一部である。三聯目の「ひとよ」には、一夜と(蘆の)一節《ひとよ》とが懸けてある。現在の眼からは不必要な修辞に見えるかもしれない。老いという肉体を貫ぬく時間が自然の景観に対象化される発想はかならずしも目新しいことではなかった。だが、あの掛詞は、主体性を疎外された時間に人間が強迫観念のように追い立てられる状況が始まったことの象徴だったのである。多分当時の人たちは、循環する四季の典型を挙げながら、それに「心をとむる」ことを禁ずる発想の異常さに気がついていなかった。山田美妙はおそらく『新体詩抄』を念頭において「五六年来我国に現れたる物の内にて、かの和讃か、鞠唄か、さらずバ西洋文章の直訳にハ非ずや、と訝る迄に気韵無く、而も文法謬りたる新体詞」(『新体詞選』の序)と批判していたが、じつは右のような「勧学の歌」と同質の発想の「明治十五年の四月隅田川原に花を観て」という作品を発表し、それにもかかわらずかれ自身は季節感の詩としてしか自覚していないのであった。

小学唱歌の変化のもう一つの特徴は、雨露《あめつゆ》のイメージを巧妙に比喩化して天皇制イデオロギーを定着させていったことである。初めは単なる自然の景観の一要素にすぎなかったが、その雨露のために皇居はすっかり荒れ果ててしまった、というおそれ多いイメージを提示しながら、「みめぐみに。民草《たみくさ》は。うるほひにけり」と続けることで、自然の恵みと天皇の慈愛とを連結し、さらに「かくてこそ。今の世も。かまどのけぶり」と仁徳天皇のイメージを挿入する。「御代」の概念は、磯田光一がかならずしもイデオロギー的とらえ方は当らないと主張したにもかかわらず、初編の後半からは明らかにイデオロギー化されていったのである。しかもそれは自然の恵みと天皇の慈愛とを統一した「神」の御代にまで理念化され、北村透谷の「楚囚之詩」（明二二・四）の構成にさえも影響しているのである。

それでは、このような発想にもしモデルがあったとすれば、どこにそれは求められるであろうか。明治七年四月（推定）に摂津第一基督公会が出した讃美歌集に、北村元広の次のような作品がみられる。

暗夜《やみよ》の暗《やみ》も晴《はれ》やかに　しのゝめ出《いづ》る朝《あした》こそ
蒼生《あをひとぐさ》の真《ま》ごころに　悔《くゆ》れば罪《つみ》も消《きゆ》るめれ

神《かみ》の恵《めぐ》みハむら雨《さめ》の　露《つゆ》とひとしく我〻《われ〳》に
光輝《ひかりかがや》くごとくにて　実《げ》に貴《たうと》くぞみえにける

犯《おか》し来《きた》れる罪《つみ》びとの　誠《まこと》の道《みち》にしたがへば
救《すくひ》の主《ぬし》のめぐみにて　潔《いさぎよ》き身《み》となりぬへし

天津《あまつ》み国《くに》のまし水《みづ》の　救《すくひ》の河《かは》にせきいれて
万《よろづ》の国《くに》のはてまでも　落《をつ》る隈《くま》なくながすへし

おなじ年に大阪教会を設立した一人、高木玄真の筆写本によれば、一番の第四句は「すぎにし罪を悔ひそめり」、二番の第三句は「ひかりかゞやくけしきこそ」、三番の第一句は「むかしありにし罪ひとも」、第四句は「きよき身とはなりにけり」であり、そして四番は「救の川のをちこちの／へだててふことあらなくに／すべての国を天国の／まことの道に流しけり」となっている。これが推敲過程を示すかどうかは資料的な決め手を欠くが、とにかくこのような異文《ヴァリアント》と比較した上で、両者に共通するインヴァリアントの部分をとらえてみるならば、神の恵みを雨露に喩える発想と、蒼生《あおひとぐさ》イデオロギーを抽出できる。その罪の観念は、日本人になじみ深い穢《けが》れの観念に近かったようだが、いわばこの観念を自然（季節感）で払拭した形で、小学唱歌の先ほど指摘したような作品が出来ているのである。天皇を自然（の恵み）と一体化して「神」という超越者にまで押し上げていったのも、おそらくそのためであった。

そこで念のために構成を見てゆくと、一番から二番への展開は、「朝《あした》」と「露《つゆ》」によってある程度必然化されているが、三番の意味をさらに必然化するには、一番の第四句は高木玄真筆写本の「すぎにし罪を悔ひそめり」のほうが有効であろう。だが、実際は摂津公会版の形が残ったわけで、しかも四番は摂津公会版と筆写本のいずれにせよ、一〜三番の展開からは浮き上ってしまっている。北村元広やその協力者たちもまた構成の問題には自覚が不十分だったのである。

翻訳讃美歌の例をあげてみよう。次は“JESUS shall dominion from sea to sea”と『教《おしえ》のうた』（日本基督教会讃美歌、明七）における翻訳である。

1 JESUS shall reign where'er the sun
Does his successive journeys run ;
His kingdom stretch from shore to shore,
Till moons shall wax and wane no more.

2 To him shall endless prayer be made,
And praises throng to crown his head ;
His name like sweet perfume shall rise
With every morning sacrifice.

3 People and realms of every tongue
Dwell on his love with sweetest song ;
And infant voices shall proclaim
Their early blessings on his name.

4 Blessings abound where'er he reigns ;
The prisoner leaps to burst his chains,

The weary find eternal rest,
And all the sons of want are blest.

5 Let every creature rise and bring
Peculiar honours to our King ;
Angels descend with songs again,
And earth repeat the loud Amen.

一ヱス地《ち》の主《しゆ》とならん　あまねくおさめなん
そのまつりごとは　かぎりなくあれな

二人《ひと》はヱスにねがはん　またつねにたつとばん
ヱスの名《な》はながく　さかえてあげらる

三おさむるところに　めぐみみちミてり
なやむひとはすべて　ヱスのちにやすめ

四ゑ《（ママ）》すはたれをすくふ　しんじやをたすけまもる
この身《み》ハしぬとも　たましひはいけるぞ

五ばんみんはいまかみを　いやたかくほめよ
てんのつかひあハせん　みなうたへよあゝめん

讃美歌のメロディーに合わせるには、英語の一音節に日本語の一音（一文字）を対応させるような切り詰め方が必要で、必然的に正確な翻訳は犠牲にせざるをえない。

そういう拘束があったのだが、三番と四番がほとんど原詩を離れてしまっているのは、ほかに理由を考えなければならないであろう。三番の「なやむひとはすべて　ヱスのちにやすめ」は、あるいは3の dwell on を「住む」の意味に解して、4の the weary find eternal rest を引き寄せた翻訳だったかもしれない。だが、この場合の dwell on は前後の表現からみて明らかに speak much about（言繁く語る）の意味であるから、もし先の推定が正しいならば翻訳者は誤訳していたことになる。そうでなかったとすれば原詩を無視して、翻案以上の、いわば改作の領域に踏み込んでしまったのである。

とりわけ注意すべきは、3の infant（無垢な幼児）から4の the prisoner（肉体という罪の根源に繋がれた囚人と解すべきだろう）に及ぶ神の慈愛――正しくはかれらの神への讃仰――が、「ゑすはたれをすくふ　しんじやをたすけまもる」という閉ざされた発想に変えられてしまったことであろう。ちなみに、高木玄真の筆写本では、四番は「彼《かれ》はたれを好《す》く　信者《しんじや(ママ)》か助《たす》けを受《う》く／此身《このみ》は死《し》ぬれと魂《たましひ》は天に在《あ》る」であった。イエスと人間との関係は、好く―助けられるという濃密な心情的関係として発想されていたのである。

このような改変はキリスト教理解の文化的な歪みの問題として扱うこともできるであろうが、詩的な構成力の問題としてみるならば、原詩の構成がきわめて論理的であったことがとらえ切れないままに、心情表出をもって詩的表現を行おうとした結果であろう。

そしてあえて言えば、この心情的関係を「君」と「御民」に置き換え、さらに自然にまで及ぼしていった形で、小学唱歌の雨露イデオロギーの作品は作られていたのである。

さて、このように概観してみると、明治初年代から一〇年代にかけての日本人は、西洋的な詩の骨法がうまくつかめないままに、しかし西洋的な詩のほうがより進んだ文学だという潜在的な観念に引きずられて、詩的表現の模索を開始したわけである。それはまた押韻やリフレインの機能もよく理解できなかったことでもあるが、明治二〇年代に詩を文学として創作しようとした人たちもその模索を基盤とするほかはなかった。その創作実験は稿を改めて検討しなければならないが、ただ一つ今言っておかねばならないのは、この模索期に始まった自然の新しいイデオロギー化や時間意識の変容はかならずしも十分に対象化できなかった。というより、むしろそれに依存しながら語彙の雅言化や情緒表現の洗練を進めていったわけで、ここに成立したのが日本的な抒情詩であった。しかもそれが近代詩の主流となるにつれて、詩的構成の新しい形を作ろうとした物語詩のなかの可能性も棄てられてしまった。

それを甦えらせるためには、「社会学の原理に題す」のような作品も当時としてはきわめて重要な構成上の実験だったと見る視点が必要であろう。少くともここでは、ある思想の啓蒙的展開でもって詩を作ろうという意欲的な実験がなされていたわけであり、それに詩的な標識を与えるために「桔梗かるかや女郎花」のような俗曲的表現が挿入されていたことは、すでに指摘したところである。その上で重視すべきは、このような七五調のリズムが、「社会学の原理に題す」の進化論的思想や、「民権田舎歌」の進歩主義思想の時間意識をも支えていたことであって、問題は小学唱歌や「勧学の歌」にもからんでくる。

自然の時間の観念と、季節感を詠んだ表現そのものの定型律における時間性とは、どんなかかわりがあるのか。じつはそこからわが国の近代詩の本質的な追求が始まるのであるが、本論はその問題を顕在化させるため、まず構成のレベルで模索期の動向を探ってみたわけである。

第2章　山田美妙の位置——近代詩史の試み(二)

日本語の詩の音節数を算えて、私たちはよく七五調とか五七調とか呼んでいる。日本の詩の定型的なリズムとは、その七音と五音の交替を二度以上くり返すことだ、とさえ考えがちである。だが、かつて日本語の詩的な表現がメロディに伴って歌われ始めた時——つまり歌うべく作られるようになった時——その歌詞やリズムはかならずしも七音や五音を基調としていたわけではない。その最も早い例は『小学《しょうがく》唱歌集』であるが、初編（明一四・一一）の最初の歌詞はこんなふうであった。

第一　かをれ

一　かをれ。にほへ。そのふのさくら。

二　とまれ。やどれ。ちぐさのほたる。

（三、四番は省略）

もしこの表現のリズムを文字（発声される音）だけでとらえるならば、これは三三七拍子あるいは六七調の歌詞だということになるだろう。ただしその音譜が指示するリズムは、2/4 拍子だった。その音階も一緒に、時枝誠記のいわゆる等時的拍音形式（『国語学原論』）に倣って書いてみれば、次のようになる。○が休止のしるしであること、言うまでもない。

ドド｜ド○｜レレ｜レ○｜ドレ｜ドド｜レレ｜ド○｜
かを｜れ｜にほ｜へ｜その｜ふの｜さく｜ら｜

メロディが単調なのは、もちろん発声の練習を兼ねたからであろう。当時は、わが国の伝統的な謡や唄の発声法が医学的に検討され、とくに謡曲の発声は人間の生理に著しい無理のあることが指摘された（樫村清徳「謡曲ハ肺気腫症ノ一因タリ、抑モ之ヲ廃棄セン歟」、『東洋学芸雑誌』第一〇号、明一五・七）。このような面からも伝統的な歌を改良する意見が出てきたわけで、唱歌作成の中心人物だった伊沢修二もまた心身の健康という問題意識を持っていた（『音楽取調成績申報書』明一七・四。刊行月は推定）。つまり右のような曲を練習するとは、ヨーロッパ的な音階を、いわば人間の生理に最も自然な楽音として身体化することだったのである。この曲は四拍子であってもさしつかえなかったと思われるが、伊沢修二には2/4拍子から4/4拍子へとリズム感を育ててゆくつもりがあったらしく、それにまた次のような五音節の歌詞をリズム化する場合にもまず二拍子でとらえてみるのが有効だったのであろう。

第二　春山

はるやまに。たつかすみ。
あきやまに。わたるきり。
さくらにも。もみぢにも。
きぬきする。こゝちして。

ドド｜レレ｜ミ○｜レレ｜ミレ｜ド○｜（これを四回くり返す）

そして2/4から4/4へと唱歌が進んでゆく間に、一つだけ3/4拍子の歌が挿入されていたが、それはこのようであった。

第九　野辺《のべ》に

一　野辺に。なびく。ちぐさは。
四辺《よも》の。民《たみ》の。まごゝろ。

二　はまに。あまる。まさごは。
君が。みよの。かずなり。

ド ド レ｜ミミファ｜ソファミ｜レー○｜
レミファ｜ソファミ｜ファミレ｜ドー○｜

つまり「かをれ」の場合は三音節の歌詞に無音の一拍（発声の間《ま》）を加えて二拍子二小節としたのであるが、右の例では四音節の歌詞（ちぐさは、まごゝろ）の四つめの音を長音化し、さらに無音の一拍を加えることで三拍子二小節にする。その可能性が見出されたのである。なぜこのようなリズム化が必要だったのかと言えば、もちろん二拍子（または四拍子）の形では「ちぐさは」から「四辺《よも》の」へと休止（無音の一拍）なしに続けなければならず、それでは歌いにくく、歌詞の意味が聴き取りにくくなってしまうからであろう。

ちなみに、「第十八　うつくしき」はスコットランド民謡の The Blue Bells of Scotland（スコットランドの釣鐘草）に、半ば創作的な歌詞をつけた歌であるが、

一　うつくしき。わが子やいづこ。
うつくしき。わがかみの子は。
ゆみとりて。君のみさきに。
いさみたちて。わかれゆきにけり。

（二番以下は省略）

と、五七調を三回重ねて、六八調で結んでいた。メロディを抜きに、これを詩として読む場合でも、おのずから私たちはそれぞれの五音節や七音節の次に一拍の間《ま》を置いていて、さて結びは、「いさみたちてわかれゆきにけり」と続けて読んでいる。そのため、五七調から六八調への転換がかくべつ不自然に感じられないのである。

ところで、それではなぜ私はこんな常識的なことの確認を始めたのかと言えば、それは、これから十年ほど後に山田美妙が『日本韻文論』で理論化しようとし、『以良都女』誌上で試みた実験の歴史的な意味を検討してみたいためである。そして私のその問題意識を啓発したのは菅谷規矩雄の『詩的リズム　音数律に関するノート』という労作であるが、いまの私の関心はかれの理論をもってこの時代の詩的な表現を解明してみ

るというだけではない。むしろかれの理論が有効性を持ちうるような詩的表現を歴史的に方向づけた文学者として、山田美妙を位置づけてみたいのである。

さてところで、いわゆる七五調がわが国の詩体として定型律化したのは井上巽軒たちの『新体詩抄』（明一五・八）からであった。むろんそれ以前にも福沢諭吉の『世界国尽』（明二・八）や植木枝盛の『民権田舎歌』（明一二・四）のような七五調の歌があり、むしろ『新体詩抄』の場合は「七五ハ七五ト雖モ、古ノ法則ニ拘ハル者ニアラズ、且ツ夫レ此外種々ノ新体ヲ求メント欲ス、故ニ之ヲ新体ト称スルナリ」（凡例）という具合に、七五調は「種々ノ新体」によってのり超えられるべき出発点としてしか位置づけられなかった。が、それにもかかわらず井上巽軒たちは結局七五調に固執し、これからしばらくの間はそれが規範化されてしまったのである。

換言すれば、それは、讃美歌の翻訳や小学唱歌などの歌詞がせっかく拓き始めた「種々ノ新体」の可能性を停滞させてしまったということにほかならない。かれらの表現実験がごく消極的なものにしか見えないのも、おそらくそのためであろう。というのも、どんな「思想」が長い詩を必然とするかをまだ理解できず、とにかく散文との区別を示す標識が必要だったので、それを七五調に求めたのだ、というふうにしか読めないからである。その意味では七五調とは詩的モチーフそれ自体の外化だったと言えるわけであるが、ただしかし、はたしてそれは歌詞から詩へ脱皮しようとしたためであるか。つまりメロディを棄てて言語表現として自立させようとしたためであるかどうか。この点の検討がまず必要である。

例をあげてみよう。

A　ながろふべきか但し又。ながろふべきに非るか。爰が思案のしどころぞ。運命いかにつたなきも。

これに堪へるが大丈夫《ますらを》か。又さはあらで海よりも。深き遺恨に手向ふて。之を晴らすがものゝふか。とぶ（ママ）も心に落ちかぬる。扨も死なんか死ぬるのハ。眠ると同し眠る間ハ。心痛のみか肉体の。あらゆるうきめ打捨る。是ぞ望のはてならん。ア、しぬねむるねむる時。万が一ゆめみるならバ。ハアこだわりが有るやうぢや。（以下略。傍点は原文）

B　無常を告くる入相の、鐘の音《をと》するたそがれに、三人の漁夫ハ帆を上げて、入る日を指して西方に、走らす船ハ進めとも、妻子の為に引さるゝ、心の中ハ皆同し、父の出船を眺めつゝ、おきに向ひてイめる、童子ハ外に余念なし、まうけハ薄く子沢山、雨の降る日も風の夜も、洲に打よする浪の音《と》の、最《い》とすさましき其折も、かせがにやならぬ男の身、袖のひぬのハ女子の身（以下略）

C　海神《わたつみ》の、波もてゆへる。淡路島、あらき磯わに。船よせて、風まもらへバ。居待月、あかしの門《と》波。しほさゐの、伊予にめぐりて。さ夜中と、影ふけぬらし。滝の上の、浅野を出る。ほとゝぎす、とよもす声に。梶枕、ゆめさめてみれバ。有明の、庭もしつけし。いまはこき出る。

反哥

ほとゝぎす、おとろかさすハ、島つたひ
汐にながるゝ、月に見ましや。

Aは尚今居士（矢田部良吉）の「頃ろシエークスピール氏の『ハムレツト』中の一段を訳せり依て江湖諸彦の一粲を博す幸に文辞の鄙俗を尤むる勿れ」（『東洋学芸雑誌』第六号、明一五・三）という翻訳の一部、Bはゝ山・外山正一の「キングスレー作悲歌二」（同前第七号、明一五・四）と題する訳詩の一部である。いずれも『新体詩抄』に再録されたが、その時には七五を一句として、現在通常の詩のように分かち書きされた。
Cは久米幹文の「月前子規」（『東洋学芸雑誌』第一一号、明一五・七）という長歌ならびに反歌の全文である。

こうしてみると、AとBのいずれも口調の良い散文というレベルをほとんど抜け出ていない。ただしAの場合は、「扨も死なんか死ぬるのハ。眠ると同し眠る間ハ」のように、文章の終止と句読点とが一致しない箇所があり、そのずれが通常の散文と違う調子に気づかせるのである。Bの場合はそのずれさえもないのであるが、この段落の結びが「かせがにやならぬ男の身、袖のひぬのハ女子の身」という具合に、一種の脚韻を踏んだ対句になっていて、さらに第二段落の結びにもリフレインとしてこの表現が出てくることによって、散文とは異る表現への視向が見えてくるわけである。

つまり七五調とは、詩的表現の標識としてはそれほど微弱だったのである。この微弱な印象をもっと明瞭な標識とするために、七五を一句として分かち書きをしなければならなかったのであろう。その際、「アヽしぬねねむるねむる時」は「アヽしぬ、ねむる、ねむる時」と書き変えられて、七五調のなかにもう少し細分化されたリズムのあることを顕在化し、単調さを破る試みが加えられた。

そういうAやBの表現に較べて、Cのほうがかえって詩的（非散文的）な印象が強い。それは情景と語彙が伝統的な和歌的表現に忠実であって、一読して散文ならざる特徴が見て取れるためであるが、もう一つの理由は、基本的には五七を一句としながら、その五音の言葉の独立性がより大きいからであろう。たとえば居待月は、「月明《あか》し」に掛けて「明石の門」を引き出す序詞的な機能と共に、「船よせて……月待ち居れば、潮もかなひぬ」といった古歌的イメージを喚起する、独自な意味作用を持っている。「梶枕、ゆめさめてみれバ」の梶枕の場合は、「ほととぎすの鳴き声に夢覚めて」という意味の流れに対して、梶を枕に寝ていたのだが、という挿入句として機能し、——引いては、「須磨より明石の浦づたひ、泊さだめぬ梶枕」という『平家物語』の一場面を喚起する機能をもって——単なる修飾語として以上の意味を担っているのである。いわば文脈上附加された機能が意味了解のリズム（意味の表層的な流れ）に一種のアクセントを与え、等時拍的な進行における無音拍の間《ま》とは違った形ではあるが、内的な間《ま》とも呼ぶべき結滞を惹き起すのであろう。

このような間があるかぎり、その表現はかならずしも分かち書きを必要としない。その点からもう一度AやBの表現をとらえ返してみるならば、矢田部良吉はハムレットのあの有名な独白を近世の読本や人情本における思い入れの形でしか読み取ることができず、せいぜいその思い入れの口調の良さを七五調に整えてみる以上の方法は持たなかったのである。Bの訳詩の場合も事情は同様であって、Charles Kingsley の原詩はこうであった。

THE THREE FISHERS

Three fishers went sailing away to the West,
　Away to the West as the sun went down;
Each thought on the woman who loved him the best,
　And the children stood watching them out of the town;
　For men must work, and women must weep,
And there's little to earn, and many to keep,
　　Though the harbour bar be moaning.

分かるように、Bの冒頭の「無常を告くる入相の、鐘の音《をと》するたそがれに」は、外山正一なりにこの詩全体のモチーフを解釈して、それを情景化した表現だったのである。「雨の降る日も風の夜も」は、第二聯の「They looked at the squall, and they looked at the shower,／And the night-rack came rolling up ragged and brown」という箇所から採ってきた表現であろう。この原文は、第二聯に相当する箇所でも「窓の戸開けて眺むれバ、驟雨《にわかあめ》やら暴風《はやて》やら、空打過くるむら雲ハ、色黒々と物すごし、はやてハいかに吹けハとて、水《み》かさハ如何に増せハとて」と訳出されているのだが、いわばそういう苛酷な運命の予兆として雨と風のイメージが第一聯にも挿入されたのである。そして原作は第三聯で三人の漁夫の遭難と妻たちの歎きを描き、日本人の眼には厭離穢土的な思想とも読み取れるような、「For men must work, and women must weep,／And the sooner it's over, the sooner to sleep;／And good-bye to the bar and its moaning.」という表現で結ばれている。外山正一はそのようなモチーフを汲み取りつつ、まず「無常を告くる入相の、……」という予告的表現を附加しておいたのであった。

その意味でこの訳詩は、近世の文学によく見られる思い入れたっぷりなかこち言に原作を引きつけた、翻案に近い意訳だったわけである。またそのかぎりで評価すれば、「まうけハ薄く子沢山」「かせがにやならぬ男の身、袖のひぬのハ女子の身」というような訳出は、まことに言い得て妙の、巧みな日本語化だったと言うべきであろう。『新体詩抄』の編者たちはしきりに「今之語」「平常ノ語」の使用を主張していたが、どうやらそれは日常の話し言葉一般を指していたわけでなく、多分右のように庶民的でリズミカルな、常套句的言いまわしに注目していたのである。

しかしそうであるだけに、結局その表現は口調の良い散文から決定的に離れることができなかった。やむをえずその詩的標識を分かち書きの形式に求めざるをえなかったわけであるが、残念ながら無音拍の間によってリズムにメリハリをつける方法を知らなかったらしい。

A´　ながらふべきか但し又　ながらふべきに非るか
　　爰が思案のしどころぞ　運命いかにつたなきも

B´　無常を告ぐる入相の　鐘の音するたそがれに
　　三人《みたり》の漁夫ハ帆を上げて　入る日を指して西の海に

これが『新体詩抄』収録の形であるが、もし自覚的に歌詞から詩への自立が志向されていたならば、メロディの基盤たるリズムの休止をもっと上手く詩に生かそうとしたであろう。もちろん私たちは「ながらふべきか」の次に一拍の間を置いて、この作品の解釈を表出することが出来る。先ほどもふれたように、「眠ると同し眠る間ハ」の場合は、意味の区切れ（文章としての終止）と七五調の区切れのずれを調節しなければならず、「ア、しぬ、ねむる、ねむる時」というリズム的分節化に主人公の切迫した感情を読み取り、原文の「To die, to sleep—」という呼吸が生かされているのを認識する。だが、そういう面からもさらに詩的な感興を高めるには、七音の分節化（三・四。四・三。二・二・三など）をもっと意識的に行なわなければならないのであるが、『新体詩抄』の作品はおおむね七音が意味的にも一まとまりの単位となり、五音の述語的な表現に対して連用修飾句的に（西洋文法的には主語または目的語の形を取って）かかわってゆく。つまり七音の次に間を置きようがない、意味的なつながりで、五音に連続させられているのである。

菅谷規矩雄が指摘するように、このようにメリハリのない七五調は、表現を長く続けるには好都合なのだが、構成力はきわめて乏しい。
そして多分、山田美妙の『新体詩抄』に対する批判も、右のような点への不満に発していたのである。かれは『新体詞選』(明一九・八)の序文で、「五六年来我国に現れたる物の内にて、かの和讃か、鞠唄か、さらずバ西洋文章の直訳にハ非ずや、と訝る迄に気韵無く、而も文法謬りたる新体詞」という言い方をした。これが『新体詩抄』への批判であることは明らかであろう。すでに見てきたように、『新体詩抄』の訳詩は「西洋文章の直訳」とは異質なものであったが、かれが批判したかったのは、ヨーロッパの詩型の単なる形式的な模倣についてであったと思われる。

D

かゝりし程《ほど》に友右衛門《ともうゑもん》、
やがて件《くだん》の刃《やいば》をば、
鍵穴《かぎあな》深《ふか》く突込《つきこ》みつ、
眉間《みけん》に皺《しわ》の寄《よ》る迄《まで》に、
眼《まなこ》を強《つよ》く閉塞《とぢふさ》ぎ、
歯《は》を噛《くひしば》り、息《いき》を止《と》め。
=念力一度《ねんりきひとたび》凝《こ》る時《とき》ハ、
石《いし》をも透《とほ》す例《ためし》あり。
況《いは》んや忠義《ちうぎ》の此刀尖《このきつさき》。
南蛮鉄《なんばんてつ》の錠《ぢやう》なりとも。
破《やぶ》れぬ事《こと》のあるべきか。
砕《くだ》けぬ事《こと》のあるべきか。
曳也《ゑいや》。=とバかり唸《うな》りつゝ。
力《ちから》に任《まか》せてこじるにぞ。
刀《かたな》ハやがて折《を》れたれど。
さしもの錠《ぢやう》も堪《たまら》バこそ。
ぴんと音《おと》して砕《くだ》けたる。
=扨《さて》も嬉《うれし》。=と勇立《いさみた》ち。
扉《とびら》引開《ひきあ》けたる程《ほど》に。
折《をり》も折《をり》とて蔵《くら》の屋根《やね》、
忽《たちまち》頽《くづ》れ落掛《おちかゝ》る
音《おと》はさながら冥官《みやうくわん》が、

摑《う》つにも似《に》たる攻鼓《せめつゞみ》。　烈火《れつくわ》の呵責《かしやく》もかくやらん。

E

然《さ》れ共《ども》友右衛門《ともゑもん》斯有《かくあら》んと期《ご》したる事《こと》なれば、閃《ひら》りと飛下《とびお》り、火気《くわき》を凌《しの》ぎ煙《けむり》を侵《をか》して漸々《やう〳〵》扉前《とまへ》に至《いた》り見《み》るに、錠前《ぢやうまへ》閉《とぢ》て開《ひら》く事能《ことあた》はず、流石《さすが》の友右衛門《ともゑもん》も途方《とはう》に昏《く》れ「如何《いか》に劇《はげ》しき折《をり》とて鍵《かぎ》の事《こと》を失念《しつねん》せり、斯迄心《かくまでこころ》を尽《つく》せしに其甲斐《そのかひ》もなく焼死《せうし》せん事《こと》こそ口惜《くちをし》けれ」と天《てん》を仰《あふ》いで歎《なげ》きけるが、息《いき》の通《かよ》ふ程《ほど》は働《はたら》き見《み》んと、帯《たい》せし刀《かたな》を引抜《ひきぬ》き、我武道《わがぶだう》の嗜《たしな》みも是《こゝ》なりとて、錠前《ぢやうまへ》をこぢ明《あけ》んと立寄処《たちよるところ》に早《はや》土蔵《どざう》の屋根《やね》に燃抜《もえぬけ》しにより、中《なか》の御品《おしな》に灯《ひ》の移《うつ》らざる中《うち》にと心急《こゝろいそ》ぐ儘《まゝ》に件《くだん》の抜身《ぬきみ》を錠前《ぢやうまへ》の間《あひだ》に突込《つきこみ》力《ちから》に任《まか》せてこぢければ、さしも丈夫《ぢやうぶ》の鉄物《かなもの》なれども、友右衛門《ともゑもん》が忠義《ちうぎ》の勇力《ゆうりき》に忽《たちま》ち錠前裂飛《ぢやうまへさけとぶ》機会《はづみ》に刀《かたな》も倶《とも》に折《をれ》たりけり、友右衛門《ともゑもん》悦《よろこ》び戸前《とまへ》に手《て》を掛《か》け、英《えい》やと明《あけ》る折柄《をりから》、土蔵《どざう》の屋根瓦《やねがら》落〳〵と焼《やけ》落《おち》たり、

Dは山田美妙の「大川友右衛門《おほかはともゑもん》」（『新体詞選』）という長篇の詩の第四の場であり、Eは近世実録全書に採られた『敵討名浅広記』（制作年は未詳）という実録小説の一部である。大川友右衛門の物語は歌舞伎の『会津の敵討』などで有名であったが、DとEの表現の類似は、右に引用した箇所以外のところにも随所に認められる。美妙が後者を下敷きにしていたことは疑いえない。

だが、それを美妙の剽窃とは見ずに、ここでは、近世の散文に対する詩的表現の自立過程ととらえてみたい。その点でまず気がつくのは、錠前をこじ開けようとする主人公の執念が「眉間《みけん》に皺《しわ》の寄《よ》る迄《まで》に……」と表情のクローズアップで表現され、危機的な状況は「さながら冥官《みやうくわん》が／摑《う》つにも似《に》たる攻鼓《せめつゞみ》」と地獄図に喩えられて、総じて映像的な鮮明化が行なわれていたことである。それと共に注意すべきは、いわば原作たる

『敵討名浅広記』より以上に、主人公の科白が＝という独特な引用符によって挿入されたことであった。『新体詩抄』の「シエークスピール氏ハムレット中の一段」の場合も、主人公の独白が詩化されていたわけであるが、全篇が科白であるために一種の地の文に変わってしまい、しかも先ほど指摘したような七五調に従わせられて、主人公の感情の起伏をリズム化することができなかった。美妙の作品も七五調を基調としていたが、かれが主人公に与えた科白には切迫した感情の語気が表出され、さらに「曳《ゑい》也《や》。＝とバかり唸《うな》りつゝ」「＝扨《さて》も嬉《うれし》。＝と勇《いさみ》立《た》ち」などにおいては、基調的音数律をむしろこわしてしまう調子が意図的に作られていたのである。

周知のように、かれはやがて言文一致の小説を実験する。状況設定の方法や場面の鮮明な描き出し方は、近世的小説の劇詩化という形で体得していったわけである。その意味でも「大川友《おほかはとも》右衛門《ゑもん》」は重要な作品であるが、わが国における詩型発見の歴史の面からみても高く評価されなければならない。それは、作中人物の科白という小説的な要素をあえて原作以上に導入することで、詩的リズムのあり方を、七五調的な音数律と、意味的または語気的リズムとに二重化したことであった。

しかしかれは、それだけでは満足できなかったらしい。次は「花の雲」（『以良都女』第一二号、明二一・六）の一番である。

ゆかしき　峯の　花の雲、
見ぬ　間に　いつか　あこがれて、
待つ　身は　頼む　山おろし。
霞の　ころも　ふきかへて

せめては　清き　君が　肌
　もらせ　とばかり　シノブずり。
ねみだれ髪に　玉の　緒を
　よそへて　かこつ　つれなさに
月魄さへも　あやまてば
　寝覚に　夢の　跡も　とふ。

音数律的にみればもちろん七五調であるが、細かく文節に切り離すという、一寸した操作を加えて、読者の主体的なリズム感を喚び覚ます。たとえば二行目の七五音が二二三・五と分節化されているため、私は自分なりの読みをリズム面に対象化して四八調（見ぬ間にいつかあこがれて）で享受することが出来るのである。常識で考えれば、この種の操作は『新体詩抄』の作品にも当然適応できるはずだが、実際に「ながろふべきか　但し又／ながろふべきに　非るか／爰が　思案の　しどころぞ／運命　いかに　つたなきも／これに　堪ふるが　大丈夫《ますらを》か」「無常を　告ぐる　入相の／鐘の　音する　たそがれに／三人《みたり》の　漁夫ハ　帆を上げて／入る　日を　指して　西方に／走らす　船ハ　進めとも」という具合に分節化してみたとしても、結局そこに新しいリズムは喚起されて来ない。それは分節化を必然とするほど言葉の自立性が高くなかったということであろう。美妙の右の作品の起句「ゆかしき　峯の　花の雲」の「ゆかしき」は、文法的には「峯」の形容詞であるが、通常「ゆかしき」と思念される対象は異性であるため、この「ゆかしき」は（文法的には「峯」にかかりつつ）「峯」以外のものを志向し、そのものの比喩（または象徴）に「峯」を変えてしまう。そういう機能の言葉が、『新体詩抄』にはほとんど見られないのである。

また別な面から両者の相違を言えば、『新体詩抄』の七五調における七音を分節化してみても音数の規則性を見出すことはむずかしい。が、美妙は明らかに七音を四・三に分節化し、それをさらに二・二・三に分けたり、あるいは七音にまとめている。三・四への分節化は避けたのである。四・三の場合は、三の次に一つ無音拍を置くことができるが、それを四と三の間に移せば、先ほど私が二行目を「見ぬ間に　いつかあこがれて」と読んだようなリズムの変換が可能となる。ところが三・四の場合の無音拍は三の前に置くしかなく、だからリズムの主体化的変換はむずかしい。山田美妙はそのことに気がついていたのであろう。

なぜそのように判断できるか。かれがさまざまな詩型を実験した『以良都女』は、たとえば夢の屋かほるの「楽典初歩」（八〜九号、明二一・二〜四）が発表されるなど、音楽の啓蒙に力を入れた雑誌であって、美妙の右の作品にも曲が附けられていたからにほかならない。（ちなみに私が休止の記号として○印を用いたのは、上の論文に倣ったためである）。それは4/4 拍子であったが、次の「ともしらが」（『以良都女』第一四号、明二一・九）も同様であった。

いつしか　かしらに　しらか、ハ　おひぬ。
しらが、ハ　おふとも　ふたり、の　なか、は
はまべ、の　まさご、の　よむとも　つきじ。
ひさしく　うきよ、の　なだ、をば　へたれ、
やうち、の　あらし、は　ゆめ、にも　なぎさ、
としなみ　ばかり、ぞ　その、ま、に　よせぬ。

音数律的には八七調になるわけだが、これは四拍子四小節のリズムに合わせ、第四小節の四拍子目を休止にしたためである。

しかし、ただ歌詞として作ったというだけならば、かならずしもこのように細かく分節化して表記する必要はなかったであろう。楽譜の紹介は省略するが、息つぎ記号はどこにもなく、一拍の休止（ただし実際に記されているのは半拍休止の音符）が置かれたのは、「なか、は」と「つきじ」の次だけであった。合唱部の学生の意見では、既成の器楽曲に歌詞をつけてみたのではないかということである。もしそうだとすれば、かれは四拍子のメロディに叶った歌詞を作ると共に、それとは別なもう一つの、いわば書くレベルにおけるリズムを実験していたことになる。

その分節化は、日本語としての意味を分解しかねないところまで進んでいった。

多分かれは、この方法によって日本語の音やアクセントがどのような構成力を持つかを確かめてみたかったのであろう。その点で私たちがすぐに気がつくのは、いつしか↓かしらに、かしらに↓しらか、ハ、という具合に、音の類似によって詩語が選択されていたことである。もう一つの苦心の箇所は、おそらく「やうち、の　あらし、は　ゆめ、にも　なぎさ」であった。「ゆめにも」と書けば、「夢の間に凪ぐ」の意味だけが顕在化され、その「凪ぐ」は渚に掛けられて「はまべ、の」や「としなみ」の縁語となってゆく。だが、「ゆめ、にも」と書かれた「ゆめ」は、否定や打消の表現を伴う副詞の機能を帯びて、「なぎさ」に潜在する「な（無）き」を露呈させるのである。

この頃かれは、『日本韻文論』（『国民之友』第九六～一〇七号、明二三・一〇～二四・一）で、こんなことを語っていた。

アイアムバス――これは一つの短い綴りの次に一つの長い綴りが続いたので、即ち日本語ならば「ユメ」といふ語、是などはアイアムバスの韻語として直さま差し支へ無く用ゐられる、其子細は「ユメ」の散文上の音調は高音が「メ」にあつて低音は「ユ」にあり、即ち前が短くて後が長いもの、形に示せば「ユメ」つまり完全のアイアムバスです。かうしてアイアムバスで一聯の韻句を作って見れば不充分ながら左のとほりです。

ユメ｜ユメ｜キミ｜ノ……‖タマ｜クラ｜ニ……

たとへば「ユメ」といふ語、其本来の性質は高音が「メ」にあるので、さて前に言つた日本語の特質にあり「メ」に高音が有るに拘らず同じくそれを「ユ」に移して用ゐても更にさしつかへ無い、と言ふ訳はさうした所で意味が迷つて来ぬ故です。もしも音調を変へただけで甚しく意味の迷ひを為すものなら其時は音調は変はられぬのです。（中略）こゝに於て料らず此の事が分かりました、日本語は他の外国語に比し音調によつて意味の変ずる事が少いと。其韻文に取つて便利と言ふのは手も無く日本語が音調の束縛を受けぬ事です。

このような理論が直ぐに先ほどの「ともしらが」に適応できるというわけではない。いや、それ以前の問題として、ヨーロッパの詩の韻律論をそのまま日本の詩的表現にあてはめようとした時、どんな無理と矛盾を生んでしまうか、まずその点が批判されねばならぬかもしれない。そして事実、その弱点の幾つかは当時も森鷗外たちから批判され、現在でも軽薄な欧化主義の文学論の代表例として嘲笑的に扱われることが多い。

だが、ともかくかれは、以上のような実作と理論的な追求によって、日本語における音やアクセントの詩的な可能性を啓発しえたのである。たとえば「春《はる》」のアクセントが、「春雨《はるさめ》」という熟語のなかでは消えてしまうように、前後の言葉との関係で日本語のアクセントは変わることが多く、だからアイアムバスやトロキイなどの韻律を見出す試みは徒労に終るしかなかった。が、そのなかで「日本語は他の外国語に比し音調によつて意味の変ずることが少い」ことが明らかになったわけで、それならばある語の意味を保持したまま新しいアクセントを与えてみたり、いわば埋もれていたアクセントを顕在化させてその意味までも印象新たにすることが出来るのである。先ほどの「ゆめ、にも　なぎさ」はその一例であるが、

いそで　摘《つ》みたる　つぼすみれ
　これ　見《み》よ　がしの　衣紋《えもん》どめ。
いろが　くろむと　しほかぜに
たゞなら　たれが　吹《ふ》かれう　ぞ。

（「つぼすみれ」、『国民之友』第七八号、明二三・四）

などもう一つの例にあげられるだろう。

これも七五調の分節化であって、かれの韻律論に照らしてみれば、一行目は短長長（日本語の発音では低高高）のバクチイ、二行目は短長（低高）のアイアムバスの実験であったことは疑いない。三行目は短長短

のアムフヒブラック、四行目は長短のトロキイである。つまり「これ　見よ　がしの」という分節化は、「これみよがしの」と熟語化された時の平板なアクセントにアイアムバスの「節奏」を与えるための操作だったらしい。そのおかけで、熟語化する前のアクセントが甦り、つぼすみれを襟に挿して恋人に自分を目立たせようとする若い娘の心のはずみが表出されることになった。

現在の私たちから見れば、以上のような山田美妙の実験はごく常識的なものでしかない。「花の雲」の「ゆかしき」の技法などは、むしろ素朴すぎて、いまさら注意するのはおかしいほどであろう。ところが、かれが以上のような試みに着手したおかげで、これ以後の詩人たちは俄かにリズムや語法の面で自在さを獲得したのである。

＊　　＊　　＊

ところで、私はこれまで、『新体詩抄』の表現に言及した時にはリズムという言い方を避けてきた。その理由はもう明らかだと思うが、『新体詩抄』の三人がヨーロッパの音楽におけるリズムを体得していたとは思えないからである。もちろんかれらは、七五調が快感を誘う音数律であることは知っていた。表現の間《ま》ということも心得ていたにちがいない。だが、時代的にはもう既に小学唱歌による日本語のリズム的把握は始まっていたけれども、かれらの七五調における分節化の弱さや不統一などから見て、意識的なリズム的追求を行なっていたとは考えられないのである。

おそらくそれが当時の一般的な状態であったが、そこにメロディとリズムの観点を導入して詩の方法を確立しようとしたのが、言うまでもなく山田美妙であった。小学唱歌に始まった日本語のリズム的把握を、詩という新しい文学ジャンルの自立のために導入したわけである。その実験に対する北村透谷の『楚囚之詩』や森鷗外たちの『於母影』の位置は、小学唱歌に対する『新体詩抄』に相当するであろう。では、透谷や鷗外は、どの程度意識してメロディからの自立を企てつつ音楽の富を奪おうとしていたか。あるいはまた、もし七五調をリズムと呼ぶならば、むしろ律文（ある音数の組み合わせをくり返す口調のいい散文）のリズム的基盤としてとらえ返した時の呼び方とすべきであろうが、透谷や鷗外の七五調はどの程度まで律文への還元不可能な詩的リズムを獲得していたか。それらのことは稿を改めて論じなければならないが、その前提としても美妙の実験の意味を見定めておく必要が私にはあったのである。

第3章 『於母影』の韻律——近代詩史の試み(三)

いわゆる七五調には、縁語や掛詞が取り附いていた。八六調などでは掛詞のリズムが崩れるらしく、その種の修辞法は姿を消す傾向にあったのだが、七五調を選ぶとまるで憑きもののように現われてくるのである。

山田美妙が七五調をさまざまに分節化して日本語のアクセントを掘り起そうとしたことは、既にふれておいた。七五調だけでは、律文（口調のいい散文）と詩との区別がつきにくいことを直観したためであろう。かれはアクセントと音数律とを合わせて「節奏」と呼び、詩と散文を区別するメルクマールとしたわけであるが、それならば口語に節奏を与えても詩が作られるはずである。おそらくその可能性を求めて、かれは「はるのあけぼの」（『以良都女』第七号、明二一・一）などの「言文一致体」の詩を実験した。

ところが、その詩的メルクマールはむしろ掛詞に頼らざるをえなかったのである。「つゆにぬれてか、うぐひすの／こゑもひとしほスミぞめの／むかしもそゞろシノブずり／そのみちのくのおもかげに／ふるか、こずゑのはなふゞき。／そのの戸ながらかよひくる／わがツマごとのひとふしは／なさけコまちのゆめのあと」（「はるのあけぼの」第一聯）。このように散文的に続け書きしてみるならば、「スミぞめ」と「シノブずり」という掛詞の縁語関係の表現しか詩的な印象を与えない。この修辞法からの（『伊勢物語』の古歌を媒介にした）連想として、「そのみちのくのおもかげに／ふるか、こずゑのはなふゞき。」という想像が喚起される。それが散文の直線的な進行から逸脱する形で、イメージの舞踏的な旋回を生んでゆくのである。

これをもって七五調における古典的修辞法の附着の一例とするのは、あるいは不適当かもしれない。かれが言文一致体を選んだのは、かならずしもそのような修辞法の擬古文的性格を克服しようとしたためだとは言えないからである。逃れようとして、なおそれらの修辞法に引きずられてしまったというわけではない。文語（擬古文性）から離れるリスクに対して修辞の保険をかけた、というのがその実情であっただろう。掛詞の部分をことさら片仮名書きで目立たせているのがその証拠である。保険をかける用心深さは、文末表現に体言止めを多用して口語的な助動詞を避けたことや、近世の長唄的な痴情の世界へ連想を展開させていったことにも現われている。「ねむげにみえるかいだうの／ほゝににそまるつゆのたま。／ひとにへとかぬくれなゐの／えにしのいとか、したひもか、／むすび＝みだしたしどけなさ。／おぼろながらのかつらをに／わかれたのちハまぼろしの／ゆめをちぎるか、ねたましい」（同前、第四聯）。海棠の色を頬丹と見立てたことから、溶くと解くとを掛けて下紐へと耽美的な想像を進めていったわけで、こうしてみると、美妙にとってこれらの修辞は眼前の対象に物語り的な情趣を纏わせる構成力なのであった。

ただしこのような展開には、対象の個人的な見え方への固執が感じられない。その構成力の基盤は『伊勢物語』や長唄＝人情本的な物語の共同性であって、それをリズム面から規定していたのが七五調だったのである。

次の「病後の吟」（『以良都女』第一六号、明二一・一〇）という作品が、それを裏側から示している。

夜を　おくる　てら、の　かね
　　いま　われ、も　しなで　きく。
ゆめ　ふけて　はだ　さむき、
　　よぎ、を　のみ　なつかしむ。

かや＝ごし、の　やせ＝ともし
　（なきがら、に　あハや　目を
しばたゝく　べかり、しを）、
　けふ、は　ねや　もる　かぜ、に
つかれ　たる　いき、も　ふき。
　むせび＝なく　つゆ、の　むし
（われ　やがて　くさ成《ママ》かげ、に
　かたり　あふ　べかりし、を）、
けふ、は　葉を　かたしきて
　わが　うさ、も　わかつ　めり。

（以下略）

かれはこのような五五調で、現在の「自分」の状況を七六行ほどの長さで持続的に描いている。この一人称の述懐詩のほうが、はるかに口語詩の印象が強い。小説における言文一致体のなかで語り手の人称性が次第に明瞭になっていったのと、おなじ歴史的事情がここにも働いていたのであろう。（　）内の表現は、あるいは自分に起ったかもしれない事態を死者（または遺族）の立場からとらえた表現であって、それが現在の状況の述懐のなかに切れ込んできて単調さをうち破り、視点の交錯による立体感を構成しえている。一人称の現在の叙述のなかに異次元からの表白を挿入する方法は、宮沢賢治たちによって高度に駆使されるわけだが、これはそういう方法の先蹤だったのである。

もちろん古典的物語への転換や、趣向の面白さに、その表現が全く流されなかったというわけではない。「おもひ＝やれ、 きのふ、の 夜／その かね、も むじやう、にて、／その むし、も ともしび、も／あだ、に のみ みえにし、を。／み ひとつ、のあき ならじ。／さる、を なほ あらずも、の／あヽれ いま ひとり よぶ。／（中略）たゞ このむ もの、を のみ／あさり＝ゆく 蜂 なれや……／みつ、と なる はな、は つま、／とヘ ならぬ 葉ヘ かたき。」このなかの「み ひとつ、の あき ならじ」は、やはり『伊勢物語』を踏まえた表現であろう。風前の灯《ともしび》の、その灯に飛び込む虫のように危い命だった、という発想から蜂が縁語的に引き出されて、「みつ、と なる はな、は つま」というような趣向が生れてきたのである。「つひ、に ゆく／すゑ、の みち たれ このむ。／われ、も また ひとたび、ハ あヽや いま そ、この せき／こえ＝くゞる べかり けり。／その せき、よ いむ 目にハ／生と 死の くに＝さかひ」。ここにもまた『伊勢物語』の最後の段が使われているのである。

だがここでは、いずれの場合も、「み ひとつ、の あきならじ」に対しては「さる、を なほ」、「つひ、に ゆく すゑ、の みち」には「たれ このむ」という具合に、物語的な興趣に流れることへの抑制か働いていた。それは生命の危機をくぐり抜けてきたばかりの自分に関心が戻ってしまう、つまり自己の生にくり返しこだわらざるをえなかったということにほかならないが、そういう意識の翻転が構成力をなしていたのである。そしてそれをリズム面で支えていたのが五五調、とりわけその細かな分節化の表記による律文性の解体であった。

これはどのように理解すべきであろうか。七五調に従うかぎり、古典和歌が本歌取り的に音数律の面から侵入してくるのは防ぎがたい。これがその大きな理由であろうが、おそらくそれだけではなかった。「浜の真砂と五右衛門が、歌に残した盗人の、種は尽きざる七里ガ浜、その白浪の夜働き、以前を言やあ江の島で、年季勤めの稚児ガ淵」。このような例を挙げて、三浦つとむ（『日本語はどういう言語か』）がいみじくも指摘したように、私たちの耳に快い律文は、三・四・五と音節数が増加してゆく形の七五調を基本としている。もちろんその根底には、各音節の等時拍的な発音という法則が働いているわけであるが、その意味的なまとまり（文節）が三音四音五音と増えてゆく形をくり返す時に、口調のいいリズミカルな進行感が生れてくるのである。

そしてこの快感をさらに増幅しているのが、浜の真砂、七里ガ浜、江の島と続く縁語的な連想における鎌倉地方の地名の織り込みや、白浪という掛詞なのである。

しかもこのような言葉遊びは、あの音数律を欠いては感興を失ってしまう。しかしまたあの音数律の機械的なくり返しだけでは単調すぎるので、四・三・五の七五調や、二・五・五の七五調を挿入して変化を与えねばならず、それらの音節数の文節的なまとまりで音数律を知覚させるほかはない。その点ではどちらか一方を決定因とすることは困難なのであるが、より大きな要因は音数律のほうであろう。日本語で掛詞が発達したのも、発音が等時拍的であり、単語のアクセントを文脈のなかで移動させることが容易だったからにほかならない。

この問題をもう少し別な面からみれば、日本語の単語で――とりわけ古典語の場合は――五音節以上のものはほとんど見られない。例外的には接尾語の「がまし」を附けた「くつろぎがまし」というような六音節以上の形容詞もあるが、そのほかは仏典から生れた特殊な熟語などであって、二つ以上の単語の複合語が多いのである。（「くつろぎがまし」の場合も音数律的には複合語的に二つの文節に別けた形で発音することができる）。むしろ二音節、三音節、四音節の自立語（ここでは形容詞の語幹を含めて考える）が大半であって、それに一音節か二音節の助詞・助動詞（および形容詞の活用語尾）を附けて文節が構成されるわけである。（もちろん助詞・助動詞の附かない文節もありうる）。その文節の場合でさえも、五音節から多くても六音節までであり、七音節の一文節を作るのは容易でない。七五調の七音を三・四、あるいは四・三、二・五と二つの文節で構成することが多いのも、このためであろう。その意味で、一般的には五音節が律文的な一文節の上限だったと言うことができる。強いて七音節の文節を作ろうとすれば「――なりけり」というように助動詞を二つ重ねざるをえず、下手な歌よみの特徴となってしまうのである。

　こうしてみると、三・四・五を基本とする律文は、大半が二音・三音・四音の自立語を、効率よく取り込みうる音数律であることが分かる。しかもその音節数が、一文節の上限に向けてほどよい緊張を強いるのである。そして実際にそのような律文を作ってみればよく理解できることだが、五音節の部分を体言止めにすると次の三・四・五の表現はおのずからある種の飛躍と転換を促される。五音節が体言＋助詞の場合はもちろん統辞的、リズム的な連続感が生れる。そこからこの飛躍と連続感とを同時的に享受したい視向が内発して、掛詞の技法を促進したのであろう。

花の都も秋は猶。夕ふべ《ママ》淋しき風情なり
名は流れたる清水や。落ち来る瀧の乙羽山
秋の葉色の溝ことに。散るや紅葉のちり〳〵と
乱れゆく世の浪花江や。芦のさはりは繁くとも
猶世のために身をつくし。尽さんとても筑紫潟

（平野次郎国臣「月照僧の入水をいたみて読める歌」）

これより遠く奥州へ。いくさといへば身の末は
死ぬか生るか白河の。関をば雲や隔つらん
（小室弘作「花月の歌」）

今日春雨のふる里も。はやたち出る旅ごろも。頃も経ずして稲葉山。ふもとに着きぬ嬉しくも。識る人とてはながら川。おもふかたきにあふ瀬をば。尋ね問ふべきよしもがな
（八門奇者「刺客を詠する詩」）

竹内節編輯の『新体詩歌』（第一集、明一五・一〇。第二集、明一五・一二。第三集、明一六・四。第四集、明一六・六。第五集、明一六・八、推定）には、このような表現が豊富に見られる。これは『新体詩抄』から幾つかの作品を再録し、近世文人の長歌や新作の詩を集めたアンソロジーで、当時の詩的表現状況を知るには便利な資料である。ここに採った例からも分かるように、詩的な別ち書きをしていると否とにかかわらず、七五調の律文そのままの表現意識で作られた作品が多い。

これらの掛詞は、技術的にはけっして高度なものではない。主人公の行動や、その心情が託された自然の情趣を現わす表現（述語・用言）に、おなじ発音の歌枕的な地名を掛けて、季節や空間の転換に速度感を与える。この技巧は、謡曲の道行き文以来、ほとんど民族的な言語習性となっていた。山田美妙はそのような表現状況のなかで詩作を始めたのであり、たとえ「言文一致体」を選んだとしても、七五調に従うかぎりはその習性から逃れられなかったのである。ただし右に挙げた表現は、たとえば「清水や落ち来る瀧の乙羽山」とか「奥州へいくさといへば身の末は死ぬか生るか白河の関」というように、そのまま俳句や和歌として取

り出せる表現を含んでいた。つまりそれだけ伝統的な文芸の発想に縛られていたわけであるが、美妙の「はるのあけぼの」の場合は、『伊勢物語』の古歌を踏まえていたにもかかわらず、俳句や和歌にまとめ直してみることがむずかしい。掛詞の連想に身をまかせて意味的なつながりをルーズにしていったために、かえって伝統文芸の形に還元できない表現レベルにスライドしたのであろう。

ところで山田美妙の実験の次に音数律の問題を豊富に提供してくれたのは、森鷗外たちの訳詩集『於母影』(『国民之友』第五八号、明二二・八)である。それは美妙の五五調をさらに発展させた形の十十調が試みられていたためであるが、もちろん七五調も使われなかったわけではない。まずその点からみてゆくならば、従来の七五調に最も近い形の作品は、小金井喜美子の翻訳と推定される「わが星」であった。

おもひをかけしわが星は
光をかくしいつこにて
たれのためにかかゝやける
心もそらに浮くもの
かゝるおもひをふきはらふ
この夕暮にかぜもがな
すゞしく茂る夏木立
なにをやさしくそよぐらむ
緑色こき大そらは
なにをやさしく見下せる

あるかひもなき世の中の
卯月しりてや天の戸を
鳴てすぎゆくほとゝぎす
しでの山路のしるべせよ

（圏点は初出のまま）

この原詩は、E・T・A・ホフマンの『桶屋のマルティン親方とその徒弟たち』のなかの歌である。ただしその翻訳は、小堀桂一郎（『西学東漸の門』）が指摘するように、ほとんど翻案であった。訳詩の四行目から六行目に相当する、原詩の表現は「Erhebt euch, rauschende Abendwinde,／Schlagt an die Brust,／Weckt alle tötende Lust,／Allen Todesschmerz,／Daß das Herz,／Getränkt von blutgen Tränen／Brech' in trostlosem Sehnen.」（「吹きおこれ、ざわめく夕風よ、／この胸を打つて、／身を滅すやうな欲望を皆よびさませ、／死の苦痛も呼びさませ、／するとこの心臓は、／血の涙にひたされ、／慰めのないあこがれにひきさけるだらう」小堀桂一郎「大意」訳）である。この激情的な破滅願望が「心もそらに浮くもの／かゝるおもひをふきはらふ／この夕暮れにかぜもがな」と、ほとんど反対の意味に変えられた。いわば自己破壊的な苦悩は日本の詩的情趣になじまない、という文化的な忌避をモチーフとした翻案だった。その忌避を技法レベルで顕示したのが、「そらに浮くも」という掛詞だったと言えるだろう。

訳詩の十一行目「あるかひもなき世の中の」から終りまでにも似たようなモチーフが認められる。それに相当する原詩は「私に私の墓のありかを教へてくれ！／墓こそは私の望む安息の港だ、／私はその地下で安らかに眠るのだ」（同前）という絶望の表白であって、死の予想を訴えた点だけでは訳詩も変わっていない。だが、「あるかひもなき世の中」と男女の仲のはかなさを訴えたのち、「卯月しりてや」と、ここでも掛詞の技法を顕示して、「鳴てすぎゆくほとゝぎす」という日本的景物を挿入してきたということは、やはりきわめて意識的な文化的反噬だったと言わざるをえない。

原詩の意味やニュアンスを出来るだけ損ねない翻訳、という基準からみれば、小金井喜美子のようなやり方はもちろん論外であろう。『新体詩抄』の訳詩に較べてもこれは明らかに後退である。「伝統的な（それも多分に陳腐な）和歌和文の修辞を弄んだのみ」「度を過ぎた和風化」「原作に対する甚しき無理解と、西洋詩の発想とはおよそ氷炭相容れぬ体の和文的修辞の乱用」（小堀桂一郎）というような否定的な評価は避けがたいところであろう。

ただ、たしかに掛詞の一つ一つは常套的なのだが、その全体的構造は当時けっして陳腐ではなかった。律文レベルでの掛詞の場合は、それを受ける表現がすぐに続いていて、いわば鎖のようにつながっているだけであったが、山田美妙の「はるのあけぼの」においては「こゑもひとしほスミぞめの／むかしもそゞろシノブずり／そのみちのくのおもかげに」のように、その掛詞を受ける表現が明瞭でなく、それらを繋ぐ連想の糸（『伊勢』の古歌）は潜在したままなのである。これを、「落ち来る瀧の音↓乙羽山秋の葉色の溝ことに散るや紅葉のちり〳〵と↓乱れゆく世」、「これより遠く奥州へいく↓いくさといへば身の末は死ぬか生るかしら（ず）↓白河の関」、というような尻取り遊び的な掛詞に較べてみれば、詩法としてのレベルがより上っていることが分かるだろう。「わが星」の場合は、心もそら↓空に浮《うく》くも↓浮《うき》（憂き）雲の懸る↓かかる（此《か》くある）思い、と続いてゆくわけで、だから「ふきはらふ」の対象は、空を蔽う雲と心を曇らせる憂き思いとに二重化され、その構造全体は円環的であり象徴化されてゆくのである。それだけでなく、この円環的技法によって、眼前の自然の情趣に同調しきれない心のありようが詩の対象となりえた。その媒介として美妙の「病後の吟」のような自己へのこだわりが考えられるが、とにかくそのような表現は『新体詩抄』以来いまだなかった。

そういう点で、この訳者はあるいは原詩以上の詩法という自負を持っていたかもしれないとさえ見られるのである。

ただし、このように原詩に対するいわば挑戦的反噬の翻訳はほかにはなかった。もう一つ七五調の例を挙げるならば、落合直文の翻訳と推定される「いねよかし」は、次のようであった。

その一
けさたちいでし故里は
青海原にかくれけり
夜嵐ふきて艫きしれは
おとろきてたつ村千とり
波にかくるゝ夕日影
逐ひつゝはしる舟のあし
のこる日影もわかれゆけ
わか故郷もいねよかし

その二
しばし浪路のかりのやと
あすも変らぬ日は出でなん
されど見ゆるは空とうみと

わがふるさとは遠からん
はや傾きぬ家のはしら
かまどにすだく秋のむし
垣根にしげる八重葎
かど辺に犬のこゑかなし

（以下略、圏点は同前）

原詩はバイロンの『チャイルド・ハロルドの巡礼』の一節であるが、この部分をハインリヒ・ハイネがGut Nachtと題してドイツ語訳したものが直接の底本だったろうと考えられている。

ここにも日本的景物や情趣への翻訳が幾つもあり、その一の「村千とり」は原詩では鷗である。その二の一～三行目は、「Aufs neu steigt bald die Sonn heran,／Gebärend Tageslicht;／Nur Luft und Meer begrüß ich dann」（英詩はA few short hours and he will rise／To give the morrow birth;／And I shall hail the main and skies）であるが、自然との交歓は捨象されて、「しばし浪路のかりのやと」という舟旅の心もとなさが強調される。「はや傾きぬ家のはしら」は小さな民家のイメージであるが、「Mein gutes Schloß」（my own good hall）であるから少くとも館《やかた》程度の屋敷でなければならない。それに続く表現は「Mein Herd steht öde dort,」（Its hearth is desolate;）であって、「秋のむし」が鳴いていたわけではなかった。

もっとも、この改変を条件づけていたものに、脚韻の問題がある。原詩の交叉韻に倣って、間に一行を挟んだ二行ずつが脚韻になっているのである。鷗を群千鳥に改め、「されど見ゆるは空とうみと」という七六調が生れたのもこのためであろう。「かまどにすだく秋のむし」は「かど辺に犬のこゑかなし」と脚韻を作るための改変だけでなく、鳴き声という聴覚的表現をも対句化したのである。

その意味でこの翻訳は、「わが星」とは比較にならぬ細心さが必要であった。脚韻の実験は、すでに早く矢田部良吉が「春夏秋冬」（『新体詩抄』）で試み、坪井正五郎の「西詩和訳」（『東洋学芸雑誌』第九号、明一五・六）、大竹碧の「明治十六年五月月明之壽美屋楼上送別諸学友之辞」（同前第二二号、明一六・七）などで実践されてきた。坪井の「西詩和訳」の原詩は不明だが、「いきの出入りとからだの血　しかのみならずよき心地／清きたましひこれ命　時計のめぐりはやくたち／遽に変る針の位置　歳ハすぐともわざとさち／なきハ則ち無能無智　多く考へ気をたもち／よきはたらきを為せる後　長しと言へんこのいのち」というように、全ての行がchiの韻を踏んだ作品である。とくに見所のある作品とも思われないが、井上哲次郎はこれを「押韻自在。可喜」と評価している。

その内容を当時の『東洋学芸雑誌』の諸論文の発想にかかわらせてみるならば、人間の生命のリズム（呼吸や脈拍）が時計の振子のリズム（規範として疎外された時間）に同調させられたわけであるが、さらにそれが七五の音数律の十二番目の発音にアクセントを打つ形式で表現された。それが井上哲次郎を喜ばせたのであろう。当時の唱歌運動は人間の声帯に自然な発声法による健康の増進と、リズムの身体化という理念によって、日本の伝統的な歌曲の改良を主張した。その点と並んで、この作品は重要な意味を持つ。七五調の規範意識が啓蒙主義的イデオロギーに根拠づけられた、象徴的な例だったからである。

しかしその脚韻の方法は、まだ極く素朴なものでしかなかった。落合直文の翻訳はそれよりもはるかに精緻なレベルに達している。内容的には二行ずつが一まとまりの意味を作っているが、それが一行置きの交叉韻によって繋がってゆくのである。そして多分この苦心のために、伝統的な修辞法は忘れられることになった。掛詞や縁語を駆使しながら右のような押韻法を実践することは至難の業であろう。

すでにかれは、井上哲次郎の漢詩「孝女白菊詩」を和訳した「孝女白菊の歌」（『東洋学会雑誌』第二編第四号、第九号、第三編第二号、第五号。明二一・二〜二二・五）という長編の物語詩を手がけてきた。原詩は四行一まとまりで、七言絶句ふうな脚韻を踏んでいたが、かれの和訳はそこまで忠実ではなかった。いま「いねよかし」と類似の場面を挙げてみるならば、「かゝるひさしき、夜半なれへ。ひとりおもひや、たへさらむ。／菅の小笠に、杖とりて。いでゆくさまそ、あへれなる。』／八重の山路を、わけゆけは。雨はいよ〱、ふりしきり。／さらぬもしけき、袖の露。あへれいくたび、しぼるらむ。』」（漢詩は、至レ此益思二阿爺苦一。静坐不レ堪レ聴二夜雨一。緑蓑紅笠為二軽装一。村外歴遍幾林塢。』脚尖仰来山漸高。蔓草枯尽蟲不レ号。谷口夜黒行人絶。風度二松杉一鳴二怒濤一』）、あるいはまた「父のいかりにふれしより。こゝろにおもうことありて。／東の都にのぼらむと。つくしの海をへ船出しぬ。』／あらき波路のかちまくら。かさね〱て須磨明石。／淡路のしまをこきめくり。むこの浦にそはてにける。』こゝより陸路をたとりしに。ころは弥生の末なれは。／並木のあたり風ふきて。ころものそてに花そちる。』」というような表現であった。この後半の道行き文的な表現に対応する漢詩はなく、強いて探すならば「一朝立レ志負二書笈一。欲レ尋二名師一出二辺邑一。長亭短亭春欲レ尽。落花如レ雪撲二簑笠一。」の箇所がそれに相当する。

つまり、この引用の後半の主人公（白菊の兄）は、原作においては素行がわるくて家を出奔した後に、「立レ志」（志を立て）て東京の中村敬宇の門に入ったのであるが、落合直文はその動機を「父のいかりにふれしより」という家庭悲劇に朧化してしまい、その代りに道行き文的な旅の描写を加えたのである。それはかならずしも立身出世（『西国立志篇』的な）イデオロギーの脱色が目的だったというわけではなく、西南戦争の内乱（父は「賊軍」すなわち西郷軍に投じた）という時代背景の全体を朧化してしまう方法の一つだったのであろう。そういう朧化法＝伝統的修辞による古典的情趣化の一環として七五調が選ばれた。だからこの作品はまだ、「しける夏草ふみわけて　軒ハをちかくたちよれハ／むかししのぶの露ちりて　袖にかゝるもあハれなり」というような掛詞を残していたのである。

「いねよかし」はこの方向を保ったまま原詩の交叉韻を消化しようとした翻訳であって、結果的に伝統的修辞法を捨てざるをえなかった。そしてそういう消極的な理由に条件づけられてのことであるが、「孝女白菊の歌」的な律文性から離れるきっかけが出来た。というのは、日本語の性格として七五調の十二番目の音節は助詞・助動詞の一部であることが多く、それでは脚韻的効果を読者に知覚させることはむずかしい。かれはこの弱点を克服するために詩的な別ち書きを利用し、脚韻の単語を助詞や助動詞と名詞、名詞と形容詞という具合に組み合せて、その視覚的効果をも高め、先ほど指摘したように内容的な聴覚の照応さえも作り出したのである。この方法をさらに発展させるならば、行と行の間に読者の内的な間《ま》（心的な拍）が喚起されるように意味的な関連を飛躍させ、構文の統辞法が失われるぎりぎりのところまで拡げてゆく方法が生れるであろう。

さて、『於母影』には次のような、森鷗外の翻訳した「マンフレット一節」があった。原詩はバイロンの戯曲『マンフレッド』であるが、この場合もハイネのドイツ語訳が底本である。

ともし火に油をばいまひとたびそへてむ
されど我いぬるまでたもたむとも思はず
我ねむるとはいへどまことのねむりならず
深き思ひのために絶えずくるしめられて
むねは時計の如くひまなくうちさわぎつ

わがふさぎし眼はうちにむかひてあけり
されどなほ世の常のすがたかたちをそなふ
なみだはすぐれ人の師とたのむ物ぞかし
世の中のかなしみは人々をさかしくす
多く才ある人は世に生ふる智恵の木の
命の木にはあらぬはかなさをなげくなり
はや我は世中に学ばぬ道はあらず
天地の力もしり哲学をもきはめぬ

（以下略、圏点は同前）

鷗外は原詩が一行一〇音節であるのを二倍にして、一行二〇音節で翻訳した。これはドイツ語や英語が一音節で一単語である場合が多いのに対して、日本語はかなの一文字が一音節であることを考えての処置であろう。ただし原詩の一行がそのまま翻訳の一行に対応しているわけではない。対応するように苦心はしているが、例えば翻訳の一～七行に相当するのは以下のように八行であった。「Ich muß die Ampel wieder füllen, dennoch／Brennt sie so lange nicht, als ich muß wachen.／Mein Schlaf—wenn ich auch schlaf—ist doch kein Schlaf;／Nur ein fortdauernd Brüten in Gedanken,／Die ich nicht bannen kann. im Herzen pocht mirs／Gleich wie ein Wecker, und mein Aug erschließt／Sich nur, einwärts zu schaun. Und dennoch leb ich／Und trage Menschenform und Menschenantlitz.」（The lamp must be replenish'd, but even then／It will not burn so long as I must watch:／My slumbers—if I slumber—are not sleep,／But a continuance of enduring thought,／

Which then I can resist not: in my heart／There is a vigil, and these eyes but close／To look within; and yet I live, and bear／The aspect and the forms of breathing men.)。一行二〇音節を守りながら、原詩のように一センテンスを二行に跨らせてゆくのは極めてむずかしい。このため鷗外の翻訳は、一行一センテンスの形が多くなった。

そうすると問題は、このような形ではたしてリズム感が可能かということであろう。バイロンは不眠症の苦痛を「in my heart／There is a vigil」と表現し、ハイネが vigil を Wecker（めざまし時計）と置き換えたのを、鷗外は「むねは時計の如くひまなくうちさわぎつ」と訳している。もちろん偶然の関連と言うべきだが、坪井正五郎が生命のリズムと時計のそれとを同調させる七五調を作ったのに対して、ここではその発想も形式も乱されてしまったのである。山田美妙の五五調（「病後の吟」）にもその危険はあったのだが、七五調を離れると音数律の感覚が失われかねない。そういう日本語の詩的表現のジレンマに、鷗外も直面したのであった。

七五調がリズミカルなのは、ただ単に三・四・五と音数が増えてゆくからだけではない。菅谷規矩夫（『詩的リズム』）によれば、実際に発音してみると三音、四音、五音のいずれもがほぼおなじ長さの時間で音読されることに気がつくだろう。だから当然、三音節の時に較べて五音節の発音はより早口になる、つまりテンポが加速されるわけである。その意味で日本語の詩的リズムとは、モノトナスな等時拍の発音形式がテンポのまとまりに分節化されたものであって、もう少し細かく言えば、そのまとまりの間《ま》（無音拍）を挟んでテンポを加速しあるいは減速することの規則的なくり返しなのである。しかしもちろん、その加速は無際限ではありえない。たとえば四音節を基準テンポとした場合、おなじ時間内で発音できる（テンポが崩れない）音節数は六音が上限であろう。

これはきわめて魅力的なとらえ方で、私の問題意識も多くそれに負っている。ただしかし、そのような内在的法則をもつ七五調でさえ正当にリズムと呼ぶことが出来にくい場合がある。七五調的な音節数の文を続け書きにした散文形式の文章からは、ごく微弱な調子のよさしか喚起されない。むしろ時々、二・五・五、四・三・六のような破調の表現が挿入されている時に、ようやくその文章が七五調を基調としていることに気づかされる。それほど三・四・四・五それ自体のくり返しはリズム感に乏しく、その意味では散文と詩のはざまの律文と呼ぶしかないのである。それを『新体詩抄』の訳者たちは詩的リズムに変えようと別ち書きをしたのであるが、結局はただ視覚的標識に頼っただけで、律文性の克服は出来なかった。そういう状況のなかで、山田美妙が音楽の拍子と小節の方法を導入した功績は、前回で私が分析したとおりである。

その山田美妙が、三音節を基準テンポに、上限を五音節とする形で実験したのが、五五調の「病後の吟」である。「夜を　おくる　てら、の　かね／いま　われ、も　しなで　きく。／ゆめ　ふけて　はだ　さむき、／よぎ、を　のみ　なつかしむ。」（二・三・三・二／二・三・三・二／二・三・二・三／三・二・二・五）。このように、まとまりの間《ま》を細かに取り、読点の表記を一字として扱わず、その代りに二音節の助詞や助動詞までも自立語並みに独立のまとまりを与える。この独特な書き方のためにテンポの加速は（五音節の部分さえも）抑制され、その表現は自分自身に向けられた呟きのような内向性を帯びてくる。それは加速テンポのリズムとは反対の、負テンポ（無テンポではない）的な失速のリズムとでも呼ぶべきであろう。その失速リズムが、内容における自己へのこだわりに統合されて、この作品の構成力をなしているのである。

試みにこの方法によって「マンフレット一節」を書き変えてみよう。

ともし＝火、に　あぶら　をば

いま　いちど　そそぎてむ
されど　我　寝ぬる　まで
たもつ　とも　思はれず
我ねむる　とは　いへど
まこと、の　ねむり　ならず
深き　思ひ　の　ために
絶えず　くるしめ、られ、て
むね、は　時計　の　ごとく
ひまなく　打ち　さわぎつ

音節数を整えるために表現を幾つか変えたが、このように書いてみればかろうじてリズムが生れてくる。だが、自己へのこだわりとマッチした構成力を持つには至らない。おそらく鷗外は、原詩の音節数を二倍した数に日本語をあてはめるのが精一杯だったのであろう。二〇音節の、とりわけ後の一〇音節の表現がほとんど無テンポなのである。

『於母影』には、このほかに小金井喜美子の翻訳と見られる「あしの曲」の八七調や「あるとき」の八六調が試みられていた。いずれも原詩の音節数に従った苦心の翻訳であるが、これを日本語の詩として見た場合、助詞・助動詞を少し変えるだけで簡単に七五調に納まってしまう。換言すれば、助詞・助動詞の使い方が冗漫になったというだけのことであって、結局この訳者にとっての詩的リズムは七五調のみ、それ以外のリズムを創出する意図はなかったと考えざるをえない。

事情はおそらく鷗外においても同様であった。「マンフレット一節」を続け書きにしてみれば平板な散文に変わってしまうのである。そうすると、鷗外にとっての詩的標識は別ち書き形式にしかなかったことになるわけであるが、ただ「ミニヨンの歌」（原詩はゲーテの『ヴィルヘルム・マイステルの修業時代』の一節）の場合は、非常に長い一センテンスを別ち書きして独特の効果を挙げていた。

其　一

レモンの木は花さきくらき林の中に
こがね色したる柑子は枝もたわゝにみのり
青く晴れし空よりしづやかに風吹き
ミルテの木はしづかにラウレルの木は高く
くもにそびえて立てる国をしるやかなたへ
君と共にゆかまし！

（以下略、圏点は同前）

原詩との対照は省略するが、この場合も原詩の一〇音節を二倍にして一行を作ったのである。

この詩の最初のセンテンスは五行に跨って、「国をしるや」まで続き、そして「かなたへ／君と共にゆかまし！」と結ばれている。しかもその間、各行の一〇音節のところに読点を打ってもよいような意味的な区切れがあり（二行目はやや位置がずれる）、その上下の関係は対句的な並列、主語部と述語部、修飾部と被修飾部、という具合に均斉がとれているのだが、それぞれの一〇音節における分節化は七・三あるいは六・四という比率である。一行目から五行目の「くもにそびえて立てる」までの全体が「国」の修飾句であるという、この異様な不均衡は、各行の均斉によって緩和されているわけであるが、その一〇音節の句そのものは五五調的なバランスを失っている。これを語の正当な意味で音数律と呼ぶことはできないが、その均斉と不均衡との緊張によって、無テンポの詩を読むのとは違った感情の波動を惹き起す。そういう効果は持ちえているのである。

鷗外がそのことにどの程度自覚的であったか。もし自覚的だったならば、二行目の表現は「こがね色の柑子は……」としたはずであって(この部分を破調的に音節数を増す必然はない)、私はその点に関して否定的な見方をせざるをえない。後年のかれの創作詩は七五調が基本だった。結局かれは、右のような効果を方法化して発展させることはしなかったのである。

だがそのこととは独立に、とにかくここで新しい詩の方法が拓かれることになった。文章上の意味の区切れと行の切り方とをずらす表現法は、すでに『新体詩抄』で自然発生的にはじまっていたが、それをこの訳詩では一行二〇音節という条件のなかで前面に押し出すことになった。その一行一行の構文法が、全体的な詩的統辞法と背き合う緊張によって構成力が強められているのである。落合直文の脚韻の消化と並んで、これが『於母影』における大きな成果であった。

第4章 身体性の突出——近代詩史の試み㈣

北村透谷の『楚囚之詩』(明二二・四)の主人公は、よく知られているように、牢獄につながれた政治犯だった。中西梅花の「九十九《つくも》の嫗《うば》」(『国民之友』第一〇五号、明二四・一)の主人公は、老いさらばえた乞食の女である。表面的にはその主人公のタイプと状況の設定はきわめて異質なのであるが、その詩法を抽出してみると意外に大きな共通性が見えてくる。

たとえばそのいずれも、一人称の独白体で長篇物語的な展開を語り切っていることである。その上この二人の主人公の未来は、近い死の予想によって既に閉ざされていた。もちろん現在もまた、まことに不本意で苛酷な境涯でしかない。おのずからかれらの意識は、もはや現在とのつながりを断たれてしまった過去の、その自由で自儘だった時代を、ほとんど彼岸の美しさで想起せざるをえなかった。その回想が七五調を基調とする音数律で語られてゆくのであるが、身体の受苦性や、想起する意識それ自体の苦痛をモチーフとしてリズムの破調を必然化しえていたのである。

もっとも、このような抽象だけでは、これらの作品がどれほど当時の新体詩イデオロギーを批評的に対象化できていたか、まだ明瞭ではないかもしれない。

ここで私が新体詩イデオロギーと呼ぶのは、前回も取りあげた坪井正五郎の「西詩和訳」(明一五・六)の内容と形式から敷衍しうるような七五調の理念のことである。念のためもう一度要約しておくならば、そこでは、まず私たちの身体に内在的なリズム(呼吸や脈拍などの等時拍的な律動)が、時計の振子のような客観的な時間形式でとらえられていた。しかも、おなじ時間形式を手がかりに日本語の発音が等時拍的である事実も自覚され、それと共に七五調の快感が生理学的に根拠づけられることになった。七五調の一二音で一つのまとまり《センテンス》が作られる傾向は、時計の長針の一周とアナロジカルにとらえられて、一二音目に脚韻を置く理由が見出された。それに加えて、この時間形式は、文明開化とか進歩とかいう一直線に方向づけられた意識によって把握されていた。もちろん人間の肉体にはやがて老いが訪れてくる。その意味で身体に内在的なリズムは肉体の消滅に向う時間を刻んでいるわけであるが、そうであればこそ、若いうちに開化や進歩の方向に沿ってよく努力し、立身と出世によって無残な老衰を蔽い得る人生を歩まねばならない。「遽に変る針の位置。　歳ハすぐともわざとさち。／なきハ則ち無能無智。　多く考へ気をたもち。／よきはたらきを為せる後。　長しと言ハんこのいのち。」というわけである。

　ことわるまでもないであろうが、当時の作品の全てにこのようなイデオロギーが均質的にあらわれていたわけではない。個々の作品に即してみる時、それは一種の仮説的な性格を帯びざるをえないのであるが、ただしかし、明治二〇年代のさまざまな詩的実験を検討してゆく場合、右のような新体詩イデオロギーのどの側面に対して異質であろうとしていたか、あるいはどの程度その総体を転換させようとしていたかを測定してみないかぎり、その作品の批評性や革新性は見えて来ないのである。山田美妙の五五調の実験が、新体詩革新としてはまだ不徹底だという印象を免れえなかったのは、当時の新体詩の時間意識までも転換させるには到らなかったからであろう。これも前回で取りあげた小金井喜美子の翻訳詩「わが星」（『於母影』）における、「心もそらに浮くもの／かゝるおもひをふきはらふ／この夕暮にかぜもがな」という箇所は、原詩（E・T・A・ホフマンの『桶屋のマルティン親方とその徒弟たち』）の内容をほとんど反対のものに変えてしまっていた。その表現意識上の理由はその時分析しておいたが、さらにそれを超える大きな条件として、彼女が七五調を選ぶと共に、原詩における「吹きおこれ、ざわめく夕風よ、／この胸を打つて、／身を滅すやうな欲望を皆よびさませ、／死の苦痛を呼びさませ」という破滅的な激情性までが変質を強いられた。いわば身体的リズムの自虐的な破調の希求が、七五調に同調させられて、激情を鎮静する祈念に変わってしまったのである。

そんなわけで、透谷や梅花の作品を詩史的に正確に位置づけるためには、以上のような新体詩イデオロギーとどれだけ総体的に確執的であり得ていたかを把握する以外にない。もっと端的に私の着想のあり方から説明するならば、梅花の「九十九の媼」の特質に注意を向けてみることで、漸く初めて新体詩イデオロギーが対象化されると同時に、山田美妙の「病後の吟」（明二二・一〇）の先駆性が見えて来て、透谷の『楚囚之詩』の詩史的な意味もとらえられるようになったのである。

とはいえ、梅花の「九十九の媼」は現在ではむしろ忘れられた作品に属するであろう。いまその紹介をかねて具体的に特質を明かしてゆくならば、それはまずこんなふうに語り出されていた。

息《いき》きれぬ、歩《あゆ》むに腰《こし》のほね痛《いた》し、
　杖《つゑ》もがな、アゝ、杖《つゑ》もがな、
竹《たけ》にもあれ、木《き》にもあれ、
　手頃《てごろ》の棒《ぼう》のほしきことよ、
こゝらの里《さと》に小供《こども》は居《ゐ》ぬか、
　　居《お》らぬと見《み》える、
　居《お》らば遊《あそ》ぶに良《よ》き場所《ばしよ》なるに、
遊《あそ》ばゞ子供《こども》のつねとして、

棒《ぼう》ちぎり、履《くつ》わらじ、
　取《と》りちらしあるは必定《ひつじやう》、
　ア、、棒《ぼう》もがな、杖《つゑ》ほしや」
　ホ、、笑止《せうし》や、
昔《むかし》は杖《つゑ》と云《い》ふものを、
　老《おい》たる人《ひと》の曳《ひ》かるゝに、
今《いま》の我身《わがみ》が是《これ》ほどに、
　用《よう》ある物《もの》とは知《しら》ずして、
母《はゝ》なる人《ひと》の秘《ひ》められて、
　祖父《ぢゞ》なる人《ひと》の秘《ひめ》られし、
あづさ弓《ゆみ》の、ホ、、
　　　我身《わがみ》ながら
　　　　笑止《せうし》のことや、
腰《こし》の曲《まが》りしありさまの、
　其《そ》の弓《ゆみ》にしも似《に》たるかな」

（其一　以下略）

この作品が「常盤嫗物語」からヒントを得たことを、梅花は内田魯庵宛の書簡（明二三・一〇・二三）で語っている。「大和国にときはのうばといふ人侍りける。楽しみ栄へて過けるが。とし頃の翁にをくれて後。

子共あまた有けれども。よろづ心に志たがふことぞなき」と始まる、この室町時代の物語の老婆は、息子や孫たちから邪魔者扱いにされて、ただひたすら阿弥陀如来に後世を願うしかなかったのであるが、念仏の間についうっかりと、「南無阿弥陀仏〳〵。酒がなのまん。あら腰いたや膝いたや。のどかはきや南無阿弥陀仏〳〵。」と愚痴や欲望を洩して、「子共はいかゞ竝居つゝ。おかしきことをねむじつゝ。嫗が願を聞かむとて。耳をたてゝぞ聞きにける」という嘲笑的な興味を誘ってしまう。その滑稽さと、しかし食物への執着の強さがそのまま専心念仏に通じて極楽往生を遂げた不思議さが梅花の心をうったのであろう。かれは一人称独白の表現を選んでわが身の滑稽さを自嘲する自意識を老婆に与え、まずいきなり「息《いき》きれぬ、歩《あゆ》むに腰《こし》のほね痛《いた》し」と身体的苦痛（リズムの乱れ）を語らせることによって、七五調の攪拌を準備したのである。「常盤嫗物語」における息子たちの疎外は、「我身《わがみ》ものにくるへりと、／さとの子供《こども》に囃《はや》さるゝ」（其二）という村の子供たちの嘲笑に置きかえられ、「ものを一途《づ》に思《おも》」う内攻性の自覚にまで追い詰められることになった。

　そしてここが重要なところであるが、そのような老婆の自嘲は必然的に自分の心に向けられざるをえなかったのである。

　もともと彼女は滋賀の浄行寺門前に住む、貧しい花売りの娘だったが、――この設定は先の典拠や、のちに触れる「玉造小町子壮衰書」にはなく、梅花の独創と思われる――豪族の大江家の主人に可愛らしさを認められて、養女となり、「実《じつ》の御子《おんこ》も羨《うら》やむまで」大切に育てられた。そして美しい娘盛りを迎え、たまたま嵯峨の奥に迷い込んだ曾根中将という貴公子に見染められる。中将の笛に自分の琴を合わせて見事に「想夫恋」を奏し終るのだが、しかし自分はしんじつ中将に心惹かれたわけではない。

暫《しば》しことばの途切《とぎ》れしに、

我身《わがみ》ハいとゞ次《つぎ》なくて、
　はぢらひながら立《た》ち様《ざま》に、
かへらひ見《み》れバひと雫《しづく》、
　はらりと大人《うし》がさし貫《ぬき》に、
抜《ぬ》かれしハ抑《そ》も、
　今《いま》に〳〵、
　　我身《わがみ》まどはす、
　　　もとゝハなりぬ、
左《さ》りとて我身《わがみ》ハ
　　　　いかな〳〵、
　大人《うし》を恋ひてハ居《ゐ》もせぬに、
只《たゞ》、忘《わす》れぬハ其折《そのをり》に、
　大人《うし》が落《おと》せし志らたまハ
露《つゆ》か、涙《なみだ》か、露《つゆ》ならバ、
　清《きよ》らにさえしかたさまが、
月《つき》にも似《に》たる眼《め》の中《なか》の、
　かつらの花《はな》のしたゝりか、
左《さ》もあらバあれや、
　我身《わがみ》、其《そ》の後《のち》ハ、

（其七）

只《たゞ》、其《そ》の涙《なみだ》に心《こゝろ》をくだきぬ、
左《さ》りとて恋《こ》ひてハ、
居《ゐ》もせぬに、
ホ、、をかしき心《こゝろ》の我《わが》身《み》哉《かな》」

一人称の自伝的物語は、小説のジャンルではすでに嵯峨の屋おむろの『無味気』（明二一・四）や森鷗外の『舞姫』（明二三・一）などで定着しつつあった。しかし、恋してもいないのに気持ちを動かされるとは、心のどのようなからくりによるのであろうか。古物語めいた情緒に溺れ、あるいは単なる虚栄だったのかもしれない。このような心の陥穽にまで自意識を向けていった点で、この作品は上記の小説の水準に匹敵し、もしくは心の秘密の新しい面を拓きえたのである。

その上で注意すべきは、このように自意識がわが心の陥穽に及んだ時、回想の平静な語り口が乱れ、七五調が崩れてしまったのであった。現在の運命を決定した、その陥穽へのこだわりが破調を招いてしまったのであろう。七五調から離れようとする実験は鷗外たちの『於母影』にも見られたが、かならずしも成功したと言いえないのは、このような破調のモチーフを作中に内在化できなかったからにほかならない。

だが結局、彼女は中将の求愛を受け容れてしまう。しかし衾を共にする喜びはついに得られなかった。

道行《みちゆ》く人《ひと》のこゝろもて、
鴛鴦《をし》のふすまを分《わく》るてふ、

甲斐《かひ》がねに立《た》つ白雲《しらくも》の、
　こゝろへだてし良人《おつと》を持《もち》、
たがひに其《そ》れと梔子《くちなし》の、
　云《い》へねどうきへ色《いろ》に出《い》で、
世《よ》を味気《あぢき》なく
　　身《み》をはかなみ、
九夏三伏《きうかさんぷく》の夏《なつ》の夜《よ》も、
　　氷《こほり》をいだく思《おも》ひにて、
かはすまくらへ沖《おき》の石《いし》、
　潮《しほ》にひたりて、幾年《いくとせ》ぞ、
　ヱ、、思《おも》ひ出《いだ》すも
　　　口惜《くちを》しけれ」

（其十）

他人の眼には幸運そのものと見えるだろう人生に、このような秘密が隠されているのだが、それを想い出してしまう心の動きは自分の意のままにならず、想い出は苦く口惜しい。その意識の乱れが、再び語り口を乱してしまう。当時は歴史的事件や古典に取材した叙事詩が幾つも試みられていたが、運命的な事件のなかにこういう不幸な意識の表出を内在化させえたのは梅花だけであった。

その後この女は夫に先立たれ、大江家も没落して孤独な漂泊の境涯に零落する。古物語の常套的な展開法では、ここで女はわが身の運命の拙さを歎かなければならない。梅花はもちろんそのパターンを借りていたわけであるが、むしろこの作品の真の構成力は、貴公子に見染められる幸運をわが身の幸福となしえなかった自分の感性へのこだわりであって、だから回想がそのこだわりに誘発されて自嘲の念も一そう強まるばかり、という形で展開されてゆく。結局この女が見出すのは運命の拙さなどではなくて、「我《われ》をおもひし其《そ》の人《ひと》を／思《おも》はぬ罪《つみ》のむくひ来て」（其十一）という罪障であるほかはなかったのである。

このように自責する女の姿は、謡曲の『関寺小町』や『卒都婆小町』を連想させないでもない。梅花の念頭に、おそらくそれはあったであろう。ただしかし両者の重要な相違は、この作品の主人公がもともと貧しい花売りの娘だったことである。この女はわが心の陥穽にはまった罪障の深さを思うにつけても、「ア、、ア、、我身《わがみ》若《も》し、／（中略）花売爺《はなうりぢぃ》の子《こ》と呼《よ》ばれ／其《そ》のまゝ其処《そこ》に埋《うづも》れなば」（其三）という別な人生を想い描かずにはいられなかった。名もない庶民の娘として生長し、泥まみれで働く百姓の嫁となり、「良人《おっと》が寐酒《ねざけ》の二合半《こなから》を、／月《つき》のあかりにさしさゝれ、／酔《よ》へばそのまゝひぢ枕《まくら》、／障子《しやうじ》も立《た》てず、戸《と》も繰《く》らず、／かろきうき世《よ》を五十年《ねん》」という気楽な一生もあり得たであろうし、かえってそのほうが幸福だったのではなかろうか。中将への感性的違和は、自分の出自に対するこだわりから発したのだったかもしれない。かならずしも明示的に語られていたわけではないが、構造論的にはそう読み取りうるように展開してゆくのである。これもまた構造的な読み取りであるが、「苦《く》と云ふものゝ世《よ》の中に、／有《あり》とし知《し》らぬ高笑《たかわら》ひ」（其三）という自足的な庶民のイメージは、もちろんわが心の糾明に疲れた自意識が夢見た、半ば仮構の民衆像であろう。ともあれ梅花は、そういう構造論的読みが可能な形で構成していたのだった。

しかもこの女の、今は見果てぬ夢となってしまったもう一つの人生、つまり気楽な庶民の生活を思い描いた箇所こそが、最も安定した七五調で語られているのである。その世界から引き離されたことがそもそも不幸の始まりだったわけで、いま再び老いさらばえた乞食女として帰らざるをえないことでその不幸感は倍加させられる。いまの自分を語る口調は、いきおい取り乱れざるをえない。

恥《はづ》かしや、我《われ》、
　今《いま》ハ乞食《こじき》とおちぶれて、
御手洗《みたらし》の、
　古《ふる》き手拭《てふき》をつゞくりて、
垢《あか》に染《そ》めたるいろ〳〵衣《ごろも》、
菅《すげ》の小笠《をがさ》もあめに洒落《しやれ》、
　骨《ほね》のみたかく、肉《にく》こけて、
歯《は》なみも斯《か》くハ、
　　まばらにくづれ、
　かしらにハ雪《ゆき》、
　　　まゆにハ霜《しも》
まなこハ煙霞《えんか》にとざされて、
髪《かみ》の毛《け》つくもにむすぼうれ、
　膝《ひざ》ハよはくて、
　　腰《こし》くねり、
一日《ひとひ》に一里《り》もむづかしき、

鬼《おに》のひぼしのからびうば、
むかし思《おも》へバ皺《しは》みたる、
　背《せな》にも汗《あせ》の、
　　はづかしや」

（其六）

この無残な姿は、場面を「玉造小町子壮衰書」から借りて、その細部を「常盤媼物語」の表現で埋めていたと思われる。「玉造小町子壮衰書」には「予行路之次。歩道之間。径辺途傍有一女人。容貌顦顇。身躰疲瘦。頭如霜蓬。膚似凍梨。骨竦筋抗。面黒歯黄。（中略）肩破衣懸胸。頸壊蓑纏腰。匍匐衢間。徘徊路頭」という表現があり、「常盤媼物語」では「かしらには雪をいたゞき。眉には八字の霜をゝき。顔には四海の波をたゝみ。目には霞を立籠て。息はあらくて歯は落ぬ。こしは梓の弓をはり。立居る姿の恥しや。肌はあらくて膝よはく。たをれがちなる侘しさよ」「盥の水にうつりたる。姿をみればげにもまたおそろしや。鬼のひぼしにことならず」と描かれているからである。

次の箇所も典拠が考えられなくもない。

肌《はだ》さむうなるにつけ、
　　ひだるくなりぬ、
いづこに煮《に》る夕粲《ゆうげ》の菜《さい》ぞ、
　味噌汁《みそしる》の小気味《こきみ》よげなる

かほりかな、
ヱヽ、羨《うらやま》しのしよくものや、
昔《むかし》なりせバ我《われ》、
桂《かつら》もて、玉《たま》を炊《かし》ぐも、
奢《おご》れるとハ知《し》らざりしに、
今《いま》ハ人《ひと》のあまれるをだに、
まゝならぬとハ」

（其九）

「衣裳奢侈。飲食充満。素粳之細粒。炊玉鼎而盛金椀」とは、玉造小町が「倡家之子。良室之女」だった時代の日常であった。常盤嫗の過去の栄華は不明だが、いまの食物への執着はすさまじいほどであった。「いもがな食はむやは〱と。柿がな食はむあま〱と。やきたる餅のさねもなきを。餳飴《あめ》にからみてくはばやな。白米がなひめにして。湯をものまばや志な〱と。ゆやかうじ橘けんざくろ。栗柿なつめ梅すもゝ。りむごやなしやくはゞやな。びはや山もゝ山いちご。榎の実も拾ひくはゞやな。あぢきなや。あをのりわかめくひたやな。歯は落うせてなけれども。は志ゝをもつてあいしらひ。もときり昆布がな志はぶらむ。青のりあまのりとつさかのり。万づのかいさうくひたやな。南無阿弥陀仏〱。あらくるしや。山のものにとりては。ところさわらびくずの根。まつだけひらだけなめすゝぎ。かの志たしゐたけ志めりだけ。くりだけねずみて月よだけ迄もくはゞやな。扨またうをのほしき事。たへむかたもなかりけり」。こうして次には魚の名が列挙され、のどが渇けばお茶が欲しくなり、続いてお茶菓子の数が尽くされてゆく。

これは多分、室町時代のうまいものづくしなのであろう。初めはこの老婆の飽くことなき食物への執着がいささか滑稽なのであるが、いわば列挙される品数の多さに圧倒されて人間存在の根源的な饑渇感にふれる想いがしてくる。先には「息はあらくて歯は落ちぬ」と言いながら、「おく歯もきばもまだあれば。青梅かちぐりくひつべし」と言い出す矛盾も気にならないほどである。

それに較べれば梅花の老婆における飢えの表現はごくささやかなものでしかない。とはいえ、ここでは嗅覚に訴える味噌汁の匂いが描かれて、そのひもじさはむしろなまなましく伝わってくる。そういう卑近な食物（とそれに対する欲望）が「詩」のなかに取り込まれると共に、「つまらぬ浮世《うきよ》に存生《ながらへ》て」いることの受苦性をリズム化できたことは、詩史的にみて重要なことであろう。玉造小町の妄執は、これを憐んだ弘法大師（と伝承されてきた）の詩によって浄化されて極楽往生を遂げる。常盤嫗の場合は食物への渇望がそのまま阿弥陀如来への渇仰に通じて極楽に迎えられたのであるが、自嘲と飢えとを一人称表現によって主体化された梅花の老婆に、救いはついにやって来なかった。「死《し》んで仕舞《しまへ》と念《ねん》ずれど／死《し》なれぬことこそ、／ォ、、恨《うら》みなれ」（其十一、作品の結語）。人間が時間存在であることの実相とは、老いて飢えと悔いに責められながらこの世をはいずり廻ること以外ではない。というのが、多分この作品における梅花の思想であった。

もっとも、梅花自身は、魯庵への書簡でこの作品をごく控え目にしか評価していない。その実験的意義が詩壇でどう受けとめられるか、あまり自信を持てなかったらしい。そしてじじつ当時の評価はけっして高いものではなかったが、ただし透谷の「ゆきだをれ」（『女学雑誌』第三三二号、明二五・一一）が、ある意味では当時最もよくそれに応えていた。というのは、明らかにその作品は「九十九の嫗」との対話の形で書かれているからである。

もしこの老婆から、あの饒舌的に語られた伝奇的な過去を取り除けてしまったならば……。もちろんそこには唖のような一人の乞食女がいるにすぎない。透谷がこのように伝奇性を消去してしまったのは、「君知《きみし》らずや人は魚《うを》の如《ごと》し、暗《くら》きに棲《す》み暗《くら》きに迷《まよ》ふて寒《さ》むく食少《しよくすく》なく世《よ》を送《をく》る者《もの》なり」（「時勢に感あり」明二三・三）という認識があったからであろう。つまりその変更によって、あの老婆を現実状況に対する批判的実存として突きつけようとしたと言えるのである。「ものを言《い》はぬ」唖とみえた女に、あえて声をかけてみたところが、「いづこよりいづこへ迷《まよ》ふと、／たづぬる人《ひと》のあはれさよ。／家《いえ》ありと思《おも》ひ里《さと》ありと、／定《さだ》むる人《ひと》のおろかさよ。」と意外にきびしい反噬を語り始めた。

○里《さと》の児等《こら》のさてもうるさや、
　よしなきことにあたら一夜《ひとや》の、
　　月《つき》のこゝろに背《そむ》きけり、
　　うち見《み》る空《そら》のうつくしさよ。

○いざ立ちあがり、かなたなる、
　小山《こやま》の上《うえ》の草原《くさはら》に、
　　こよひの宿《やど》をかりむしろ、
　　たのしく月《つき》と眠《ねむ》らなむ。

○立《た》たんとすれば、あしはなへたり、
　いかにすべけむ、ふしはゆるめり、
　　そこを流《なが》るゝ清水《しみづ》さへ、
　　今《いま》はこの身《み》のものならず。

○かの山《やま》までと思《おも》ひしも、
またあやまれる願《ねが》ひなり。
西《にし》へ西《にし》へと行《ゆ》く月《つき》も、
山《やま》の端《は》ちかくなりにけり。

……………………

○むかしの夢《ゆめ》に往来《ゆきゝ》せし、
栄華《えいぐわ》の里《さと》のまぼろしに、
このすがたかたちを写《うつ》しなば、
このわれもさぞ哄笑《わら》ひつらむ。

○いまの心《こゝろ》の鏡《かゞみ》のうちに、
むかしの栄華《えいぐわ》のうつるとき、
そのすがたかたちのみにくきを、
われは笑《わら》ひてあはれむなり。

○むかしを拙《つた》なしと言《い》ふも晩《おそ》し、
今《いま》をおこぞと言《い》ふもむやくし、
夢《ゆめ》も鏡《かゞみ》も天《あめ》も地《つち》も、
いまのわが身《み》をいかにせむ。

○物乞《ものこ》ふこともうみはてゝ、
食《た》ふべず過《す》ぎしは月《つき》あまり、

何事《なにごと》もたゞ忘《わす》るゝをたのしみに、
草枕《くさまくら》ふたゝび覚《さめ》ぬ眠《ねむり》に入《い》らなむ。

（其三）

ここに引用した表現の前半が「九十九の嫗」と類似のイメージであることは、もはや説明を要しないであろう。その後半は、次のような箇所に対応する。

人《ひと》の見《み》て面白《おもしろ》しと云《い》ふなる月《つき》も、
我《われ》は、あはれ、
心《こゝろ》を照《てら》す鏡《かゞみ》ともなれや、
さらば、此苦《このく》をうつさせて、
憂《うき》をなぐさむ友《とも》ともせんに、
人《ひと》の見《み》て面白《おもしろ》しと云《い》ふなる花《はな》も、
我《われ》は、あはれ、
我身此《わがみこ》の花《はな》ともなれや、
さらば夜半《よは》の嵐《あらし》にくだかれて、
ふたゝび原《もと》の根《ね》にぞ帰《かへ》らん、

両者を較べてみれば、透谷のほうがリズムは平板で、その結語も鎮静化（＝死の平安の願い）へ向っている。ただしその代りに、「九十九の媼」における自嘲性は過去と現在を相対化しうる批評意識へと深化されて、月を鏡として「憂《うき》をなぐさむ友《とも》」とする発想も、鏡（＝認識）の二重性へと構造化されていった。昔の栄華の幻のなかに今の姿が映り、まさにその反照として、今の心の鏡に昔の栄華のみにくさが写し出されてしまう。それは、権門富貴と乞食との同位性の認識にほかならない。とするならば、「むかしを拙《つた》なしと言《い》ふも晩《おそ》」いと同じく、今をおこ（烏滸）と自嘲するのも「むやくし（無益し）」であろう。現象にとらわれた感情を放念することが肝要なのである。「家《いえ》ありと思《おも》ひ里《さと》ありと、／定《さだ》むる人《ひと》のおろかさよ」「われは形《かたち》のあるじにて、／形《かたち》はわれのまろふどなれ」。

さて、ところで透谷の『楚囚之詩』に戻るならば、そこではまだ家や里（共同体）の仮構性が透視できていず、「法」や「国」が確乎たる現実性を持っていた。というよりむしろ「法」や「国」の拘束が要請されていたのである。

曾つて誤つて法を破り
　政治の罪人《つみびと》として捕はれたり。
余と生死を誓ひし壮士等の
　数多あるうちに余は其首領なり、
　中《なか》に、余が最愛の
　まだ蕾《つぼみ》の花なる少女も
　国の為とて諸共に
　この花婿《はなむこ》も花嫁《はなよめ》も。

（第一）

この作品についてはすでに多くの注釈が重ねられてきたが、やはりまず注意すべきは、「法」に託された観念の問題であろう。その主人公の設定と状況とが当時の政治小説と類似であることもこれまでしばしば指摘されたところであるが、微妙な相違がなかったわけではない。それは、もし政治小説のヒーローならば当然「政治の罪人《つみびと》」であることを自負し、そうであればこそ「法を破」ったことをみずからの過誤と認めるような発想は受けつけるはずがなかったということである。帝国憲法の発布（明二二・二・一一）以前のわが国には、改定律例（明六・六）の刑法や、讒謗律（明八・六）、集会条例（明一三・四）のような取締り法などしかなく、権力者の恣意で改廃されることが多いと見られていたために、法としての権威を認めがたかったからであった。

帝国憲法に幾つかの根本的な不満を見出したとしても、ともあれこれを歓迎しようとした人たちは、その権威によって政府自身をも拘束し権力者の恣意を抑制しうると期待できたからであろう。少くとも『国民之友』第四三号（明二二・三）の社説「憲法第二十九条と集会新聞の二条例」や「文部省を廃す可し」には、そういう発想が濃厚に認められる。おなじ号のもう一つの社説「二月十一日以後の自由人民、大赦に遇て出獄したる人に就て」は、関心の向け方や事態のとらえ方の点で『楚囚之詩』ときわめて近い。これによって透谷は『楚囚之詩』の構想を得たとか主人公の法観念が決定されたとか断定することは危険であろうが、おそらく法を権威あるものとしたいモチーフなしには、国事犯が「法を破」ったことをみずから過ちと認める、ねじれた発語が生れるはずもなかった。それとおなじモチーフが、投獄されたことを「つたなくも余が迷入れる獄舎《ひとや》」（第三）と自責する表現を生み、結局その状況からの解放を「大赦の大慈《めぐみ》」（第十六）に求めざるをえない結末となったのである。

ただし以上は、この作品の時代状況にからめた物語的構成のとらえ方でしかない。いま改めて詩的表現の面からとらえ直してみるならば、「曾つて法を破り」という促音便を用いた強い韻律は、それまでの新体詩にみられないリズム感であった。リズム自体としては昂揚的であり、それが内容と重なって一種の切迫感を喚起する。この切迫感に促された形で、次の二行のなかに「余」が二度くり返されるわけだが、「生死を誓ひし壮士等の／数あるうちに其首領なり」と書き換えてみれば分かるように、その昂揚した〈声〉が発語主体に強く反射して自己意識を目覚めさせ、七五調を破って「余と」「余は」と突起させたのである。言葉を換えるならば、「法」の観念水準を突出させるモチーフがそのリズム感として表出されたために、「余」の自己意識までが字余り的な破調で現出させられてしまったのだと言えるであろう。

だが、この自己顕示的な「余」の意識がさらにわが身体存在性にまで及ぶに至って、たちまちその昂揚感は沈滞せざるをえなかった。

余が髪《かみ》は何時《いつ》の間《ま》にか伸《の》びていと長し、
前額《ひたひ》を蓋《おゝ》ひ眼を遮《さへぎ》りていと重し、
肉は落ち骨出で胸は常に枯れ、
沈《しづ》み、萎《しを》れ、縮《ちゞ》み、あゝ物憂《ものう》し、
歳月《さいげつ》を重《かさ》ねし故にあらず、
又た疾病に苦む為ならず、
浦島《うらしま》が帰郷の其《そ》れにも

　はて似付かふもあらず。
余が口は枯れたり、余が眼は凹《くぼ》し、
　曾つて世を動かす弁論をなせし此口も、
　曾つて万古を通貫したるこの活眼も、
はや今ハ口ハ腐《くさ》れたる空気を呼吸し
眼は限られたる暗き壁を睥睨《へいげい》し、
且つ我腕ハ曲《まが》り、足は撓《た》ゆめり、
嗚呼楚囚！　世の太陽ハいと遠し！
噫此は何の科《とが》ぞや？
　たゞ国の前途を計りてなり！
噫此ハ何の結果ぞや？
　此世の民に尽したればなり！
　　去れど独り余ならず、
吾が祖父は骨を戦野に暴《さら》せり、
吾が父も国の為めに生命《いのち》を捨たり、
　余が代《よ》には楚囚となりて、
　とこしなへに母に離るなり。

（第二）

リズム感は一転して、まずここでは散文的な単調さで語り始め、だから「沈《しづ》み、萎《しを》れ、縮《ちゞ》み、あゝ物憂《ものう》し」という破調もかえって気分の下降感にふさわしいものとなっている。その一方、当時の新体詩では各行の頭を揃える表記がまだ一般的だったなかで、透谷は一字下げや二字下げの行を挿入して視覚的リズム感を作り出し、しかも対句的な頭韻や脚韻でそれを補強した。バイロンの『シオンの囚人』に倣った面もあったにはちがいないが、〈声〉とその反射をここでは自問自答の形にまで明確化し、右のような形式上の実験を必然化した独創は高く評価されなければならない。それがあったからこそ一人称独白の平板さをよく免れえたのである。

この作品が当時どの程度世間に流布したか、「透谷子漫録摘集」によれば、一冊だけを手元に残して、あとは出版社で切りほぐしてしまったことになるわけだが、山路愛山や坂本紅蓮洞は銀座の書店で見かけたと言う。全く流布しなかったわけではないらしく、初めに引用した梅花の「九十九の嫗」における、

こゝらの里《さと》に小供《こども》は居《ゐ》ぬか、
居《お》らぬと見《み》える、

などの、まるで声の調子が聞えてくるような視覚的表現の見事な達成も、透谷の先蹤なくては不可能なことであろう。透谷と梅花の詩法上の相互啓発は、これまで研究者が指摘した以上に強かったと思われる。

もっとも、みずからの〈声〉に触発されてしまう失意、という自問自答の裂け目は、『楚囚之詩』のほうがはるかに深かった。それは自分の答えに、「余」自身が納得できなかったからである。「たゞ国の前途を計りてなり！」「此世の民に尽したればなり！」。しかしなぜそれが「科《とが》」に当るのであろうか。答えはより深い

問いを誘発してしまう。国や民のためという動機からみれば、この「科《とが》」は無実の罪でなければならない。

くり返し言えば、この主人公には「法」の根拠を疑う発想はなかった。「法」に照らしての有罪性の承認と、動機からとらえ返した場合の無実の意識と。この矛盾の間には「余」の行為のあり方、あるいは権力者の「法」の用い方の問題がかかわっているはずであるが、その部分が空白であるため絶対的な亀裂として矛盾が彼を苦しめるのである。小説的な読み方からすればその空白はこの作品の致命的な欠陥であろうが、むしろそのおかげで外部的な認識と内的な意識の亀裂の問題が露呈されることになった。政治小説のヒーローならばその無実の意識によって容易に「法」の不当性を告発できたはずだが、この主人公は認識と意識のダブル・バインディングに追いつめられてしまうのである。「獄舎《ひとや》！　つたなくも余が迷入れる獄舎《ひとや》は、／二重《ふたへ》の壁《かべ》にて世界に隔たれり」（第三）というその「二重《ふたへ》の壁《かべ》」とは、あの二重の拘束の象徴だったと見ることもできるだろう。

「はや今ハロハ腐《くさ》れたる空気を呼吸し……」。これは獄中に不潔な臭気が充満していることの表現であろうが、体内の腐臭が口腔に充ちてきた感覚を与える。投獄の悲惨の描写というレベルで見るかぎり、この主人公の容貌の描き方はたとえば末広鉄腸の『雪中梅』（明一九・八〜一一）と大差はない。類型的でさえある。ただしその細部にこういうなまなましい身体感覚の表現がみられ、先ほど指摘したような裂け目に落ちこんだ「余」の実存の、その身体的受苦性の象徴たりえているのである。もっと端的に言えば、露呈した亀裂の苦痛が身体の腐臭に転化され、外部の知覚を失って、ついにその存在感はわが呼吸を感触するだけの状態にまで追いつめられてしまうのである。

倦《う》み来りて、記憶も歳月も皆な去りぬ、

寒くなり暖《あつ》くなり、春、秋、と過ぎぬ。
暗さ物憂《う》さにも余は感情を失ひて
今は唯だ膝《ひざ》を組む事のみ知りぬ、
罪も望も、世界も星辰も皆尽きて、
余にはあらゆる者皆、……無《む》に帰して
たゞ寂寥、……微《かす》かなる呼吸
生死の闇の響《ひゞき》なる、
甘き愛の花嫁も、身を抛ちし国事も
忘れては、もふ夢とも又た現とも！
嗚呼数歩を運《はこ》べばすなはち壁《かべ》、
三回《みたび》まはれば疲《つか》る、流石に余が足も！

（第十）

かれの「呼吸」はすでに屍臭さえ嗅いでいたことであろう。もはや〈声〉を発する力も失せてしまったような「微《かす》かなる呼吸」。もうそれの反射で意識や知覚が目覚めさせられることはない。外界の知覚は剥落し、感情は枯れ、意識は「無」に帰ろうとしている。ここでもし「微《かす》かなる呼吸」の反射を受けているものがあるとすれば、それはいわば「微《かす》かなる呼吸」それ自体の自意識だけであろう。それが自分のゆるやかなリズムを「生死の闇《やみ》の響《ひゞき》」として聞いているのである。

そうである以上、もはや身体的リズムとも呼ぶことができぬこの「響」が、外部の客観的な時間と同調的であるはずがない。獄外の時間は季節を春から秋へと変えたらしいのだが、わずかにそれは気配として感触されるだけであった。それを逆に言えば、外界の等時拍的な時間推移と身体的リズムが同調的であるような時にこそ、私たちの空間の把握は明瞭であり、「罪」（＝法）の観念や「望」の情念なども自己対象的に措定できるということであろう。いわば身体的リズムの〈時間〉への自己疎外と外界の構成とは深い関係をもっていたわけであるが、「微《かす》かなる呼吸」に衰弱してその構成力を失い、「世界も星辰も皆尽きて」しまったのである。

もちろんそういう極限の存在危機を伝えるために、透谷はその主人公に詩的構成力を与えねばならなかった。ある意味でこれは矛盾である。いや、それは表現という行為の根本的な矛盾として認めねばならないが、それにしても「甘き愛の花嫁も、……」以下の四行は明らかに不用である。おそらく透谷は詩における劇的なものをまだ十分につかんでいなかったために、主人公の悲劇的な嗟歎や身ぶりに頼らざるをえなかった。「生死の闇《やみ》の響《ひゞき》」に耐えられず、その主人公をゆり動かして歩き廻わらせてみずにはいられなかったのであろう。

しかしともあれかれは、以上のような形で身体存在の最も根源的な実存にふれていたのであり、新体詩イデオロギーを批評的に対象化しうる詩法を持ちえたのである。

もっとも、この時期の透谷はまだ「法」や「国家」の仮構性を見抜いてはいなかった。それらの下部構造的な根拠である「家」や「村」について、「家《いえ》ありと思《おも》ひ里《さと》ありと／定《さだ》むる人《ひと》のおろかさよ」と言いうるようになったのは、梅花の「九十九の嫗」との詩的対話を通してであった。

ただし、透谷は梅花とちがって、それらの仮構性を見抜いたのちも、その現実的な重みを洒落や哄笑によって無化しようとする発想は選ばなかった。一方では透視する醒めた眼を持ちながら、その重圧と悪戦苦闘する立場を選び、ついに敗れてしまったのである。かれの悲劇が『楚囚之詩』の主人公のそれ以上に迫ってくるのは、そのためであろう。

しかしそれはあくまでも透谷論の問題であって、詩史的な面からみてのかれの功績は、むしろ「法」や「国家」の呪縛を身体性のレベルで受け容れようとしたことにある。受け容れようとして、だからこそネガティヴな形でしか身体性を現わしえなかった。またそれがネガティヴでしかありえなかったからこそ、ポジティヴな身体的リズム観を志向する新体詩イデオロギーに対してその表現を異化することになったのである。そのためかれの詩法は容易に受け継がれなかった。形式を採ろうとすればその根底にふれざるをえず、梅花のように「ものぐるひ」とならざるをえなかった。かれの詩法が永く孤立するしかなかった所以であろう。

第5章　「○題詩」と意匠——近代詩史の試み(五)

　無題とは、題名を持たないことであるように思われる。しかし一方では文字通り題名のない詩があり、他方「無題」と題された詩が、「失題」や「偶題」という題名の詩と一緒に編集されている場合、「無題」それ自体も一種の題名とみることができるだろう。

「無題」と題された作品が数多くみられるのは与謝野鉄幹の『東西南北』（明二九・七）や『天地玄黄』（明三〇・一）であり、文字通り題名のない詩が収められていたのは宮崎八百吉（湖処子）編集の『抒情詩』（明三〇・四）である。

　もっとも、鉄幹の二つの詩集は、短歌と新体詩とを編集した詩歌集であって、「無題」と題されたのは短歌の場合が多い。それ以外の短歌は二つに大別できる。一つは「広島獄中の諸友に寄せたるもの」「廿八年の夏、京城にありて」というように、伝統的な詞書きの形式に近く、だから題名というよりはむしろ詠歌事情の説明文と見るべきであろう。もう一つは「子規」「棄婦」「心」などのテーマを表わした題名である。

　新体詩の場合も同様であった。「正岡子規君を訪ひて」や「此夏六月七日、友人黒崎美知雄の、吉野艦に便乗して、再び台湾に赴くを送る」などは詞書きに相当し、「得意の詩」「放魚」「籠鶏」などがテーマを表わし、それらと並んで「失題」「無題」「偶題」などの作品が見られるわけである。

「失題」とは初発の題名を失念してしまったという意味であるらしく、それならば詩それ自体に即して新たな題名を考えることも出来たはずである。にもかかわらず敢えて「失題」と題したところに、題名に関する新しい認識が感じられる。「偶題」は偶成とおなじく即興的な詩の意味であり、「僑居偶題」の場合は詞書き的な題名と考えられなくもない。だが、ことさら即興性を表明すること自体が、いわば故意に中心的な詩想を無化してみせたことを表わし、「無題」に近い題名だったと言えるであろう。それでは、これらの題名に一体どのような詩作への認識が託されていたのであろうか。

ところで、題名を持たない詩とは、『抒情詩』に採られた松岡（柳田）国男の次のような作品のことである。検討の必要上、引用は少し長い。

野の家

○

足引のやまのあらゝぎ、
たゞ一もと摘みてもて来て
我妹子がたもとに入れし
あし引のやまの蘭
いまもなほさやかに匂ふ、
あなうれし我をばいまだ
　忘れたまはじ、

○

わが恋やむはいつならむ、

雨よりしげきなみだもて
君がたもとをぬらしつゝ
いはぬ四年の苦しさを
唯ひと度にうちあけて
あはれと君もなかんとき、

我が恋やむは何時ならむ、
いのちをかけてわが悪む
かたきよ、君をいざなひて
あなたの国に行くを見て
今はとひとりしづかにも
をぐらき淵に入らむ時、

わが恋やむはいつならむ、
泣きて入りにしわが墓に
春はすみれの花咲かば
みち行く君がおのづから
摘みてかざゝむ其日こそ
陰なる我はまた泣かめ、

○

君が門辺をさまよふは
ちまたの塵を吹きたつる
嵐とのみやおぼすらん、
其あらしよりいやあれに
その塵よりも乱れたる
恋のかばねをあかつきの
やみは深くもつゝめるを、

（以下、二つの聯を省略）

○

そで子が家のやねの草
袖子がやねの草の露
ゆふべはやどる星一つ
あはれその星なつかしや、

（以下、二つの聯を省略）

○

林のおくのさゆりの花
その花見えつよべの夢に
君にひと度わかれしより
われはやつれぬ朝夕に
あすをも待たじといきづきて
我にかたりぬあはれ花、
さばかり日数はたちけるか
ひまなく人を恋ふるまに、
（以下、二つの聯を省略）

これは松男という筆名で『文学界』第四九号（明三〇・一）に発表した時の形であるが、『野の家』という一つの長い詩ではなく、○で区切られた五つの詩が『野の家』という総題で発表されたものと見るのが妥当であろう。そして『抒情詩』に収められるに当って、三つ目の「君が門辺をさまよふは」で始まる作品は「暁やみ」という題名を、四つ目の「そで子が家のやねの草」以下が「野の家」、五つ目の「林のおくのさゆりの花」以下は「小百合の花」という題名を与えられていたのである。

ところが一つ目の作品の採り方はこんなふうであった。

園の清水

そのゝ清水を汲み上げて
かきねの花にかけつれば

さながら露となりにけり

君かこゝろをくみとりて
あはれといひし言の葉ぞ
つひに恋とはなりにける、

○

あしびきの山のあらこぎ
たゞ一もと摘みてもて来て
我妹子がたもとに入れし
足引のやまのあらこぎ
いまもなほさやかに匂ふ、
あなうれしいまだ我をば
忘れたまはじ、

月の夜

月のひかりも秋かぜも
いたらぬ隈はなけれども
照すは君がおもわにて

ふくは二人が袂のみ、

（以下略）

このように編集された場合、○で区切られた「あしびきの山のあらこぎ」以下は「園の清水」の第三聯と見るべきであるか、それとも「園の清水」と「月の夜」とに挟まれた無題の詩と見るべきであろうか。いずれも恋をモチーフとした表現であるが、○の前と後とでは七五調と五七調という相違があり、場面も明らかに異っている。その意味では「あしびきの山のあらこぎ」以下は独立した無題の詩だと言えるのであるが、それならばなぜ「妹があらこぎ」とでも題さなかったのであろうか、という疑問が起ってくるのである。

しかも『野の家』における二つ目の「わが恋やむはいつならむ」以下の採録形態は、その独立性そのものがきわめて微妙であった。いささか煩わしいが、念のためこれも『抒情詩』の形をあげてみよう。

はかなきわかれ

恋のねがひぞはてもなき、
たゞ一目とは思ひしが
君があたりに居りそめて
十日もすでに過ぎにけり、
今はかひなし別れむと
こひしき窓にたちよれど、
いかなる事か障りけん、

影だに君か見えざりき、

さらばこのまゝ別れてん、
過し日ごろのうれしさも
今のわかれの苦しさも
唯ひと言も告げかねて
なきてや我は旅立たん、
たえぬねがひを抱きつゝ、

○

我が恋やむは何時ならん、
雨よりしげき涙もて
きみが袂をぬらしつゝ
いはぬ四年の苦しさを
唯ひと度にうちあけて
あはれと君も泣かむ時

（以下略）

○の前後は、モチーフや音数律のいずれもが共通している。○の後に独立性が認められるとすれば、それは三つの聯が（『野の家』の初出形態を参照）「我が恋やむは何時ならん」で始まっていることであるが、しかしもし○の機能を聯と聯の間よりもやや大きい間《ま》と考えて、ここで同一モチーフ内での詩想の転換が行なわれたと見るならば、○以後も「はかなきわかれ」の一部ととらえることは十分に可能であろう。『抒情詩』に採られた松岡国男の作品には、このほかにも以上のように解釈できる○題の詩が幾つか見られるのである。

なぜかれはこのような形で再録したのであろうか。多分この問題はただ単に○題の意味を探るだけではなく、同時にまたかれの題名の方法を検討することによってしか答えることはできない。それをさらに与謝野鉄幹の場合と併せてみるならば、次のような詩史的な問題にもなってゆくはずである。なぜ明治三〇年近くになって、「無題」や○題の詩が現われてきたのか。あるいはわが国の詩人にとって、そもそも詩の題名とはどのようにとらえられていたのであろうか。

それを考えるには、一まず新体詩の出発期にまで戻ってみる必要がある。

歌詞の最初の一行を以て歌の題名とする。これは明治七年頃に翻訳が始まった讃美歌の方法であるが、明治一四年の『小学《しょうがく》唱歌集』に受け継がれて、第一行目の語句から題名を作ることになった。おそらく実際に歌う場合の索引的な機能が考慮されたためであろう。この方法は新体詩の書き手にも踏襲されて、松岡国男も作品の三分の一ほどに使っているのである。

その意味でこの時期、題名の根拠を問う問題意識が顕在化することはおそらくなかった、と言えるが、ただしかし唱歌における題名の（主題的な）意味作用は、ほぼ歌詞の一番だけに限られており、二番や三番にまで及ぶことは滅多になかった。よく知られている「蝶々」の二番は「おきよおきよ、ねぐらのすずめ」で始まり、「蛍」の二番から四番はそれぞれ「とまるもゆくも、かぎりとて」「つくしのきはみ、みちのおく」

「千島のおくも、おきなはも」で始まることからも分かるごとく、全体を統括する主題としてはもっと抽象的な題名を考えなければならない。たとえば「春の嬉戯」とか「学成りて」とかいう具合に。「うつくしき」のように一番から三番までのいずれも「うつくしき、わが子やいづこ」で始まる構成は、むしろ例外に属する作り方であった。

それに対して新体詩における題名の主題的な機能は結びの聯にまで及んでいる。もちろん唱歌の場合も全体を貫く主想は内在していたわけだが、新体詩の作者はその主想を題名化する方向に進んだのである。今からみればごく当り前のことのように見えるが、それが唱歌と詩の違いであった。ただこの方向へ進むためには、第一聯の一行目をライトモチーフ化して、象徴性を高めてゆかなければならない。これはかなり高度な詩法を要求されることであって、結局小川健次郎がそれぞれの聯を「庭のかきねの朝がほよ　朝な〲おこたらず」「庭のかきねの朝がほの　朝な〲に咲理由《さくわけ》や」と始めながら、「朝貌の花に寄せて学童を奨励す」（『新体詩歌』第三集、明一六）という題名を与えたように、教訓的寓意の比喩に転化してゆくほかはなかった。あるいはまたおなじ作者の「世渡りの海」（『新体詩歌』第五集、明一六）のように、むしろ題名を各聯の結びの一句に根拠づけて、「嗚呼六づかしき世渡りや」「嗚呼六づかしの世渡りや」「嗚呼いとやすの世渡りや」とヴァリエーションを作ってゆく以外になかった。もしその程度の工夫もつかないならば、大竹美鳥の「代悲白頭翁歌」（『新体詩歌』第四集、明一六）や「送学友帰郷歌」（『新体詩歌』第五集）、犬山居士の「見二燭蛾一有レ感」（同上）のように、虚構的着想や作詩事情を語る詞書き的な題名をつけることしか出来なかったのである。その先蹤として矢田部良吉の「鎌倉の大仏に詣でゝ感あり」や外山正一の「社会学の原理に題す」（いずれも『新体詩抄』、明一五）などがあったことは言うまでもない。

このような状況がしばらく続いた後であってみれば、外山正一の次のような作品（『新体詩歌集』明二八）

が一種意表を衝く新しさを持っていたことはおのずから明らかであろう。

我は喇叭手なり

剣を振るの士官。銃を発つの士卒。是れぞ勇ましき軍人なり。

（中略）


爰に。軍人にして其の任剣を振るに非らず。弾を放つに非らざる者あり。之を喇叭手とす。

陣中に戦場に。朝《アシタ》にも夕《ユフベ》にも。進撃に退却に。唯々に喇叭を吹く而已なり。是れぞ即ち喇叭手なり。

（繋り結び、テニヲハ等は、旧来の法則に拘泥せず、以下これに准へ）

弾丸右に落ち。弾丸左に落ち。弾丸前に落ち。弾丸後に落つるも。喇叭手は之を顧るに遑あらざるなり。

白刃首に臨むも。弾丸身に中るも。泰然自若。将官の命に応じて喇叭を吹くの外。彼は為す事を知らざる者なり。味方の勝敗彼に関する尠なからざればなり。

然れども。大軍を破るも堅城を落すも。誰か之を喇叭手の功なりと云はむ。

岡山県人白神源次郎。彼は亦一個の喇叭手なりしなり。

人は云へり。彼は唯々喇叭吹きなりと。

彼は云へり。我は唯々喇叭吹きなりと。

成歓の役。彼は進軍の喇叭を奏す。我軍猛進。砲撃既に交る。忽ち飛来《キタ》る一丸彼の胸部を貫く。

鮮血淋漓後《シリヘ》に撞と倒れたり。然れども喇叭を放たず。喨々と吹き続けしなり。


（以下略）

とくに細かい説明の必要はないと思うが、戦闘に直接参加しないことで周囲の兵士たちから軽んじられていた、白神源次郎というラッパ手の壮烈な死を讃えた作品である。作者は戦場における主人公を三人称的に対象化して描き出し、もし『新体詩抄』や『新体詞選』（山田美妙編集、明一九）の表現意識の水準ならば、作者の視点そのままに「嗚呼白神源次郎」とか「壮烈喇叭手の死」とかいう題名をつけたことであろう。だがこの作品には一箇所だけ主人公に即して、かれが周囲の蔑視に反噬した「我は唯々喇叭吹きなり」という自負の言葉が書き込まれていた。ここに視点それ自体の劇的な転換が試みられていたわけであるが、作者はその例外的な箇所に焦点を合わせる形で「我は喇叭手なり」という題名を作ったのである。

もっとも、外山正一はこれ以後この方法を発展させていない。その意味ではちょっとした思いつきにすぎなかったのかもしれないが、詩史的にみてこれが題名法上の重要な転換であったことは、戸川残花の次の作品（『日本評論』第一八号、明二三・一二）と較べてみれば更に明らかであろう。

夕

夕《ゆふ》てふ君《きみ》はあぢきなく　さざりの小簾《をすま》を捲きおろし
初弦《しよげん》の月《つき》のほそまゆも　雲間《くもま》がくれにかこちがほ
遠山本《とほやまもと》の画襖《ゑぶすま》に　誰《た》が筆《ふで》なるか薄墨《うすずみ》の
寐《ね》にゆく烏《からす》四ツ五ツ　君《きみ》が調《しらべ》の爪琴《つまこと》は
千草《ちぐさ》にすだく虫《むし》の声《こえ》　筧《かけひ》に咽《むせ》ぶ水《みづ》の音《おと》
軒端《のきば》の松《まつ》の颯々《さつ〱》と　音色《ねいろ》ゆかしき想夫恋《さうふれん》
空《そら》さだめなき村雨《むらさめ》は　つゝむにあまる涙《なみだ》なり

（第二聯以下は省略）

日が暮れて繊い月がのぼる頃になると、鳥はねぐらに帰ってゆく。人々は簾を下ろして部屋に閉じこもり、叢に鳴く虫の音がひときわ繁くなる。どうやら村雨が降ってきそうだ。やや審美的だが、ごく常套的な秋の夕暮のイメージである。その特徴はこの夕暮それ自体を王朝絵巻の高貴な女性に擬人化したことであって、本当は「朝」(『日本評論』第四号、明二三・四)のほうが例証には適当なのであるが、無署名で発表され、植村正久を作者とする意見もあるため、ここでは「夕」を取りあげてみた。

従来は桜や朝顔などの具体的な事物を主題(題名)として、教訓的な比喩に転化してゆく詩法が一般的だったわけだが、夕暮という概念が喚起するイメージによってその概念の擬人的象徴化を試みた点が新しかったのである。この方法は、後の日本的象徴詩に受け継がれてゆく。換言すれば、これは、題名を焦点として、アトリビューティヴなイメージを重ねて物語的な空間を仮構する方法にほかならない。当時の言葉を借りれば、意匠が趣向を統制しうるようになったのである。

趣向とは細部の見せ場というほどの意味で、近世の演劇論や物語論に盛んに用いられた。近代に入ってそれと並行して使われるようになったのが意匠という言葉で、その用例は杜甫にまで遡ることが出来るが、おそらくこの時代、design の訳語として採用されたのであろう。例えばそれは、「然レトモ旨趣形状極テ多般ナル美術ノ蘊奥ヲ究メ以テ一妙想ヲ案出シ宛然タル別乾坤ヲ構成スルハ寔ニ偉ナリトスヘシ斯ノ如ク妙想ヲ案出スル能力ヲ名ケテ意匠ノ力ト称スルモノハ是レ画家ヲ刺撃シ又傍観者ヲ刺撃シテ以テ急ニ其注意ヲ起サシムルカ故ナリ」(フェノロサ「美術真説」、大森惟中筆記、明一五・一〇)というように使われた。あるいはまた「凡そ物の人造に係るもの其源を大別して三と為す曰く意匠曰く物質曰く製法是なり(中略)然るに我邦今日の製造を観るに百工唯〻物質を揣み製法を練るを知るのみ絶えて意匠を磨くを知らざるなり、是れ何ぞ七科を脩めずして名医とならんと欲するに異ならんや」(田口卯吉「日本之意匠及情交」明一九・六)のように用いられている。

分かるように、意匠とは従来の制作技法を十二分に修得すると共に、新たな境地を拓く構想上の創意を意味したのである。もしその意匠への努力を怠るならば、ただ従来の制作技法を踏襲してわずかに細部の見せ場や仕掛けに奇を衒らうよりほかはない。趣向を凝らすとは、そういうことであった。辞書的レベルでは意匠と趣向のいずれにも plan, contrivance, design などが当てられ、坪内逍遥の『小説神髄』や『当世書生気質』などには両者の無造作な混同が認められる。だが、当時最も広く普及した『和英語林集成』第三版（明一九・一〇）の編者にも両者の微妙な違いが感知されていたらしく、意匠の場合にかぎり、banmotsu no ue ni wa ISHŌ ga arawareteoru（万物の上には意匠があらはれてをる）という例文を挙げて、design is seen in everything という英文を示していた。つまり意匠とはある全体的なものの創造的な源泉であって、だから二葉亭四迷のように「夫《（か）》の米《べ》リンスキーが、世間唯一意匠ありて存すといはれしも、強ちに出放題にあるまじと思はる」（「小説総論」）という言い方も出来たわけである。

これに対して趣向は、「書生気質は書生に向つては愉快なれども、一個の小説としては余り幼稚なり　妹と背鏡は小説の体裁をなし趣向も一ト通り（筋は立てゐれども面白いでもなし）なれど、議論など多くしてまだ垢ぬけせぬ処多し。細君に至つては（短篇故《ゆゑ》趣向に変化はなけれど）其記載の精密にして冗長重複ならず。（中略）たゞ惜むべきは此趣向中細君が小間使《ママ》を使を急にやり、路にて金を取られるの趣向は大分かびがはえてをり、且ツ妹と背鏡にも類似のことあり」（正岡子規「筆まかせ」第一編）のように使った。いわば読者の興味の惹く仕掛けについての用語であり、だからこのような場合、当時「意匠に変化がない」という言い方はみられなかったのである。

その意味では湯浅半月の「天然」（『半月集』明三五・八）が、「花の梢にふく風の／ひとりふくとはみゆれども／みえざる御手《みて》によらずして／ふく嵐こそなかりけれ（一行アキ）青葉の陰にわく水の／ひとりわくとはみゆれども／みえざる御手によらずして／わく清水《しみづ》こそなかりけれ（以下略）」と詠まれていたのは、言わば意匠それ自体をうたった詩だとみることが出来るであろう。これが明治一〇年代から二〇年代にかけてならば、「四季」あるいは「春夏秋冬」というような題名の下に、季節の景物を修飾過剰なほど列挙するのが通常であった。もちろん趣向にのみ凝って、意匠の清新化が欠けていたからである。ところが半月は、「天然」の背後に神の意匠（みえざる御手《みて》）を感受しながら、花とふく風（→嵐）、青葉とわく水（→清水《しみづ》）、紅葉とふる雨（→時雨《しぐれ》）、枯木とつむ雪（→深雪《みゆき》）という単純な景物によって季節の深まり、つまり神の意匠の秩序ある運行を表現しようとした。そこにかれ自身の意匠の純化が託されていたことは言うまでもない。

さて、やや廻り道をしてしまったが、戸川残花は明治二〇年代に最も意匠豊かであろうとした詩人だったのである。多分かれはその発想を、テニソンの The Deserted House の翻訳「むなしき家」（『日本評論』第五号、明二三・五）や、バイロンの To Caroline の翻訳「カロライン嬢におくる」（『日本評論』第二六号、明二四・三）などを通して学んだ。例えば The Deserted House は既に巌本善治が「荒庵《あれいほ》」（『女学雑誌』第二一〇号、明二三・四）と題して翻訳しており、辞書的にはこの題名のほうがより正確だったと言える。しかしこの原題に対応する焦点的な表現は、第四聯の“The house was builded of the earth,／And shall fall again to ground.”であって、神によって人間は土から作られたものだという聖書の伝承が含意されていた。つまり原題は死骸の隠喩だったのである。この意匠からみれば、残花訳は善治訳よりはるかに勝っている。その第一聯は“Life and Thought have gone away／Side by side,／Leaving door and windows wide:／Careless tenants they!”であるが、巌本善治は荒庵《あれいほ》という日本語の伝統的なイメージを踏襲して「ありし世《よ》の　様《さま》もかはりて／あれいほに　住《すむ》む人《ひと》かげも／消《き》えはてぬ　明《あ》け放《はな》ちたる／まどの戸《と》を　遠《とほ》くのぞむも／かなしかりけり」

という平板な翻訳しか出来なかった。ところが戸川残花は、むなしくなった人＝家という二重化された意味を踏まえて、「むねの思《おもひ》も　うつせみの／生命《いのち》と偕《とも》に　たちいでゝ／窓《まど》も唐戸《からと》も　あけしまゝ／主人《あるじ》はたぞや　心なし」と題名の象徴化を試みていたのである。原詩でLife and Thoughtが不注意な（肉体の）借家人と擬人化されていたのは、かれらは神の国で不朽の大邸宅を買ったのだという結び――Come away : for Life and Thought／Here no longer dwell ;／But in a city glorious―／A great and distant city―have bought／A mansion incorruptible.／Would they could have stayed with us! ――と呼応させるためであろう。その借家人を残花は主人《あるじ》に変えてしまったわけであるが、これは生命を肉体の主とみる隠喩レベルの（聖書的な）意味を生かそうとしたためだ、と考えることができる。

ただしかし、残花自身の創作ではまだそのような二重化は十分に出来ていなかった。換言すれば、意匠（題名）を表層と深層に構造化する焦点的な表現を作品のなかに設定できず、意匠の見立てや修辞に凝る方向に流されがちだったのである。

それに較べれば北村透谷はもう少し先へ進んでいた。例えば「眠れる蝶」（『文学界』第九号、明二六・九）は全体的に七五調に整えられていたのであるが、ただ二箇所、第一聯と第二聯にそれぞれ「あはれ、あはれ、蝶一羽」「蝶よ、いましのみ、蝶よ」という破調の句が挿入されている。明らかにかれは、題名に照応する焦点的な表現を設けていたのである。しかも焦点的な表現を設ける方法は、それ以外の表現を題名の直接的な説明やイメージ的な敷衍というアトリビューティヴな機能から解き放ち、かえってそのことで題名の象徴性を高めてゆくことでもあった。透谷の「弾琴と嬰児」（『平和』第一二号、明二六・五）と「弾琴」（『文学界』第一八号、明二七・六）は、その辺の事情をよく語っていたと言えるであろう。

弾琴と嬰児

何を笑《え》むなるみとりこは、
　琵琶弾《ひ》く人をみまもりて。
何をたのしむみとりこは、
　琵琶の音色《ねいろ》を聞《き》き澄《す》みて。
浮世を知らぬものさへも、
　浮世の外《そと》の声を聞くなり。
こゝに音づれ来《き》し声を、
　いづくよりとは問ひもせで。
破れし窓に月満ちて、
　埋火《うもれび》かすかになり行けり。
こよひ一夜《ひとよ》はみどりごに、
　琵琶の真理《まこと》を語り明かさむ。

弾　琴

悲しとも楽しとも
浮世を知らぬみとりこの、
いかなればこそ琵琶の手の、

うごくかたをば見凝るらむ。
何を笑むなる、みとりこは、
　琵琶弾く人をみまもりて。
何をか囁くみとりこは、
　琵琶の音色を聞き澄みて。
浮世を知らぬものさへも、
　浮世の外の声を聞く。
こゝに音づれ来し声を、
　いづこよりとは問ひもせで。
破れし窓に月満ちて、
　埋火かすかになりゆけり。
こよひ一夜《ひとよ》はみどりごに、
　琵琶のまことを語りあかさむ。

初めの作品では「浮世の外《そと》の声を聞くなり」の七七調が、音数律における区切り意識を与え、その前と後とに二分された印象に「弾琴と嬰児」という題名が照応している。——内容的には「嬰児と弾琴」となるわけだが。——ところが次の作品の場合は、おなじ箇所が七五調に変えられて音数律的には区切りのない表現となると共に、題名も「弾琴」と一元化されたわけであるが、そこで注意すべきは、新たに附加されたのはむしろ「みとりこ」に関する表現であった。多分これは意図的な題名と内容とのずらしであろう。読者は「弾琴」という題名を念頭におきながら、内容的には「みとりこ」のほうに関心を持たせられる。だが、そのずらしによって結びの一句がより重い意味を帯びてくるのであって、みどりごの「悲しとも楽しとも／浮世を知らぬ」無邪気さが強調されればされただけ、琵琶弾く人の語る「まこと」のなかに浮世の辛酸がより大きく含意されてくるのである。

それだけではない。何も知らぬ無垢なみどりごに「まこと」を語り明かそうという、この無償の表現行為によって、琵琶弾く人の辛酸が浄化されてしまうはずであり、ここに表現行為それ自体（この詩作をも含む）の出世間的な解放が隠喩化されていたのであった。

このように整理してみれば、外山正一の「我は喇叭手なり」の詩史的な位置はもはや明らかすぎるほどであろう。北村透谷は題名に照応する焦点的な表現を音数律面での例外的な破調によってあらわし、それをきっかけに「弾琴」の象徴法に動いていったわけであるが、外山正一はそれを例外的な視点転換の一句に求めて、題名と詩との立体的な関係を作り出しえたのである。

それでは、題名がないとは意匠を欠いていたということになるのであろうか。

だがそれを考える前に、もう一つ、島崎藤村の「逃げ水」（『若菜集』明三〇・八）を検討してみたい。念のためにその下に、植村正久がSacred Song and Solos の六四三番を翻訳した讃美歌も引いておく。

逃げ水

ゆふぐれしづかに
　ゆめみんとて
よのわづらひより

ゆふ《ゥ》ぐれしづかに
いのりせんとて
よのわづらひより

しばしのがる

きみよりほかには
　しるものなき
花かげにゆきて
　こひを泣きぬ

すぎこしゆめぢを
　おもひみるに
こひこそつみなれ
　つみこそこひ

いのりもつとめも
　このつみゆゑ
たのしきそのへと
　われはゆかじ

なつかしき君と
　てをたずさへ

しばしのがる

かみよりほかにハ
きくものなき
木《こ》かげにひれふし
つみをくいぬ

すぎこしめぐみを
おもひつゞけ
いよゝゆくすゑの
さちをぞねがふ

うれひもなやみも
わがみかみに
まかすることをぞ
よろこびとせん

身《み》にしみわたれる
ゆふぐれどきの

くらき冥府《よみ》までも
かけりゆかん

えならぬけしきを
いかでわすれん

このよのつとめの
をはらんその日
いまはのときにも
かくてあらなん

植村訳の第五聯は原作にはなく、これはかれの創作部分である。これまでも藤村の作品とこれとの類似が指摘され、藤村の創作意識が論議されてきた。

しかし今私が問題にしたいのは、この「逃げ水」という題名と作品との間に直接的な対応関係がないという点である。従来の詩は何らかの形で題名の説明として成り立ってきたし、一見関係のないイメージが続いた場合でも結局それは焦点的な表現の象徴性を高めるための方法であった。ところがこの作品にはその焦点的な表現さえもない。語彙的なレベルではわずかに「しばしのがる」が関連を持っていると言えなくもないが、「逃げ水」の概念とのつながりは極めて薄く、その概念を豊かにしたり更新したりするようには機能していない。いわば題名を根拠づける言葉を持たない詩が出現したのである。

別な見方をすれば、この作品は植村訳のパロディであって、だから聖書が約束する神の救いとは、近づけば消えてしまう幻影の「逃げ水」にすぎない。そういう苦いイロニーを籠めてこのパロディ詩を「逃げ水」と題したのだとみることができるであろう。

もしこの解釈が許されるならば、「くらき冥府《よみ》までも／かけりゆかん」という結びは植村訳の世界からの逃走を含意していたわけである。とするならばこれは必ずしも盗作か否かが問題ではない。むしろ『文学界』の同人や愛読者たちが植村訳を知っていることを前提とした上でのインターテクステュアリティ的な制作であり、題名であった。「逃げ水」とはそのインターテクステュアリティ的なモチーフそれ自体を意匠とする題名だったのである。

とはいえ、そういう背景を知らない読者にとって、この題名と作品のつながりはそう分かりやすいものではない。藤村もそれは計算していたはずである。内容的には、「よのわずらひ」を避けた秘密の場所で夢見た甘美な想いが、恋のつらさから、祈りや勤めでも拭い切れない罪の意識に変ってゆき、ついには自己破滅的な衝迫に駆られてしまう。この深淵へのプロセス自体が秘された恋の甘美さを一そう刺戟的なものにするわけで、こうして読者は再び第一聯から辿り直すことになるのであるが、そういう循環構造のなかで、一つの恋のありようが立ちあらわれて来たかと思うと、それが直ぐに消えて、次の聯では別な恋のありようがあらわれてくる。このように恋の諸相がゆらめき出でては消えてゆく変容によって「逃げ水」と題されたのであろう。

その意味でこの題名は、作品のイメージの意味内容に根拠づけられたものではなかった。むしろイメージそれ自体が変容してゆくあり方に対応して「逃げ水」と題されたのである。

このような詩と無題詩の出現はほぼ同時期であった。しかも与謝野鉄幹がおなじ事柄をうたった「放魚」と「偶題」を較べて分かるように、前者は対象（魚）のあり方が中心だったのに対して、後者は対象と自分とのかかわり、とくにその喪失感をモチーフとして表現されている。この傾向は「無題」と題された詩でも変わらない。意識が自分にはね返ってくるあり方、つまり対象とかかわる自分自身へのこだわりや、対象が遠隔化（不在、喪失）された状態における自分自身のありようを中心に表現していたのである。「無題」とは表現意識が自分自身へ翻転してくる方法の定着過程で生れた題名だったと言うことができるであろう。

　興味ぶかいことに、『抒情詩』の作者六人のうち三人までが、「ある時」「ある折に」（松岡国男）、「あるとき」（田山花袋）、「あるとき」（宮崎湖処子）という主題的限定のきわめて稀薄な題名の作品を詠んでいる。いずれも視線を自分自身に向けた作品であって、ただ○題詩の作者松岡国男の「ある折に」だけはある少女をうたった作品であった。だがこの場合も、「三年むかしの初春に／花とゑまひし少女子」が「いま来て見れば面やせて／まなざしうとくなりにけり」という一種の喪失感を詠んだものであり、それにこだわりながら「うたて此子もいかばかり／浮世の恋を泣きつらむ」（傍点は亀井）と自分に引きつけた独白詩とみられなくもない。その意味でこれらもまた「無題」に近い発想の作品だったとみることができよう。してみるならば、無題的な詩とは対象の遠隔化――強い関係意識で結ばれたものの死や別れ、あるいは神の彼岸性など――を主題的な題名の欠如という形であらわし、それを歎き惜しむ自身の感情や心に読者の関心を惹きつけて、その空白の題名を読者自身に埋めさせる、そういう意匠の作品だったわけである。ここから藤村の「逃げ水」までの距離は、そう遠くはない。

　ここで本論の初めに引用した、松岡国男の『野の家』に戻ってみよう。この題名を根拠づけるような表現はわずかに四つ目の○題詩にみられるだけで、そのほかは山村という場所で発想されたという以外に題名との対応性を持っていない。むしろ別な題名を要求する作品群だと言えよう。なぜなら、その配列は恋の始まりから、その喪失の予感のおののき、恋人の家のあたりの徘徊、そして別れに至るまでの、物語り的な展開になっているからである。

　そしてこれが『抒情詩』に収められるに際してはその四つ目の○題詩が「野の家」となり、三つ目が「暁やみ」、五つ目が「小百合の花」と題されたわけであるが、一つ目と二つ目の採られ方は、これも本論の初めに紹介しておいた。いま改めて一つ目が「園の清水」に置かれた形を読み直してみれば、この場合の○は、「あはれといひし言の葉ぞ／つひに恋とはなりにける」という喜びから一定の時間を経て、「いまもなほさやかに匂ふ」と恋の残り香に望みをつなごうとするその時間的な間《ま》をあらわす機能としても知覚できるだろう。もちろんそのいずれの時からも隔たった時点でこの二つの場面を回想したのだ、と考えてもさしつかえない。いずれにしてもこの○は、二つの場面に関する心的な間《ま》をも喚起してしまうからである。二つ目の作品が「はかなきわかれ」の次に置かれた場合については、もはやくり返すまでもないであろう。

　もちろん細かくみれば「園の清水」や「はかなきわかれ」における○の前と後は、詩型や場面、あるいは音数律が異っている。その意味ではモチーフの面で前後を結びつけ、しかし内容的な展開では構成を出来るかぎりルースにしてしまう機能としてとらえられるのである。そのような間《ま》のなかに立ちあらわれてくるのは、場面内の「自分」に複合《コンプレックス》された、いま書きつつある作者自身の像であろう。それを読者に感知させるのが○題の意匠であった。

第6章　抒情詩の成立――近代詩史の試み㈥

前回は与謝野鉄幹の『東西南北』（明二九・七）と宮崎八百吉（湖処子）編の『抒情詩』（明三〇・四）の同位性を取りあげてみたが、しかし前者が日清戦争を契機に昂揚したナショナリズムと過同調的であったのに対して、後者はそのようなイデオロギー的動向とはおよそ無縁なところで発想していたように見える。その点では両者の方向は全く異っていた。

詩形の面からみれば一応それは叙事詩と抒情詩の分化ととらえることができる。いささか便宜的なとらえ方であるが、わが国における叙事詩の試みは、湯浅半月の『十二の石塚』（明一八・一〇）にはじまったと言えるであろう。その「一回　緒言」はこんなふうであった。「和歌の浦の磯崎こゆる／しら浪のしらぬむかしを／松陰の真砂にふして／もとむともかひやなからん／玉津島姫／久かたの天つみそのに／むれ遊ぶ聖霊の鳩の／錦翼《みつばさ》にのらしめたまへ／我神よいざ行きて見む／ユダヤの国原（以下略）」。この玉津島姫とは、多分、和歌の浦の玉津島神社に祀られた衣通姫のことである。古くから歌の神として信仰されてきたので、湯浅半月はそれを詩神ミューズになぞらえたのであろう。詩神の霊感を勧請し、その力を借りて往古の英雄の事蹟を語ってゆく。そういうヨーロッパの伝統的な叙事詩の作法を、かれは先のような形でわが国に定着させようとしたのである。

ただしそれは、きわめて屈折した形で行なわれざるをえなかった。まず和歌の浦という歌枕を提示して、縁語や枕詞、掛け詞などの和歌的な修辞法を駆使しながら、「しら浪のしらぬむかしを……もとむともかひ（貝、甲斐）やなからん」と歌う説き起しは、むしろ日本的詩風土における叙事詩の困難の自覚を暗示していたと言えよう。なぜなら「しら浪のしらぬむかし」とはわが国に叙事詩に値するだけの歴史的事件が欠如していることを意味し、「かひやなからん」という断念の表現からは、このような和歌的修辞法と結びついた「春曙秋月露花霜雪ヲ愛《オ》シミ世ノ変故ヲ悼ムノ詞若シクハ閨情ヲ述フル」文学伝統（植村正久の「序」）に対するシビアな批評が伝わってくるからである。玉津島姫の勧請の仕方もきわめてイロニカルであった。白浪に昔のことをたずねても甲斐がないことだという理由で、改めて玉津島姫に問いかけることにしたわけであるが、かならずしも全面的に詩神としての力を信頼していたわけではない。この玉津島姫に「聖霊の鳩」への呼びかけを要請して、その翼に乗って「我神よいざ行きて見む」と旧約聖書のヨシュア記や士師記の世界へ飛翔しようとする。いわば「聖霊の鳩」への仲介的機能しか認めなかったわけで、つまりかれはまず日本的詩神の作り変えから始めなければならなかったのである。

そんなわけでこの作品は、作者の信仰表明であると共に、むしろそれ以上に日本の詩的伝統やメンタリティの作り変えを意図したものであった。その題材をエホデの英雄的行動に求めた理由は、異教徒の王エグロンに単身接近して刺し殺してしまう物語が、わが国のヤマトタケルの行動を連想させたからであろうが、そこに祖国の回復と民族の自立というテーマを重ねることによって――その反面、イスラエルの民が神の掟を破った罪の問題は消し去られている――植村正久が読み取ったように「道徳ノ感覚ヲ含ミ愛国正義ノ気ヲ吹皷」しようとしたのである。かれが屈辱的な不平等条約を撤廃しようとする時代的気運との共鳴を期待していたことは言うまでもない。ヨーロッパの伝承や歴史的事件を借りて、わが国の歴史に欠けていた理念を読者に訴える。その意味でこの作品は、けっしてよく言われるように時代から孤立した試みであったわけではなく、矢野龍溪の『経国美談』（明一六・三〜一七・二）などとおなじ視向を持つ文学だったのである。

だが、その後数多くの叙事的な長編詩が発表されたが、大半は『平家物語』や『太平記』の悲劇に題材を求め、その表現意識も原作の律文を七五調で別ち書きしてみた程度の低調なものでしかなく、湯浅半月にみられたような初発のモチーフは忘れられてしまう。あるいはこれも『十二の石塚』を「史詩《イピック》」（植村正久の「序」）と呼んだことの必然的な結果だったかもしれない。しかしそれはともあれ、『平家物語』や『太平記』などの悲劇に感動する仕方までがパターン化されてしまっていた以上は、――換言すれば、そこに描かれた歴史的事件の意味づけを相対化してしまう発想転換が生れて来ないかぎり――それらの叙事詩が悲劇的人物への心情的自己同一化という感傷性に流れて、急速にマナリズム化してしまったのは避けがたい成りゆきであろう。こうして当時の詩人たちは、おそらくそのほとんどが無意識ではあったろうが、新たな民族的感動の到来を待つ機会主義者に変わっていた。あえて言えばかれらは詩的創造のために事件を期待する愛国的ロマンチストだったのである。そういう状況のときに例えば福島中佐の単騎シベリア横断旅行のニュースが伝わってきて、萩の家主人（落合直文）はさっそく『騎馬旅行』（明二六・七）を発表する。中邨秋香も「福島中佐」（外山正一他編『新体詩歌集』明二八・九）を書いている。そして『騎馬旅行』の創作を手伝った与謝野鉄幹にとって、日清戦争の勃発は多分、現代における叙事詩的事件の出来《しゅったい》でなければならなかった。

このような動向は、もちろん明治一〇年代の自由民権運動が国権論に吸収されてしまった政治過程と無関係ではない。その間の経緯を、国木田独歩は『抒情詩』所収の「独歩吟」の序文で見事に言い当てている。新しい日本の建設には当然新しい詩歌が伴うべきはずであったが、しかし「自由の議起り、憲法制定となり議会開設となり、其間志士苦難の状況は却て詩歌其者の如くなりしと雖も而も一編の詩現はれて当時火の如かりし自由の理想を詠出し、永く民心の琴線に触れしめたる者あらず。『自由』は欧洲に在りて詩人の熱血なりき。日本に移植されては唯だ劇場に於ける壮士演説となり得しのみ。斯くて自由党は其血を枯らし、其心を失ひ、今や議会に在りてすら清歌高明なる自由の理想は見る能はずなりたり」。独歩によれば、わが国の思想と政治過程それ自体が「民心」を揺り動かす詩的契機を欠いていたのである。この認識がけっして間違いでなかった証拠は、植木枝盛の『自由詞林』(明二〇・一〇)などが壮士演説の歌謡版以上でありえなかったことからも明らかであろう。だがそのような批判を抱いた独歩にとっても、結局外山正一たちの『新体詩抄』(明一五・七)に始まる新体詩の歴史を措いて自分たちの詩作を位置づける場所は外に求められなかった。その歴史を引き受けた上で、いま必要なのは、かれら自身の思想や感情における新と旧、東洋と西洋の矛盾葛藤を対象化しうる場として、その表現ジャンルをとらえ返すことであった。「遺伝に於て吾等は天保老人の血を躰中に流し、東洋的情想を胸底に燃やす。学文に於て吾等は欧洲の洗礼を受けたり。吾等が小さき胸には東西の情想、遺伝と教育とに由りて激しく戦ひつゝあり。朝虹を望んではヲーズヲースを高吟すれども、暮鐘を聞いては西行を哀唱す。神を仰ぎては幽愁に沈む。今や吾等は新躰詩を得ていさゝか此鬱懐を述ぶるに足りつゝあり」。明治三〇年という時点において、たしかにこれは最良の詩人的自覚だったと言うことができよう。

ところが、かれが「歌はざるを得ざる情熱に駆られて歌」った作品と自負する「山林に自由存す」の表現は次のようなものであった。その詩人的自覚と実作との落差に私は驚かざるをえない。

山林に自由存す
われ此句を吟じて血のわくを覚ゆ
嗚呼山林に自由存す
いかなればわれ山林をみすてし

あくがれて虚栄の途にのぼりしより
十年の月日塵のうちに過ぎぬ
ふりさけ見れば自由の里は
すでに雲山千里の外にある心地す

皆を決して天外を望めば
をちかたの高峰の雪の朝日影
嗚呼山林に自由存す
われ此句を吟じて血のわくを覚ゆ

なつかしきわが故郷は何処ぞや
彼処にわれは山林の児なりき
顧みれば千里江山
自由の郷は雲底に没せんとす

一見したところ作者は自由の根拠地たる山林を強く求めているようであるが、じつは故郷喪失の感傷におぼれる契機にすぎなかった。第三聯の壮士芝居ふうな思い入れ《ポーズ》をみれば、作者のモチーフは第二聯までで尽きていたことは明らかであり、しかもそれまでに語っていたことは、すでにその山林と決定的に隔てられてしまった歎きでしかなかったからである。山林を見捨てたことを「あくがれて虚栄の途にのぼりし」ためだ、と自責すること自体、いささか常套的概念的なとらえ方でしかなく、そこから作者の着想の実態をうかがうならば、虚栄の市の俗塵に埋れたわが身への感傷的な反省の裏返しとして、少年期を過した土地が自由の根拠地のごとく美化されてしまったということであろう。もちろんここには字面《じづら》の上でだけ仮構された情熱しか見られず、虚栄の市の牽引と自由への希求との葛藤が構成されうるはずもなかったのである。だがまさにそれだからこそ、この作品は『抒情詩』の一つでありえたのである。

しかしそれならば、わが国において抒情詩とはどのような詩法として現われてきたのであろうか。

この時代、抒情詩が体制的なイデオロギーを直接に反映しない発想で書かれていたことは既にふれておいた。換言すれば、それは、民族とか国民とかいう国家的な枠組みのなかに感動の源泉を探るのではなく、いわば個の心情により本源的な源泉を見出す詩法にほかならなかった。ただし、かならずしもそれはイデオロギー的機能を果さなかったことを意味しない。独歩は「自由」への希求を力強く訴える形で歌い出したにもかかわらず、第四聯を「なつかしきわが故郷は何処ぞや／彼処にわれは山林の児なりき／……自由の郷は雲底に没せんとす」と結ぶことによって、この「自由」を少年期ののびやかな自然児性と同義語化してしまった。もはやそれは取りもどしえない。「自由」とはこの時代を撃つ思想たりえたはずであるが、それを回復不可能な過去（あるいは彼岸）に置いた上で悔恨とともに願望するという抒情詩の方法は、その作者自身にとっても時代の動向を容認するイデオロギー的機能を果していたと言うべきであろう。

ここで思い出すのは北村透谷の「我牢獄」（明二五・六）の、次のような一節である。

我《われ》は生《うま》れながらにして此獄室《このごくしつ》にありしにあらず。もしこの獄室《ごくしつ》を我生涯《わがせうがい》の第二期《だいにき》とするを得《え》ば我《われ》は慥《たし》かに其一期《そのいつき》を持《も》ちしなり。その第一期《だいいつき》に於《おい》ては我《われ》も有《あ》りと有《あ》らゆる自由《じゆう》を有《も》ち、行《ゆ》かんと欲《ほつ》するところに行《ゆ》き、住《とゞ》まらんと欲《ほっ》する所《ところ》に住《とゞ》まりしなり。われはこの第一期《だいいっき》と第二期《だいにき》との甚《はなは》だ相懸絶《あひけんぜつ》する者《もの》なる事《こと》を知《し》る、則《すなは》ち一は自由《じゆう》の世《よ》にして他《た》は牢囚《らうしゅう》の世《よ》なればなり、然《しか》れども斯《か》くも懸絶《けんぜつ》したるうつりゆきを我《われ》は識《し》らざりしなり、我《われ》を囚《とら》へたるものゝ誰《たれ》なりしやを知《し》らざりしなり、今《いま》にして思《おも》へば夢《ゆめ》と夢《ゆめ》とが相接《あひせつ》続《ぞく》する如《ごと》く我生涯《わがせうがい》の一期《いっき》と二期《にき》とは懵々《もう〱》たる中《うち》にうつりかはりたるなるべし。

続けてかれは「然《しか》れども我《われ》は先《さき》に在《あ》りし世《よ》を記憶《きおく》するが故《ゆゑ》に希望《きぼう》あり、第一期《だいいっき》といふ名称《めいせう》は面白《おもしろ》からず、是《これ》を故郷《こきやう》と呼《よ》ばまし、然《しか》り故郷《こきやう》なり」と語ってゆくわけであるが、さしあたり私が注目したいのは、この語り手もまた独歩的な二分法で生涯をとらえていて、しかもその移り行きを「今《いま》にして思《おも》へば夢《ゆめ》と夢《ゆめ》とが相接《あひせつ》続《ぞく》する如《ごと》く……懵々《もう〱》たる中《うち》に」と一種の朧化法的表現でしか語りえなかったことである。独歩にとってもそれは「いかなればわれ山林をみすてし」という、一種曖昧な謎としか語りえないことであった。

もっとも、透谷の作品における行住坐臥、何ものにも拘束されない――というよりはむしろ何ものにも拘泥しない――「自由」のイメージは、独歩の詩が喚起する自然児の「自由」とは微妙に異っている。それは老荘思想の「自由」に近く、「もしわれに故郷《こけう》なかりせば、もしわれにこの想望《さうぼう》なかりせば、我《われ》は此獄室《このごくしつ》をもて金殿玉楼《きんでんぎよくろう》と思《おも》い了《れう》しつゝ、楽《たのし》き娑婆世界《しやばせかい》と歓呼《かんこ》しつゝ、五十年《ねん》の生涯誠《せうがいまこ》とに安逸《あんいつ》に過《す》ぐるなるべし」というように、言わば現実世界の虚妄をあばき出す思想的な装置としての想世界的な「自由」だったからである。そういう「自由」の時期を実人生の過去に特定することはむずかしく、未来での実現も望みえないことであろう。そもそも次元が異っているからで、もしあえてその時期を求めるならば、かれの生前か死後か、いずれにせよこの現実とは別な世界を想定するほかはない。「先《さ》きに在《あ》りし世《よ》」という表現にはそういう他界のイメージが感じられるし、だからこそその間の移りゆきは、「夢《ゆめ》と夢《ゆめ》とが相接続《あひせつぞく》するが如く……うつりかはりたるなるべし」と言うよりほかはなかった。その「先《さ》きに在《あ》りし世《よ》」を故郷と呼び、さらに「我《わ》が希望《きぼう》の湧《わ》くところ、我《わ》が最後《さいご》をかくるところ」と呼び換えたところに、かれのうちに潜む死への願望が感じられる。このモチーフを解明するには透谷の生活史を精査する以外にないであろうが、このような表現が当時の読者の共感を招きえたとするならば、多分それは、当時の青年たちの間に、自分の人生が何か生の本源的なところから断ち切られてしまったという想いが拡がっていたためである。

それに較べて独歩の詩はインパクトが弱く、かえってこのほうにより散文的な印象を受けてしまう。かれもまた生の本源的なところを断ち切られてしまった思いを抱いている一人ではあったが、少くともその理由を「あくがれて虚栄の途にのぼりしより」と現実的な説明をつけることが可能であったし、だからまたその「自由」の時期を、「彼処にわれは山林の児なりき」と実人生上の過去に措定できたのである。透谷における他界を含んだ多層的、あるいは垂直的な世界のイメージは、独歩によって現実世界の平面に一元化されてしまった。

ただし、今ここで私が問題にしたいのは両者に共通する面である。透谷の「故郷」は一種彼岸的な超越性、つまり時間的に不変なるもののイメージで現われてくる。独歩が透谷の散文に詩想を触発されたかどうかは分からないが、ともあれかれの「故郷」もまた作中の「われ」が存在するいま、ここ、とは別な時間が流れる世界、というよりはむしろ時間の流れに侵されない世界だったのである。次にあげる「故郷の翁に与ふ」はその見やすい一例であろう。

翁よ今もすこやかに
丘の麓にくらすらん

丘の小松の夕日影
　今も昔のまゝにして
恋しき翁今もなほ
　松葉かきつゝうたふらん
うたふ其声今もなほ
　さびしき谷にひゞきつゝ

谷の小川の水せきて
　夏の日ながく暮せしも
今は昔となりにけり
　われは昔のわれならで

あはれ翁よ此われを
　今も昔のわらべぞと
昔のまゝにおぼすらん
　翁は昔のまゝにして

もちろん独歩は、時間の流れが虚栄の市を変え、自分を変えてしまうと共に、あるいはそれ以上に急速に故郷を荒廃させてしまったという現実をよく知っていた。だが、詩を書く場における独歩にとって、「故郷」は「今も昔のまゝ」でなければならなかった。その土地で過した少年期の日々は「今は昔となり」、もはや「われは昔のわれなら」ぬのであるが、そうであればこそなおさら「故郷」はこの自分を「今も昔のわらべ」と認知してくれる、いわば自己同定《アイデンティファイ》の場所でなければならなかったのである。そのためには「昔のまゝ」に時間を超越した「翁」の眼差しが必要だ。この「今も昔のわらべ」とは「山林の児」の原像であり、「翁」は「山林」と同義であり、その眼差しの下で自己同定《アイデンティファイ》が果された時「われ」の自由は回復する。いや、たとえ二つの作品をそのように関係づけてみることは危険だとしても、「山林に自由存す」において故郷を見捨てた後の一〇年の月日は、「われ」の生活の面でしか語られず、その喪失感は「雲山千里の外にある心地す」「雲底に没せんとす」という空間的な距離に表象転換されていた。そういう表現構造からも「故郷」を時間的に不変な世界として保持したいライトモチーフを読み取ることは可能であろう。

それでは『抒情詩』における他の詩人たちにとっての「故郷」とはどのようなものであっただろうか。

とまらぬ水

里の小川を来て見れば、
小魚《いさな》とるとてこどもらが、
昨日《きのふ》もけふもおとつひも、
ひねもす水をすくふなり。
さゞれゆく水さら〳〵と、

里の子

里の小川を来て見れば、
小魚《いさな》とるとて子どもらが、
きのふもけふもくるゝまで、
水をぞすくふうちむれて。
いさら小川のさら〳〵と、

絶えず月日はながるゝを。
里の子どもはいつまでか、
とまらぬ水をすくふらむ。

たえず月日はながるゝを。
里の子どもはいつまでか、
とまらぬ水をすくふらむ。

「とまらぬ水」は宮崎湖処子の『湖処子詩集』（明二六・一一）の一つであり、「里の子」は『抒情詩』に再録された時の形である。

現在の眼からみれば、いずれにせよ評価に値するだけの表現にはなっていない。だが詩的達成の問題はともかくとして、川の流れという伝統的な時間の表象法が、「里の子ども」との対比によってわずかながらも変容しはじめている点は注意すべきであろう。「さゞれゆく水さら〳〵と／絶えず月日はながるゝを」という発想法は、孔子の有名な「逝者如斯矣、不舎昼夜」の伝統を受け継いだものであろうが、その常識的な用法に従うならば、その不可逆的な時間の流れとともに自分は老いてゆき、故郷も変わってしまった歎きが語られることになる。ところがこの作品においては、その小川で「里の子ども」が昨日と変らぬ姿で今日も遊んでいる情景を描き出して、いわば絶えざる現在《いま》の表象に転換されているのである。

そもそも川の流れで時間を表象すること自体が、メルロ＝ポンティが『知覚の現象学』で指摘したように、一種矛盾を含んだ曖昧な認識法でしかなかったのである。例えばいま私が川岸に立って眺めた水は、次の瞬間川下のほうへ去ってゆくわけであるが、もしその川下を過去とするならば、川上は未来に位置することになる。これからやってくるものの方向だからである。だが、いま私の眼前を流れ去った水の側に立つならば、川上はすでに過ぎてきた過去であり、川下はこれから流れゆく未来であろう。川の流れに時間を表象する従来の発想は、この二つの立場が曖昧に混同されたままだったのだが、湖処子はそれを「里の小川を来て見」た〈自分〉と、流れに入って水を掬う「里の子ども」とに二重化したのであった。

川の水は逝いてとどまらないが、ここで遊ぶ子供たちの姿は昨日に変らない。その子供たちもやがて老いてゆくにちがいないが、この里の子供がここで遊んでいる情景それ自体は今も昔に変わらないのである。「水のながれのさら〳〵と／いつも変らぬ音きけば／この川べにてすぐしたる／いとけなき日ぞしのばるゝ／（一行アキ）わが足もとの水際《みぎは》より／思ひもかけず驚きて／淵にのがるゝ魚みれば／いまも心のうごくなり」（「流水」『湖処子詩集』）。この変らぬ情景に自分の少年期が二重映しされていたことは言うまでもない。とするならば、この子供たちは昔の自分を喚起してくれると共にその時間差を超越させてしまう存在であり、そして多分、この子供たちの意識にとっては現在《いま》があるだけである。かれらはまるで現在《いま》を掬い取ろうとするかのように「とまらぬ水をすく」っている。かれらの手元から流れゆく水は現在《いま》のさざ波を立てている。もしかれらがその水に想いを寄せたとしても、それはけっして二度と還らぬ時の経過ではなく、むしろその流れゆく先々に見えてくる未来の世界についてであろう。

そういう情景のなかに過去が生れるのは、〈自分〉がそこを訪れた時である。〈自分〉が現在川岸《いまここ》に立っているという、いわば自己の現存によって、その眼前の情景が昔と対比させられたからにほかならない。それと子供たちの関係をもう少しくわしく分析すれば、「その年月を今もなほ／昨日のごとく思へども／かへらぬ水のいつしかも／ゆきて久しくなりにけり」（「流水」）という表現からも分かるように、子供たちの姿が見えない小川の流れは、ただ単なる逝いて帰らぬものの表象にすぎなかった。そのなかに子供たちが登場して川の流れに絶えざる現在の時点が生れたわけであるが、さらにそれを媒介にした〈自分〉の意識のなかに時間構造が作り出されてきたのである。

もちろん湖処子自身がそこまで分析的に考えていたとは思われないが、改稿の過程で一種の直観的認識が働いたのであろう。この作品の題名を「とまらぬ水」という流れ去る時間のイメージから「里の子」という変らぬ情景に換えたところに、その直観的認識を読み取ることが出来る。あるいはそれは、故郷における変わらざるものへの希求がより切迫してきたことの現われだったかもしれない。もしそうだとすれば、それだけ急速に現実の故郷の変貌が進んでいたのである。

ところで私は先ほどごく無造作に、『抒情詩』の詩人たちにとっての「故郷」、という言い方をした。いま改めて補足的に説明すれば、この詩集は国木田哲夫（独歩）の「独歩吟」、松岡（柳田）国男の「野辺のゆき丶」、田山花袋の「わが影」、太田玉茗の「花ふゞき」、嵯峨の山人（嵯峨の屋おむろ）の「いつ真で草」、宮崎湖処子の「水のおとづれ」という六人の小詩集を一冊にまとめたものであるが、故郷を主要なモチーフとしたのは独歩と国男と湖処子の三人であって、他の三人はかならずしもそうではなかった。嵯峨の山人には『野末の菊』（明二二・七～一〇）、花袋には『ふる郷』（明三二・九）などの帰郷小説があり、幾分かその記憶に引きずられて私はつい不用意な概括をしてしまったのである。その点は今後自戒しなければならないが、ただ次のような作品をみれば、花袋が間もなく故郷をテーマに小説を書くに至ったモチーフはおのずから明らかであろう。

山かげ

風もいたらぬやまかげの
芝生のうへこそのどかなれ
小島はうたひ花はさき
かすみはたなびき蝶は舞ひ

訪ひ来る人もあらずして
水はしづかにながるなり

林の奥

君とかつてあゆめる林を
我はたゞ一人さまよひ行く
月もまつ風も波のおとも
ひとつとしてむかしにかはらず
只変れるは君のなきのみ
恋しき君のあらぬことのみ
されどわが影を君とおもへば
我は更にさびしくもあらず
君のことのみおもひて居れば
一人もひとりの心地はせじ
月よ松風よなみのおとよ
我をたゞ一人とは思ふな
あはれなる若者とおもふな
おのが傍にはとこしへに

（第二聯は省略）

やさしき君ともなへるものを

「山かげ」は「わが影」の冒頭に位置し、「林の奥」はその末尾近くに置かれていた。その間に恋愛の詩篇が配列されているわけであるが、「山かげ」の第二聯では恋の予感が「この山かげに来るときは／……やさしき心のおこるなり／恋にあらずや此こゝろ」と歌われている。なぜ第一聯のような情景のなかに居るだけで恋に似た感情が生れたのであろうか。第二聯の引用を省略したのは、第一聯の表現それ自体に読者の関心を集中してもらいたかったからにほかならない。

私の判断では、その問題を解く鍵は「訪ひ来る人もあらずして」という一句にある。「小鳥はうたひ花はさき／かすみはたなびき蝶は舞ひ」という情景はあまりにも道具立てを整えすぎた感じであるが、これを逆に言えば、自然の美的な景観としては何一つ欠けていない。全てが充たされていたはずなのである。だから当然、あるがままの景観を描き出すだけならば、「……蝶は舞ひ」に続けてすぐに「水はしづかにながるなり」と表現してもよかったであろう。だがその自然の側に立ってみるならば、そこに一つ重要なものが欠けていた。それはここを「訪ひ来る人」であり、つまりこの自然に対する眼差しが欠けていたのである。

しかし自然がこのように描かれたというのは、すでに〈自分〉がこの山かげに内在して「芝生のうへこそのどかなれ」と感じていた証拠にほかならない。とするならば、その〈自分〉が一たん自己を自然の側に置いて、〈自分〉以外の眼差し、あるいはもう一人の「訪ひ来る人」を求めていたことになる。このように眼前の情景に自分以外の人の欠如を見てしまい、別な人の眼差しを求めている、そういう〈自分〉の視向性によって喚び込まれたのが「恋人」のイメージだったのであろう。「わが住む里」の山かげは「小鳥はうたひ日はてりて／水はながれぬしづかにも」という、「世をも人をもへだてたる」場所であったが、「けふも恋しき君のこと／おもひ出してわがこゝろ／たへがたくこそなりにけれ／いざや行きてん山かげに」と結ばれていた。恋人の不在をなげく場所に転化されているのである。そういう特徴を「林の奥」に引きつけて言えば、花袋の詩における恋人とは〈自分〉の影にほかならなかった。

「林の奥」の「我」は、ただ一人で月に照らされた海辺の松林を歩いてゆく。ここはかつて恋人と二人で歩いた林だった。自然は何一つ変っていないが、「只変れるは君のなきのみ」。言葉を換えるならば、ここは夜の散歩にはまことにおあつらえ向きの情景なのだが、ただ一つ、一緒に見る人が欠けているのである。だがその欠如感は——というよりこの場合は喪失感と言うべきだが——すぐに「わが影」で埋められてしまう。そしてこの言葉を花袋が詩集の総題に選んだところをみれば、以上のような発想こそがかれの詩法上のライトモチーフだったのであろう。

眼前の情景に、ある欠如を感じてしまう感性。それがもっともよく発揮されうるのは、言うまでもなく故郷の再訪という場面においてである。かれはその感性を充足させるために『ふる郷』以下の帰郷小説を書きつづけたと言っても過言ではない。

松岡（柳田）国男も花袋と同想の詩を幾つか書いているが、さらには恋を喪う予感、いや自分がこの世に不在となるであろう予想さえもが抒情の契機であった。

わが恋やむはいつならむ、
命をかけて我がにくむ
かたきよ君をいざなひて
あなたの国に行くを見て

今はと一人しづかにも
をぐらき淵に入らん時、

我が恋やむはいつならん、
泣きて入りにしわが墓に
春はすみれの花咲かば
みち行く君がおのづから
つみてかざゝむ、其日こそ
陰なる我はまたなかめ、

これは「はかなきわかれ」の次に配列された「〇題詩」の第二、三聯である。命をかけた恋の詩は当時でもけっして少くなかったが、恋がたきに対する敵意を表出した作品は珍らしい。一体に温良な心ばえの詩を作ることの多かった国男が、ここでは自分の死をもってしか終ることのない激しい想いを訴えている。その想いがおのずから自分の死後のありようを想像させてしまったのであろう。

自分が去ったこの世に、おそらくささやかな墓が一つ路傍に作られる。春が来て、去年に変らぬすみれが咲き、たまたまそこを通りかかった「君」が哀れんで花を手向けてくれる。いかにも多感な青年の感傷に充ちた情景であるが、死後もなお安き想いなく墓中にあってその優しさに泣いてしまう、という想像のなかに、自分が欠けた後もこの世で変らずに営まれる習俗の発見が託されていたのである。

先ほど分析したような花袋の眼が、眼前の情景を欠如感なしに眺める、つまりあるがままに充実したあり方として自然をとらえるように変わった時、それが花袋なりの自然主義的な描写のはじまりであった。他方、柳田国男にとっては、このあるがままの世の中それ自体が、すでに不在となった死者たちの想いが潜在する世界となってゆく。それを感受しつつ世代を超えて営まれる習俗がかれの民俗学の対象であった。
その習俗がかれの発見した変わらざるものだったわけであるが、それはともかく、『抒情詩』の多くの詩人たちが和歌的な発想や語法を用いたなかで、かれがもっともその古層をよく使いこなしていたようである。

あしびきの山のあらこぎ
たゞ一もと摘みもて来て
我妹子がたもとに入れし
足引のやまのあらこぎ
いまもなほさやかに匂ふ、
あなうれしいまだ我をば
　忘れたまはじ、

これは前回も取りあげた「園の清水」の次に配列された「○題詩」であるが、一読してすぐに「あしびきの山のあらこぎ我妹子がたもとに入れしやまのあらこぎ」「我妹子がたもとに入れし足引のやまのあらこぎさやかに匂ふ」という古代歌謡、あるいは万葉ふうな短歌を感知することができる。この二つ目の歌を三行に別ち書きして、「あなうれしいまだ我をば／忘れたまはじ」という感情表現を加えれば、梁塵秘抄ふうな歌謡となるであろう。そこへさらに「たゞ一もと摘みもて来て」という描写と、その日から時を隔てて「いまもなほ（さやかに匂ふ）」といぅ時間の幅が与えられて、恋人からあらゝぎを貰った場面性が具体化される。それをいまなつかしく偲んでいる〈自分〉の像が内在させられた時、共同体的な場で享受される歌謡的な性格を離れて、個的な位相から特定の恋を歌う新体詩的な次元へ移ってゆくのである。

だが、この後の柳田国男は民俗学的な関心から文学をとらえ返し、右のような表現の新層を取り除けてその古層へと遡及してゆくことになる。その古層こそがかれにとっては文学の故郷または変わらざるものであったことは言うまでもない。

そしてこのようなかれの足どりを念頭において「野辺のゆきゝ」を読み直してみるならば、その冒頭におかれた次の作品が一種象徴的な意味を帯びて見えてくるであろう。

夕ぐれに眠のさめし時

うたて此世はをぐらきを
何しにわれはさめつらむ、
いざ今いち度かへらばや、
うつくしかりし夢の世に

かれが見出した故郷としての民俗は、独歩の求めた自己同定の根拠を、民衆的な規模にまでおし拡げたものだったとみることができる。その民俗を担う民衆をかれは「常民」と呼ぶわけであるが、その歴史的連続性を探り出す民俗学によって、ある本源的なものから切り離されてしまったという意識に悩む当時の青年の故郷喪失感、あるいは俗塵にまみれた孤絶感を補償しようとしたのである。その意味でかれの常民像は、独歩の「故郷の翁」（湖処子にも同想の詩、「釣翁」がある）に相当すると言えよう。

ただし、もはやかれには自己同定をもって「自由」の回復とする発想はなかった。独歩たちにおける個の意識は故郷喪失の孤絶感によってしか贖われなかったのであるが、国男の場合を右の詩に引きつけて言えば、それは「をぐらき」この世に眼覚めてしまうことだったからである。言葉を換えれば、眠りから覚めるとはこの世を「うたて」「をぐらき」時代と知ってしまうことにほかならない。

もしこの解釈が許されるならば、「何しにわれはさめつらむ」の一句は、透谷の「夢《ゆめ》と夢《ゆめ》とが相接続《あひせつぞく》する如《ごと》く我生涯《わがせうがい》の一期《いつき》と二期《にき》とは懵々《もうく》たる中《うち》にうつりかはりたるなるべし」や、独歩の「いかなればわれ山林をみすてし」に匹敵する重い意味を帯びてくる。そこから生れた、再び眠ることへの願望とは、一面では母胎回帰、あるいは死への願望と言えるが、その後の仕事のモチーフとしてとらえるならば、それは進歩という不可逆的な時間意識に追われて焦燥的に変貌を重ねてゆく時代への違和感、すなわち近代以前の「うつくしかりし夢の世」への回帰願望であった。

さて、以上私は『抒情詩』における抒情の諸相を検討してきたが、ここで抽出してみたような詩法によってわが国の近代詩の方法はほぼ決定されたと考えたからである。湯浅半月のようなモチーフを失った叙事詩は、急速にマナリズムに陥り、その延命策を同時代の事件に求めたために、明らさまなイデオロギー的機能を負わざるをえなかった。それに対して抒情詩の作者たちは、そのような公のイデオロギーとは直接にかかわらぬ私的領域に自己限定して、いわば可憐な野の花のような作品を残した。ただその詩法には、これまで見てきたような思想性が含まれていたのである。

しかしそれはかならずしもイデオロギー的機能を持たなかったことを意味しない。抒情詩の多くが故郷への思慕を訴えたものだったことは、現在からみればごく当り前のことのように思われるが、当時それは全く新しい傾向だったのである。故郷を偲ぶこと自体が時代の新しい傾向性だったわけで、それをいち早く準備した宮崎湖処子の『帰省』（明二三・六）という散文をみれば分るように、故郷における生産構造の変化と荒廃、没落した自作農の流民化というきびしい現実をかれは見ないわけにはいかなかったが、そうであればこそその自然と人情を変わらざるものと美化せずにはいられなかった。かれらの抒情詩はそういうモチーフをもって作られ、だが故郷の変貌と荒廃は用心ぶかく取り除けられていた。これ以後、近代社会の不条理が問題になる時はいつも故郷がクローズアップされるようになったが、かれらのような発想は一種のストレス緩和剤のように浸透してゆき、いわば故郷の問題を思想的課題とする人たちの潜在的な枠組みを作っていたのである。それだけでなく、湖処子の時間構造や花袋の欠如を見てしまう視線、国男の母胎回帰の願望などは、これ以後の小説のあり方までも決定してきた。

その意味でこのささやかな詩集は、わが国の詩史における最も大きな思想的事件だったと言うことができる。

（完）

〈附記〉 本論の原稿を送った（六一・八・一）直後、本誌（『文学』岩波書店）の八月号が出版され、見れば中山和子氏や梶木剛氏が論じた問題と重なる面も多い。明治三〇年代を対象におなじ問題意識を喚起されたのは、現代の都市と故郷の問題への関心が共通しているからであろう。両氏の論が出た以上、もう少し違った観点から書き変えるべきか、とも考えたが、そうすると「近代詩史」の構想にもかかわってくるので、このまま発表することにした。

第Ⅳ部 文体と制度

第1章 制度のなかの恋愛

——または恋愛という制度的言説《イデオロギー》について

恋物語や恋愛小説の全くない社会のなかではおそらく人は恋愛をすることを知らない。と抽象化してみればすぐに分かるごとく、恋愛とは感性を制度化するための物語的な言説以外ではないのであるが、日本の近代においては家族制度からの自由や解放の暗号文字《コード・ワード》とみなされて来たため、以下のようなイデオロギーを隠し持つことになった。

その一つは自発性あるいは内発性の神話であって、これは「人間的成長」を思春期から青春期へと区分する観念と相補的な関係にある。つまり人間の自然な本性として思春期に異性への関心が始まり、配偶者の選択がある程度現実的なプログラムとして意識される青春期に至って、特定の異性との対幻想的な関係を激しく排他的に求める感情の昂揚が訪れるというわけである。この自然性が本人によって内発性としてとらえられるとき倫理に変わる。夏目漱石や志賀直哉にとってその自然性を抑制することはおのれを偽ること、すなわち自己の自然に正直でない反倫理的な行為であった。またその二つ目は恋愛を青年が大人となるための不可欠なイニシエーションとみるイデオロギーであり、そこから出合いと、お互の好意の確認(または一方的な確信)と破局、という恋愛小説のパラダイムが生れる。破局の主要なものは別れであるが、結婚もその一つとみられなくもない。田山花袋は『蒲団』で中年の恋を描き、戦後になって谷崎潤一郎や伊藤整が老年の恋を描いた。これは恋愛小説が青春を特権化する、つまり人間の一生のなかで最も重要な時期として青春期を中心化してしまう制度的な思考に対する批判だったと言えるが、しかしいずれも悔い多かった青春の代償を求める第二の青春の実験が失敗に終ってしまう物語でしかなかった点で、結局は結婚が恋愛の（引いては青春の）破局にほかならないことを逆説的に語っている。恋愛を解放や自由のコード・ワードとみる固定観念を、裏返しして支持する以上の作品とはなりえなかったと言うべきであろう。

そして以上のことから導き出せる三つ目の点は、時間による変質を超える心的な持続、という神話である。その最も見やすい例は、恋愛感情を結婚生活にも同定させねばならぬし、またさせうるのだという倫理的な要請であって、それが脅迫観念的な拘束に転化してしまった悲惨を指摘したのが、伊藤整の「近代日本における『愛』の虚偽」（昭三三・七）であった。ただしかれは日本人の伝統的な心性という観念を先験化して、ヨーロッパから輸入した「愛」の観念が強いる不自然を指摘したにすぎず、恋愛のパラダイム、とりわけ別れた後の精神的傷痕《トラウマ》によって時間を飛躍させる常套的な物語作法をいささかも疑っていない。精神的トラウマによる時間の飛躍とは、例えば「アカシアの甘い香に誘われてかれは三年前に別れた頼子の面影をまざまざと想い出した」などといういかにももっともらしい心理主義に基づき、精神的な打撃の記憶がある特定の事物へのオブセッションと化してしまうという観念のことである。オブセッションの対象たる自然を媒介として、一挙にその間の日常を飛び越えた感情が再現出するというわけだが、これは伊藤整だけでなく、ほとんど近代の作家が愛好し乱用した小説的仮構であった。なぜなら私たちの実際の心理に即した表現というよりは、むしろストーリーラインを連続させるための小説的処理とみるべきであり、これもまた恋愛のパラダイムの一つにほかならないからである。

このように抽象化してみると、恋愛のパラダイムはけっして日本の近代化イデオロギーと決定的に違和するものではなく、むしろ成長史的なイメージで近代化のプロセスをとらえようとする歴史家や文明批評家たちとパラダイムを共有し、このかぎりで近代化の一部分に微修正的な批判を加える体のものでしかなかったことが分かる。恋愛小説が小説の中心的なジャンルに位置するに至った所以であろう。しかもこのパラダイムは時代を超えた歴史認識や古典解釈の普遍的な枠組みとしても機能してしまっている。それは数多い歴史小説をみればすぐに分かることだが、『源氏物語』研究や上田秋成の評伝などにこのパラダイムの偏向をよく免れえているような論文を見出すことはほとんど不可能なほどなのである。

ただし以上は前提を整理してみたにすぎず、ここで私が検討してみたいのは、それならばあのパラダイムは誰にとってのものだったのかという問題である。

凡《およ》そ相愛《あひあい》する二ツの心は一体分身で孤立する者でもなく又仕様《しやう》とて出来るものでもない故に一方《かたく》の心が歓《よろこ》ぶ時には他方《かたく》の心も共に歓《よろこ》び一方《かたく》の心が悲しむ時には他方《かたく》の心も共に悲しみ（中略）愉快適悦《ゆくわいてきえつ》不平煩悶《ふへいはんもん》にも相感じ気が気に通じ心が心を喚起《よびおこ》し決して齟齬《そご》し扞格《かんかく》する者で無いと今日が日まで文三思つてゐたに、今文三の痛痒《つうやう》をお勢の感ぜぬは如何《どう》したものだらう

二葉亭四迷『浮雲』の第二編で、文三が、自分のためらいを一顧もせずにお勢が観菊に出かけてしまった心中を疑ってみる場面である。相思相愛とはお互の感情が共軛されている仲のはずだ、とかれは理想的な関係を前提としていたわけだが、お勢の本当の気持ちを確かめてみたのでない以上、これは一方的な虫のよい思い入れだったと言うべきであろう。というよりは、感情の共軛という即融状態を仮定すること自体が既に虫のよすぎる願望なのであって、かれは当然自分と喰い違う面を持つだろうお勢の感性を想いみることさえしなかったし、だからその点を踏まえつつお勢にとって自分は何者であるのかを忖度してみる発想も持ちえなかった。お互の人格的敬愛に基づく恋愛と結婚という近代主義的な理想をかれは観念として抱いていたら

しいのだが、しかし自分と違和し葛藤するだろう一個の独立した人格をお勢に認めた上で、違和を克服する努力によって築かれるべき関係としてとらえる、言わば近代主義なりの基本綱領さえも自覚できていなかったのである。

しかもこれは必ずしも文三だけの盲点ではなく、それを批評的に描き出すべき地の文そのものに内包された盲点でもあった。この地の文の語り手はしばしば園田の主婦お政や女中を揶揄した描写を行ない、お勢にもおなじ眼差しを向けることがあったが、その語調やボキャブラリーからみて明らかにそれは男が女性を笑いの対象とする揶揄であった。文三もそのからかいの言葉を受け、第二編から三編へと進むにつれて、からかいは手厳しい批評となり、それが文三の自己批評的な自意識に転じて一種の客観性を帯びて来るのであるが、その場合も男が同性をからかい批評する語調でありボキャブラリーであった。一見ニュートラルな表現のなかにもこの男性的な偏向、つまり性的示差の眼差しが潜在し、おそらくそれは作者にとって最も対象化しにくい盲点であったのであろう。

そんなわけでお勢はあの恋愛パラダイムから外されてしまったのである。彼女は本田昇の誘惑に負けて文三を裏切ることになるのだが、これは文三の眼にそう映ったというだけではなく、地の文に潜在する性差がそれを方向づけてしまったのだと言える。『浮雲』は未完の作品で、二葉亭はお勢が本田に棄てられてしまう構想を抱いていたらしいが、もしそういう言い方をすれば、お勢は文三と本田との間で揺れ動いた感情をイニシエーションの契機とする能力を与えられず、精神的トラウマを受ける資格さえも奪われてしまっているのだった。その意味であの恋愛パラダイムは文三のためのものでしかなく、男／女＝精神（的トラウマ）／肉体（的穢れ）という二項対立のなかにお勢は封じ込められてしまったのである。

これはしかし『浮雲』だけの限界ではない。嵯峨の屋おむろの『薄命のすゞ子』はお勢の側から描き直した『浮雲』と言うべき作品だが、次はそのなかでも最もニュートラルな描写である。

ある小さな家の小さな庭、見れバ手拭《てぬぐひ》を被《かぶ》ツた若き女が椽側《ゑんがは》の柱に張板を寄せかけ、日向《ひなた》で一心に張物《はりもの》をして居る、椽側の方へ背向《そがひ》になり、斜《なゝめ》に生垣《いけがき》の方へ頭《つむり》を向け、横から覗《のぞ》く様な格好《かくこう》で張板の上へ顔をさし出し少し屈身加減《こゞみかげん》になツて、張物に余念のない、其姿の美しさ（中略）地体《じたい》が色の白い所へ日に焼けた故《せい》か、ホンノリと赤みを帯び、扨《さて》折々ハ腰を屈めて盥《たらい》の中のキレを絞り、其を板の上へ張付て、而《そ》して其上を白魚の様な、細い、しなやかな指の先で、軽《かろ》く柔《やはら》かに叩《たゝ》く取なし、ア、誰が是を見て美しくないと言はふぞ、それに付ても気になるは障子《しやうじ》の内の男の声、書物を読むのか、其かあらぬか、幽《かすか》に聞えるも心憎い

結びの表現がはからずも露呈してしまったごとく、結局その描写は男の眼差し、もっと端的には男の欲望からなされたものでしかなかった。すず子の心情により添った口吻の表現ももちろん随所にみられるのだが、基本的には男の側からの語りだったと言うべきだろう。男に棄てられたすず子はキリスト教に入信し、「此人は何時も神前に跪《ひざま》ついて一心に神を念じて居る、容貌を見るに何となく物寂しく、秋の景色を描いて居るが、如何《いか》にも柔和さうに見える」と、一応は精神的トラウマを暗示する言葉で結ばれているが、言わば女の性を棄てさせられた形での救済の方向を与えられたにすぎず、信仰に支えられた諦念のうちに閉塞させられてしまったのである。

一面でこれは男の作者による表現だったためでもあろう。だが、女性の眼差しと語調を意図して前面におし出したかに見える樋口一葉でさえも、『たけくらべ』ではじめて美登利の容姿を読者に提示するに当っては

「色白に鼻筋とほりて、口もとは小さからねど締りたれば醜くからず（中略）朝湯の帰りに首筋白々と手拭さげたる立姿を、今三年の後に見たしと廓《くるわ》がへりの若者は申き」と、男の眼差しを借りねばならなかった。現在のフェミニズム批評の水準からみれば、一見ニュートラルないわゆる客観描写の表現が、じつは男性支配を隠す「白のエクリチュール」にほかならぬことはもはや常識であろうが、女性作家の作品においてもこのような男性的眼差しを媒介とする以外に書き進められなかった経緯には注意する必要がある。さらに上級の学校へ進んでゆく信如にとって、美登利への恋情断念という一種のイニシエーションを経て大人に成長しうる未来が予想されるわけだが、美登利の受けねばならぬイニシエーションは比較にならないほどむごたらしい、男の嗜虐的なそれだったはずで、信如への思慕はイニシエーションとしての意味を与えられぬままに放念させられてしまった。「（誰が門の際《きは》より差し入れていったかも分からない）水仙の造花を……美登利は何故となくなつかしき思ひにて違ひ棚の一輪ざしに入れて淋しく清き姿を愛《め》でける」という結末のイメージは、『薄命のすゞ子』のそれとよく似ている。これは題材の問題であるとともに、一葉があの恋愛パラダイムに拘束され、加担してしまっていたことの現われでもあったのであろう。

ところで尾崎紅葉の『金色夜叉』は、発端の人物設定からみて、一〇年後に別人の手で再実験された『浮雲』といった趣きの作品であるが、お宮の気持ちの振れはお勢の場合よりもう少し踏み込んで分析されていた。彼女が明治音楽院の女学生だった頃、ドイツ人のヴァイオリン教師から艶書を受けたり、やもめとなった学院長から再婚の相手に望まれたりして――その点で有島武郎の『或る女』の葉子はお宮の後身とも言える――「若彼《もしか》のプロフエツサアに添《そ》はんか、或《あるひ》は四十《しじふ》の院長《ゐんちやう》に従《したが》はんか、彼《かれ》の栄誉《えいよ》ある地位《ちゐ》は、学士《がくし》を婿《むこ》にして鴫沢《しぎさは》の後《あと》を嗣《つ》ぐの比《ひ》にはあらざらんをと、一旦抱《いつたんいだ》ける希望《のぞみ》は年《とし》と共《とも》に太《ふと》りて、彼《かれ》は始終昼《しじゆうひる》ながら夢《ゆめ》みつゝ、今《いま》にも貴《たふと》き人又《ひとまた》は富《と》める人又《ひとまた》は名《な》ある人《ひと》の己《おのれ》を見出《みいだ》して、玉《たま》の輿《こし》を舁《かゝ》せて迎《むかへ》に来《く》るべき天縁《てんえん》の、必《かなら》ず廻《めぐり》到《いた》らんことを信《しん》じて疑《うたが》はざりき」。お宮は貫一を愛していなかったわけではないけれど、このような美貌への自負から生れた栄誉への夢をひそかに暖めていた。それが富山の求婚を拒まなかった下地となっていたのである。そういう秘された願望が貫一に反射しなかったはずがない。

女《をんな》と云《い》ふ者《もの》は一体男《いツたいをとこ》よりは情《じやう》が濃《こまやか》であるべきなのだ。それが濃《こまやか》でないと為《す》れば、愛《あい》して居《を》らんと考《かんが》へるより外《ほか》は無《な》い。豈《まさか》に彼人《あのひと》が愛《あい》して居《を》らんとは考《かんが》へられん。又万々《またばん〳〵》那様事《そんなこと》は無《な》い。けれども十分《じふぶん》に愛《あい》して居《を》ると云《い》ふほど濃《こまやか》ではないな。元来彼人《ぐわんらいあのひと》の性質《せいしつ》は冷淡《れいたん》さ。それだから所謂《いはゆる》『娘《むすめ》らしい』所《ところ》が余《あま》り無《な》い。自分《じぶん》の思《おも》ふやうに情《じやう》が濃《こまやか》でないのも其所為《そのせゐ》かも知《し》らんて。子供《こども》の時分《じぶん》から成程然《なるほどさ》う云《い》ふ傾向《かたむき》は有《も》つてゐたけれど、今《いま》のやうに太甚《はなはだし》くはなかつたやうに考《かんが》へるがな。子供《こども》の時分《じぶん》に然《さ》うであつたなら、今《いま》ぢや猶更《なほさら》でなければならんのだ。其《それ》を考《かんが》へると疑《うたが》ふよ、疑《うたが》はざるを得《え》ない！

貫一はすでにお宮との婚約が成ったという安心のうちにあり、しかもまだ富山の求婚という事実を知らないため、それだけお宮のよそよそしさへの疑いは文三の場合よりも一そうつかまえどころがなく、生れつきの性質に還元してみるほかはなかった。ただ注意すべきは、文三の「凡《およ》そ相愛《あひあい》する二ツの心は」とおなじく、貫一もまた「女《をんな》と云《い》ふ者《もの》は」と一般論から、そのモノローグを始めていた点であって、そういう発想法自体が事態を見えにくくさせてしまう男の論理にほかならないわけであるが、その虚を衝いたのがダイヤモンドに象徴される富山の金力なのであった。にもかかわらずかれは自分の盲点に気づかぬまま、お宮の裏切りに怒りを爆発させるという滑稽を演じてしまうのである。

他方お宮は、貫一の眼に映った美しくて冷たいという鉱物質の、言わばダイヤモンド的な性質の必然として富山のほうを選んだ。富山に嫁して後はいよいよ美しくてしかも感情的には死せる存在と化してしまうが、これは貫一を裏切った自己処罰であるとともに、その性質の完成でもあったということになるだろう。普通この作品は、相思相愛の男女が富山の金力に負けた鴫沢の打算によって引き裂かれてしまった悲劇の物語、と見られているのであるが、以上のような点からすれば、再実験された『浮雲』のなかに富山という批評的機能の人物を導入することで極端化した作品と読むことが出来る。守銭奴と化した貫一の精神的トラウマと、美しい化石のごときお宮の諦念と。この恋愛パラダイムを完成させるために、批評的機能を悪玉化せざるをえなかったのだと言うべきであろう。

明治三〇年代は宝石の物語的機能が注目され始めた時代と言えるかもしれない。夏目漱石『虞美人草』の藤尾はしばしば文学士小野さんの前に、柘榴石《ガーネット》が鎖の先についた金時計をちらつかせるが、それはガーネットが彼女自身の象徴だからであった。彼女の母親によれば、亡くなった夫が以前それを宗近の一《はじめ》にやると約束したことがあると言う。

「それが、どうしたんです」

「御前が、あの時計を玩具《おもちゃ》にして、赤い珠ばかり、いぢつて居た事があるもんだから……」

「それで」

「それでね——此時計と藤尾とは縁の深い時計だが之を御前に遣らう。然し今は遣らない。卒業したら遣る。然し藤尾が欲しがつて繰《く》つ着《つ》いて行くかも知れないが、夫《それ》で好いかつて、冗談半分に皆《みんな》の前で一《はじめ》に仰つしやつたのよ」

「それを今だに謎だと思つてるんですか」
「宗近の阿爺《おとつさん》の口占《くちうら》ではどうもさうらしいよ」
「馬鹿らしい」

つまり甲野の父親の心づもりでは、宗近君が大学を卒業したら藤尾を嫁にやろうという謎かけなのだが、他方宗近君の妹糸子は心ひそかに甲野さん（藤尾の腹ちがいの兄）に想いを寄せている。図式化して言えば、藤尾を宗近君に嫁がせ、糸子を甲野さんに嫁がせるという、娘の交換によって両家の関係をより一そう親密なものにしようという家族制度的な論理に基づいて、まず藤尾を贈与しようという申し出がなされたわけである。糸子の想いは内発的なものとも言えるが、実際にはこの論理に方向づけられ、それを完成させるために挿入された感情だった。しかし甲野の後妻である藤尾の母にはそんなモチーフはなく、藤尾にとってもその論理は「馬鹿らしい」ものでしかなかった。

こうして藤尾の母娘は両家の互恵的贈与関係からの逸脱者となり、娘交換による均衡関係の破壊者となってゆく。それを防いで互恵関係を完成させようとするのが、宗近君と甲野さんという親友の役割だった。かれらが愛好する道義の理念はその母娘を処罰するためのものでしかなかったのである。よく知られているように、結局小野さんは宗近君の道義に説き伏せられて「真面目」にもどって小夜子と結婚することにし、恋に破れた藤尾は屈辱を忍んで金時計を宗近君に渡そうとするが、「宗近君は一歩を煖炉に近く大股に開いた。やつと云ふ掛声と共に赭黒い拳が空《くう》に躍る。時計は大理石の角《かど》で砕けた」。贈与の論理が道義に破れた瞬間、と言えなくもないが、実際は逸脱しようとする藤尾の驕慢が処罰され、糸子が甲野さんに嫁することで関係の半ばは保持される結果となり、現代の私たちの眼には宗近君の振りまわす道義の観念のいかがわしさが露呈されてしまうのである。

そうしてみると、こと『金色夜叉』と『虞美人草』とに関するかぎり、漱石は紅葉よりもはるかに家族制度護持のイデオローグであった。宗近君と甲野さんが藤尾の悲劇からほとんど何一つ精神的トラウマを受けることなく、悠々と大人に脱皮できた所以である。ただし結末で紹介された甲野さんの日記の達観ぶりは、糸子との結婚後もおそらく人間関係上の葛藤を巧妙に超越してしまう。もっと端的に言えば巧妙に回避できる精神の静寂、つまり枯死を予想させる。その意味では金銭へのオブセッションによって人間的な感情を圧殺し切ろうとした貫一とは裏表の関係にあったと言えるだろう。恋愛パラダイムのなかでは恋の妨害者は俗物として描かれることが多く、富山はそのメロドラマ的典型であったが、『虞美人草』の二人は健康な道義家や超然たる達観者としてその逆を行き、しかも藤尾と小野さんの恋をサブストーリー化してしまうほどに中心化されることによって、パラダイムの常套を相対化していたのである。

第2章　漱石の神経衰弱と狂気——『文学論』を中心に

現実の経験では不快だったり悲痛だったりすることが、文学のなかではなぜ一種の快感や美意識の満足に変わりうるのだろうか。

よく知られているように漱石は『文学論』で、「文学的内容の形式」を、「焦点的印象又は観念」のFと、「これに附着する情緒」のfとの結合、という形で定式化した。この定式によれば、右の疑問は「自己関係の抽出」として説明できる。「即ち自己の利害得失の念一向心に起り来らざるが故に、此自己観念より起るf（此fは非常に強力なるものなるを忘るべからず）を悉く除去抽出して作中の事物に対し得る場合を云ふ」と。つまり自分との直接的な関係が意識の「焦点」となって惹き起す様々な感情は一たん「除去抽出」されて、作品世界においては一種間接的な観照の対象に変えられてしまうというわけである。

そうすると、以下のような疑問が起ってくる。漱石はどのような「自己関係の抽出」を経てあれほど「科学的」な『文学論』の著述をなしとげ得たのであろうか。これを裏返せば次のような疑問にもなるであろう。かれは『文学論』の序文で突然神経衰弱や狂気について語り始めたが、それは「自己関係の抽出」が俄かにくずれ去ってしまったためではないであろうか。

さて、いきなり奇妙な問いから始めてしまったが、私のいまの目論見は漱石が言う神経衰弱や狂気の理由を『文学論』そのものの中に探ることである。これらの言葉は『文学論』の序文に大変衝撃的な形で語られていた。「倫敦に住み暮らしたる二年は尤も不愉快の二年なり。余は英国紳士の間にあつて狼群に伍する一匹のむく犬の如く、あはれなる生活を営みたり。」「英国人は余を目して神経衰弱と云へり。ある日本人は書を本国に致して余を狂気なりと云へる由。賢明なる人々の言ふ所には偽りなかるべし。」「帰朝後の余も依然として神経衰弱にして兼狂人のよしなり。親戚のものすら、之を是認するに似たり」。常識的にみれば、「学理的」な著述の序文にこのような自嘲と憤怒の言葉が書き込まれるのは極めて異例なことであり、本論のよく「科学的」に組織立てられた記述を読み終えた時、この序文の異常さはいよいよ際立ってみえてくる。

従来の研究はこの印象に刺戟されて、漱石のイギリス時代の記録のなかに神経衰弱や狂気の証拠あるいは原因を求め、さらに遡って幼年時代からの精神的なトラウマを探ろうとし、作品にその反映を読み取ろうとしてきた。一応それはよく納得できる手続きではあるが、一見正常な精神の所産とみえる『文学論』一巻のなかに神経衰弱や狂気の徴候が潜んでいなかったかどうか、ここではまずそれらの言葉が附された『文学論』そのもののなかで検討してみたいのである。

普通私たちは作品を論ずるに当って、それを手にした時の日常的状況や身体的、精神的な条件、つまり一言でいえば出合いの場面性、に言及することはしない。本当はその場面性が作品の理解に微妙でかつ深刻な作用を及ぼしているはずなのだが、しかし実際には出合いの場面性を「焦点」とした際の「情緒」は抑制されてしまう。その理由は、ただ一回の読みだけで私たちが論ずることはなく、くり返し読み直す過程でその度ごとの場面性は相殺されてしまうからにほかならない。が、それだけでなく、むしろその方が作品それ自体の内部機構をより深く理解でき、喚起される「情緒」も（場面性という外在的要因に左右されることが少ないという意味で）より純化されうるのだ、そういう前提が意識的または無意識的に作用しているためであろう。

そういう意味での「自己関係の抽出」は、ただ単に文学研究の領域でみられるだけではない。たとえば外科医が患者を手術する場合、一定期間の専門的な習練による「自己関係の抽出」がほとんど無意識的に働いて、眼前の酸鼻な患部に対する直接的な「情緒」を抑制してしまう。もちろんこのような関係転換は私たちの日常でも多かれ少なかれ常に無意識裡に行なわれているのであるか、とりわけ専門的習練《ディシプリン》の必要な領域ではきわめて高度なレベルの「自己関係の抽出」が規律化されていなければならず、それがくずれてしまえば単なる失敗というよりはむしろ異常として現われざるをえないのである。もっとも、いわゆる戦中派および七〇年大学紛争の世代の評論家たちは、ある作品との運命的な出合いから語り始める書き方を好んで用いてきた。これは、自分の青春期と政治的季節の異常とを重ね合わせて作品理解の特異な深さを印象づけようとする、半ば特権化の願望に駆られたナルシシズムによるのであろう。最近では小森陽一がしばしば似たような語り口をみせているが、むしろそれは上の場合と反対のモチーフによるものと思われる。かれが出合いの場面を身体的な条件にまでわたって記述するのは、多分、多くの研究者がほとんど無反省のままに「自己関係の抽出」を自負している、その専門家意識にゆさぶりをかけ、かれらの研究の客観性や普遍性が実は虚構でしかないことを暴き出そうとしたためであろう。が、それとともに、どんな出合いもけっして特権的なものでないことを示して、評論家や研究者ならぬ読者の出合いにも正当な権利を認めようとする意図が認められるのである。この方向に待っている陥穽は素人主義というよりは一種の自動化、つまり出合い体験の言及に潜む仮構性への無反省であろうが、しかしそれはともあれ、このようなあり方を念頭に置いてみるならば、漱石がまるで反対の専門的な規律《ディシプリン》を厳しく自分に課していたことは明らかである。

先ほどもふれたようにかれは、F＋fという定式によって可能なかぎり論理的に文学の諸相を組織化しようとした。その主要な関心はf（情緒）の組み合わせであるが、論理的であろうとすればするだけその記述はfを欠いた記号の論理、つまり非文学的な論述とならざるをえない。

此区別（智的活動の科学と情的活動の文学との区別）が普通の人の脳中にある為め文学に就て一の混乱《コンフユージヨン》が起つて居る様に思ふ。（中略）即ち文学が科学と根本的に異る者であるから文学の批評及び文学の歴史迄も科学とは異る者であると、文学といふ字に拘泥して凡て文学に関係ある者は皆科学とは独立したものゝ様に思ふ事である。是は誤解であるからして此誤解を正さねばならない。（中略）歴史とか批評とかなると此作品（既に出来上つた）に就ての吾人の態度を意味するので、今迄の様に自分が製造する見地、即ち詩歌文章を組織するといふ点から論ずるのではなくて、之を客観的に研究の材料として取扱ふのである。斯うなると吾人の態度は恰かも科学者が自然の現象を前に置て夫れを材料として研究し始めると同じ事になる。（傍点は原文）

これは『文学評論』のほうの「序言」中の言葉であるが、『文学論』の記述、あるいはそれに先立つ東京大学の講義がつまらない、退屈だったという不満に対する、漱石の予防的な反応だったと見てさしつかえないであろう。

かれは、自分が取り上げる作品に附着したイギリス時代の不愉快な「情緒」を「自己関係の抽出」しなければならなかっただけではない。作品それ自体が喚起する「情緒」についても「自己関係の抽出」をしなければならなかった。もちろんそれを完璧に実行すれば作品そのものの「情緒」的効果までも捨象されてしまうはずで、その危険に気づいたらしく、『文学評論』では「批評的鑑賞（critico-appreciative）」という、後年の「則天去私」の萌芽というべき「自己関係」の方法を提唱した。『文学論』でもこれに類する方法が用いられていることは言うまでもないが、しかしその基本的な姿勢はまず一たん自分の「鑑賞」を相対化する態度に徹し、たとえ反感を誘われる作品だったとしても、それが当時のイギリス人読者に持ちえただろう「情緒」

的な効果の「科学」的な解明に力を注いでいた。「元来余は所謂抽象的事物の擬人法に接する度毎に、其多くの場合が態とらしく気取りたるに頗る不快を感じ、延いては此語法を総じて厭ふべきものと断定するに至れり。然れども翻つて此語法の存在を理論の上より考ふるときは決して怪しむべきことにあらずして、却て文学者が是非共接触すべき重要なる傾向と認めざるべからず」という具合に考察を進めていったのである。

一たんF＋fという定式を立ててしまえば、その論理的な可能性としてFのみの文章表現の場合と、F＋fの場合と、fのみの場合という三つの型を考えざるをえない。「情緒」的要素を欠いたFのみの文章とは科学的な記述のことであって、ある意味では漱石の『文学論』記述における理想だった。しかもまさにそういう態度の一環として、かれはfのみの表現の可能性を論理的に考えようとさえしたのである。その結果は、「(一)読むものは先ずFを想像にて補充して（F＋f）なる形式に改むるか、或は(二)悲哀なる観念を想起し其内容を充分に味はひ、しかして後、それに対し吾人の同感を傾くるか、或は(三)前述(一)(二)を結合せざるべからず」と、fのみの自律性を否定する結論に達するほかはなかった。このように過剰なほど論理的な文学論は、少くともわが国では空前絶後のものであろう。『文学論』における漱石の博引旁証はしばしば賞賛されてきたが、見方によっては、それ自体がほとんど狂気に等しい過度な論理視向によって博引旁証を強いられてしまったのであった。論理的に可能である以上は、それを裏づける事実が見つけられねばならぬ。このヨーロッパ的な論理的狂気が漱石に取り憑き、fの組み合わせを論じて、ついにfとf′とが無関係に並列する「不対法」の独創的な発見に至った。

「吾人はかく縁故なき両素の、しかく卒然と結びつけられたるを驚ろきて、不調和の感を生ぜんとする刹那に、此縁故なき両素が如何にも自若として其不調和に留意せざるものゝ如く突兀として長へに対するの度胸に打たれて、急に不調和の着眼点を去って矛盾滑稽の平面に立つて窮屈なる規律の拘束を免かれたるを喜こぶ。而して其結果は洪笑となり、微笑となる。是を不対法の特性とす」。かれはその一例としてフィールディングの『トム・ジョーンズ』を挙げているが、私たちは『猫』や『草枕』にその実践を見ることができる。このような発見の過程で、しかしかれはイギリスの文学論以上の論理性を備えた、わが国で最初の科学的な理論を打ち立てねばならぬプレッシャーを受けていたにちがいなく、その講義ノートの加筆訂正が終った時、かれを縛っていた「自己関係の抽出」――それはむしろ「自己関係の疎外」と言うべきほどのものであった――が一挙にくずれ去ってしまったのであろう。

ところで漱石が留学した時期の少し前、十九世紀半ばのイギリスでは、小説に固有な特性とは何かをめぐる論議が盛んに交わされていた。もちろん小説そのものは十八世紀以来、急速に発達してきたわけだが、そういう趨勢を背景に、伝奇《ロマンス》や演劇、歴史と異なる小説の固有性が関心の対象となってきたのである。いまその論議の基本的な観念を抽象してみれば、以下のようなことが言える。観点の明瞭化と筋立て《ストーリー》の一貫性。中心的《セントラル》あるいは主導的《リーディング》な人物の設定。部分と全体との有機的な統一《ユニティ》。この最後の条件はとくに重視されたらしい。アンソニイ・トロロープは現在ほとんど忘れられた文学者だが、当時は大変に人気が高く、その作家生活の苦心をよく伝える『自伝』(一八七六年頃執筆)で、最後にはメインストーリーに統合されるサブストーリー以外の挿話《エピソード》を含んではならない。結末に向うストーリーのテンポを狂わせてしまうからだ、と主張していた。すなわち脱線や逸脱の否定である。

そしてこの『自伝』もその一つであるが、右のような小説の条件を充たすジャンルとして伝記や自伝が注目され、虚構の伝記や自伝形式が好んで用いられた。人間的成長、性格形成、精神的な危機、人格の再生というような、近代小説に不可欠な(と見られてきた)キャラクター条件は、このようなジャンルの偏重とともに理想化されてきたのである。最近、自己の中心化という発想それ自体が狂気の原因にほかならぬ、という近代主義批判の認識が起ってきて、私も首肯できる点が多いのだが、右のことを自明の小説条件とみる文学観が暗黙のうちに肯定されているかぎり、その批判の遂行は困難であろう。作家論を避けて作品論に集中しているだけではけっして十分でなく、作家研究や評伝の骨骼をなしてきたキャラクター・セオリーそのものに批判の眼を向けねばならないのである。

しかしそれはともかく、もちろん漱石はこのような近代批判を抱いてイギリスから帰ってきたのではない。むしろ先ほど挙げた小説条件を信じていたことは、『文学評論』のダニエル・デフォーを論じた箇所でも明らかである。それだけではない。F+fという中心観念《セントラルアイデア》、および意識の「焦点」とその波長という言わば副観念《サブアイデア》、この形影相伴う統一的観点によって文学の諸相を説明しつつ、一つの有機的な全体像に達しようとする試みもまた、先ほどの小説条件の文学論的な組み変えにほかならなかった。ただしその試みによって描き出された『文学論』の全体像は、イギリス文学を共時的に組織化する手続きによって描き出されたわけで、かれは改めて通時的な展開をとらえる『文学評論』に着手しなければならなかったのである。

そんなわけで『文学論』の関心対象があれほど包括的、全体的であるにもかかわらず、いやむしろそれだからこそ、意外に窮屈な「出口なし」の印象を与えてしまう。それは文学諸相の全てがあの中心観念で律されてしまったからであろう。つまり文学と非文学の境界域、逸脱部分が容易にみえて来ないのである。前にふれたfのみの表現や、「不対法」の表現は、常識的な文学観からの逸脱部分と言うべきであるが、それがF+fの定式の論理的な推論によって関心対象化されたものでしかない以上、漱石自身には中心命題の領域拡張として以外の意味を見出しえなかった。その意味でこの著述は、かれが最もヨーロッパ的な自己中心、理論信仰的な狂気に取り憑かれていた時期の産物と言える。「自己関係」を操作する発想もその一環だったわけだが、そこにこそ合理的な理性の証しがあると見ているかぎり、それに違和を感じてしまうかれの感性のほうがかえって狂気として現われざるをえなかったのである。『文学論』出版の意図には、かれを神経衰弱や狂気とみる周囲の眼に対する抗議が含まれていたのかもしれない。だがその『文学論』こそが狂気の根源なのであった。

謹んで紳士の模範を以て目せらるゝ英国人に告ぐ。余は物数奇なる酔興にて倫敦迄踏み出したるにあらず。個人の意志よりも大なる意志に支配せられて、気の毒ながら此歳月を君等の麺麭の恩沢に浴して累々と送りたるのみ。

帰朝後の三年有半も亦不愉快の三年有半なり。去れども余は日本の臣民なり。不愉快なるが故に日本を去るの理由を認め得ず。（中略）是れ余が微少なる意志にあらず。余が意志以上の意志なり。余が意志以上の意志は、余の意志を以て如何ともする能はざるなり。余の意志以上の意志は余に命じて、日本臣民たるの光栄と権利を支持する為めに、如何なる不愉快をも避くるなかれと云ふ。（傍点は亀井）

これは『文学論』序文中の言葉であるが、本論のなかにこんな箇所がみられる。

模倣は社会の成立と維持とを満足ならしむる根本義に於て此の如く必要なり。吾人は生存上に必要なる模倣性を他の方面に応用して、こゝに第二義の模倣を敢てして憚らざるに至る。第二義の模倣とは必要ならざるに、好奇の余、他を模倣するを云ふ。たとへば小児の父を模し、奴婢の主婦を模するが如し。ある場合に在つては病的なる嗜好をさへ模倣して、一世を挙げて悉く非常識ならしむる事あり。十九世紀の当初に勢を逞ふせる厭世的文学の潮流の如きは是なり。（中略）人もし之を以て模倣にあらずと云はゞ余は答へて云はん。普通の模倣は故意の模倣なり。此際に於る模倣は自然より命ぜられたる模倣なり。自己の意志以上のあるものに余儀なくせられたる模倣なりと。（同前）

「自己関係の抽出」レベルでみるかぎり、この「自己の意志以上のあるもの」を「自然」化することは可能だが、一たん自分に引きつけてみる時それは国家の強制力として現われざるをえない。この「自然」は個人の意志を超えた時代の趨勢、もっと端的には合理的判断を超えてしまう時代の病理と言うこともできよう。してみるならば、かれを拘束する国家もまた時代の病理的偏向でしかなかったわけだが、かれはそれを逃れようとしなかった。一つには「自然」の命令として運命化されてしまったからであり、二つにはこの土地を去ってもまた別な偏向のなかに移るだけのことだったからである。どこにも身の置きどころがないことを知ってしまったが故に、かれは日本人たる「不愉快」を運命として引き受けるほかはなかった。この葛藤が漱石の「留学」における精神的不安の根源だったと言えるだろう。

かれの理解によれば時代の趨勢をいち早く直観して一歩ないし半歩を先んじうる者が「能才」であった。それに対して、時勢の推移の何段階かを飛び越えた先を目指すのが「天才」であるが、「その特色の突飛なるを以て危険の虞最も多し。多くの場合に於てその成熟の期に達せざるにあたつて早く既に俗物の蹂躪する所となる。（中略）もしその一念実現せられて、たまたまその独創的価値の社会に認めらるゝや、先の頑愚なるもの変じて偉烈なる人格となり、頑愚の頭より赫灼の光を放つに至る。しかも彼自身は偉烈に関せず頑愚に関せず、ただ自己の強烈なる意識に左右せられてこれを実現するのみ」。その意味でかれの「天才」は危険と栄光を併せ持つ孤立者であり逸脱者であった。その一種執拗な「天才」論は、かれ自身のひそかな自己仮託の結果だったかもしれない。あるいは「自己」や意識それ自体を問題とした時の不可避的な執拗さでそれはあったかもしれない。いずれにせよかれは、このような逸脱者のイメージさえもF＋fという第一原理の論理的な展開として取り込まずにはいられなかったのである。

そしてこのように『文学論』を書き終え、つまり「自己関係の抽出」から解放されて、さて生身の自己を振り返ってみた時、そこに浮んできたのはまるでぼろぼろな孤立者の姿でしかなかった。「余は英国紳士の間にあって狼群に伍する一匹のむく犬の如く、あはれなる生活を営みたり。」「帰朝後の余も依然として神経衰弱にして兼狂人のよしなり。親戚の者すら、之を是認するに似たり。親戚の者すら、之を是認する以上は本人たる余の弁解を費やす余地なきを知る」。それはまた、イギリスではもちろん、日本人の間でもこの『文学論』が読者をもつことはほとんどありえないだろうという絶望的な現実感の表出でもあった。

第3章　文学史のなかで——夏目漱石『吾輩は猫である』

文学史は現在、二つの方向で刷新されようとしている。一つはインターテクスチュアリティの方法で、これはテクストの生産という考えに基づく。作家は現代の状況を発いて読者の自由に呼びかけるのだ、というサルトル的な「想像」の理論は、構造主義の隆盛とともにすっかり色褪せてしまった。生産という観点からみれば、新しいテクストの素材《マテリアル》は先行テクストでなければならない。ただしそれは、従来の材源調査的な研究とは異なる。一方では先行テクストとの葛藤や批評的異化の面から当該テクストにおける新たな主体の位置を見出し、他方では非言語的なテクストとの相互作用にも注目しながら、文化的またはイデオロギー的な機能をとらえようとするのである。この主体はもちろん、いわゆる作家主体の謂ではない。

もう一つの方向は、現実の反映を内容の面ではなく、形式の点でとらえる方法である。もし反映を厳密に考えるならば、先行テクストや非言語的テクストの反映にも眼を配らねばならぬだろう。そういう反省が先の方法から喚起されるのだが、さらにここでは視点、主題、主人公など小説条件それ自体を現実の反映とみる。つまり作者がどのような視点で現実を見、どんな主題で現実を批評的に再構成し、どんな主人公を設定したかという、その表現対象たる現実の反映（内容化）を問題とするのではなくて、そもそも視点、主題、主人公などという形式的な条件自体がどんな歴史的現実との関係で重視され、整備されるに至ったのかをとらえる試みなのである。

前者は反映論的な発想を断ち切ろうとし、後者は別な形でとらえ返そうとする。その点で両者の問題意識は対立するわけだが、実際には相補的な関係を持たざるをえないだろう。とくに後者の場合、視点以下の形式的諸条件の出現や、諸条件相互の関係の変化は、政治や経済などの歴史的変化よりもはるかに時間単位が長く、その間に数多く産出されるテクスト相互の関係は前者によって見てゆくほかはないからである。

見方を変えれば、一口に現実の反映と言っても、政治、経済、文化などのいずれの領域を取っても先の形式的条件と直接の対応関係はみられないし、時間単位もそれぞれ異なっている。巨視的には、産業革命以後の生産管理システムと、小説形式のシステムとはパラレルな関係にあるわけだが、それならば、一体この生産システムが先の形式的条件に反映したのか、そうではなくてむしろ形式的条件を社会に投影しただけなのではないか。ここに後者の方法の難問がある。にもかかわらず、前者の方法が自動化され、視点以下の条件が自明の前提とされてしまう時、後者はそれを批判し相対化する不可欠の方法であろう。

その意味で私は相補的と呼んだのだが、ともあれそこへ近づく一素案として『吾輩は猫である』を取りあげたいと思う。

*

『吾輩は猫である』の視点は、言うまでもなく吾輩と自称する猫であった。場所は主に飼主の苦沙弥先生の家であり、そこに迷亭以下の人物が集まっては奇矯な言動を繰り展げて去ってゆく。もしストーリーらしいものがあるとすれば、それは寒月君と金田の娘との縁談の経緯であろう。

これをもう少し形式的条件の面で抽象してみれば、この猫は読者に対してきわめて饒舌な見聞者《レポーター》であるにもかかわらず、猫という制約のために作中人物とは言葉を交わせず、かれらの言動に関与することが出来ない。その点でこの猫自身が、作中人物に対しては異類でしかない事実に強くこだわっていたわけで、裏を返せば、作中の人間世界を異化する視点だったと言える。事実初めの一、二回は異化のモチーフがきわめて強かった。吾輩は自分の経験だけでなく、筋向《すじむかい》の白君や隣りの三毛君、車屋の黒たちとのコミュニケーションを通して人間の身勝手を確認し、ディスコミュニケーションの対象たる飼主一家を辛辣な眼で観察している。のちにはかなり好人物な面を私たちの前にさらけ出す苦沙弥先生でさえ、第二回においては「裏表《うらおもて》のある人間《にんげん》」と評され、「日記《にっき》でも書《か》いて世間《せけん》に出《だ》されない自己《じこ》の面目《めんもく》を暗室内《あんしつない》に発揮《はっき》」せずにいられない屈折した内面心理を抱えた人物としてとらえられていたのである。そのかぎりでは苦沙弥がその観察の主要な対象、すなわち中心人物だったと見てさしつかえない。

ところが第三回に至って、御師匠さんの家の三毛子が死に、車屋の黒とは疎遠となり、白君や三毛君とも猫同士のコミュニケーションが途絶えるとともに、「猫《ねこ》よりはいつの間《ま》にか人間《にんげん》の方《はう》へ接近《せつきん》して来《き》た様《やう》な心《こゝろ》持《もち》になって（中略）吾輩《わがはい》も亦人間界《またにんげんかい》の一人《いちにん》だと思《おも》ふ折《をり》さへある」ほどに異化のモチーフを失ってしまう。それに連れて苦沙弥も中心人物たる位置から退けられ、たしかに依然として主人格にはちがいないが、むしろ雑談の場所の提供者であり、その聞き手の側に廻されてしまったのである。それに代わって中心的な位置を占めるのは、寒月と金田の娘との縁談であるが、だからと言って寒月が縁談騒動の主人公というわけではない。いわば勝手に縁談が先走って進行しただけのことで、寒月もまたその噂に打ち興ずる一人にすぎず、結局かれは故郷で配偶者を得、金田の娘は多々良三平と結婚することになった。そんなわけでこの作品は猫の視点による異化作用が薄れるとともに中心人物の不在というずれが生じ、漸く現われてきた縁談騒動というストーリーにも決定的な主人公が欠けていたのである。

視点と中心人物とストーリーとの不整合。通常の小説観ではこれは失敗作の条件とされてしまうだろう。が、私の今の関心はそういう点にはない。この不整合が始まる、そもそものきっかけは読者の反響であった。「先達《せんだつ》ては主人《しゆじん》の許《もと》へ吾輩《わがはい》の写真《しやしん》を送《おく》つて呉《く》れと手紙《てがみ》で依頼《いらい》した男《をとこ》がある。此間《このあひだ》は岡山《をかやま》の名産《めいさん》吉備団子《きびだんご》を態々《わざ〱》吾輩《わがはい》の名宛《なあて》で届《とゞ》けて呉《く》れた人《ひと》がある。段々《だん〱》人間《にんげん》から同情《どうじやう》を寄《よ》せらるゝに従《したが》つて、己《おのれ》が猫《ねこ》である事《こと》は漸《やうや》く忘却《ばうきやく》してくる」。そしてみずから人間の側に近づいた猫が、ある意味では人間以上のものと自負した情念は、寒月のために「敵城《てきじやう》へ乗《の》り込《こ》んで其動静《そのどうせい》を偵察《ていさつ》してやらなくては、あまり不公平《ふこうへい》である」という義侠心であり、「先達中《せんだつてぢゆう》から日本《にほん》は露西亜《ロシア》と大戦争《だいせんさう》をして居《ゐ》るさうだ。吾輩《わがはい》は日本《にほん》の猫《ねこ》だから無論日本贔屓《むろんにほんびいき》である」というナショナリズムであった。岡山の吉備団子が桃太郎の外征の暗示だったことは言うまでもない。吾輩が鼠退治に奮戦する一幕は、誰の眼にも日露戦争のパロディであるが、かならずしも読者の感情を逆撫でしないのは、このような国民感情との同化があったからである。

同時にそれは、金田のいやがらせに孤軍奮闘する苦沙弥の隠喩とみることができる。しかし、なるほど金田は他人の意志を金で支配しようとする権力主義者として描かれてはいたが、その金力は日露戦争で濡れ手に粟の悪くどい儲けがあったおかげだというふうには見られていない。猫の視点はそういう秘密から閉ざされてしまっていた。その意味で異化から同化への移行は、大変巧妙なイデオロギー操作として行なわれていたのであり、猫自身もそれに気がついて事前の弁解を試みていた。「敢《あへ》て同族《どうぞく》を軽蔑《けいべつ》する次第《しだい》ではない。只性《たゞせい》情《じやう》の近《ちか》き所《ところ》に向《むか》つて一身《いつしん》の安《やす》きを置《お》く勢《いきほひ》の然《しか》らしむる所《ところ》で、之《これ》を変心《へんしん》とか、軽薄《けいはく》とか、裏切《うらぎ》りとか評《ひやう》せられては些《ち》と迷惑《めいわく》する。斯様《かやう》な言語《げんご》を弄《ろう》して人《ひと》を罵詈《ばり》するものに限《かぎ》つて融通《ゆうづう》の利《き》かぬ貧乏性《びんばうしやう》の男《をとこ》が多《おほ》い様《やう》だ」。

もし『猫』のなかに融通のきかない貧乏性の男を探すとすれば、それは苦沙弥を措いてほかにはいないであろう。

苦沙弥は初めから一種差別された存在だった。というのは、この猫の見聞記《レポート》は岡山その他の読者ばかりでなく、寒月たちもまた読んでいたらしいからである。「あゝ其猫《そのねこ》が例《れい》のですか、中々肥《なか〱ふと》つてるぢやありませんか、夫《それ》なら車屋《くるまや》の黒《くろ》にだつて負《ま》けさうもありませんね、立派《りつぱ》なものだ」。かれは登場する早々、こんな挨拶をする。登場に先立って、すでに第一回を読んでいた証拠である。とするならば、自分と金田の娘との恋に関する寒月の思わせぶりは、ただ苦沙弥や迷亭の気を揉ませるためだけでなく、猫の見聞記の読者に対する意図的な煙幕でもあったと見ることができよう。迷亭もまた一人の読者であり、だからこそ余計あの無責任な諷刺家を演じてみせていたのかどうか。そこまでは俄かに判断できないけれど、少くとも読者兼登場人物という形で猫の見聞記のサーキュレーションのなかにいた可能性だけは否定できないだろう。そういう二人の常連に対して、しかしもう一人の常連、苦沙弥だけはそのサーキュレーションから外されてしまっていた。かれは知人から猫宛に来た年賀状をみても、その意味には気がつかない。この迂闊さは、その知人が猫の「語り」の読者でもある関係を知らない迂闊さであり、もちろんかれ自身が描かれ、それを一人の読者として読むようなサーキュレーションから外されてしまっていたのである。

　そういう苦沙弥だけが、作品のなかではただ一人、融通の利かない貧乏性を負わされていたのだった。先ほどの猫の弁解は、猫仲間や寒月を含む読者に向けられたものであって、いわば苦沙弥のあずかり知らぬところで行なわれていたのである。吾輩は主人をサーキュレーションの外に置いて、間接的ではあるがその正体を発いてしまう。これは金田のやり方とは性質こそ異なるが、かなり悪どい表現上の仕掛けと言うべきであろう。ただ、その吾輩の「裏切り」「変心」が寒月に味方し、金田に敵対する形で行われ、この悪どさを巧みに覆っていたのである。

　ともあれこんなふうに視点の変移が試みられ、苦沙弥は中心人物たる位置からずらされてしまった。その空白の中心部に入ってきたのが、寒月と金田の娘の縁談をめぐる駆け引きであった。駆け引きは金田の側にだけあったのではない。それと次元は異なるが、寒月もまた読者兼作中人物の立場で、「自分《じぶん》を恋《おも》つて居《ゐ》る女《をんな》が有《あ》りさうな、無《な》ささうな、世《よ》の中《なか》が面白《おもしろ》さうな、詰《つま》らなさうな、凄《すご》い様《やう》な艶《つや》つぽい様《やう》な文句《もんく》許《ばか》り並《なら》べては帰《かへ》る」という、思わせぶりな言葉の駆け引きをし、苦沙弥はそれにも振りまわされて自分の正体を正直にさらしてしまうのである。その意味では寒月が、苦沙弥家という場所における中心的な人物に代ったと言えるのだが、実際には中心人物の不在という空白こそが逆説的にこのテクストの中心だったと見るべきであろう。その中心部の空白という一種の真空地帯をめがけて色々な話題や駆け引きが殺到してくるわけで、寒月と金田の娘の縁談はそのなかの一つだったのである。

ところで次に様式論的にみれば、『猫』が式亭三馬の『浮世床』や『浮世風呂』の延長上にあることは言うまでもない。ただ後者の場合、視点の位置が明確に自覚されていなかった。その猫の見聞の仕方、あるいは情報の集め方は、近世文学のもう一つの流れ、洒落本や人情本における立ち聞き、ぬすみ見の様式に倣っているが、明確な位置の自覚という点は明らかに近代の特徴である。

読者に対しては饒舌な見聞者《レポーター》であるが、作中人物とはコミュニケーションを欠いているという意味で非関与的な語り手。かつて私は二葉亭四迷の『浮雲』を例にあげて、それを無人称の語り手と呼んでみたが、その種の語り手は近世文学の随所にみられるという批判を招いた。しかし近世文学の語り手はかなり自由勝手に作中人物の運命に関与し、その反面視点の自己限定という点には無関心であった。私が言う無人称の語り手はあくまでも近代文学の一特徴なのであり、やがてそれが事件の進行にかかわる視点人物や一人称の語り手に変わっていった。ところが漱石は、非関与性という点に固執しながら、人間世界を異化しうる異類の視点を作ってみたのである。

このような語り手の出現は、一方では当然近代における個の位相の自覚とアナロジーにみることができるが、しかしそれだけでなく、他方、何らかの形で先行テクストの様式の再利用を通してしか実現しなかったことなのであろう。二葉亭の『浮雲』にそのプロセスがうかがわれるし、この『猫』ではもっと明瞭に、先行のテクスト様式とのかかわりを視向し、それを一種の視点として、現代版『七偏人』（梅亭金鵞）や『八笑人』（滝亭鯉丈）の世界を再生産しようとしていた。そんなわけで『猫』における語る主体としての猫は、さしあたりインターテクスチュアリティの間から出現したと見るべきであって、強いてそれを漱石における個の位相の自覚に一元化しようとすれば、『猫』の戯作性を批判するか、あるいは漱石の「孤独」を猫にまで押しつけるか、いずれにせよ偏頗な解釈に陥ってしまう。漱石の個の自覚は異化のモチーフとして投影されていると見ることはもちろん可能であるが、その種の関係論でさらに大事なのは、猫と漱石とが反撥し牽引し合う複雑な様相をとらえることであろう。

可能性としてだけでみるならば、人間世界を異化する猫の視点は、苦沙弥たちの小市民知識人の領域をつき抜けて、金田の経済力が日露戦争のおかげであるカラクリまでとどいたはずである。しかしそういう可能性を秘めた作品は当時ほとんど全く現われず、これは時代的な制約とみるよりほかはない。『猫』もおなじ制約を負っていたわけだが、その可能性を潰してしまった内在的な理由は、先ほど指摘したように、読者の反響であった。

ただしその読者は現在の私たちとは次元が異なる。当時の実在した読者層のなかでも、猫に年賀状や吉備団子を（現実には作者の漱石に対してだが）送ったりするような読者はむしろ例外的な読者群だったであろう。もっと端的に言えば、それは実在の読者を反映しつつ、しかしテクストに仕掛けられた、書き―読むサーキュレーションのなかに位置づけられた、仮構の読者だったのである。テクスト内に現出した語る主体と、それは呼応する。現在の私たち読者とは次元が異なるというのは、その意味にほかならない。そして従来の文学史的研究が、作品の発表舞台と実在の読者層の関係の解明を主張し、その関係のなかで作品の第一義的な（または一次元的）な「意味」を確定しようと試みながら、結局は実証を装ったつまらない仮説しか提出できなかったのも、右のように何らかの形でテクスト内に仕掛けられたサーキュレーション形態に関心が及んでいなかったためであろう。この場合、当時の読者と現在の私たちの読みとのいずれがより正当な(作者の意図に近づいた)理解に達しているか、というような問題は全く意味を持たない。現在の私たちがその仕掛けを明らかに出来る、ということは同時に、そういう形でしかテクストの読み方が出来ない私たちの位置を明らかにすることをも含んでいる。この位置の発見と自覚とともに文学史が現われてくるのである。

だがそれはそれとして、先のような仮構の読者との関係で変移した視点に見えてきた新たな対立者が金田だった。金田はその経済力によって苦沙弥たちの世界に干渉してくる。その点でこの新たな対立は、猫の非関与性と金田の関与性の対立だったと言える。この対立に挟まれた中間帯が苦沙弥たちの世界であり、権力関係としての金田・苦沙弥・猫という三層構造によって世界観が表現されていたわけである。

この点をもう少し分かりやすくするために『坊つちゃん』を例にあげれば、ここには東京・四国の田舎町・日向の延岡という三層構造がみられる。通称坊っちゃんことおれの判断によれば、東京は清の住むまともな世界であるが、四国の田舎町は不快な駆け引きの横行する俗界であり、延岡はそれよりもっとひどい田舎であった。おれは四国の田舎町という世間を知り、無智だが無欲な清の美点に気がつくという、一種のイニシエーションを経て東京へ帰ってゆく。延岡はただ単にうらなりの赴任先として言及されているだけで、小説内での関与的な機能を持たないようにみえるが、四国の田舎町に三層構造内の中間帯＝世間(現世)という意味を与える役割を負っていたのであった。

近代の小説は普通二層構造化されてしまっているが、潜在化された一層は一種の世界観として、人間葛藤が演じられる中間帯を照らし出す機能を果しているのである。近世の場合は、読本のように顕在的であると、人情本のように潜在的であると、そのいずれにかかわらず勧善懲悪というイデオロギーが、一種の超越的な理念として人間葛藤の中間帯を支配し、「作者」を名乗る語り手までが作中人物の運命に関与していた。近代に入って視点の自己限定とともにそのような支配も消え、作者の個別的な世界観として潜在化されたのだが、漱石の初期作品に至って小説の三層構造それ自体を露呈する形で再び顕在化されたのである。それが『坊つちやん』であり、『猫』であった。

ただし『猫』の『坊つちやん』と異なるところは、権力関係と価値観の背反という緊張が与えられていたことである。金田・苦沙弥・猫という権力の三層構造は、猫の価値観のなかでは猫・苦沙弥・金田と逆転されている。だが金田の権力主義的干渉は、鈴木藤十郎や多々良三平の説く世間智という形で苦沙弥の内面に入り込もうとするが、猫の価値観はそういう形では影響を及ぼしえない。この作品では視点と作中人物への関与力とが分離、背反して、視点の価値観は無力化されてしまったのである。ばかりでなく、この猫は既に自分の仲間を「裏切」って人間の側に自己同化を企てていたわけで、だから再び猫仲間のところへ帰ってゆくイニシエーションの場としての意味を苦沙弥たち人間界に与えることができなかった。この作品が無意味《ナンセンス》な世界の印象を残すのも、そのためであろう。

もう一度『浮雲』を引き合いに出すならば、本田昇はまだそれほど世馴れていない鈴木藤十郎のごとく世間常識を説き、内海文三は自分を潔癖な正義漢のごとく思い入れながら、依怙地にそれをハネつける。苦沙弥と猫は、この文三の依怙地な側面と、正義感の側面とを別け持った存在とみることができる。それに対して、昇とその背後の役所（または課長）、藤十郎とその背後の金田とは、相手に関与しつつ自分の側を変えようとしない点で共通する。この関与し不変である側面が、先ほどのような意味における世界観の基底部分なのである。島崎藤村の『破戒』で分かるように、日本の自然主義小説はおおむね自然・精神・労働という三層構造を持っていたが、この自然が基底部分に相当する。というのは、自然は一見非関与的だが、主人公の心情を託される形で内心に浸透してゆき、そして巨視的にみれば結局人間の運命を支配しているからである。もし日本の自然主義が、自然・労働・精神という三層構造を持ったならば、小説の質はかなり異なったものになったにちがいない。だが、自然主義小説の主人公たちは労働の重んずべきことを観念ではよく承知していたが、無智な下層民の労働というイメージ以上のものを持ちえなかったため、基底部分の絶対視から抜け出られなかったのである。

『浮雲』の作者や『猫』の作者は、その基底部分を社会の権力に見出した。それだけに主人公や語り手の価値観による批評の対象とはなしえたが、不変の関与力として固定していた。その点で、かれら作者たちの世界観の基本的な構成要素を成していたことは否定できない。ただ『猫』の場合、文三的な情念から猫の視点を分離し、三層構造を露呈させるとともに三層構造自体の無意味《ナンセンス》さを現わしてしまうという独創性を発揮しえたのである。

以上私は、いま文学史を書くとすればどんな方法が必要かという関心で『吾輩は猫である』の一、二の特徴をとらえてみた。本来ならば、その他にも『猫』の会話場面の特徴を、近世の滑稽本から坪内逍遙の『当世書生気質』を経て、幸田露伴や樋口一葉、泉鏡花、そして国木田独歩の『牛肉と馬鈴薯』や『号外』などの談論小説の流れと比較しなければならないのだが、もはや余裕がない。そのためごく簡単にふれておくしかないが、独歩に至る会話場面の作り方は一見とりとめのない雑談のなかから深層の主題が浮んでくるように仕組んであったのに対して、『二百十日』や『猫』ではきわめて重要なテーマがいつの間にか挫折させられてしまう。

一例を挙げるならば、苦沙弥の姪、雪江の口を通して、八木独仙の馬鹿竹の訓話が、苦沙弥の妻君や子供たちに紹介される。食べ物で誘惑しても権力でおどしても一向に言うことを聞かなかった大きな石地蔵。それを全く無作為に、ただ「地蔵様《ぢざうさま》、町内《ちやうない》のものが、あなたに動《うご》いてくれと云ふから動《うご》いてやんなさい」という一言で動かしてしまった馬鹿竹。これは苦沙弥の依怙地さを諷諭したとも、金田の強引な権力主義を寓したともとれる、重要な一挿話と言うべきであるが、それが雪江の口を介して語られ、妻君や子供たちの無智で無邪気な質問を受けている間に、単なる滑稽なエピソードに転化されてしまうのである。とりわけ馬鹿竹の「漂然」が多々良三平に喩えられたことは重要で、苦沙弥の側からみれば三平は言わばあっけらかんとした裏切り者であって、結局馬鹿竹の無作為な自然体は三平の処世術に変質させられてしまった。作品の結末で三平ただ一人が大得意だったのはこのためであろう。ということはつまり、あの大きな石地蔵とも言うべき金田を動かしえたのは——その経緯は描かれていないが——要するにこの三平だけだったことになるのである。

裏切らなければ相手を動かしえず、その動かし方は相手に取り込まれることにほかならない。この三平は、猫のあり方そのものに対する批評である。このように『猫』というテクストは、金田という権力者が最も忌むべき悪玉のように描かれているが、その批評関係を辿ってみると、最終的には全てが金田に取り込まれてしまう。その過程で猫の異化作用や正義感、八木独仙の精神修養論と文明批評などのテーマ性は、全て敗北させられてしまうのである。これが『猫』というテクストの世界観なのであるが、しかしそう言ったからとてかならずしも漱石を貶したことにはならないであろう。猫の異化作用が途中で薄れたのは、当時の読者がこのテクストを承認する仕方の反映なのであって、自分たちを異化してしまう異質な存在を排除し、同質な世界を作り出そうとする時、批評視点を押し潰しながら権力の側に吸収されてゆく、そういう日露戦争の時代状況を映し出してしまっただけのことなのである。

第4章　『坊っちゃん』――「おれ」の位置・「おれ」への欲望

なぜかれは自分を呼ぶのに「おれ」という代名詞を選んだのか。それはこの回顧談だからなのか、あるいはいつもの癖なのか。何人かの人から「坊つちやん」と呼ばれたことと、それは関係があるのだろうか。かれはこの話が『坊っちゃん』と題された小説であることをどこまで承知して語っていたのか。

そんな疑問がいま群がって湧き出てくるのだが、それを考察する前にまずこの人の発想の癖を一つ確かめておきたい。

（一）

親譲りの無鉄砲で小供の時から損ばかりして居る。

有名なこの説き起しの「親譲り」云々について、米田利昭[1]がこれは「生れつきの」という程度の意味合いで受け取ればよい、親父の無鉄砲ぶりはどこにも語られていないではないかというような詮索は、無用な揚げ足取りでしかない、と指摘していた。たしかにそのとおりだが、「損ばかりして居る」という過去の総括にはもう少しこだわってみる必要がありそうだ。なぜ「周りの者と衝突ばかりしていた」とか「いろんな仕事を転々としてきた」とか言わずに、損得勘定で総括せずにいられなかったのか。

「卑怯でもあなた、月給を上げておくれたら、大人しく頂いて置く方が得《とく》ぞなもし。若いうちはよく腹の立つものぢやが、年をとつてから考へると、も少しの我慢ぢやあつたのに惜しい事をした。腹立てた為めにこないな損をしたと悔むのが当り前ぢやけれ、お婆の言ふ事をきいて、赤シヤツさんが月給をあげてやろと御言ひたら、難有《ありがた》うと受けて御置《おき》なさいや」（八）

これは二度目の下宿先、萩野の婆さんの忠告であって、冒頭あのように語り始められる根拠はここにしか求められない。というより、あまりにも好都合に符節を一致させた表現、と見るべきだろう。つまりこの人物の回想は、何時どんな人たちを相手に語られたのかは不明なのだが、少くとも四国から帰ってきて、清が亡くなった後の一時点で試みられた半生の総括だったことは明らかである。とするならば——そして今日的な読みの方法ではほぼ自明化されたとらえ方と言うべきだが——その語り口や内容は、かれがこれまでに出合った人たちの言動との同化や反撥、葛藤の形で形成されてきた。いやこの作品の場合はもっと積極的に、その同化や反撥それ自体が語りのモチーフだったといっても過言ではない。

夫からどこの学校へ這入らうと考へたが、学問は生来どれもこれも好きでない。ことに語学とか文学とか云ふものは真平御免だ。新体詩などゝ来ては二十行あるうちで一行も分らない。どうせ嫌なものなら何をやつても同じ事だと思つたが、幸ひ物理学校の前を通り掛つたら生徒募集の広告が出て居たから何も縁だと思つて規則書をもらつてすぐ入学の手続をして仕舞つた。今考へると是も親譲りの無鉄砲から起つた失策だ。（一）

普通に語りの順序どおりに読んでゆくならば、このような生れつきの文学嫌いが、のちに赤シャツと出合って何だか虫が好かないと感ずる反撥の伏線となってゆくわけであるが、先ほどのとらえ方からみれば、赤シャツへの反感が物理学校出願の動機にまで遡って、反映させられてしまったことになるだろう。

すると赤シヤツが又口を出した。「元来中学の教師なぞは社会の上流に位するものだからして、単に物質的の快楽ばかり求める可きものでない。（中略）其で釣に行くとか、文学書を読むとか、又は新体詩や俳句を作るとか、何でも高尚な精神的娯楽を求めなくてはいけない……」

だまつて聞いてると勝手な熱を吹く。沖へ行つて肥料《こやし》を釣つたり、ゴルキが露西亜の文学者だつたり、馴染の芸者が松の木の下に立つたり、古池へ蛙が飛び込んだりするのが精神的娯楽なら、天麩羅を食つて団子を呑み込むのも精神的娯楽だ。（中略）あんまり腹が立つたから「マドンナに逢ふのも精神的娯楽ですか」と聞いてやつた。（中略）赤シヤツ自身は苦しさうに下を向いた。夫れ見ろ。利いたらう。只気の毒だつたのはうらなり君で、おれが、かう云つたら蒼い顔を益《ますく》蒼くした。（六）

「おれ」が赤シャツを「虫の好かない奴」と思い始めるのは、寄宿舎のバッタ騒動の後、野だと一緒に魚釣りに誘われた時からであるが、バッタ騒動の処置をめぐる職員会議でついに反感が爆発する。物理学校を選んだときの青年はそんな運命を予知していたはずはないのだが、しかし先のように動機づけて語る「おれ」は既にそれを知っていたのである。同様のことは、右の引用においてうらなり君への注意の向け方についても言うことができる。職員会議の時点における「おれ」はまだマドンナを芸者のあだ名とばかり思い込んで、遠山の御嬢《マドンナ》さんとうらなり君との関係は知らないはずなのだが、語り手の「おれ」は既に承知していたからこそ「只気の毒だつたのはうらなり君で……」と、特定の人間の反応を特に選んで聞き手の注意を促していたのである。「おれ」にはまだよく分からない理由で、急にうらなり君の顔が一そう蒼くなった、というその場の現象を伝えるだけならば、「只気の毒だつたのは」ということわりは不要であり、そもそも「気の毒」と感ずる感受性のほうが奇妙なことになってしまうであろう。

結果を先取りした動機の選択、というよりは結果から作り出された原因。一見これは倒錯のようだが、じつは近代の歴史的認識法（評伝的文学研究もそのなかに含まれる）に潜在する痼疾なのであって、むしろ馬鹿正直なほど忠実に「おれ」はその流儀を踏んでいたのである。

そんなわけで、これまでの引用だけでも二度もくり返された「親譲りの無鉄砲」とは、右のように原因と結果とが交換可能な循環論法を蔽うために外部から挿入されて、にもかかわらず最も根源的な内在的原因であるかのごとく装われた、観念的虚構にほかならない。近代の歴史観や文化論のなかに民族的アイデンティティとか伝統とかいう観念的フィクションを持ち込み、しかも擬事実的な言説機能を担わせてしまう、それとおなじ役割をこの「親譲り」が果しているのである。

さて、もう既に気づかれているように、私はこの「おれ」という人称を、きわめて意図的に選ばれた、語りの機能としてとらえてみたいのである。

常識的に当然のことながら、この語り手はいつも「おれ」で通していたわけではない。赤シャツや野だからは君・僕関係で話しかけられるが、少くとも教頭の赤シャツに対してはあなた・僕関係で対応しているし、だから校長の狸との対話では自分を「私」と称していた。山嵐との間ではバッタ騒動以前から、早くも君・おれの対応が始まっていたように見えるが、これは初対面から山嵐がざっくばらんに話しかけてきたためというよりは、むしろ氷水代の一銭五厘で喧嘩をした後、肝胆相照らす仲となった時期の反映と見るべきだろう。少年時代を想定してみても、父親から貴様呼ばわりをされ、下女の清からはあなたと敬されていた家庭環境で、はたして「おれ」と自称できていたかどうか疑わしい。

父親が死んで家屋敷は人手に渡り、私立の中学校を卒業したばかりの青年は「しばらく前途の方向のつく迄神田の小川町へ下宿」することになった。言わば一家離散状態の下宿生活のなかで、当時の書生言葉たる「おれ」という自称を日常的に使うようになったとすれば、じつはそれは清が「あなた」を廃《や》めて「坊っちゃん」と呼びかけるようになったのとほぼ同時なのである。

家を畳んでからも清の所へは折々行つた。清の甥と云ふのは存外結構な人である。おれが行くたびに、居りさへすれば、何くれと款待《もて》なして呉れた。清はおれを前へ置いて、色々おれの自慢を甥に聞かせた。（中略）甥は何と思つて清の自慢を聞いて居たか分らぬ。只清は昔風の女だから、自分とおれの関係を封建時代の主従の様に考へて居た。自分の主人なら甥の為にも主人に相違ないと合点したものらしい。甥こそいゝ面の皮だ。

愈《いよく》約束が極まつて、もう立つと云ふ三日前に清を尋ねたら、北向の三畳に風邪を引いて寐て居た。おれの来たのを見て起き直るが早いか、坊つちやん何時《いつ》家《うち》をお持ちなさいますと聞いた。卒業さへすれば金が自然とポツケツト《ママ》に湧いて来ると思つて居る。そんなにえらい人をつらまへて、まだ坊つちやんと呼ぶのは愈《いよく》馬鹿気て居る。おれは単簡に当分うちは持たない。田舎へ行くんだと云つたら、非常に失望した容子で、胡魔塩の鬢の乱れを頻りに撫でた。（一）

「まだ坊つちやんと呼ぶのは愈《いよく》馬鹿気て居る」とこだわっているところ、以前からそんな呼び方をされていたことが分かるが、清が「坊つちゃん」と呼んだ場面としてはこれが初めてであることに注意しておかねばならない。少くとも「おれ」の回想のなかでは、少年期の「あなた」と、青年期の「坊つちゃん」という具合に、清は呼び方を使い分けていたのである。

おそらく清は、直接この少年に向っては「あなた」と呼び、他人を間に置いた時には「(うちの・この) 坊つちゃんは……」と呼び分けていた。が、一家離散ののち甥の家に身を寄せるようになってからは、甥の前でその青年を「坊つちやん」と呼ぶ習慣のみが残ったのであろう。普通ならば坊っちゃんと呼んできた旧主人の息子が一人前となった姿を見て「あなた」と言い替えるところであるが、清はあえてその逆をやったわけである。これは清にとっては旧主人家を支えていた家族制度からのある種解放の象徴的行為だったかもしれない。彼女は主家が瓦解する以前から、次男の「おれ」の独立を願望していたらしい。

> 夫から清はおれがうちでも持つて独立したら、一所になる気で居た。どうか置いて下さいと何遍も繰り返して頼んだ。おれも何だかうちが持てる様な気がして、うん置いてやると返事丈はして置いた。所が此女は中々想像の強い女で、あなたはどこが御好き、麴町ですか麻布ですか、御庭へぶらんこを御こしらへ遊ばせ、西洋間は一つで沢山です抔と勝手な計画を独りで並べて居た。　（一）

長男や「おれ」が意外なほど淡白に一家の瓦解という事実を受け容れたのに対して、ひとり清だけが「うちを持つ」ことに執着したのであるが、その「うち」は右のごとく当時としてはハイカラな、高級「官員さん」のお屋敷のイメージだった。その夢だけは瓦解後も痼疾めいた欲望として残り、だがけっしてそれは主家再興をモチーフとしたものではない。ことさら幼主めかして「坊つちやん」と呼び替えることにした「おれ」との、言わば誰にも気がねすることもない「うち」だったのである。その意味でこの「うち」は清にとっては単に家屋《うち》というだけでなく、半ば自家《うち》のニュアンスを帯びていた。当時の身分意識からみればこれは清の分際を逸脱した欲望だったはずだが、「封建時代の主従の様」な枠組みを借りることで清にも「おれ」にも肯定されていたのである。

分かるように、清の言う「坊っちゃん」であることは、その言葉に籠められた逸脱を受け容れ、あるいは抱え込むことにほかならなかった。

ただし「おれ」は「うち」への欲望をそのまま抱え込んだわけではない。

其時は家なんか欲しくも何ともなかつた、西洋館も日本建も全く不用であつたから、そんなものも欲しくないと、いつでも清に答へた。すると、あなたは欲がすくなくつて、心が奇麗だと云つて又賞めた。（一）

清は何と云つても賞めてくれる。

この無欲、淡白さが清の欲望を浄化してくれる。浄化は無化や解消ではないから、「うち」への願望は依然として続くのだが、「おれ」が無欲であること、というより清がそれを「心が奇麗だ」と賞めそやすことで欲望のあくどさが消去されるのである。そして「おれ」は、清が賞めてくれる意味で「坊っちゃん」たる自分を自認し、つまり「坊っちゃん」たることを引き受けて《アイデンティファイ》ゆくわけであるが、そのためには自分を賞めてくれる清自身の「心の奇麗さ」の発見が必要だった。

一体中学の先生なんて、どこへ行つても、こんなものを相手にするなら気の毒なものだ。（中略）それを思ふと清なんてのは見上げたものだ。教育もない身分もない婆さんだが、人間としては頗る尊とい。（中略）清はおれの事を欲がなくつて、真直な気性だと云つて、ほめるがほめられるおれよりも、ほめる本

人の方が立派な人間だ。何だか清に逢ひたくなつた。（四）

「気をつけろつたつて、是より気の付け様はありません。わるい事をしなけりや好いんでせう」赤シャツはホヽヽヽと笑つた。別段おれは笑はれる様な事を云つた覚はない。今日只今に至る迄是でいゝと堅く信じて居る。考へて見ると世間の大部分の人はわるくなる事を奨励して居る様に思ふ。（中略）たまに正直な純粋な人を見ると、坊つちやんだの小僧だのと難癖をつけて軽蔑する。（中略）赤シャツがホヽヽヽと笑つたのは、おれの単純なのを笑つたのだ。単純や真率が笑はれる世の中ぢや仕様がない。清はこんな時に決して笑つた事はない。大に感心して聞いたもんだ。清の方が赤シヤツより余つ程上等だ。（五）

これは二度目に「坊つちやん」という言葉の出てくる箇所であるが、通常ネガティヴなニュアンスで使う、甘やかされて育った世間知らず、我儘者という意味は消去されている。その代りに「正直な純粋な人」「単純や真率」という肯定的な意味が浮上してきたわけで、普通私たちは「坊っちゃん」の語義をこのテクストのイメージから作っているのである。その変換のためには赤シャツのようなすれっからしの、奥歯にものがはさまったような思わせぶりの言動との対比が必要だった。ばかりでなく、自分自身を「正直な純粋な人」と自認するのはよほどの己惚れと言わねばならないが、それは既に清によって保証されていたことだった。しかもその清の尊《たっ》とさ、立派さは、これまた卑劣ですれっからしの生徒との対比によって、「おれ」が発見した美徳であった。「ほめられるおれよりも、ほめる本人の方が立派な人間だ」というその清は、「こんな時に決して笑つた事はない。大に感心して聞い」てくれるはずであり、だから「清の方が赤シャツより余つ程上等」であると同様、「おれ」の「坊つちゃん」ぶりのほうがはるかに上等なのである。

　このように清と「おれ」との無欲正直は二人が互いに保証し合う、逆に言えば二人の相互保証のなかでだけ真実であって、他の登場人物にとってはほとんど全く根拠を持たない美徳でしかなかった。「おれ」の言動は多分清以外にその筋道を理解しがたく、他方、清の「おれ」に対する入れ込み方は「おれ」以外には分からない。いや「おれ」にさえ初めのうちは「少々気味がわるかつた」「全く愛に溺れて居たに違ない。元は身分のあるものでも教育のない婆さんだから仕方がない」と不審なところが多かったのだが、四国の教育の現場に入ってみてようやく「教育もない身分もない婆さんだが、人間としては頗る尊とい」ことに気づくのである。その意味で、かれの四国体験談は、清の美点を発見するとともに、清がのぞむ「坊つちゃん」像を自分が引き受ける《アイデンティファイ》物語だった。「おれ」の視点や語り口は地域的、身分的な偏見と差別意識に充ち、それが何事も東京を基準にして価値判断をしたがる人間にうまく媚る仕組みとなっていたのであるが、にも拘らず一種痛快な歯切れのよさを感じさせるのは、そのアイデンティファイの自己決断が過激なほどの鮮烈さでなされているからであろう。

　ただし以上は「おれ」の語る順序に即したプロットから読み取れることであって、「おれ」が語りはじめた時点にもどって言えば、もう既に清は死んでいた。

> 清の事を話すを忘れて居た。——おれが東京へ着いて下宿へも行かず、革鞄を提げた儘、清や帰つたよと飛び込んだら、あら坊つちゃん、よくまあ早く帰つて来て下さつたと涙をぽた〱と落した。おれも余り嬉しかつたからもう田舎へは行かない、東京で清とうちを持つんだと云つた。

其後ある人の周旋で街鉄の技手になつた。月給は二十五円で家賃は六円だ。清は玄関付きの家でなくつても至極満足の様子であつたが気の毒な事に今年の二月肺炎に罹つて死んで仕舞つた。死ぬ前日おれを呼んで坊つちやん後生だから清が死んだら、坊つちやんの御寺へ埋めて下さい。御墓のなかで坊つちやんの来るのを楽しみに待つて居りますと云つた。だから清の墓は小日向の養源寺にある。（十一）

有名な語り納めの表現であるが、ここに感じ取れる供養のモチーフをもってかれは語り始めたのだったと考えてみよう。とすればこのモチーフは、四国体験の総体のなかから、ことさら清の望む「坊つちやん」らしさに強調《アクセント》を置いて語った、そのプロットの立て方にも貫かれていたはずである。同時にそれは、清のもう一つの望みたる「うち」を作ってやれなかったことの代償でもあった。

「おれ」の回顧談のなかで「立派な玄関を構へ」ていたのは赤シャツだけであり、——うらなり君も先祖代々の屋敷に住んでいたはずだが玄関のことは語られていない——「おれ」が清の願望に言及するたびに、あの赤シャツの玄関に何度も増給辞退の談判で立った時のことを想い出していたにちがいない。玄関づきの屋敷への願望をくり返し清に語らせていたのも、あるいは清の執着の強さを示すよりは、むしろ「おれ」の赤シャツに対するこだわりの深さの反映だったと言うべきかもしれない。赤シャツの屋敷の家賃は九円五十銭で、「おれ」が清と東京で持つことの出来た「うち」の家賃は六円だという。この金額の書き込み方にも、そのこだわりがうかがわれる。「おれ」が清の望む「坊つちやん」であろうとすれば、それだけ赤シャツと対極的な生き方をせざるをえず、結局それは清の「うち」への夢を縮小させる結果となってしまった。その点でもともと清の望みは二律背反的なものだったわけだが、しかし清自身は案外淡白で、家賃六円の小ぢんまりとした「うち」にしか住めなくても「至極満足の様子」だった。充たされぬ、悔いの想いは「おれ」のほうに残り、だからこそ一そう「坊っちゃん」的な自画像を強調的に語らないではいられなかったのである。

　そんなわけでこの語り手はいつでも「おれ」であるはずがなく、常に「坊っちゃん」であるわけでもない。かれは校長や教頭に対しては自分を「私」と呼び、同僚に対しては「僕」と言い、多分「街鉄の技手」となった今でもおなじことであろうが、いろんな人間関係の局面に応じて自称の代名詞を選び取っているはずである。かれが「坊っちゃん」であるのも、清との関係意識のなかだけであって、先に引用した以外に、もう一箇所、「あのべらんめえと来たら、勇み肌の坊っちゃんだから愛嬌がありますよ」と野だに陰口を言われる場面があるが、これは清の与えた意味とは異なるだけでなく、他者から見ての固定した性格評語とも言えない。多分赤シャツや野だの間で作られていた「おれ」のあだ名は「べらんめえ」であり、「勇み肌の坊っちゃん」はこの時かぎりの悪口にすぎない。これは生徒たちがどんなあだ名を「おれ」に附けていたかを想像しても分かるだろう。「おれ」の不思議さは、四国の生徒の卑劣さに腹を立てながら、しかし自分が東京の私立中学の生徒だった時のことは一向に想い出した気配がなく、校長以下の同僚にあれだけあだ名を附ける趣味を持ちながら、生徒が自分に附けるだろうあだ名にはまるで関心を示さない。奇妙な盲点を持った人物と言うほかないのであるが、それはともあれ、生徒がこの若い数学教師を「坊っちゃん」とあだ名したとはとうてい考えることは出来ない。一番可能性が高いのは赤手拭、次は神経衰弱というところで、いっそドタバッタ教師とでも呼んだほうがよほどすっきりしそうであるが、いずれにせよおれという自称で描いた自画像とはかなりかけ離れたイメージであだ名されていたことであろう。

　念のためにことわっておけば、私はこの語り手が自分の実像を偽っているとか、その坊っちゃんぶりは演じられたものでしかないとかと言いたいわけではない。むしろそういうとらえ方の根拠となるような実体論的な読み方を避けたいのである。平岡敏夫の『「坊っちゃん」の世界』[2]の研究史的な整理をみると、最近はさすがにモデル論的な実体論は姿を消したようだが、次のような分析の仕方には依然としてその影を落しているように思われる。

この末尾を見ても漱石は最後まで坊っちゃんを坊っちゃんらしくふるまわせているかのようだが、実はそうではない。街鉄の技手として坊っちゃんがどれくらいの期間勤務しているかは明らかではないが、四国の中学を辞職するに至った熱烈な正義漢である坊っちゃんが街鉄でも正義をふりまわして辞職するということにならなければ坊っちゃんという性格の一貫性は成立しない。学校でとどまりえなかった坊っちゃんが学校の外ではとどまりうるか。無事街鉄にとどまり、月給二十五円、家賃六円で清とうちを持って暮らしている坊っちゃんというのはすでに坊っちゃんではない。作品の真実からいえば帰京して街鉄にとどまっている坊っちゃんはウソであり、坊っちゃんは死んだのである。

私もまた「坊っちゃんは死んだ」と思うが、それは清が死んだ時清にとっての「坊つちやん」は死んだからであり、だから「おれ」と自称する街鉄の技手が清との関係の記憶を大切に守ろうとするかぎりそれは残る。この語りの供養、鎮魂のモチーフをそこに認めなければならない。いま街鉄の技手であるこの語り手が、「私」や「僕」などの自称をもって四国時代を回想したとすれば――その可能性はこれまで見てきたように十分ありうる――語り口のニュアンスは当然異なり、それを通して伝えられる事件の色調もかなり違ったものとなるだろう。語り方の幅をそのように想定してみた上で、そのなかから「おれ」という自称を選択した事実に注意してみるならば、「四国の中学を辞職するに至った熱烈な正義漢」と一義的にその性格を断定してしまうのは危険で、むしろこれは半ば語り口の生んだ印象だったことに思い当る。そういう語り口（の印象）を「性格」として実体化してしまうと、「街鉄でも正義をふりまわして辞職するということにならなければ坊っちゃんという性格の一貫性は成立しない」という速断に陥ることになってしまう。が、私の理解では、いま街鉄の技手であり、多分今後もその職に就いているだろう立場であればこそ、その小市民的な状況の拘束からの一種の脱自的解放として、清にとっての「坊つちやん」であった過去の、無垢な情念のままに打算抜きで行動しえた「おれ」の物語を再構成してみたのである。

換言すれば、それは自分《おれ》が「おれ」であることの欲望にほかならない。ただしかれはもはや「おれ」として行為することはできず、それならば「おれ」として語るほかはない。この語り手はしばしば自分が口下手で、人前で話すのが苦手だとことわりながら、にも拘らずこれだけ長口舌の回顧談を語ってしまったのも、そういう欲望に駆られたからであろう。事件それ自体としてみればかれの行動力はそれほどエネルギーに充ちたものでなく、どちらかといえば受け身で、しかも状況破壊的な効果はほとんど全くなかった。だがかれの発想と語り口は、この物語のなかに再現してみせた狸や赤シャツの教育者的言説や、新聞記事の社会正義的言説など、この時代の社会通念に依拠したさまざまな言説を見事に破壊してしまった。その意味でこの語り口こそが行動的だったのであり、「おれ」という自称は、それらの社会通念的言説からあえて逸脱したポジションに言表主体を置き、赤シャツ的言説性を攻撃的に異化してしまうための選択だったとも言えるのである。

こうしてみると街鉄の技手という現在性は、語ることへの欲望、清にとっての「坊つちやん」を語りのなかで再演するモチーフを喚起する、不可欠の設定だったと言えなくもない。かれはこんな屈託を抱えていた。

おれを見る度にこいつはどうせ碌なものにならないと、おやぢが云つた。乱暴で乱暴で行く先が案じられると母が云つた。成程碌なものにはならない。御覧の通りの始末である。行く先が案じられたのも無理はない。只懲役に行かないで生きて居る許りである。（一）

「御覧の通りの始末」とは街鉄の技手にしかなれなかったことへの自嘲であるが、おそらくこの時、九州で多分実業家の道を歩んでいる兄や四国の赤シャツたちとの比較意識が働いていた。だがそれだけではない。この世で唯一の支持者だった清が死に、「あなたは真つ直でよい御気性だ」という人格上の保証を聞くことが出来なくなった状況で、みじめさは募るばかりだったのかもしれない。街鉄の技手という職業を「只懲役に行かないで生きて居る許り」というのは、あまりにも過剰な自己卑下と言うべきだが、自分の存在を意味づけてくれる者の欠如、喪失感がそこまで誇張させたのであろう。ともあれ右の一節は語り始めた現在時の自嘲が露呈してしまった箇所で、だからこそ清のほめ言葉、清の思い入れを大急ぎで自分に喚起しなければならなかったのである。

そんなわけで少年期とこの現在時の屈託とを結んでみると、この語り手の人生は異様なほど暗い。一時よく言われた「暗い漱石」のイメージがそのままあてはまるほどである。ただかれは、その暗さを語り口一つで別なものに転換させようとした。その手がかりは近世以来の落語などにも愛用された、悪太郎のへらず口である。

九州へ立つ二日前兄が下宿へ来て金を六百円出して是を資本にして商買をするなり、学資にして勉強をするなり、どうでも随意に使ふがいゝ、其代りあとは構はないと云つた。兄にしては感心なやり方だ。何の六百円位貰はんでも困りはせんと思つたが、例に似ぬ淡泊な処置が気に入つたから、礼を云つて貫つて置いた。

（一）

この六百円は兄弟の縁を切る手切れ金の意味をもち、いかに性格の合わない兄との別れであっても、かなりシビアな事態だったはずであるが、かれはこのような強がり、へらず口で切り換えてゆくのである。「何の六百円位貰はんでも」云々はその時兄に言った言葉ではなく、だいいち言えるはずもない境遇にいたわけで、これはまさに回想の語りのなかでしか発しえない強がり、へらず口だろう。これに類する科白は随所にみられる。小学校の二階から飛び降りて腰を抜かし、父親に叱られたところ、「此次は抜かさずに飛んで見せますと答へた」。この街鉄の技手はまずこういうへらず口でその語りを開始し、言わばそれをはずみに、スピード感ある話術であの暗さにおかしみを与え、赤シャツ以下の言説を破壊しつくす勢いで四国を駆け抜け、語り切った。多分それが、いまは亡き清を最も喜ばしうる語り口だと信じて。

その意味でこれは「おれ」という自称の選択を含めて、この人物にとっては一回かぎりの語りであったのであろう。

注

（1）『わたしの漱石』（勁草書房　一九九〇年八月刊）

（2）塙書房　一九九二年一月刊

第5章　『草枕』

1　研究の現在

赤井恵子は「『草枕』研究史概観」(「方位」六、昭和五八・七)で昭和四〇年代からの論を丁寧に検討した後に、「作家の理念を中心としたアプローチと、作品中の各種のイメージを中心としたアプローチとの分裂」を指摘した。ここではそれ以後の動向をみてゆくことにするが、もう一つ次のような傾向を想定したい。それは語り手「余」が画工《えかき》を自称した、旅の虚構化あるいは虚構の旅として、語りのストラテジィの観点から『草枕』をとらえるやり方である。

「方位」のおなじ号に載った宮内俊介の「『酔興』としての『非人情』――『草枕』の読みの試み」はその一例で、画工の語りという点に注意を払いつつ、かれの「非人情」が「どのように現実の中で有効性を持つか、……持ちえないか」を検証するプロセスとしてプロットをとらえた。その観点を進めてゆけば語りの文体または修辞《レトリック》の問題に至らざるをえない。小橋孝子の「『草枕』論」(「国語と国文学」平五・三)は修辞の問題にまでは及んでいないが、〈現在形叙法〉の語りに注目して、「余」の思念の流れが身体性を媒介に外界への関心に切り変えられたり、「濃密な連想、思考の言葉が日常言語へと切り変る〈切れ間〉の感覚」に基本的なリズムを見出している。

ただし小橋の論の後半は漱石のモチーフへと還元されてゆき、赤井の言う「作家の理念を中心としたアプローチ」に変わってしまった。そのきっかけは前田愛の「世紀末と桃源郷『草枕』をめぐって」(「理想」昭六〇・三）における、桃源郷の共同幻想性（宮崎湖処子『帰省』や泉鏡花『高野聖』）から個的幻想（『草枕』）へという史的認識だった。本当は那古井という場所《トポス》を桃源郷と呼ぶこと自体、慎重でなければならず、修辞的仮構性の問題として解いてみる必要がある。だが、それはともあれこの画工を実体論的にとらえるかぎり作家論のほうに引き寄せられてしまうのは不可避であろう。むしろこの自称画工の風景構成の仕方、感性、先人の書画陶芸《テクスト》への批評的言説などから、明治三〇年代はたしてこのような画家がありえたかどうかの問題を、近代の絵画史のなかでとらえてみるならば、その設定のリアリティあるいは虚構性がもっと明らかに出来たかもしれない。

川口久雄の「『草枕絵巻』と漱石的空間（上）（下）」（「文学」昭六〇・二、四）は、大正十年に松岡映丘と小村雪岱と山口蓬春とが大和絵の手法で描いた『草枕絵巻』の紹介だが、そういう絵画史の知見をもってあの時代に遡ってみれば「余」の設定の意味や、かれの風景構成の、先人の書画陶芸《テクスト》に対するメタテクスト性が見えてくるはずである。

語り手「余」の画工としての自己設定が幸田露伴の『風流仏』とのインターテクスチュアリティを含んでいたことは疑いえないが、それを実体論化して画工と那美との関係やかれの自己分析を人間論的、現実経験論的にとらえるならば、大津知佐子の「波動する刹那―『草枕』論」（「成城国文学」四、昭六三・三）や小森陽一の「写生文としての『草枕』―湧き出す言葉、流れる言説」（「國文學」平四・五）のような作品論となる。

前者は片岡豊の「〈見るもの〉と〈見られるもの〉と―『草枕』論その一」（「濫辞」二、昭五三・一一）を踏まえ、身体論を媒介に〈見せられるもの〉と〈見せるもの〉の関係に転換させて、画工と那美との間に「次第にお互いの身体的波動を重ねあわせていくようなコミュニケーションがつくりだされてゆく」プロセスを追跡して、最後は、「画工は……他者に向かうことのできる精神と身体を得た」「傍らには、那美という他者が、同じように、立っている」という結論に至る。まなざしと仕種《しぐさ》とのレベルから他者との共生感を解読するやり方は小森陽一の『こゝろ』論を連想させるが、その小森の論は水のイメージに注意を促した東郷克美の「『草枕』水・眠り・死」(「別冊國文學　夏目漱石必携Ⅱ」昭五七・五)に触発されつつ、画工は「湯槽」に身体を漂わしてみた時の流動と生成の感覚によって、初めに抱えていたオフェリヤの像への怯えから解放され、「美し」い「画」に転換することが出来たのだと言う。

このようなイメージの連鎖と共に、かれは志保田那美＝塩田波(＝海)という文字レベルでの意味作用を辿って、那美との出合いは「海」との出合いにほかならず、那美という「一人の他者による無意識の教育の成果」として、「自己の自己同一性の延長線上で演じられるような生から一歩外に出たと言える」と結論づけた。

それと明言はしていないが、これは清水孝純の「漱石における水底の呼び声…『草枕』の封じこめたもの」(「叙説」一、平二・一)を批判的対象として意識していたものと思われる。清水の論が幾つかのシンボルイメージの分析から「後追い心中的な意味を持つ水底への投身願望」を漱石の「深奥のコンプレックス」ととらえたのに対して、小森は漱石への還元を警戒するだけでなく、画工の言動を静的《スタティック》な同一性《セイムネス》としか見ない読みの解体をもねらっているからである。ただ一般にエレメンタルなイメージは常に両義的であるため、しばしば思いつきの解釈に陥りやすい。それを精神分析と連合させ、中心化された特定の人物(の関係)または場面に適応する時、過剰な意味づけの挿話主義《エピソティズム》に走りかねない。それは作家論の一変種にすぎず、赤井恵子の言う「分裂」した二つの傾向はじつは意外に通底しているのである。

2　『草枕』のストラテジィ――作品の分析

『草枕』は画工《えかき》を自称する語り手「余」の、非人情なる芸術的境地に関する、饒舌な言説を前面に押し出した物語である。それは巧妙な操作によって支えられていた。

巧妙な操作とは、那古井という温泉場またはその周辺の住民の関心、話題がほとんど那美という女性に集中限定されていたことである。「余」はまず峠の茶店で婆さんと源さんとの会話から那美への興味をかき立てられ、那古井の宿では給仕に出た小女郎《こおんな》を相手に那美の日常を根問いする――「余」は他人を詮索する世俗の「探偵」趣味に激しい嫌悪と侮蔑を語るが、自分の根問い癖には一向に気づいていない。――かれが髭剃りに寄った髪結床《かみゆいどこ》の親方はさっそく那美の噂をし、宿の老人（主人）の茶に招かれた観海寺の大徹和尚も、兵隊に取られる久一さんの戦地の状況には一向に無関心で、姿を見せぬ那美のほうを気にしていた。鏡が池へ写生に出かけると源さんがまた現れて、昔その宿屋の嬢様が身投げした事件と那美の「気狂《きちがい》」との因縁を語って聞かせる。互いに顔見知りの閉ざされた僻村の噂好き。おそらくそれもあるだろう。那美は「余」の非人情の試金石だったから。それも理由だったにちがいない。だが、だれもかれもが那美の噂にかまけているというのは、それ以上の理由があったはずである。久一さんが戦地へ発つのを送る舟に、「余」も同乗する。

「先生《せんせい》、わたくしの画《ゑ》をかいて下《くだ》さいな」と那美《なみ》さんが注文《ちゆうもん》する。久一《きういち》さんは兄《にい》さんと、しきりに軍隊《ぐんたい》の話《はなし》をして居《ゐ》る。老人《らうじん》はいつか居眠《ゐねむ》りをはじめた。

この後に叙されているのは「余」と那美との、かつて「余」が越えて来た山の景観や、那美の肖像の描きにくさについての会話ばかりであった。「舳《へさき》では戦争談《せんそうだん》が酣《たけなは》である」という、その戦争談に「余」は全く関心を示さない。つまり読者に伝えようとはしないのである。

物語の時代設定は明治三七年の春または翌年の春になるわけだが、前者ならばロシア・ウラジオストック艦隊の金州丸撃沈や、日本の第一軍の九連城占領、後者ならば日本軍の奉天総攻撃やロシア・バルチック艦隊の針路の問題などで国内の世論が沸騰していた時期である。ところが那古井の住民たちはそんなことは一切話題にしない。新聞を読む習慣すら持たないふうで、日常的な些事にかまけている。「余」の非人情趣味はかれらの関心まで封じ込めてしまったのだと言うべきだろう。

この人たちが自分のあり方に自足した、一種の常民的なイメージで描かれているのも、もちろんそれと無関係ではない。わずかに髪結床の親方だけがやや不満そうな口吻だったが、それは「余」から「何《なん》で又《また》こんな田舎《ゐなか》へ流《なが》れ込《こ》んで来《き》たのだい」と水を向けられたからであった。もしそうでもなければ相変らず酒臭い息を吐きかけながら客の髭に当る仕事に安んじていたにちがいない。ともあれそれを除くならば、床屋の向いの軒下で余念なく貝をむいている爺さんや、川に小さな舟を浮べて釣糸の先を見つめている「太公望」など無名の人たちも含めて、「余」の眼に映る住人はいずれもわが存在に足りている気配だった。いわばおのがじしの自然性に従ってその日その日を送っているのである。

では、なぜ私はこれを巧妙な操作と呼ぶのか。それはテクストと歴史との関係を浮び上らせるためにほかならない。

テクスト論的な文学史は普通、前世代の文学テクストや、同時代の文学的・非文学的な諸言説をプレ・サブテクストとするインターテクスチュアリティの観点によって記述されるわけだが、本当はそれだけでは十分とは言えない。ポジティヴなテクスト的関連しかみていないからである。もう一つ、同時代の諸言説のどのようなものとの関連を切り捨てているかという、いわばネガティヴなテクスト的関連にも眼を向けてゆく必要がある。

山路《やまみち》を登《のぼ》りながら、かう考《かんが》へた。
智《ち》に働《はたら》けば角《かど》が立《た》つ。情《じやう》に棹《さを》させば流《なが》される。意地《いぢ》を通《とほ》せば窮屈《きゆうくつ》だ。兎角《とかく》に人《ひと》の世《よ》は住《す》みにくい。
住《す》みにくさが高《かう》じると、安《やす》い所《ところ》へ引《ひ》き越《こ》したくなる。どこへ越《こ》しても住《す》みにくいと悟《さと》つた時《とき》、詩《し》が生《うま》れて、画《ゑ》が出来《でき》る。

この有名な語り始めは人間の文化を知・情・意という三つの精神的活動のカテゴリーで分類し価値づけようとする、明治初期以来の啓蒙的思想を前提とし、だがそれらには還元されない別次元の「詩境」があることを揚言していた。その意味でこのテクスト、あるいは語り手「余」の言説的主体のポジションは、啓蒙的知情意論に関説しつつそれを半ば否定してみせるところに設定されていたと言うことができる。だがそれだけではない。先ほどのように明治三七、八年当時の国民世論的な言説空間を想定してみるならば、この語り始めは明らかにそれとのテクスト的関連の故意の否定ないしは拒否だったのである。ある言説的主体の選択は、それ以外の言説主体の可能性、つまり範列論的な主体の抑圧、否定を含んでいる。この語り手「余」は、自分が背を向けて立ち去ってきた東京を、ただ「住みにくき世」「俗塵」などと抽象的に呼んでいるだけだった。が、もう一歩踏み込んで、戦争熱に浮かれた挙句に敵か味方かの区別でしか人が見られなくなった妄想家ばかりだとか、新聞の口真似だけで正義漢や愛国者になったつもりの軽信家が横行する騒がしい世の中とかと言うことも出来たはずである。内村鑑三のような非戦論を胸中に懐いていた人物とも思えないが、少なくともかれの忌避した東京を戦争の状況と重ねてみるならば、自称画工《えかき》という自己設定にもまた別様な意味づけ、すなわちテクスト的関連の仕方があっただろう。かれはそういう主体選択をしなかった。換言すればかれはそういう幾つかの選択可能な主体を斥けつつ、非人情の旅に出かけた画工としての自分を、饒舌な美意識論で自己顕示したのであった。

テクストの歴史性は、このように同時代の言説空間と範列論的な主体位置《サブジェクト・ポジション》とに対する二重のネガティヴな関係からもとらえる必要がある。またその観点よりみるならば「余」は那古井の住人たちの意識からも戦争への関心を捨象する操作によって常民のイメージを強い、そのなかで私―私コミュニケーション的な非人情＝反世俗の言説をくり拡げていたことになるだろう。この操作が端的に現われているのは次のような大徹和尚との会話である。


「上手《じやうず》で俗気《ぞくき》があるのより、いゝです」

「はゝゝゝまあ、さうでも、賞《ほ》めて置《お》いてもらはう。時《とき》に近頃《ちかごろ》は画工《ゑかき》にも博士《はかせ》があるかの」

「画工《ゑかき》の博士《はかせ》はありませんよ」

「あ、左様《さやう》か。此間《このあひだ》、何《なん》でも博士《はかせ》に一人逢《ひとりあ》ふた」

（中略）

「どこで御逢《おあ》ひです、東京《とうきやう》ですか」

「いやこゝで。東京《とうきやう》へは、も二十年《にじふねん》も出《で》ん。近頃《ちかごろ》は電車《でんしや》とか云《い》ふものが出来《でき》たさうぢやが、一寸《ちよつと》乗《の》つて見《み》たい様《やう》な気《き》がする」

「つまらんものですよ。やかましくつて。」

（中略）

「あなたは、さうやつて、方々《はう〴〵》あるく様《やう》に見受《みう》けるが矢張《やは》り画《ゑ》をかく為《た》めかの」

「えゝ。道具丈《だうぐだけ》は持《も》つてあるきますが、画《ゑ》はかゝないでも構《かま》はないんです」

「はあ、それぢや遊《あそ》び半分《はんぶん》かの」

「さうですね。さう云《い》つても善《い》いでせう。屁《へ》の勘定《かんぢやう》をされるのが、いやですからね」

流石《さすが》の禅僧《ぜんそう》も、此語丈《このごだけ》は解《げ》しかねたと見《み》える。

「屁《へ》の勘定《かんぢやう》た何《なに》かな」

「東京《とうきやう》に永《なが》く居《ゐ》ると屁《へ》の勘定《かんぢやう》をされますよ」

「どうして」

「ハヽヽヽ勘定丈《かんぢやうだけ》ならいゝですが。人《ひと》の屁《へ》を分析《ぶんせき》して、臀《しり》の穴《あな》が三角《さんかく》だの、四角《しかく》だのつて余計《よけい》な事《こと》をやりますよ」

「はあ、矢張《やは》り衛生《ゑいせい》の方《はう》かな」

「衛生《ゑいせい》ぢやありません。探偵《たんてい》の方《はう》です」


これは禅問答のこんにゃく問答的なパロディとも読めるが、ともあれこの和尚さんはごく無邪気に博士や電車などへの無知な好奇心を語る。画はかかなくてもいいという「余」の返事に、「はあ、それぢや遊《あそ》び半分《はんぶん》かの」と訊き返す常識のなかに住んでいた。そのかぎりでこの相手は悠々自適の御隠居さんでもさし支えなく、つまり「余」はそういう位相でしか和尚さんとの問答を伝えなかったのである。この老人、何か月か後に、また別な来訪者に向って「この間西洋画の画工という人が来たがの、なんでも画なぞかかんでもいいようなことを言うとった。西洋画の画工というのはかかんでも食べてゆかれるのかの」と訊くのはほとんど必定であろう。

それに対して「余」の応答は会話における権道、すなわち邪気に充ちていた。相手が博士に会ったと言えば、さっそく「東京ですか」と東京へのこだわりを示す。にも拘らず相手が東京への関心をみせるや、たちまち「つまらんものですよ」と否定的に断ち切って、「屁の勘定」をされるような所だから、と一人のみ込みの科白で煙に巻いてしまうのである。たしかにこの老人は「些《さ》の塵滓《ぢんし》の腹部《ふくぶ》に沈殿《ちんでん》する景色《けしき》がない」人物と言えるが、外界への好奇心はそれなりに持ち合わせており、ただ邪気ある「余」の返答に遮られればそれ以上執着しない淡白さを現わしていたにすぎない。「余」はこの淡白さを超俗と意味づけることで、二〇世紀の東京とは別乾坤の住人の一典型に仕立て上げる。さらに周縁的な点景人物には以下のごとく超歴史的なイメージさえ与えていたのだった。「爺《ぢい》さんは貝《かひ》の行末《ゆくすゑ》を考《かんが》ふる暇《いとま》さへなく、唯虚《たゞむな》しき殼《から》を陽炎《かげろふ》の上《うへ》へ放《はふ》り出《だ》す。彼《か》れの笊《ざる》には支《さゝ》ふべき底《そこ》なくして、彼《か》れの春《はる》の日《ひ》は無人蔵《むじんざう》に長閑《のど》かと見《み》える。」(五)、「太公望《たいこうばう》が、久一《きういち》さんの泣《な》きさうな顔《かほ》に、何等《なんら》の説明《せつめい》をも求《もと》めなかつたのは幸《さいはひ》である。顧《かへ》り見《み》ると、安心《あんしん》して浮標《うき》を見詰《みつ》めて居《ゐ》る。大方《おほかた》日露《にちろ》戦争《せんさう》が済《す》む迄《まで》見詰《みつ》める気《き》だらう。」(十三)

見方を変えれば以上のことはこのように考えることもできよう。

新聞という近代のメディアが普及するにつれて、現実の出来事と銘打った物語《ナラティヴ》がいわば全国共通の話題として拡がってゆく。新聞小説という形式はそれに随伴して現われた物語様式であり、時にはこの物語様式が現実の出来事の物語化の型を準備してゆくわけだが、ともあれこのように全国版化された物語の浸透のおかげで、各地方に伝わる口承の物語は現実的な根拠の乏しい古態の民話として価値を貶められてしまう。とくに戦争の状況においてはさまざまな軍人をヒーローとする神話、伝説が次々と再生産され、それにかかわらぬ地方的伝承の廃棄に拍車がかかる。柳田国男の『遠野物語』はこの事態の不可避性を認容した上での民間伝承採集の試みだったと言えるが、おなじ関心で『草枕』をみるならば、逆に新聞の流布させる物語が那古井から遮断されていた。それと裏腹の関係で、那美のイメージ作りにかかわる伝承が保存されていたのである。

その一つが那美という出戻り女の身の上を説明するために茶店の婆さんが語った、長良の乙女の伝説だったことは言うまでもない。その夜「余」は夢うつつの間に長良の乙女が淵川へ身投げする前に残したという歌を聞き、「色《いろ》の白《しろ》い、髪《かみ》の濃《こ》い、襟足《えりあし》の長《なが》い女《をんな》」がすうっと部屋に入って来、また出てゆくのを見た。その二つは髪結床の親方が語った、観海寺の泰安と那美とのスキャンダルめいた恋物語で、これはむしろ興味本位な三面記事的な噂ばなしと言うべきだが、宿にもどった「余」が漢詩をひねっていると、向うの二階の縁側を那美が振袖姿で往き来してみせ、風呂に入れば湯気の向うに全裸の姿をうかがわせた。その三つは鏡の池で写生している時源さんが語ってきかせた、昔、虚無僧に恋いこがれて身投げしてしまった嬢様の伝説であって、「余」が視線を池から巌の上に移すと、そこに那美が蒼白い顔をして立っていた。

つまり那美は「余」が聞いた物語の女に合わせ、あるいはさらにその女のイメージを極端化する形で演じてみせていたのである。茶店の婆さんの語る物語は、じつは那美が以前婆さんに教え込んだものだった。その点那美は早くから自身に伝説のイメージをまとう操作をやっていたことになる。「さゝだ男《をとこ》もさゝべ男《をとこ》も、男妾《をとこめかけ》にする許《ばか》りですわ」と長良乙女との違いを誇ってみせてはいたが、伝説の枠組みに同意していた点に変りなかった。そういう変幻自在に自己演出する那美を、「余」が非人情の関係を保ちながらどのように一人の生身の女に統合してゆくか。そこに『草枕』そのものの物語がかかっていたわけである。

そこで注意すべきは、那美が「えゝ、（東京に）居《ゐ》ました。京都《きやうと》にも居《ゐ》ました。渡《わた》りものですから、方々《はうぐ》に居《ゐ》ました」という自負ないしは自嘲を抱えていたことであろう。髪結床の親方が文字通り渡り者だったのと違って、那美はもともとこの土地の人間なのだが、東京や京都に「修業」に出たこと、つまり外の世界を見知った事実から自分を渡り者と規定したのであって、彼女一人だけがこの土地に自足し切れない人間だったのである。


「こゝと都《みやこ》と、どつちがいゝですか」

「同《おな》じ事《こと》ですわ」

「かう云《い》ふ静《しづ》かな所《ところ》が、却《かへ》つて気楽《きらく》でせう」

「気楽《きらく》も、気楽《きらく》でないも、世《よ》の中《なか》は気《き》の持《も》ち様一《やうひと》つでどうでもなります。蚤《のみ》の国《くに》が厭《いや》になつたつて、蚊《か》の国《くに》へ引越《ひつこ》しちや、何《なん》にもなりません」

「蚤《のみ》も蚊《か》も居《ゐ》ない国《くに》へ行《い》つたら、いゝでせう」

「そんな国《くに》があるなら、こゝへ出《だ》して御覧《ごらん》なさい。さあ出《だ》して頂戴《ちやうだい》」と女《をんな》は詰《つ》め寄《よ》せる。


この女のどこか無理を感じさせる一種の諦めは、冒頭における「余」の感想と一見似ている。

人の世を作《つく》つたものは神《かみ》でもなければ鬼《おに》でもない。矢張《やは》り向《むか》ふ三軒両隣《さんげんりやうどな》りにちら〳〵する唯《たゞ》の人《ひと》である。唯《たゞ》の人《ひと》が作《つく》つた人の世が住《す》みにくいからとて、越《こ》す国《くに》はあるまい。あれば人でなしの国《くに》へ行《ゆ》く許《ばか》りだ。人でなしの国《くに》は人の世よりも猶住《なほす》みにくからう。

越《こ》す事《こと》のならぬ世《よ》が住《す》みにくければ、住《す》みにくい所《ところ》をどれほどか、寛容《くつろげ》て、束《つか》の間《ま》の命《いのち》を、束《つか》の間《ま》でも住《す》みよくせねばならぬ。こゝに詩人《しじん》といふ天職《てんしょく》が出来《でき》て、こゝに画家《ぐわか》といふ使命《しめい》が降《くだ》る。あらゆる芸《げい》術《じゅつ》の士《し》は人《ひと》の世《よ》を長閑《のどか》にし、人《ひと》の心《こころ》を豊《ゆた》かにするが故《ゆゑ》に尊《たつ》とい。

しかしこう並べてみるとかえって両者の決定的な違いが見えてしまう。「余」は自称画工の渡りもの以外ではないにもかかわらず、自分を「芸術の士」の仲間に数えて疑わず、だから自己の存在理由に動揺せずにいられた。那美は自分のあり方に安んじられない故にみずから渡りものと自嘲するほかはない。髪結床の親方の眼には「人でなし」と映らざるをえないことを知っていればこそ、「どうも色々《いろ〳〵》な事《こと》が気《き》になつてならん」(大徹和尚の証言)という不安から寺へ通わずにいられなかったのである。口碑の女を演じてみせるたわむれも、じつはそういう存在根拠の不安に駆られた嬌態だったのかもしれない。

「余」はその違いを見ようとはしなかった。見れば那美にとってのこの土地もまたあのわずらわしい「人の世」である事実に気づかざるをえず、非人情のスタンスは保ちにくくなってしまうからである。

だがおそらくそれだけではない。もう一度那美が纏っていた物語を整理してみれば、二者択一の問題に追いつめられた哀れな女の破滅、まがまがしい因縁、若い男との恋狂いという三類型となる。これは当時「常識」の枠からはみ出した女に世間が与える言説のパターンと言えよう。那美はそれに抗しうる自己の言説を持たず、またそれらの一つを選んで自分を拘束することも出来ない。だからこそ他人には「狂」と映るほかはない過激な自己演出をくり返すしかなかったのである。あるいは「余」もまた東京においてはわずらわしい「世俗」の言説に取りまかれていたのかもしれない。その痕跡は冒頭の「世《よ》に住《す》むこと二十年《にじふねん》にして……三十《さんじふ》の今日《こんにち》はかう思《おも》ふて居《ゐ》る」の箇所や、「屁《へ》の勘定《かんぢやう》」をする探偵的状況への過剰なこだわりから覗うことが出来る。絵道具をかついであてのない旅に出ること自体、酔狂な行為としか見られなかったであろう。ただ「余」の場合、その酔狂を非人情の実験ととらえ返して自己正当化し、世俗批判や二〇世紀文明論などの抽象論でその現実を痕跡化してしまえるだけの言説能力を持っていた。その意味で「余」と那美とは背中合わせの関係だったはずだが、にもかかわらず、いやむしろそれだからこそ、かれは那美の言動を自己の言説の編制の一要因として以上には扱おうとしなかった。「余」はしばしば那美の意表を衝く行動に驚かされはするが、その言説編制に綻びを生じさせることなく、結末における「胸中《きようちゆう》の画面《ぐわめん》」の完成に至るまで繕い目なし《シームレス》に物語を運んでゆく。かれは新聞が煽り立てる国民的ヒーローの物語やそれをめぐる言説の氾濫する現実を消去して、超歴史的なイメージの住民を点景した別乾坤の物語を顕在化させたが、そうである以上那美をめぐる物語の現実的与件にもことさら立ち入ろうとはしなかった。それが「余」におけるこの物語の方法だったのである。

私はこれまで「余」を自称画工と呼んできたが、その理由は既に明らかであろう。「しばらく此旅中《このりよちう》に起《おこ》る出来事《できごと》と、旅中《りよちう》に出逢《であ》う人間《にんげん》を能《のう》の仕組《しくみ》と能役者《のうやくしや》の所作《しよさ》に見立《みた》てたらどうだらう。丸《まる》で人情《にんじやう》を棄《す》てる訳《わけ》には行《い》くまいが、根《ね》が詩的《してき》に出来《でき》た旅《たび》だから、非人情《ひにんじやう》のやり序《つい》でに、可成節倹《なるべくせつけん》してそこ迄《まで》は漕《こ》ぎ付《つ》けたいものだ」。かれは旅を虚構の行為と同義語化し、虚構の旅を語る散文家なのであって、そのトリックとレトリックを駆使して属目の事物の美文的表現を「芸術」のなかに位置づけようとしたのである。

そのためにかれはヨーロッパの絵画や文学をペダンチックなまでに引用しながら、他方では東洋的な脱俗隠逸の詩境を称揚し、煉羊羹の色光沢《いろつや》が西洋菓子にはるかに勝ることを保証し、春の日影が凝結したかのような青玉の菓子皿の美しさに驚く。後者の審美眼は谷崎潤一郎の『陰翳礼讃』の先蹤と言うべく、その発句趣味と合せて、かれは南画の旅絵師に近い。だがかれ自身はあくまで西洋画の画工を自称し、茶店の婆さんから馬に乗った花嫁の話を聞くや、高島田の下にミレーの描くオフェリヤの面影をあてはめてみるような、奇怪な想像力、いや連想力の持ち主だった。のみならずかれは、一般の小説が心理を分析したり人事葛藤の詮議立てをするのには批判的だったが、かれ自身が対象をとらえる眼はきわめて分析的というよりは分割的だった。

> 口《くち》は一文字《いちもんじ》を結《むす》んで静《しづか》である。眼《め》は五分《ごぶ》のすきさへ見出《みいだ》すべく動《うご》いて居《ゐ》る。顔《かお》は下膨《しもぶくれ》の瓜実形《うりざねがた》で、豊《ゆた》かに落《お》ち付《つ》きを見《み》せてゐるに引《ひ》き替《か》へて、額《ひたひ》は狭苦《せまくる》しくも、こせ付《つ》いて、所謂《いはゆる》富士額《ふじびたひ》の俗臭《ぞくしう》を帯《お》びて居《ゐ》る。のみならず眉《まゆ》は両方《りやうはう》から逼《せま》つて、中間《ちゆうかん》に数滴《すうてき》の薄荷《はつか》を点《てん》じたる如《ごと》く、びく〳〵焦慮《じれ》て居《ゐ》る。鼻《はな》ばかりは軽薄《けいはく》に鋭《する》どくもない、遅鈍《ちどん》に丸《まる》くもない。画《ゑ》にしたら美《うつく》しからう。かやうに別《わか》れ〳〵の道具《だうぐ》が皆一《みなひと》癖《くせ》あつて、乱調《らんてう》にどや〳〵と余《よ》の双眼《さうがん》に飛《と》び込《こ》んだのだから迷《まよ》ふのは無理《むり》はない。

これは「余」が初めて那美と直面したときの描写だが、こういう顔の分割的紹介は、警察が似顔絵を作る際のアイデンティキット（顔写真合成カード）とほとんどおなじであり、しかもその一つ一つを擬人化して見立ててゆくのであるから、統一がないのはむしろ当然だろう。口は静かに結んで、眼は油断なく動き、頬は落ちついて額はこせつき、眉はびく〳〵じれて鼻はほどよく収まっている。「乱調」はこの修辞的述語が作ったものと言うほかはない。じじつ那美はこの修辞のままに静かに落ちついているかと思えば、じれて油断ならぬ動きをみせてゆく。

このアイデンティキット化された分裂的言動をある統一的状態にアイデンティファイする一つの方法は、その修辞法を変えてゆくことだが、かれにはそれが出来なかった。その代りにかれが導入したのは汽車のメタフィジックであり、これをかれは、現世の分割と統合という二律背反を強行する二〇世紀のメタファーとする。その操作によって結末をもたらすほかなかったのである。

> 汽車《きしや》程《ほど》二十世紀《にじつせいき》の文明《ぶんめい》を代表《だいひやう》するものはあるまい。何百《なんびやく》と云《い》ふ人間《にんげん》を同《おな》じ箱《はこ》へ詰《つ》めて轟《ぐわう》と通《とほ》る。情《なさ》け容《よう》赦《しや》はない。（中略）汽車《きしや》程《ほど》個性《こせい》を軽蔑《けいべつ》したものはない。文明《ぶんめい》はあらゆる限《かぎ》りの手段《しゆだん》をつくして、個性《こせい》を発《はつ》達《たつ》せしめたる後《のち》あらゆる限《かぎ》りの方法《はうはふ》によつて此個性《このこせい》を踏《ふ》み付《つ》け様《やう》とする。

結局かれは初めに背を向けた世界と再び面接することによって決着をつけるしかなかった。個性への分割が同時に個の均質化による再統合でしかありえないという、この認識はマルクスのそれと匹敵するが、これによって漱石が現実を発見したというような評価はかならずしも妥当ではない。汽車の戸が閉って、去る者と残る者と「世界《せかい》はもう二《ふた》つに為《な》つた」。那美は茫然として立ちつくし、その瞬間「余」は那美の表情に「憐れ」を見る。きわめてパラドキシカルなことだが、「余」はあの巧妙な語りの操作によってではなく、むしろ汽車を借りて強引に世界を二つに分割することによって逆に那美の表情に統一を与えることが出来た。同時にそれは「余」における画工と語り手との分裂、西洋的観念と東洋的美意識との分裂を解消するレトリックでもあった。「余《よ》が胸中《きようちゆう》の画面《ぐわめん》は此咄嗟《このとつさ》の際《さい》に成就《じやうじゆ》したのである」。それはけっして那美自身における自己統合の根拠の獲得ではなかったが、一見その獲得とともに「余」と那美との交感まで成就したかのように思わせるところに、そのトリックの巧妙さがあったのである。ここで「余」の虚構化の旅を語る物語は終る。

第6章 『陽炎座』のからくり

松崎という本郷に住む男が、亀井戸天神に詣でての帰るさ、ふと何処か遠くで鳴り物の音がするのに気がついた。何となく気をそそられるそのお囃子がいつまでも耳について離れない。かれは二十五座神楽の座附きの狂言方であったから、お囃子には特別に耳が敏感だったためもあるだろう。ともあれこれが空耳でなかった証拠には、長崎橋の欄干にもたれて聞き入っていると、たまたまおなじ所に立った「三十ばかりの、然るべき会社か銀行で当時若手の利《き》けものと云つた風采《ふう》」の男が、連れの「痩せぎすな美しい女《ひと》」に、「此処だ、此の音なんだよ」と注意を促していた。

江東橋で市電に乗ろうとしたところ、やはりその二人も来合わせて、男は「狸囃子と云ふんだよ、昔から本所の名物さ」。女はじょうだんらしく打ち消したが、松崎は卒然と本所七不思議の伝説《いいつたえ》を思い出してそのお囃子に誘われてみる気になり、電車を離れた。

泉鏡花の『陽炎座』(『新小説』大正二年五月号、原題は『狸囃子』)はこんなふうに始まる。

本所七不思議とは、おいてけ堀、片葉の芦、足洗い屋敷、埋蔵《うめぐら》の溝《どぶ》、小豆婆、送り提灯、狸囃子の七つの奇怪な現象のことであるが、狸囃子については平戸藩主の松浦静山が二度聞いたらしい。『江戸切絵図』[1]によれば静山の江戸屋敷は横十間川をはさんで亀戸天神となななめに向い合う位置、つまり川沿いに天神橋から立川へ向う途中にあったわけで、松崎が鳴り物の音に気づいたあたりだったことになる。ある夜静山が筆記をしていると鼓の音が屋敷の南方から聞えて来、やがて邸内で撃つかと思えるほど近づいて、急転して未申《ひつじさる》の方角に遠ざかり、また邸内に入ってくる。腰元たちが騒ぐので家臣を調べにやったが、割下水まで行っても一向に誰かが鼓を打つ気配は見られなかった（『甲子夜話』続篇巻四十六）。また別な夜、明け方近くなって北の方に鼓を打つような音が聞えた。日がたけてから隣屋敷の主人にたずねたところ、たしかに聞いたと言う。先の夜は「ドンツク〱ドンドンドンツク〱〱」という拍子だったが、この度は「坎《かん》坎坎坎坎坎、坎、坎坎、坎坎坎坎坎」だった（『甲子夜話』三篇巻六十）。こうしてみると狸囃子というのは十分に根も葉もある話だったらしく、ただ松崎が聞いたのはツンツンテンレン、ツンツンテンレン、トチトチトン、チャンチキチャンチキ、どどん、じゃんじゃんと多彩な変化に富んでいて、時代とともに狸の芸も進んだのかもしれない。あるいは二十五座の狂言方だという松崎の耳が神楽のお囃子に聞いてしまったのであろうか。

とまれかれがその音に惹かれて「片側はどす黒い、水の淀んだ川」に添って行くと、「追分で路が替つて、木曽街道へ差掛る……左右戸毎《まていへなみ》の軒行燈」という一画へ出た。木曽街道は中山道の別名であるから、この追分は本郷追分でなければならない。かれは自分の住む地区にもどってしまったのである。だがかれが沿って歩いた川はどうみても本所の割下水のイメージだし、次のような「木賃宿」の街並みはとうてい明治大正の本郷追分、いや江戸時代の本郷の情景とは思われない。

　で、何《ど》の家も、軒より、屋根より、此《これ》が身上《しんしやう》、其の昼行燈ばかりが目に着く。中《うち》には、廂先へ高々と燈籠の如くに釣つた、白看板の首を抬《もた》げて、屋台骨は地の上に獣の如く這つたのさへある。

　吉野、高橋、清川、槙葉。寝物語や、美濃、近江。こゝにあはれを留めたのは屋号にされた遊女達《おいらんたち》。……一寸《ちよつと》柳が一本《ひともと》あれば滅びた白昼の廓に斉《ひと》しい。が、夜寒の代《しろ》に焼尽して、塚のしるしの小松もあらず……荒寥として砂に人なき光景《ありさま》は、祭礼《まつり》の夜に地震して、土の下に埋れた町の、壁の肉も、柱の血も、其のまゝ一落《いちらく》の白髑髏《しやれかうべ》と化し果てたる趣あり。

本所の横十間川と立川とが交わる周辺と、本郷の界隈とは、じつは三遊亭円朝の『怪談牡丹燈籠』の主要な二つの舞台だった。本郷三丁目の刀屋の店先で飯島平左衛門が黒川孝蔵という浪人を斬る。これが因果の発端であるが、平左衛門の娘お露は妾のお国と折合いがわるくて老女のお米と本所柳島の別荘へ移り住むことになった。そこへ根津権現の傍に住む若い浪人者萩原新三郎が、医者の志丈に誘われて、亀井戸の臥竜梅を観に来たという口実で訪ねてゆく。新三郎に恋こがれ死にしたお露は、お米とともに幽霊となって現われ、谷中の三崎町へ移ってきたと言う。新三郎の孫店《まごだな》を借りていた伴蔵は、夜な夜なお露とお米の幽霊が牡丹燈籠を下げて訪ねてくる秘密を知り、新三郎を殺して金無垢の如来像を奪った上で、墓から掘り出した骸骨をかれの死体に抱きつかせ、幽霊に取り殺されたのだと言いふらした。平左衛門に斬られた黒川孝蔵も本郷五丁目から菊坂へ折れたところの本妙寺の長屋に住んでいたというのであるから、その五丁目より追分へ進み、追分一丁目で右手に折れて根津権現の裏道を通り、谷中の三崎町に至るあたりがこの怪談の主要な舞台だったわけである。

松崎の聞いた狸囃子は松浦静山の見聞を踏まえていたわけだが、先ほどの街並みの描写における「高々と燈籠の如くに釣つた」とか、「土の下に埋れた町の、壁の肉も、柱の血も、其のまゝ一落《いちらく》の白髑髏《しゃれこうべ》と化し果てたる趣あり」という奇怪な修辞は、言わば語彙レベルで『怪談牡丹燈籠』を隠喩していたとみてさしつかえないであろう。

『江戸名所図会』によれば根津権現の門前町は「貸食店簷《れうりやのき》をならべて詣人を憩《いこ》はしめ、酣哥《かんか》の声間断なし」というにぎわいで、岡場所としても知られていた。ただその門前町や追分のあたりに木賃宿が軒をつらねていたという記録はみられないが、かりにそういう地域がかつてあったとしても、その屋号に遊女の名前を読み取って、血も肉もしゃぶりつくされた哀れな女の荒廃を重ねた、そのイメージの出所はもう一つ別なところにも求められる。それは寺門静軒の『江戸繁昌記』第五篇「本所」に描かれた、割下水と大横川とが交わるところの北中之橋をはさんだ長崎町と入江町、大横川の法恩寺橋を墨田川のほうへ折れた吉田町の一帯だったと思われる。松崎が狸囃子に耳を澄ませた長崎橋とはこの北中之橋の後の名だったと考えられるが、もしそうだとすればかれは電車に乗るのを見合わせこの橋のところへもどり、そこから法恩寺橋のほうへ向ったのである。法恩寺橋からさらに大横川に沿って北に進めば中の郷横川町や小梅村に至り、為永春水の『春色梅児誉美』の舞台に入るわけだが、けっして情緒てんめんたる世界ではなく、現実は夜鷹などの最下等の娼婦が住む陋巷でしかなかった。

夜は二八そば屋が繁昌したが、昼は荒涼たる光景だったにちがいない。松崎がいかに健脚だとて、短時間で江東橋から本郷まで歩けるはずがなく、こうしてかれは本郷追分と本所とが混淆した奇妙な空間に迷い込んでしまったのである。同時にそれは『怪談牡丹燈籠』を媒介とした過去と現在、怪異世界と日常との重ね合わせだったと言えるが、それならばこの世とシャドウワールドとをメビウスの輪のごとくむすぶ場所が出来上がっていたとしても一向に不思議ではない。まさにそれを証明するかのごとく、松崎の前に、「死んだ迷児」を探しにゆくという、奇妙な一行が登場したのである。


「それでは御病気を苦になさつて、死ぬ気で駈出したのでございますかね。」

「寿命だよ。ふん、」と、も一つかんで、差配《おほや》は鼻紙を袂へ落す。

「御寿命、へい、何にいたせ、それは御心配な事で。お怪我がなければ可うございます。」

「賽の河原は礫原《こいしはら》、石があるから躓いて怪我をする事もあらうかね」と陰気に差配。

「何を言はつしやります。」

つた。

「否《いえ》さ、饂飩屋さん、合点の悪い。其の娘は最《も》う亡く成つたんでございますよ。」と青月代《あおさかやき》が傍から言った。

「お前様も。死んだ迷児と云ふ事が、世の中にござりますかい。」

「六道の闇に迷へば、はて、迷児ではあるまいか。」

「や、そんなら、お前様方は、亡者をお捜しなさりますのか。」

「其のための、此の白張提灯。」

と青月代が、白粉の白けた顔を前へ、トぶらりと提《さ》げる。

「捜いて、捜いて、暗《やみ》から闇《やみ》へ行く路ぢや。」

しかしこれはまるきり現実の出来事だったわけではない。子供芝居の一場面だったのである。松崎が寂れた木賃宿の街並を曲ると、「思ひがけず甍の堆《うづたか》い屋形が一軒」、うつろな窓が二つ並んで、まるで骸骨みたいな荒れ家にぶつかった。その前に子供がむらがっている。のぞくと、一張の紙幕をかけ、破れむしろを三枚敷いただけのそまつな舞台がしつらえてある。いつの間にかお囃子は消えていた。気がつくと先ほどの男女も来ている。うどん屋も差配も青月代も、そこで演じられた子供芝居の登場人物だったのである。

第一幕とも言うべきこの場面は、何となくおどろおどろしい先の会話ののち、差配と青月代とが「饂飩屋、何《ど》うだ一所に来るか」とおどかし、うどん屋が怖がってつっぷした間に喰い逃げしてしまったというオチで終る。

かつて江戸を中心に、「おでん屋」という子供の遊びがあった。一人がおでん屋、一人が客、他の子供たちはおでんとなる。客が「おやじ、おでんをくんな」と言うと、「へい、何がよろしうございましょう」。「こんにゃくがいいね」。そこでおでん屋はおでんの子供たちの頭を撫でながら、「これは硬くてごりごりしているからお芋」「これは柔くてぐにゃぐにゃしているからこんにゃく」などと言って選び出し、「味噌をつけましょうか」。客が「味噌をつけておくれ」と言うと、おでん屋はしばらく味噌をつける真似をしてから、「味噌が足りませんからちょっと買ってまいりましょう」と立ち上がる。その隙におでんの子供たちはぱっと逃げ散るのだが、つかまった子供が次におでん屋と客になるという遊びである（大田才次郎編『日本児童遊戯集』）。これは喰い逃げと違うが、食べ物屋をだます話は落語などにも多く、そういう遊びの趣向の一つがここで演じられていたのだと言えよう。タアイもない遊びの芝居とも言えるが、狸囃子につられてこんな世界に迷い込んだ松崎は春狐という号を持つ。どう考えても即興的に狸と語呂を合わせたとしか思えない命名を含めて、一種タアイもないおかしみの点では釣り合いが取れていたのである。

だがたとえそうだったとしても、芝居小屋が非日常的な世界と現実とが出合う場であることに変りはない。次の場面では文金高髷のかつらをつけた少年が裸のままで登場し、客に背を向けて、うどん屋の置いていった行燈を鏡に化粧を始めたが、やおらこちらに振り向くと眼も鼻もないまっ白、のっぺらぼうの雪女、そこへ三つ目大入道をはじめ狸やら狐やら猫やらの化け物が飛び出して、百物語めいた妖怪たちの饗宴となる。上田秋成の『春雨物語』の「目ひとつの神」を思い出させるシーンであるが、この雪女の名をお稲《いな》と言い、あの差配たちが探していた亡者の迷児とおなじ名前だった。松崎と一緒にそれを観ていた若い女は「お稲さん」という名前にしきりにこだわるのだが、連れの紳士はいやお稲荷さんの間違いだと打ち消す。稲荷が狐にゆかりの神であることは言うまでもない。春狐の松崎は突然に思い当った。

今年の二月、御殿町のお稲という十九歳の娘が食を断って自死してしまったのである。お稲は千駄木に住む若い法学士と互いに見染め合う仲となり、相手のほうから結婚の申し込みもあったのだが、彼女の兄が自分の出世のため重役の息子と一緒にさせようと企んで、その縁談をことわってしまう。お稲をあきらめた法学士は、おなじ年齢の別な娘を嫁にもらい、お稲が思いつめて病気になったことを聞き、若い嫁に、「お前は二度目だ。後妻だと思つてくれ。お稲さんとは、確かに結婚したつもりだ」と語ったという。当人はお稲に心中立てしたつもりかもしれないが、これは彼女にも若い嫁にもむごい言葉で、それを知ったお稲の病気はいよいよつのり、ついに死んでしまった。

その御殿町を出た葬式がおなじ町内の松崎の家の前を通って行ったというのであるから、初めに出てきた「住居《すまひ》は本郷」という紹介はだいぶ怪しくなってしまうのであるが、それはとにかく、かれの見知っていたお稲の面影とこの芝居の雪女とが重なってくる。芝居の舞台を交錯点として非現実と現実とが自在に入れ換わる不思議な重なり合いだったと言えよう。いま芝居を眼のあたりにみている現実からすればお稲の面影は雪女に喚起された幻影にすぎないが、お稲の死という現実からみればこの雪女はその亡霊としか思えないからである。

奇怪なのは、右は松崎だけの連想であるはずなのに、隣の女がお稲という名前にこだわって舞台の子供に根ほり葉ほり訊きはじめると、舞台裏から返ってくる答えはいよいよあの御殿町の娘のことに近づいてゆくことであった。これは子供たちがただ面白半分に演《や》っているお化の芝居ではないのか。子供たちは何もかも承知しているかのような言葉を交わしながら、まるで無邪気に遊んでいる。あるいは無邪気な遊びのなかで怖しい真実を語る。子供たちのそういう超能力的な直観は、古くから中国では一種の予知能力として尊重され、その発想が日本にも伝わって馬琴なども童謡《わらべうた》の予言性をプロットに取り込んだ物語を作っているが、ここではそれが憑霊能力として現われたらしい。その男の子のお稲は芝居なのか、憑きものなのか。芝居ならば、その筋書きを作ったのは一体だれなのか。

――お稲です――

と云つて、振向いた時の、舞台の顔は、剰《あまつさ》へ、凝《なぞら》へたにせよ、向つて姿見の真蒼など云ふ行燈があらうではないか。

美しい女《ひと》は屹《き》と紳士を振向いた。

「貴方。」

若い紳士は、杖《ステツキ》を小脇に、細い筒袴《ずぼん》で、伸掛《のしかゝ》つて覗いて、

「稲荷だらう、おい、狐が化けた所なんだらう。」と中折《なかをれ》の廂で押しつけるやうに言つた。

羽織に、シヨオルを前結び。又それが、人形に着せたやうに、しつくりと姿に合つて、真向《まんむ》きに直つた顔を見よ。

「否《いゝえ》、私はお稲です。」

紳士は、射られたやうに、縁台へ退《さが》つた。

どうやらこの紳士はお稲とのかかわりの合った男らしい。それならばこの男と、この男から「お品」と呼ばれた女と、二人をこの芝居小屋まで誘ったものは何だったのであろうか。

稲荷は東京のほとんど到る所にまつられてあり、どこのお稲荷さんと特定はできないが、二十五座神楽が演じられるところとしては下谷稲荷と戸塚の水稲荷（高田稲荷）とがあった。神楽との結びつきにこだわらなければ、御殿町近くでは伝通院内の沢蔵主稲荷が有名であり、千駄木では団子坂の万稲荷と大円寺内の瘡守稲荷がよく知られ、近くの根津権現のなかには駒込稲荷があった。大円寺は谷中三崎町に属するが、道を隔てて新幡随法住寺に面し、もう一つの道を隔てて千駄木坂下町と面していた。三崎町は『牡丹燈籠』のお

露が本所柳島から移ったところであり、その遺骸は新幡随院に葬られたことになっている。先ほど指摘した設定からみて、法学士はその新幡随院と四つ辻をはさんで向い合った坂下町に住んでいたと考えるのが妥当だろう。大円寺は上州館林の茂林寺の末寺であって、ならばぶんぶく茶釜の狸とゆかりが深かったわけだが、これは出来すぎの符合であるとしても、そのなかの瘡守稲荷はその名前のごとく瘡と下半身の病いに利くことで信仰を集めていた。逆にそれが祟れば「後妻」と呼ばれたお品の不倫となる。お品がお稲の兄との不倫をほのめかしたとき、雷《いなびかり》がさっと走って、本所の大横川にかかる南辻橋や北の辻橋の光景を一瞬照らし出した。新三郎に恋いこがれて死んだお露の後身ともみられるお稲の魂が稲光りとなって走ったのだと言うべきであろう。

本所の法恩寺にも平河清水の稲荷と称するお稲荷さんがまつってあった。これは法恩寺が江戸城内の平河にあって本住院と号していたが、のち谷中の清水坂に移って法恩寺と改め、さらに本所へ移されたためである。稲荷神もまた谷中から本所へ趨ったわけだが、その清水坂には『牡丹燈籠』の新三郎が住んでいたという不思議な暗合もある。

稲荷の祭礼ともかかわりの深い二十五座の春狐は、また狂言方として舞台裏の仕掛けにも通じていた。結末の打ち明け話によれば、かれは「うら少《わか》い娘の余り果敢なさに、亀井戸詣の帰途《かへるさ》、其の界隈に、名誉の巫子《いちこ》を尋ねて、其のくちよせを聞いたのであつた」。とするならば「霊の来つた状《さま》は秘密だから言ふまい」という、その「状《さま》」をデフォルメして演じたのがこの芝居だったと言えるわけで、お稲の霊が怨ずるさまをかれは初めてここで目撃したのではない。既に知っていたはずである。かれはその筋書きを作って子供たちに演じさせることにし、他方、長崎橋で狸囃子に耳を傾けるふりをして目当ての二人にも注意を喚起し、うまく芝居小屋まで誘い込んだのだ、とも考えられる。その仕掛けを隠しながら、亀井戸詣の一度目と二度目を混合して語ったのがこの物語だったと言えるだろう。かれ自身が祟り神を裏で演じていたのである。

だがその本当の裏を知らない子供の芝居は、かえってもっと怖い真実を引き出してしまう。お品の不倫の告白は予定外のことであった。それだけでなく、たとえ筵三枚の粗末な舞台であろうとも、芝居小屋という空間はその底に奈落を作ってしまい、魔界への口を開いてしまう。電光が走り、化け物に扮していた子供たちがわっと逃げ散った、その奥に絵の具の大瓶《おおがめ》が現われ、お品を飲み込んでゆく。

　叫んで、走り懸ると、瓶の区画《しきり》に蹟いて倒れた手に、はつと留南奇《とめき》して、ひや〳〵と、氷の如く触つたのは、まさしく面影を、垂れた腕《かひな》にのせながら土間を敷いて、長く其処まで靡くのを認めた、美しい女《ひと》の黒髪の末なのであつた。

　此の黒髪は二筋三筋指にかゝつて手に残つた。

　海に沈んだか、と目には何も見えぬ。

こんなふうに怖しい魔界がお品を呑み込んでしまったのも計算外のことであった。怪奇談たる所以であろう。鈴木牧之の『北越雪譜』ではお菊という雪女の幽霊が現われ、髪を残して去っていった。松崎がのちに知ったところによれば、それとおなじ時刻、「其の法学士の新夫人の、行方の知れなく成つた」という。

注

（1）　これは『陽炎座』にあげられた七不思議であり、『江戸学事典』などにあげられているのとは必ずしも一致しない。

第7章　明治期「女流作家」の文体と空間

1　従来の「女流作家」研究

日本の近代においては、一八九〇年前後から女性の小説作者が現われ、当時は「閨秀《けいしゅう》作家」あるいは「女流作家」と呼ばれた。閨秀とは「文学や書画にすぐれた婦人」という意味である。ただ、もともと「閨」は女性の部屋を意味したため、「閨秀」という言葉には、男性のもてなし方が上手な女性というニュアンスがつきまとっていた。じつは当時はこの点も含めて、女性の美徳をほめたたえる言葉として使われていたと思われるが、後にはそれが逆転して、女性を男性に奉仕する人間としか見ない差別的な言葉としてとらえられ、「閨秀作家」という呼び方よりもむしろ「女流作家」という呼び方が一般に用いられるようになった。

しかし、いずれにせよ、それは男性の立場からの命名であることに変わりはない。それ故、日本では一九八〇年代半ばよりフェミニズムの立場に立つ文学研究が活発になり、明治時代の女性の文学の発掘と再評価を進めると共に、「閨秀作家」「女流作家」という括り方への批判が始まった。それと併せてフェミニズムの視点による「男流作家」の作品の読み直しや、文学史の書き換えが試みられている。

しかし現在の日本におけるフェミニズム的研究は、研究対象の女性をフェミニストに仕立てようとする傾向が強く、その結果、研究者による評価と実際の作品そのものとの間には蔽いがたいギャップが見られる。これはその研究が一九七〇年代まで日本で主流だった伝記的研究の方法を踏襲し、そのため明治の女性の作品内容や表現特徴を作者の「女性」性に一元化したり、伝記的事実に還元したりする方法しか持たないからである。

その一例として、明治の女性作者のなかで、現在最も評価の高い樋口一葉の場合を取り上げるならば、彼女は小学校卒業後、女学校へ進みたいと希望したが、女性の本分は裁縫と家事にあると考える母親の反対に合って、進学をあきらめざるをえなかった。そして下級官吏だった父親の死後は、貧窮から抜け出すために小説家になろうとする。そのため半井桃水《なからいとうすい》という大衆小説家の指導を受けることになったが、その初期の悲恋物語は稚拙な習作と呼ぶしかない程度のものにすぎなかった。ところが前田愛は『樋口一葉の世界』(一九七九年)の中で、彼女の日記などを基に彼女の生活を復元しながら、そのような小説の「背後」に、「くろぐろとわだかまっている一葉の欝屈した想い」を読み取っている。その「欝屈した想い」とは、彼によれば「零落した士族の女が明治の上流社会にたいして抱く羨望と憧憬であり、ロマンティックな結婚の幻想」だった。そして一葉の後期の作品がすぐれたものとなりえたのは、彼女がこの「錯綜した劣等感から解放され」、そのことによって「はじめて明治女性のもっとも深い嘆きの声を、作中人物の声とすることができた」からだ、と説明している。

彼のこの意味づけは、一葉、あるいは一葉の描くヒロインを、「明治女性」全体の表象に仕立てるレトリックに基づいており、その著書は現在のフェミニズム的研究に大きな影響を与えてきたわけだが、その一例として菅聡子《かんさとこ》の「〈作家〉一葉誕生のとき——初期作品をめぐって」(新・フェミニズム批評の会編『樋口一葉を読みなおす』一九九四年)を挙げることができる。一葉の初期の作品には「片恋」をテーマとしたものが多い。菅聡子はその理由を、半井桃水の助言によるものと判断し、しかもその助言を「呪縛」と呼んでいる。彼女の理解によれば、一葉がのちにすぐれた小説を書きえたのはこの「呪縛」から解放され、「同時代の女たちに向けられた抑圧のさまを社会構造の全体像のなかでとらえ得た」からなのである。

藤田和美の「自死の自己表現……『別れ霜』論」（同前）もまた、一葉の初期の小説の多くが「心中」という結末に終わる理由を、半井桃水の示唆によるものと考える。そして『別れ霜』（一八九二年）のストーリーを検討して「個人の意志が機能しない「家」（父権）の問題を暴こうとした」作品と意味づけている。その上で彼女は、後に一葉が「心中」ものを書かなくなった事実を、一葉が「師（半井桃水）から課された時代の束縛を解き」放った結果ととらえ、「登場人物を「生」きさせることのなかで女性の自我のありようを追及し」ようとしたからだ、と見るのである。

しかし半井桃水が男の小説家だからと言って、彼の助言を簡単に「呪縛」とか「束縛」とかと言い替えていいものであろうか。そう問い直してみれば分かるように、菅聡子や藤田和美は、男性／女性＝抑圧／被抑圧（または支配／被支配）という二項図式のなかに、半井桃水と樋口一葉との関係を封じ込め、しかもこの伝記的関係を小説の分析に投影しながら、一葉の小説の変化を「呪縛」「束縛」からの解放、あるいは女性作者としての自立と意味づけているにすぎない。ばかりでなく、前田愛が一葉をフェミニストに仕立てたやり方を無検証に踏襲した形で、「同時代の女たちに向けられた抑圧のさまを社会構造の全体像のなかでとらえ得た」女性作者に作り上げてゆく。あえて皮肉な見方をすれば、これらの論文は彼女たちが男の研究者、前田愛の作った物語に「呪縛」され、しかも自立の視向さえも持たない証拠だということさえ出来るであろう。

2　物語のシチュエーション

一葉『別れ霜』

このような矮小なフェミズム的研究を克服して、より大きな展望を開くにはどうすべきか。私はここでその課題を解くべく、小説のなかのシチュエイションと文体との関係ついて新たな分析方法を実験してみたい。

藤田和美が取り上げた『別れ霜』（一八九二年）のヒロイン、お高は裕福な呉服商の一人娘であるが、次のような江戸時代の物語の修辞法によって読者の前に登場させられる。

親に似ぬを鬼子とよべど鳶《とび》が産んだるおたかとて今年二八のつぼみの花色ゆたかにして匂《にほひ》濃《こま》やかに天晴れ当代の小町衣通《そとほり》ひめ

（亀井訳：立派な親に似ない子供を世間では鬼子と言うが、それとは反対に鳶が鷹を生んだという諺のごとく、お高は今年一六歳で、花に例えればまだつぼみ。早くも将来の美貌をうかがわせる色香を備え、着物のうちから輝き出るような美しさは、ああ見事、今の世の小野小町か、そうでなければ衣通姫）

ここには、ヒロインの美しい容貌の特徴を具体的に描く言葉は全く見られない。最初の表現は「親に似ない子供を鬼子という」という江戸時代の諺と、「鳶が鷹を産む」（平凡な親からすぐれた子供が生まれる）という諺とを繋《つな》げて、この「鷹」にヒロインの名前「お高」を掛けた、いわば言葉遊びの修辞だった。要するにお高という娘は親に似ない、よい子だと言っているにすぎない。

それに続く「今年二八」もまた、江戸時代の物語が美しい娘を登場させる時の常套句、「年は二八《にはち》か二九《にく》からず」を踏まえた表現であった。江戸時代には娘が一番美しく見えるのは一六歳の頃だという通念があり、そこから「年齢は二八の一六歳くらいで、まだ二九の一八歳にはなっていない」という意味の常套句が生まれ、その「二九《にく》からず」に「憎からず」つまり「見憎くはない・可愛い」という言葉を掛けたのである。「つぼみの花」は、まだ一六歳で、女盛りの美しさには至っていないことを意味する。「匂」は現在では嗅覚に訴える香りを意味するが、江戸時代までは内側から輝き出るような美しさを意味した。樋口一葉は後者の意味に用いて、昔から日本の代表的な美人とされてきた小野小町と衣通姫の名前を挙げ、お高が最上級の美女であることを強調したのである。衣通姫は、その美しさが衣を通して輝き出たことからつけられた名前であり、「匂」と衣通姫とが縁語（連想に基づいて関連するものを列挙する修辞法）であることは言うまでもない。

もし強いて半井桃水の助言と関係づけるとすれば、このような修辞を用いた文体にこそ半井桃水の助言の影響を見るべきであろう。一葉の教養は江戸時代からさらにさかのぼった時代の、伝統的な和歌や『源氏物語』によって形成されていた。彼女が初めに書いた小説はそのような教養に基づく「和文」（『源氏物語』を規範とする平仮名文）だったのであろう。彼女の日記によれば、それを見た半井桃水は「余り和文めかしき所多かり、今少し俗調に（書き直しなさい）」（一八九一年四月二二日）と助言したという。半井桃水も「一葉女史」（一九〇七年）という回想記のなかで、そのような意味の助言をしたことを述べている。それは『闇《やみ》桜《ざくら》』の草稿についての助言であって、その草稿は残っていない。ただ、この助言を受けて書き直したと思われる『闇桜』（一八九二年）を見ても、古典的な和文の要素が強い。たぶん一葉はさらに努力して、『闇桜』の次に書いた『別れ霜』においては、先に引用したように、江戸時代の物語の「俗調」に近づけていったのである。

さて、『別れ霜』の語り手は以上のような修辞でお高を紹介した上で、彼女が何を心がけ、どんな教養を身につけた娘であるかを語ってゆく。それによれば、お高は糸竹《いとたけ》（琴や笛などの音楽）の技に優れ、ひら仮名文字の走り書き（草書）を得意として、『伊勢物語』や『源氏物語』のような大和文《やまとぶみ》（和文）の書物を好み、そして女性の本分は針仕事（裁縫）と心得る、まことに「殊勝」な（けなげで感心な）娘だった。この点でも彼女は江戸時代の女性観によって造形されていたと言える。というのは、江戸時代には数多い女性教訓書が出版されていたが、いずれの女性教訓書も共通して「女の四芸」、つまり女性が身につけるべき四種の技芸として、書筆、裁縫、詠歌、弾琴（糸竹）を挙げていた。ばかりでなく、婦徳を養うには七歳から和字（かな文字）を習わせ、やや長じてからは「淫思なき古歌」を読ませて風雅の道を教えるのがよいとしていたからである。しかも江戸時代においては、それらの技芸は家庭のなかで母親が娘に伝えるのが通例だった。作者はお高の教育については言及しなかったが、「深窓の春深くこもりて」「家にゐて孝順なる」という表現から察するに、彼女は女学校には通わず、基本的な手ほどきを母親から受けて――彼女の母はすでに亡くなっていた――現在は独学自習していたのであろう。その点でもお高は江戸時代的な女性観の申し子のような娘だったのである。

お高がこのように身につけた技芸は、樋口一葉の母親の教育方針や、一葉が学んだ技芸と一致する。だがその技芸が持つ意味は全く違っていた。一葉はみすぼらしい長屋に住み、生活費を稼ぐために妹と二人で針仕事の賃仕事をし、それだけでは足りないため、その教養を元手に小説を書いて収入の増加を図らなければならなかった。それに対して、お高のほうは大きな屋敷の奥に保護されて、いわば技芸の修得そのものを目的とし、親が選んだ男性との結婚を待っていればよかった。その意味でお高は、「女の四芸」を身につけた女性にふさわしい、理想的な境遇を与えられていたと言えよう。このようなヒロインの設定に、一葉の見果てぬ夢が託されていた、と見ることもできる。ただ、小説の物語構造として重要なのは、一葉における現実／夢とも言うべき、貧しい長屋／宏壮な屋敷という構図が、『別れ霜』だけでなく、一葉の初期の小説における基本的な物語空間をなしていたことである。

田辺花圃『藪の鶯』

そして彼女がこの構図を作る上でヒントを与えたのは、おそらく田辺花圃《かほ》の『薮の鶯』（一八八八年）であった。この作品は明治に入ってから日本の女性が書いた最初の小説として読書界で話題になり——明治の代表的な女権運動家・中島湘烟がその一年前、Edward G. Bulwer-Lytton の *Eugene Aram*（1880）の構想を借りて、翻案小説『善悪の岐』を発表したが、当時はほとんど話題にならなかった——作者の田辺花圃は樋口一葉と中島歌子の歌塾で同窓生だったからである。

この小説の物語は二人の女性の運命を軸に進んでゆく。一人は篠原という貴族の娘、浜子で、西洋ふうな大きな邸宅に住み、政府が外国の貴賓を接待するために作った鹿鳴館の舞踏会に出かけ、英語の家庭教師を雇うなど、全てに恵まれ、派手好みの娘だった。もう一人は松島秀子といい、亡くなった両親の残した財産が少しはあるのだが、弟が大学に進んだ場合の学費に取って置き、弟と二人でそまつな長屋を借りて住み、毛糸編みの内職で暮らしを立てている。彼女自身は学校へは通わないが、弟の復習の相手をしながら必要な知識を学んでいる。

浜子には勤《つとむ》という義兄がいる。勤は篠原家の養子に貰われ、浜子の兄として育てられたのである。周囲の者はいずれ二人が結婚するだろうと見ていた。だが、勤がヨーロッパへ留学している間に、彼女は英語の家庭教師の中山と「不行跡な」関係に落ちて、篠原家を出て結婚する。ところが中山には芸者上がりの愛人がいて、結局浜子は親から貰った財産を奪われてしまう。いずれは中山から追い出される羽目になるだろうと噂されるほど、みじめな境遇に陥ってしまったのである。他方、勤はヨーロッパの堅実な実学思想を学んで帰国し、結婚相手としては「婦人の美徳と称する従順の徳があって。少《すこし》く文字も読め斎家《せいか》の道に努力し、……いはば舞踏の上手より毛糸あみの手内職して。僕が活計を助けるといふやうな」女性を理想としていた。そして友人を通して秀子と知り合い、結婚する。

この簡単な紹介で分かるように、小説の書き方が成熟した現代の読者の眼から見れば、これは、勤が理想の女性像を語る場面で早くも結末の見当がついてしまう、ナイーヴなプロットの物語でしかない。しかし同時代のイデオロギー的な動向を、三人の人物によって表象する方法は、当時では極めて新しく、意欲的な試みだったのである。浜子が表面的なヨーロッパ模倣の風潮の表象、勤がより本質的なヨーロッパ理解に基づく実学思想の表象、秀子が江戸時代以来の婦徳の表象だったことは言うまでもない。

田辺花圃の父親、田辺太一は江戸時代には徳川幕府に仕えて二度ヨーロッパに派遣され、明治維新後は新政府に仕え、岩倉具視に随行してヨーロッパとアメリカ合衆国を視察して帰り、この頃は元老院議官となっていた。このような父を持つ花圃は幼い頃から国学と漢学を学び、一八八六年、一九歳で明治女学校へ入学して英語を学び、退学後は東京高等女学校に入学した。その意味で彼女は、自分の家と自分自身をモデルとして、篠原家と浜子とを設定したと言えるのだが、先に紹介したようなストーリーを組んだところに、彼女の自己批評が託されていたと読むこともできるだろう。

樋口一葉はこの友人の小説の成功に刺激されて、自分も小説を書こうと思い立ったと言われている。彼女の初期の作品には「女の四芸」に励む若い女性が繰り返し登場する。このようなヒロインの設定と、貧しい長屋／宏壮な屋敷という物語空間の二極化は、『薮の鶯』から借りたものだと言えなくもない。ただ一葉自身は秀子に近い境遇にあり、田辺花圃の家のような上流階級の家庭や西洋ふうな趣味・風俗・教養、そして鹿鳴館のような華やかな社交界は知らなかった。そのためであろう、『別れ霜』のお高を裕福な呉服商の娘として設定することになった。それと共に、『薮の鶯』のような文明批評的な視点を失い、その代わりに、「女の四芸」による婦徳を過剰に強調する方向へ進むことになったのである。

何一つ不自由なもののない豊かな家庭に育って、「女の四芸」に磨きをかけているお高。それでは、貧しい長屋に住むのは誰であろうか。それは彼女のかつての許婚、芳之助という若者である。芳之助の家も、もとは大きな呉服商だった。両家の結びつきを図って、双方の親がお高と芳之助の結婚を決めたのであるが、お高の父が陰険な策略を用いて芳之助の家を経済的に破綻させてしまう。財産を失った彼の両親と芳之助は、みすぼらしい長屋を借りて移り、彼は親子三人の暮らしを立てるために、今は人力車の車夫をしている。

物語はこの状況から始まる。簡単にそのストーリーを紹介するならば、ある日お高が音楽の先生のところへ行き、家からの迎えの車がおそいため、道へ出て人力車を拾ったところ、それは芳之助の引く車だった。動揺したお高はこのまま自分の家に車を着けてもらうことができず、あちこちと車を引かせた挙句、知り合いの料理屋に着けさせる。そして座敷へ芳之助を呼んで、自分の気持ちを打ち明ける。初めはお高の言葉を拒んでいた芳之助だが、次第にかたくなな心が解けてゆき、改めて結婚の約束を交す。だが、芳之助の父はお高を許さない。長屋まで尋ねてきたお高を追い返してしまう。絶望したお高と芳之助は心中を決意し、芳之助は短刀で胸を刺して死ぬが、お高は、彼女のあとをつけて来た奉公人に止められてしまう。家に連れ戻されたお高は座敷牢に入れられ、七年もの間、乳母の監視のもとに置かれるが、ある夜、同じ部屋に寝起きする乳母が寝込んだ隙に、部屋から庭へ抜け出してしまう。

樋口一葉はその後のお高の行動は曖昧にしか描いていない。ただ乳母の言葉から判断すれば、お高は松の枝に紐をかけて首を括ってしまったのである。

このようなストーリーのなかに、彼女の『藪の鶯』に対する批評を読み取ることは可能であろう。『藪の鶯』に秀子における婦徳への努力は、貧しい境遇から抜けだし、将来有望な青年との幸せな結婚に恵まれる条件だったが、『別れ霜』のお高における「女の四芸」は何の役にも立たなかったからである。

お高の教養が何の役にも立たなかったのは、『薮の鶯』の勤のような、その価値を評価する男性が登場しなかったためだ、と思われるかもしれない。

ところが樋口一葉の『経《きやう》づくえ』(一八九二年)ではそのような男性を登場させたにもかかわらず、一葉はヒロインに幸福な結婚を与えてやらなかったのである。この小説のヒロイン、お園は、亡くなった両親の残した大きな屋敷に乳母と二人でひっそりと暮らしている。大きな屋敷に住む点では、『薮の鶯』の秀子とは境遇が異なるが、「黒ぬり塀の表がまへとお勝手むきの経済は別ものぞかし」とあり、経済的には余裕のない暮らしだったと見るべきだろう。そこへ、江戸時代にはお園の父と共に徳川家に仕え、現在は医科大学でも名医と評判される医者、波崎が毎日のように通って来る。波崎は独身で、身分の高い家柄の娘との縁談も多いのだが、一切耳を貸さず、お園の父親代わり、兄代わりとして彼女の教育に打ち込む。その教育方針は、今どきの女学校で教える英学や理化学などは必要ないと説き、ただ女性としての「優美の性」を養い、徳を磨くことを心がけるように、というものだった。お園もその忠告に従って「縫はり仕事、よみ書」に励んでいたが、ただどういう理由でか、波崎に打ち解けようとしなかった。しかし波崎が札幌の病院へ転勤となり、病気で亡くなったという知らせを受けてからは、いよいよ波崎の教えを守り、机の上には波崎の霊をとむらう香をたいて、どのような結婚話も断わって、尼のような暮らしを送っている。

このように樋口一葉は、波崎のような男性を登場させた場合でさえ、婦徳に励む女性に幸福を与えてやらなかったのである。それでは彼女は、女性に婦徳を押しつける男性の論理、あるいは婦徳を無目的に信じこむだけで、女としての自立を自覚しない女性の生き方に批判的だったのだろうか。けっしてそうは言えないことは、彼女の最後の小説とも言うべき『われから』(一八九六年)によっても明らかである。

一葉『われから』

『われから』のお町は父親からあり余るほどの財産を受け継ぎ、少壮の政治家、金村恭助を婿に迎えるが、美貌自慢で、子供が生まれないためもあって、芸者のような派手な化粧、身なりをし、家政には全く無頓着だった。その意味でお町は、一葉の小説には珍しく、婦徳を心がける女性とは正反対なタイプの女性であり、その不用意な行動によって、若い書生との間があやしいという噂を、女の奉公人に立てられてしまう。ところが彼女の夫、恭助は隠れた所にお波という妾を囲っていて、二人の間には男の子もいる。お波は恭助と幼馴染みであり、お園とは反対に、化粧も控えめに、身なりも質素で、「女の四芸」を心がけてきたとは書かれていないが、恭助にまめまめしく仕えて、金村の奉公人からも「感心だ」と褒められる。恭助はこの子供を引き取ろうとしてお町と口論になり、お町と書生の間があやしいという噂を理由に、お町を追い出してしまう。

これが『われから』の主要なストーリーであるが、この小説にはもう一つ、サブ・ストーリーとも言うべき、お町が生まれた前後の物語が繰り込まれていた。お町の父親は長屋住まいの下級官吏だったが、彼の妻、美尾《みを》（お町の母）は、貧乏な下級官吏にはもったいないと噂されるほど美しい女だった。美尾自身も、自分の美貌ならばどんな出世も思いのままになるはずだ、と考え、貧しい暮らしに不満だった。そしてお町を産んで間もなく、かなりの額のお金を、お町の乳代に使ってほしいと言い残して、姿を隠してしまう。美尾が夫と娘を捨てた理由は明らかには書いてないが、ストーリーの流れから判断して、美尾の母親が、金持ちの男のところへ移るように美尾をそそのかしたためだ、と解釈できる。お町の父は妻に逃げられた屈辱から一念発起して高利貸となり、「赤鬼」と陰口を言われるほど無慈悲な借金の取立をして、大きな財産を作った。

その意味で貧しい長屋／宏壮な屋敷という対比は、『われから』の場合、お町の過去／現在という対比でもあった。その過去を知っている車夫が、恭助にまめまめしく仕えるお波を「感心だ」と褒めあげる。その言葉の裏側には、夫と子供を捨てた美尾に対する非難が籠められていた。この車夫の「倫理」観からすれば、お波は、美尾がそうあるべきだった、望ましい女性の姿を示していたことになる。お町が大きな屋敷の主婦としてふさわしくないのは、美尾の血を引く女だからなのである。

結局一葉は最後の作品においても、日陰者の、質素な暮らしに耐えて、男性によく仕える女性と対比させながら、派手な上流階級の女性を不幸に追いやるストーリーを好んでいたのである。ただ、このことから直ぐに一葉のイデオロギーを引き出すのは危険だろう。注意すべきは奉公人たちの口さがない噂が彼等の運命を動かしてゆく点であって、今も紹介したように、彼等はお町と書生の間があやしいという噂を立てて、恭助にお町を追い出す口実を与える。彼等から見れば、お町が恭助に財産を奪われるのは、お町の父が貧しい人たちから金を絞り取ったことへの報いであった。そしてお波のかいがいしさを「感心だ」と褒めそやすわけだが、一葉はこのような奉公人たちの評価のままに、お町や恭助を動かしてゆくのである。

そしてこのような点に注目をする時、樋口一葉の小説における陰の空間と、文体の秘密が新たに見えてくるだろう。それは樋口一葉だけにかぎらず、当時の女性の作者に共通する空間と文体の秘密でもある。

3　文体の創出

（一）〈奉公人〉の語り口

もう一度田辺花圃の『藪の鶯』に戻ってみよう。篠原家の浜子はこんな表現によって読者に紹介される。

鼻たかくして眉秀《ひい》で。目は少しほそきかたなり。常におさんに健康を害すなどいひてとどめたまふ。かの鉛の粉にても内々用ゐたまひしにやあらん。きはだちて色白く。頭《かしら》はえりあしよりいぼじり巻に巻上げて。テツペンはいちやうがへしの如く束《つか》ねて。ヤケに切《きつ》たる前がみは。とぐろをまきて赤味をおびたり。白茶の西洋仕立の洋服に。ビイツの多くさがりたるを着して。少しくるしさうにはみゆれど。腹部はちぎれさうにほそく。つとめて反身《そりみ》になりたる気味あり。下唇の出たるだけに。はたしておしやべりなりとは。供待《ともまち》の馬丁《べつたう》の悪口。総じていはば。十人並には過たるかたなり。

（亀井訳：鼻は高く、眉は美しく、眼はすこし細い。いつもおさんに向かって、健康によくないからと、止めていらっしゃる例の鉛の粉を、自分はこっそりと使っていらっしゃるのだろうか、肌の色は目立つほど白く、頭髪は襟足からいぼじり巻に巻上げて、その先を銀杏返しみたいに束ね、思い切りよくカットした前髪はカールして赤みを帯びている。西洋で仕立てさせた白茶の洋服に、ビーズが沢山下がっているのを着て、少し苦しそうに見えるが、ウエストはちぎれそうに細く、つとめて反り身になっている様子である。下唇が出ているのは、間違いなくおしゃべりの證拠だとは、主人を待っている御者の悪口。全体的に言えば、十人並み以上ではある）

浜子が際立って色の白い娘だということを伝えるために、この小説の語り手は「常におさんに健康を害すなどいひてとどめたまふ。かの鉛の粉にても内々用ゐたまひしにやあらん」と皮肉な言い方をしていた。「おさん」とは江戸時代の物語以来、下女の名前によく使われた女性名であり、また「鉛の粉」とは鉛の粉を混ぜたおしろいを指し、遊女が地顔を隠すためにこれを首から顔にかけて厚く塗った。しかし長年用いると、鉛が皮膚を侵して、いっそう黒ずんだ顔色になってしまう。それをおしろい焼けと呼んだ。語り手はこのことを踏まえて、「このお嬢さんは普段は下女に、肌の健康によくないなどと言って禁止なさっているけれど、じつは御自身はこっそりと芸者みたいにおしろいを塗っていらっしゃるのだろう」と言ったのである。この皮肉な観察と、わざとらしい尊敬語の言葉づかいは、陰口好きな女の立場からなされたものだ、と見てさしつかえない。語り手はさらに続けて浜子の身なりと体型を紹介し、「下唇の出たるだけに。はたしておしやべりなり」という供侍の馬丁の悪口を引用する。御者の溜まり場で主人が舞踏会を退けて出てくるのを待つ間に、御者たちが主人の噂をする。その悪口を借りて、語り手は浜子の容貌の欠点と性格と欠点とを読者に告げたのである。読者はここを読んだだけで、浜子がこの物語のなかでどんな扱いを受けることになるか、おおよそ察しがついたことであろう。

樋口一葉はそのような語り方も受け継いでいたのである。

ただその分析に移る前に、当時の屋敷における奉公人の一般的な構成を紹介しておきたい。

この頃の大きな屋敷には二種類の女性が働いていた。その一つは主に台所にいて洗い物や料理の下ごしらえをする女で、下女と呼ばれた。もう一つは料理を整えて、主人の家族の食事の場に運んで給仕をしたり、必要に応じて主人家族の身のまわりの世話をする女で、仲働きと呼ばれた。下女と仲働きを合わせて、女中と呼ぶこともある。この他に、主人の幼い子供を養育する乳母を置く場合もあり、その子供が女の子であれば、乳母は子供が成長して結婚するまで身のまわりの世話をした。

これらは生活のために奉公に来た女たちであるが、さらに小間使いと呼ばれる若い女性がいて、行儀見習いを兼ねて主人夫婦の世話をする。小間使いの娘の生家は、多くは田舎の裕福な家庭だった。その家庭では娘の結婚前の修行として、上流家庭の風習や行儀、言葉づかい、来客の応対の仕方などを身につけさせるために、小間使いとして預かってもらうのである。また上流階級の家庭であっても、母親の娘に対する躾はどうしても甘くなりがちだ、という理由で、同格の家に修行に出す場合もあった。もちろん同格の家から同じ理由で依頼されれば、その家の娘を自分の所に預かった。

以上は女性の場合であるが、男性の奉公人としては、たいてい一人か二人の書生を置いていた。これは明治の独特な制度で、頭が良くても家が貧しくて上級学校に進学できない若者を引き取り、玄関脇の書生部屋に住まわせて、来客の取次や、庭の草取りや落葉掃きなどの雑用をさせ、日中は専門学校や大学に通わせて、将来の自立を助けてやるのである。その他、お抱えの馬車の御者、あるいは人力車の車夫がいて、彼等は長屋から通ってくる場合もあったが、庭の隅に建てた小屋に住み、主人家族の外出の供をするだけでなく、屋敷内外の修繕などの力仕事に当たったのである。この制度に伴う人間の社会的流動や人間関係の構成の研究なしには、今後のフェミニズム研究やジェンダー論的な研究の進展はおぼつかないであろう。

なお、ついでに説明しておけば、これまで何度か「家政」という言葉を使ってきたが、「家政」とは主婦が経済的な管理を行なうことだけでなく、以上のような奉公人を監督し、家風に合わせて躾をすることをも意味したのである。それは大変に気苦労な仕事であるが、さらに主婦は下女に料理や針仕事を教え、覚えのよい下女を仲働きへ引き上げて、娘らしい着物を整えてやり、しかるべき若者を見つけて結婚させ、その際には親代りとなって嫁入り道具を揃えてやらねばならない。下女は貧しい家の少女が多く、毎月の給金はごくわずかであったが、このように一人前の女性に育ててもらい、その屋敷の娘分として嫁入りできることを目当てに、つらい下女奉公に耐えたのである。

ただし以上はこの時代の「理想的な」事例であって、たいていの場合、主婦にはそれだけの才覚がない。特に若い主婦の場合、彼女より早くからその家に使えていた仲働きのほうがはるかに詳しく家の風習に通じている。そのため、仲働きだけでなく、下女や車夫たちまでが主婦を軽視するようになって、彼等は台所に集まって主人家族の陰口をきくようになる。下女や車夫は主人家族の住む「奥」の様子を知らず、それだけに勝手な想像をめぐらした悪口を言い、もし仲働きがしっかり者ならばそれをたしなめることも出来るのだが、その心得のない仲働きは「奥」の様子を誇張して下女や車夫に言いふらす。樋口一葉の『われから』の場合は小間使いや、主婦の髪を整えに通って来る髪結いの女までが噂に加わって、それが下女や御者の口を通して屋敷の外、つまり世間へと流れてしまうのである。その意味で上流階級の屋敷は、そのなかに奉公人という「他者」を抱え、台所や女中部屋を通して悪意ある陰口が流出し、流入してくる、きわめて不安定な構造の空間だったと言うことができよう。

一八九〇年代には女学校や高等女学校の教育に対する批判が現われてきた。その批判の内容は、現在の女子教育がいたずらに西洋模倣に走っていることを指摘し、「女の四芸」による躾を重んじた伝統的な女子教育を取り入れるべきだというものであった。田辺花圃や樋口一葉は、この批判のなかに、上のような「家政」学をこそ教えるべきだという主張を読み取ったのであろう。『藪の鴬』の勤が「斎家の道」と言い、『経づくえ』の波崎が英学や理化学などは学ぶ必要がないと言ったのは、そういう風潮と呼応する発言だったのである。

(2) 世間の噂・匿名の声

このことを確認して、さて樋口一葉の小説に戻るならば、『別れ霜』のお高を紹介する表現は、江戸時代の修辞の応用であると共に、世間の噂を取り込んだ語り口だったことが分かる。先に引用した表現に続けて、語り手は次のように、若い男(学生)の視線と噂口《うわさぐち》に移ってゆく。

世間に出さぬも道理か荒き風に当たりもせばあの柳腰なにとせんと仇口《あだぐち》にさへ噂し連れて五十稲荷《ごとういなり》の

縁日に後姿のみも拝し得たる若ものは栄誉幸福上《うへ》やあらん卒業試験の優等證は何のものかは国会議員の椅子にならべて生涯の希望の一つに数へいる、学生もありけり

（亀井訳：「父親がお高を世間へ出さない理由もなるほどよく分かる。荒い風に当たったならば、あのなよやかな柳のような腰がどう堪えられようか、きっと折れてしまうにちがいない」などと無責任な噂をし合って、五十稲荷の祭日にお高の後姿だけでも一目見ることのできた若者は、それだけでこの上ない栄誉幸福を覚えたであろう。卒業試験に優等證を取る喜びなど、とても比べものにならない。国会議員の椅子を手に入れる希望に並べて、お高を妻とすることを人生の希望の一つに数え上げる学生もいたということだ）

この箇所にかぎらず、樋口一葉はヒロインを登場させる際に、しばしば若い男の視線や噂口を借りた修辞を用いていた。フェミニズムの研究者はそうした点を見逃している。樋口一葉が男性的視点から女性を見る表現法を用いたことは、彼等の理論に都合が悪いからかもしれない。しかし彼女はそのような表現によって男性の関心を挑発し、男の書き手と読者とが主流をなす読書界に自分の小説を認知させようとする作戦《ストラテジィ》だったのだと見るべきであろう。

しかも彼女は『別れ霜』から『経づくえ』へと書き馴れるに従って、いっそう世間の噂を借りた表現を好むようになってゆくのである。『経づくえ』の波崎がお園のところへ通う様子は、こんなふうに語られていた。

去りながら怪しきは、退院がけに何時《いつ》も立ちよる某《それ》の家、雨は降れど雪は降れど、其処《そこ》に梶棒《かじばう》おろさぬ事なしと、口さがなき車夫の誰《た》れに申せしやら、夫《そ》れから夫《そ》れへと伝はりて、想像のかたまりが影と

なりかたまりとなり、様々の噂《うわさ》となり、人知れず気を揉《も》み給ふ御方《おかた》もありし
（亀井訳：立派な人だと言うけれども、どうも不思議なのは、医学士の恭助が病院を退けて帰る途中で、いつも立ち寄るある家がある。「雨が降ろうが雪が降ろうが、其処で人力車の梶棒を下ろさせない日はない」と、おしゃべりな車夫が誰に話したのか、あの人間からこの人間へと伝わって、想像のかたまりが、影のようなほのめかしから形あるものになって、さまざまな噂となって拡がり、それを聞いて人知れず気を揉んでいらっしゃる女性もいた）

お園と波崎はこのような噂に取り囲まれている。換言すれば、樋口一葉がそういう噂で彼等を取り囲んでいったのである。彼女が主要な登場人物を表現する仕方は、実体的な対象の具体的な特徴を「描く」というよりは、むしろ伝統的な修辞によって仮構してゆく傾向が強かった。この仮構された人物にある種の実在感を与えるのが、彼等を噂する世間や奉公人の、その陰口や悪口だったのである。もしその部分を取り除けてみるならば、その物語は読むに耐えないほど幼稚な空想性を露呈してしまうだろう。その意味では、小説のなかでは名前を与えられない奉公人たちの陰口、つまり匿名の世間の「声」が彼女の物語のリアリティを生み出しているのである。

匿名の「声」は主要人物を追い詰めるほどの力を持ちながら、しかしその正体は「影」のようなものにすぎない。注目すべきは、『経づくえ』の語り手は一面では匿名の「声」を取り込んで語りながら、他面ではその「声」そのものに批判を向けていることである。『経づくえ』の目的がお園の運命を語ることにあるならば、お園が波崎の死後、髪を残したままの尼になったところで語り納めてもよいはずだが、語り手はわざわざ次のような感想を加えてその物語を結ぶ。

或る口の悪きお人これを聞きて、扨《さて》もひねくれし女かな、今もし学士が世にありて、札幌にも行かず以前の通り、生やさしく出入りをなさば虫づのはしるほど嫌がる事うたがひなしと、苦笑《にがわら》ひして仰《おほ》せられしが「ある時はありのすさびに憎くかりき、無くてぞ人は恋しかりける」とにも角にも意地悪るの世や意地悪の世や。

（亀井訳：ある口のわるい人がお園の物語を聞いて、なんとも心のまがった女であることよ、今でももし学士が札幌へ行かないで、中途半端にやさしく出入りをしているならば、きっと虫ずがはしるほど嫌っているにちがいない、と苦笑いしておっしゃったが、『源氏物語』の桐壷の巻に引用された古歌を借りて言えば「生きている間は、生きているということに馴れきって素っ気なくしていたけれど、その人が亡くなった今は恋しくてならない」。何やかにやと言い立てて、いじわるな世間だこと、意地悪な人の多い世の中だこと。）

「或る口のわるきお人」とは、その口調から判断して、男性と考えてよい。語り手はこの皮肉な言葉を引用した上で、それに反論する形で、『源氏物語』のなかの古歌を引用する。『源氏物語』においては「無くてぞ人は恋しかりける」の部分のみを使っていたが、ここでは「ある時はありのすさびに憎かりき」までも含めた歌全体によって、お園の気持ちを代弁させている。このことを作者の樋口一葉の立場に即して解釈すれば、彼女はこの古歌の内容を明治の時代によみがえらせるモチーフによってお園の物語を作ったのだ、と見ることができるだろう。そう解釈する時、「とにも角にも意地悪るの世や意地悪るの世や」には二重の意味作用が生まれてくる。一つはお園を皮肉な眼でしか見られない世間に対する抗議であり、もう一つはこの物語そのものを悪しざまに言うだろう世評に対する抗議である。

男の視点や口調を借りて語りながら、女の立場から異議や訂正を続けてゆく。あるいはその逆の語り方を採る。樋口一葉はそのように文体を作っていった。『たけくらべ』（一八九五年）や『にごりえ』（同前）においては、男の口調や女の語り口の、職業や身分によるニュアンスまでも巧みに生かした多声的《マルチ・ヴォーカル》な文体を持ちうるようになり、『われから』に至って、以前は匿名の存在だった車夫や仲働きにも名前を与えて、匿名の「声」の発話主体を明かすところにまで進んだのである。

このような書き方を受け継いだのが、清水紫琴《しきん》という女性の作者だった。彼女は『心の鬼』（一八九七年）や『したゆく水』（一八九八年）などにおいて、裕福な家における夫婦の性格上の葛藤を、奉公人の反応を媒介にしながら描き出し、主人夫婦の生活の破綻を語ったのである。

4　発話のリアリティ

屋敷の陰の空間にも眼を向け、そこから発生する多声的な「声」に、主要な登場人物の運命を左右するだけの影響力を与える。この方法は田辺花圃や樋口一葉や清水紫琴などの女性作者だけが用いたわけではない。男性作者、坪内逍遥も『細君』（一八八九年）でその方法を用い、樋口一葉はこの小説を翻案する形で『十三夜』（一八九五年）を書いている。ただ相対的に言って、この方法を積極的に用い、独自な物語構造を作っていったのは、田辺花圃以下の女性作者であった。その物語構造はのちに少女小説と呼ばれるジャンルに受け継がれてゆく。この結果をも含めて、かつて社会主義的リアリズム論が支配的だった時代には、彼女たちの小説が社会批評の視点を欠いていることを批判された。物語世界が限られていることと、メロドラマ的な類型性によって、そのように見られてしまったのである。また必ずしも社会主義的リアリズムの立場に拠らない研究者であっても、「内面」を持ち、自立した生き方を求める人間を、言文一致の文体で「描いた」

小説を、より進んだ近代文学と見る文学観によって、彼女たちの小説を判定してきた。

歴史的に見れば、前田愛や一九八〇年代後半からのフェミニズム研究者の研究は、このような傾向によって捨象されてきた側面に照明を当て、彼女たちが書いたものを再評価する試みだったと言えよう。その点から見れば、樋口一葉の小説について、前田愛が「明治女性のもっとも深い嘆きの声を、作中人物の声とすることができた」ことを強調し、菅聡子が「同時代の女たちに向けられた抑圧のさまを社会構造の全体像のなかでとらえ得た」ことを強調した理由は、理解できないではない。

しかし前世代の文学観そのもの、研究方法そのものをこわさずに、女性的な視点による小説の読み変えを急ぐあまり、抑制のない感情移入に走れば、かえって小説を貧しくしてしまう。ばかりでなく、その小説を別なものに変えてしまうことになりかねない。薮禎子《やぶていこ》は『われから』を、「女の孤独と解放への夢、世への哀しい認識と、それにもかかわらず燃え上がる憧れに、この小説の面目があり、歴史性があ」る（『透谷・藤村・一葉』一九九一年）と評価した。渡辺澄子はそれを受けて、『われから』のストーリーをお町を中心に整理し直したのちに、一葉の『日記』から「あけくれに見る人の一人も友といへるもなく我をしるもの空しきをおもへばあやしう一人この世に生まれし心地ぞする」（亀井訳：一日のうちに出会う人々のなかで自分の友と呼べる人は一人もなく、私を理解する人もいない空しさを思うと、わが心ながら不思議なほど、自分はこの世に一人きりで生み落とされたのだという想いが湧いてくる）という言葉を引用し、この一葉の「底無しの深い寂寥感」はそのまま『われから』のお町のものであったと断定する。一葉がこの言葉を『日記』に書きつけたのは、彼女の家に毎日のように文学者が訪れていた時期だったのだが、しかし渡辺澄子は「彼等は皆男だった。女を窒息させる制度下を生きねばならぬ女の苦悩を本当には理解されない苛立ちと悲哀と不信が彼らに対して一葉にあったのではなかったか」と推測する。さらにこのように推測した一葉の心情を『われから』のお町に重ね合わせて、

「男中心社会によって造られた女には自立して生きるポジションがない。ビジョンを持てる能力が培われていない。一葉の苛立たしさ、歯がゆさ、腹立たしさ、そして絞るような哀しさが、『われから』を読む私を揺する」(「一葉文学における新たな飛躍――『われから』論」。新・フェミニズム批評の会編『樋口一葉を読みなおす』)と結ぶのである。

一九七〇年代までの文学鑑賞は主人公の心情を中心化して、そこに作者の心情の投影を見出すと共に、思い入れたっぷりに自分の感情移入を行う、という読み方が主流だった。「読み」の制度だったと言ってもいい。彼等はこの制度が他の読み方に対して抑圧的でさえあったことに気づいていない。そこにこそ現在の「女流作家」研究の問題があると言うべきであろう。

明治の女性の作者たちは、先にも指摘したような物語構造と、陰の空間における多様な声に基づく文体によって、「家庭」に焦点を合わせた小説の方法を拓いていった。その文体は女性の声だけを代弁するものだったわけではない。樋口一葉の『たけくらべ』における語り方は、吉原という遊廓の周辺に住む下層の女たちの噂口を基礎としていたと言えるが、その分け知り顔の、無責任な噂に対抗するかの如く、長吉や正太が自分のことを語る。この男の子たちの言葉は、ヒロインの美登利の言葉に劣らず、生き生きとして、真実な響きを伝えている。『十三夜』の父親の場合も同様である。ところが現代のフェミニズム研究はこのような点を見落として、中心化したヒロインの(あるいは作者の)モノローグとしてしか読んでいない。

だが、その内部に相拮抗する男の声と女の声とを取り込んだ一葉の文体は、男と女とのいずれの発話にもリアリティを与え得る力を獲得したのであり、それこそが明治「女流作家」の高い達成だったのである。

第8章　語りと記憶——『山月記』と多喜二の二作品

私は平成一三年（二〇〇一年）から翌年にかけて一〇回、市立小樽文学館で「小林多喜二を読み直す」という連続講座を開いた。

ただし、いきなり多喜二の作品に入ったわけではない。一種の予備作業として、まず中島敦の『山月記』をはじめ、宮沢賢治の『注文の多い料理店』や、夏目漱石の『坊っちゃん』と『二百十日』などを取り上げてみた。いずれも市民の皆さんが一度は目を通した可能性の高い作品であり、その意味ではこれらの作品を「読み直す」ことから始めたわけだが、なぜそういう回り道を選んだのか。かつて読んだ作品の内容や、ストーリーを再確認しながら、最近の文学研究における物語分析の基本的な概念と方法を知ってもらうためである。

その第一回目に『山月記』を読むことにした。後に小林多喜二の『田口の「姉との記憶」』（小樽高商文芸研究会『北方文芸』第四号、昭和二年六月）や『同志田口の感傷』（『週刊朝日』春季特別号、昭和五年四月）を取り上げることを予定していたからである。しかし他方、独立の『山月記』論としても十分に検証と批判に耐え得るものにしたい。そう考えて、次の五点を中心に話しをした。

一、〈出来事の伝達経路を語る物語〉の一ヴァリエーション

普通この世で起らないような出来事、また仮に起ったとしても世の中に伝わるはずのない出来事が、なぜ私たちに伝わってきたのか、この疑問に対する答えを内包する物語。ジュール・ヴェルヌの『海底二万哩』

の場合、ネモ船長は乗組員と運命を共にした。だから、その活動は闇に葬られたはずなのだが、たまたまノーチラス号に救助され、しばらく行を共にした数人が生還した。この結末によって読者は、ノーチラス号の物語が伝わったことを納得する。

『山月記』において、「生還した人たち」は袁傪と従者たちの一行ということになるだろう。「後で考えれば不思議だったが、その時、袁傪は、この超自然の怪異を、実に素直に受け入れて、少しも怪しもうとしなかった」。物語の途中、このようなことわり（釈明）が挿入され、「後で考えれば」の一句によって、袁傪の体験談がこの物語全体のベースとなっていることが暗示される。それと共に、「この超自然の怪異」を読者が不自然に思わず、袁傪と同じ素直さでを受け入れるように誘っているわけである。

二、聞き手として袁傪の役割

①草むらに潜んで、人間の言葉を呟く虎を、李徴としてアイデンティファイする。「その声は、わが友、李徴子ではないか？」。この呼びかけがなかったならば、虎／李徴は自分の物語を語るきっかけを持ち得なかっただろう。

②虎／李徴との関係を「わが友」として設定。これが虎／李徴の語り口や内容を枠づける。

③虎／李徴の最後の望みを実現。袁傪は虎／李徴の詩を従者に書き取らせ、また虎／李徴が最も懸念する妻子の生活について、援助を約束する。一面でこれは虎／李徴の荒ぶる心の鎮魂であるが、このことによって袁傪と従者たちは無事生還の保証を得たことになる。

④耳の批評性。虎／李徴が語る「内容」には疑問を挟まないが、彼の詩に関しては「このままでは、第一流の作品となるには、どこか（非常に微妙な点において）欠けるところがあるのではないか」と批判的な

感想を禁じえなかった。そればかりでなく、虎／李徴の語り口から敏感に李徴の自嘲癖を感じ取るなど、この批評性が読者に、虎／李徴に対する相対化の視点を与える。

三、虎／李徴の語りの特徴

①交換不可能な聞き手によって支えられた語り。これは二の①に関係することだが、もし袁傪が「わが友」と呼びかけなかったとすれば、虎／李徴からあの長い自己告白的な物語を引き出すことはできなかったのではないか。そう考えてみれば分かるように、「今から一年ほど前、自分が旅に出て汝水のほとりに泊まった夜のこと、……」から始まる「虎」の物語は、袁傪という聞き手を得て初めて可能な自己告白だった。その意味で袁傪は、虎／李徴にとっては他の誰とも交換できない、唯一不可欠な聞き手だったことになる。

②一回かぎりの語り。虎／李徴は〈人間的な意識や感情、言語能力が自分の中にもどって来る時間が、日に日に短くなっている〉ことを自覚し、間もなく虎になりきってしまう（「酔ってしまう」）ことを深く恐れている。その意味では「時間内存在としての人間」という実存を自覚した、意識存在だったことになる。その意識存在が、虎に変じて以来誰にも語り得なかった胸中の想いを、袁傪という聞き手を得て語ることができた。袁傪が去ってしまえば、もはや再び語る機会を持ち得ない。この切迫した状況が、虎／李徴の語りに緊張感を与えている。

この物語の特徴の一つは、物語全体の語り手が何度か「残月」に言及して、聞き手（または読者）の関心を「薄れゆく光」に向けさせていることであるが、言うまでもなくそれは、虎／李徴にとって、袁傪との別れが迫ってきた／袁傪と過ごす時間が消滅してしまうことの象徴だった。ばかりでなく、同時にそれは、彼の中からまさに消えんとする人間の意識の象徴でもあった。「時に、残月、光冷ややかに、白露は地にしげく、樹間を渡る冷風はすでに暁の近きを告げていた」、「ようやく辺りの暗さが薄らいできた。木の間を伝って、どこからか、暁角が悲しげに響き始めた」。具体的には、この二つの叙景が無情な時の推移を告げるわけだが、それに焦りを誘われたかのごとく、彼の感情は昂ぶり、言葉が乱れてゆく。

ただ虎／李徴にとって僅かな救いは、このように時間に追われながら、しかし自分が李徴と呼ばれる人間だった証拠（漢詩）を袁傪に託すことができたことである。その意味で彼の物語は、別な機会に、袁傪以外の聞き手に対しても語り得るような、繰り返しが可能な語りではない。この時を外しては最早永遠に不可能な、まさに一回限りの語りであった。

四、「虎」となってしまった事実から再構成された過去

以上のことと同時に、彼が語る内容は、「虎」としての自意識に拘束されていたことも見落としてはならない。もし李徴が兎やパンダに変身してしまったとするならば、──換言すれば、仮に兎やパンダが自分を李徴にアイデンティファイしたとすれば──まず決して使わないだろうボキャブラリーによって、彼は自分の過去を描き、分析している。「人間はだれでも猛獣使いであり、その猛獣に当たるのが、各人の性情だという。おれの場合、この尊大な羞恥心が猛獣だった。虎だったのだ。これがおれを損ない、妻子を苦しめ、友人を傷つけ、果ては、おれの外形をかくのごとく、内心にふさわしいものに変えてしまったのだ」と。しかし実際は、虎という「おれの外形」から、それにふさわしい「内心」を見出していたのだ。そのように捉え直してみる発想転換も必要だろう。

五、虎／李徴の自己分析

彼の自己分析は「人間であった時期」、「虎であることに気がついた時期」、「「虎」の姿を隠し、李徴として語っている現在」の三段階を踏んでいる。

この三段階はコミュニケーション状況をめぐるドラマとして整理することができる。まず「人間であった時期」について、虎／李徴自身の自己分析によれば、「人間であったとき、おれは努めて人との交わりを避けた」という。つまり彼は、身近な人たちとのコミュニケーションを絶ってしまい、このため、周囲の人からは「据傲」「尊大」と評される羽目に陥ってしまった。だが彼は、「臆病な自尊心」に災いされて、「進んで師に就いたり、求めて詩友と交わって切磋琢磨《せっさたくま》に努めたりすることをしなかった」。

これは、彼が自らディスコミュニケーションの状況を選んだこと、そしてその状況の中で彼が見出した詩作の動機は、「自尊心」の満足という自己本位のエゴイズムでしかなかったことを意味する。ロシアの文学理論家、Yu・ロトマンは『文学と文化記号論』のなかで、通常私たちが他者に向けて行なう、〈私―彼〉的な方向の通報《メッセージ》伝達に対して、〈私―私〉的方向として図式化できるコミュニケーションがあることに注目し、これを「自己コミュニケーション」と呼んだ。いまその図式を借りて言えば、虎／李徴は他者不在の、出口がない「自己コミュニケーション」の地獄に陥っていたことになる。

彼は哀惨に、「天に躍り地に伏して嘆いても、だれ一人おれの気持ちをわかってくれる者はない。ちょうど、人間だったころ、おれの傷つきやすい内心をだれも理解してくれなかったように」と、自分の孤独を訴える。いかにも悲痛な訴えであるが、しかし翻って考えるに、彼は一度でも、他人の内心の苦しみを分かろうと努めたことがあるだろうか。そう思って読み直しても、彼が他者の内心を理解しようとした形跡は認められない。むしろその反対だった可能性のほうが大きい。

『山月記』というテクストには、かつて李徴が作ったという詩が一つも紹介されていない。その理由もこのことに関係するだろう。彼の詩は結局自己コミュニケーション以外ではなかった。多分そのため、袁傪は従者に彼の詩を書き取らせながら、「しかし、このままでは、第一流の作品となるには、どこか（非常に微妙な点において）欠けるところがあるのではないか」という批評を禁じえなかったのである。

ある意味で李徴はこのようなディスコミュニケーションによって自分を守ってきたわけだが、何者かによって虎の姿に変えられてしまった現在、いかに彼が〈私―彼〉的な方向のコミュニケーションを願ったとしても、もはやそれは不可能になってしまった。彼が汝水で失踪してから袁傪の前に姿を現わすまでの一年間、頭の中では人間の言葉を操ることができ、複雑な思考も可能だったという。だが、それは他の聞き手を持ちえない、文字通り自分に向けた言葉でしかなかった。その意味で「虎」という外形は、彼自身が選び、そして遂に抜け出られなくなってしまったディスコミュニケーション地獄の象徴だったと言える。

その虎／李徴が、偶然にも「わが友」と呼びかけてくれる袁傪と出合った。それこそ最後の、一回限りのコミュニケーションの機会であり、その成就だった。そのように見るならば、この虎／李徴の語る物語はコミュニケーションのあり方をめぐる自意識のドラマだったことが分かる。

以上のことを踏まえて、国語教科書の「学習の手引き」などでしばしば問題になる「尊大な羞恥心」という自己分析を取り上げてみよう。彼自身の自覚するところによれば、「尊大な羞恥心」における「尊大」は、彼がまだ「人間だった時期」、自ら選んだディスコミュニケーションの態度のため、他者から受けたネガティヴな評言だった。それに対する「羞恥心」について、彼はその時期から既に「自分の性情」として自覚していたかのごとく語っているが、実はそうではない。むしろ袁傪という聞き手に語っている途中で、「虎と成り果てた今、おれはようやくそれに気がついた」のである。言葉を換えれば、彼は袁傪という聞き手を介して、自分を「尊大」と評した過去の他者と向き合うことになったわけだが、その他者に対する反論、抗弁の形で持ち出したのが「羞恥心」であり、その意味で「尊大な羞恥心」という一種の形容矛盾は、他者の言葉との葛藤の表出だったと言える。

彼はもう一つ、「臆病な自尊心」という言い方をしていたが、どちらかと言えばこれは自己内心の二律背反的な葛藤の表現と言うべきで、「尊大な羞恥心」のような他者の言葉との葛藤は感じられない。他者から「尊大」と指弾されるような態度しか取れなかった理由の（袁傪という聞き手を媒介とした）自己釈明と見るべきだろう。

およそ以上のようなことを小樽文学館で指摘したわけだが、その一〇年ほど前の、平成二年（一九九〇年）八月、札幌で開かれた全国高等学校国語教育研究連合会の「第二三回大会」で、私はシンポジュウムの企画を依頼された。そこで蓼沼正美氏（当時、苫小牧工業高等専門学校専任講師）と、千葉孝一氏（当時、釧路工業高等専門学校専任講師）を誘って、「改めて『山月記』を読む」というテーマを立て、私は「テクストとメタテクスト」というタイトルの発表をしたが、その時は右の二から五に当たることに言及した。一に触れなかったのは、限られた時間内の話なので、関心の拡散を恐れたからである。

その代わり（？）に、シンポジュウムでは別な二点に言及している。

その一つは「対話における自己発見」ということだった。虎／李徴は袁傪に向かって、「この虎の中に、まだ、かつての李徴が生きているしるし」として即席の詩を披露するわけだが、それを通して一種の自己発見があったらしい。即席の詩を詠じ、やや間を置いた後、「しかし、考えようによれば、思い当たることが全然ないでもない」と語り始める。その語り口からは自嘲のニュアンスは消え、悲痛な口調の自己分析に入ってゆく。つまり彼は、現在の自分と袁傪との境涯の隔絶を、やや自己戯画的に描き出し、その表現行為の中である何事かに「思い当たった」のである。

それをもう少し一般化して言えば、彼の自意識に動揺が生じ、自己分析と自己発見が始まって、妻子に対する感情に目覚めたわけだが、それは自己コミュニケーションの中ではなく、〈私―彼〉的な方向の通報伝達《メッセージ》行為の中であった。もちろんその過程で、袁傪に対する「嶺南からの帰途には決してこの道を通らないでほしい、その時には自分が酔っていて故人を認めずに襲いかかるかもしれないから」という配慮も生まれている。

この例を挙げて私が言いたかったのは、次のようなことだった。〈自己コミュニケーションそれ自体が不毛だというわけではない。私たちの意識は他者との対話を媒介として自分自身と関係する。内的に対話している。その意味で、〈私―彼〉的な方向の通報伝達《メッセージ》行為の中には必ず自己コミュニケーションのモティーフが孕まれているわけだが、当然対話の進行に伴って〈私―私〉意識も変容し、自己意識が刷新される。このような対話―媒介の関係を持たない時、自己コミュニケーションは硬直に陥ってしまうだろう〉。

私は現場の先生方に、そういう視点で教室の対話を捉えて欲しかったのである。

もう一つは「テクストとメタテクスト」というタイトルにかかわることで、私たちは真空状態の中で、裸のテクストに接するわけではない。作者名や装丁、広告、新聞の書評など、そのテクストを手にする環境からテクストに関する何らかの情報を受け取って、読む動機や関心を作ったり、方向づけたりする。それらをメタテクスト機能と呼ぶならば、国語の教科書は「単元の目標」や「学習の手引き」など、いわばメタテクスト機能そのものをテクスト化したテクストと言えるだろう。そういうメタテクスト的な装置によって、生徒を共通のテクスト理解へと導こうとしているわけだが、そうであればこそ先生の側では、まず一たんメタテクスト的装置を外し、テクストの表現と構造に即した読みを作っておく必要があるのではないか。

当時の国語教育は主人公の心情を中心化し、主人公に作者を重ねながら、先生が感情移入的に読み込んでゆく。そして生徒に感情移入的な読みを促す。そういうやり方がまだ一般的だった。

しかし『山月記』というテクストそのものに即して言えば、李徴と中島敦とを重ね合わせるべき／重ね合わせてもよい根拠は、少なくとも表現の面からは見つからない。物語構造の面からも出て来ない。中島敦が作者だからと言って、それは李徴と中島敦を重ねる根拠にはならない。むしろ主人公―作者の心情を中心化し、主題化する読み方を一たん脇に除けて、聞き手としての袁傪に照明を当ててみるならば、もっと豊かな読みが可能になるのではないか。私はそこに注意を促したかったのである。

こうしてみると、私自身の発表もまた聞き手との関係、またはその関係を意識する仕方によって方向づけられていたことになる。他方、小樽文学館の場合は聞き手の層を特定しない、市民向けの講座であり、当然のことながら国語教育に関する箇所は省かざるを得ない。その結果、話の焦点は自ずからコミュニケーション構造に向けられることになったわけだが、私は後に小林多喜二の作品を取り上げる伏線として、当日配布したレジュメの四、「『虎』となってしまった事実から再構成された過去」の項に、「回想（告白）のモティーフは「現在」にある。↓「記憶」論。↓〈歴史とは常に現在の歴史だ〉という問題」と書き加えておいた。

もちろんこれだけでは何のことか、さっぱり分からないだろうが、当時はポスト・コロニアルやカルチュラル・スタディズに触発された歴史研究者の間で「歴史と記憶」の問題が盛んに論じられていた。そのころ（平成一三年六月二三日）、私は韓国の大田 Hanbat 大学校で「日本文学における虚構と記憶」という講演を行い、その問題が起ってきた理由について、私なりの理解を次のように説明した。

それはなぜかと言えば、この人たちが、国家とは、国家自身とその国民にとって都合の悪い記憶を隠してしまう装置なのだという、国家批判のモティーフを強く抱いているからです。例えば戦争中の日本は、国家が非常に強いイデオロギー支配を行い、そして国民の行為を意味づけ、評価する言説を占有していました。そのような状況の下で、人々は自分たちの行為をこの言説によって合理化して、共同の経験として記憶に残し、またその反対に、合理化できない、都合の悪い行為は「なかったこと」として消し去ることができたわけです。

ただしこれは分かりやすい一例であって、たとえ国家的なコントロールが剥き出しに現れない、いわゆる民主主義的な国家の場合であっても、外国／自国という二分法が空間的な枠組みとして人々の意識を拘束し、さらにその上、彼ら／自分たち、外側／内側という二分法として内面化されているならば、おなじような記憶の操作は容易に行われるでしょう。人々は「自分たち」の言説によって、内側に残すべき記憶を確定し、その半面、「彼ら」の経験と記憶のほうは無視し、あるいは外部の偏見として斥けてしまうことができるからです。

国家と記憶とはこのような共犯的な関係にあり、ですから、このことに気づいた歴史研究者やカルチュラル・スタディズの研究者は現在、それを克服するために、一方では、従来「彼ら」として、つまり外側の人間として疎外してきた人たちの記憶を掘り起こす作業に取り掛かり、他方では、文化的・文学的なシステムが人々の記憶を操作してきたからくりを明らかにする作業に取り掛かっています。当然その作業は、「彼ら」一人々々の個別な、つまり国家の歴史に回収されない、固有の経験と記憶に照明を当てる作業となるはずです。(中略)

これは極めて大切な試みだと私は思います。しかしこの試みは、他方、そもそも人々はどのように記憶を保持し、語ることができるのか、という根本的な問題にぶつからざるをえません。[1]

長い引用になったが、分かるように、私自身は当時の「記憶」論に強い関心と、深い共感を持っていた。国家の歴史に回収されない、固有の経験と記憶を語ってもらう方法を通して、もっぱら文字資料に基づいて行なわれてきた従来の歴史研究を相対化し、解体することが可能となるのではないか。そういうことを期待していたからである。

それだけに、引用の最後で言ったような問題には無関心でいられなかったし、歴史研究者の方法に対する不満が強かった。全く自明なことだが、私たちは過去に経験した出来事を、真空状態のなかで、ニュートラルに語っているわけではない。先の講演で、私はこんなことも言っている。

例えばいま私の意識内容を内省してみますと、そのなかの観念や想念それ自体には過去も現在もなく、いわば私の意識に対して現前している状態にあることが分かります。そこに一定の枠組みが与えられる時、ある種の観念や想念が「記憶」として識別されてくるわけです。(中略)とくに戦争の体験が必ずしも自分の意識に現前せず、他者の問いかけによって改めて「想起」される場合、その内容と語り方は、相手の問いかけ方に影響されざるをえません。

同時代の歴史研究者たちがこのような根本問題に無関心なまま「記憶」論を振り回して、体験が語られた「場」や、聞き手の存在がどのように「記憶」を促し、「体験談」を方向づけているか、その相関関係を検討することもない。そして自分たちが予め用意していた歴史観に都合がよい「体験談」を取り上げて、「埋もれていた真実」を掘り起こしたかのように見せかける。これは歴史の研究というより、「歴史認識」に名を借りたデマゴーグではないか。

私にはそういう不満と疑問があり、もちろん右のようなことをそっくりそのまま小樽文学館で語ったわけではないが、『山月記』が「記憶」論の面でも重要な示唆を含むテクストであることを強調したのである。

さて、ところで、小林多喜二の『田口の「姉との記憶」』（以下、『記憶』と略記）と、『同志田口の感傷』（以下、『感傷』と略記）であるが、いずれも「田口」という知人から聞いた話を、「私」が読者に伝えるという構成になっている。まだ一〇歳（数え年）の少年だった田口が、鰊の大漁で沸く漁場に「出面」（日雇い稼ぎ）に出た女学生の姉についてゆく、その時の思い出を「私」に語り、それを「私」が読者に伝えるのである。

その点をもう少し具体的に説明すれば、田口の物語の基本的なシチュエーションは次のようになる。〈長い冬から漸く解放された市《まち》の人たちが、綺麗に着飾り、日曜日の気晴らしを兼ねて、大漁に沸き立っている漁場の見物に来る。その市の女学校に通う姉は、家が貧しいため漁場で働かざるをえないが、学校の友達に気がつかれるのを恐れ、顔も上げられない。田口はその姉について、漁場に出た〉。

つまり、漁場という労働の現場を舞台に生れた、この〈見る／見られる〉のシチュエーションは、気晴らし／労働、市／漁村、豊かさ・上品／貧困・粗野、評価する側／評価される側などの諸相を内包しているわけだが、それが田口と姉との視線の交錯、または田口と市の子供の視線の交錯を通して顕在化してくる。

以上は『記憶』と『感傷』のいずれにも共通することだが、特に『記憶』の場合は顕在化のプロセスそれ自体が物語の中核をなしており、その意味では〈視線のドラマ〉と呼ぶことができるだろう。

一例を上げて見よう。

姉は畚を背負いながらも、手拭を深くかぶって誰にも分らないようにした。自分は皆んなの働いている側で遊んでいた。畚負いの出面取達は市からの綺麗な人がくると、その方を何時迄も見ていた。そして羨し気に着物のことを云ったりした。けれども姉は努めて見ない風だった。

この時、市の立派な様子をした夫婦が、海軍服をきて、肩に双眼鏡をかけた子供を連れて見物に来ていた。子供は中央《まんなか》にいて、片方は母親の手にもたれていた。そして皆んなが船から陸へ鰊を運ぶのをめずらしそうに見ていた。それを自分が見た。男の子は母親の顔を見ては何か時々話していた。自分は男の子の立派な洋服に眼をひかれた、それから双眼鏡に。自分はものめずらしさから知らず〳〵の間に……でもオズ〳〵その側に寄って行った。丁度野蛮人が探検家の煙草とか眼鏡などにひかれるようなものだった。自分はその時本当のところその男の子を天皇陛下などとそう違わない、何かその近付きのように思われた。男の子は自分の近付いてゆくのに気付いた。二人の眼が合った。自分はハッとした、すると男の子は眉をひそめて、母親に身体をすりつけるようにした。母親は畚負いの方を見ていた視線を「何が」という風に自分の方へもってきた。自分は何か悪いことでもしたような気持になって、後じさりした。

「こっちへお出で!」

突然うしろから背をこづかれた、姉が少しきつい顔をして立っていた。——自分はおとなしく姉の道具の置いてある砂の上に坐った。子供ながら妙に淋しかった。

姉は自分たちを見に来ている見物人のほうを「努めて見ない」ようにしているが、子供の田口は、自分たちを見ている男の子のほうを見ていた。——「皆んなが船から陸へ鰊を運ぶのをめずらしそうに見ていた。

それを自分が見た。」――しかしそれは、反抗的に相手を「見返す」眼差しではない。むしろそれは「自分は男の子の立派な洋服に眼をひかれた」という表現から分かるように、抑えようもなく相手に「惹かれて」しまう、賛嘆と憧憬の眼差しだった。この憧憬は、男の子の「立派な洋服」から天皇陛下や皇族を想像してしまうような、ある意味で無知と無邪気さの混じった憧憬だったが、すると、男の子は自分に気がつき、「二人の眼が合った。自分はハッとした」。田口は相手から咎められたわけではない。しかしその視線に出会って、知らず知らず無心に近寄って行った自分に気がつき、そのことに気が咎めたのであろう。そして次の瞬間、男の子の母親から「何が」と問いつめるような「視線」を向けられ、「自分は何か悪いことでもしたような気持になって、後じさりし」てしまったのである。

自分の境涯を超えたものに対する無心な憧憬を、非難を籠めた無言の視線によって傷つけられる。この屈辱の記憶が、「丁度野蛮人が探検家の煙草とか眼鏡などにひかれるようなものだった」という屈折した比喩を生んだのであろう。この種の比喩は、市から来た女の子に鰊を差し出して、その母親の女の子に対する「お止し!」という叱責の言葉で撥ねのけられ、羞恥で真っ赤になってしまった記憶でも繰り返される。「まるで尾を振ってついて行ったのに、突然入口でしめ出しを食らわされた犬のような気持になった」と。

しかし視線のドラマは、田口にだけあったわけではない。姉から見て、弟の物欲しげな態度や、不器用な振舞いは、それが無心な行動であっただけに、いたたまれないほど恥かしかっただろう。彼女自身は出来るだけ見物人のほうを見ないようにしていたが、しかし活動写真の女優みたいにあでやかな女とダンディな服装の男のカップルには、つい吸い寄せられるように眼が行ってしまったからである。「自分はあきらめて振りかえるのをやめた。と、その二人のあとを矢張り見送っていた姉の視線と打ちあたった。自分はボロ〳〵な鰊のウロコのついた着物をき、草鞋をはいている姉を見た、急に姉がイヤになった。そして何かあゝいう女に対して恥かしいように思われた。自分は又振りかえってみた」。

姉の立場からすれば、弟と眼が合って、何かを見抜かれたと、焼けつくような恥かしさ感じさせられた一一瞬だっただろう。だが、田口はまだ幼くて姉の気持ちを察するには至らず、市の女と較べて姉を恥じ、「急に姉がイヤになった」。この感情は言葉にならず、だから姉は弟の気持ちを知らなかったわけだが、読者は知らされてしまった。その立場を通して言えば、この言葉が彼女には立ち直りがたいほど残酷に響くだろうことは、容易に想像できる。

こうして姉と弟は、市の人間の眼差しから自意識を刺戟されて、お互いを恥じてしまい、――あるいは、市の人間の眼差しによってお互いに恥じ合わねばならぬ状況を強いられ――しかしそれを口にすることなく、手を握り合って暗い夜道を帰ってゆく。これが語り手・田口の「姉との記憶」であった。

『感傷』はその改作であるが、田口一家の生活環境と、姉が働く豆撰工場や漁場の労働状況をより具体的に描き、それと共に、姉と他の働く女たちとの違いが際立って見えてくる場面を選んで語ってゆく。また姉自身も、ただ見られる立場を受苦的に耐えているだけでなく、わずかながらも〈見る/見られる〉関係に対して、「見世物みたいね……何が面白いんだか……!」と反撥を口にするまでに〈変貌〉してはいた。しかし田口は続けて言う。「姉はしかしその人たちの方へ顔は上げられなかった」。

それに対して田口自身の変貌は極めて積極的に行なわれた。まず第一に、田口の振舞いに関する「丁度野蛮人が」とか、「まるで尾を振ってついて行ったのに、突然入口でしめだしを食らわされた犬のような」とかいう、自らを屈辱的な立場に置く、あの屈折した比喩が消えている。それは、市(都会)への憧れや願望、あるいは物怖じが縮小化されたことでもある。

第二に、田口はもはや遊び相手のいない、一人ぼっちの子供ではない。一緒に「鰊拾い」をする仲間ができ、彼らは「皆「日雇い」の子供たち」だった。この仲間に後押しされて、田口は、市から来た男の子に殴りかかるのである。

このような〈変貌〉を伴う改作は、津田孝（『小林多喜二の世界』新日本出版社、昭和六〇年二月）たちによって、プロレタリア文学者としての「成長」と意味づけられてきた。しかしそういう予定調和的な「成長史」の視点を外してみれば、見られる存在に貶められた人間の根源的な羞恥の感覚が薄れ、かえって存在論的な深みを失ってしまったと言わざるをえない。

ただ、田口の物語だけを取り上げて改作の是非を論じても、生産的な読みは生れないだろう。むしろ私としては、田口の聞き手である「私」が読者のその物語を取り次ぐ、次のような伝達構造との相関関係で、改作を捉えてみたい。

（こゝ迄話してくると、田口は、アゝ話すんでなかった、馬鹿だなあ、と云って口をつむんでしまった。そして、だけれども不思議にこの日のことが頭に残っているんだ。と云った）

附記

この日私は田口と久振りで会った。色々な話が何時ものように出た。どういう話からか知らないが、愛ということが出た。それから結婚ということになった。結婚生活ということに就ては随分長く議論をした。私は最近結婚をした自分の姉の例を引張った。そしてこの私の姉のことから、話のいと口が、気が変になって自殺した田口の姉さんの方へ行ったのである。

田口の姉さんは随分苦しんで女学校を出ると、十勝の方の小学校へ赴任して行った。そこから月給の殆んどを自家に送ってきた。それで田口は医学校を出たのである。勿論今では田口は医学などはそっちのけにして、社会運動の方に一生懸命だが。

其処で姉さんにある恋愛問題が起った。が極めてそれが不幸に終った。相手は大学を出た金持の息子だったそうである。それから気が変になったというような話を自分は何処かから聞いた。そしてその翌年かに、あの無気味な十勝川に身を投げた。死体はとう〳〵上らなかった。

田口と私は随分親しくしている。が、姉さんの死のことについては、ちっとも話さないのである。何処か姉さんという人は淋しいところのある人らしい、が、そういうわけで詳しい事は少しも知らないのである。自分も彼の気持を考えて訊ねないことにしている。（『記憶』。傍点は原文）

（「これだけの事なんだ」。——田口が終りにそういった。——「しかしおかしいもんだ、この日の事だけが妙にひッかゝってるんだ。」

田口の口のあたりがゆがんだ。

「せめて淡雪とは？」

私がそれを聞くと
「分らない。——キットそのころでも流行《はや》っていたのが、こう……何んか……。」

——この日私は田口とは随分「久し振り」で会ったのだ。田口は「四・一六事件」で、四カ月「別荘」にいた。そして懲役二ヵ年、五ヵ年の執行猶予の肩書きをもって出てきた。身体工合が悪いので、私のところにしばらくいることにしている。

田口の姉さんは随分苦しんで女学校を出ると、富良野の小学校へ赴任して行った。そこから月給の殆んどを家へ送ってきた。そういうことが如何にも「姉らしい」と田口はいっている。弟おもいの姉さんだった。小学校に通っていたころ、吹雪の朝などは、姉さんが何時でも先に立って、風をさけてやり、雪道を作ってやりながら登校した。——そのことは田口もよくいっていた。

姉さんからの仕送りで、田口は中学校を出、医学専門学校に入れたのである。勿論今では田口は医学をそっちのけにしてしまっている。——然し貧乏の中ばかりで育ってきた姉さんの考えでは、お医者さんが一番「お金になる」からというので田口をその学校に入れたのだった。

この可哀相な姉さんに、そこである恋愛問題が起った。が極めてそれが不幸に終った。相手は大学を出た地主の息子だったそうである。——それから少し気が変になったというような話を、私は何処かから聞いていた。そしてその翌年かに、あの無気味な空知川に身を投げた。死体はとう〳〵上らなかった。田口と私とは随分親しくしている。が、姉さんの死のことについては、ちっとも話さないのである。今日のような話はまったくめずらしいことである。——何処か姉さんという人は淋しいところのある人らしい。が、そういうわけで、詳しいことは少しも知らない。自分も彼の気持を考え、訊ねないことにしている。

然し、もうじき鰊のとれる春だ。——田口は姉さんのことを想っているのではないだろうか。）（『感傷』。傍点は原文）

較べて分かるように、前者（『記憶』）の場合、「私」と田口にはそれぞれ姉がいて、それが共通の話題となり、多分「私」の思い出話と交換する形で、田口が「姉との記憶」を語った。おそらくそのためだろう、田口の回想は肉親の情を中心とし、ある意味で田口自身の記憶の恥部にまで及んでいた。「あゝは話すんでなかった」という悔恨の呟きも、そのことに関係する。

ところが後者（『感傷』）では、二人が思い出を語り合う共通の話題が消え、それと共に、親密な打ち明け話しにつきものの「記憶の恥部」が消去されてしまった。ポスト・コロニアルの歴史研究者が好んで使う言葉を借りて言えば、「隠蔽」されてしまったのである。

このことと、田口の「別荘」暮らしや「肩書き」の強調とは無関係でなかったと思われるが、さらにその特徴を言えば、田口が口ずさむ「カチューシャの唄」（大正三年、芸術座が帝国劇場で上演したトルストイ原作『復活』の主題歌。島村抱月・相馬御風作詞、中山晋平作曲）や、「四・一六事件」など、歴史年表に特記される文化現象や政治的事件に言及して、現代史のグランド・ナラティヴのなかに田口を位置づけようとしていた。これは『記憶』の田口が、「僕の十位の時」という個人史の目盛り以外に、「客観的な」歴史の枠組みで自分を語らなかったことと、――換言すれば、「私」は田口の物語に歴史的な枠組みを与える意図を持っていなかったこととー―著しい対照をなしている。当然のことながら、『感傷』の田口に「あゝは話すんでなかった」という悔恨の呟きはなかった。

言わば田口は聞き手の関心に応じて記憶語りを変えていたわけで、『感傷』の少年・田口が市の男の子に殴りかかる「変貌」は、この枠組みとの関係で理解すべきだろう。

そのことを確認して、次に『記憶』と『感傷』とで変わらなかった点を挙げるならば、いずれも田口の姉さんの絶望には鈍感だった、あるいは姉さんの絶望の問題を故意に避けていたことである。

その年齢差から見て、田口が小学校を終えて中学校に進むのと前後して、姉さんは小学校の先生になったはずだが、それ以来、田口が中学校を終えるまでの五年間、更に医学校（医学専門学校）を終えるまでの数年間、姉さんは「給料の殆んどを家に送り」続けて、田口の学資をまかなった。それは姉さんにとってどんなに長い年月であったことか！　彼女自身はそれを家族のための犠牲とは考えていなかったかもしれない。

だが、八年も一〇年もの間、「キット何時か自分達にもいゝことがある。だまって一生懸命働いていればいゝんだ」と自分に言いきかせて、お金取りのいい「お医者さん」に田口がなることだけを楽しみに、切り詰めた生活に耐えてきて、しかしその結果は、「勿論今では田口は医学などはそっちのけにして」いる。

この姉さんが「気が変になった」直接の原因は、恋愛の相手が「大学を出た金持の息子」(「大学を出た地主の息子」)だったためらしい。だが、田口に託してきた夢が叶えられそうにない絶望が、そこにからんでいただろうことは、十分に推測できる。そもそもこの恋愛が「不幸(な結果)に終った」原因の一つに、家への送金があったのではないか。

これは単なる恣意的な憶測ではなく、テクストに根拠を持つ正当な想像であるが、田口はそういう側面に全く言及していない。もし田口が避けたのでないとすれば、「私」がそういう側面を切り捨てて、読者に伝えなかったのである。特に『感傷』の「私」は、田口を「同志」と呼んで連帯感を強調し、だがその同じ口で田口の思い出を「感傷」と言い捨ててしまう。

全体的にどこか酷薄な、こういう扱いの中で、姉さんの不幸は救いがたく増幅されてしまったと言わねばならないだろう。

以上私は、物語の授受と伝達という面に焦点を合わせて、テクストに根拠を持つ解釈とはどういうことかを実験してみた。こういう手続きを経ない文学教材の授業や文学研究や思想構築の試みは、とうてい批評的検証に耐えられない。コンテクスト論も、コ＝テクスト論も、インターテクスト論も、イントラテクスト論も、全てそれからのことだ。そう考えたからである。

私はこの文章を、「これからの文学研究と思想の地平」という大きなテーマの一環として引き受け、もちろんそのことは念頭にあったが、以上のような書き方を選んだ直接のきっかけは、最近至文堂が「国文学　解釈と鑑賞」の別冊として出した、『「文学」としての小林多喜二』（平成一八年九月）にある。

私は「小林多喜二を読み直す」という連続講座を始めるに当たって、〈現在の日本文学研究で最も停滞しているのは小林多喜二研究と宮本百合子研究だが、なぜそうなったかと言えば、日本共産党が多喜二の読み方や百合子の読み方を管理してきたからだ〉という意味のことを言った。わざわざ『山月記』論から始めたのは、管理された読み自体に反省の眼を向けてもらう必要を感じたからで、講座の後半、多喜二の作品については先のように語った。そういう人間から見て、『「文学」としての小林多喜二』という企画は必ずしも悪くはない、〈漸くここまで来たか〉という感じだったが、残念ながら見掛け倒しのものばかりだった。なかでもひどいのは、日高昭二と小森陽一と島村輝の座談会「今日の時代と小林多喜二」で、今どき流行りの思想用語をまぶして一見先端的だが、私が取り上げた多喜二の二作品に言及した箇所でも分かるように、きちんとテクストを読んだふうでもない、粗雑な発言が多い。私は一一月四日、韓国の建国大学校で講演をすることになっているが、翻訳をしてもらうため予め送っておいたレジュメの中で、こんなことを言った。

現在でも時々「過去との対話」ということが言われますが、過去と対話するとは、テレビの美術番組のコメンテーターみたいに、「いやあ、現在の私たちにも通ずるものがある。時代を先取りしていたんですね」などと、したり顔して感心してみせることではない。そうではなくて（中略）、自分たちの現状を批判的に捉え返すことではないか。

勝手ながらこれを引用して、本論の結びとさせてもらいたい。

注

（1）「日本文学における虚構と記憶」の全文は、私のホームページ「亀井秀雄の発言」(http://homepage2.nifty.com/k-sekirei/)に載せてある。

第9章　文学としての戦後

超大国という言葉がある。いわゆる米ソの冷戦構造が世界の状況を決定している、と認識された頃から使われ始めた言葉だと記憶しているが、この「超」にはどんな意味が込められているのだろうか。たぶん単に強大な軍事力をもって他国・他民族に従属を強いる国家に冠せられた、接頭辞ではない。もしそれだけの意味ならば、軍事強国とでも呼べばすむからである。

強大な軍事力をもちろん背景とするけれども、むしろ現実的には経済的な援助によって輸出対象国とし、あるいは企業進出、資本投下をおこなって系列化しながら、一種の共存圏を作り、いわば相手国の同意の下にコントロールする。超大国は super nation の訳語であろうが、この super には、そのような後期資本主義の手法を併用しつつ、世界戦略を展開しうる国家的能力の意味が与えられているように思う。

もしこの解釈が許されるならば、アメリカは日本の占領政策によって超大国たるべき着想を得、実験をおこなって来たのである。またおなじくその解釈が許されるならば、ソ連は超大国たる能力・条件をいちじるしく欠いていたことになるだろう。

ともあれ日本はそういう系列に繰り込まれた最初の国なのであって、日本史とアメリカ史とが政治、経済、文化、言説の総体において交錯する理由がここにある。そして昭和二六年の講和条約とともに日本は形式的には対等の関係に立ちながらも、依然としてその系列下にあったわけだが、それからおよそ二〇年後、その手法を換骨奪胎して、いわば名目的には軍事力のない、新しいタイプの超大国の道を歩むことになる。従来型の超大国から警戒されるに至ったのも理由のないことではない。

なんだか文学の論文にふさわしくない、自分でも不得手な議論をはじめてしまったが、敗戦からここまでの歴史のなかで文学的な「戦後」をどう区分するか。手に余る仕事であるけれど、この時点から振り返って戦後的な言説の枠組みを洗い出してみたい。

日本は世界史に違反し、世界の孤児になってしまった。戦後そのような言説が流布された。日本の領土は「有史以来」もっとも小さな空間に限られることになった。その種の言説がやはり流布された。日本は敗戦によって他国・他民族の植民地的支配を放棄した、つまり連合国軍は日本の植民地を解放した。ばかりでなく、沖縄はアメリカが統治し、樺太と北方四島はソ連が支配下に収めている。そういう点を指して「有史以来」云々と言われたわけである。それらは一見客観的な事実を指した言説と見えるだけに、意外に根の深い盲点を作ってしまったのではないか。

一例を挙げてみよう。文学（者）は戦争（責任）に関してけっしてイノセントではない。戦後この認識は単に戦中の文学だけでなく、近代文学全体にわたる「反省」として文学者の間に拡がっていった。いわゆる戦争責任論の始まりであり、後には「戦後の」戦争責任という形で展開されたわけだが、その問題意識は間もなく「芸術的抵抗」といった視点によって矮小化されてしまった。時流に乗ったか文学的良心を守ったか、おなじく時流に同調的に見えても、あざとい便乗であったか純粋な動機によるものであったか。そんなスコラ的な分類学のなかに逃げ込んで、問題の普遍化を回避してしまったからである。文学（者）は本来的にギルティなのではないか。そういう疑問をおそるおそるではあったが、とにかく提出したのはわずかに伊藤整だけであった。

その矮小化を見えないところで支えていたのが、当時の領土観だったと私には思われる。あの領土観がそれこそ有史以来もっとも単純で貧しい単一民族的な日本観を生んでしまった。戦争責任を問われている文学者、芸術的抵抗であったか否かを検証されている作家たちは、いずれもこの領土のなかで日本語で仕事をした人達ばかりだが、なぜそう限定できるのか、限定する根拠はどこにあるのか。いま素朴にそう問い返してみるだけでも、その日本文学（史）観の視野狭窄はあきらかだろう。

植民地化した土地で日本人がおこなった非道な行為は折に触れて報告されてきたし、いまもなお掘り起こされつつある。だがそれは「外国」を侵略した「戦争」への反省という枠組みを出ていない。当時の日本的な論理にもどってみれば、少なくともそれは「多民族国家日本」のその時期その地域における政治・経済・言説・文化工作の総体的な歴史のなかで起こった事件であり、またその認識をもって把え、記述しなければならないはずだが、そういう意味での空間的・複合的な歴史認識が落ちてしまったのである。同様な欠落が日本文学（史）観にもある。これは「日本人」文学者への視野限定を自明の前提にしたまま、かれらの「中国」体験や「朝鮮」発見を調査すれば埋められる問題ではなさそうだ。かつて武田泰淳や堀田善衛が、戦争中に対日協力者だった人達のその後の運命はどうなったか、という問題を提起したことがある。自身の知人についてはある程度具体的に報告もした。そういう関心が一般化していれば、文学的良心を守ったか否かなどという議論がいかに鈍感で馴れ合いのものでしかないか、ただちに明らかだったと思う。だがかれらが喚起した人達の仕事や運命を、戦中・戦後における日本文学（史）の一環として受け止める視点が定着したとは言えない。国交断絶の状況で情報不足だったためもあるだろう。現在のその国の政治状況からみて、いま名前を挙げればかえって迷惑を及ぼすかもしれない、という配慮も必要だっただろう。武田泰淳や堀田善衛の書き方に、おそらくそういう事情から来る歯切れの悪さが感じられた。その種の制約があったことは分かるのだが、問題意識や関心が持続せず、文学史から抜け落ちてしまった理由はそれだけではないと思う。私自身は「他民族体験と文学非力説」（一九七〇年）というエッセイを書いてみた。あれほど多くの文学者が占領地の文化工作に出掛け、その土地の人達と交渉をもったにもかかわらず、その経験が他民族理解や自己認識に反映されていない、その白痴的な戦後の状況が納得できなかったからである。いまさらそんな古証文を持ち出す悪趣味は承知しているし、当時の自分の視野の狭さも自覚しているが、日本人同士の傷のなめ合いみたいな文学論への苛立ちはいまも残っている。戦後になって作られた、日本（人）／外国（人）の枠組みを自明化し、一般化してしまうのはおかしいのではないか。

言うまでもないことだが、現在外国である国をいまもなお日本の一部として扱え、ということではない。近代的な意味での日本／外国の枠組みが出来る以前の関係は、その時代の枠組みで把える必要がある。現在外国である国は近代的な意味でも外国だと言うべきだが、この間日本が植民地化し、占領した事実がある以上は日本の歴史の一部であり、また日本の歴史はそれらの国の歴史の一部と認識しなければならない。たとえ評価は大きく捩れているとしても。その意味で私は大岡昇平の『レイテ戦記』が、一時期のフィリピン史をアメリカ史の一部、日本の昭和史の一部として把えていることに、強い感銘を受けた。またおなじ意味で杉野要吉氏の研究室の人達の満州文学関係の調査・研究を高く評価したいと思う。もしこのような空間的・複合的な認識が戦後早くからあったならば、日本がアメリカの統治下にあるかぎり日本の歴史はアメリカ史の一部でもあり、またその逆でもあるという見方が可能だっただろう。私がはじめに日本史とアメリカ史の交錯と言ったのもその意味にほかならない。

では、もう一つの言説のほうはどうか。日本は世界史に違反し、世界の孤児になってしまった。この観念も戦後広く行きわたり、その世界史の理念を憲法の基本とすることによって軌道修正をはかろうとした。その意味で日本の戦後は歴史主義の時代だったと言える。しかし世界史それ自体がなにものかからの逸脱、なにものかへの違反ではないのか。そういう根源的な懐疑が埴谷雄高によって提出されたけれども、こちらのほうは問題が壮大すぎたためか、ほとんど架空の問題提起としか受け取られなかった。世界史という観念そのものもまたイノセントではありえないのではないか、という程度の疑問にさえ踏み込めなかったからである。

戦後、『近代の超克』シンポジュウムが検討対象とされることはあっても、いわゆる京都学派の座談会『世界史的立場と日本』がまともに取り上げられなかった理由もその辺にあっただろう。座談会参加者の世界史観が戦争追認的でしかなかったことは誰も容易に読み取ることができる。だがそこから「世界史」というイデオロギーを抽象して、その功罪を問う発想はもちえなかった。その「世界史」観を進歩主義的な文明史観あるいは階級史観によって訂正し、「新生」日本の方向をそこに統合するというのが、精一杯の認識水準だったのである。

しかもこの統合観からは先のような空間的・複合的な歴史観が抜け落ちていた。貧困と抑圧からの全人類的な解放と、文明と平和の達成。世界史はその目標に向かって進んで来たし、進んで行くはずであり、日本はその優等生にならなければならない。戦後間もなくの雑誌類を開いてみると、かならずこの種の言説が巻頭を飾っている。その背後にあったのは、日本はいまや世界の孤児に転落してしまったという強迫観念だっただろう。多分そのために知識人は、自分たちがそういう理念を語り得ている現実的な背景に目を向け、驚く心性を失っていた。アメリカ軍を中心とする連合国軍の占領下にあってもなお日本人が自分たちの政府をもち、日本語を語り、明日の日本文学を論じ、日本の歴史の連続性を自明の前提とし、日本の伝統文化なるものを喋々することさえもできているという事実。こんなあざとい指摘は人の感情を逆なでするだけかもしれないが、考えてみればこれは希有の幸運な事態と言うべきで、つい昨日まで日本が植民地や占領地でおこなって来たところと較べてみればその落差に驚かざるをえなかったはずである。こんなことが私たちに許されている。本当に許されてよいのかと、その落差に驚き、虞れ、喜び、戸惑いながらも自己の生を再スタートさせてみようとしたのは、やはり武田泰淳だった。「世界」の持続にとって一民族の消滅などほんの些事にすぎない。そういう観念を抱いて戦時中を送ってきたかれは、日本が国破れ罪負うことが明らかになった現在、民族滅亡の想念から逃れられなかったからである。だがそういうナイーヴな畏怖を覚えるにも人は一種の認識上の訓練を必要とするのかもしれない。かれのモティーフはほとんど何処にも通ぜず、人々は新生日本の理念を語りつつも、京都学派的な「世界史」がかつて日本領土化された国の人達にとってどんな理念性をもちえたか、を問い返す発想を欠落させてしまっていたのである。問題意識としては竹内好に萌芽が見られたが、結局かれの関心は「大東亜戦争」の性格規定のほうに向かってしまった。

よく知られているように竹内好は一九五一年の『近代主義と民族の問題』で、日本的な近代主義の致命的な欠陥は民族の問題を思考の回路に含んでいないことだと指摘した。おなじ欠落を日本共産党も抱えていることを批判して、視野拡大と思考転換をもたらした功績は大きい。その批判に際してかれはヨーロッパの近代をモデルとするのでなく、魯迅を代表例とする中国的な近代化をモデルとしたわけだが、自信をもってかれに発言させた背景は中国における共産主義革命の進行であっただろう。同時に日本では講和条約と独立、という政治的プログラムが目前の日程に上っていた。その意味ではきわめてアクチュアルな発言だったのである。

だが反面から見れば、政治的プログラム向けであっただけに「民族」という観念自体の検討はかならずしも十分にはおこなわれなかった。近代の「民族」観を無検証で受け継ぎ、しかも「民族を思考の回路に入れる」とはどういうことかが明らかでなく、明治の文学の把え方はほとんど中野重治の借り物でしかなかったのである。そういう無検証は、続いて起こった国民文学論争に参加した人達の「国民」観についても同様だった。それらの観念もまたイノセントではありえないのではないかという伊藤整の躊らいはほとんど注意を払われることなく、それらの論議を通して「民族」も「国民」もあっさりと免責されてしまった。

ただ状況論的に言えば、この時期アメリカとソ連の対立が顕在化し、中国革命や日本の独立の意味を変質させてしまった。というより、その対立の文脈でしかそれらの意味は生まれなかったし、読み取れなかった。それは、このホットな政治的・イデオロギー的対立のなかで、文学者は、アメリカとソ連が各国を系列化してゆく政治手法をリアルに認識する視点をもちえなかったことでもある。あるいは核戦争の脅威に想像力を向けることこそが文学の任務なのだ、という使命感に取りつかれていたためである。だがこの時点で上のような発想をもち、しかも改めて大東亜共栄圏構想を国家系列化の政治手法のレベルで把えかえしたとすれば、何が見えて来ただろうか。こんな仮定を立ててみるのは、私は『レイテ戦記』論を書いたころから、この系列化の下で溜まったルサンチマンが民族・言語・宗教などに過剰な意味充当・リビドー充当をする現象が生まれ、そのために引き起こされる葛藤の克服が人類の課題となる、と考えてきたからである。そしてじじつソ連が合意の元に自己解体を遂げるとともに、民族・言語・宗教の問題が噴出してきた。こういう言い方は後から来た世代の特権によりかかることになるけれども、ともあれその見方からすると、当時の言説は独立か従属か、帝国主義的植民地支配か社会主義的解放かといった二者択一の、踏み絵的な思考法に捕われすぎていた。竹内好でさえ大東亜共栄圏構想は欧米列強に対してはアジアの解放の論理だったが、アジアに対しては侵略の自己合理化にすぎなかった、というような古典的な二項対立の概念でしか扱いえなかった。いや、そういう概念操作が全く無効だったというわけではない。ただそれを言うならば、同じく解放と侵略という二面性はソヴィエト革命や中国革命にもあり、目下のアメリカやソ連のなかにも見出だすことができたはずだが、当時の論調は一方に解放を見、他方に侵略を見る立場の対立に終始してしまった。そういう二者択一、二項対立の不毛を批判したのは竹山道雄だったが、それさえも反動・反共のレッテル貼りで葬られてしまったのである。

またしても不慣れな議論にはまりこんでしまったが、戦後の一番基本的な、自明化された概念に焦点を合わせ、私たちを無意識のうちに拘束していた枠組みを顕在化させながら、それぞれの時点で突出していた着想・認識を抽出してみたかったのである。先にも言ったように、こうした洗い出しは後から来た世代の特権を行使することにならざるをえないが、それを弁えた上でもう少し続けたい。

米ソの冷戦構造が世界の状況を左右するほどになった時、「世界史」の時代は終わったのだ、と私は思う。どちらの陣営の政治理念が世界史の正当な理念に叶い、または違反しているか、といった論議は当時まだ盛んだった、というより最も熱中して論じられたが、実際はそういう目的論的な歴史観はリアリティを失っていたのである。

それは核戦争による世界破滅の脅威が現実化し、人類史の時間を長いスパンで考えにくくなってしまったためだと言えそうだが、それではあまりに事態を単純化することになる。核戦争の脅威を説く言説は、核兵器が戦争抑止力の効果をもつではないかという言説と相殺されてしまう。むしろ二匹の蛇が互いの尻尾に噛みつきあっているような、この世界構造と言説状況とが世界の意味と、そのなかの政治、経済、自然、文化の総体的な意味作用を変えてしまったのである。核兵器の脅威論と抑止効果論とはいずれの陣営にも同存し、だから互いに尻尾を噛みながら、一方の主張者が自分の支持者を相手陣営にも見いだすという逆説的なもつれ合いのなかで、政治以下の諸領域における一つの選択、一つの言説が相反する複数の意味を生み、あるいは反証事象を呼び出してしまう。これが構造主義の興隆の現実的な根拠であろう。事象と反証事象との無限の連鎖が織りなされる世界が現出したからである。

それと呼応し、いやむしろそれに先立ってプラグマティックな世界保持の技術論が起こって来た。この世界は武田泰淳がいう「持続」とは違った意味で、慎重に維持されなければならない。そういう言わば世界的なコンセンサスの下で、リスク（危険率）とセキュリティ（保障）とを計量してリスクを監視し、封じ込めようとするネットワークが作り出された。ばかりでなく、この発想は小は食品の添加物から大は地球環境の問題にまで及び、監視と保障のシステムが考案されるに至った。世界のイメージは変わらざるをえない。

はじめに触れた日本の「超大国」化はこういう世界変容のなかで始まったのである。換言すればかつて植民地化し、占領地化した国の新たな経済的系列化が進行しているわけだが、いわゆる途上国からの援助要請と、リビドー充当した民族・言語・宗教レベルのリアクションとが複雑に絡み合った反応に直面するのは当然だろう。そこにいま日本にとっての「世界」の通時性と共時性とが交差する問題が現れているのであり、坊主懺悔ふうに過去の「日本」とアジアとの関係を云々するだけでは問題の急所を逸するしかない。そこをしっかり踏まえながら、そのリアクションをフィードバックさせた形で戦後を、さらに遡って戦中を把えかえすことが必要だと思う。

第10章　『M／Tと森のフシギの物語』

──伝達構造の物語

大江健三郎の『M／Tと森のフシギの物語』と『同時代ゲーム』とは、類似の物語を核とする二つのヴァリアントと言える。その大きな違いは伝達構造にある。後者が父＝神父から教えられた神話と歴史を、「僕」が妹に手紙で伝える形式であるのに対して、前者は「僕」が祖母から伝えられた昔話を回想し、書き残す形になっている。読者は後者の場合、「僕」が妹に宛てた私信を脇から覗き読むわけだが、前者の場合はその昔話の受け手となり、伝達関係の言わば中継点に位置することになる。

ところで今私はこの二つのテクストによって伝達される物語を、「昔話」と「神話と歴史」と呼び別けておいた。これは必ずしも正確ではない。『同時代ゲーム』では初めからその物語は、「われわれの土地の神話と歴史」と規定されているのであるが、『M／Tと森のフシギの物語』ではまず「谷間の村の神話のような昔話と、昔話に歴史がまざりあっている、そのようないいつたえ」と呼ばれ、やがて「谷間の村の神話や歴史」という言い方に固定されていく。その点で前者の「僕」は「昔話」という規定に一貫して固執していたとは言えないのである。

ただ、この二つのテクストは読者の関心を、どんな物語が伝えられたかに向けさせるだけでない。それと劣らぬ比重を持って、どのように伝えられたかという伝達構造に向けさせる形で語られている。その面からすれば、「昔話」「神話」「歴史」のいずれも物語内容の規定であると共に、物語形式あるいは伝達構造に関する用語だったと見ることができよう。換言すれば、『同時代ゲーム』のごとく、父親から息子へという一種の父権制的な伝承関係がそのまま「神話や歴史」という制度性に対応しているのに対して、『M／Tと森のフシギの物語』における祖母から孫へという伝承関係が「昔話」という口承文芸性を支えていたことになる。では、なぜ後者の「僕」ははやばやとその物語を「神話や歴史」と把え返すことになったのか。そこにこの小論の焦点がある。

その転換は「国民学校」の校長が、朝礼で『古事記』に言及したことがきっかけだった。「皆さんは、立派な古代の神話と歴史をつたえてくれる人たちを持っていて幸いでした。もし稗田阿礼がもの覚えが悪く、太安万侶が正確に書きしるす能力に欠けていたならば、どうなったでしょうか?」と。「僕」は祖母を稗田阿礼になぞらえ、しかし果たして自分が太安万侶たりうるだろうかと、重っくるしい圧迫感にうちひしがれてしまう。が、ともあれかれは、このような国家主義的な「国民」教育の言説によって正統化された「神話・歴史」観に示唆され、その枠組みのなかで祖母の「昔話」を意味づける発想に作っていったのである。おそらくその少年時代だけでなく、この回想を書きつけている今も無意識のままに。

M（matriarchy）／T（trickster）という組み合わせについても同様なことが言えるだろう。「国民学校」三年生の時、先生から大日本帝国の地図とそれを見下ろす天皇、皇后「両陛下」の絵を書くように言われた。「僕」は「しかし日本周辺の地図のかわりに、森のなかの谷間を、天皇、皇后のかわりに、M／Tを描いたのでした」。とは言っても、かれはこの時すでに、matriarchy（母系制、女家長制。女性支配、その社会）の概念や、trickster（アメリカ・インディアンの民話に出てくる、いたずら者）の話を知っていたわけではない。ただ谷間の村の創建を指導した「壊す人」の最後の妻、大女のオシコメと、村の「自由時代」の崩壊期に一揆を指導した若者、亀井銘助のイメージを並べて描いただけなのだが、この一対のイメージが「両陛下」を押しのけて画面に現われてしまうほど少年期の自分に親しかった、その例証としてこのエピソードを冒頭に持って来たのである。「M／Tという記号を採用する以前から、この言葉が指す対象は、具体的にとらえていたのです」。おかげでかれは先生に殴られる羽目となった。だが見方を変えれば、かれは先生の描いた「両陛下」の像に示唆されてその組み合わせを作ったことになる。世界を総覧するような一種超越的な存在が、しかも男女一対のイメージで描かれるようになったのは、日本ではいつの頃からか。そう考えて見ればすぐに分かるように、それは明治における天皇制の創出とともに始まったと言うほかはない。かれはその制度を媒介に「昔話」の人物の組み合わせを着想し、祖母／自分の関係をその系譜の終わりに位置づけたのである。

このように整理して見れば、M／Tの組み合わせと言い、「神話と歴史」と言い、いずれも「僕」の回想のなかでは反国家権力的な共同体の存立根拠として意味づけられていたのであるが、じつは国家権力の表象操作を裏返したヴァリアントと言うべきで、結局はそれに拘束されたものでしかなかった。何事かを否定しようとする者は、否定しようとする対象から逆に規定されてしまう。このパラドックスを免れるためには、自分の発想がどのように相手から逆規定されているか、反省的意識が必要なのだが、「僕」はその点については十分自覚的ではなかった。亀井の銘助さんや、その生まれ変わりだという「童子」の魅力をトリックスターのイメージで説明しようとしているが、トリックスターの把え方も貧しく、説明に成功したとは言えない。これも自覚の不足と関係するだろう。銘助は権道も辞さない戦略家だったが、その面への直観が「僕」には欠けているからである。おなじく外国の物語のメタフォリカルなキャラクターを借りるならば、ドイツのライネケ狐のほうがもっと効果的だったのではないか。

念のために断るならば、これがつまらない物語であることを指摘するために、私は以上のことを挙げつらったわけではない。または現在流行の国民国家の創出というマスター・ナラティヴにこの物語を解消し、それで一件落着させようという横着なたくらみをもってのことでもない。これは「僕」が祖母の伝える「昔話」

を「神話と歴史」として把え返した、言わば再話の物語であって、かれは「昔話」のメタフィジカルな意味を明かすために語り直しを試みたわけである。だが、その意味の明かし方自体に含まれる逆規定や枠組みに注意を向けるならば、祖母の「昔話」そのものとかれの意味づけとの間の一種の飛躍、ギャップが見えてくる。そこから私たち読者の新たな「昔話」の意味づけ、「神話や歴史」の把え返しが始まるはずで、テクストの豊かな読みが可能となるだろう。この可能性は『同時代ゲーム』にはなく、『M／Tと森のフシギの物語』のほうにしかない。そのことを私は指摘したかったのである。

ところで私はこれまで神話と歴史とを一括して扱ってきたが、もちろんその間には重要な違いがあり、「僕」もまたその違いには自覚的だった。かれが両者を区別する仕方はむしろ独特だったとさえ言えるだろう。

四国のある藩を追放された二五人の若い武士と、二五人の海賊の娘とは、筆頭家老の妻（のちにリーダーとなり、「壊す人」と呼ばれた若い武士の兄嫁）に導かれて、吾和地川を溯り、山の奥深い谷間にたどり着く。これが「僕」の育った谷間の村の始まりなのだが、かれは祖母からの言い伝えを紹介しながら、次のように書いている。

それはつづいて村の建設の神話を祖母に聞く際に、僕があわせてした、もひとつの経験とむすんでいます。城下町を追われ船で浜づたいにめぐり河口から入って行くあたりは歴史の話であるのに、いったん悪臭のする道の行きどまりで大岩塊を爆破し、五十日つづく雨に降りこめられるあたりからは神話になってしまう、その不思議な逆行の印象を、むしろこころよく感じたことも思い出すまま、僕はいま神話と書くのですが……（以下略）

〈神話から歴史へ〉という常識が「僕」のなかにもあり、ところが村の伝承では〈歴史から神話へ〉と話が進んで行くことに「不思議な逆行の印象」を受けたわけであるが、ではかれの言う歴史と神話の違いはどこにあるのか。谷間の村が外の世界と交渉を持っている場合を「歴史」、交渉を絶ってしまった場合を「神話」と呼んでいるのである。もう少し抽象化して言えば、出来事と出来事との因果関係や、その間の時間の経過の認識が、外界のそれとアナロジーで把えられる場合が「歴史」、アナロジーがなく、村「独自な」因果律や時間観念で把えられる場合が「神話」なのである。

その意味で、「壊す人」という超人が誕生して外界との交渉を断ち切った「創建」時代は、「神話」的空間の始まりであり、それに続く「復古運動」もおおむね「神話」期の出来事と言えるのであるが、ただその運動を指導したオシコメが遠く長崎から「南蛮の秘薬」を手に入れていた、という点では「歴史」との交渉があったことになる。「その交易の基礎が、「復古運動」の頃すでに築かれていたと知ることは、僕に強い印象をきざみました。（中略）ここではっきり歴史があらわれてくるわけだったからです」。

この神話／歴史の対比は、内部／外部という対比に類似している。外界との、いわば歴史的な交渉を絶った、内部だけの空間において、時間の経過はもはや外部の時間とシンクロナイズしない。時間は、「創建」期の人間関係の構造的な変化として測られるだけである。この構造的変化は、人間が生まれて、異性とつがいになり、子供を作って育て、そして死ぬという単純な生命過程だけで生まれるはずがない。その生命過程の間に蓄積された生活資材の私有と、階級関係らしき特権・非特権の関係の発生によって引き起こされたものである。それに危機感を抱いたオシコメは、この状況を「創建」期の原始的な共同・共産制に照らして否定しようとし、若者を指嗾して「復古運動」を開始する。つまり初源の状態を規範化し、そこからの変化を否定しようとしたわけで、その意味では時間の否定でもあった。この運動の間オシコメが年をとらず、むしろ若返ってさえ見えたのは、理由のないことではない。さらに言えば、「壊す人」とオーバー（もと「壊す人」の兄嫁）、「壊す人」とオシコメとのつがいだけはけっして子供を持たなかったが、それというのも、かれらがあの単純な生命過程の運命さえも免れ得たような存在でなければならなかったからであろう。共同体に構造的な変化が生まれ、それを否定する運動が起こったこと自体、見方によってはこれを歴史と呼ぶ立場もあり得る。むしろその方が常識であるだろうが、「僕」は「壊す人」やオシコメのイメージに依ってそれを否定したのである。

とは言え、「僕」も、共同体の状況を歴史的なエポックに分節化する発想を持たなかったわけではない。外部の歴史とのかかわりを絶った「創建」期と、「復古運動」の時期と、「自由時代」と、再び歴史に巻き込まれる羽目になった「自由時代」の末期と。

このようなエポック分節はまさに歴史家のものだが、その根底にあるのは有機体（生命体）のイメージに基づくナラティヴだと言えよう。始発の活気に満ちた時期から、前時代の残滓を克服する試練と自己確立の時期を経て、全盛の壮年期へ至る。だが爛熟はやがて頽廃を孕み、衰退に向かう。もちろん人間の社会がこんな生物的な循環過程をたどるはずもないが、歴史家が「時代」区分を行なうと、一つの時代はそのようなナラティヴの過程を経て次の時代に席をゆずることになってしまう。その記述は出来事の実態を説明しているように見えるが、じつは分節化の形式をあてはめているに過ぎない。分節された各項には、項と項との形式的な関連による一定の意味があらかじめ与えられていて、歴史家はその意味を対象に投影し、投影したものを「発見」してみせる。これは歴史家の痼疾と言うほかはないが、「僕」もまたそのような内部分節のパターンを当てはめて、分節と分節との関係を意味づけていた。その限りでかれは「歴史形式」主義者でもあったのである。

さて、もう既に明らかであろうが、右のように「僕」の発想パターンや枠組みを抽象してみたのは、このパターンや枠組みを取りのけた場合の、つまり「僕」の饒舌な意味づけにまだ覆われていない、「昔話」の様相を取り戻したかったからにほかならない。私たちは「僕」の再話を通してしか接しえない以上、覆いを除けた「昔話」を復元することはできないが、理論的に想定することは可能であろう。「神話」や「歴史」という概念を取りのけるならば、理論的には「昔話」という規定も消えるはずであるが、ここではなお残しておきたい。というのは、祖母は語り始めにかならず「とんとある話。あったか無かったかは知らねども、昔のことなれば無かった事もあったにして聴かねばならぬ。よいか?」と念を押し、柳田国男の言う昔話の様式を踏んでいたからである。

この祖母がまだ幼い頃、銘助さんの母(または義母)から直接に、銘助さんの生まれ変わりの「童子」が空中に消えた様子を聞いた、という。彼女は長じて村の郵便局長に嫁したが、この夫が銘助さんの母(義母)の縁続きだった。銘助さんの母(義母)は「二重戸籍」の発案者であり、「大逆事件」の時には幸徳秋水たちの死刑に抗議する電報を大日本帝国天皇陛下に出そうとして、若い郵便局長になだめられ、やむをえず諦めたという。彼女はやはり若い頃、「ニセの花嫁」の生き残りの老婆を見かけたこともあった。「自由時代」の末期にこの村は、無法者と化した武士の集団に居直られそうになったが、村の娘と結婚させると偽って油断させ、殺してしまった。その「ニセの花嫁」が老いて、村の「飲食店」で働いているのを、彼女が見かけたのである。こうして見ると、たぶん「僕」の祖母は明治二〇年前後の生まれで、幕末維新期の事件を直接目撃したわけではないが、生き残った人から体験談を聞くことの出来た世代であって、昭和一〇年代後半では数少ない生存者の一人だった。彼女は敗戦の前々年に亡くなる。

このような祖母が、幕末維新の体験者から聞いた話までも「昔話」の様式で語ったかどうか。それは分からないが、「僕」は空中に消えた「童子」の話を聞いて、「祖母の話は面白いものの、あまり不思議なところは、子供の聞き手を面白がらせるために部分的に作られた話ではないか」と感じた。その点から見れば、銘助さんや「童子」についても、「壊す人」やオシコメの場合の語り口とおなじく、罪のない誇張と滑稽で笑いを誘う「ヲコ話し」の形を採っていたのであろう。その楽しさは十分に伝わってくるのであるが、ともあれもし右の推測が妥当ならば、おそらくそれらの話は一回かぎり語られたわけでなく、何回も繰り返されて、しかもそれが幾つかのヴァリアントを持ち、矛盾することもあった。それを語る順序もかなり恣意的で、「僕」が配列したような「時代」順に固定されたものではなかった。

このような多様性を、「僕」は、「村の昔話自体にも、祖母が聞き覚えている段階ですでに、様ざまな語りかえがあり、むしろ祖母はそれらの多様な語りを、すべて僕につたえようとしていた」と理解する。その多様性を損なわずに読者に伝えようと心掛けてもいた。それがこのテクストの豊かさを生んだのであるが、しかし結局かれはその多様なヴァリアントの根底に、実際の出来事を想定しないではいられなかったのである。かれがその想定の補強材料に使ったのはお寺の屛風の地獄絵であって、一種の「絵解き」を試みている。

子供ながらに僕は、この鬼どもと女たちは、谷間の村を建設した人びとだ、かれらが雨の上がった新しい土地に入って行なった労働のありさまを、この絵は記録しているのだ、と感じました。

立ちのぼる炎の間を行きかって働く、フンドシと短い腰巻だけの人びとは、この勇ましく危険な作業に雄々しく緊張していたにちがいないし、さらにはお祭り気分に湧きたつようでもあったでしょう。寺の地獄絵に描かれた、新世界を創建する労働そのままの眺めだったろうと思います。

地獄絵から実際にあったことの「記録」を解読した「僕」は、いつの間にか自分の解釈を飛び越えて、地獄絵を新世界創建の光景に同一視してしまったのだが、この操作をかれは他の土地の「民話」にまで及ぼし、次のような反映論的な解釈を下すのである。

県境いにそった土佐の民話に、迷った山奥で見つけた漆の沼で、竜に出会うという物語があるのは、地理的にいえば急峻な坂道を登り降りしなければならず、政治的には山脈どちら側の藩の眼もくぐらねばならなかった、蠟の密輸の危うい環境を反映していると思います。

この操作は「壊す人」やオシコメの物語りに銘助さんの一揆働きをつなげ、さらに「五十日戦争」を接合させるために必要な手続きでもあったのだろう。

「五十日戦争」とは、谷間の村が大日本帝国軍隊を相手に戦ったゲリラ戦のことで、「中隊長以下の指揮部は、すぐさま国民学校の職員室を司令部にして、作戦会議を開き」という表現から推測するに、小学校が「国民学校」と呼ばれた時期、つまり大東亜戦争の時代の事件と見ることができる。村の人間は子供まで含めて、国民学校のある「盆地」を捨てて、「在」に撤退し、さらに森にこもって戦った、という。ところが、「僕」自身は三年生の時に「世界の絵」を描かされて、先生に殴られ、たぶんあまり変わらない時期に校長から『古事記』の話を聞いている。かれは「五十日戦争」には加わらない「村の子供」だったことになる。

そういう不整合も見られるのだが、ともあれ村の大人たちがほのめかす「五十日戦争」も何らかの形で事実を反映した伝承であると位置づけるために、先のような「神話」や「民話」の解釈が準備されていたのである。

このように「僕」は、この『M／Tと森のフシギの物語』の発表時でさえも既に古びかけていた歴史家の発想や現実還元主義を隠し持っていたわけであるが、そこに外部／内部という二項対立を導入して、「内部」＝「神話」的な時空間、という共同幻想の世界を創り出そうとした。この物語の終章が、「僕」を共同幻想の申し子にアイデンティファイすべく費やされたのは、その両面を縫合するためであろう。ただ、その物語を改めて祖母の「昔話」から把え返し、相対化してみるならば、これもまた現代における一つのヴァリアント以外ではないことが見えてくる。見方を変えるならば、「僕」はもはや村の住人にその「昔話」の聞き手を持つことができず、不特定の読者にリアリティを与えるために歴史主義と共同幻想性との両義的なテクストを作らざるをえなかった。これをヴァリアントの一つと受け取るところから、私たちの物語作りが始まる。そういう物語作りが救済の方向へ向かうべき誘いとして、個体の死を超えた生命の持続をイメージする、共同幻想の宇宙観が繰り込まれたと言うべきだろう。その「森のフシギ」の持続する生命は、語り継がるべき物語のメタファーにほかならない。

第11章　アイデンティティ形式のパラドックス

小説がさまざまな散文形式を総合した芸術でありうることを、かつて伊藤整が主張した。その実践が『鳴海仙吉』であるが、しかし日記や書簡、手記などの独特なコミュニケーション構造と小説との違いにはあまり関心を払っていなかったように思われる。ただしこれは、小説が文学のなかの中心的なジャンルになった近代においてはやむをえない盲点だったかもしれない。

それ以前の、例えば近世初期の仮名草子『薄雪物語』の場合、深草の里の園部衛門という男が清水寺に詣でて薄雪を見染め、下女に恋文をことづける。女は夫のある身とてもちろん断わるのだが、男は一向にあきらめず手紙を送り続け、女は迷惑である旨の返事を返しているうちに、言わば互の言葉に挑発された形で、いよいよ恋心が募ってゆき、ついに女は男の熱意にほだされて身をまかせてしまう。そして衛門が急用で志賀の里に旅に出かけた間に女は病死し、かれは悲嘆にくれて髪をおろし高野山に籠り、二六歳という若さで往生してしまった。書簡体小説の傑作と言うべきで、特にいま強調しておきたいのは全篇がほぼ二人の手紙の並列のみで構成されていること、つまり手紙の交換それ自体がドラマを作っている点なのであるが、これは恋文の例文集という実用的な意図を兼ねたテクストだった結果であろう。

それ以後、近世の儒学者や国学者たちによる書簡体形式の教義問題答書は数多く出板されたが、『薄雪物語』のような物語形式は意外なほど用いられなかった。近代に入って白樺派の人たちによってようやく復活され、『宣言』の有島武郎はその愛用者であった。『生れ出づる悩み』や『小さき者へ』などもこの形式のヴァリエーションだったと言える。ただし、もちろん手紙による相互挑発という面もないわけではなかったが、それがドラマを作り出すというよりは、むしろドラマはその内容、つまり手紙以前の出来事に移っていたのである。

中心的な関心事の、このような形式から内容への移動。それは手紙が手記に近づき、そのモチーフがアイデンティティの確認に移った現れにほかならない。書簡形式を部分的に使った例としては夏目漱石の『行人』や『こゝろ』などを挙げることができるが、これまでの研究ではほとんどその点に注意が向けられることがなかった。せいぜい後者の場合、あれほど長大な「先生」からの手紙が「四つ折りに畳」んだりできるものであろうかという程度の疑問が出されただけで、結局その関心は遺書という性格と、その告白内容に限られてしまった。人格とか修養とかいう理念がまだ十分に生きていた時代に、「先生」は「私」の眼に、世俗の打算や名誉を超越して静謐な生き方をしている聡明な人物と映っていたはずだ。そうでなければ「先生」という呼び方を選ぶはずがない。ところがその人物が自殺に至らねばならないほど暗い《ネガティブ》自己像を抱えていて、しかもそれを敢えて青年の前に晒けだして自裁に及んだこと自体に誠実な人格の証明が見られる。この二重のドンデン返しがその手紙には仕掛けられていて、だからこそ「私」が手記のなかで依然として「先生」という呼び方を貫こうとした緊張が、リアリティを帯びてくるのである。だがその点を踏まえて「私」の手記における「先生」との自己同一化のモチーフや、そこに隠された自己欺瞞に眼が向けられて来なかった。その理由は、一つには漱石自身のねらいがそれを発くことにはなかったためでもあるが、もう一つは研究者のほうも形式よりは内容の「深刻さ」に関心を奪われてしまったからであろう。

見方を変えれば、このような関心の移動は日常の会話と小説や戯曲における科白との違いとアナロジーだと言えるかもしれない。例えば日常の会話でAが「かれの返事はどうでしたか」と聞き、Bが「かれの返事はいということでした」と答えたとする。これは会話の形式のみあって内容はほとんど零に等しい対応と言うべきだが、ＡＢともにこの会話の状況や文脈を承知しているかぎり十分に内容ある応答でありうるだろう。小説はその状況や文脈を描くことでこの会話に内容を与えるわけだが、さらにはＢに、「かれ」の「はい」という返事の調子にまで言及させる、つまりＢにその返事の解釈や「かれ」についての情報をも語らせる形で、この会話を肉づけしたり、二人の間の心的なテンションを暗示してより生きた対話に作り変えて行く。科白のみで成り立つ戯曲においては、この会話そのもののなかで状況や文脈をも表現しなければならない。もちろんそれは、ＢにとってのＡという直接の聞き手だけでなく、観客に対する情報をも内包させる必要があるからにほかならない。

『こゝろ』の「先生の遺書」にも同様な操作が見られる。名目的にはあくまでもこれは「私」にだけ読ませる手紙であり、自分の過去を「絵巻物」のように展開してみるというモチーフの特殊性からみて長大なものにならざるをえなかった事情は否定できない。ところが「今の青年のあなたがたから見たら」（一四章）「比較的自由な空気を呼吸してゐる今のあなたがたから見たら」（二九章）という具合に読み手が複数化されてゆき、「彼はいつも話すとおりすこぶる強情な男でしたけれども」（四二章）と、この手紙以前から二人の間でしばしばＫのことが話題に上ったかのような書き方となり、そしてついには「それを偽りなく書き残しておく私の努力は、人間を知るうへにおいて、あなたにとつても、ほかの人にとつても、徒労ではなからうと思ひます」「私は私の過去を善悪ともにひとの参考に供するつもりです」（五六章）と結ばれていた。「私」以外の読者を明らかに想定しているのである。これは「先生」ならぬ作者漱石の書く意識の混入と言えるが、少なくともなぜ「私」はこの手紙を公表しなければならなかったのか、それは「先生」への裏切りではないかという類の疑問については、これがその答えだったと見るべきだろう。それ故むしろいま問題なのは、一方では「あなたにとつても、ほかの人にとつても」参考になるはずだと言いながら、他方では、「しかし妻だけはたつた一人の例外だと承知してください。私は妻にはなんにも知らせたくないのです」という、矛盾した希望のほうでなければならない。こういう特定の作中人物を読者から疎外するやり方を、漱石は『吾輩は猫である』でもやっていた。その第二章の「ちよつと読者に断つておきたいが」という箇所からもわかるように、第一章の書き手は猫だったことになり、迷亭君も月寒君も読んでいるのだが、主人の苦沙弥先生だけはそれを知らないのである。このような言わば「疎外された読者」の内包というイロニカルな設定によって、漱石は小説などというものに汚染されない無垢な人間の定立を試みたのかもしれない。

だがそれはともかく、「先生の遺書」は複数の読み手を意識するとともに読者一般への情報が密度を増してゆく。先ほどの会話の例で言えば「かれの返事はいいということでした」というBの言葉の内容が増え、「かれ」に相当するKの科白が括弧でくくり出されるとともに、その発話の調子についてのコメントも附加されて、「先生」自身との対話に緊張が高まり、ついに破局に及んでしまった。その意味でこの手紙は手記に近づいただけではなく、小説をも模倣するに至ったのだと言うことが出来るのである。

だいぶ長い前置きになってしまったが、私がここで検討したかったのはむしろ次の問題である。たしかに昭和の小説は日記や手紙の形式を活用して表現領域を拡張してきたが、その前提として日記や手紙の小説模倣というプロセスがあった。とするならば、現代小説の実験はかえってそのような形式の批評的相対化の方向に動いているのではないか、いや動いてゆくべきではないのか。この問題を考える手がかりとして、私はここでは安部公房の『他人の顔』を取りあげてみたい。かれは現代の作家のなかでもとりわけ手記形式を愛好してきた小説家であるが、この作品における「私」の手記は、妻との関係を回復すべく「仮面」が残した置き手紙の性格を持ち、しかもそれは日記を再構成した手記だったという設定になっているからである。

ただその具体的な検討の前にもう一つ確認しておくならば、手記と日記はともに一人称の記述主体をもつ表現だが、ヘーゲルふうに言えば歴史哲学と歴史素材との関係にある。つまり歴史哲学は、事件の因果関係を「事実」に即して明かした歴史叙述とは違って、いわば民族的または人類的な反省意識の次元からその事件の国民的、世界史的な意味を考察する認識作業である。それに対して日記は歴史叙述の素材たる年代記などの記録に相当する。換言すれば手記はある事件が終了したと判断しうる時点に立って過去を再構成したものだが、後者はその過程にあって、かならずしも何が事件であるかがまだ知覚できない状況で毎日の出来事を無差別に書き留めた記録なのである。

日記は未来の自分を読者として予想した、自己コミュニケーションの表現だとよく言われる。一面ではたしかにそのとおりなのだが、未来のどんな時点で読者となるべきか、いまの自分に見えているわけではない。もし私が政治家ならばいずれ回顧録でも書く予定で詳細な日録を残すかもしれないし、自分の死後貴重な現場の証言として利用されることさえ期待するだろう。だがそんな色気のない私（たち）にとって日記は、自己省察のモチーフすら含まぬ、ほんの備忘録程度のものでしかない。しかもたとえある時記憶の確認のために日記を繰ってみる必要が起こったとしても、その行為自体を当日の日記に書き留めるほど重要なこととして自覚しているわけでなく、日常的な些事として忘却してしまう場合が多い。一連の出来事を一まとまりの事件として整理してみる意識が、その行為には希薄なのである。だからこれを逆に言えば、日記を繰ってみたこと自体を日記に書き留めようとするような、強い整理意識が働いた時にこそ、事件としての知覚、あるいは事件を終結させようとするモチーフが私（たち）の頭のなかで、または実際に出来事のつながりを確認しつつ顕在化させた、手記という形をとる。つまり自己のアイデンティティの確認という歴史的認識が行われる。日記とはいつの日にか終了点が訪れるという仮定のもとに、実際は昨日に続く今日という日（現在）の無限連続のなかに自分を置き、言わば日常的な自己を作り出す表現行為であり、アイデンティティ確認はそれとは別な次元の認識行為なのである。
その意味で日記は小説と背反する表現形式であるのに対して、手記は小説にきわめて近い。これは手記も小説も事件の終結点から一連の出来事を選択してストーリーラインを構成した物語だからであって、嵯峨の屋おむろの『無気味』や森鷗外の『舞姫』などの手記形式の小説がいち早く出現したのもそのためであろう。そして前者の場合は手記の書き手の紹介と、それが編者（じつは作者）の手元に残された経緯についての簡単なコメントが附けられ、後者の場合筆記者自身がそれを書くモチーフと、日時や場所をも併せて書き込むという形で、「事実」の印象を与えようとしていたわけだが、じつはそれこそが小説であることの徴標にほかならなかったのである。ただ手記は、その書き手が自分の過去を再構成しつつ「意味」を対自化するアイデンティティ定立の歴史哲学的な形式であるから、二葉亭四迷の『平凡』のように、自分の日記を繰ってみる（挿入する）という手続き自体も書き込むことが出来る。日記は未来の自分を読み手とする自己コミュニケーションだというような観念は、じつは手記形式に内包された日記という小説的仮構の累積から派生した歴史的観念にほかならぬと言うこともできるであろう。
このことを一つ確認して、さて『他人の顔』に目を転ずると、こんな箇所が出てくる。

その日の日記をくってみると、次のように書いてある。

《五月二十六日。雨。新聞広告をたよりに、S荘をたずねてみる。私の顔を見て、前の中庭で遊んでいた子供が泣きだした。しかし、地理的条件もいいし、部屋の配置もほぼ理想的なので、ここに決める。新しい材木と塗装の臭いがひどく刺激的だ。隣はまだ空室のままらしい。なんとか、疑われずに、隣の

部屋も借りられるといいのだが……》

だがぼくは、S荘で、べつに変名もつかわなければ、身分も偽ろうともしなかった。無分別にみえるかもしれないが、自分なりの計算もあったのである。ぼくの顔は、いまさら小手先のごまかしくらいでは、どうなるものでもない。現に、玄関先で遊んでいた、そろそろ小学生だと思われる何処かの娘が、ぼくを一と目みるなり、夢のつづきでも見ているように泣きじゃくりはじめたほどだった。もっとも、肝心の管理人は、客商売のせいもあってか、馬鹿に愛想がよかったが……

この男は自分の顔という、アイデンティティの重要な根拠を破壊されてしまった。かれは右の手記に引用されたような日記をその出来事以前からつけていたのであろうか。あるいはそうだったかもしれないが、冒頭に置かれた「おまえ」宛ての手紙から判断するかぎり、精巧な仮面の製作に着手して以来特に入念にその経過を記録し始めたらしい。もしそうだとすればその時から日記の意図が明らかに変わったわけだが、それはとにかく、ではなぜかれは日記をそのまま「おまえ」に残そうとせず、わざわざノートという手記形式に書き変えなければならなかったのであろうか。

この疑問から浮かんでくる日記と手記との関係は、ちょうど生きた人間の表情と仮面の関係に似ている。とくに目立つほどではない眼元の小皺やうすい泣きボクロなどがその人の日常的な印象を作っているごとく、日記は毎日の些事の集積にほかならないが、それらを塗りつぶして本当に特徴的な皺やホクロだけを顔全体の造作のなかに強調的に描き出したのが手記だと言えよう。これは似顔絵の方法であって、そのおかげで表情の微妙な特徴が消えてしまったとも、あるいはかれの個性的なキャラクターがより明確に表出されているとも言うことが出来るが、この手記の男の場合は他人の顔を模造して新たに人間関係を取り結ぼうとしたわけである。これは新たな顔のアイデンティティを作りつつ生きてゆくことにほかならないが、それならば新たな顔の人生にふさわしい過去、すなわち日記を仮構して残すことも出来たのではないか。この疑問はいずれ考えてみるとして、少なくとも右の場合、日記そのままとそれを整理した手記とでは、半ば「おまえ」の立場におかれた私たち読者の受ける印象はよほど違ってくるであろう。

手記は自己のアイデンティティの定立を試みる近代精神の所産であるが、『他人の顔』はそのアイデンティティを失った男の手記として書かれている。これは近代に対するイロニーと言えなくもないが、結局この男は他人の顔をつけて妻と関係しながら、その「かれ」が自分にほかならぬことを明かすために手記を読ませ、ついに妻までも失ってしまう。このほうがもっとパラドキシカルだったと言わねばならない。かれは手記という形式の落し穴にはまってしまったのである。これはアイデンティティの喪失を現代人の根源的な不幸と見、その回復の試みと挫折という不条理劇に先験的に価値を与えてきた戦後文学的な観念に拘束されてしまった、というより、安部公房自身がその観念の牽引車を自負していたためであろう。

もちろんかれは、手記という一方的な自己解釈の表現が他者の立場の無視に陥りやすい限界を知らなかったわけではない。その手記の書き手は仮面をつけて妻と性的な関係を結び、その「他人」がじつは自分であることを明かすために彼女を自分の隠れ家に誘ってノートを残して置くのだが、逆に彼女のほうが初めから「彼」が「あなた」であることに気がついていた旨の書き置きを残して姿を消してしまう。この一人相撲のどんでん返しは手記形式それ自体の相対化だったと言える。だがかれはまだ未練がましく手記を綴り、次のように結んだ。

ふと鋭くひびく、女の靴音が聞こえてきた。と、仮面だけが残ってぼくは、消滅してしまう。とっさに、考える余裕もなく、すぐわきの露地に身をひそめ、拳銃の安全装置を外して、息を殺すのだった。

(中略)

しかし、考えてみよう。こんな行為で、ぼくは果して白鳥になれるのだろうか？　人々に、共犯の哀愁を覚えさせたり出来るのだろうか？　考えるだけ無駄なことである。はっきりしているのは、せいぜい、孤独で見離された、痴漢になれるということだけだ。滑稽の罪を免除されるという以外には、なんの報酬もありはしないのだ。たぶん映画と現実の違いなのだろう。……ともあれ、こうする以外に、素顔に打ち克つ道はないのだから、仕方がない。むろん、これが仮面だけの責任ではなく、問題はむしろぼくの内部にあることくらい、知らないわけではないのだが……だが、その内部はなにもぼく一人の内部ではなく、すべての他人に共通している内部なのだから、ぼく一人でその問題を背負い込むわけにはいかないのだ……そうだとも、罪のなすりつけはお断りだ……ぼくは人間を憎んでやる……誰にも、弁解する必要など、一切認めたりするものか！

足音が近づいてくる……

だが、この先は、もう決して書かれたりすることはないだろう。書くという行為は、たぶん何事も起こらなかった場合だけに必要なことなのである。

ここでは、かれが拳銃の安全装置をはずす行為や変転する思念と、書く行為との時間差がかぎりなく零に近づいている。近づいてくる足音とは、その時間差なのだ。もし靴音の女に何ごとか行動を起こしたのち、何時間(あるいは何日)か経ってこの手記を書いたとするならば、「しかし、考えてみよう」の一文は不要であり、それに続く思念は過去形で表現されねばならなかったはずだからである。

この表現に続くかれは、おそらく何ごともなしえなかった。せっかく精巧な他人の顔の仮面を得たにもかかわらず、「なんとしても、おまえを失うことだけはしたくなかった。おまえの喪失は、そのまま、世界の喪失の象徴のように思われることだろう」と以前の世界に執着する。いや、その世界でのアイデンティティを求める内部にこだわり、結局は内部をアイデンティティの根拠とする陥穽にはまり込んで、その内部＝手記を、「おまえ」＝読者に強請した。右の結びはその内部が未整理のまま、現在形の様相をもって立ち現れてきたことを告げていたのであるが、そんなふうに内部にかまけている人間の行為は無動機な事故のようにしか起こらない。「問題はむしろぼくの内部にある」のではなく、内部それ自体が問題だったのである。換言すればかれの手記は小説を模倣しすぎたのであり、ついに小説的な意識の流れの表現と同化するにいたって書く方法を失ったのだと見るべきであろう。

だがそれはそれとして、もしこの手記の素材たる日記があったとすれば、最初の引用のごとく「隣はまだ空室のままらしい。なんとか、疑われずに、隣の部屋も借りられるといいのだが……」というような気病みの記録に充ちていたはずである。ところが手記への書き換えの過程でその種の些細な気病みは捨象され、管理人の愛想笑いとともに万事が好都合に運んでしまった。そのどちらによりリアリティがあるかは、さし当たりここでは問題ではない。むしろいま問題にしたいのは、次のような箇所の日記はどんなふうだったのかということである。かれは仮面の効果を確かめに街へ出て見、アパートに帰って管理人の知恵の足りない娘に話しかけてみた。娘はヨーヨーで遊んでいる。話しをしているうちに、どうやらヨーヨーは盗んで来たものらしいことが分かって来、かれは新しいのを買ってやると約束する。

ぼくはつい笑いだしてしまい（そら笑っている！）笑っている仮面の効果を、意識しながら、二重に笑った。どうやら娘も、やっと納得する気になったらしい。棒のようにつっぱらせていた背筋の力をぬいて、下唇を突き出すと、「いいわ……いいわ……」歌うように繰返し、黄金色のヨーヨーを未練がましく上衣の裾にこすりつけながら、「本当に買ってくれるんなら、返してくる……でも、本当に、黙って盗って来たりしたんじゃないわよ……（以下略）」

壁に背をあてた姿勢のまま、横這いになってぼくの傍をすりぬけて行く。子供はけっきょく、子供なのだ……ほっと、くつろぎかけたぼくに、すれちがいざま娘が、囁きかけた。

「内緒ごっこよ！」

（内緒ごっ、こ？）……どういう意味だ？……なに、気にすることはないさ、あんなに知能のおくれた小娘に、そんな複雑な駆け引きが出来るわけがないじゃないか……と、視野の狭さのせいにしてしまうのは、たやすいことだったが、しかし、視野の狭い犬のほうが、嗅覚だけはかえって鋭敏だということもあるわけだし……第一、そんな気づかいをしなければならないということ自体、ふたたび自信がゆらぎはじめたことの、証拠のようなものだった。（傍点は原文）

長い引用になったが、娘と話し始めたところから紹介すれば更にこの四倍以上の長さになる。その素材たる日記の記述を想定してみるならば、右の箇所に相当するのは「新しいヨーヨーを買ってやると言うと、娘は内緒ごっこよと囁いて返しに走っていった。一瞬衝撃が走る。見抜かれたのか。そんなことはあるまい」という程度の記述だったと思われる。が、この箇所は後にもう一度「平気よ……内緒ごっこなんだから……」と言われて、最初から見破られていたことに気がつき愕然とする伏線であり、結局は妻に見ぬかれていたことの伏線でもあった。だからこそ手記では印象拡大法的な長い描写となったわけだが、しかし日記の段階でこれが伏線的な出来事であることに気がついていたはずがない。とするならば毎日の記録から伏線的な関連を掘り起こし、記憶によって細部の肉づけを試みるとき、事実の意味は変わってしまう。そう思ってみると五月二六日の「私の顔を見て、前の中庭で遊んでいた子供が泣きだした」記述や、「なんとか、疑われずに、隣の部屋も借りられるといいのだが……」という期待も、全てのちの展開の伏線的機能を与えられていたことが分かる。関連しない箇所は削除したのだと見ることも出来るが、のちの出来事とこれほどうまい具合に整合し、多分ちょっと心をかすめただけの期待までもそつなく書き留めておいたこと自体、すでに日記が手記を模倣し、あるいは手記を予定していたことの徴標にほかならぬと言えるであろう。知恵足らずの子供に本性を見透かされてしまうという、太宰治の『人間失格』を下敷きにしたようなエピソードの小説くささは問わないとしても、である。

ともあれこうして「ぼく」は妻を隠れ家のアパートに誘って、この手記に置き手紙を添えて残しておき、自分は先に自宅へもどって妻を待つことにした。ところが妻はその手紙の裏に、初めから情事の相手がかれであることに気がついていた事実を書き残して姿を消してしまう。もしそれが事実ならば、妻は仮面の「ぼく」と密会することを望んでいたのであって、いまさら仮面を剥いだ素顔の「ぼく」に直面などはしたくなかったのである。アイデンティティなどというものに執着した男に対する、痛烈なしっぺ返しだったと、それは言えるだろう。

もしそれが事実ならば……、といま私は仮定法で書いておいた。というのは、妻がこのノートを読んで初めて本当のことを教えられたという場合もありうると考えたからにほかならない。ノートから受けた衝撃から立ち直るための逆襲だった、という可能性もあるからである。だが、いずれの場合も妻が姿を消すことに変わりはなかったであろう。かれは言わば小説という仮面（模倣）をかぶった手記を書きながら、そのことに気づいていない。あたかもその仮面（模倣）が内面＝素顔をさらす最適の方法であるかのごとき前提で書き、その妻を「疎外された読者」ならぬ、「強請された読者」たらしめようとした。本人にとっては妻への愛情告白なのだが、このようにもってまわった一人芝居の舞台裏を強いて覗き見させられるくらいならば、いっそ「疎外された読者」にされたほうがはるかに望ましかったにちがいない。妻がコミュニケーションを断ったのはその意志表明だったと見るべきなのである。

だがこの点については「ぼく」はもちろん、おそらく安部公房も自覚的ではなかった。それは更に未練たらしい意識の流れ小説的な手記を「ぼく」に書かせていたことで分かる。妻の置き手紙から惹き起こされた羞恥にこだわる未練がましさは、むしろ当然のことと言えるが、それでもなおあのような手記を書き続けようとする事自体への羞恥はいささかもみられない。未練がましいとはそのことなのであって、安部公房は先のような批評的視点からその書き方のなかにイロニーの調子を与えることさえもしていないのである。かれのイロニーはアイデンティティの徴標を失ってしまった男という逆説的な設定と、その自己回復の試みのシジフォス的な徒労という内容にのみ向けられて、書簡的手記という形式のほうにはついに及ばなかった。それをパラドキシカルに発いたのがあの妻の置き手紙であり、それが男の置き手紙の裏側に書かれていた、という表裏の関係こそがその象徴だったのだと言わなければならない。

その意味で妻の置き手紙のとらえ方は、あくまでも私自身の書簡体小説史の理解にかかわる読みの問題だったわけだが、さらにそれを踏まえて言えば、このテクストは日本の敗戦と戦後状況の隠喩としても読むことが出来る。もっと遡れば、日本の近代化ということ自体が既に仮面をかぶることであった。だからと言って、それ以前の状態が素顔だったというわけではない。それは日本という仮面の一ヴァリエーションでしかないのだが、仮面の意識がとりわけ強まった時、その反作用として素顔探しが始まるのであって、明治新体制という仮面こそが素顔の復古（王政復古）にほからならぬというイデオロギーと、この仮面自体をアイデンティティの根拠として近代の歴史を歩もうとする対外的な緊張感とをモチーフとして、日本国家の過去構成が試みられるようになった。嵯峨の屋おむろの『無気味』や森鷗外の『舞姫』などはそれに対する陰画としての近代日本人像の提示だったと言える。陰画であるかぎり批判性は含んでいたが、しかしアイデンティティ定立の形式のほうは無批判に共有してしまったのである。日本は敗戦とともに再び仮面をつけ直したわけであるが、その陰画としての個人史の試みは、おなじく手記や書簡体小説の愛用者三島由紀夫や大江健三郎の幾つかの作品にも認められる。『他人の顔』もそういう作品の一つであった。

ただしかれらは仮面／素顔という二分法のなかでは反転、逆転の精妙な物語りを作り出したが、それは一種の合わせ鏡的な無限反映にはまり込んだだけであって、二分法そのものの解体、つまりその表現形式の相対化にまでは進んでいない。もしそこへ進むのならば、あの妻の置き手紙が孕んでいたパラドックスを生かしつつ、『薄雪物語』の挑発関係を再現してみる必要があるだろう。それは仮面／素顔の挑発関係ではない。そうではなくて形式／内容の挑発関係を展開しつつ、その二分法を無化してしまうようなやり方にならねばならないはずである。

第12章 「得能五郎」と検閲

伊藤整は『得能五郎の生活と意見』と『得能物語』の連作、および『鳴海仙吉』において、同時代のマスメディアの言説を対話的に引用するという、画期的な方法を実験した。過剰なまでに「知識人」意識が強く、ジャーナリズムの動向に敏感な得能五郎や、鳴海仙吉は、この方法のために不可欠な人物設定だったと言える。

引用に引用を重ねて、ある時代の言説状況を批評的に描き出す方法は、その後、中野重治が『甲乙丙丁』で試み、大西巨人が『神聖喜劇』で成功したが、その創始者たる伊藤整は大きな代償を払わねばならなかった。それは、これらの作品が「大東亜戦争」と、戦後の占領という、いずれも強力な検閲制度の下で発表されたため、支配的なイデオロギーとの同調を強いられ、版を変える毎に表現の改変を迫られたことである。このため得能五郎ものの連作は複雑な異文《ヴァリアント》を持つことになったが、かえって現在では、異文《ヴァリアント》それ自体が、戦争下と戦後の検閲、及びそれと同調していた言説状況の実態を窺う、貴重なドキュメントとなっている。

私は二〇〇〇年の一〇月、韓国の日本語文学会の秋季学術発表大会で、これに関連することを発表したことがあり[1]、一部重複するところもあるが、この異文《ヴァリアント》から読み取れる検閲の証跡を報告したい。

1 戦時下の検閲

まず『得能五郎の生活と意見』の初版（河出書房、昭和一六年四月。以下、『生活と意見』と略記）から一例を取ってみるならば、「八　交通機関について」の表現は、次のようであった。

人間に対する教育とか、指導とかいふものが、果して必要なものだのだらうか、人は必要なことはみな自分で判断してやり得るものではないか、といふ気持は、今まで得能の心から離れたことのない疑問だ。もしそれが「自由主義」といふものであれば、まさに得能はさういふものを心の中に持つてゐた。自由主義といふ言葉は、この頃は、新聞記事その他、あらゆる場合に目のかたきにされてゐる。（中略）しかしある同一傾向の考へ方は、ある時代に少しづつ皆の心の中にある。それはたとへば、電車の中に交通道徳の訓示は掲げるが、それの実行は各人の判断に任せる、といふ今までの交通道徳強調の仕方にもその匂がある。（中略）

ところがここに、もつとも手近な現実の問題として、交通機関が、さういふ各人の勝手なやり方では収拾できないといふことが起つた。得能のやうな人間は、腕力で人を押しのけるのは、自分と他人とに対する侮辱のやうな気がして、やりたくないのである。しかし、順を待つてゐては到底乗物には乗れないから、やつぱり、みつともないと思ひながらも、前の人間にぴたりと附き添ひ、よそから人に割り込まれないやうにして、懸命に早く乗らうとする。さうせざるを得ないのである。そして得能は考へる。これは乗りものだからいいが、もし食糧においてもかういふ事情が発生したら、自分は必死になつて争ふだらう。各人の自制に待つなどといふ放任的な倫理観や、紳士らしい行為などといふ言葉には、その時はもう一顧の価値もないのだ。（傍線は亀井。以下、同じ）

時代は昭和一五年の夏、田舎で父の法事を済ませてきた得能五郎は、わずか二週間足らずの間に、東京の街の雰囲気が一変しているのに驚いた。交差点では拡声器が交通規則を守ることを呼びかけ、停留場では乗客が、きちんと列を作ってバスを待っている。交通道徳強調週間だったこともあるが、得能は市民のこのような様子を見て、「さうだ、当然かういふ訓練を、ぢかに街頭の人間に押しつけるべき時機に達してゐたのだ」と受け取り、自分も列に加わりながら、右のようなことを感じたのである。

この感想の特徴は、単なる交通規則の指導にすぎないことを、統制・訓練／自由主義という二項対立の問題にまで一般化しながら、統制や訓練の必要性を納得しようとしていたことであろう。それならば、どのようなことを踏まえて、彼は「自由主義といふ言葉は、この頃は、新聞記事その他、あらゆる場合に目のかたきにされてゐる」という心証を得ていたのであろうか。昭和一三年一〇月、内閣情報部が作成した『輿論指導方針』の参考資料「知識階級の通有性」には、「(いわゆるインテリは) 平和主義者であり自由主義者である」、「国家の積極的発展に対する熱意を欠き、国策に協力することを不見識のごとく考へる者がある」、「あくまでも自由主義的、個人主義的、社会主義的思想を有し、思想的に祖国を有しない者が多い」などの言葉が書きこまれていた。この文書は極秘扱いだったようだが、内閣情報部はこのような「自由主義」観をマスメディアに押しつけ、それを通して世論を指導しようとした。そのことを示す資料と考えられるものに、昭和一五年、大阪毎日新聞社が出した『戦時新聞読本』という冊子があり、次のように書き出していた。「支那事変は、わが国民にとつて未曾有の試練であります。精神的にも物質的にも、この大きな戦ひを勝ち抜くために、そして東亜の新秩序と共栄圏を確立するために、複雑な世界情勢の中にあつて、高度の国防国家建設をめざしつつ、国民挙つて血と汗を搾つてゐるのであります。(中略) つまり自由主義的なこれまでの生活から一転して、すべてが国家本位となり、万民翼賛体制への巨歩を進めてゐる時であります」。

得能の感想はこのように作り出された言説空間に順応しようとするものであったわけだが、昭和一七年六月の改訂版では、さらにその傾向を強めていった。

> 人間に対する強制とか、抑圧とかいふものが、果して必要なものだらうか、人は必要なことはみな自分で判断してやり得るものではないか、といふ気持が、得能の心の隅に残つてゐて、中々抜け切れぬ。もしそれが「自由主義」といふものであれば、まさに得能はさういふものから脱し切れずにゐた。自由主義といふ言葉は、この頃は、新聞記事その他、あらゆる場合に目のかたきにされてゐる。（中略）しかしある同一傾向の考へ方は、ある時代には少しづつ皆の心の中にある。それはたとへば、電車の中に交通道徳の訓示は掲げるが、それの実行は各人の判断に任せる、といふ今までの交通道徳強調の仕方にもその匂がある。（中略）
> たとへばここに、もつとも手近な現実の問題として、……これは乗りものだからいいが、もし食糧においてもかういふ事情が発生したら、自分は必死になつて争ふだらう。各人の自制に待つなどといふ放任的な倫理観は一顧の価値もないのだ。今は指導しそれに服従させることが絶対に必要だ。（……は初版の表現の繰り返し。以下、同じ）

この「服従」の強調。以上の引用から省略した箇所のなかでも、初版の「この人気の悪い所謂「自由主義」的な衝動を彼は心の奥の方へこの頃は押しこめておく」が、改訂版では「その考へかたの間違ひを、得能は明瞭に理解するやうになつた。そしてさういふ考に陥りさうな時は、厳しく自分を抑制することにしてゐる」（傍点は亀井）となっている。これも「強制」の積極的な受け入れと共通するだろう。「自由主義」は「間違ひ」であり、きびしく抑制すべき思想なのである。この改変を強いたのが、昭和一六年一二月八日の「大東亜戦争」だったことは言うまでもない。その前年の一二月六日、政府は内閣情報部を内務省情報局に昇格、独立させていた。

このような表現の改訂はこれ以外にも見られるのであるが、それはある意味で極めて巧妙な改訂だった。その書き換えは、ほぼ同じ字数の単語や語句を差し替える形で行われ、一見それは誤植の訂正に近い。つまり、段落の行数に増減が生じて、ページ全体を組み直すようなことが起らないように配慮してあり、よほど注意深い読者でなければ気づかないような、さりげない改訂だったのである。[2]

もし読者が改訂に気がつくとすれば、終章の「十三　得能少尉勇戦」まで読み進み、その後半が削除されていることを知った時であろう。これは日露戦争に出征した得能五郎の父が、旅順の二〇三高地の攻防戦で負傷した経緯を語った章であり、その後半は『ニューヨーク・ヘラルド』の通信員・マクカラア（Francis McCullagh）の「コサック奮戦記」の紹介だった。作者は改訂版でその箇所を削ってしまったのである。

ロシア軍に同行したイギリス人マクカラアは、日本軍の吶喊から異様な印象を受け、「白人種の血に渇する喚声」「三千年以来欧羅巴から圧し付けられてゐた不思議な亜細亜人の声」と語った。得能五郎はそこに、ヨーロッパの人間のアジア人に対する人種的偏見を嗅ぎ取り、「彼等（白色人種）は日露戦争の頃はまだ日本人を、世界の市民の一つとは見てゐなかつた」、「彼等の考へでは、隷属すべき人種の一つなる黄色い日本人が人種の中の神のやうな白色人種に打ち勝つのを眼のあたり見ると、自分たちの隣同士の喧嘩の勝敗とは全く別な根本的な不安を感じ、地面がぐらつくやうな気がして来」たのだ、と解釈している。

現在流布している戦中神話に、英米人に対する敵愾心を煽る宣伝が徹底して行われた、という「伝説」がある。もしそれが本当ならば、右のような箇所は推奨されこそすれ、削除の対象にはならなかったはずであろう。だが、伊藤整はその箇所を削り、その理由を、昭和二六年七月の細川書店版『生活と意見』の「あとがき」で、次のように説明している。「それまでも煩さかった検閲が厳しくなったので、民族問題に触れた部分を私が自発的に取り除いたのであった。戦後、昭和二三年三月二五日、この書物を講談社から出版したが、その版では更に多くの部分、本書の二五七頁から後を削除した。それは民族問題の外に戦争に触れた所をも発表しない方が当時の事情から言って安全だと考えたからである」。これによって判断するかぎり、「大東亞戦争」下の情報局は、たとえ英米人に対してであっても、「民族」的敵愾心を煽るような表現には監視の眼を光らせていたことになる。多分それは、「五族協和」という理念を掲げていたためであった。

ともあれ、このような事情によって「十三　得能少尉勇戦」の後半は、戦中改訂版から削られ、そして戦後の昭和二三年三月、大日本雄弁会講談社版から出た『生活と意見』では、「十三　得能少尉勇戦」の全体が削られることになった。右の証言の「本書（細川書店版）の二五七頁から後を削除した」は、そのことを指す。この削除が、占領軍の検閲を慮ったものであることは言うまでもない。

この削除を復元したのが細川書店版なのであるが、それを作者は「十二　得能先生の登校」に繰り込んでしまった。この形は昭和二八年三月の河出書房版『伊藤整作品集』第二巻と、『伊藤整全集』第五巻や、新潮文庫版『生活と意見』に受け継がれている。初版の形にもどったのは、伊藤整の死後、新潮社から出た『伊藤整全集』第四巻（昭和四七年一二月）においてなのである。

その意味で『生活と意見』というテクストは五種類の異文《ヴァリアント》を持つわけだが、一つ注意しておきたいのは、戦後のテクストにおいても伊藤整は戦中改訂版の表現を維持し、初版の表現にはもどさなかったことである。[3]『鳴海仙吉』（細川書店、昭和二五年三月）の主人公・仙吉は、その随筆「出家遁世の志——「文化月刊」掲載」（初出は『人間』昭和二二年四月号）のなかで、自分の出所進退を、「かつて日本が太平洋戦争をしてゐた時に、それまでに一度も自由主義的個人主義者でなかつたやうな顔をしてゐたやうに、また戦後の自由主義的社会では戦時中に軍国主義者に調子を合せたことがなかつたやうな顔をしてゐ」ると、自虐的に語っている。鳴海仙吉は得能五郎の後身とも言うべき作中人物であり、また作者の伊藤整に則して言えば、たしかに彼は戦争中「軍国主義者に調子を合せた」面を持っていた。だが、こと『生活と意見』に関して言えば、その表現を初版にもどして、「戦時中に軍国主義者に調子を合せたことがなかつたやうな」アリバイ作りはしなかったのである。

ただしこの問題は、次のような『得能物語』の改変とつき合わせる時、もう少し複雑になってくる。

2　占領下の検閲

昭和一七年一二月、河出書房から出版された『得能物語』（以下、『物語』と略記）は、作者自身も「後書」で認めるように、「内容的には、その（『生活と意見』の）改訂版に連絡するもので」あった。とするならば、戦後版においても、『生活と意見』改訂版との一貫性を守るべきだったかもしれないが、それはむずかしかったらしい。昭和二三年九月の講談社版では、『生活と意見』の十三章を削除したのと同様に、占領軍の検閲（に対する配慮）が働いて、「七　蝶の話」ほか幾つかの章に手を加え、その後の版においても受け継がれていったのである。

「七　蝶の話」からその一例を挙げてみよう。

十五年の夏頃近衛内閣成立当時から国内政治のもつとも主要な目標であつた新体制運動は、その年の秋に成立した大政翼賛会において、その実行の第一歩が踏み出されたかの感があつた。大政翼賛会そのもの性質については、種々の議論があつたが、この組織の成立と共に、明治維新に次ぐ第二の維新、それは近年色々な形で萌芽を見せてゐたのが、いよいよ形をとつて現はれたといふ印象が強かつた。日本のこの偉大な転換期において、今までの国民生活にあつた改むべきもの、棄て去るべきものについて反省すると共に、国民の一人一人が、議会政治とは違つた形で、奉公をいたす道が新しく開けた思ひが、国内一般に行き渡つた。各職域毎に整理統合の行はれる気運がいたり、得能五郎などのやうな文学者のあひだにも、一二新しい文学者の会をつくる運動が見られるやうになつた。さういふ会の準備会に二三度出席して、得能は、集る人々の色々な談話から、いまの日本を取り巻く国際危機の、いよいよ深刻なことを知らされることが多かつた。そしてまた国民としての自分などの生きかた、考へかたが、これまで生ぬるく、いい加減であつたことを反省し、怖ろしい気持になるのであつた。文学、文学などと言つてゐて、かういふ深淵のやうな時代を生きる覚悟など、自分に出来てゐなかつた、と彼には痛切に考へられるのであつた。もつと目を開き、もつと反省を深くして生きなければ、と得能は思ふのであつた。

十五年の十一月十日には皇紀二千六百年の祝典が挙行された。神代以来二千六百年といふ悠久な時の推移を経て、日本がいま東方亞細亞の根本の力として立つてゐるとき、自分たちが日本国民たる誇と、幸福との中に生きてゐることが、改めて強く思はれるのであつた。二千六百年とは、何といふ遥かな遠い時の推移だらう。そのあひだに世界のあらゆる国は興り、そして滅びた。ひとり亞細亞の東の海にあつて、日本のみは、一系の天子をいただいて美しく輝かしく、強くその国土と誇とを守りとほすことができた。そこは単なる事実以上のもの、人間の思慮と力以上のものが厳しく在ることを思はずにはゐられない。

二千六百年祭の夜、得能は、ちやうど来合せた山崎覚と二人で、宮城前の馬場先門と東京駅前のあたりから、遥かに式場の辺を拝した。東京駅へつながる丸ビル、海上ビル間の大路には、飾り門が設けられ、築かれた台の上には篝火が燃やされてゐる。初冬のひやりとした夜の冷気のなかを人人が群れて、漢口占領の祝賀会以来と言はれる明るい気分の雑踏がそこに見られた。その日の宮城外の夜景は、近代都市たる東京らしい電飾の華やかな（ママ）ものであつたが、ふと眼を転じて宮城広場の石垣の松の辺の暗がりや、ゆらめく篝火などが眼にうつた時など、この夜の闇は、神々が篝火のまはりに集つた神代の闇につながつてゐる、とも思はれるのであつた。（以上は初版）

十五年の夏頃近衛内閣成立当時から国内政治のもつとも主要な目標とされてゐた新体制運動は、その年の秋に成立した大政翼賛会において、その実行の第一歩が踏み出された。大政翼賛会そのものの性質については、……いよいよ形をとつて現はれたといふ意見が新聞や雑誌に書き立てられた。各職場毎に整理統合の行はれる気運が出て来、得能五郎などのやうな文学者のあひだにも、一二新しい文学者の会をつくる運動が見られるやうになつた。さういふ会の準備会に二三度出席して、得能は、集る人々の色々な談話から、[B]いまの日本の内側の矛盾と暗い重圧、それの反映としての国際危機の、[D]いよいよ深刻なことを知らされることが多かつた。[C]左翼思想家の逮捕投獄の噂が日々つのつた。そして自由主義的な自分などの生きかた、考へかたが、これまで[E]のやうなものでは生きて行けないのではないかと、怖ろしい気持になるのであつた。文学、文学などと言つてゐて、かういふ深淵のやうな時代を生きる覚悟など、自分に出来てゐなかつた、と彼には痛切に考へられた。（以上は戦後、講談社改訂版）

分かるように、皇紀二六〇〇年の祝典に関する箇所は全部削られている。こういう大幅な削除は、「二鯉の頭」で乃木大将の復命書と、「皇師百万」という漢詩に言及した箇所や、「七 蝶の話」で得能の友人・秋山雪夫が語った「南方」情勢や、日本と英米の製艦技術比較論の箇所でも行われていた。終章の「十二 歴史の波」において、得能の父・伍助が負傷した二〇三高地の戦いを、島田竹蔵の「日露陸戦新史」によって再現した箇所や、一二月八日「大東亜戦争」の開始を告げるラジオ放送の引用も削られている。いわば日本が行った戦争を肯定的に語った箇所が削除されたわけだが、秋山雪夫に関する部分は、春山行夫というモデルが直ちに連想される場面であり、伊藤整は友人への配慮から削ったのであろう。当時は戦争責任の追及が声高に論じられていた。伊藤整は、自分の表現によって、春山が好戦的な侵略主義者だったかのような印象を与えることを怖れたのである。

それと合せて、右のような改訂を行ったわけだが、傍線Aの箇所を改めた理由は、おそらく翼賛体制の肯定を露骨に語っていたからだけではない。当時は、〇〇報国会結成趣意書文体とも言うべき、独特な言いまわしが流行ったが、「奉公をいたす」「職域」「機運がいたり」などの言い方は、その模写だったからである。だがこの模写性は、同時代の言説を取り込もうとする彼の方法の必然的な帰結であり、それは戦後改訂版における傍線BからEに至る表現にも見ることができよう。これは戦前の得能が――そして伊藤整もまた――自由主義者であって、戦争を肯定していたわけではないことを伝えようとした、アリバイ提出の表現と言えなくもない。だが、「いまの日本の内側の矛盾と暗い重圧、それの反映としての国際危機」という言い方は、それまで一度も伊藤整がしたことのない生硬で、抽象的なもの言いであり、多分これは『新日本文学』に拠る「左翼思想家」の口調の借り物であった。新日本文学会が、昭和二〇年一二月三〇日の設立大会で、「文学者の戦争責任」の追及を決議したことはよく知られている。伊藤整に表現変更を強いたのは、占領軍の検閲方針だけではなかった。民主主義革命を標榜し、「帝国主義戦争に協力せずこれに抵抗した文学者のみがその資格を有する」(「創立大会の報告」、『新日本文学』創刊号、昭和二一年三月)と自称する、進歩的文学者集団の圧力も加わっていたのである。

3　徹底的な改変

だが『物語』における改変は以上に止まらない。次のように徹底的に行われていたのである。

「だがかういふ目出度い慶祝の気分も、決して華やかなだけのものではあり得なかつた。支那事変はやがて五年目にもならうとし、重慶政権は四川の山奥にあつてイギリスとアメリカの援助をたのみ、弱体化しながらもなほ抗戦をつづけてゐる。」→「対支戦争はやがて五年目にもならうとし、中華民国政府は四川の山奥の重慶に退いて頑強に抗戦をつづけてゐる。」

「東京で二千六百年慶祝の行はれた頃に、ドイツとロシアとは国交の一層の親密化をはかり、」→「東京で日本紀元二千六百年慶祝の行はれた頃に、ドイツとソ連とは国交の一層親密化をはかり、」

「そしてまた、ちやうどその頃、アメリカでは、シオドア・ルーズヴェルトが、それまでのアメリカの歴史の例を破つて、三度大統領候補として立ち、当選した。ルーズヴェルトは、かねて英国援助を強化すると共に、常に支那の重慶政権を援助し、九月、日独伊の三国条約の成立以来、特に日本へ圧迫を加へてゐる。三度彼が大統領として立てば、いよいよアメリカの英国と支那との援助、日本やドイツへの敵対行為は強まるにちがひない、といふ予想があつた。その頃のある朝、新聞の隅つこに、イギリスの前首相チェンバレンが病死したことが小さく出てゐた。」→「そしてまた、ちやうどその頃、アメリカでフランクリン・ルーズヴェルトが、それまでのアメリカの歴史の例を破つて、三度大統領候補として立ち、当選した。米国政府は、かねて英国援助を強化すると共に、常に中国政府を援助し、九月、日独伊の三国条約が成立して以来は、日本政府を信用しない趣がはつきり見えて来た。三度彼が大統領として立てば、いよいよアメリカが英国と中国との援助を強めることが予想された。その頃のある朝、新聞の隅つこに、イギリスの前首相チェンバレンが病死したことが小さく出てゐた。あのいつも傘を持つて歩きまはる善良な紳士は死んだのである。」

「明治維新以来の唯一人の生き残りの元老である西園寺公望が薨去した。」→「明治維新以来の唯一人の生き残りの元老であつた老いたる自由主義者西園寺公望が死んだ。」

「支那事変以来五年目のこの春、瑞穂の国日本では、やつと食糧統制を本腰にはじめた。」→「日華事変以来五年目のこの春、瑞穂と自負してゐた日本も、食糧統制を本腰にはじめた。」

「その変り目には、米を買ひ溜める不心得な者がゐたり、また米を買へないものが現はれたりしたが、四月に入つて、いよいよ配給制度が確定するとともに、米についての不安は一掃された。」→「その変り目には、米を買ひ溜める者がゐたり、また米を買へないものが現はれたりしたが、四月に入つて、いよいよ配給制度が確定した。」

「その本土に追ひ込められて、歐州大陸に対する足がかりの総てを失つた英国は」→「その本土に退いて歐州大陸に対する足がかりを失つた英国は」。

「イギリスのイーデン外相が、ユゴオスラヴィアを懐柔するためにその首都ベルグラアドに入つて画策してゐるといふニュースもあり、ユゴオスラヴィアはドイツ側につくか、イギリス側につくか、甚だ分明ならざるものがあつた。」→「イギリスのイーデン外相が、ユーゴオスラヴィアの首都ベルグラアドに入つてゐるといふニュースもあつたがドイツからの圧迫を煩《(ママ)》しいらしく、ユーゴオスラヴィアはドイツ側につくか、イギリス側につくか、甚だ分明ならざるものがあつた。」

「第二次の歐州大戦は三年目にいたつて東ヨーロッパのバルカン方面に発展したのである。そしてイギリス本土への上陸戦が延期されたやうな形になつてみると、この戦争はなかなか終りにならないといふ感じが強くなつた。ドイツ軍はその特有の電撃戦法で、ブルガリアから南下して忽ちギリシャの海岸に出、サロニカを占領した。」→「第二次の歐州大戦は三年目にいたつて東ヨーロッパのバルカン方面に発展したのである。ドイツ軍はその特有の所謂電撃戦法で、ブルガリアから南下して忽ちギリシャの海岸に出、サロニカを占領した。」

「イギリス軍は、他民族をして戦はしめるといふいつもの方法で、ギリシャ軍とユゴオスラヴィア軍をドイツ軍の前面に向けたまま、忽ちギリシャ本土から船で脱出し、ギリシャ南方の洋上にあるクレタ島に拠つた。制海権を持つてゐないドイツ軍は、それ以上追及しさうもなく見えた。」→「イギリス軍は、ギリシャ本土から船で脱出し、ギリシャ南方の洋上にあるクレタ島に拠つた。制海権を持つてゐないドイツ軍は、それ以上追及しさうもなく見えた。そしてイギリス本土への上陸作戦が結局果されなかつたといふ形になつてみると、この戦争はなかなか終りにならないといふ感じが強くなつた。」

「日本は、支那事変になつてから、満洲国の国境をロシアが犯したため、事実上の戦争ともいふべき、張鼓峰事件とノモンハン事件とを惹起し、その度にロシア軍を退けたが、大きな犠牲を払つた。ロシアとの国交はいつも不安にさらされてゐたのが、この条約（日ソ中立条約）の成立によつて一応両国の国交は安定を見ることになつた。松岡外務大臣は国民の熱狂的な歓迎を受けて帰国した。ドイツ軍は」→「日本は、日華事変になつてから、満州国の国境をソ連と争つて、事実上の戦争といふべき張鼓峰事件とノモンハン事件とを惹起した。ソ連との国交はいつも不安にさらされてゐたのが、この条約の成立によつて一応両国の国交は安定を見ることになつた。ドイツ軍は」。

「そして、今また日本の艦隊を目標に、世界で二つの大海軍国の米国と英国とが、太平洋の周囲から眼に見えぬ圧迫を加へてゐることを考へと、胸をぎゆつと緊めつけられるやうな感じを覚えるのであつた。四十年前の日露戦争直前と同じ危険が、今は東方から、南方から日本をひしひしと取り囲んでゐることが感ぜられる。もう一つの日露戦争が、いま眼の前に来てゐる。」→「だが、四十年前の日露戦争直前と同じ危険にいま日本が面してゐる。あの時もロシアに革命がなかつたなら日本は敗北してゐたにちがひなかつた。もう一つの日露戦争が、いま眼の前に来てゐる。」

「それに較べれば、今度のドイツ軍の戦果はまことに目ざましいものである。戦争にもならず、平和になる見込もないといふ今の日本の環境の重つ苦しさに較べると、思ひ切つて歐州の天地にあばれまはつてゐるドイツのやり方が、胸のすくやうな印象を与へるのだ。新聞にのせてゐる地図の説明によると、初めドイツ軍は……」→「それに較べれば、今までのところドイツ軍の戦果はまことに目ざましいものである。新聞にのせてゐる地図の説明によると、初めドイツ軍は……」。（以上は「七　蝶の話」）

「（野村、来栖両大使とハル長官の）交渉の内容は全然発表されないが、しかし日本が提案したらしい条件に対してハル長官がアメリカ流の非現実的な原則論を持ち出した。そのことが新聞に出てから、この会談には悲観的な色彩が強くなり、それは得能にもはつきり分つた。野村大使が「事態匡救」と言つてゐるのは、いよいよ困難になつてゐることなのだな、と得能は思つた。長いあひだ日本の進路に色々技巧をこらした妨害を加へて来た米国が、この夏、日本の南仏印進駐を機会に、日本の資金凍結を実施してから、日本の対米感情は急激に強硬化した。その一面長いあひだかうして折衝が続けられてゐる。しかし今になつては、それがいつ断ち切れるか、といふ感じを持たせるほど切迫したものになつてゐるのだ。」→「交渉の内容は全然発表されないが、しかし日本が提案したらしい条件に対してハル長官がアメリカ側の原則を持ち出した。それは日本の到底受諾できぬものらしいといふ記事が新聞に出てから、この会談に対して悲観的な色彩が強くなり、それは得能にもはつきり分つた。野村大使が「事態匡救」と言つてゐるのは、いよいよ困難になつてゐることなのだな、と得能は思つた。この夏、日本の南仏印進駐を機会に、アメリカが日本の在米資金凍結を実施してからもう随分長いあひだかうして折衝が続けられてゐる。しかし今になつては、……」

「日本の南方には（中略）ゴム、石油、錫、麻、鉄鉱その他無限の資源がある。日本の近くにあるこれ等の島々の資源は日本の存立に不可欠なものだ。それを遮られて日本がこのまま引込むわけはないではないか。遅かれ、早かれここに戦争が始まる。さうすれば、目下日本軍が進駐してゐる南仏印からマレー半島、その南端にあつて英米蘭のこれ等の資源の守護神の役目をしてゐるシンガポール軍港までは、ほんの一またぎではないか。また東の方日本の委任統治の南洋群島からニューギニア、セレベスまでは極く近いではないか。だが、ハワイの真珠湾に集中してゐるアメリカの艦隊は、その時どうするだらう。どう動くのだらう。一旦開戦となれば、と彼は地図を睨んでゐて胸が躍るのであつた。しかし、ここで戦争が始まれば、それは日本の興亡の分れる時だ。自分たち皆が決死の覚悟をしなくては、と得能はじつとして居れない気持になる。しかも現実はもう、その国家興亡の分れ目の一歩手前まで、引き返すことも出来ないやうに進んでしまつてゐるのではないか。得能は息ぐるしく、切なくなつて来る。若しその時が来たら、自分もまた、父がかつてさうしたやうに、祖国のために身を挺して尽くさねばならぬ、と得能は考へる。」→「日本の南方には（中略）ゴム、石油、錫、麻、鉄鉱その他の資源がある。その方面へ伸びて行つた日本がこのまま引込むことはないだらう。さうすると遅かれ、早かれここに戦争が始まる。さうすれば、目下日本軍が進駐してゐる南仏印からマレー半島、その南端にあるシンガポール軍港までは、ほんの一またぎではないか。……一旦開戦となれば、と彼は地図を睨んでおづおづと素人らしい推定をする。しかし、ここで戦争が始まれば、それは日本の興亡の分れるときだ、と得能はじつとしては居れない気持になる。しかも現実はもう、その国家興亡の分れ目の一歩手前まで、引き返すことも出来ないやうに進んでしまつてゐるのではないか。得能は息ぐるしく、切なくなつて来る。若しそのときが来たら、自分もまた、父がかつてさうしたやうに、否応なく戦場に立たねばならないのではないか、と得能は考へる。」（以上は「十一　得能の炊事」）

「いよいよ、あの傲岸なアメリカに、祖国は戦を挑んだのだ」→「この自分の国である日本がアメリカとイギリスに戦を挑んだのだ」。

「三十八年前のあの国運を堵した日露戦争」→「三十八年前のあの日露戦争」（以上は「十二　歴史の波」）

数多い引用になってしまったが、「現代のドイツの天才ヒットラア」が「現代ドイツの独裁者ヒットラア」（「七　蝶の話」）に変えられる程度のことは数え切れないほどあり、以上は主要な箇所だけを挙げたにすぎない。これを見ただけでも、「七　蝶の話」や「十一　得能の炊事」がいかに徹底的な改変を蒙っているか、よく分かるだろう。改変は、ロシアや中国における政権や政治体制の呼び方から、開戦直前にアメリカ政府が日本に加えた圧力にまで及び、イギリスの屈辱感を刺戟するような表現も改めている。現在から見れば、戦中の初版のほうがむしろ妥当な認識を語っている箇所も多い。またそうではなくても、アメリカの対日政策から受けた圧迫感や、「戦争にもならず、平和になる見込もないといふ今の日本の環境の重つ苦しさに較べると、思ひ切つて歐州の天地にあばれまはつてゐるドイツのやり方が、胸のすくやうな印象を与へるのだ」という心証は、時代の貴重な記録として残しておいてよかったかもしれない。秋山雪夫の口を借りた、「南方」進出論についても同様なことが言える。

くどいようだが、念のために削除された秋山の発言を一箇所だけ紹介すれば、それは「南方は重大ですよ。もう北の方は中立条約ができたし、これからの問題は専ら南方ですね。日本軍は広東附近海南島を抑へ、仏印に進駐してゐるでせう。それなのに、あれですよ、ほら上海の租界、香港、フィリッピン、シンガポールといふやうに英米の拠点が、あの辺一帯の南方に突つぱつてゐる。あれ等の拠点は重慶への栄養の供給点ですからね。アメリカが日本に石油をよこさず、蘭印の油まで日本へ売らせたがらない。そしてああいふ南方の根拠地をかためる。もうかうなれば、日本が生きるための資源を手に入れる時は、英米と戦争を始める時ですからね。その覚悟をしなくつちや、とてもこの事変は片づきませんよ」というものだった。また、それを聞いた得能の感想は次のようであり、もちろんそれも削られている。「得能も、やつぱり現地へ行つても結論に変りはないのだな、といふ沈痛な表情になつた。アメリカは支那事変以来、日本への輸出品に段々と制限を加へ、初めは武器、機械類などの禁輸を行つてゐたが、次第にそれを強化して、屑鉄から石油にまで及ぼさうとしてゐる。そして蘭領東印度もまた、その旨を受けて日本への石油を売り惜んでゐる。これは日本国民に非常な衝撃を与へ、激しい憤懣の念を抱かせた。東亜に危機せまるといふ感じが漂つてゐる。一体日本は、このままではどうなるのだ、といふ気持が皆の胸を去ることがなかつた」。

先のような改変と、この削除と。占領軍の検閲と民主主義イデオロギーの圧力はこれほど強力だったのだが、しかし不思議なことに、現在に至るまで、この改変それ自体を批判する発言はなかった。その意味で戦後六〇年の日本の文学界は、一貫して戦中の表現を忌避し、抑圧する方向を是認してきたことになる。

4　民主主義の検閲

検閲とは権力による言葉狩りだ。一般にそう考えられており、たしかに以上の例はそれを如実に示している。占領軍の検閲は、戦中改訂版の『生活と意見』における得能が強制や抑圧や服従を容認する反「自由主義者」となったことを、そのまま許容していた。だが、戦中初版の『物語』における得能がイギリスの動きを皮肉な眼でとらえ、アメリカの対日政策を批判的に見て戦意を固めていたことは、これを容認しなかった。その結果、占領下改訂版の『物語』では、アメリカの非難されるべき点は全て消去され、逆に得能のほうは「あの（日露戦争の）時もロシアに革命がなかつたなら日本は敗北してゐたにちがひなかつた」と考え、「（南方の）地図を睨んでおづおづと素人らしい推定をする」、確信のない知識人に貶められてしまったのである。

だが、権力の言葉狩りは、それに同調する世論がなければ、ここまで徹底した改変をもたらすことはできない。なぜなら、アメリカにかぎらず、イギリスやソ連や中華民国など連合国の汚点にふれた表現の削除は、検閲官の指示によるものと考えられるが、右に指摘したような得能像の改変は、明らかにそれを超えているからである。この改変は、たぶん同時代の言説状況に対応するものであった。

しかし得能などは、若し日本の政治家が、金がこれだけしか無いとか、油がこれだけしか無いなどと、数字を挙げるだけでなく、現実に困つた感情を吐露するならば、却つて不安になるのではないか。

一家の浮沈にかかはるやうな時に家長が周章狼狽して感情を露骨に見せては、かへつて家族のものに大きな不安を与へる。確信のある解決策だけを言葉少なく言つた方が信頼の念を持たせるにいいのではないか。（フランス人のように）理屈つぽい国民には、事実を事実として語つた方が安心を与へるにしても、その暴露の程度は、安心の方へと、不安の方へと別れる一線がある筈だ。（『五　マルブルウの歌』）

『生活と意見』のこの箇所は、戦中改訂版においても手を加えられることはなかったが、戦後の講談社版において、次のように変えられているのである。

　しかし得能などは、若し日本の政治家が、鉄がこれだけしか無いとか、石油がこれだけしか無いなどと、数字を挙げて事情を詳細に説明したならば、日本人は周章狼狽してしまうのではないか、と思ふ。日本人、つまり得能にとつての自由な思考力といふものはその程度のものではないかと思ふのであつた、と思ふ《ママ》。俺のやうな思考力の浅い日本人に対しては、確信のある解決策だけを言葉少く言つた方が信頼の念を持たせるにいいのではないか。そして日本の政治家も民衆も、その辺のところでやつてゐるわけか。だが理屈つぽい国民には、……。

日本人の自主性の欠如、思考力の浅さ、政治家に対する民衆の馴れ合い的な依存性。それをわがこととして反省する、この戦後版の表現は、占領政策下の検閲官の指示によるものと考えにくい。これは当時盛んに行われていた主体性論の反映と見るべきだろう。テクスト内の有機的な関連に即して言えば、この書き換えは、戦中版『生活と意見』の得能が強制や服従を容認する人間になってゆく心理的な経緯を、戦後さらに補強したことになる。それだけでなく、伊藤整は戦後版『物語』の得能を、確信もなく時勢に引きずられる人間に変えてしまったわけだが、それと戦後版『生活と意見』の得能とを整合させる処置でもあったのである。

その意味で、伊藤整にとって占領軍の検閲と、民主主義革命を標榜する文学勢力とは、いずれも得能五郎に変貌を強い、萎縮させてしまう強権だった。前者は戦中の視点と語彙の言葉狩りをし、後者はそれらの復活を監視し、戦争責任追及という人間狩りをする。この二重の圧力に対する伊藤整の構えをよく示しているのが、仙吉の随筆「出家遁世の志――「文化月刊」掲載」であって、彼は明らかに占領軍の検閲を意識しながら、米軍機の空襲を受けて炎上する東京の惨状を『方丈記』のパロディによって描き出した。それと共に、瀬沼茂樹を連想させる民主主義文学者・千沼剌戟なる人物を登場させ、千沼が来る理想社会において「明敏果断な思想検閲官」となった場合を仮定して、その恐怖を自己戯画的に語ったのである。

ただしそれは、瀬沼茂樹の「観念の場所　心理主義批判」（『新日本文学』昭和二二年八月号）や「観念の文学」（『文学』同年九月号）が発表される半年ほど前のことであり、しかも瀬沼はこれらの評論で伊藤整を糾弾したりはしていない。伊藤整が仙吉の口を借り、友人の瀬沼茂樹を公式主義的な民主主義文学者に仕立てて、民主主義革命勢力の全体主義的な傾向に怯えてみせた時、むしろ彼の念頭にあったのは、おそらく中野重治の『日本文学の諸問題』（新生社、昭和二一年五月）や、岩上順一の『人間の確立』（万里閣、昭和二二年一月）などであった。中野は次のように、戦争中に流布していた用語の無効性を強調する形で、つまり占領軍の言葉狩りに同調する形で[4]、民主主義を宣揚していたからである。「しかし君子国は、その戦争指導者の名づけた「米鬼」アメリカ、「相手とせず」と宣告した支那、「老獪な」イギリス、「赤魔」ソヴエート同盟の連合軍によつて、ナチス・ドイツと一束にして薙ぎたふされた。宣戦を布告した日本天皇は、天皇の日本の無条件降伏を布告した。連合軍、その力によつて、日本人のための民主々義革命の糸口が引き出された」。

「そこに無数の興味ふかい問題が生じた。(中略) その二つは、天皇の軍隊、「皇軍」の兵士たちが、天皇の子、「おほみたから」、「民草」と共に、無条件降伏の天皇による布告から独立に、敵に降伏することに彼らの道を見つけたことである」と。他方、岩上は、『生活と意見』を「批判精神喪失のプロセスがひとつの頂点にたどりついた」ものと裁断していた。

だが、鳴海仙吉が得能五郎と異なるところは、後者が同時代の言説に対する受身ではあるがキャパシティの大きい理解者だったのに対して、前者は挑発的な確執も辞さない、したたかな曲筆舞文家《レトリシャン》だったことである。そこに、得能ものの改変を強いる言説状況に対する、伊藤整の構えを見ることができる。仙吉のこの性格は、仙吉の著述という設定で、矢継ぎ早に発表した、「出家遁世の志――「文化月刊」掲載」や、「知識階級論――「新創造」掲載」(『文芸』昭和二二年四月号。原題は『鳴海仙吉の知識階級論』)、「芸術の運命――「禁題文学」掲載」(『近代文学』同年四月号)、「小説の未来――落合村文化振興会講演記録」(『文壇』同年五月号)など、一連の随筆や評論によって作られたわけだが、なかでも「小説の未来――落合村文化振興会講演記録」は、勤労者文学の「可能性」をわざとらしく誇張して称賛していた。この褒め殺しを狙った、揶揄的な批判は、『新日本文学』創刊号(昭和二一年三月)に掲げられた岩上順一の「記録文学について」や、宮本百合子の文学サークル論「人民大衆の自発的文学的欲求に対する対策」に向けられたものと読むことができる。

中野重治はそれを新日本文学会そのものに対する挑発と受け取ったのであろう、「得能五郎と鳴海仙吉」(『新日本文学』昭和二二年七月号)で、「鳴海仙吉ものがたりは人生をなめてゐる。文学と芸術とをなめてゐる」。「得能五郎の方は、弱々しく、こすくはあるが、小利巧さそのものの持つかなしさをも知らず知らずに描き出してかすかな抵抗としてあつた。侵略主義、軍国主義的非人間主義にたいする抵抗がそこにあつた。

鳴海仙吉にはそれが失はれてゐる。それでは抵抗がないか。抵抗はある。（中略）何に対する抵抗か。国民生活全体を蔽ふ乏しさと貧しさ、それは精神と物質と二つの面にまたがつてゐるが、それを叩き直して行かうとする人々の正直な努力にたいする抵抗である」と、見当はずれな批判を威丈高に語った。岩上順一も「戦時下の文学」（吉田精一・平野謙編集『現代日本文学論』。真光社、昭和二二年九月）で、「伊藤整の「得能五郎の生活と意見」は（中略）生活の批判ではなくて生活現象の表面的な記録にすぎない」。「生活や人生の根底をえぐつてこれを否定したり変革したりするほどのふかい人生批評ではなかつた」と繰り返している。

だが、文学的には、これは逆効果しかもたらさなかった。彼らは、得能五郎の社会観察と、それを通してうかがわれる作者の生き方を、「こすい」「小利巧な」処世術と、頭から決めつけていたが、その思い上がった公式主義的な批判のおかげで、かえって伊藤整は虚構の千沼刺戟にリアリティを与える方法をつかむことができたらしい。「送別会」（『明日』同年一一月号）において、彼は千沼を、仙吉が危惧した通りの思想検察官に変貌させ、「鳴海仙吉は今や公然と民衆の敵として居直ったのである」と糾弾する、民主主義的批評家に仕立てることができたのである。

民主主義による検閲。この逆説的な実態は、その後消え去ったわけではない。現在においてもそれは、戦時中の用語を自分の言葉とする発言が現われるや、戦中的な思想・情念の復活を警戒視する、言葉狩りのリアクションとして発現してくる。伊藤整は占領軍の検閲制度がなくなった後も、『生活と意見』や『物語』を初版の表現にもどすことをしなかった。強いられた改変のおかげで、かえってより優れた表現になった、と考えていたからではあるまい。初版の表現にもどした場合、戦後、戦時中の用語狩りを行ったことを正当な歴史的行為と思い込んでいる人たちの間から、どんなリアクションが起るか、よく承知していたためでもあろうが、それだけでなく、むしろ変更を強いてくるものとの駆け引きやせめぎ合いにこそ戦後的な表現のリアリティがある、と考えていたからであろう。

注

（1）「日本文学における戦争と戦後――伊藤整の場合――」（韓国日本語文学会『日本語文学』第一〇輯、二〇〇一年三月）。

（2）日高六郎編『戦後資料　マスコミ』（日本評論社、一九七〇年四月）に、連合国最高指令部民事検閲局の「プレス・コードにもとづく検閲の要領にかんする細則」（発行日は未詳）が収録されているが、そのなかに「6、検閲にかんして記述し、またはなんらかの技術的方法によって、検閲事項を暗示することを禁ず。／墨による記事の削除、二重刷りによる変更、および空白の残置もこれをゆるさず、おなじく伏字、たとえば点（……）、丸（〇〇〇）、ばつばつ（×××）の使用もその目的の如何を問わずこれを禁ずる。」という項目がある。敗戦までの日本では、編集者が、検閲による発禁の怖れがあると判断した場合、検閲官が問題にしそうな箇所を、あらかじめ伏字にして、発禁処分を回避しようとした。ところが、占領軍は伏字の形で検閲の痕跡が残ることさえも禁じた。文章を削除させた場合も、前後の文章をつなげることで、その証拠が残らないようにしたわけだが、伊藤整の改変は期せずして占領軍の検閲方式を先取りしていたことになる。

（3）これは問題の表現に関することであって、それ以外には全く手を加えなかったわけではない。「五　マルブルウの歌」は昭和二三年の講談社版で、改変や、削除と加筆を行っている。また、「九　三十五歳の紳士」の場合は、初版の「得能が会員になつてゐる日本ペン倶楽部などでは、よく外国の作家が来ると、招待会のやうなことをする。」を、戦中改訂版では「得能が会員になつてゐる日本ペン倶楽部などでは、よく外国から帰つた作家の話を聞いたりする会を開く。」と改め、初版で描いていたレセプションの場面を、正確に二頁分、削除している。昭和二三年の講談社版はそのままであったが、昭和二六年の細川書店版から初版の表現にもどした。ただし、削除した二頁分を復活することはしなかった。

（4）連合国最高司令部民事検閲局の「プレス・コードにもとづく検閲の要領にかんする細則」（註2参照）に、「7、「大東亜戦争」「大東亜共栄圏」「八紘一宇」「英霊」のごとき戦時用語の使用を避けなくてはならぬ。」という項目があった。これらの戦時用語のパラダイムとも言うべき「皇軍」「おほみたから」「米鬼」「赤魔」などは、――『生活と意見』や『物語』の改変から見て――当然排除の対象となったであろう。

第13章　大熊信行がとらえた多喜二と伊藤整

1　はじめに

私に与えられたテーマは、大熊信行が小林多喜二や伊藤整がどう見ていたか、ということですが、なぜこういうテーマが生れたかと言えば、一九二二年（大正一一年）、小樽高等商業学校には、教師としては大熊信行が、そして二年生の学年に小林多喜二が、一年生の学年に伊藤整が在籍していたからです。後に彼らが展開した、三者三様の文学活動から逆照射して見る時、これは大変に興味ある組み合わせだったと言えます。それを一種の文学史的な伝説にまで作り上げたのは伊藤整でした。彼は「幽鬼の街」（『文芸』一九三七年八月号）で、小樽を舞台に三人を実名で登場させ、また、自伝小説『若い詩人の肖像』（新潮社、一九五六年）では大熊信行と小林多喜二の交渉を、ある種の想像を交えつつ、詳細に描いています。

これが、若き日の三人の関係を物語化する仕方に、いかに大きな影響を与えてきたか、夏堀正元の『小樽の反逆――小樽高商軍事教練事件――』（岩波書店、一九九三年）を見ればよく分かる。曽根博義の評伝『伝記　伊藤整』（六興出版、一九七七年）も、関係部分を伊藤整の回想に依存していました。

だが、彼の回想には虚構が含まれていることには注意する必要がありそうです。彼は『若い詩人の肖像』のなかで、多喜二たちの同人雑誌『クラルテ』が一九二三年六月頃に発行され、大熊信行の詩が載っていたと書いています。しかし『クラルテ』の発行は一九二四年四月であり、大熊の詩は載っていません。また、「幽鬼の街」では、多喜二に、大熊の『マルクスのロビンソン物語』（同文館、一九二九年）を批判させていますが、その内容を見るかぎり、伊藤整が同書を読んでいたかどうか、極めて疑わしい。

このような結果が生まれたのは、文学研究者が大熊信行の独自な「読書行為の経済学」の検討を怠ってきたためでもあります。前田愛が『近代読者の成立』（有精堂、一九七三年）のなかで、大熊信行の『文学のための経済学』（春秋社、一九三三年）や『文芸の日本的形態』（三省堂、一九三七年）における読者論に言及し、その先駆的な意義を評価しました。しかし前田愛は、戦後、吉本隆明たちが作った、〈プロレタリア文学運動の芸術大衆化論争は、いわゆる「円本ブーム」とパラレルな現象だった〉という文学史の枠組みから出られなかったため、大熊信行に固有のテーマや理論構築にまで立ち入って検討することはできていません。

2　大熊信行の「時間」論と「配分」論

『文学と経済学』（大鐙閣、一九二九年）や『マルクスのロビンソン物語』（前出）から読み取れる、大熊の初発のモティーフは、学としての経済学に固有な対象とは何か、を明らかにすることだったと考えられます。彼はそれを、唯物論における「物」や、マルクス経済学における「商品」ではなく、人間の「欲望」とその充足行為に求めました。それを明らかにするために、彼は、一般に物欲（所有欲や金銭欲）から最も遠いと考えられる、例えば〈ミロのヴィーナスを実際に見てみたい〉という、「純粋に」精神的な欲望を例に挙げて、しかしこの場合も、その欲望の充足は物質的現実的な条件に拠らざるをえない、と説明しています。なぜなら、ミロのヴィーナスの前に立つためには、船や汽車などの交通手段を借りて、自分の肉体をそこへ運んで行かなければならないからです。ここから彼は、「『精神的』満足は『物質的』にのみ到達される」、「物質的なものに関連しない『精神的』欲望、精神的なものに連続しない『物質的』欲望などといふものは存在しない」（『文学と経済学』）という結論を導き出し、さらに抽象化して、欲望を充たすということは、ある空間的時間的条件を別な空間的時間的条件に変えることだ、と法則化しました。

彼によれば肉体存在としての人間は、常に空間的時間的条件に制約されているわけですが、特に彼は時間的条件を重視しています。ただし、この「時間」は、商品の交換価値を決定する労働時間だというマルクス主義的な「時間」概念とは異なり、もっと一般的な、「一日は二十四時間」という意味の「時間」です。この「時間」は全ての人間を共通に拘束している。そしてこの点が彼の理論の重大な要なのですが、どのような社会も「時間」を増減することはできないし、蓄積することもできない。人間はこの制約のなかで、労働・娯楽・睡眠に時間を「配分」しながら生きているわけです。

マルクスは生産物の分配（apportionment）を問題にしましたが、これからの経済学はそれと共に、あるいはそれに先立って、配分（allotment）の問題から始めなければならない。「しからば配分と分配との概念上の根本的な相異並びにその理論的相関はどう説明されるか。『自由人の団体』（共同体）とさきのロビンソン（孤島の漂流者）とのあひだにおける経済秩序の根本的な相異は、前者には分配問題が存在するが後者には存在しないといふ一点にある。双方に通ずるものは配分問題であり、前者のみひとり分配問題を併有するのである。」（「マルクスのロビンソン物語」。初出は『改造』一九二九年六月号）。つまり、ロビンソン・クルーソーのように、無人島に流れ着いて、ただ一人で生活している人間の場合、労働の産物を他の人間と分かち合うという「分配」の問題は起こらない。「分配」という社会的な問題が起こるのは、あくまでも共同体のように複数の人間が一緒に生産したり、分業に従事している場合だけだ。ただし、ロビンソンのように孤立した人間であっても、獲物を取るのにどれだけの時間を宛て、休息にどれだけの時間を割くかという、時間の「配分」の問題はある。同じように、共同体においても生産・分配・消費という経済秩序を維持するためには、適正な時間の「配分」の問題があり、この根本的な要件から人間・経済の学が組み立てられなければならない。これが彼の、「配分理論」としての経済学の出発点でした。

彼はこの理論に基づいて、読書を娯楽に位置づけたわけですが、彼によれば、一人の人間がどのような娯楽を選び、どれだけの時間を配分するかは、その人間の選択に任されています。分かるように、この観点からすれば、その人間が文学を選ぶか、科学随筆を選ぶか、あるいは「高級な」純文字を選ぶか、「低級な」大衆読物を選ぶかは、読書経済学の問うところではない。つまり文学／非文学、純文学／大衆文学というような二項対立は意味をなさないことになります。むしろ娯楽としての読書の「価値」は、映画やラジオや音楽やスポーツなどとの差異として捉えるべきであろう。このように論じた点で、彼は極めてソシュール的だったと言えます。

大熊信行がパーソナルな面で小林多喜二や伊藤整をどう見ていたかは、彼の『文学的回想』（第三文明社、一九七七年）でほぼ尽くされています。それも貴重な証言ではありますが、文学理論家としての小林多喜二や伊藤整をどう見ていたかは、以上のような理論的観点から割り出してみる必要がある、と思います。

3　大熊信行の拡がり

ところで、読書行為を時間配分の問題として捉える、このような着眼は、歴史的には、明治二〇年代の読書論にまで遡ることができます。この時期、独学《ひとりまなび》の指導書が、「読書法」という形で数多く出版されました。これは、大都会の上級学校に進むことができず、自学自習によって自分の知的な能力を高めようと心がける青年のために書かれたもので、早稲田専門学校の講義録などと並んで広く普及していったわけですが、当然のことながら、それは、一日のうち学習にどんな時間を配分するかについての助言を含んでいました。

ただしそのなかで、例えば柳沢政太郎の『読書法』（明治二五年、一八九二年）は、文学書を読む時間を割いていません。私は二〇〇三年一〇月の初め、ケンブリッジ大学から新しい『日本文学史』を英語で出したいという企画があり、共同執筆の相談のため、アメリカのイェール大学に行きまして、柳沢が種本に使った、当時のイェール大学の総長、ノア・ポルター（Noah Porter）の読書論（*Books and reading; or, What books shall I read and how shall I read them?* 1870）を、ケイメンズ教授から見せてもらうことができました。それには、どんな小説を読むべきか、イギリス文学やフランス文学が紹介してあります。ところが柳沢はそういう箇所は省いてしまっている。そういう点からも、一八七〇年代から九〇年代にかけて、アメリカと日本では、文学がどのように位置づけられていたか、両者の違いを読み取ることができて、大変に興味深かったのですが、その会議の後、私はシカゴ大学に寄って、「日本文学の一九三〇年代——文学の経済学とプロレタリア文学——」（二〇〇三年一〇月六日）という講演を行い、大熊信行を紹介したところ、皆さん大変に興味を示してくれました。その後、シカゴ大学のノーマ・フィールド先生がメールを下さり、私が帰った後も大熊信行のことが話題になり、Moishe Postone の、*Time, Labor, and Social Domination: A Reinterpretation of Marx's Critical Theory*（Cambridge CIP 1993）という本との類似性を指摘する人もいたようです。今私はそれを読んでいる途中なので、結論的なことは言えませんが、大熊信行はそういう拡がりのなかで捉え返す必要があるのではないか、と考えています。

4　『幽鬼の街』における小林多喜二と大熊信行

ともあれ、私は現在、そういう点から大熊信行に関心を抱いているわけですが、それでは、伊藤整がどんなふうに自分の先生だった、大熊信行の仕事を見ていたか。『幽鬼の街』で彼は、小林多喜二にこんな批評を語らせていました。

見ると日本銀行前のだだつ広い第一火防線の道路を、赤ら顔の長身の紳士が歩いて来るのであつた。それは私と多喜二との経済学原論の師、小樽高商教授歌人大熊信行氏であつた。大熊氏は殆ど裾まであるかと思はれるほど長い藍色の埃除け外套を着、ネクタイの結び目を蔽ふほど長い頚をして、ゆつくりと歩いて来た。その手には「マルクスのロビンソン物語」といふ標題の自著が携げられてゐた。

——あれが歌人にして経済学者なる大熊先生だ。君にはあの人の本当の偉さが解るまい。つまりあの人は芸術と経済学との合致する抽象的なある一点を考へて、自ら自分をそこに置かうとしてゐる。それがだね、いいか、あの人の講ずる福田徳三博士直系の経済学で可能だと思へるかね？　え、君思へるかね？　悲劇の人さ。そしてあの人は極めて潔癖な生き方によつて、それのみによつてそこに達しようとしてゐる。だがね、その理想の境地が不可能であればあるほど、あの人は激しい美しい情熱に燃えるのだ。さういふ意味ではラスキンとモリスとを並べて論ずることの出来るのは日本ではあの人ぐらゐのものなんだ。いいかね、それは君のためにも言つておくのだが、情緒のシステムによつて生きる人間は禍なるかなだ。現に大熊先生は、あれだけの美的把握力、あれだけの潔癖と、あれだけの学的才幹とを併せ持つてゐながら、それ等悉くを、あの情緒の哲学によつて貫かうとしてゐる。かういふ生き方に救ひはないのだよ。あの人にとつては、その情緒のシステムに沿つて来る現実しか生きたものではないのだ。己自らがロビンソン・クルウソオではないかといふ観念が時どきあの人を追ひかける。するとあの人は、彼をそこへ追ひ込むものであるカルル・マルクスをばロビンソン・クルウソウ《ママ》であると糾弾せざるを得なくなるのだ。あれは現代日本のウイリアム・モリスだ。美的社会思想家だ。僕はあの人だけはそつとしておきたい。君はどうだ。君は情緒のシステムで生きとほせる自信があるのか。言つてみろ。無いだらう。無いだらう」

伊藤整「幽鬼の街」（『文芸』一九三七年八月号。傍線は亀井）

ちなみに、伊藤整はこの作品を『街と村』（第一書房、一九三九年五月）という単行本に収めるに際して、「多喜二」を「瀧次」に、「大熊信行氏」を「小隈宣幸氏」に、「芸術と経済学」を「美意識と倫理」に、「生き方」を「思考」に、「カルル・マルクス」を「新しい救世主」に、「僕はあの人だけはそつとしておきたい」を「あの人はそつとしておくより仕方がない」に書き換えており、一般にはその形で流布しています。しかし、三人の実名が変えられたため、あの場面のインパクトがうすれた事実は否めません。

5　小林多喜二の大熊信行評と伊藤整

初めに紹介した大熊信行の理論と、この箇所を較べてみればお分かりのように、『幽鬼の街』の多喜二は、『マルクスのロビンソン物語』に関して、まるで見当違いなことしか語っていません。そこに伊藤整のしたたかな計算があった、とも考えられますが、結論を急ぐ前に、もう一つ資料を紹介しますと、大熊信行が『社会思想家としてのラスキンとモリス』（新潮社、一九二七年二月）を出した時、小林多喜二が『小樽新聞』の一九二七年二月二七日号に「大熊信行先生の「社会思想家としてのラスキンとモリス」」という紹介文を書いています。伊藤整は何かの機会にそれを読み、それを念頭に置いて、先のような箇所を作ったのではないか、と思われます。

自分はラスキンとモリスの事に就いて何か云い得る資格のある人は日本に一人位しかいないと思っている。経済学者が、例えば価値論の定義のこの一字が余計だとか余計でないとか云う式にやって行ったって、ラスキンとモリスの真髄はつかめない。例えそれが「社会思想家としての」と範囲を限ったって残念ながら駄目らしい。ラスキンは「近世画家」の著者であり、モリスは「赤い家」を作った詩人ではないか。が、ある人が既に試みてるように、所謂芸術家がラスキンとモリスを議論しようとしても、その芸術家であると同時に異なる他の半面を持ち、その二つがピタリくっついている二人に対しては、どうしてもかゆい所に手がとどかぬ気がするのだ。自分には矢張り、日本にはこの二人を論じ尽せる人は一人位しかいないんではないか、と思うのだ。そしてその一人というのが大熊信行先生である、と思う。そうなのだ。

小樽高商にお出になった頃の先生の室には、レンブラントやゴッホ、セザンヌの原色版の画がかかっていた。曽つて先生は自分に武者小路氏の「その妹」を朗読して聞かしてくれた事もあった。又ドストエフスキーの「カラマゾフの兄弟」に対して、その最も芸術的、宗教的な解釈をされた「神聖な記憶」（恐らくこういう独創的な見方をした人を知らない。）を雑誌「思想」に発表されたこともある。と同時に――と同時に経済学者としての先生が学校の講座であの経済価値論を講義するに当り示された遠大な抱負と情熱を忘れることは出来ない。先生の又この方面に対する敬虔な気持ちは「アダム・スミスの漫

画化」についても直ちに知られることゝ思う。（傍点は原文）

教え子の気持ちがこもった紹介文ですが、読み方によっては、自分と大熊信行とが親密な関係にあったことをほのめかし、大熊信行の理解者である自負がちらついている。伊藤整はその点にこだわりを覚えたのかもしれません。というのは、『若い詩人の肖像』のなかで、二人が講義の後、顔をつき合わせるように話し込んでいる場面を目撃して、「それは小林多喜二が最も熱心な生徒であるか、小林多喜二が特に大熊信行と仲がいいか、どちらかであつた。前の事情であれば、彼は、反マルクス主義的な思想を持つてゐるらしい大熊信行をマルクス主義について、問ひつめてゐるのであり、後の事情であれば、小林はこの短歌や詩を作る経済学の若手教授と二人教室に居残つて、文学についての私談をしてゐるにちがひなかつた。いづれにしても、その様子は、私にねたましかつた」と書いているからです。自分は人見知りをする若者だったので、先生に近づくことはしなかった、という意味のことを書いているのも、そのこだわりの反射だったと思われます。

それだけではありません。大熊が多喜二の『クラルテ』に詩を発表していたというフィクションを作りながら、「大熊信行の詩は、福士幸次郎の「展望」か、室生犀星の「愛の詩集」の影響のある、同義語の反復の多い長い詩で、「君は君自身の美しさを知らない、君は君の目なざしが、どんなに無垢な光で輝いてゐるかを知らない。君は君の……を知らない」といふやうなスタイルの少女賛歌であつた」と、大熊をセンチメンタルな抒情詩人に仕立てている。そういうところからも、伊藤整のこだわりを窺うことができます。

6　大熊信行から見た伊藤整と小林多喜二

それを大熊信行はどう受け取っていたか。『文学的回想』（前出）のなかで、「店頭で立ち読みした他人の詩を、そらで覚えていて、それを後年、小説の材料にするとは、見あげた心掛け」だ、と軽く受け流し、そして先ほど紹介した『幽鬼の街』については、〈昭和十二年の夏、十五年ぶりに小樽を訪れたところ、たまたま伊藤整の「幽鬼の街」が雑誌に載っているのを知った。その小説には小樽の緑町付近のなつかしい地図がついていたが、地図をたよりに町を出歩いてみると、道の見当が一向につかないのに驚いた〉と、暗に伊藤整の不正確さを皮肉っています。

他方、小林多喜二に関しては、もちろん大熊信行は「小林多喜二は、こざっぱりして、気どりがなく、よく白い歯をむいて笑いながら話す、明るい気分の青年だった」と、なつかしく回想していました。が、「しかし、いちどだけ、経済原論の講義の最中、教壇の前をユウユウと横切って、中途退場したことがあった。「こんなことでもおれはやればできるのだ」といわんばかり、合併教室の一同をねめまわして出ていった不敵の演出は、やはり後年にみるかれの下地が、そこにあらわれていたというべきか」と、小林多喜二の自己顕示的な衒いにも言及しています。また、教室での「居残り会談」に関しては、大熊信行には記憶がないらしく、「小林多喜二が、講義のあとも合併教室に居残って、わたしと話しこんでいたという事実があったとしても」と仮定を立てた上で、「しかし多喜二の質問は、おそらく講義の内容そのものに関するものだったのではあるまいか。わたしが原論をはじめて受けもった大正十一年という年には、一九歳の多喜二はまだ左に傾いていないはずである」と訂正を求めていました。

7　小林多喜二の「卒業論文」

これは「左」という言葉の意味にもかかわりますが、もしマルクス主義、あるいは共産主義という意味に解するならば、確かにこの時点の小林多喜二は、大熊信行が言うように、まだ「左」になっていませんでした。小林多喜二の卒業論文は、「一九二四・一二・三　夜」つまり大正一三年の一二月の日付けを持つ、『見捨てられた人とパンの征服　及びそれに対する附言』というものでしたが、実はこれはいわゆる論文ではありません。アルフレッド・スウトロの「見捨てられた人」（*The Man on the Kerb*）という、ごく短い戯曲の翻訳と、無政府主義者（アナーキスト）のピーター・クロポトキンの『パンの征服』（*La Conquete du Pain. The Conquest of Bread*）という、全部で一七章から成る論文のうち、第五章だけを翻訳し、簡単な序文を附けたにすぎません。これらの翻訳に、パン、つまり社会的な富の「分配」があまりにも不均衡であることに対する多喜二の憤りが託されていることは明らかです。ただ、よほど短時間で、ばたばたと翻訳したらしく、一つの段落に一、二箇所くらいの割合で、「え？　待てよ」と首を傾げたくなるような「翻訳」が見られる。

クロポトキンは、マルクス主義系統の社会主義をCollectivismと呼び、それを幸徳秋水は『麺麭（パン）の略取』（一九〇八年）のなかで集産主義と訳していましたが、彼の予見によれば、マルクス主義のCollectivismは個々の資本家的雇主の代わりに国家、つまり代議制的な政府を設けざるをえない。そして、その統制の下に生産と分配を調整しようというわけだが、結局それは全ての民衆をwage-servants（賃金労働者）にしてしまうことにほかならず、それを糊塗するためにall-officials（全公務員化）などと言い繕いながら、order（秩序）、discipline（訓練）、obedience（服従）を強いてくるだろう。そういう意味の批判を語っていました。社会主義国家に対する幻想が崩壊してしまった現在、これは再考に価する批判的視点だったと言えるでしょう。

それに対して、クロポトキンが言う無政府主義的コミュニズムとは、そもそも国家や政府などという権力機構を認めない。それらを廃絶して、夫々の都市や村落共同体が独立自治の生産単位・生活単位として自立し、自由に連合してゆくことでしたが、この時点の小林多喜二は、まだその辺の違いを厳密にとらえる意識を持っていなかったように思われます。

このクロポトキンの『パンの征服』の翻訳した、幸徳秋水の『麺麭《パン》の略取』は秘密出版でした。ですから多喜二がその存在を知る可能性は極めて少なかったと思いますが、しかし遠藤無水の翻訳『労働者の観たるマルクスとクロポトキン』（文泉堂、一九二〇年二月）――John Spargo の *The Marx He Knew*（1909）と、Peter Kropotkin の *Memoirs of a Revolutionist*（1899）の抄訳を合わせたもの――が出ていました。彼がそれを参照していたならばもう少し正確にクロポトキンの主張の急所をとらえることができたのではないか、と思います。

ただ、その反面、彼が序文に書いた次の言葉から、大熊信行的な発想を読み取ることができないでもありません。「他の人がだまってコツコツと小説を書いている時、トルストイは「その小説」――即ち「芸術とは何ぞや。」という事を考えた。考えて考えて、とうとうその後に産れ出た作品は非芸術もおびたゞしい（はなはだしい？）ものばかりであった。これは知られた事実である。然し、このトルストイの、この一義的な態度にこそ、その非芸術であることを補ってもまだ足りない（まだ余りある？）偉大な、人間としてのトルストイの存在していることを知る。／植物学者（地理学者？）としてのクロポトキンが、無政府主義者になったことによって駄目になったと考えることは、或は正しいであろう。然しそのためにクロポトキンはより偉大な、人間として自分たちの間にあることは忘れることの出来ない事実である」。なぜこの言葉が大熊信行の影響を暗示しているか。美術評論家から社会主義者に転じたJohn Ruskinや、詩人から社会主義者同盟の組織者に転じたWilliam Morris に注目したのは、大熊信行だったからです[1]。

8　すれ違う大熊信行と小林多喜二

ただし、その後多喜二は、もう一度「卒業翻訳」の序文の言葉を借りますと、「純理経済学は経済政策を予想しなくては、遂い《ママ》にブルジョワの頭脳的遊戯にすぎない。基礎医学は臨床医学のためのものである」と言い、その経済政策、つまり生産物や賃金の「分配」の不均衡を改めようとする、社会変革の運動に入ってゆく。そして文学生産をもその政策の一環として位置づけることになりました。この純理経済学（Pure Economics）／経済政策（Political Economy）という対比の仕方もまた、大熊信行が現代の経済学の方向を大きく二つに別けて論ずる時に使った方法で、彼自身も、「政策論的な要素を排除した近代の経済学が、ようやく理論の純化を遂げようとして、ふたたび一段高い意味におけるPolitical Economyに、回帰しなければならない運命にめぐりあうであろうことは、おそらく間違いあるまい」（『文学のための経済学』）と予見していました。しかし、彼自身は「けれども理論そのものの純化のみが、経済的宇宙（economic cosmos）の全体性および綜合性への理解に、われわれを導くことができる」（同前。傍点は亀井）という立場で、マルクスの資本論の再解釈を試み、彼なりの「時間」論と、「配分」論を導入して、経済的宇宙（economic cosmos）の全体性を記述する方向に進んで行ったわけです。

そういう立場から見れば、小林多喜二、あるいはマルクス主義文学運動における「芸術大衆化論」は、問題の急所を逸している。つまり〈多喜二たちは、プロレタリア文学がブルジョア大衆文学に圧迫されていると言うけれど、実はいずれの文学も、時間の「配分」において、映画や音楽やレヴューやスポーツ、あるいは過去の面白い小説や、優れた文学から圧迫されているのだ。それらの中でどれを選ぶかは、人それぞれのライフスタイルに拠ることであって、その人の階級性に還元することはできない〉。そう見ていただろうことは間違いありません。

しかし小林多喜二は大熊の『マルクスのロビンソン物語』については何も語らず、大熊信行はあからさまに多喜二たちを批判することはしませんでした。このお互いの沈黙が伊藤整には気になり、そこで「幽鬼の街」のあの場面を作ってみたのだろうと思います。

注

（1）ただしこれは、小林多喜二の「卒業翻訳」が大熊信行の指導の下に作成されたことを意味するわけではない。大熊信行は一九二三年（大正一二年）七月——多喜二の三年生の夏——、病気のため故郷の米沢に帰り、翌年の一〇月、茅ヶ崎南湖院（サナトリウム）に入院し、小樽高商の教壇には復帰せぬまま、一九二五年、退官した。

第14章 戦略的な読み

――〈新資料〉伊藤整による『チャタレイ夫人の恋人』書き込み

1 新資料について

現在、私の勤める市立小樽文学館には、小山書店版の伊藤整訳『チャタレイ夫人の恋人』上巻の四版（昭和二五年六月一〇日）と、下巻の三版（同年六月一五日）があり、全編にわたって書き込みが見られる。いずれも遺族から寄贈されたもので、書き込みは伊藤整自身の手によるものと判断できるが、まず、それに注目する理由を、書き込みの特徴を紹介する形で説明しておきたい。

書き込みは大きく二種類に別けることができる。一つは黒の鉛筆によるもので、本文に傍線を引き、あるいは本文の上に長い横線を引いて、「コニイの最初の男性」とか、「結婚時代」とか、「不具な夫に対して」とかと、メモ書きしてある。二つは、細字のペン書きで、主に一二の箇所に集中して、細かな書き込みがなされていた。

伊藤整は昭和二六（一九五一）年五月八日から始まった「チャタレイ裁判」の第四回公判（六月七日）で、『チャタレイ夫人の恋人』の「内容説明」を行った。説明は、作品の要所々々を引用しながら、梗概とテーマを説明し、（ ）内に自分のコメントを差し挟むやり方だったが、その引用箇所と、鉛筆の書き込み箇所とがほぼ一致する。

ただしその説明は、検事の中込阩尚《のりより》にとっては、起訴への反証たりえないものだったらしい。検察側が猥褻な表現と指摘した一二の箇所について、ほとんど触れていなかったからである。そこで中込検事から、〈文芸論として拝聴した。だが、検察官が起訴した性行為の描写については、具体的な説明がない。伊藤被告の見解を聞きたい〉というやや挑発的な注文がつき、改めて伊藤整は、問題箇所について、意見を述べることになった。

小沢武二が編集した『チャタレイ夫人の恋人に関する公判ノート』全六冊（河出書房、昭和二六年七月〜二七年三月）の「チャタレイ事件公判経過表」によれば、伊藤整は第一九回公判（九月一五日）で、「十二ヵ所の性描写の特質」を説明している。だが、同『公判ノート』には載っていない。伊藤整の『裁判』（筑摩書房、昭和二七年七月）によれば、「その陳述は、傍聴人に聞かせることを判事たちはいやがつてゐたので、原稿にして提出し、形の上では法廷で読んだことに」したためである。その後、伊藤整は原稿に手を加え、「『チャタレイ夫人の恋人』の性描写の思想」として、雑誌『群像』の二六年一二月号に発表した。主任弁護人の正木ひろしが伊藤整に宛てた葉書（晶文社版『裁判』掲載の写真）によれば、そのゲラ刷りを裁判所に「証拠」として提出したらしい。この論文は「『チャタレイ夫人の恋人』の性描写の特質」というタイトルで、伊藤整の『裁判』に収められている。

以上の事情説明からも分るように、細字ペン書きの書き込み箇所は、検察側が猥褻と摘発した一二の箇所と対応しており、第一九回公判に備えてのものだったことに間違いはない。その例として、本論では、その最初の二箇所の写真、三葉を載せておいた。

ただ、以上の二種類とは別に、もう一種類、赤と青の色鉛筆を使った書き込みがある。多分これは、以前自分が書き込んだことを含めて、主要人物の性格や心情を再確認するためのマークだったのであろう。というのは、写真2（作品上巻八九頁）のように、「ワイ本デハ男ヲカウハ書カナイ」という自分の書き込みに赤線を引き、または写真3（上巻九一頁）のように、「不自然ナモノヲ自然タラシメヨウトスル女」を、青線で囲っているからである。写真1（上巻五〇頁）の「赤、男、青、女」は、作中人物が男であるか、女であるかによって、色を使い分けたことを意味する。

なお、写真1の赤鉛筆「原30、」や、写真2の赤鉛筆「P. 60」は、パリのThe Odyssey Pressから出た無削除完全版 *Lady Chatterley's Lover*（一九三四年の第五版を参照）の頁と一致している。

この書き込み本に、私たち小樽文学館の者が気づいたのは、ほぼ二年前のことである。古い木箱のなかに、表紙のとれかかった戦前の文庫本などと一緒に入っていた。検討の結果、広く紹介に値する貴重な資料であることが確認できたので、今年（二〇〇五年）が伊藤整誕生百年に当ることから、特別展「伊藤整展」（六月一八日～八月二八日）で公開することにした。

また、文学館ではこれを記念して、六月一八日と一九日に講演会とシンポジウムを開催し、一八日には曾根博義氏（日本大学）の「伊藤整と小樽」、ウィリアム・タイラー氏（アメリカ・オハイオ州立大学）の『幽鬼の街』を翻訳して」、伊藤礼氏（元日本大学教授）の「父・伊藤整」という講演をしてもらった。一九日のシンポジウムは「伊藤整の戦後とチャタレイ裁判」と題して、横手一彦氏（長崎総合科学大学）に「被占領下の表現領域」、結城洋一郎氏（小樽商科大学）に「チャタレイ裁判と憲法」、アン・シェリフ氏（アメリカ・オベリン大学）に「世界の「チャタレイ」問題と日本の場合」、紅野謙介氏（日本大学）に「闘う伊藤整氏」の発表をしてもらい、両日ともに一五〇名を超える参加者があり、レベルが高く内容の濃い催しと好評だった。

その折も展示室で書き込み本を公開したが、この度本誌（『文学』二〇〇五年九・一〇月号）にその内容を紹介させてもらえることになった。

2　表現構造との対話

伊藤整はその書き込みを、他人の著書に関してというよりは、半ば自著とも言うべき自分の翻訳書を再読し、三読しながら行った。当然それは原著の再解釈という形の原著者との対話や、自分の翻訳の反省的点検という、対自的な対話を含むものだったが、この書き込みの特徴はそれだけにとどまらない。何よりも重要なのは、検察庁の「取締り」的なテクストの読み方に対しては抗争的で、裁判官や傍聴人を含むオーディエンスに対しては啓発的な、その意味では大変に他者視向性の強い対話意識に貫かれていたことである。それがチャタレイ裁判に何をもたらしたか。この書き込みが喚起するのは、そういう関心である。

その関心は次のように言い換えることができる。この裁判は当時、二つの争点を持つと見られていた。一つは、『チャタレイ夫人の恋人』の性愛描写が果たして刑法一七五条の「猥褻ノ文書」に当るかどうかという、芸術／猥褻をめぐる問題である。もう一つは、この起訴自体が、新憲法の保障する言論・表現の自由の権利を侵すものではないかという、表現の自由／権力の干渉をめぐる問題である。現在もチャタレイ裁判はこの枠組みで論じられることが多い。だが改めてこれを、〈性に関する言説が、検察庁の介入によって、猥褻性をめぐる問題に再編を余儀なくされた事件〉と捉えてみるならば、その再編過程で伊藤整の果した役割と、その理論的達成は何であったか、そういう問題に発展させることができるだろう。

本論ではその関心に即して、具体的に二つの場面の書き込みを検討してみたい。次は検察庁が猥褻と指摘した一二の箇所の、最初のシーンである（写真1、参照）。

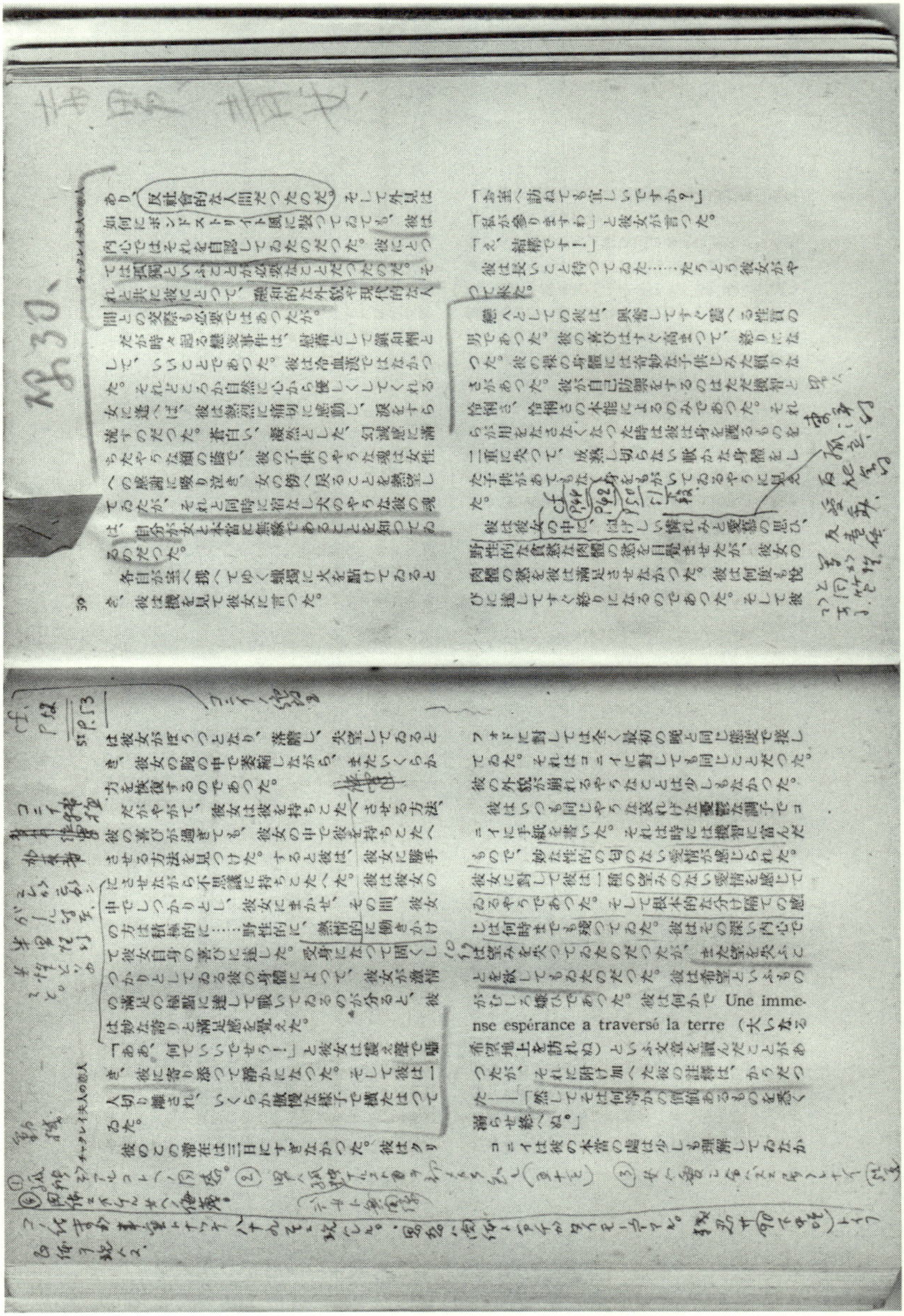

あり、反社会的な人間だつたのだ。そして外見は如何にボンドストリイト風に装つてゐても、彼は内心ではそれを自認してゐたのだつた。彼にとつては孤獨といふことが必要なことだつたのだ。それと共に彼にとつて、功利的な外貌や現代的な人間との交際も必要ではあつたが。

　だが時々起る戀愛事件は、鎮痛剤として緩和剤として、いいことであつた。彼は冷血漢ではなかつた。それどころか自然に心から優しくしてくれる女に逢へば、彼は激烈に痛切に感動し、涙をすら流すのだつた。蒼白い、凝然とした、幻滅感に満ちたやうな顔の陰で、彼の子供のやうな魂は女性への感謝に啜り泣き、女の傍へ戻ることを熱望してゐたが、それと同時に宿なし犬のやうな彼の魂は、自分が女と本當に無縁であることを知つてゐるのだつた。

　各自が室へ携へてゆく蝋燭に火を點けてゐるとき、彼は機を見て彼女に言つた。

「お室へ訪ねても宜しいですか？」

「私が參りますわ」と彼女が言つた。

「え、結構です！」

　彼は長いこと待つてゐた……たうとう彼女がやつて來た。

　戀人としての彼は、興奮してすぐ靜まる性質の男であつた。彼の喜びはすぐ高まつて、終りになつた。彼の裸の身體には奇妙な子供じみた頼りなさがあつた。彼が自己防禦をするのはただ機智と冷悧さ、冷悧さの本能によるのみであつた。それらが用をなさなくなつた時は彼は身を護るものを二重に失つて、成熟し切らない裸かな身體をした子供があてもなくもがいてゐるやうに見えた。

　彼は彼女の中に、はげしい憐れみと憧憬の思ひ、野性的な貪慾な肉體の慾を目覺ませたが、彼女の肉體の慾を彼は滿足させなかつた。彼は何時も悦びに達してすぐ終りになるのであつた。そして彼

は彼女がぼうつとなり、落膽し、失望してゐるとき、彼女の腕の中で萎縮しながら、またいくらか力を恢復するのであつた。

　だがやがて、彼女は彼を持ちこたへさせる方法、彼の喜びが過ぎても、彼女の中で彼を持ちこたへさせる方法を見つけた。すると彼は、彼女に勝手にさせながら不思議に持ちこたへた。彼は彼女の中でしつかりとし、彼女にまかせ、その間、彼女の方は積極的に……野性的に、激情的に働きかけて彼女自身の喜びに達した。受身になつて固くしつかりとしてゐる彼の身體によつて、彼女が激情の滿足の極點に達して戰いてゐるのが分ると、彼は妙な誇りと滿足感を覺えた。

「ああ、何ていいでせう！」と彼女は震へ聲で囁き、彼に寄り添つて靜かになつた。そして彼は一人切り離され、いくらか傲慢な樣子で横たはつてゐた。

　彼のこの滯在は三日にすぎなかつた。彼はクリフォドに對しては全く最初の晩と同じ態度で接してゐた。それはコニイに對しても同じことだつた。彼の外貌が崩れるやうなことは少しもなかつた。

　彼はいつも同じやうな哀れげな憂鬱な調子でコニイに手紙を書いた。それは時には機智に富んだもので、妙な性的の切のない愛情が感じられた。彼女に對して彼は一種の望みのない愛情を感じてゐるやうであつた。そして根本的な分け隔ての感じは何時までも殘つてゐた。彼はその深い内心では望みを失つてゐたのだつたが、また望を失ふことを欲してもゐたのだつた。彼は希望といふものがむしろ嫌ひであつた。彼は何かで Une immense espérance a traversé la terre（大いなる希望地上を訪れぬ）といふ文章を讀んだことがあつたが、それに附け加へた彼の註釋は、かうだつた――「然してそは何等かの價値あるものを悉く滅ぼせ給へぬ。」

　コニイは彼の本當の處は少しも理解してゐなか

写真 1（上巻 50–51 頁、市立小樽文学館蔵）

最後の事実として、彼は魂の底からの圏外者であり、反社会的な人間だつたのだ。そして外見は如何にボンドストリイト風に装つてゐても、彼は内心ではそれを自認してゐたのだつた。彼にとつては孤独といふことが必要なことだつたのだ。それと共に彼にとつて、融和的な外貌や現代的な人間との交際も必要ではあつたが。

だが時々起る恋愛事件は、慰藉として鎮和剤として、いいことであつた。彼は冷血漢ではなかつた。それどころか自然に心から優しくしてくれる女に逢へば、彼は熱烈に痛切に感動し、涙をすら流すのだつた。蒼白い、凝然とした、幻滅感に満ちたやうな顔の蔭で、彼の子供のやうな魂は女性への感謝に啜り泣き、女の傍へ戻ることを熱望してゐたが、それと同時に宿なし犬のやうな彼の魂は、自分が女と本当に無縁であることを知つてゐるのだつた。

各自が室へ携へてゆく蠟燭に火を点けてゐるとき、彼は機を見て彼女に言つた。

「お室へ訪ねても宜しいですか?」

「私が参りますわ」と彼女が言つた。

「え、結構です!」

彼は長いこと待つてゐた……たうとう彼女がやつて来た。

恋人としての彼は、興奮してすぐ震へる性質の男であつた。彼の喜びはすぐ高まつて、終りになつた。彼の裸の身体には奇妙な子供じみた頼りなさがあつた。彼が自己防禦をするのはただ機智と怜悧さ、怜悧さの本能によるのみであつた。それらが用をなさなくなつた時は彼は身を護るものを二重に失つて、成熟し切らない軟かな身体をした子供があてもなく身をもがいてゐるやうに見えた。

彼は彼女の中に、はげしい憐れみと愛慕の思ひ、野性的な貪慾な肉体の慾を目覚ませたが、彼女の肉体の慾を彼は満足させなかつた。彼は何度も悦びに達してすぐ終りになるのであつた。そして彼は彼女がぼうつとなり、落胆し、失望してゐるとき、彼女の腕の中で萎縮しながら、またいくらか力を恢復するのであつた。

だがやがて、彼女は彼を持ちこたへさせる方法、彼の喜びが過ぎても、彼女の中で彼を持ちこたへさせる方法を見つけた。すると彼は、彼女に勝手にさせながら不思議に持ちこたへた。彼は彼女の中でしつかりとし、彼女にまかせ、その間、彼女の方は積極的に……野性的に、情熱的に働きかけて彼女自身の喜びに達した。受身になつて固くしつかりとしてゐる彼の身体によつて、彼女が激情の満足の極点に達して戦いてゐるのが分ると、彼は妙な誇りと満足感を覚えた。

「ああ、何ていいでせう！」と彼女は震え声で囁き、彼に寄り添つて静かになつた。そして彼は一人切り離され、いくらか傲慢な様子で横たはつてゐた。（□や傍線は伊藤整。以下同じ）

アメリカで劇作家として成功した、アイルランド人マイクリスが、チャタレイ家に招かれ、夜、彼の部屋を、コニイが訪ねる。

引用はそれに続く場面であるが、検察庁の起訴状は、第一回公判（昭和二六年五月八日）で、「恋人としての彼は」以下の箇所を挙げて、「たま〱クリフォードの許を訪問し両三日滞在中の反社会的で「下司な」憂鬱にさえ見える痩せた文芸作家マイクリスが発情期の牡犬の如く「牝犬神」の有夫の婦コニイに迫ると、コニイは無反省に且盲目的に野性的な肉体的慾情に燃えて直ちにこれをうけ容れた私通性交の情景や性交による男女の感応的享楽の遅速等を露骨詳細に繰り返し描写し」（『公判ノート』）と、その猥褻性を指摘した。猥褻なのは作品の表現ではなくて、むしろこの起訴状のほうではないか。そういう反発と揶揄を招いた、有名な「悪文」であるが、伊藤整は第四回公判では、直接この起訴状に反論することはしていない。彼はまず『チャタレイ夫人の恋人』の本文中に見られる、「下劣なダブリンの溝鼠」とか、「宿なし犬」とかいう、マイクリスに対する差別的な評語を取り上げて、次のように説明した。「このどぶ鼠ということはモデルにされて腹を立てた社交界の連中がマイクリスを批評した言葉であります。ここのマイクリスは社交界の見方で書かれています」(『公判ノート』)。

D・H・ロレンスは、ナラトロジーの面では大変にナイーヴな物語作者だった。この作品の場合、三人称の語り手による客観描写の形で語っているわけだが、その語り手は何でもお見通しの「全知の語り手」であって、主要な作中人物の思考や心情にまで立ち入って説明し、批評する。それだけでなく、時には特定の階層や集団の視点や言葉づかい――ここでは「社交界の見方」――を媒介した語り口を用い、それが「下劣なダブリンの溝鼠」や「宿なし犬」などであった。「自分は疎外された、反社会的な人間だ」という、マイクリス自身の自虐的な自己意識は、排他的で、差別的な社交界の態度が彼の意識に反映した結果なのだが、語り論のレベルで捉えてみるならば、語り手がそのような語彙でマイクリスの内面に立ち入った結果にほかならない。そんなわけで、これらの言葉をそのまま一般化して、マイクリスは誰の目から見ても「下劣な溝鼠」で、「反社会的な」男だったと決めつけてしまうことは危険だろう。伊藤整はそのような表現の機構に注意を促すことで、起訴状の記述が、作中の言葉をただ機械的に、〈反社会的で・下司な・憂鬱にさえ見える・痩せた文芸作家マイクリス〉と列挙しただけのものでしかないことを、批判したのである。

一見これはごく些細な表現特徴へのこだわりに見えるかもしれない。だが、伊藤整の立場からすれば、そういう微妙な側面を通して読者は、作中人物の性格や行動を理解する。コニイが読者の目に個性的な女性と映るのも、彼女だけが右のような偏見に囚われず、僅かながらも自由な見方、いや感じ方を保っていたからにほかならない。伊藤整はその点を押えて、「コニイはこのマイクリスのゆううつな性格に愛情を感じたのでして、世間では彼を下司というが、彼女はむしろ彼より夫のクリフォドの方を下司だと思つています」（『公判ノート』Ⅱ。傍点は原文）と、コニイの行動を説明した。その立場からすれば、「コニイは無反省に且盲目的に野性的な肉体的慾情に燃えて直ちにこれをうけ容れた」などという起訴状の要約は、それこそ下司な勘ぐりでしかないであろう。

ただし、そのようなやり方で、いくら起訴状の非文学性をあげつらってみたとしても、検察庁が言う猥褻性を覆したことにはならない。また、先の説明に続けて、伊藤整は、結局コニイとマイクリスの間がうまく行かなかった理由を、「マイクリスは絶望的な生き方をしている特殊な人間であります。彼女はその彼の本当のところを理解しておりません。そして自分自身を愛しているにかかわらず、彼の絶望観《ママ》が彼女の中に反映してくるのを彼女自身が感じます。彼女は希望のない恋愛に生きることが出来ない性格でしたから、やがて破綻が来ます」（同前）と説明したが、これは語り手の説明の受け売りでしかなく、立ち入った分析にまで至らなかった。彼は中込検事に催促されるまでもなく、そういう自分の説明に隔靴掻痒を感じていたであろう。

細字ペン書きの表現分析は、その弱点を克服するためのものだったと思われるが、いま、彼が線を引いた箇所の書き込みに注目するならば、マイクリスについては「男ハ、東洋的孤立、反社会的受動、反責任等が性と同質である」と言い、コニイについては「コニイ積極、コレがモダンガール的な、半男性的女性といふこと。」と書いている。

これはやや意外に思われるかもしれない。特に「東洋的孤立」云々のところは、なぜそういう捉え方ができるのか、その根拠がよく分らない。僅かに思い当たるのは、「彼（マイクリス）は時には美しい顔になつた。側を向いたり俯向いたりして、光線が上から当るやうになつた時には、彼はそのかなり大きな眼と、強い奇妙な弓形をした眉と、きつと結んだ口とのために、黒人の象牙彫刻の面に似た沈黙してじつと耐へるやうな美しさが出て来た。それは瞬時ではあつたが不動性を示した。仏陀が望んでゐた不動性、超時間性とでも言ふべきもの、黒人が意図せずに時に現はすことのある、何か古い古いあの人種に特有な処のものであつた」という表現であるが、この表現自体、どこか謎めいたところがある。

これはコニイの目に映った、アイルランド人マイクリスのケルト的な特徴の説明と見るべきではないか。物語の舞台となったクリフォドのラグビイ邸は、イングランドの中央部、シャーウッドの森に接していた。ロビン・フッドの伝説を持つこの森を、彼は「イングランドの心臓」と呼んで、代々それを守ってきた家系を誇りに思い、戦争による伐採で傷ついた森を回復して、その維持を自分の子供に任せたいと願っていた。だが、スコットランドに生まれたコニイは、この地方の陰鬱な気候や、人々の気風になじむことができず、クリフォドの情念を共有することもできない。その違和感が、彼女に、ロンドン社交界から疎外されたアイルランド人マイクリスに対する、「同感の念も混り、嫌悪感も少しある」同情を起させたのであって、あの謎めいた表現は、そういう複雑な感情に対応するものだった。伊藤整はそういう表現における非西欧的、異教徒的なものを、「仏陀」という言葉に引きずられて、「東洋的」とまとめてしまったのかもしれない。

その意味では伊藤整の思い込みによる書き込みだったわけだが、それはそれとして、彼の意味づけを追う形で文脈を整理してゆくと、これまであまり注目されて来なかった興味ある点が浮かんでくる。コニイは、「沈黙してじつと耐へ」ているマイクリスの表情から、「現代のこの西欧では殆んど見ることもない、古い民族のあの奇妙な不動性」の印象を受け、その時から、彼女は「自分から離れたものとして彼を見てゐることができなく」なってしまう。そして大変に特徴的なことだが、コニイは彼の大きな眼つきで見つめられ、「それと共に夜泣きする子供の泣き声」を感じて、「それが或る意味で彼女の子宮を動かした」のである。

この「子宮」云々に注目してみよう。コニイが森の番人のメラーズから、初めて強い印象を受けたのは、彼が鳥かごの修理に集中して、「独りぽつちで働きながら、人間とのあらゆる接触から逃げ隠れる動物のやうな、孤独で熱中してゐる姿であつた」。彼はコニイから話しかけられるのを警戒し、怖れてさえいる様子だったが、「性急な情熱的な人間がじつと何処までも忍びとほしてゐる、といつたやうなその様が、コニイの子宮を動かし、彼の屈み込んだ頭、素早い音を立てぬ手先、華車な上品な蹲んだ腰のあたりに、彼女はそれを認めるのだつた」。

彼は炭坑の坑夫の家に生まれ、軍隊では一兵卒から叩き上げて中尉にまで昇進したが、退役後は活動的な社会に背を向けて、孤独な森番の仕事を選んだ。飽くことなく名声と収入に執着するマイクリスとは、一見対照的なキャラクターに見えるが、反社会的な姿勢を保持し、じっと何ごとかを耐え、忍んでいる表情が、コニイの「子宮を動かした」点では共通する。そこから逆に遡って、マイクリスの人物像を新たに膨らませてゆくことも可能だろう。

伊藤整がその可能性に思い当たっていたかどうかは分らない。ただその書き込みを見ると、彼は、「それが或る意味で彼女の子宮を動かした」云々の「子宮」に傍線を引き、「或る意味で」を丸で囲んで、「真の意味にあらず、」と書き加えていた。なぜ「真の意味」ではないのか。その理由は明らかではないが、少なくとも彼がそう書いた時、「真の意味で彼女の子宮を動かした」人間や、その場面を、具体的に思い浮かべていただろうことは想像できる。それは言うまでもなく、コニイがメラーズに惹かれた場面である。

この推定は当っていると思うが、もしそうならば、伊藤整はマイクリスとメラーズの共通性に目を向けるよりも、むしろ「或る意味」／「真の意味」という形で、二人の差異を本質化してしまう解釈のほうを選んだのである。

3　読みの方向づけ

さて、ところでもう一つ、先に引用した箇所における書き込みの特徴は、コニイを、「コニイ積極、コレがモダンガール的な、半男性的女性といふこと。」と見ていたことである。

伊藤整は、コニイが「積極的に……野性的に、情熱的に働きかけて彼女自身の喜びに達した」姿態を、このように評したわけであるが、彼は「コニイ積極」の次に、一度「多分、位置が反対」と書き、しかしその上に二本線を引いて、「多分、位置が反対」と打ち消している。マイクリスが「受身になつて固く」堪えている箇所にも傍線を引き、さらに横線を引いて、「位置」と書いたが、思い直して「位置」と打ち消している。つまり伊藤整は、女のコニイのほうが積極的で、男のマイクリスが受け身になっている関係を、「位置が反対」と見たわけで、これを裏返して言えば、男のほうが能動的で、女が受け身の関係を、ノーマルなあり方と考えていた。そのことは、後に彼が、男のあるべき姿を、「肉体の愛もまた、女性と一緒になり女性をいたはりながら生活と戦つてゆく」（「『チャタレイ夫人の恋人』の性描写の特質」）と描いたことからもうかがうことができる。

ただし、「多分、位置が反対」と打ち消したからと言って、それは必ずしも彼が、男＝積極／女＝受け身という、自分のジェンダー的先入観に気がつき、これを否定しようとしたことを意味しない。これも後のことだが、彼はマイクリスを「女性への肉体的思ひやりのない」男として否定的に評価し、その上でコニイの積極性を次のように擁護した。「すなわちその時女性は、一人で取り残され自己を充足しなければならない。女性は本来の姿よりは人工的になり、欲求的になる。（中略）このやうな自然でなく、作為されたアブノーマルな交渉では時には、女性は自らかうなるといふことを作者は書いてゐるのだ」（同前）。つまり、コニイの積極性は「女性本来の姿」ではなく、マイクリスが男としての役割を果してくれない「アブノーマルな交渉」の結果、やむを得ざる「自己充足」の行為だった、というのである。

その点から遡って推定すれば、彼が「多分、位置が反対」としたのは、二人の関係を積極／受け身の二項対立に収斂させてしまうよりも、むしろコニイの人物像のほうに関心を拡げようとしたためであろう。多分そこから生れてきたのが、「コレがモダンガール的な、半男性的女性といふこと」という見方だった。クリフォドと結婚して、チャタレイ卿夫人となってからのコニイは、必ずしもモダンガール的とは言えない。また、「半男性的女性」と呼び得るほど中性的、またはバイセクシャルな女性でもなかった。反抗的に社会常識を無視するような言動があったわけでもなく、その身体的な特徴も、「あれは段々瘠せて……骨ばつて来ました。（中略）あれは鯡のやうなほつそりとした女の子ではない。スコットランド産の骨組のしつかりした鱒なんです」と父親が評したように、瘠せ気味ではあったが、女性らしさを保っていた。

その意味でこの捉え方にも一種の思い込みが伴っていたわけだが、ただ、第一章で紹介された結婚前のコニイには、そういう解釈を許すような点が見られなかったわけではない。

その紹介によれば、彼女は王立美術院会員の父と、教養ある社会主義者とも言うべきフェビアン協会員の母を持ち、反伝統的な訓育を受けたという。この翻訳が出た日本に引きつけて言えば、進歩主義的で体制批判的な両親に育てられたわけで、一五歳の時、姉と共にドレスデンに遊学し、「学生の間で自由な生活をし、男等と哲学や社会学や芸術上の問題を論じ合つた」。そして、一八歳でもう試験的な恋愛の経験をしたのだが、それに関連して次のようなことが語られている。「男といふものは慾望を持つた子供のやうなものなのだ。女は男の慾望に譲らねばならなかつたのだ。でなければ男は手におへなくなり、我慢ならぬことを始め、今までの楽しい交渉を滅茶苦茶にしてしまふ。ただ女といふものは自分の内部にある自由な個我を失ふことなしに男に譲歩することができるのだ。……むしろ女は男を支配するためにセックスを利用することができるのだ。と言ふのは、セックスの交りにおいて、女は控へ目にしてゐて、自分が悦びに達せず、男だけを終らせ消耗させればいいのだ。そしてその後も、女はその結合を持続してただの道具にしておき、自分の興奮と悦びを作り出すこともできるのだ」。

実を言えば、性行為における女性のしたたかな戦略を明かした、この言説が、コニイ自身の意見なのか、それとも語り手の一般論なのか、よく分らない。ロレンスの小説における地の文は、しばしばこのような曖昧さを帯びており、その点を指して、私ははじめに、ロレンスはナイーヴな物語作者だったと評したわけだが、伊藤整はこの言説を、語り手のコニイ論と受け取って、モダンガールのイメージを作り、先に引用した問題の箇所と重ね合わせたのである。

だが、もし本当にコニイがこのような戦略を自覚的に生きている女だったとするならば、次に引用、紹介する場面で、マイクリスから「あなたは男と同時にすることができないんですね。自分で自分のを終らせなければならないですね」と言われたくらいで、「思ひがけない残忍な言葉を聞いて茫然と」なり、「生涯の大きなショック」を受けたりするはずがない。ところがロレンスは、このショックをコニイの精神的なトラウマに仕立てて、彼女がメラーズに走る動機づけとし、伊藤整もそれに従っている。その意味でロレンスの人物造形そのものに矛盾と飛躍があったのである。

問題の箇所における書き込みから、およそ以上のような読みの拡がりや意味づけを見出すことができるが、では、それをどのような方向に纏め上げようとしたのか。それを示したのが、作品の上巻五一頁の左余白に書き込まれた、次のような四行であろう。「①孤独デアルコトヘノ同感。②男ハ孤独デ女ト無関係ナルコトヲ初メカラ知ル（五十頁）③女ハ愛シ合ハズニ居ラレナイ（52頁）／④肉体ニオケル女ヘノ侮蔑。」「コノ結末ガ事実トナツテ八十九頁ニ現ハレル。思想ハ肉体ト分チガタイモノデアル。残忍サ（90下中頃）トイフ／正体ヲ現ハス。」（（　）内は原文のまま、／は改行を示す）

他の書き込みは「漢字ひらがな交り文」だったが、ここは「漢字カタカナ交り文」を用いている。これは書き込みの時間差、またそれに伴う書き込み意識の違いの現われであろう。「思想ハ肉体ト分チガタイモノデアル」という認識は、マイクリスに関する「男ハ、東洋的孤立、反社会的受動、反責任等が性と同質である」という書き込みを一般化したものだが、しかし厳密に言えば、「彼の喜びはすぐ高まつて、終りになつた」「彼は彼女の中に、はげしい憐れみと愛慕の思ひ、野性的な貪欲な肉体の慾を目覚ませたが、彼女の肉体の慾を彼は満足させなかつた」というマイクリスの「性」を、そのまま「東洋的孤立、反社会的受動、反責任」の表徴とするには無理がある。独り善がりで、利己的だと言うことはできるだろうが、それを日常における対人態度や生活態度にまで一般化するには、もっと慎重にならなければならないからである。

4　猥褻／非猥褻の基準

だが、それはそれとして、マイクリスの「残忍サ」の「正体」が現われたと、伊藤整が指摘する、八九頁から九〇頁の箇所を、次に見てみたい。

それは検察庁が、「完全なる男女の結婚愛を享楽し得ざる境遇の下に人妻コニイはマイクリスとの私通によつてこれを満たさんと企てたが、本能的な衝動による動物的な性行為によつても自己の慾情を満たす享楽を恣にすることが出来ず反つて性慾遂行中の男性に愉悦の一方的利己的残忍性すらあるを窃かに疑い失望に瀕した」云々（『公判ノート』）と、その猥褻性を指摘した箇所でもある（写真2・3参照）。

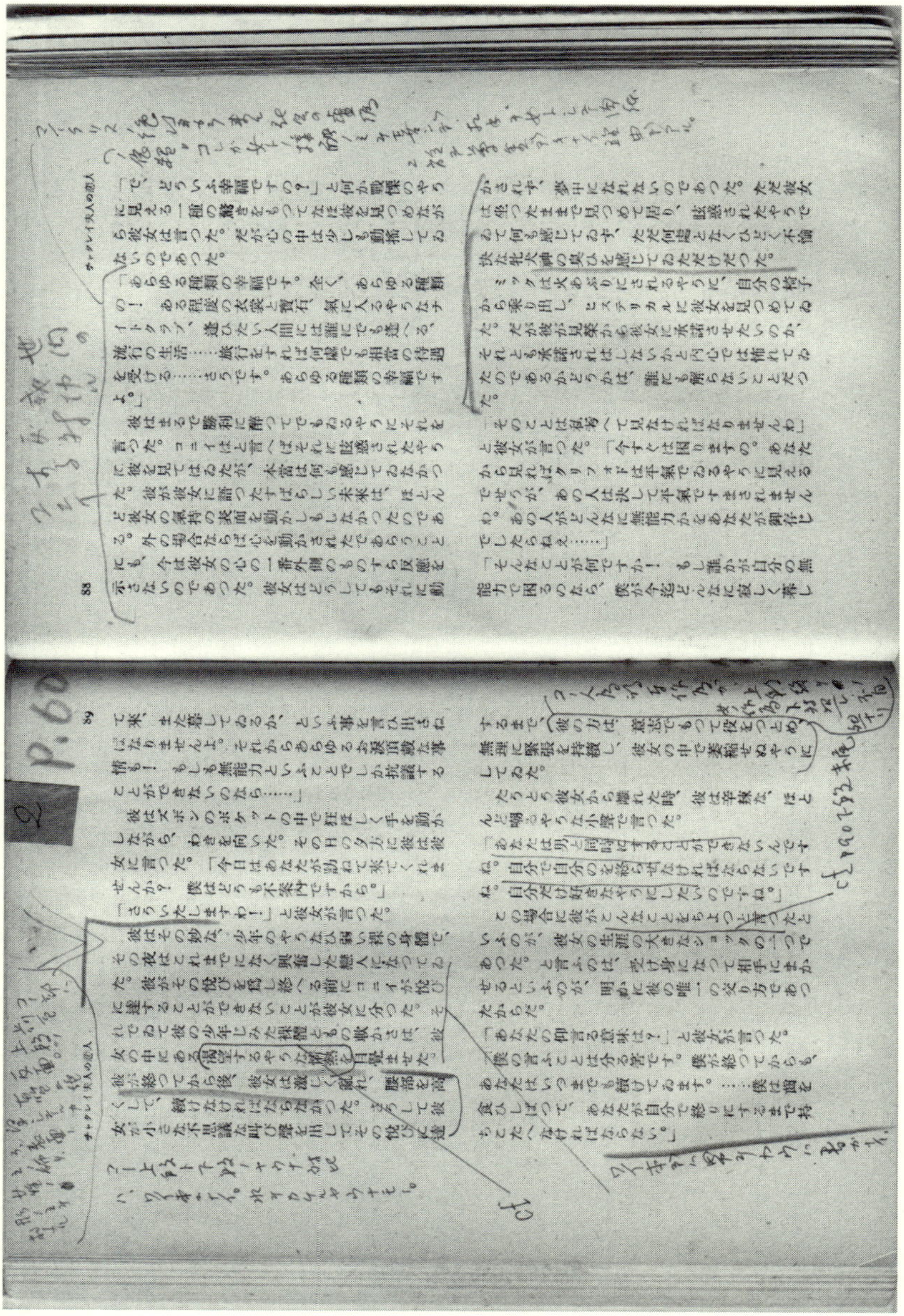

写真2（上巻88–89頁）、市立小樽文学館蔵

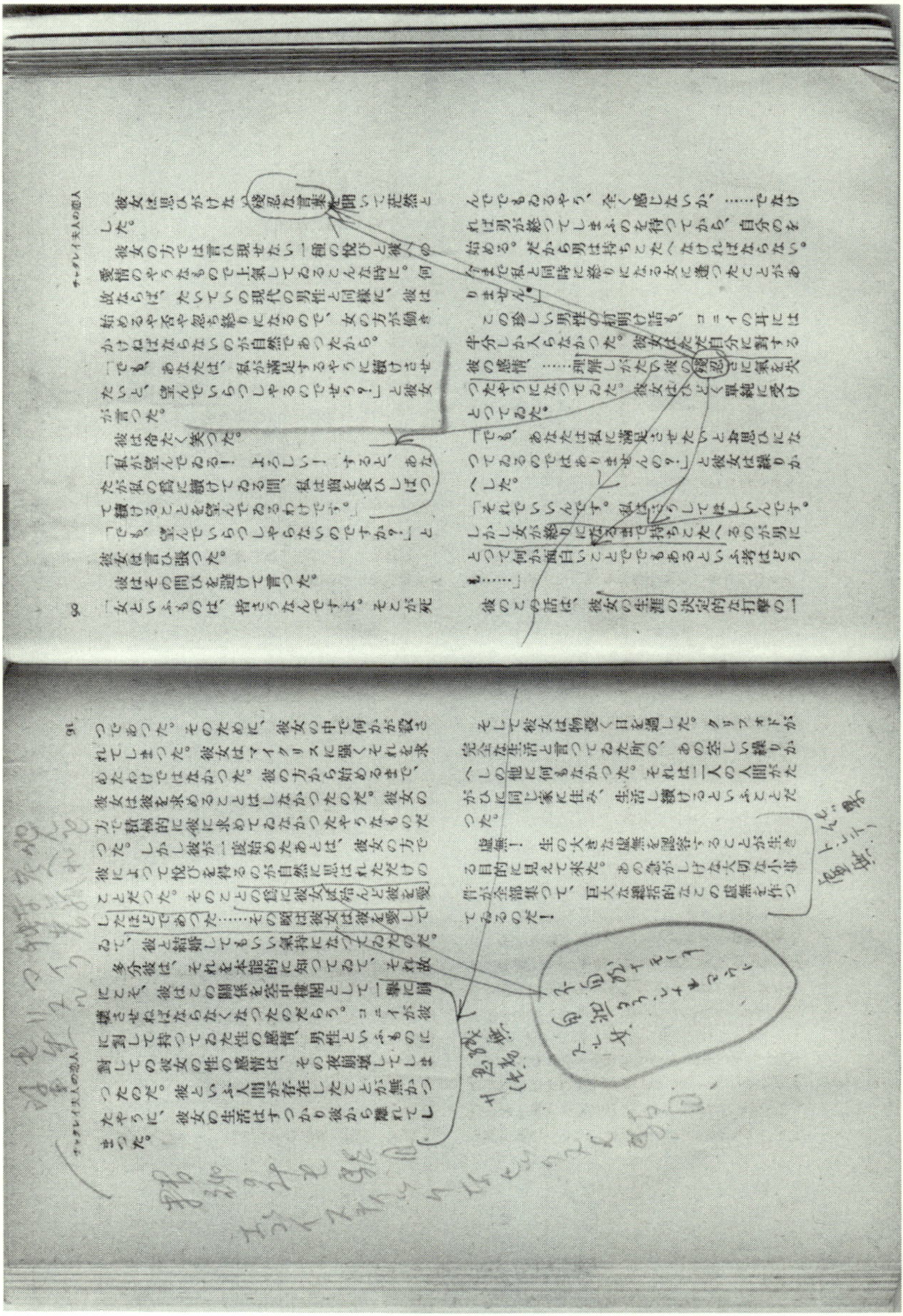

写真 3（上巻 90–91 頁）、市立小樽文学館蔵

彼はその妙な、少年のやうなひ弱い裸の身体で、その夜はこれまでになく興奮した恋人になつてゐた。彼がその悦びを為し終へる前にコニイが悦びに達することができないことが彼女に分つた。それでゐて彼の少年じみた裸体ともの軟かさは、彼女の中にある（渇望するやうな）情熱を目覚ませた。彼が終つてから後、彼女は激しく乱れ、腰部を高くして、続けなければならなかつた。さうして彼女が小さな不思議な叫び声を出して悦びに達するまで、（彼の方は、意志でもつて役をつとめ、無理に緊張を持続し、彼女の中で萎縮せぬやうに）してゐた。

たうとう彼女から離れた時、彼は辛辣な、ほとんど嘲るやうな小声で言つた。

「あなたは男と同時にすることができないんですね。自分で自分のを終らせなければならないですね。自分だけ好きなやうにしたいのですね。」

この場合に彼がこんなことをちよつと言つたといふのが、彼女の生涯の大きなショックの一つであつた。と言ふのは、受け身になつて相手にまかせるといふのが、明かに彼の唯一の交り方であつたからだ。

「あなたの仰言る意味は？」と彼女が言つた。

「僕の言ふことは分る筈です。僕が終つてからも、あなたはいつまでも続けてゐます。……僕は歯を食ひしばつて、あなたが自分で終りにするまで持ちこたへなければならない。」

彼女は思ひがけない残忍な言葉を聞いて茫然とした。

彼女の方では言ひ現せない一種の悦びと彼への愛情のやうなもので上気してゐるこんな時に。何故ならば、たいていの現代の男性と同様に、彼は始めるや否や忽ち終りになるので、女の方が働きかけねばならないのが自然であつたから。

「でも、あなたは、私が満足するやうに続けさせたいと、望んでいらつしやるのでせう？」と彼女が言つた。

彼は冷たく笑つた。

「私が望んでゐる！　よろしい！　すると、あなたが私の為に続けてゐる間、私は歯を食ひしばつて続けることを望んでゐるわけです。」

「でも、望んでいらつしやらないのですか？」と彼女は言ひ張つた。

彼はその問ひを避けて言つた。

「女といふものは、皆さうなんですよ。そこが死んででもゐるやう、全く感じないか、……でなければ男が終つてしまふのを待つてから、自分のを始める。だから男は持ちこたへなければならない。今まで私と同時に終りになる女に逢つたことがありません。」

この珍しい男性の打明け話も、コニイの耳には半分しか入らなかつた。彼女はただ自分に対する彼の感情、……理解しがたい彼の残忍さに気を失つたやうになつてゐた。彼女はひどく単純に受けとつてゐた。

「でも、あなたは私に満足させたいとお思ひになつてゐるのではありませんの？」と彼女は繰りかへした。

「それでいいんです。私はさうしてほしいんです。しかし女が終りになるまで持ちこたへるのが男にとつて何か面白いことででもあるといふ考はどうも……」

これが問題の表現だが、まずその前後を見ておくならば、八八頁上段の上余白に、「世間の成功に反対するコニイ」という鉛筆書きがある。これはマイクリスが、世俗的な虚栄心を満足させるものを列挙して、コニイに求婚し、だがコニイは一向に心を動かされなかった場面であるが、「世間の成功に反対」というよりは、「マイクリスの成功者意識に違和感」とすべきところだろう。多分伊藤整もその意味で「反対」と書いたはずで、そのことは九一頁上段の上余白と、左脇に、「他人を考へれない孤独者、マイクリスにも失望」、「精神のみも駄目エゴイスティックなセックスも駄目」と鉛筆書きをしていたことからも推定できる。

ただ、その時点の、伊藤整の関心事は、右の引用文中の、「あなたは男と同時にすることができないんですね。自分で自分のを終らせなければならないですね」というマイクリスの言葉と、コニイが受けたショックだった。そこで彼はさらに、右の引用に続く「コニイが彼に対して持つてゐた性の感情、男性といふものに対しての性の感情は、その夜崩壊してしまつたのだ」という表現を引いて、第四回公判では次のように、検察庁の起訴状を批判した。「それで虚無の生活が本当かしらと彼女は思うようになつたのであります。起訴状の中にある『性欲遂行中の男性に愉悦の一方的残忍性すらあるを窺《ママ》かに疑云々』に当る所で、そういう理解が間違つていることがこれで分ります」（『公判ノート』）。起訴状はマイクリスをサディスト扱いにしているが、問題はマイクリスの心ない言葉と、コニイが受けた精神的トラウマにあるのだ。伊藤整はそう主張したのである。

そのことを確認して、さて次に細字ペン書きに注意を向けてみよう。彼は、先に「世間の成功に反対するコニイ」と鉛筆書きしたのと同じ箇所について、「マイクリスノ絶望カラ来ル社会ノ虚偽ヘノ依頼。コレガ女トノ接触ノミヲ喜ンデ、相手ヲ女トシテ肉体ニ於テ尊重デキナイ理由デアル。」と記している。つまり同じ箇所を、今度はマイクリスの側から分析して、社会的成功を誇示するマイクリスの俗物根性と、女性を喜びにまで導くことのできない独善性とを、一つ事の二つの現われと見たのである。

その上で伊藤整は、先の引用における「彼はその妙な、少年のやうな」以下の表現の上に、「コノ部ハ前頁上段ノ反面。本質ニ絶望シテルカラ、表面ノミノ飾リ、女性ノ形ノミヲ求メル」と書き込んだ。この「前頁上段」が、先ほど紹介したマイクリスの求婚の場面を指すわけだが、その時の書き込み「マイクリスノ絶望カラ来ル虚偽ヘノ依頼」云々と、この書き込みが対応していることは言うまでもない。

ただし、これらの書き込みは、伊藤整の頭のなかに形成されつつあったマイクリス像の確認と見るべきだろう。なぜなら、その書き込みと、作品の該当部分とは必ずしも内容的に対応していないからである。

なぜそういうことになったのか。それを考える前に、もっと該当部分に即した書き込みのほうを検討しておくならば、該当部分の内容は次の四点に要約することができる。①その夜マイクリスは、これまでになく興奮したが、コニイが悦びに達する前に、自分の悦びを終えてしまった。②だが彼の少年じみた裸体は、コニイの「渇望するような情熱」を目覚めさせた。③マイクリスが早くに終ってから、コニイは激しく乱れ、自分で続けなければならなかった。④その間マイクリスは意志的に自分の役をつとめ、彼女の中で萎縮しないよう頑張った。

伊藤整はこのような場面の、①②について「ワイ本デハ男ヲカウハ書カナイ」と書き、①②③と④との関係については、「コノ上段ト下段ノヤウナ対比ハ、ワイ本ニナイ。水ヲカケルヤウナモノ。」と書いた。そして④について「コノ人為的ナ作為ガ、上段終リノ女ノ作為ト対照シ、不自然ナリ」と書いている。念のために注記すれば、上段、下段という言い方は、小山書店版の『チャタレイ夫人の恋人』が二段組みになっていたためである。

この書き込みから判断するに、彼は男の主導的な性行為を「ワイ本」の条件と考えていたのであろう。性行為に関して彼は、律儀なほどジェンダー主義者だったわけで、その立場からすれば、③や④はそれぞれの性的役割を転倒した「作為」となり、「不自然」とならざるを得ない。彼の見るところ、この「不自然」は

「ワイ本」の条件に反している。何故かと言えば、読者が受ける性的刺激に「水ヲカケルヤウナモノ」だからである。

彼はこのようなジェンダー的自然／不自然の論理によって、先に引用した表現が猥褻に該当しないことを証明しようとした。またその論理をもってすれば、マイクリスは③のような「作為」をコニイに強いたにもかかわらず、「あなたは男と同時にすることができないんですね」と嘲笑することは、「残忍」以外の何ものでもなかった。この心ない言葉が、いかに深くコニイの心を傷つけたか。伊藤整は、あたかもその「残忍さ」が、マイクリスの言動の至るところに現われているかのように、「残忍な言葉」や「残忍」を円で囲み、さらに関連する表現を線で結んでいった。

先ほど本文との対応性が見られないという意味で保留にしておいた、「本質ニ絶望シテルカラ、表面ノミノ飾リ、女性ノ形ノミヲ求メル」という書き込み、それは、伊藤整のなかでは、このようなマイクリス観と対応していたのであろう。

およそ以上が、先に引用した箇所の書き込みに関する私なりの理解であるが、なお一つ加えるならば、先の引用の少し後に、「しかし彼が一度始めたあとは、彼女の方で彼によつて悦びを得るのが自然に思はれただけのことだつた。そのことの為に彼女は殆んど彼を愛したほどであつた……その晩は彼女は彼を愛してゐて、彼と結婚してもいい気持になつてゐたのだ」という表現がある。伊藤整はその部分に関して、「不自然ナモノヲ自然タラシメヤウトスル女」とメモし、さらに青の色鉛筆でそのメモを囲っていた。彼はそれほど性に関する「自然」にこだわっていたのであり、そうであればこそマイクリスは彼にとって許しがたい男としてイメージされていったのであろう。なぜなら、マイクリスは不自然をコニイに強いておきながら、それをコニイが自然なものに変えようとする、いわば愛情への努力を、無残にも踏みにじってしまったからである。

5　性言説の公共化

伊藤整の書き込みに関する包括的な結論を出すには、少なくとも細字ペン書きの一二箇所全てを検討しなければならないが、以上の二例だけでも、その特徴をうかがうことはできたと思う。では、伊藤整は以上のような読みをどのように戦略化したであろうか。それを読み取ることができるところを、次に「『チャタレイ夫人の恋人』の性描写の特質」（前出）から二箇所、挙げてみたい。（A）は、先に紹介した一つ目の書き込みの部分、（B）は二つ目の書き込みの部分に対応する。

（A）『チャタレイ夫人の恋人』の性描写の特質を考へるに当つては、単にその部分のみでなく、人物の思想と性格、その他を合せ考へねばならぬ。また作者がそれをするに当つて持つゐた方法上の原則を考へねばならぬ。コンスタンスは不具になつた夫との生活を続けてゐるうちに、始め劇作家のマイクリスと恋愛する。そのマイクリスの生き方即ち彼の存在は、その思想と同時にその性行為と照応してゐる。性行為は単に行為でなく、存在の意識の現はれであることを作者は描くのである。

その証明として、愛されてゐる最中に、（上巻四六頁上段17行）「僕はあなたに嫌はれてゐる」といつたり（同下段5行）「女性はさういふもの」即ち本当は男性を愛さぬものと考へてゐる。だからマイクリスは（上巻五〇頁上段1行）「反社会的な人間だつた」のであり――（同上段4行）「孤独といふことが必要なことだつた」――（同上段15行）「自分が女と本当に無縁であることを知つてゐるのだつた」――だから彼の手紙は（上巻五一頁下段6行）「性的な匂のない手紙」であり、（五一頁下段11行）「希望が嫌ひであつた」。（中略）それ故その肉体の愛もまた、女性と一緒になり彼女をいたはりながら生活と戦つてゆくことでなく、自分一人で別に残つてゐるといふこと――女性への肉体的思ひやりのないことが特色である。彼の思想は頭でのみ現代社会と戦ひ、それに触れてゐるので、その人間としての存在全体は、社会を怖れて逃げようとする子供であるから、その「機智と怜悧さ」といふ彼特有の頭脳のみの働きに関係のない肉体関係になると、彼には（上巻五〇頁下段8行）「奇妙な子供じみた頼りなさ」が露出する。（中略）その結果完全な男性を求めるコニイは（上巻五〇頁下段15行）"He roused in the woman a wild sort of compassion and yearning, and a wild, craving physical desire."といふものを積極的に持つやうになる。愛の関係を十分にするために、女性として積極的になることが必然である。それは女性として自然なことではない。その対象である男性のマイクリスが（上巻五〇頁下段17行）"he was always come and finished so quickly."だといふのは、前記のやうな彼のエゴイスティックな思想や人となりの、行為における現はれとして描かれる。それが彼女をして（上巻五一頁上段1行）「落胆し、失望」させるのである。コニイの方は、男女関係における女性の自然の状態を求めてゐるからやがて、（上巻五一頁上段4行）"But then she soon learnt to hold him, to keep him there inside her when his crisis was over."のである。そして彼女は意志的に積極的になる。即ち（上巻五一頁上段9行）"She was active…wildly passionately active, coming to her own crisis."この部分の描写は概念的であつて視覚的なものが殆んどなく、ただ"How nice it is!"といふコニイの言葉のみが実在感を示すのみである。（中略）ただ女性が積極的だといふことが取りやうによつては刺戟的かもしれないが、それには根拠がある。即ちその時女性は、一人で取り残され自己を充足しなければならない。女性は本来の姿よりは人工的になり、欲求的になる。ここの描写が女性として積極的であるのはコニイが淫蕩だとか、この描写も淫蕩だといふのではなく、このやうな自然でなく、作為されたアブノーマルな交渉では時には、女性は自らかうなるといふ

ことを作者は書いてゐるのだ。（傍線傍点は亀井）

（B）そして肉体交渉となると、彼は自分のみのよろこびを持つてしまうのだ。（上巻八九頁上段13行）“Connie found it impossible to come to her crisis before he had really finished his”でコニイの方は“She had to go off after he had finished, in the wild tumult and heaving of her loins.”となるのだ。この部《ママ》の性描写も概念的抽象的であつて、“heaving of her loins”といふ一語のみが動作を示してゐるのみである。（中略）そしてこのあとで、この事実をマイクリスは嘲笑するのである。（上巻八九頁下段6行）“You couldn't go off at the same time as a man. Could you?”云々と。それがコニイにとつては（上巻八九頁下段10行）「彼女の生涯の大きなショックの一つだつた」のであり、又（上巻九〇頁下段18行）「彼女の生涯の決定的な打撃の一つであつた。そのために、彼女の中で何かが殺されてしまつた」のである。彼女には、男女が共に喜びを得ることが生の重大な意義だと思はれてゐた。即ち（上巻九一頁上段7行）「彼によつて悦びを得るのが自然に思はれた」だけのことだつた。ロレンスは生のこの調和を、単に肉体の機能の相違と考へず人格と思想に結びつけて考へてゐる。そしてコニイがここで「自然に思はれたこと」が特に重要なことだとして描いてゐる。そのためには、この部の性の描写と、前の五一頁の描写とは抜くわけに行かないのである。（中略）彼女を絶望に陥れたのは、彼の思ひやりや真の愛情のない残忍な、性の自然さを侮辱し嘲笑した言葉であつたことは明らかである。

伊藤整はこのようにコニイの精神的なトラウマを中心化することで、その後の展開を、メラーズによるトラウマの癒しや、性と愛の一致による「生命そのものの祭典」という、再生と至福の物語として整理していったのである。

ただ伊藤整は、一つ目の書き込み部分を、（A）の形でまとめたわけだが、その間、どこか無理をしていることを意識し、細部の確認を避けてきた気配がある。彼は右の引用のごとく、（　）内に、小山書店版『チャタレイ夫人の恋人』の頁数や、上段下段の違い、行数を示しているが、何ヵ所か間違いが見られ、しかも（A）の箇所に集中していた。この間違いは、彼の死後に出た『伊藤整全集』第十二巻（新潮社、昭和四九年三月）や、旺文社文庫版『裁判』（昭和五三年三月）、晶文社版『裁判』（平成九年六月）に至るまで、訂正されていない。本論の引用に際しては、その点を訂正しておいたが、傍線を引いた部分の頁数を見れば分るように、マイクリスがコニイに「僕はあなたに嫌はれてゐる」（正確には「どうも僕はあなたに嫌はれるやうな気がするのですが！」）と言う場面と、語り手がマイクリスを「反社会的な人間だつた」と評価する場面との間には四頁の開きがある。内容的にも、なぜ「だからマイクリスは「反社会的な人間だつだ」」という結論を引き出すことができるのか、見当がつかない。実際これはかなり強引な理由づけであって、『チャタレイ夫人の恋人』そのものに即して整理してみても、「だからマイクリスは」という因果関係を見出すことは困難なのである。

それに、コニイが悦びの時に発した言葉は、“How nice it is!”ではなく、原文では“Ah, how good!”であった。

また、これは以上のこととはやや問題の性質が異なるが、（A）で伊藤整が言う「自然な性」と（B）で言う「性の自然さ」の間に、意味のねじれ、あるいは逆転がある。

ただし、このような混乱、というよりは観念の微妙な揺れを経ながら、伊藤整は検察側の論理だけでなく、弁護団の理論水準からも抜け出してゆく。当時の性に関する言説は、夫婦和合の体位を説くハウツーものか、そうでなければセクソロジイの体裁を借りた純潔教育論か、あるいは医学的な啓蒙書くらいしかなかった。それらの功利主義を離れて、人間の性的実存を問う言説は、当時の日本にはまだなかった。正木ひろしを始めとする弁護団は——中島健蔵や福田恆存を含めて——その欠落を欠落と自覚しないまま、上の三つの言説領域で正当化されうる性表現の事例を挙げて、起訴状における猥褻／非猥褻の線引きの仕方を非難、攻撃するだけだった。

伊藤整も当初は同じ次元にあり、彼の理論的な混乱、あるいは観念の揺れは、そのような欠落の反映でもあったわけだが、やがて彼は「性行為は（中略）存在の意識の現はれ」という、性の存在論と言うべき言説領域を開いていった。欠落を自覚してその方向に進んでいった、というよりは、翻訳者の責任として問題箇所の性表現を分析し、その正当性を明らかにする過程で、新しい言説領域が見えてきたのである。

この新しい言説領域の創出なしには、性を政治状況のメタファとする大江健三郎の作品を受け入れる、文学的公共圏は生れなかった。また、谷崎潤一郎をすぐれて現代的な思想小説の書き手と評価する、伊藤整自身の新しい批評視点も生れなかった。

『チャタレイ夫人の恋人』の書き込みが見せているのは、その初発の姿だったと言えるだろう。

初出一覧

第I部　発話と主体

第1章　文学史の語り方（高麗大学校日本学研究センター主催　亀井秀雄『明治文学史』（韓国語版）出版記念講演会　高麗大学校　二〇〇六年一二月四日　http://homepage2.nifty.com/k-sekirei/symposium/korea/korea-u_01.html）

第2章　言語と表現のはざま（『日本の文学』第二集、一九八八年、有精堂）

第3章　散文のレトリック——『言語にとって美とはなにか』の読み変えにより（『日本近代文学』第四五集、一九九一年、日本近代文学会）

第4章　言説（空間）論再考（『日本近代文学』第五六集、一九九七年、日本近代文学会）

第5章　メビュウスの帯の逆説——酒井直樹『過去の声』（『思想』九四六号、二〇〇三年、岩波書店）

第6章　三浦つとむの拡がり（〈言語・認識・表現〉研究会第9回年次研究会　講演　二〇〇四年一二月一八日　http://homepage2.nifty.com/k-sekirei/symposium/japan/miura_01.html）

第II部　時間と文体

第1章　纂訳と文体——『小説神髄』研究（六）（『北海道大学文学部紀要』第四〇巻二号、一九九二年）

第2章　時間の物語（『季刊文学』第八巻第二号、一九九七年、岩波書店）

第III部　近代詩の構成

第1章　近代詩草創期における構成の問題——近代詩史の試み（一）（『文学』第五二巻第一号、一九八四年、岩波書店）
第2章　山田美妙の位置——近代詩史の試み（二）（『文学』第五二巻第八号、一九八四年、岩波書店）
第3章　『於母影』の韻律——近代詩史の試み（三）（『文学』第五二巻第一一号、一九八四年、岩波書店）
第4章　身体性の突出——近代詩史の試み（四）（『文学』第五三巻第六号、一九八五年、岩波書店）
第5章　「〇題詩」と意匠——近代詩史の試み（五）（『文学』第五四巻第七号、一九八六年、岩波書店）
第6章　抒情詩の成立——近代詩史の試み（六）（『文学』第五四巻一一号、一九八六年、岩波書店）

第IV部　文体と制度

第1章　制度のなかの恋愛——または恋愛という制度的言説《イデオロギー》について（『国文学』第三六巻第一号、一九九一年、學燈社）
第2章　漱石の神経衰弱と狂気——『文学論』を中心に（『国文学』第三四巻第五号、一九八九年、学燈社）
第3章　文学史のなかで〈実例〉夏目漱石『吾輩は猫である』（『国文学』第三四巻第八号、一九八九年、学燈社）
第4章　『坊っちゃん』——「おれ」の位置・「おれ」への欲望（『国文学』第三七巻第五号、一九九二年、学燈社）
第5章　『草枕』（『国文学』第三九巻第二号臨時号、一九九四年、学燈社）
第6章　『陽炎座』のからくり（『国文学』第三六巻第九号臨時号、一九九一年、学燈社）

第7章　明治期「女流作家」の文体と空間（ワシントン州立大学講演、この原稿を会場で配布し、講演は英語で行った。一九九九年五月一四・一五日　http://homepage2.nifty.com/k-sekirei/symposium/western/wash_01.html）
第8章　語りと記憶――『山月記』と多喜二の二作品（『これからの文学研究と思想の地平』右文書院、二〇〇七年）
第9章　文学としての戦後（『国文学』第四〇巻第八号、一九九五年、学燈社）
第10章　『M／Tと森のフシギの物語』――伝達構造の物語（『国文学』第四二巻第三号臨時号、一九九七年、学燈社）
第11章　アイデンティティ形式のパラドックス（『昭和文学研究』第二四集、一九九二年、昭和文学研究会）
第12章　「得能五郎」と検閲（『隔月刊文学』第四巻第五号、二〇〇三年、岩波書店）
第13章　大熊信行がとらえた多喜二と伊藤整（『小林多喜二生誕１００年・没後70周年記念シンポジウム記録集』、二〇〇四年、白樺文学館　多喜二ライブラリー）
第14章　戦略的な読み――〈新資料〉伊藤整による『チャタレイ夫人の恋人』書き込み――（『隔月刊文学』第六巻第五号、二〇〇五年、岩波書店）

索引

【著者紹介】

亀井秀雄（かめい　ひでお）

1937年、群馬県に生まれる。1959年、北海道大学文学部卒業。1968年、北海道大学文学部助教授、1984年に同教授。2000年、同大学を定年退職、名誉教授。同年、市立小樽文学館館長。著書に『小林秀雄論』（塙書房、1972年）、『現代の表現思想』（講談社、1974年）、『感性の変革』（講談社、1983年）、『「小説」論』（岩波書店、1999年）、『明治文学史』（岩波書店、2000年）など。

未発選書　第19巻

主体と文体の歴史

発行	2013年5月24日　初版1刷
定価	4700円＋税
著者	© 亀井秀雄
発行者	松本 功
装丁	奥定泰之
印刷・製本所	株式会社シナノ
発行所	株式会社 ひつじ書房
	〒112-0011 東京都文京区千石2-1-2 大和ビル2F
	Tel.03-5319-4916　Fax.03-5319-4917
	郵便振替 00120-8-142852
	toiawase@hituzi.co.jp　http://www.hituzi.co.jp

ISBN978-4-89476-641-9

刊行のご案内

認知物語論の臨界領域

西田谷洋・浜田秀 編　定価 1,400 円＋税

2011 年に開催されたワークショップ「認知物語論の臨界領域」での議論をふまえ、認知物語論の最新の成果を示す論文集。認知物語論は、認知科学や認知言語学の成果を取り込み、物語論の再構築をめざしてきたが、未だ理論的には完成されていない。本書は、言語行為と語りの接続、スキーマとデフォルト解釈、可能世界解読時の推論、コンストラクションと解釈、非物語的認知と寓話的解釈を、理論的な問題領域の先端と捉え理論的・解釈的検討の実践を行う。

刊行のご案内

学びのエクササイズ　レトリック

森雄一　著　定価1,400円+税

大学1・2年生向けの教科書として、レトリックを平易に解説。言葉のあや、説得の技術、物事の認識のために欠かせないもの…といったレトリックの見せるいろいろな顔を14の章をかけて照らしていく。単に、レトリックに関する知識を提示するだけではなく、言葉遊びやネーミングといったレトリック周辺のテーマも扱い、読者の日本語表現力の向上にも役に立つように実践面でも工夫を凝らした構成となっている。

刊行のご案内

〈変異する〉日本現代小説

中村三春 著　定価4,400円＋税

先行するジャンル・定型・物語を踏まえ、それらを組み替えて小説は新たな生命を獲得し続ける。テクスト生成にまつわる小説の〈変異〉と、読解の営為における〈変異〉とを連動させた、精緻な現代小説論。中上健次・笙野頼子・金井美恵子らの作品を中心として、谷崎潤一郎・三島由紀夫・安岡章太郎から松浦理英子・多和田葉子に至る多数の現代作家を追究する。現代小説の最新レヴューも収録。